中国近代文学研究文集

王俊年　著

中国大百科全书出版社

图书在版编目（CIP）数据

中国近代文学研究文集 / 王俊年著. --北京：中国大百科全书出版社，2014.12

ISBN 978-7-5000-9493-7

Ⅰ.①中… Ⅱ.①王… Ⅲ.①中国文学—近代文学—文学研究—文集 Ⅳ.①I206.5-53

中国版本图书馆 CIP 数据核字（2014）第305530号

责任编辑： 陈　光

封面设计： 北京杰瑞腾达科技发展有限公司

责任印制： 魏　婷

中国大百科全书出版社 出版发行

（北京阜成门北大街17号　邮政编码:100037　电话:010—88390695）

网址:http://www.ecph.com.cn

北京杰瑞腾达科技发展有限公司排版

北京京华虎彩印刷有限公司印刷　　新华书店经销

开本:720毫米×1020毫米　1/16　印张:27.5　字数:400千字

2014年12月第1版　2014年12月第1次印刷

ISBN 978-7-5000-9493-7

定价:56.00元

自　序

潮起潮落，大海后浪逐前浪。涛声依旧，沧水昼夜不舍东流去。

新进们创造出光彩夺目的成就，使前人的业绩黯然失色。随着时间的流逝，历史的过客愈行愈远，给后来者的印象渐趋淡忘消泯。但前行者的足迹定会显露出时代的特色，学术的发展必也蕴含着内在的规律。

年迈少眠。半夜醒来，常久久不能入寐，思潮汹涌；回溯往事，感慨万千。人生都在不断提高认识、改正错误中前行（成长）。至其认识提高之程度、误区范围之大小、错误改正之迟速、思想成熟路程之长短……均与此人之悟性和其所具之知识成正比。世人概莫能外，余当亦如是。此集乃历史长河中之一滴，示余于此一时之认识，以为一天地过客之纪念耳。

王俊年　癸巳立春日于美国拉斯维加斯

目 录

CONTENTS

第三辑

第四辑

中国近代文学作品系列·小说(选注)1—6卷的作品评介

小说三卷

小说四卷

第 一 辑

关于中国近代文学研究的一些问题

中国近代文学在中国文学的发展中有其不容忽视的地位。建国以来，随着中国近代史的研究工作的开展，近代文学作为文学史上的一个独立的阶段也开始了比较系统的多方面的研究。但是，就目前近代文学研究状况来看，在整个文学史研究中，仍属最薄弱的环节。今天，借黄遵宪研究学术交流会召开的机会，就近代文学研究的一些问题，谈点个人的看法。

一

中国近代文学在整个中国文学的发展中确有其不容忽视的地位。马克思说："人们自己创造自己的历史，但他们这种创造工作并不是随心所欲，并不是在由他们自己选定的情况下进行的，而是在那些已直接存在着的、既有的、从过去承继下来的情况下进行的。"（《路易·波拿巴政变记》）马克思这里所说的是历史发展的普遍规律，文学的发展当然也不能例外。"五四"新文学运动的伟大功绩，它在历史上的地位是确定无疑的，但是，它的这种伟大创造工作，正如马克思所说，是在那些已直接存在着的、既有的、从过去承继下来的情况下进行的。可以这样说：没有前八十年近代文学的变化，便没有后三十年现代文学的发展。

中国古代文学发展到现代，正像封建制度在政治上的腐朽和衰败一样，已经陷入了绝境。资产阶级改革派接连发动了"诗界革命"、"文体革命"、"小说界革命"和"戏剧革新"，打破了晚清文坛萎靡衰落、万马齐喑的局面，使诗歌、散文、小说、戏剧创作出现了新的生机。比如在诗歌方面，梁启超提出了要有"新意境"，要用"新语句"等主张（《夏威夷游记》）；黄遵宪的创作，不仅在反映生活方面开辟了诗歌史上从来未有的广阔领域，而且在“我手写吾口，古岂能拘牵”（《杂感》）的思想指导下，对旧体诗的形式也有所改革和突破。在小说方面，资产阶级改革派极力抬高小说的社会地位，强调小说“改良社会，开通民智”的作用，从而改变了几千年封建社会形成的鄙视小说的传统观念和态度，推动了小说的创作和发展，使晚清小说出现了一个空前繁荣的局面。虽然他们的理论还比较幼稚，还存在这样那样的片面性，但它们在中国小说发展史上毕竟有着重要的意义和积极的成果。鲁迅对于小说的见解无疑远远超过了近代资产阶级改革派，但他很早就认识到小说在改造社会和传播新文化知识中的作用，后来把文学与政治生活、社会生活紧密联系起来，把小说作为“改良社会”、“改良人生”的武器，提出战斗文学的主张，不能说与晚清的小说理论毫无关系。再说“文体革命”，梁启超提出了“文界革命”的口号，并通过他的写作实践，卓有成效地创立了一种“平易畅达，时杂以俚语、韵语及外国语法，纵笔所至不检束”而“条理明晰，笔锋常带情感”的“新文体”（《清代学术概论》）。这种新体散文，是对传统古文的一次猛烈冲击，是对晚清文体的一种解放。它对当时的文化学术界产生很大的影响，并为以后的“新文学运动”开辟了道路。邹韬奋说，他在中学读书的时候常常看《新民丛报》“看入了迷”，到夜里熄灯以后，还“偷点着洋烛躲在帐里偷看，往往看到两三点钟才勉强吹熄烛光睡去。睡后还做梦看见意大利三杰和罗兰夫人（这些都是梁任公在《新民丛报》里所发表的有声有色的传记）”（《二十年的经历》）。钱基博在《现代中国文学史》中说，梁启超办的《新民丛报》“销售至十万册以上，清廷虽严禁，不能遏也。……迄今六十岁以下三十岁以上之士夫，论政持学，殆无不为之默化潜移者”。根据记载，那时海外的华侨、留学生，国内学堂里的教师、学生，尤其是报馆里的记者，都好读他的文章，好作他这派文章。他们用这种文章向当道上书，向报馆投稿，谈洋务，谈政治；甚至到辛丑年（1901）科举程式改变，废弃八股，改用策论后，一班应考的秀才童生们竟把《清议报》和《新民丛报》作为他们科考揣摩的范本。从此，可见梁启超的“新文体”有着多么巨大的影响。

“五四”文学革命运动的初期，仍然属于资产阶级启蒙运动的范畴；文学革命的发起者们的理论和实践当然要比梁启超前进得多，但在某种意义上仍然可以说是梁启超的“文学革命”论在新形势下的一个发展。

这里，只要把新文学运动的首难者胡适《文学改良刍议》中所说的改良文学的八条要点，即“须言之有物”、“不摹仿古人”、“须讲求文法”、“不作无病之呻吟”、“务去滥调套语”、“不用典”、“不讲对仗”、“不避俗语俗字”，与梁启超“诗界革命”提出的要有“新意境”，用“新语句”以及“文界革命”中要求散文“别开一生面”，在内容上“播文明思想于国民”，在形式上“词笔锐达”，通俗“流畅”而“不必求工”，“时杂以俚语、韵语及外国语法”等相比较，便可以清楚地看出它们发展的脉络。关于这点，那些新文学运动的直接参加者是并不否认的。如钱玄同在一九一七年二月二十五日《寄陈独秀》的信中说：“梁任公先生实为近来创造新文学之一人……鄙意论现代文学之革新，必数及梁先生。”（见《新文学大系·理论建设集》）郭沫若后来在回顾文学革命时也说：“文学革命是资产阶级革命的一种表征，所以这个革命的滥觞应该要追溯到清朝末年资产阶级的意识觉醒的时候。这个滥觞时期的代表，我们当推数梁任公。”（《文学论集续集·文学革命之回顾》）正因为这样，陈子展的《最近三十年中国文学史》把新文学运动的酝酿时期推到“五四”之前二三十年，而钱基博的《现代中国文学史》更把康有为、梁启超直接列为“新文学”的先驱者。

这里顺便谈一下“白话文”的问题。提倡白话文，是“五四”文学革命的重要内容之一。但是也可以在近代找到它的源头。早在一八八七年，黄遵宪在《日本国志》中就提出了言文合一、“欲令天下之农工商贾妇女幼稚皆能通文字之用”（《学术志》二）的理想。一八九七年，严复、夏曾佑在所写的《〈国闻报〉说部缘起》中又指出了作书运用口语的重要性。一八九八年五月，中国出版了第一份白话报——《无锡白话报》（从第五期起改名为《中国官音白话报》）。八月，裘廷梁在该报《论白话为维新之本》，明确提出了“崇白话而废文言”的口号，同时还登载了《开办白话学会简明章程》①。接着，陈荣衮发表了《论报章宜改用浅说》的文章，提出“开民智莫如改革文言”的主张②。一九〇一年，《杭州白话报》、《苏州白话报》、《扬子江白话报》相继问世。一九〇三年九月，狄平子在《新小说》上发表的《论文学上小说之位置》一文中，更进一

① 见《中国官音白话报》第十九、二十期。

② 见《知新报》一百十一册，1900年1月11日（光绪二十五年十二月十一日）。

步打出了倡行言文一致的俗语文学的旗帜。在这里，他把推行俗语文体与文学事业之进步、国家社会之进步联系起来，提出若能“专以俗语提倡一世，则后此祖国思想言论之突飞，殆未可量”。[1] 这年，又出版了《智群白话报》、《宁波白话报》、《中国白话报》、《新白话报》等白话报刊。此后，这种报刊不断增多，据有人统计，到一九一九年底便有四百多种。与此同时，白话教科书、白话小说、白话翻译（译古书和外国著作）等白话书籍也大量印行；并且为了做到语言与文字统一，还开展了拼音文字的工作。我在这里说这些话，丝毫没有抹杀、否定或者贬低“五四”白话文运动功绩的意思，我只是想说明：即便如提倡白话文，也是在近代就开始了的；不过，“五四”以前提倡白话文的先驱者们，虽然在这方面作了许多工作，但毕竟还是涓涓细流，未成气候，直到“五四”以后，才形成汹涌澎湃的大海之波，完成了历史赋予的伟大使命。

众所周知，“五四”文学革命，是吸取了欧洲资产阶级革命以来文化和文学方面的许多成分；现代新文学的发展，很重要的一个方面，也是接受了外国文学的积极影响。其实，这种“吸取”和“接受”，远在“五四”新文学运动以前就已进行，并获得了丰硕的成果。自从鸦片战争失败以后，先进的中国人竞相向西方国家寻找真理，严复、梁启超等西方资产阶级新文化的热心倡导者，大力宣传、介绍、翻译这种新文化。影响所及，应者蜂起，翻译作品，如雨后春笋。仅翻译小说一项，据阿英《晚清小说书目》统计，从一九〇一年到辛亥革命的十年间就有六百二三十部，比创作还多一百多部。当然，近代的翻译还处于盲目和幼稚状态，存在选择不当和误解原意等等缺点。如周桂笙[2]翻译的东西往往不注明出处，并任意增删原文，甚至把报纸上的社会新闻当作小说来翻译；林纾的翻译在质量上虽超过周桂笙，但全用桐城古文，又因不懂原文，时有讹舛。但尽管如此，这大量的翻译对当时中国的创作从思想内容到艺术形式、表现手法等都产生了很大的影响。比如“政治小说”的提倡，侦探小说的风靡，“教育”和“科学”小说之出现等等，都明显地受了外国文学的影响；“写情小说”之盛行，与西方文学的影响也不无关系。从

① 见《新小说》第一卷第七期。

② 周桂笙是较早向国内介绍西洋文学的人，先在梁启超办的《新小说》上发表译作，后来汪庆祺创办《月月小说》曾聘请他为总译述，翻译有几十种长、短篇小说。

具体写作上看，晚清小说结构的变化，人物心理描写的加强和外形刻划的注意，无疑是吸收了外国作品的营养。比如吴趼人的《九命奇冤》采取倒叙的手法以引起读者的悬念，用多至几百字乃至几千字的大段心理描写来显示人物的思想性格，通过对马半仙的比较细致的外形刻划来增加这个江湖术士形象的鲜明性和感染力，便是接受西方小说影响的一个很好的例子。这是仅就小说创作而言，至于"五四"以后被大力提倡的话剧这种新的戏剧形式已在辛亥革命前以"新剧"或"文明戏"之名出现，近代翻译理论和翻译实践对于包括鲁迅在内的后来翻译的影响等等，这里就不谈了。

新形式的发端，也就是旧形式的蜕变。近代文学是从古代文学走向现代文学的桥梁，它具有承前启后、继往开来的重要作用（我这里主要讲了艺术形式方面的演变，至于思想内容，中国近代文学更有着反帝反封建的时代意义）。所以，不应忽视对近代文学的研究。

二

那么，我们现在研究近代文学的状况如何呢？应该说，在整个中国文学史的研究中仍然是一个最薄弱的环节。

首先，从研究队伍来看，全国专门从事研究近代文学的同志很少。许多高等院校的文学专业虽然设有近代文学的课程，但除华南师院和河南师大建有近代文学研究室外，其他都是古典文学教研室的同志兼搞的。近年来，许多省成立了文学研究所，但也只有个别单位的个别同志作近代文学的研究工作：这对于一个十亿人口的大国来说，实在是太不相称了！

其次，从研究成果来看。建国以后，开始运用马列主义的基本原理来研究近代文学，探索近代文学的特点以及它和近代社会的关系、和现代文学的关系，评价近代文学的思想和艺术、成败和得失，对鸦片战争、太平天国、戊戌维新、辛亥革命等各个阶段的文学也作了初步的考察，对近代文学史上的一些重要作家、作品进行了比较集中的研究。从1949年至1979年的三十年间发表了有关近代文学的论文、资料七百余篇；北京大学中文系编写的几部《中国文学史》和《中国小说史》都设有"近代文学"、"近代小说"的专编，复旦大学中文系还编出了《中国近代文学史稿》，它们填补了《中国文学史》和《中国现代文学史》两不管的空白地带，把中国文学的发展从古代到现代衔接了起来。此外，钱仲联的《人境庐诗草笺注》，北京大学中文系师生选注的《近代诗选》，阿英编的《中国近代反侵略文学集》、《晚清文学丛钞》和《晚清戏曲小说目》，简夷之等编的《中国近代文论选》，魏绍昌编的《鸳鸯蝴蝶派研究资料》、《老残游记资料》、《孽海花资料》、《吴趼人研究资料》和《李伯元研究资料》的问世，以及龚自珍、魏源、谭嗣同、秋瑾、林则徐、康有为等全集或诗文选注的出版……这无疑是可贵的成绩。近两年来，近代文学的研究有了更大的进展——过去三十年中发表的文章平均每年只有二十多篇，一九八〇年却有一百三十五篇，去年比前年又增加了三十五篇，这就是说，比过去三十年的平均数增长了七倍多。研究的范围也扩大了，接触了一些建国以来没有论及与长期被冷落的社团、作家、作品和问题，如南社，如苏曼殊、江湜，如李涵秋的《广陵潮》以及近代戏剧和翻译文学等；对文学史上某些重要的流派和文学现象如“同光体”诗歌、桐城派散文、陈衍诗论和近代小说为什么普遍的艺术水平不高等也作了进一步的探讨，提出了一些与前个时期不同的见解。

但是，从总的情况来看，近代文学研究的落后面貌还没有得到根本改变。

第一，资料工作十分薄弱。资料是研究工作的基础；因为研究工作的任务是从大量的材料中发现其隐藏在内部的规律。恩格斯说：“在这里只说空话是无济于事的，只有靠大量的、批判地审查过的、充分地掌握了的历史资料，才能解决这样的任务。”（《卡尔·马克思〈政治经济学批判〉》）可是，中国近代文学的资料工作却做得很差。近代由于阶级斗争的激烈，西方文化的影响，印刷出版事业的发达，文艺创作空前繁荣。但又因为时局的多变，战争的频繁以及许多作品本身质量的不高等种种原因，资料散失的情况相当严重。比如不少当时登载文艺作品的报刊现在已很难找到，有的甚至全佚，有的只剩一鳞半爪。有些资料解放后已经发现，经过十年浩劫又复失去。许多在文学史上有重要地位的作家还没有全集和诗集，更不要说近代文学各种体裁的选本。大量的作品的搜集、核勘、编辑、系年和资料的辑佚、考订、注释等工作需要去做。由于资料的缺乏，近代文学研究的进一步开展受到了影响。

第二，有些重要的领域尚未开垦。近代的时间虽然不长，但作家作品很多。小说创作，仅晚清最后十年便有五百多部[1]；近代传奇杂剧有二百多部[2]，地方戏种类极为繁多；陈衍的《近代诗钞》对于魏源以后一系列进步诗人的诗收得很少，甚至一首不录，但还选了三百七十家；郑振铎编的《晚清文选》也录了一百二十余人的作品。可是长期以来，近代文学研究的选题局限在少数几个大家和著名作品上面，对于其他作家、作品的研究和发掘显得很不够。像近代文艺思潮、近代短篇小说、近代戏剧、近代文论、近代文学流派以及近代文学与上下左右之间的关系的研究，几乎是一片空白，有的只仅仅开了个头。如果这些荒地不去开垦，近代文学研究的园圃里就很难出现百花盛开的景象。

第三，有些重要的问题没有开展讨论。学术问题，需要集思广益，通过充分的讨论，才能得出比较科学的结论。可是，近代文学中有些基本的和重要的问题至今没有展开讨论。比如，对于中国近代文学史的分期问题，国内外学术界一直存在不同看法。对其上限——从一八四〇年开始，目前国内的意见基本一致；对其下限究竟断在一九一九年还是一九四九年，便存在分歧。即使都接受自一八四〇年至一九一九年的文学为近代文学这一观点的同志，对这八十年文学的具体分段，也有二分法、三分法和四分法的区别。在同样的三分法中，又由于所持分期原则的不同而各段时期划分也不同。如北京大学《中国文学史》和游国恩等主编的《中国文学史》分为资产阶级启蒙时期的文学（一八四〇年至一八九四年）、资产阶级改良主义运动时期的文学（一八九五年至一九〇五年）、资产阶级民主革命时期的文学（一九〇六年至一九一九年）；而有的同志则认为第一时期应是一八四〇年至一八七三年，第二时期为一八七三年至一九〇五年[3]；另有同志提出“以中国近代历史中三个革命运动——太平天国革命、义和团运动、辛亥革命——的高潮来作近代文学史分期的标志”[4]。对于近代文学史研究中这样的基本问题，却始终没有展开讨论。

再如“宋诗派”和“鸳鸯蝴蝶派”，这是近代文学史上两个历时颇长，影响很大的文学流派。“鸳鸯蝴蝶派”从清末民初至20世纪30年

---

① 根据阿英《晚清小说目》统计。

② 根据梁淑安、姚柯夫的调查。

③ 郭延礼：《中国近代文学史的分期问题》，《文史哲》1963年第2期。

④ 时萌：《编写中国近代文学史若干问题商兑》，《群众论丛》1980年第2期。

代，而它的“流风余韵”，直到一九四九年全国解放才完全消灭；他们的作品很多，据不完全的统计便有近两千部，其影响甚至深入到偏僻的农村。对于历时如此之久、作品如此之多、影响如此之大的这一流派，建国至今只有两三篇批判的文章。对于它的源流演变，特别是它产生和得以长期存在，其作品广泛流传的原因等，还缺乏深入的探讨。关于“宋诗派”，建国后31年中没有见到过一篇文章，文学史著作中都认为这是近代一股落后的以至“反动的诗歌逆流”，是当时“各种腐朽的拟古主义与形式主义的诗派”中最大的诗派。一九八一年，《文学评论丛刊》第九辑上发表了钱仲联先生的《论同光体》一文，提出了要对具体作家分不同时期作具体分析的意见；而虽未见诸文字，但认为“宋诗派”不能一笔抹煞的同志实际上决不是个别的。此外，如对于太平天国文学、对于桐城派散文、对于陈衍诗论以及梁启超小说理论等评价问题，也有不同意见，都有进一步展开讨论的必要。

第四，缺乏综合性的研究。衡量某一门文学学科研究的水平，主要是看这门学科研究的广度和深度。“广度”是指涉及方面的多少，开拓领域的大小；“深度”则除了对作家作品的思想艺术成就、在文学史上的地位等作深入的探讨和历史唯物主义的评价外，很重要的一个方面是对文学现象、问题、思潮、流派等进行综合性的研究，揭示其发展的规律。而近代文学的研究，至今还是单个作家、作品的评论多而综合性的研究少。目前需要加强这一方面的工作。比如近代文学的特点（也可以先作分类的研究，如近代诗歌的特点，散文的特点，小说、戏曲的特点等），从内动到形式与中国古代的、现代的、近代外国的作仔细的比较，分析，然后概括出它的特点，找出它发展的规律。

近代是个大动荡、大变革、新旧交替的时代，政治和意识形态领域内的斗争异常激烈而且错综复杂。这个时代的特点以及由这一时代特点所带来的作家在政治、哲学、文艺、学术诸方面存在的复杂矛盾的思想观点，就必然会反映到作品里面。这样，就造成了作品思想内容的复杂性。这便要对作家、作品作具体的比较和分析。比如《老残游记》，既有揞击清廷专制统治残酷黑暗的积极意义的一面，又有谩骂“北拳南革”、维护封建统治的反动落后的一面。又如吴趼人的作品，既充满了浓厚的封建道德观念，又表现了强烈的爱国主义精神及切齿痛恨封建官僚、反对封建迷信等进步思想。而其中如反对封建迷信，可说是全新的东西

——在中国旧小说中，天意宿命、因果报应等封建迷信内容是大量的；但晚清的小说中却明显地表现了反对迷信的倾向，而且出现了一批专门描写反对鬼神仙怪、星相卜筮等迷信活动的小说。这是当时资产阶级启蒙运动提倡科学的结果，也就是这个新旧交替的时代中“新”的方面的特点在小说中的反映。

近代文学的许多方面，如小说、戏曲、诗歌、散文等等都需要作综合性的研究。就小说而论，小说理论、社会小说、侠义公案小说、狭邪小说、侦探小说、鸳鸯蝴蝶派小说、黑幕小说等，都需要把它们发生发展的来龙去脉、前因后果、得失功过、历史地位探索清楚，给以应有的评价。这就需要阅读大量的作品和材料，通过对前后左右的作品（思想内容、艺术形式、表现手法等等）及其历史背景的比较和分析，抽象和概括，掌握他们的相互关系，探求它们的共性和特性（矛盾的特殊性规定事物的本质），从纷纭复杂的现象中理出头绪，寻找脉络，发现其内部联系，即规律性，从而引出理论性的结论来。这是研究工作中需要花费很多时间和精力的一项较为艰巨的任务。

第五，文学史研究和编写工作落后。据我所知，建国前有关中国近代文学史的著作有胡适的《五十年来中国之文学》、陈子展的《中国近代文学之变迁》和《最近三十年中国文学史》、钱基博的《现代中国文学史》、周作人的《中国新文学的源流》、阿英的《晚清小说史》；此外，还有吴文祺的《近百年来中国文学思潮》。而建国三十二年来，除了北京大学等几部《中国文学史》中的“近代文学”专编外，专著仅有一部复旦大学中文系一九五六级编的《中国近代文学史稿》。近代文学史的这种冷落情况，与中国近代文学研究工作的薄弱是相一致的。因为文学史的编写，是需要在对这门学科的各个方面有了比较深入的研究和讨论的基础上才能着手的。

为了编写出一部质量较好的中国近代文学史，目前急需要在对近代文学的各类作品进行普查的基础上，选编出诗歌、散文、短篇小说、戏曲等各种文学的选本，全面总结建国前后六十多年来近代文学研究的成果，对一些重要而尚未接触或论及不多的作家、作品、社团、流派进行认真的研究和开展必要的讨论。不然，很难获得新的进展。

三

造成中国近代文学研究的这种状况，固然与近代文学研究是个新开辟的学术领域以及研究力量的薄弱有关，但学术界不少同志（包括有些领导）轻视近代文学也是原因之一。他们认为，近代没有像李白、杜甫这样的大家，没有像《三国演义》、《水浒传》、《红楼梦》这样的大作；因此没有什么研究价值。这种看法，其实是不正确的。

首先，“时运交移，质文代变”，“文变染乎世情，兴废系乎时序”（《文心雕龙·时序》），一个时代有一个时代的文学。近代固然没有像李、杜这样的大家，没有“三国”、“红楼”这样的大作，但近代文学亦有封建时代的文学所不能代替的特点。它真实地反映了中国人民愤怒呼号，奋起反抗帝国主义和封建主义的时代面貌；它色彩鲜明地描画了没落的封建统治阶级走向死亡，新兴的资产阶级登上政治舞台的历史行程；它以本身的形象（作品的思想内容和表现形式），记录了新旧文化更递嬗替的足迹。中国近代文学是从光辉灿烂的宫殿——古典文学奔向金戈铁马的战场——现代文学的桥梁，它是整个中国文学发展历史链条中的重要的一环。既然如此，我们怎么能砍去这座桥梁，割断历史，把这八十年的文学丢开不管呢？

诚然，近代文学唯其是“过渡”的文学，不可避免地会带着它的弱点和局限，不可避免地会显得幼稚和不成熟，但这是事物发展的必然规律。没有这幼稚的近代文学，便没有以后成熟的现代文学。作为研究工作，正是要研究这种新的幼稚的萌芽如何从旧的老朽的“娘胎”中产生，后来又如何在新的土壤里逐渐成长壮大。历史的发展高低起伏，迂回曲折，文学史的发展也不例外。文学研究的根本任务是探寻文学发展的线索，揭示文学发展的规律，总结文学发展的经验，以利于当代文学的创造。如果仅仅是几个伟大作家、几部伟大作品的评论，是不能认为完成了，至少是不能说很好地完成了这个任务的。

其次，事实也并非如有些同志所说的那样，近代文学只是一堆黄芦白茅。比如像龚自珍、黄遵宪这样的诗人，即使在整个中国文学史上也无论如何不能算是小家。但对他们的研究也还是很不够的。龚自珍的散文至今尚未见有专文论述，对他的诗歌也需要作进一步全面的研究，至于究竟应该把他划归古代还是近代（学术界有不同意见），亦有展开讨论的必要。黄遵宪是反映了近代这个风云激荡的大变革时代的大诗人，可是建国到现在有关他的文章只四十来篇，平均每年一篇多一点儿，这应该说是冷清的。

再以小说而论，近代虽无明、清时期的明珠玮宝那样引人注目，但也不乏璞玉浑金供人观赏。歌德读了中国的才子佳人小说《好逑传》后称赞不已，据说他还曾想根据这部书写一首长诗。《好逑传》在中国古典小说中只能算是三四流的作品，而近代那些嬉笑怒骂、刺戳封建统治者的匕首与投枪，那些慷慨奋扬、激励人们向满清王朝冲锋陷阵的战鼓与号角，那些含悲衔愤、对帝国主义的血泪控诉，那些哀感顽艳、描写青年男女的爱情悲剧……恐怕不能说都连《好逑传》这样的作品还不如吧！

我说这些话，在于呼吁学术界正确认识近代文学的地位，重视对近代文学的研究，并没有“王婆卖瓜”的意思。其中错误和不当之处在所难免，希望同志们批评指正。

（本文系作者根据1982年3月在梅州市举行的黄遵宪研究学术交流会上的发言修改而成。）

（原载《华南师院学报·社会科学版》，1982年第3期）

“五四”以来中国近代文学研究之回顾和对今后工作的设想[①]

【本文提要】“五四”以后，学术界开始对近代文学进行全面、系统的研究，论著初具现代学术研究的体系。三十年中，取得了许多成绩，但也存在着不少问题。

中华人民共和国成立以后，中国近代文学研究进入了一个崭新的时期。研究工作者努力学习马克思主义，并力图把它运用到自己的研究工作中去，从而提高了近代文学研究的水平。但在一个相当长的时期内受社会上“左”倾思潮的影响，许多论著打上了这种思潮的印记。

自从党的十一届三中全会以来，中国近代文学研究出现了生气勃勃的景象，取得了明显的成绩。根据六十多年来中国近代文学研究的状况，今后迫切需要作以下几方面的工作：一，大力加强资料工作；二，扩大视野，开拓新的领域；三，进行综合性的研究；四，开展多方面的学术讨论。

中国近代是个大动荡、大变革的时代，是帝国主义和中国封建主义相结合，把中国变为半封建半殖民地，中国人民为挣脱重轭而喋血斗争的时代。

中国近代文学是中国近代历史的镜子。它从不同的角度，反映了封建主义腐朽没落、帝国主义侵略横行和不甘屈服的中国人民反抗帝国主义及其走狗的顽强精神；它从不同的方面，反映了资产阶级的新文化和封建阶级的旧文化斗争的面貌。中国近代文学是从封建时代旧文学走向现代新文学的桥梁，中国近代的“诗界革命”、“文界革命”、“小说界革

① 本文系作者根据一九八二年十月在开封举行的全国第一次近代文学研究学术讨论会上的发言修改而成。

命”、“戏剧革新”、提倡白话以及大量翻译介绍西方作品等等，都为“五四”以后新文学的萌生作了必要的准备。中国近代文学具有承前启后、继往开来的作用，它是整个中国文学发展链条中不可或缺的一环，在中国文学发展中占有重要的地位。考察近代文学在内容和形式上所出现的与古代文学、现代文学有联系又有区别的特点，探索它发生、发展的过程及原因，分析它们反映现实的深度和广度，研究其在中国文学发展史上的作用、地位和影响，总结近代文学运动的经验，找出它发展的规律，这对研究中国新文学和促进我们今天社会主义文学的发展有着直接的、颇为重要的意义。

“五四”以来，学术界的一些同志对于近代文学的研究做了许多有益的工作，取得了显著的成绩，但也还存在不少问题，迫切地需要得到解决，否则我们的近代文学研究工作就不可能更好地前进。下面，我想在这里简略地回顾一下“五四”以来中国近代文学研究的情况，同时对于今后的中国近代文学研究发表一些个人的看法。由于准备仓促，加之学识浅薄，疏漏和错误之处一定很多，望各位专家、学者和同志们批评指正。

一①

据我们粗略统计，从“五四”运动到新中国成立的三十年中，共发表有关近代文学的论文、资料，包括一些专集中的单篇有九百来篇，此外还有好几部文学史类的专著。这一时期的文学研究，从内容到形式都表现出近代社会科学研究的特点。

首先，开始对近代文学进行全面、系统的研究，论著初具现代学术研究的体系。

对于鸦片战争以来的文学，“五四”前就有人进行过研究。那时，随着时代的进步，西方资本主义文化的输入，出现了一些新型的具有一定学术体系的专论，但更多的还是传统的叙跋、诗话、词话、曲录、曲谈、

① 这一部分中关于诗文、戏曲研究方面的情况，参考了牛仰山、梁淑安同志编写的1919年至1949年《中国近代文学论文集·诗文卷》和《戏曲卷·前言》，并运用了其中的有些材料，特此加以说明。

评点、笔记一类零碎的记载，琐屑的评介和考证，缺乏科学论著的系统性和逻辑性。“五四”以后，随着新文化运动广泛深入的开展，文学研究虽然如叙跋、诗话等传统形式仍继续采用，但具有现代学术体系的专论已成为主要形式，表现了文学研究工作的一个飞跃。

胡适的《五十年来中国之文学》，“记载”了1872年到1922年前后“新旧文学过渡时期”的历史①，勾勒了这一时期文学发展的概貌。虽不免失之简略，且偏重于白话作品而未论及词曲，但其中有些见解仍有参考价值。陈子展的《中国近代文学之变迁》和《最近三十年中国文学史》，联系时代背景，阐明了戊戌前后中国文学的重大变化，叙述了甲午（1894）至癸亥（1928）年间诗、文、小说、词、曲等演变的状况，颇为清晰地显示了这个时期文学发展的线索和过程，是一部较好的文学史著作。周作人的《中国新文学的源流》，专门讲中国文学变迁的规律，视明末公安、竟陵派为“五四”文学革命的源头；着重论述“清代文学的反动”——八股文和桐城派古文。其中关于文学的许多基本观点是资产阶级形而上学的，但他提出的“言志派”和“载道派”等一些问题，还值得我们思考和进一步研究，他对于八股文和桐城古文的论述也不无参考之处。钱基博的《现代中国文学史》，起王闿运而迄胡适，名曰“现代”，实为近代。虽传统观念太深，叙文学而排斥小说，论断很少可取，但洋洋数十万言，作者“搜讨旧献，旁罗新闻”，“积十余岁”而成此“巨帙”，②书中述文部分材料充实，叙作者身世亦详，成绩是应该肯定的。吴文祺的《近百年来的中国文艺思潮》，评述了自鸦片战争至三十年代中国文艺思潮的演变，阐述较具体，持论尚平允，虽不免有前详后略之嫌，然以笔者所见，论述中国近代文艺思潮的专著仅此一家，诚足珍视。

以上是文学史类的专著。再就对于文学流派、社团和作家作品研究的单篇论文言，王森然的《近代二十家评传》、郑振铎的《梁任公先生》、葛贤宁的《中国民族诗人黄公度》、杨世骥的《诗界潮音集》、鲁迅的《关于太炎先生二三事》等近二百篇关于近代诗文研究的文章，概括了桐城派古文、新诗派和南社等诗文流派、社团的基本面貌，探讨了近代诗歌思想、艺术、风格的特色及其形成的社会原因，比较全面地评价了龚

① 《日本译〈中国五十年来之文学〉序》，《胡适文存》2集卷2，第214页。

② 钱基博：《现代中国文学史·跋》，世界书局，1933年版。

自珍、严复、黄遵宪、梁启超、章太炎、丘逢甲等重要作家作品的成败得失以及他们在文学史上的地位，对于金和、郑珍、赵熙、朱祖谋等的诗风、词作提出了看法，对江湜、刘彦、宝廷等不为人所注意的小作家也作了介绍。另外，钱仲联的《人境庐诗草笺注》，征引赡博，为进一步研究黄诗打下了坚实的基础；相当多的年谱、传记、回忆录也为后人提供了研究的资料。

其次，随着以诗歌、散文为文学正宗的传统观念被打破，小说、戏剧在文学中地位的提高，文学研究相应地也发生了巨大的变化。

从前，小说出于"稗官"，戏曲更属"俳优"，一向被封建正统文人视为"不登大雅之堂"的"末技"、"小道"。所以元曲虽为文学玮宝，可《元史》里曲家无传；小说有两千多年的历史，但论述小说的篇章却寥若晨星。戊戌前后，资产阶级改革派发动了一场声势颇大的"小说界革命"，他们高举小说"改良社会，开通民智"的旗帜，极力鼓吹小说救亡图存、新民兴国的作用，称小说为"国民之魂"，尊小说为"文学之最上乘"。从此，改变了几千年来鄙视小说的传统观念和态度，确立了小说在文学中应有的地位；小说创作和小说翻译蓬勃而兴，小说研究也日渐蔚为大观。

二十年代初，鲁迅先生撰写出版了《中国小说史略》和《中国小说的历史的变迁》，它们"从倒行的杂乱的作品里寻出一条进行的线索来"①，第一次系统地论述了我国两千年来小说发展的历史，结合社会背景，分析和评价了各个时期主要的小说作家和作品。别的且不论，这两部作品里关于近代——自道光至清末这一历史时期小说的源流演变的阐述和作家作品的评价，可谓卓越深刻，其中对于侠义公案、谴责小说等的精辟见解，至今犹不失其夺目的光彩。稍后，阿英的《晚清小说史》和范烟桥的《中国小说史》中"最近之十五年"，对清末民初的小说作了比较全面的介绍，为进一步研究近代小说提供了可贵的资料。

"五四"以后三十年中所发表的有关小说的论著（包括专集中的单篇），差不多超过诗文的一倍半。其中有对某一时期、某一文学现象的综合研究，大多是对作家作品的具体论述。如石笋等探讨了明清武侠小说发展的线索，安英等叙述了民初小说的演变过程；郑振铎的《林琴南先

① 鲁迅:《中国小说的历史的变迁》，见《鲁迅全集》，人民文学出版社，1981年版。

生》，对林纾的一生及其文学活动，主要是翻译小说的功过得失，作了比较全面深入的论述。阿英的《小说闲谈》和杨世骥的《文苑谈往》中介绍了五六十部晚清小说，其中不少作品现在已不易见到。郑逸梅的《小品大观》、《民国旧派文艺期刊丛话》和严芙孙的《全国小说名家专集》，提供了起源于清末民初的"鸳鸯蝴蝶派"等作家的材料和他们所办文艺期刊的线索，可以为研究这些流派作参考。还有较多对作家的生平、家世和作品故事的来龙去脉进行考证的文字，也有一定的价值。

这一时期发表的有关戏剧的论文和资料也比诗文的多三分之一，内容和形式较过去丰富多样；有关于近代戏剧沿革方面的综合性研究，有昆曲、各地方戏曲和初期话剧运动的专题研究，有作家作品和近代曲论研究，也有考证、资料性的文章。其中如郑伯奇的《中国戏剧运动的进路》、张季纯的《近代戏剧的形式》、杨世骥的《戏曲的更新》等，它们或则紧密联系中国资产阶级的特点论述文明戏发生和堕落的原因，或则从时代发展的要求阐明戏剧形式随戏剧内容的变革而更新的必然，或则根据清末戏剧发展的趋势探索中国戏剧由以曲为主的古典戏剧向以白为主的现代话剧演变的历程——通过这种对近代戏剧兴衰变化规律的探讨，总结经验，以促进现代新戏剧的发展。这就比过去的戏曲研究大大前进了一步。此外，还整理和保存了不少近代戏曲史的资料，如吉水的《近百年皮黄剧本作家》和傅惜华的《皮黄剧本作者草目》、《皮黄剧本作者续目》等，搜集了自嘉、道年间至民国以后皮黄剧本作者的资料，对于近代皮黄文学的研究和部分剧目时代的确定，具有重要的意义。

再次，现代社会的动荡不安，阶级关系的复杂多变，阶级斗争的尖锐曲折，反映到学术研究领域内，出现比以往更为复杂的情况。

近代是个急遽动荡变革的时代，新旧思潮回环交错，反映这个时代的文学也很复杂。辛亥革命推翻了统治中国二百六十多年的清王朝，打倒了持续两千多年的中国君主专制制度，这是个伟大的胜利；但是，中国仍然处于帝国主义和封建主义的压迫之下，反帝反封建的革命任务并没有完成。"五四"以后，中国社会的阶级关系和各派政治力量之间的矛盾斗争比近代更加错综复杂而尖锐，政治斗争始终采取着它的最高形式——战争，意识形态领域内的斗争也异常激烈，文化学术界的情况十分复杂：不仅新文学派和封建守旧派同时并存，新文学派中共产主义知识分子和资产阶级知识分子同时并存，资产阶级中革命的民主主义者和资产阶级右翼分子同时并存，无产阶级作家和买办文人、国民党反动学者同时并存，爱国之士和汉奸文人同时并存……而且在同一个人身上，其政治、哲学、文艺、学术各方面的观点也往往是矛盾的。另外，学术不等于政治，有些人政治上进步，学术研究力图运用唯物辩证的方法，或者采取进化论的观点和谨严的实事求是的态度，固然获得了成就；有些人政治上保守、落后甚至反动，学术研究采取近代资产阶级的科学方法乃至清代乾嘉学派的考证方法，也在某些方面作出了成绩。但又由于搞社会科学的治学思想、方法与政治立场、观点不能截然分割，所以那些世界观和政治思想反动的人虽然在一定范围、一定程度上取得了成就，但往往在全局上和另一些更重要的问题上陷入了错误。这种种复杂的情况，反映在古代文学的研究中，同样也反映在近代文学的研究中。

一方面，葛贤宁、质灵、杨世骥等热情地赞扬了以黄遵宪为代表的新诗派，郑振铎、吴文祺等充分肯定了梁启超的新文体，鲁迅、曹聚仁等推许清末章太炎散文的战斗性和南社诗歌的革命作用；另一方面，胡先骕等却竭力称道桐城古文而贬斥梁启超的新文体，吹捧拟古派和形式主义的诗风而否定黄遵宪的新派诗。鲁迅强调文学的战斗性和教育作用，反对“为艺术而艺术”的文学。他说：“文艺是国民精神所发的火光，同时也是引导国民精神的前进的灯火。”[①] 它“影响社会，使有变革”[②]。它“‘为人生’，而且要改良这人生”[③]。所以他充分肯定新文学作家“每作一篇，都‘有所为’而发，是在用改革社会的器械”[④]；所以他明确地指出：“文学是战斗的!”[⑤] 而且是随着时代社会的发展而发展的。可是周作人却认为：“文学是无用的东西。因为我们所说的文学，只是以达出作者的思想感情为满足的，此外再无目的之可言。”并且中国的文学也是没有发展的，自古至今只是“言志派”和“载道派”“两种潮流的起伏”，“像一道弯曲的河流，从甲处流到乙处，又从乙处流到甲处……过去如此，将来也总如此”。所以他说，五四新文学运动“也即是复活了明末公安派的‘独抒性灵，不拘格套’和‘信腕信口，皆成律度’的主张”，

① 鲁迅：《坟·论睁了眼看》。
② 鲁迅：《鲁迅书信集·致徐懋庸信》。
③ 鲁迅：《南腔北调集·我怎么做起小说来》。
④ 鲁迅：《且介亭杂文二集·〈中国新文学大系〉小说二集序》。
⑤ 鲁迅：《且介亭杂文二集·叶紫作〈丰收〉序》。

"在根本方向上，则仍无多大差异处"①。钱基博坚持文学的正统观念，写文学史不叙小说；胡适则又相反，他完全从文学作品所使用的语言着眼，把所有的古诗、词、文贬之为"死文学"和"半死的文学"，而凡用白话写的小说都誉之为"活文学"，充分表现了他的形式主义的特点。胡适的学术研究的整个体系是唯心主义的，但他对于近代几部主要小说如《三侠五义》、《老残游记》、《儿女英雄传》、《海上花列传》、《官场现形记》等的研究是有成就的。他对作品的艺术描写的分析，时有精彩独到的见解。比如常为后来的文学史、小说史著作和文章称引的《老残游记》中的景物描写和关于白妞说大鼓书的描写，《儿女英雄传》中流畅的北京口语的运用等，其实都是胡适最早提出的。

诚然，说中国近代文学研究中的这种复杂情况，并不等于说这一时期的近代文学研究就是一团乱麻，无脉络可寻。综观全局，可以看出它的两种基本状况：新文学派的方向无疑是正确的，他们代表了时代进步的潮流，为中国文学的发展建立了伟大的功绩，但是由于当时运动的领导人物和积极提倡者缺乏马克思主义的批判分析精神以及出于矫枉必须过正的情势，一般都采取褒扬近代的各种文学革新运动而贬低和否定传统文学的态度。在近代戏剧研究中，拿中国传统戏、地方戏与西洋戏剧作比较，以西洋剧的标准衡量中国戏，把我国传统戏曲说得一无是处，并统统当作封建糟粕来批判，就是明显的一例。守旧者则相反，他们受封建正统思想的束缚，否定新派诗、新文体，排斥通俗文学而称道旧文学，致力于整理"国故"，包括近代的传统诗文。从整体上说，当时维护旧文学的各种论点，主要矛头是针对新文学运动的，特别如胡适的提倡"整理国故"，更直接是为了反对马克思主义。但是他们的某些"整理国故"（包括考证）的具体工作，却为后来的研究工作积累了资料。如陈衍辑录的《近代诗钞》，收清咸丰至民初的诗凡三百七十家，每人名下附有小传，间亦载《石遗室诗话》中的有关评语；尽管它还存在着这样那样的问题和缺点，但毕竟为我们研究近代宋诗派提供了方便。似乎可以这样说，他们的这些工作，在一定程度上补充了新文化运动的激进派在这方面工作之不足。当然，20 世纪 30 年代之后，情况有所变化，有些受过"五四"新文化洗礼的著名文学工作者也从事近代文学全面的整理、研究

① 周作人：《中国新文学的源流》。

工作。如郑振铎继二十年代对创立新文体的梁启超和翻译了大量西方小说的林琴南作过比较全面深入的研究之后，"用了很大的努力和耐心"①，编选了一部实际上包括近代八十年的《晚清文选》；阿英除了专门研究晚清小说外，还着手全面地搜集和整理反映鸦片战争、庚子事变等近代各个重大历史事变的诗、词、散文、小说、戏曲、民间文学等各种形式的文学作品：这便是很好的说明。

这个时期的近代文学研究工作做出了许多成绩，但也存在着不少问题，主要的有以下几个方面：

一、片面性。即研究问题不是认真地从事物的总体上去考察，把握矛盾各方面的特点，而是见了树木就当森林，只根据事情的某一个方面便作这样或那样的结论。上面所说的守旧派否定一切通俗文学而新文学派否定一切传统文学的做法，便都反映了这种片面性；不过，前者主要出于阶级的偏见，而后者则更多是思想方法的问题。下面着重谈一谈具体作家作品研究中的片面性：

三十年代中期，鲁迅曾针对当时选本和"摘句"的片面性，公开提出"倘要论文，最好是顾及全篇，并且顾及作者的全人以及他所处的社会状态，这才较为确凿"② 的意见。他在自己的研究工作中是始终贯彻了这种精神的。以论近代几种小说和几位作家而言，他否定"摹绘柔情，敷陈艳迹"的狭邪小说，但表彰《海上花列传》的"实写妓家，暴其奸谲"和艺术上"平淡而近自然"的特点；他称赞《三侠五义》与其续书的"绘声状物，甚有平话习气"，但又批评它们的"必不背于忠义"；他肯定"谴责小说"揭露和掊击晚清社会黑暗现实的积极意义，又指出他们"辞气浮露，笔无藏锋"等艺术的缺点③。他既热情赞扬康有为和章太炎前期领导戊戌变法、提倡种族革命的进步性，又严正指出他们后期一个拥戴溥仪复辟，一个"既离民众，渐入颓唐"的倒退行径④。然而，当时相当多的学者并没有鲁迅这种全面观点。比如严复前期著文反对顽固保守，主张向西方学习，提倡新学，比较系统地介绍和传播西方资本主

① 郑振铎：《晚清文选·序》，生活书店，1937 年 7 月版。
② 鲁迅：《且介亭杂文二集·"题未定"草》。
③ 鲁迅：《中国小说史略》。
④ 鲁迅：《花边文学·趋时和复古》；《且介亭杂文末编·关于太炎先生二三事》。

义文化，不失为一个进步的思想家和文学家；但他后来成为臭名昭著的“筹安会六君子”之一，“劝进”袁世凯称帝，晚年又提倡尊孔，反对“五四”运动。肯定他的历史功绩，指出他后期的重大过失，这才是实事求是的科学态度；可是，有些论著却不是根据社会历史的变化，对他在各个时期的活动作具体分析，而是全部肯定，一体赞扬，甚至为他不光彩的晚年辩护、叫屈。黄遵宪无疑是近代文学史上一位杰出的诗人，他的诗反映了新世界的奇异风物和新的思想文化，开辟了诗歌史上从来未有的广阔领域；他的诗歌改革主张和创作实践，为中国近代诗歌的发展作出了贡献。但是，他毕竟是一位从封建官僚向资产阶级转化中的君主立宪派人物，存在着阶级的局限性。他身后留下的千余首诗中，固然主要是对帝国主义侵略和清王朝统治集团腐朽的揭露和批判，却也有对太平天国、义和团和资产阶级革命派持反对态度之作；即使在有些充满爱国主义精神、表现改革要求等优秀诗篇中，也往往夹杂着歌颂镇压农民起义、大国主义和反对资产阶级民主制度的消极因素。这就需要区别情况，分别对待。可是，把黄诗一律当作精华肯定，连同那些包含错误思想和在当时也非进步的诗篇都称之为“最有价值”的作品，这却并不是个别的现象。这种片面性，在对《孽海花》的作者曾朴和《老残游记》的作者刘鹗的研究中，同样存在。这种情况的出现，除了研究工作者的思想立场的问题之外，恐怕与“五四”前后普遍存在的没有马列主义的批判精神，所使用的是“坏就是绝对的坏，一切皆坏”，“好就是绝对的好，一切皆好”① 的资产阶级形而上学地看问题的方法有关。

二、表面性。即研究问题不深入事物里面精细地研究矛盾的特点以及事物各方面的互相联系和内部规律，而是粗略地看到一点矛盾的形相，谈一些表面的现象。这个时期要算小说研究所取得的成绩最为显著，然而在发表的四五百篇文章中，绝大部分是对具体作家作品的评论，很少对流派和文学现象作综合的研究。偶而有几篇综合的研究，也往往是现象的罗列而非规律的探讨。而作家作品论，又大都是评作家多生平事迹的叙录和遗闻轶事的记载，论作品多内容之复述和实人实事的考证，缺乏与时代背景相联系的深刻的分析。略胜者亦常常着眼于是否有“社会史料”的价值，而不是从艺术形象的刻划并通过艺术形象的塑造反映现

① 毛泽东：《反对党八股》。

实生活的深度和广度方面去考察。这种情况，反映了当时学术界的研究水平。

三、不平衡。上面一条是说研究的深度不够，这一点主要是指研究的广度不足。近代时间虽然不长而作家作品众多，可是研究的对象局限在一个较小的范围内，包括资料的搜集和整理工作，诗、文、小说的研究主要集中在少数著名的作家、作品上，戏剧研究集中在某些剧种和某个时期的作家、作品方面。比如，关于“清末四大小说家”李伯元、吴趼人、刘鹗、曾朴的文章，就占这一时期整个有关小说论著的百分之四十二左右；对于近代传奇、杂剧的研究，集中在对辛亥革命前后传奇、杂剧改良运动时期的作家作品上，对近代前期六十年的作家作品很少注意——从资料的搜集、整理到研究，几乎都没有人认真地做过。

科学研究是随社会的发展而前进的。科学研究受社会生产力——文化科学技术发展水平的制约，社会科学研究还受当时阶级斗争和社会思潮的影响：这就是说，它要打上时代的烙印。近代文学研究当然也不能例外。“五四”以后，文学研究日渐由古代鉴赏的漫谈和逐句评注等发展为具有现代学术体系的专论，这是一种进步；但是，对于这种新的研究方法（从内容到形式的改变）的掌握和运用，需要有个实践的过程。另外，中国近代文学研究是个新的学术领域，几乎一切都是从头做起，对这个学科本身来说，没有“由它的先驱者传给它而它便由以出发的特定的思想资料作为前提”①。加之，那时马克思主义刚开始在中国传播，还没有较为普遍地为学术界的知识分子所接受；而一部分赞成马克思主义的先进的知识分子，他们理解并把它运用到古、近代文学的研究中去也需要有一个历史的过程。这一切，决定了这一时期中国近代文学研究的现状——它的成就和缺点。

二

中华人民共和国成立以后，中国近代文学的研究进入了一个崭新的时期。

中国近代文学作为文学史上一个独立的阶段开始了比较系统的多方

---

① 《恩格斯致康·施米特》(1890.10.27)，《马克思恩格斯选集》第4卷第485页。

面的研究，并且日渐成为一门单独的学科。研究近代文学的同志，在中国共产党的领导下，普遍地努力学习马克思主义，并力图把它运用到自己的研究工作中去，从而提高了近代文学研究的水平。这不仅表现在发表的著作研究和阐述问题更具系统性和逻辑性，而且表现在研究和分析问题的精深度也远非解放前所能比拟。诚然，前三十年不是没有精审优秀之作，但那种感想式的议论、遗闻逸事的记述、考证作品中所写某人某事就是实际生活中某人某事的索隐文章等还相当的多；作家作品的评论多一般性的介绍，且各篇内容大同小异，很少新意，偶有一些综合性的研究，也往往是现象罗列和材料的排比，甚至有的归类也欠科学。一些进步的学者，分析文学发展的历史，前期所用的大都是资产阶级进化论的观念，后者企图运用历史唯物论这一武器，但实际上往往表现为机械论和庸俗社会学的思想。而中华人民共和国成立之后，前一类文字已很罕见，或大大减少，后一种情况虽时有所见，但已不成主流。研究者注意到考察近代文学的特点，在纷纭复杂的文学现象中探索发展的主流，揭示新旧两种文化斗争的轨迹，还开始涉及到近代文学与古代文学、现代文学的关系；对作家作品的评价明确提出要求实事求是的态度和历史的观点，并且一般都比较自觉地把文学现象与社会背景联系起来，从经济、政治、时代思潮、外来影响等多方面去探索它们产生的原因。从一九四九年至一九七九年的三十年间发表了有关近代文学的论文、资料七百余篇。北京大学中文系编写、修订的《中国文学史》和《中国小说史》以及游国恩等主编的《中国文学史》都设有“近代文学“、”近代小说”的专编，复旦大学中文系还编出了《中国近代文学史稿》；它们填补了《中国文学史》和《中国现代文学史》两不管的空白地带，把中国文学的发展从古代到现代衔接了起来。此外，北京大学中文系师生选注的《近代诗选》、人民文学出版社简夷之等选编的《中国近代文论选》、魏绍昌编的《鸳鸯蝴蝶派研究资料》、《老残游记资料》、《孽海花资料》以及阿英编的《中国近代反侵略文学集》、《晚清文学丛钞》等大型的文学类编相继问世，龚自珍、魏源、林则徐、黄遵宪、谭嗣同、康有为、秋瑾等的全集、文集、诗集笺注或诗文选注陆续出版，近代的重要小说也整理印行，有的甚至多次重版。这些，都是我们建国以后三十年中所取得的非常可贵的成绩。

但是，事情总有它的两面性。历史的道路不是笔直的，我国近代文学的研究也经历了曲折的过程。由于种种原因，建国以后，在社会生活中包括文化界长期存在着一种"左"的倾向。这种"左"的倾向，毫不例外地影响着中国近代文学的研究工作。而这种"左"的倾向之对于中国近代文学研究的影响，与对于中国古代文学研究的影响又有不尽相同的地方。即如果说对于中国古代文学研究的影响与建国以后在古典文学研究范围内（或者说主要涉及这个范围）所开展的批判运动有关，与这个时期提出的"厚今薄古"和"越是精华越要批判"的口号有关，那么这些对于近代文学研究来说只是起了加强"左"的氛围的作用。因为近代文学正是处于"不今不古"的中间地带，而且它也似乎从来没有被人视为有"精华"的资格，更不用说"越是"了。但这并不就意味着它的命运比古典文学研究好一些。因为对于古典文学，毛泽东曾经明确地说过"中国的长期封建社会中，创造了灿烂的古代文化"①，毕竟还有所依傍；而近代文学的情况则不同。中华人民共和国的成立，标志着新民主主义革命的结束和社会主义革命的开始。社会主义革命，众所周知是革资产阶级的命。近代是资产阶级登上历史舞台的时代，文学主要的当然也属于资产阶级的性质；而且在文化和文学方面，改良主义所作出的成绩和发生的影响比革命派要大。三十年中，近代中国资产阶级改良主义及其代表人物一直处于被否定、被批判的地位，其文学自然不可能有更好的命运。不仅如此，在那些年月里，还存在着这样一种情形，即为了批判现实生活中的资产阶级和修正主义，常常先拉出一个什么东西来作为这种批判的过渡的"引子"，而近代资产阶级改良主义往往成为被选中的十分合适的对象。例如对电影《武训传》的批判和对电影《清宫秘史》的批判，都牵涉到近代资产阶级改良主义的问题；至于二十世纪六十年代中期发动的对晚清"谴责小说"的批判，则更直接是对于近代资产阶级改良主义文学的批判，而实际上也是为"文化大革命"所作的一种舆论的准备。这种情况，给近代文学研究带来了严重的后果：从数量上看，发表的专著和文章甚至还不如战火纷飞的前三十年多。后三十年中虽也有比较兴旺的时候，但一个有八九亿人口的大国平均每年只有二十三四篇文章，不能不说是十分冷落的景象。这些发表的著作，固然不乏有价值的上品，但确有相当数量打上了"左"倾思潮的印记，不同程度地存

① 毛泽东：《新民主主义论》。

在着缺乏科学性的问题。其表现是多种多样的。如不从研究对象所处的时间、地点、条件出发作历史的具体的分析，而是以今天的是非标准去评价近代的文学现象和作家作品；如不是实事求是地从材料、从作品的客观实际中引出固有的结论，而只是根据作家的政治立场、政治态度和世界观来评判它们的文学事业和学术研究成果；如不是从思想和艺术两方面研究文学作品，而是片面地强调思想性，忽视甚至无视艺术性，以对作品的思想内容的分析代替对作品的艺术成就的分析，把文学作品与一般的政治思想宣传读物等同起来，并认为这就是研究工作中的无产阶级党性的表现，否则便是资产阶级艺术至上者……至于在林彪、江青反革命集团推行法西斯文化专制的十年里，中国文化更是遭到了一场空前的浩劫，哪里还有什么“研究”可言！

关于这三十年的情况，我们在一九八〇年发表的那篇《建国三十年来近代文学研究的回顾》中曾作过论述，现在没有多少新的意见，这里不再赘述。

三

近两年来，中国近代文学的研究工作有了很大的进展，取得了明显的成绩。

自从党的十一届三中全会以来，清除了林彪、江青反革命集团在近代文学研究工作领域内所散布的各种流毒，进行了拨乱反正的工作；同时清理了长期存在的“左”倾思潮的影响，重新确立了实事求是的学风。三十年的教训，特别是十年动乱期间的沉痛教训，使人们变得聪明起来，大家决心摒弃形而上学的观点和实用主义的做法，坚持用马克思主义的科学方法和态度去从事近代文学的研究；于是，我们的近代文学研究工作出现了活跃的生气勃勃的景象。

在这短短的两年多的时间里，新出了龚自珍、秋瑾、柳亚子等诗选和诗文选注，编印了吴趼人、李伯元、秋瑾等研究资料和《南社丛谈》，七卷本的《中国近代文学论文集》也已选编完毕，陆续出版；除重版了部分解放后印行的近代小说外，还新印了《洪秀全演义》、《荡寇志》、《儿女英雄传》、《龙图耳录》、《七侠五义》、《海上花列传》、《花月痕》等建国后没有出过的近代小说。一九八〇年发表了一百三四十篇有关近代文学的文章，一九八一年比上年又多了三四十篇，比建国后三十年的平均数增长了七点四倍，比发表率最高的一九五七年和一九六二年也增加了两倍多。研究的范围也扩大了，接触了一些建国以来没有论及和长期被冷落的社团、作家、作品和问题，如南社，如苏曼殊、江湜，如李涵秋的《广陵潮》以及近代戏剧和近代翻译文学等；对文学史上某些重要的流派和文学现象，如"同光体"诗歌、桐城派散文、陈衍诗论和近代小说艺术水平不高的原因等也作了进一步的探讨，提出了一些与前个时期不同的见解。文章的质量一般也比过去有所提高。

但是，从总的情况来看，近代文学研究在整个文学史研究中仍然属于薄弱的环节。如何加强我们的近代文学研究工作，如何提高我们近代文学研究的学术水平，目前迫切需要从哪些方面进行工作，才能尽快地使我们近代文学的研究繁荣起来，这是这次会议需要请大家来讨论的。今天我先粗略地说几点，作为引玉之砖。

第一，大力加强资料工作。

搜集和整理资料是研究工作的前提和先决条件。研究工作的任务是从大量的材料中发现其隐藏在内部的规律。毛泽东在论述马克思主义的科学方法和态度时曾经指出："'实事'就是客观存在着的一切事物，'是'就是客观事物的内部联系，即规律性，'求'就是我们去研究。"① 按照这个解释，研究工作就是从客观事物中寻求它的内部联系。因此，无论研究自然科学或社会科学，研究历史问题或现实问题，都需要充分地占有材料。没有资料，就谈不上研究工作。恩格斯说："即使只是在一个单独的历史实例上发展唯物主义的观点，也是一项要求多年冷静钻研的科学工作，因为很明显，在这里只说空话是无济于事的，只有靠大量的、批判地审查过的、充分地掌握了的历史资料，才能解决这样的任务。"② 马克思用了不下二十五年的时间研究商品经济的材料。他在一封给约·魏德迈的信里说，他常常从早晨九点到晚上七点待在英国博物馆里研究各种材料；他讥笑"民主派的'头脑简单的人们'"只"靠'从

① 毛泽东：《改造我们的学习》。

② 恩格斯：《卡尔·马克思〈政治经济学批判〉》（1859 年 8 月 3—15 日），《马克思恩格斯选集》第 2 卷第 118 页。

天上’掉下来的灵感”而从不“下这样的工夫”。①

资料对于研究工作是如此之重要，然而研究近代文学所需要的资料却十分缺乏。近代由于时代风云的激荡、西方文化的影响、新闻出版事业的发达等原因，作家辈出，流派繁复，著译浩如烟海。大概因为时局多变，战乱频仍，以及许多作品本身质量不高，没有引起社会重视等种种原因，资料散失的情况相当严重。不说当时的未刊稿、手抄本或家刻本和虽有全集而后因思想变化业经删弃的那部分原稿不易找到，就是连发表在报纸杂志上或出版过的作品现在竟也有许多没有影踪。说来几乎不能令人相信，当时登载文艺作品的报纸、杂志现在全佚或只剩一鳞半爪者绝不是个别的。有些资料建国后好不容易发现，经十年浩劫又复失去。阿英《晚清小说目》中提到的创作和翻译小说有一千一二百部，现在一般能见到的只百分之几。诗歌方面，虽有清张应昌编选的《清诗铎》（原名《国朝诗铎》）和近代徐世昌辑《晚晴簃诗汇》可以参考，但均非近代专集，且前者止于同治，后者对较尖锐地反映社会矛盾和清末反帝斗争的作品入选甚少。孙雄辑录的《道咸同光四朝诗史一斑录》（后又名《道咸同光四朝诗史》）和陈衍的《近代诗钞》保存了一些流传稀少的作品和不知名的诗人的史料，但仅凭这两部集子是很不够的，因为他们各按自己的标准和观点选录诗人及其作品，并不全面。如陈衍的《近代诗钞》对于魏源以后一系列进步诗人的诗很少收录，甚至一首不录；且即便选入了的诗，也往往不足以代表那些作家的面貌。散文方面，清盛康和葛士濬等编的《皇朝经世文续编》是奏稿等治理世事之文，非文学之文；近代沈粹芬、黄人等辑的《清文汇》（原名《国朝文汇》）② 虽取材较富，有一定参考价值，但旨在反映一代之政教风尚和学术思想，选录亦未尽当③。研究作品，当然要了解作者的身世，可是至今许多近代文学作家的生卒年都不清楚。《清史稿》等书中载有少数近代文人的生平大略，但许多重要的诗人、词人、小说家、戏曲家皆付阙如。孙雄、陈衍的“诗录”、“诗钞”中虽附有作者小传，但都一言半语，非常简单，提

① 《马克思致约·魏德迈（1851年6月27日）》，《马克思恩格斯全集》第27卷第582页。

② 是书编成于清宣统二年，共五集，两百卷，收清文1356家（其中道、咸、同、光四朝298家），一万余篇。

③ 如康有为仅选《应诏统筹全局疏》和《日本书目志序》，梁启超仅选《适可斋记言记行序》和《日本国志后序》，殊不足反映他们散文的全貌。

供的材料少得可怜。小说方面，不仅大量的作家生平不详，而且很多连真实姓名都不知道。地方戏的资料工作更差。许多在近代文学史上有重要地位的作家还没有全集或文集。有些作家的诗文相当艰涩难懂。这里有着大量的、艰辛的调查、搜集、校勘、辨伪、辑佚、注释、整理、编辑等工作要做。如果这些工作驻足不前，近代文学研究很难取得较大的进展。

第二，扩大视野，开拓新的领域。

文学研究要发掘得深，首先必须开拓得广。上面已经说过，近代时间不长而作家作品盛多，流派杂出，各种体裁、风格并生。孙雄收录道光以后诗达两千余家①；阿英记载晚清最后十年创作的小说便有五百多部；据梁淑安、姚柯夫同志调查，近代传奇、杂剧在二百种以上，京剧剧目和各地方剧种更为繁多；郑振铎编的《晚清文选》选录了一百二十余人的散文，钱基博著的《现代中国文学史》中也论列了各种文体的作家近三十人；龙榆生《近三百年名家词选》中尚采集近代词人三十二家，作品二百八十七首。可是长期以来，特别是建国三十多年以来，近代文学研究的选题局限在一个狭小的范围内。小说方面主要集中在“四大谴责小说”，对于像黄小配（即黄世仲）这样一位发表过十部小说②的资产阶级革命派重要作家至今没有全面的研究；他写的《洪秀全演义》，目前有五六家出版社争相出版，但也未见一篇专门的评论文章。诗歌方面涉及的作家略多一些，但主要也还是集中在龚自珍、黄遵宪等几位大家身上，且谈政治思想的居多，研究的问题也比较琐碎。散文方面，那些所谓“评法批儒”的笑谈当然不能算为研究，但此外基本上也就没有什么东西。至于对近代词、近代戏剧尤其是地方戏的研究，对近代反动、落后的作家和各种流派、风格的研究，对近代文学的继承革新、承前启后的重要作用以及西方文学影响的研究，对近代文艺思潮、近代文学与近

① 笔者仅见钢笔版试印初稿（光绪三十四年——宣统元年出版）第一至十编，计898家。钱基博《现代中国文学史》和杨世骥《晚清文学史话》均云二千余家。查宣统二年十二月出版的《道咸同光四朝诗史》甲集“凡例”，知钢笔版出至三十编，则钱、杨二氏之言可信。

② 阿英《晚清小说史》中提到的有：《大马扁》、《廿载繁华梦》（一名《粤东繁华梦》）、《宦海升沉录》（一名《袁世凯》）、《洪秀全演义》四种；李育中《〈洪秀全演义〉作者黄小配》（载《随笔》第一期）一文中增加了《宦海潮》、《黄粱梦》、《陈开演义》、《岑春煊》、《五日风声》五种；笔者最近又发现了一种他写的《党人碑》。

代经济基础的关系、与近代政治、法律、哲学、宗教等上层建筑之间相互制约、相互渗透的研究，甚至对于外国翻译介绍和研究中国近代文学的研究等等，则几乎都还是一片空白。如果这些荒地不去开垦，近代文学研究的园圃里是很难出现百花盛开的繁荣局面的。

第三，进行综合性的研究。

科学研究的任务在于透过各种表面看来似乎是偶然的、杂乱的现象去发掘和揭示隐藏在这些现象后面的客观规律，并以这些客观规律的知识来武装从事实践活动的人们，从而促进新的事业的发展。由于人们认识事物的过程总是由认识个别的和特殊的事物逐步地扩大到认识一般的事物，总是首先认识了许多不同事物的特殊的本质，然后才有可能更进一步地进行概括工作，认识诸种事物的共同的本质，所以在文学研究工作中一般也总是先作一个一个作家作品的研究，然后再进行综合性的研究。

诚然，所谓综合性的研究是相对的。因为即使是对于一部作品的研究，也总是同时既起分析的作用，又起综合的作用；至于对一个作家的研究，就更需要分别考察他的全部作品以后进行综合的研究。不过，我们通常还是称这种研究为作家作品的研究。我们这里所说的综合性的研究，是指一种更为广泛的、概括意义更大的研究，比如近代诗歌、散文、词、小说、戏曲等各种文学样式的研究或者近代文学流派、社团以及某种文学现象、问题的研究等等。这种研究，要求分析它的各种发展形式——考察这些形式的全部发展过程，探求这些形式的本质特点和内在联系。以近代小说而论，它就存在着谴责小说、侠义公案小说、狭邪小说以至黑幕小说、侦探小说、鸳鸯蝴蝶派小说等的发展形式。研究近代小说，就需要分别考察这些形式的小说怎样产生，如何发展，经过了哪些主要阶段，有什么特点，起什么作用，从而揭示它们产生和形成的历史与社会原因，继承与革新的关系，发展的规律，历史的地位、现实意义及对后来新文学发展的影响等等。这里很重要的一点是作分析比较的工作。首先是放在整个中国近代文学发展历史进程的广阔背景上，将各种形式的小说加以比较，从比较中认识各自的特点、长处和短处、功过和得失，掌握它们之间相互影响与作用的内在联系，概括出它们共同的特点和规律；然后再把它放在整个小说发展历史的长河中，与中国的古典小说相比较，与中国“五四”以后的新小说相比较，与同时代的外国小说相比较，从中找出近代小说的新特点，弄清它（包括思想内容和艺术表现手法）哪些是近代历史的现实土壤上的新产物，哪些是承受了中国古典文学的传统，哪些是吸收了外国文学的营养，它在中国文学发展过程中起了什么样的作用，占有什么样的地位……通过这样具体的比较分析，再经过综合的去粗取精、去伪存真的抽象和概括，判断和推理，从中引出理论性的结论来。

一个研究项目涉及的范围愈广，需用的材料愈多，要求概括的程度愈高，也就愈容易出现片面的和不科学的结论。因此，我们在进行这项工作的时候，必须严格地按照马克思主义的科学方法去进行。根据过去的经验和目前的情况，这里有两点值得特别注意，即：（1）主观主义是科学的大敌。对于具体研究对象的结论，应该在马克思主义一般原理的指导下，从大量的客观事实中抽象出来，而不能先有结论再去寻找事实。恩格斯说："如果不把唯物主义方法当做研究历史的指南，而把它当作现成的公式，按照它来剪裁各种历史事实，那么它就会转变为自己的对立物。"[①] 不仅如此，片面性也是科学的敌人。结论必须从事实的全部总和中抽象出来，而不能从个别的事实中引伸出来；因为"社会生活现象极端复杂，随时都可以找到任何数量的例子或个别的材料来证实任何一个论点。"[②] 可是，这种主观主义和片面性的研究过去和现在学术界都不是绝无仅有的。（2）坚持历史主义，即把问题提到一定的历史范围之内，根据事物所藉以产生的具体历史条件，从事物的发生和发展中对它们进行研究，而不是脱离事物当时所处的条件，以今天的是非标准去说明历史事实。因为这种违反历史主义的情况过去和现在都常发生，只是过去主要是以对今人的要求去评价古人，苛求古人；现在主要是用今天的文艺理论术语去硬套古人，拔高古人：二者表现虽异，实质却是一样的。

进行综合性的研究固然是进行各时期、各门类的文学研究都需要的，但对于处于时代剧变、历史大转折、新旧文学更替时期的近代文学来说，似乎尤有必要。根据中国近代文学的具体情况，不大可能出现像研究李白、杜甫和《水浒传》、《红楼梦》那样的热潮，但却十分需要详细地考

① 《恩格斯致保·恩斯特（1890年6月5日）》，《马克思恩格斯选集》第4卷第472页。

② 列宁：《〈帝国主义是资本主义的最高阶段〉法文版和德文版序言》（1920年7月6日），《列宁选集》第2版第2卷第733页。

察它怎样从封建时代的旧文学走向现代新文学的具体历程和特点，探索它发生发展的规律以及它在整个中国文学发展中的地位、作用和意义。对于事物从现象到本质的认识是个逐步深化而永远也不会完结的过程。近代文学的各种发展形式以及这些形式的内在联系是十分丰富复杂的，由于各个研究工作者的世界观和理论、知识方面的修养不同等原因，在研究得出的结论中自然会有这样或那样的差别，这是正常的现象。通过不断的努力，总会达到一个比较接近真理的认识。

从“五四”以来，中国近代文学的研究基本上一直处于就事论事和零打碎敲的状况，现在需要来一个突破。这就希望从事中国近代文学研究和有志于中国近代文学研究的同志在继续深入进行单个作家、作品研究的同时，重视综合性的研究。当然，综合性的研究需要花费更多的时间和精力，占有更多的材料，掌握更多的知识，但在科学上“只有不畏劳苦沿着陡峭山路攀登的人，才有希望达到光辉的顶点”①。我们应该有攀登高峰的勇气和信心。

第四，开展多方面的学术讨论。

学术问题，需要集思广益，通过充分的讨论，才能得出比较科学的结论。可是，中国近代文学几乎可以说没有开展过真正学术问题的讨论。因此，有不少基本的和重要的问题，至今没有得到很好的解决。比如，对于近代文学史的分期问题，国内外学术界一直存在着不同看法。国外的意见姑且不论。就国内而言，对其上限，即从1840年开始，意见基本一致；对其下限，便存在着断自1919年和1949年的分歧。即使都接受自鸦片战争至“五四”运动的文学为近代文学这一观点的同志，对这八十年文学的具体分段也有二分法、三分法和四分法的区别。在同样的三分法中，又由于所持分期原则的不同而也有所不同。如北京大学中文系编写的《中国文学史》和游国恩等主编的《中国文学史》分为资产阶级启蒙时期的文学（1840—1894）、资产阶级改良主义运动时期的文学（1895—1905）、资产阶级民主革命时期的文学（1906—1919）；而有的同志则认为第一、第二时期应是1840—1878年和1878—1905年②；另有同

① 马克思：《〈资本论〉法文版序言》（1872年3月18日），《马克思恩格斯全集》第23卷第26页。

② 郭延礼：《中国近代文学史的分期问题》，《文史哲》1963年第2期。

志提出"以中国近代历史中三个革命运动——太平天国革命、义和团运动和辛亥革命——的高潮来作为近代文学史分期的标志"①。但对于这样近代文学史研究中的基本问题，始终没有开展认真的讨论。

再如"宋诗派"和"鸳鸯蝴蝶派"，这是近代文学史上两个历时甚久，影响很大的文学流派。"宋诗派"从道光至辛亥革命以后，贯穿整个近代，人数颇众，十分活跃。建国后三十一年中未见一篇专门研究它的文章，文学史著作中都认为这是近代一股落后的以至"反动的诗歌逆流"，是当时"各种腐朽的拟古主义与形式主义的诗派"中最大的诗派。去年，《文学评论丛刊》第九辑上发表了钱仲联先生的《论"同光体"》一文，对宋诗运动后期的"同光体"诗派提出了艺术上有其特点、思想内容也要对具体作家分不同时期作具体分析的意见；虽未见诸文字，但认为"宋诗派"不能一笔抹煞的同志实际上决不是个别的。"鸳鸯蝴蝶派"从清末民初至二十世纪三十年代曾经盛极一时，它的"流风余韵"直到建国后才消散；他们的作品很多，据不完全的统计便有近两千部，其影响甚至深入到偏僻的农村。对于历时如此之久、作品如此之多、影响如此之大的这一流派，建国至今也只有两三篇批判的文章，对于它的源流演变，特别是它产生和得以长期存在的原因以及它所起的作用等缺乏具体深入的探讨。否定和骂倒历史上的某些作家和作品是最容易不过的做法，但要从浩瀚的古籍中发现一点真正有价值的东西却常常要花出艰苦的劳动。记得恩格斯曾经多次说过大意是这样的话，仅仅宣布一种学派错误还制服不了这种学派，道义上的愤怒无论多么入情入理，在科学上丝毫不能把我们推向前进，重要的是在于作理论上的说明。在这里，精神生产与一定的历史形式的物质生产相联系和意识形态是经济关系或近或远的枝叶等马克思主义经典作家的教导，也许对我们研究问题是有启迪作用的。

需要讨论的问题当然远不止这些，比如对于改良主义文学和太平天国文学的评价，对于桐城派散文和陈衍诗论的评价，对于梁启超、王国维、吴梅的评价，甚至究竟应把龚自珍归入中国古代文学史还是近代文学史等等，都存在不同看法，都有进一步展开讨论的必要。

中国近代文学研究已经获得了许多成绩，近两年来发展的形势更为

① 时萌：《编写中国近代文学史若干问题商兑》，《群众论丛》1980年第2期。

可喜。1982年春天在广东梅县举行黄遵宪研究学术交流会的时候，许多同志提出要求创办专门研究中国近代文学的刊物；现在，由中山大学和广东人民出版社创办的《中国近代文学研究》即将出版。为了加强中国近代文学的资料工作，我们文学研究所近代文学组也决定办一个《中国近代文学史料》丛刊。这次应邀来参加会议的有十多个出版社和报刊编辑部的同志，说明了他们对近代文学研究工作的支持和重视。我们的前景是美好的。最近，我们党召开了第十二次全国代表大会，号召全国人民在各项工作中开创社会主义现代化建设的新局面，我们亦应努力学习马克思主义理论，提高自己的知识修养，在中国近代文学研究工作的领域里开创一个新的局面。

一九八二年十月一日初稿，
十一月三十日修改。

（原载《中国近代文学研究》第一辑，1983年11月第1版）

建国前三十年中国近代小说研究巡礼

考察中国近代文学研究的实绩，回顾中国近代文学研究的历程，总结中国近代文学研究的经验和教训，这将有助于在中国近代文学研究这一领域内开创新局面。为此，我们在编辑出版四卷建国后三十年（一九四九——一九七九）的《中国近代文学论文集》之后，几位同志又分别搜集材料，编选了三卷建国前三十年（一九一九——一九四九）的《中国近代文学论文集》，以供从事中国近代文学研究、教学、编辑工作的同志和关心、爱好中国近代文学研究的同志们参考。

在十九世纪末二十世纪初的中国文坛，由于小说地位的空前提高、小说创作的繁荣和外国小说的译介，谈论小说的文字开始从古代无系统的、零碎的、分散状态的序跋、笔记、评点等形式中独立出来，撰述了《小说丛话》、《小说闲评》、《说小说》、《小说管窥录》等专门论述中外小说的著作；并且随着西方学术文化的输入（西方哲学、美学理论等的翻译、介绍），出现了一批新型的、具有一定学术体系的探讨小说特性、社会作用等的单篇专论。在当时的报纸杂志上，也发表了某些评论近代小说的短文。但是，总的说来，它们还显得零碎、浮浅，缺乏科学论著的系统性和逻辑性，还谈不上对近代小说进行深入、细致的研究。

“五四”以后，随着新文化运动的广泛、深入的开展，近代小说研究进入了一个崭新的阶段。

一九二二年春，胡适在《五十年来中国之文学》的第九节，对十九世纪七十年代以后五十年内的中国白话小说——北方的评话小说和南方的讽刺小说进行了比较全面的考察和评价，并简略地追溯了它们的渊源。接着，鲁迅先生的《中国小说史略》和《中国小说的历史的变迁》问世，这是最早系统地论述我国两千年来小说发展历史的专著。作者在占有大量材料的基础上，经过认真研究，对各个时期的作家和作品，紧密联系社会背景，有重点地作了分析和评论。他“从倒行的杂乱的作品里寻出一条进行的线索来”①，为人们揭示了中国小说变迁的轨迹，并努力探索了这一文学样式发展的规律。虽然还没有把近代小说从整个中国古典小说中分离出来，作为一个独立的历史阶段的文学现象来看待，但是《中国小说史略》的最后三篇和《中国小说的历史的变迁》的最末一讲的大部分内容，实际上都是讲的这一时期的作家和作品。书中对于狭邪小说、侠义公案小说和谴责小说的源流、演变的阐述和作家、作品的评价，言简意赅，独到精辟，许多论断和见解至今犹闪耀着夺目的光辉。稍后，阿英编写了《晚清小说史》，范烟桥在他的《中国小说史》中专设了一章《最近之十五年》，都对清末民初的小说作了比较全面的介绍，为进一步研究近代小说提供了可贵的资料。

建国前三十年间发表的有关近代小说的论文（包括专集中的单篇），所见五百六七十篇，等于同时期诗文论著的三倍，戏剧论著的二点四倍，是近代文学研究中收获最为丰硕的一个部类。这些论文，大体上可以分作五类。一是对某一时期、某一文学现象的综合研究。如郭昌鹤的《佳人才子小说研究》，洋洋五万余言，对明清五十部才子佳人小说中的十二部代表作品一一作了介绍，从内容到形式进行分析对比，指出这些作品在思想和艺术上存在的共同缺点，对社会起了不良影响；石笋的《论明清武侠小说之产生及特质》，探讨了武侠小说的起源及其产生和兴盛的原因，并通过与唐代传奇、宋代公案小说、《明史》列传中有关记载的比较，说明明清武侠小说具有与以往同类题材小说不同的特点；安英的《民初小说发展的过程》，具体叙述了清末民初旧派小说演变的情况，为我们勾画了这个阶段小说发展的概貌。二是对作家、作品的具体的评介。如郑振铎的《林琴南先生》，对林纾的一生及其文学活动，主要是翻译小说的功过得失，作了比较公允的全面深入的论述。胡适的学术研究的整个体系是唯心主义的，但他对于近代几部主要小说如《三侠五义》、《老残游记》、《儿女英雄传》、《海上花列传》、《官场现形记》等的研究是有成就的。他对作品的艺术描写的分析，时有精彩独到的见解。比如常为后来的文学史、小说史著作和文章称引的《老残游记》中的景物描写和关于白妞说大鼓书的描写，《儿女英雄传》中流畅的北京口语的运用等

① 《鲁迅全集》，第8卷，人民文学出版社1957年12月版，第313页。

等，便都是胡适最先提出的。此外，阿英的《小说闲谈》和杨世骥的《文苑谈往》第一集中介绍了五六十部晚清小说，其中不少作品现在已不易见到；郑逸梅的《小品大观》和严芙孙的《全国小说名家专集》，提供了起源于清末民初的“鸳鸯蝴蝶派”等作家的材料，可以为研究这些流派作参考。三是对作家的生平事迹和家世，作品的写作、出版时间以及故事源流的考证。如容肇祖《〈花月痕〉的作者魏秀仁传》，李玄伯、孙楷第关于《儿女英雄传》作者家世和作品人物的考证，李家瑞《从石玉昆的〈龙图公案〉说到〈三侠五义〉》，赵景深关于《施公案》与“施公戏”关系的考证，……这些考证，都对研究工作不无用处。四是文学革命的倡导者对守旧派和“鸳鸯蝴蝶派”的批判。这些批判，现在看来，有的不免过火；然而在当时，却是“箭在弦上，不得不发”。他们的方向是正确的。从这里，我们可以看到先辈向旧势力勇敢战斗的精神。五是作家遗闻逸事的记载，作品人物的索引，小说杂志的著录等资料性文字，对研究工作者也有一定的参考价值。

这个时期的近代小说研究取得了很大的成绩，同时也存在着不少问题和缺点。

首先，在全部论著中，很少对流派和文学现象作综合的研究（不到百分之五），绝大部分是对具体作家、作品的评论。即使有几篇综合的研究，也往往是现象的罗列和材料的排比而非历史的考察和规律的探讨。而作家作品论，评作家，大多是关于作家生平事迹的叙录和遗闻轶事的记载；论作品，也多是内容的复述和实人实事的考证，缺乏与时代背景相联系的深刻的分析。略胜者，亦常常着眼于是否有“社会史料”的价值，而不是从艺术形象的刻划并通过艺术形象的塑造反映现实生活的深度和广度方面去衡量。要之，除鲁迅等极少数人外，一般论著都停留在作家、作品的介绍上，缺乏深刻的见解。这反映了当时学术界研究工作的水平。

其次，由于作者队伍的复杂（不同阶级立场、政治观点、艺术趣味等等），近代小说论著的思想表现出新旧杂陈、妍媸并存的情形。封建守旧派，有的仍坚持中国传统的偏见，否定小说在文学史上的地位；有的则吹捧专写投合封建小市民口味的才子佳人、娼门、武侠、黑幕小说的作家和作品。资产阶级学者如胡适，又不加分析地把白话小说以外的古文学一律贬之为“死文学”和“半死的文学”，片面地认为“小说戏剧中人物的谈话”，只有用“各地人的方言”，才能“传神写生”并且为有些作品中的反动描写辩护。还有如署名“凌霄汉阁”者，甚至帮酷吏说话，批评《老残游记》中关于毓贤的描写“完全不近情理”，“一望而知为过甚其词”。革命和进步的研究工作者，由于学习、掌握马克思主义并把它运用到文学研究工作中去需要有一个过程，也往往出现这样和那样的问题，比如形而上学的方法论和为庸俗社会学等等。

再者，治学态度不谨严，论著缺乏科学性，引用材料多舛误。这种情况，虽然建国以后也不能尽免，但这个时期的问题要严重得多。阿英在《小说人物考略》里把《东欧女豪杰》的作者“羽衣女士”罗普误考为张竹君，杨世骥的《文苑谈往》第一集错认《冰山雪海》为李伯元编译，范鸥夷《论武侠小说》妄署唐传奇《红线》作者袁郊为杨巨源。诚然，前二者一是受了当时材料的局限，一是没有看破书商的作伪，这在近代小说研究这项工作开始不久的情况下尚不必苛求；后者沿袭了明刊《五朝小说》和清编《唐人说荟》题名之误，虽有未加审慎考订之责，似也还情有可原。但是，像卫聚贤的《〈包公案〉及考证》等著作中那样信口开河，问题就不同了。比如他根据《包公案》里“以情奸案为多，而其中以由赖婚而引起的杀人案四件为重要”，断定作者是“曾因赖婚而引起杀人案，吃过官司”的人；因书中写“饮酒吃饭”“而未叙述其菜肴如何丰富可口”，写“家庭的陈列”而“未曾叙述其陈设丰富、房屋的讲究”，写“金银首饰”而“未叙述其如何美观”，断定作者为“没有吃过好菜”、“没有住过好房子，家里也没有好东西陈列”和“没有见过珠宝首饰”的人；由书中作者评语“言不得时者一”，“言忘恩负义者一”，“言婚姻者三”，“言包公为清官者五”，断定他“是一个不得志的人，有事求助于亲友而不如愿，因婚姻事而吃官司”，“为报答辨明无罪释放他的上级官吏起见，乃假包公之名而作此书”。这种捕风捉影、穿凿附会的考证，实在离开科学研究的道路太远了！此外，诸如安英《民初小说发展的过程》，引叶小凤《古戍寒笳记》第十八回文而谓第四回；许君远《评〈九命奇冤〉》引《九命奇冤》第四回文而云第三回，又将第八回的郑氏面数凌易行误为“郑氏面数凌宗孔”；叶德均《俞万春及其〈荡寇志〉》，凡六处引半月老人《序》均混为古月老人《序》；郭昌鹤《佳人才子小说研究》统计表中把《驻春园》女主人公曾云娥错为曹雪娥；卫聚贤《〈彭公案〉考》引文由《东华录》“道光卷十一”（“道光五年六月”条）谬为“道光十一年”，并据此而得出“在道光十一年时青帮尚未帮助清朝”的结论；刘雁声《受〈水浒传〉影响之清人侠义小说》引《宋史·侯蒙传》衍“宋”，漏“赦”，删处不标删节号，以致文意错乱，不知所云：凡此等等，更明显地是草率从事的结果。

本集尽量选录这一时期中国近代小说论著中有较高学术价值和对研究、教学工作有较大参考意义的作品，同时也适当照顾到近代小说研究的各个方面。内容大体相同者，则择优选录其中一二篇；持不同观点者，也酌情选录其有代表性的一两种。有些作家作品，如苏曼殊、林纾等，建国后没有或很少论及，而这一时期关于他们的文章却很不少，在这里相对地便收得多一些。有个别著作如《佳人才子小说研究》、《包公案》考证等，虽主要谈古代小说，但因涉及近代小说，并与近代“鸳鸯蝴蝶派”、《三侠五义》等小说的发展有密切关系，故也一并选入，共得八十一篇。另附中国近代小说论著索引五百七十条，以供读者查考。

凡所选论著，先综论，后作家、作品，后资料；作家、作品依其时代先后为序；各类论著又按发表时间先后排列。

这一时期的报刊，除《语丝》等少数几种杂志外，大都排印粗劣，校对不精；因此，所发表的近代小说论著，错误连篇累牍。如《中国公论》刊凌霄汉阁《老残与清廉》误“拳匪”为“掌匪”，把康熙饬彭鹏谕“……王度昭”倒为“王昭度”；《东方杂志》载卫聚贤《〈彭公案〉考》，误《广阳杂记》作者“刘献廷”为“刘嶽廷”，引《东华录》文“将来藐法之徒”漏“法”而为“将来藐之徒”；《小说世界》印刘欧波《〈花月痕〉作者之思想》，将《陔南山馆诗话》错为《陵南馆诗话》，引《花月痕》第五十回开头几句即漏了“脂韦之习”四字。……类似这样讹、漏、倒、衍的错误，《新东方杂志》所刊安英《民初小说发展的过程》一文中有七十多处，《文学季刊》登的郭昌鹤《佳人才子小说研究》达二百余处，《小说月报》印的叶德均《俞万春及其〈荡寇志〉》，全文不到三千八百字，明显的错字便有三十来处，平均一百二十五字中就有一个错字，由此可见其错误的严重程度。这当然主要是出版部门的问题，但作者本人也不能说没有一点责任。这次选录，除对技术规格作了必要的统一外，一律按现行标点符号重新进行标点。引文尽可能都与原文核对。凡是排印上的明显错误，都一一作了订正。凡属作者引用材料之误或者文句不通等等，都一仍其旧，不作改动。

集中所收严芙孙《全国小说名家专集》中的几篇材料，系上海作协魏绍昌先生所提供，特在此表示谢意。

由于水平和见闻所限，本书的编选定多缺点和遗漏，谨希读者批评指正。

一九八四年三月三十日

（原为《中国近代文学论文集·小说卷》（1919—1949）前言，中国社会科学出版社1988年5月出版，先以《建国前三十年中国近代小说研究巡礼》之题于《社会科学辑刊》1984年第5期发表）

附录：

建国三十年来近代文学研究的回顾

王俊年　梁淑安　赵慎修

一、情况概述

对于从鸦片战争到“五四”运动这一历史时期文学的研究，在建国之前就有人着手进行，并且也不乏值得珍视的成就。其中，如鲁迅的《中国小说史略》关于清末“谴责小说”的社会成因的论述，常常为人所称引；郑振铎一九三六年编的《晚清文选》，收录了起自林则徐、止于陈天华的一百二十余人的散文作品，名为晚清而与近代的时代基本相合，在历史的分期上堪称为远见卓识；阿英的《晚清小说史》，对清末的小说作了比较全面的介绍；胡适的《五十年来中国之文学》，叙述了一八七二年到一九二二年的文学发展线索；陈子展的《中国近代文学之变迁》和《最近三十年中国文学史》，对于戊戌变法前后文学观念的变化的叙述也很有见地；高崇信、尤炳圻校点的《人境庐诗草》，颇能显示黄诗散文化的特色。但是，总的来说，那时对近代文学还没有形成一个完整的概念，仅从历史的分期来看，就有着很大的随意性。虽然有了一些有关近代文学的研究，但并没有建立起这门学科。

早在一九四一年，毛泽东同志就强调要重视“鸦片战争以来的中国近百年史”的研究，他说：“对于近百年的中国史，应聚集人材，分工合作地去做，克服无组织的状态。应先作经济史、政治史、军事史、文化史几个部门的分析的研究，然后才有可能作综合的研究。”[①] 但是在当时由于种种原因，只能有少数先行者身体力行。

建国之后，近代文学的研究进入了一个新的时期。

---

① 《毛泽东选集》（一卷本），人民出版社1966年3月第1版，第802—803页。

建国以后，随着中国近代史的研究工作的开展，近代文学作为文学史上的一个独立的阶段也开始了比较系统的多方面的研究。开始运用马列主义的基本原理研究近代文学，探索它和近代社会的关系、它和近代其他上层建筑的关系以及它和古代文学和现代文学的关系，考察它的思想和艺术、成败与得失，对一些重要的作家和作品，也进行了比较集中的研究。学术界陆续出现了研究近代文学的论文；高等学校的文学专业，也把近代文学列入了教学计划；北京大学中文系一九五五级编的《中国文学史》、《中国小说史稿》和游国恩等主编的《中国文学史》，都对近代文学有了专编论述；复旦大学中文系一九五六级还专门编写了《中国近代文学史稿》；《官场现形记》等几部清末“谴责小说”一再重版；龚自珍、魏源、黄遵宪、谭嗣同、康有为、秋瑾等的全集、文集、诗集笺注或诗文选注陆续出版；北京大学中文系师生选注的《近代诗选》、人民文学出版社简夷之等选编的《中国近代文论选》和阿英编的《中国近代反侵略文学集》、《晚清文学丛钞》等大型的文学类编也相继问世。据我们粗略统计，建国以来发表的近代文学研究论文、资料共有六百余篇。这些，都表现了三十年来我国近代文学研究的实绩。

关于近代文学研究工作的艰辛，一九三六年，郑振铎曾经诉说过其中的甘苦：“我编辑这部《晚清文选》曾用了很大的努力与耐心：一来是因为材料的不易得；二来也因为材料的过多过杂，选择起来觉得非常的困难。如果编一部《古代文选》或唐、宋文选之类，那些材料却还比较的容易找得到，且也还比较的容易选取其精华。但《晚清文选》的材料却一桩桩都要自己下手去搜罗的，可以说是无所依傍的工作。在各个图书馆里，这一类的材料简直不大有。”① 这位前辈确实说出了近代文学研究工作者的心里话。时间过去四十三年了，但这种情况并没有多大改变。建国以来在近代文学研究方面的成果是近代文学研究者们披荆斩棘，在这片文学史的“处女地”上辛勤拓荒，付出巨大劳动取得的。拓荒者们创业的实绩，自然也格外宝贵。

然而，就目前近代文学研究状况来看，在整个文学史研究中，仍属最薄弱的环节。

以资料工作来说，这本是研究工作的基础，应该处于先行的地位，

① 见《晚清文选·序》，生活书店 1937 年 7 月版。

但是实际情况却相当可怜。

近代文学的宝库究竟有多大的蕴藏量？迄今为止，还是心中无数。无论是诗、文还是小说、戏剧，都拿不出一个比较完整的书目来。重要作家的作品的搜集、校勘、编辑工作和专题资料的汇编工作，只能说是刚刚开始着手去做。许多在思想史和文学史上有显赫地位的人物还没有全集或文集。近代距今虽为期不算久远，而资料散失、错讹的情况已相当严重；近代有些诗文的艰涩难懂，并不亚于先秦。在辑佚、辨伪、注释，作品系年、作家年谱等方面，有着大量的工件要做。而至今，像钱仲联的《人境庐诗草笺注》这样的笺注本，简直是只此一家（虽然它是一种旧式笺注，其中也存在着这样或那样不能令人满意之处，但毕竟提供了丰富的资料）。石达开的伪诗流传多年，建国后的头几年许多人还信以为真；一九六二年，一本辛亥革命烈士诗文选刚刚出版，它的第一篇就被人指出为伪作。这种情况，并不仅仅说明当事者的疏忽，同时也反映了整个近代文学的研究和资料工作还处于落后状态。

三十年来近代文学研究的选题，只局限在一个狭小的范围内。小说方面的研究不算少，但集中在四部“谴责小说”。诗歌和散文，涉及到的作家多些，但以研究政治思想的居多，有关文学方面的微乎其微。比如关于魏源的文章有二十多篇，其中所谓“儒法斗争”的就占十九篇，而研究文学的仅有一篇。关于章太炎的文章也不少，但属于文学方面的只有两篇。关于康有为和严复的研究，则除了各自的诗文选的《前言》和“后记”外，根本没有专题文学论文。对于“曾经主持过南社，集中了当时的时代歌手”① 的柳亚子在近代文学史上的地位，也缺乏认真的研究。戏剧方面的研究，还只能说是处于准备的阶段。对于反动、落后的作家和文学流派以及近代文学的上下左右之间的关系的研究，则几乎是一片空白。

这个状况的造成，固然与近代文学研究是个新开辟的学术领域以及研究力量的薄弱有关，但三十年的时间并不算短，八九亿人口的大国也不乏人才，按理应该也完全可以取得比现有的大得多的成绩，之所以不是这样，这里有着更为深刻的原因。

我们曾将一九四九年以来发表的有关近代文学的研究论文逐年作了

① 郭沫若：《柳亚子诗词选·序》，人民文学出版社 1959 年版。

统计，发现它的进退起落的情况，与这个时期在政治、经济战线上出现的正确与错误、繁荣与萧条的马鞍形基本上是一致的①。这决不是一种偶然的巧合，它说明了三十年来近代文学研究和整个国家政治形势发展变化之间的密切关系。到了“四人帮”棍棒加镣铐专制的十年，整个研究工作终至完全停顿。至于喧嚣了一阵的所谓“评法批儒”则完全是“四人帮”为了篡党夺权的政治需要而一手导演的闹剧，根本就不是什么科学研究。

本文不是三十年近代文学研究的全面总结，而是着重于清理多年来被林彪、“四人帮”一伙搞乱了的思想，力求彻底打碎那无形的精神锁链，以求对今后的研究工作能有所裨益。文中涉及到一些观点和问题，决不是针对某个同志来说的，其中，也包括我们自己过去的一些错误认识在内。

二、得失略论

多年来，在研究工作中，似乎有着一条虽不成文但必须遵循的律条：研究工作必须紧密配合当前形势，为中心工作服务，为当前的政治运动服务，为每一项具体的政策、措施服务，并把这种对研究工作为政治服务的狭隘理解当作研究工作的根本任务和出发点，当作研究工作的革命性和战斗性的具体表现，这种做法，对研究工作造成了许多危害。

这种倾向的表现之一是：不从研究对象所处的时间、地点、条件出发作历史的具体的分析，而是从当前的政治需要出发，以今天的是非标准去评价历史事件、褒贬历史人物、分析文学作品。

中国的近代社会，是一个资产阶级改良和资产阶级革命的时代。帝

①

时间	1949	1950	1951	1952	1953	1954	1955
发表文章	2	2	14	4	2	1	7
时间	1956	1957	1958	1959	1960	1961	1962
发表文章	26	69	23	24	46	56	73
时间	1963	1964	1965	1966	1967	1968	1969
发表文章	37	24	20	16	0	0	0

国主义列强的侵略，一方面激起中国人民反对帝国主义及其走狗的英勇顽强的斗争；另一方面又迫使中国人民觉醒起来，向资本主义寻求救国的真理。侵略和被侵略的关系，从社会思想的来源来说，又成了先生和学生的关系。当时的有识之士，从中外的对比中，逐步认识了资本主义的先进和封建制度的腐朽、落后。他们努力学习西方资产阶级民主主义的文化，即包括那时的社会学说和自然科学在内的所谓新学。到十九世纪后期，这种资本主义“新学”的影响，便在中国的政治、思想和文化中明显地表露出来。集中的表现是维新变法运动，反映在文学上则有“诗界革命”、“文体革命”、“小说界革命”和“戏剧改良”。

鉴于近代中国这样的历史特点，在近代文学中，如何认识外国资本主义文化的影响和资产阶级文学，就成了一个中心问题。可是，人们由于受到上面所说的那种对研究工作为政治服务的狭隘理解和实用主义思想的影响，却不能得出正确的结论。

近代有许多散文，如王韬的《弢园文录外编》、郑观应的《盛世危言》和梁启超的许多文章，描绘和歌颂了外国资本主义的事物；诗歌也突破了国界，吟咏资本主义国家的山川风物、英雄豪杰和“声光电化”。这种情况，在黄遵宪和康有为的作品中有着显著的表现。资产阶级民主革命派对“欧风美雨”更有一种警策之感，他们的诗更为鲜明地歌颂了欧美资产阶级的民主制度。这在当时对于向以天朝自居、以犬羊视外国人的国度来说，无疑是一个时代性的变化。徐世昌曾经用“诗教之盛”、“诗道之尊”、“诗事之详”和“诗境之新”来形容有清一代的诗坛①。其中“诗境之新”指的就是“海通以后”的诗歌描写了外国资本主义的这种新气象。

而建国以来的研究文章，对于上述情况，一般都避而不谈。凡涉及者，几乎都是对于歌颂资本主义的作品一概予以指责，对于暴露资本主义的作品一律予以称赞。如对黄遵宪歌颂日本明治维新的诗篇存而不论，而对于他暴露、讽刺美国总统选举的《纪事》诗则当作稀世之宝同声赞扬。

黄遵宪在出任驻日参赞的时候，目睹日本倒幕尊皇、发展资本主义，十分羡慕，于是乎作《日本杂事诗》和《日本国志》，把日本作为改造中

---

① 徐世昌：《晚晴簃诗汇·叙》。

国的榜样；在驻英期间，“乃以为我国政体必当法英”[1]，而唯独对美国的民主制度表示了惊诧和憎恶：这恰恰表明了他的君主立宪派的立场。美国两党竞选总统，自然有它的龌龊之处，但比起封建君主世袭制来则是个划时代的进步；比起资产阶级君主立宪政体（在国内政治方面）来说，也进了一步，因为它体现了“纯粹的资产阶级的统治”[2]。但在黄遵宪看来，国家的元首是不能选举的，要选，就势必酿成“怒挥同室戈”，甚至闹到兵连祸结、殃及全国的地步。诗中结穴之句“至公反成私，大利亦生弊”，就表示了这个意思。这说明他是从封建主义的立场来批判资产阶级民主制度的。赞美君主立宪的日、英，非难民主制度的美、法，这是当时立宪派的带有普遍性的政治观点。康有为就认为法国的一切，连巴黎的市政建设和风光都不如伦敦，特别是法国的“官吏之贪横，治化污下，逊于各国”[3]。梁启超也认为美国的总统制不如英国的首相制，“吾游美国而深叹共和政体，实不如君主立宪者之流弊少而运用灵也”[4]。黄遵宪的《纪事》诗恰恰反映了他们这些资产阶级君主立宪派背后拖的是一条封建主义的尾巴。而我们许多同志所竭诚赞美的，正是他思想中的这个落后面。

在《纪事》诗中，黄遵宪歌颂了华盛顿的开国勋业，幻想没有党争的资本主义社会。这固然反映出他对资本主义认识的肤浅，犯了当日一些人的通病，但在当时来说却是有益无害的。然而，它却遭到了批判。同样，秋瑾的赞美资产阶级民主制度的诗，如《我羡欧美人民呵！》也毫无例外地被指责为“对帝国主义的侵略本质认识不清”和“赞美资本主义国家”。从资产阶级改良派歌颂资本主义的物质文明发展到资产阶级革命派歌颂欧美资产阶级民主制度，这在当时是一个阶段性的进步，但却不分析地统统予以批判了。

这种情况，同样突出表现在对资产阶级改良主义文学的研究中。

中国的资产阶级改良主义运动，如果从19世纪60年代算起，到20世纪头几年为止，有四十年之久。它逐渐发展，到19世纪最后几年达到

---

① 转引自尤炳圻《黄公度先生年谱》。

② 《马克思恩格斯选集》第1卷，第602页。

③ 康有为：《法兰西游记》第6页，上海广智书局，光绪三十三年六月初版。

④ 梁启超：《新大陆游记》，第105页，饮冰室丛著第12种。

高潮。这是一个应世界潮流而起，由中国社会特点而生，在中国历史发展上具有重要意义的资产阶级启蒙运动。

在那衰败腐朽、一片死寂的黑暗王国里，是资产阶级改良主义者点燃了第一支火把：首先引进了“西学”——翻译西方资产阶级的社会政治著作和文学著作；倡维新，呼变法；提出“诗界革命”、“文体革命”、“小说界革命”和“戏剧改良”；创办报刊，宣传资产阶级的文化科学；形成了相当广泛的政治运动和文化运动。“在当时，这种所谓新学的思想，有同中国封建思想作斗争的革命作用，是替旧时期的中国资产阶级民主革命服务的。”[①] 在资产阶级民主革命派兴起以前，改良主义在政治、文化领域中的广泛的启蒙工作，是有它不可磨灭的历史功绩的。即使在资产阶级民主革命派兴起并在政治斗争中起主导作用以后，改良主义在文化、文学方面的积极影响并没有很快消失。资产阶级民主派从兴起到辛亥革命，时间是那么短，他们和改良派的论战也主要在政治方面，他们在文学方面并没有形成如改良派那样的广泛的运动，没有提出比较系统的文学理论，也没有出现影响很大的文学作品。同时，由于这是一个急剧动荡的社会变革时期，政治和意识形态领域内的斗争异常激烈而且错综复杂，新旧思潮回环交错，不仅一个派别，即便是在一个人身上，他的政治、哲学、文艺、学术各方面的观点，都可能出现十分复杂、矛盾的情况。资产阶级革命派的宣传家和理论家的代表人物章太炎，在文体上却是主张复古的保守派，他的诗和文都那么古奥艰深，晦涩难懂。而改良派的代表人物梁启超的富有感情、活泼动人的新文体，即使当他在政治上堕落成保皇党之后，在青年中仍然受到欢迎。1903 年的鲁迅还是梁启超文章的热心读者[②]。郭沫若回忆他在辛亥革命前几年所受到的文化影响时，把章太炎和梁启超的报刊文字作了比较，认为章太炎的文章实在难以接近，而梁启超的“新兴气锐”的文字具有极大的吸引力。他断言，当时的青少年“无论是赞成还是反对，可以说没有一个没有受过他的思想或文字的洗礼的”，“他的功绩，实不在章太炎辈之下”[③]。另一位当事者胡适也说，1922 年以前“二十年来的读书人差不多没有不受他

① 《毛泽东选集》（一卷本）第 690 页，人民出版社 1966 年第 1 版。
② 周启明：《鲁迅的青年时代》。
③ 《沫若文集》第 6 卷，第 112—113 页。

（指梁启超——笔者）的文章的影响的"①。今年，一位散文作家回忆说，在辛亥革命之后，他还为梁启超的解放体文章所大大地吸引②。这一切，都是当时的实际情况。

几部主要的"谴责小说"，大都在20世纪初年问世。那时，清王朝统治集团腐朽到了极点，世界各帝国主义疯狂侵略中国，清军每战辄败，亡国之祸迫在眉睫，"细民暗昧，尚啜茗听平逆武功，有识者则已翻然思改革，凭敌忾之心，呼维新与爱国，而于'富强'尤致意焉。戊戌变政既不成，越二年即庚子岁而有义和团之变，群乃知政府不足与图治，顿有掊击之意矣。"③ 这就是说，"谴责小说"是顺应时代社会进步的要求而出现的，它们的作者还不同于一般"暗昧"的"细民"，而是比较先进的知识分子。他们怀着爱国忧民的热忱和愤世嫉俗的激情，全面痛揭了当时社会现实的黑暗特别是清末专制统治的残酷和官僚机构的腐败，对清廷的卖国丑行和向帝国主义献媚的大小官吏进行了辛辣的讽刺和猛烈的鞭笞。这些作品虽然也存在着对帝国主义的本质缺乏认识、看不到人民的力量和维护封建制度、反对资产阶级革命等问题，但前者是历史的局限（即便如当时最先进的资产阶级革命派，也不能说就已经认识了帝国主义的本质和人民的力量）；后者固然是应该指出并批判的阶级偏见，但从整个作品来看，究竟是次要的。他们在作品中虽然没有提供解决社会问题的正确办法，而是给病入膏肓的封建王朝开了一张可笑的改良主义的药方。但是，它们这种广泛有力的暴露，不能不引起人们对于腐朽不堪的封建制度的憎恶，具有启发人们要求变革现实的觉悟的积极意义。它们在当时反帝反封建的伟大斗争中，无疑是起着进步作用的。这些小说的出世年代，正是鲁迅二十岁后的青年时代，鲁迅在《中国小说史略》中对于它们所作的评价，应该被视为是当时的一种社会观感的写照。

由于改良派中的主要成员不能随着历史的发展而前进，在一九〇三年以后逐渐成为民主革命的障碍，有些人在政治上堕落成保皇派，在文化上也成为顽固派在，"五四"之后更成了新文化运动的正面论敌，成为批判的对象。因而在当时，没有能对他们作出全面的评价，这是可以理

① 《胡适文存》第2集第3卷，第125页。

② 曹靖华：《"五四"琐记》。

③ 鲁迅：《中国小说史略·清末之谴责小说》。

解的。二十世纪四十年代，郭沫若就曾提出："前几年我们在战取白话文的地位的时候，林琴南是我们当前的敌人，那时的人对于他的批评或许不免有一概抹煞的倾向，但他在文学史上的地位是不能够抹煞的。"① 毛泽东同志在《论人民民主专政》中，也从政治上对改良派的历史地位作出了科学的评价。但在建国后的近代文学研究中，对资产阶级改良派的研究并没有能给予应有的重视。人们对于肯定资产阶级改良主义的勇气远不如肯定近代史上那些属于旧时代的和带有严重落后成分的农民运动的勇气足。特别在六十年代，大约是为了适应现实斗争中批判资产阶级和"现代修正主义"的需要，近代资产阶级改良派又一次成为学术批判的"靶子"。一九六四年下半年到一九六六年上半年开展的关于"谴责小说"的批判，就是一个突出的例子。

本来，学术界对改良主义的"谴责小说"也存在不同的看法，但基本上对它们是肯定的。即使有些争论，也属于学术问题探讨的正常现象。但是六十年代中期开展的这场关于改良主义"谴责小说"的批判，情况则不同了。一篇可以视为对"谴责小说"发难的文章，极力强调讨论这个问题的现实意义。它的结尾说："近年来的历史证明，资产阶级改良主义的'阴魂不散'，它在不同的历史条件下曾以不同的面貌出现。……在今天讨论和研究这个问题的现实意义，从这里可以看出来。"为了适应现实政治斗争的需要，把历史上的改良主义拉出来当靶子，这个目的说得再清楚也不过了。在这样的思想指导下，不少同志不顾作品的实际内容和产生它的具体历史背景，抓住小说的作者出身于封建地主阶级，政治上属于资产阶级改良主义或洋务派和作品中某些主张改良、反对革命的抽象说教，便把"谴责小说"判定为"反对革命、美化帝国主义"的"反动"作品而予以"彻底批判"。

这是一种貌似科学研究的战斗性而其实是对科学研究的践踏。其结果便往往作出了批判先进，颂扬落后的荒唐事情。

这种倾向的表现之二是：不是实事求是地从材料、从作品的客观实际中引出固有的结论，而是根据作家的政治立场、态度和世界观来评判他们的文学事业和学术研究成果；这样就往往肯定了不应该肯定的东西而否定了真正有价值的东西。这种情况，在对太平天国文学和某些资产

① 《沫若文集》第6卷，第113页。

阶级作家、学者的研究中，表现得最为典型。

建国以来对于太平天国文学的研究充分强调了它的革命性的一面，这是一大历史进步，但是对于它的明显的缺点和落后面却一概视而不见。

首先，在太平天国的文献中找不出它提倡现实主义文学理论和文艺政策的根据。一些论著往往把《戒浮文巧言谕》作为代表性文献，说它“朴实而有力地陈述了现实主义的基本论点”，“它是彻底打击桐城派古文乃至一切虚伪的封建文学的历史文献”。其实，这种看法并不确切。那篇文告中所说的“文以纪实”、“存真去伪”等并不是指文学和现实社会生活的关系，它所指的是“奏章文谕”、“文移书启”一类的文体。这对当时的文风虽有一定的影响，但所谓“纪实”、“存真”的要求仅仅是：“首要认识天恩、主恩，东、西王恩。次要实叙其事，从某年、月、日而来，从何地、何人证据，一一叙明，语语确凿，不得一词娇艳，毋庸半字虚浮，但有虔恭之意，不须古典之言。……”① 所谓“实”和“真”，只是指事情发生的时间、地点和经过。这和文学创作上的现实主义原则实在是风马牛不相及的东西。把这种对请示、报告之类公文的要求推广到文学上的现实主义，就远远超出了它本来的含义。

我们再深入考察一下，就会发现太平天国的文学理论不仅不是现实主义的，恰恰相反，它正是和现实主义相对立的，其理论基础是唯心主义的神学。它并不主张文学作品要反映社会生活，并不主张作家要深入观察、参与社会生活，而是认为作家只要忠于上帝、忠于天王，就会产生灵感。洪仁玕在《军次实录》中说：“盖读书不在日摹书卷，惟在诚求上帝，默牖予衷，则仰视俯察之间，定有活泼天机来往胸中。”② 他现身说法，介绍自己的写作经验，说他之所以能够写出好作品，是因为自幼追随天王，效忠天王。由此可见，他是认为文学作品完全来源于思想观念，根本把社会生活排除在外的。而有的文学史在引用上面的话时，单单删去了关键性的“惟在诚求上帝，默牖予衷”两句，从而得出这样的结论：“在他们的这一主张中，已经注意到了文学创作必须与现实生活相联系，从而更好地反映现实。”这样的研究工作，似乎不能说是实事求是的态度。

---

①《中国近代史资料丛刊·太平天国》第2卷，第617、607页，神州国光社1952年7月版。

② 同上。

对于太平天国文学的研究是这样，对于致治上反动、世界观属于唯心主义的作家和学者的研究，则出现了相反的另一种情况。

王国维顽固地维护清王朝，辛亥革命后还以清室遗老自居，哲学上接受康德、叔本华的思想影响，世界观无疑是唯心主义的。但他的许多学术著作，特别是关于戏曲史的研究，却是很有价值的。建国后，曾经有人提出，不能因为王国维是个唯心主义者就一笔抹煞他学术上的成就。这位同志说："由于王国维在学术研究中有着严肃的治学态度，有着实事求是的客观精神，这就往往在很大程度上突破了他的唯心主义的局限，而在学术研究中获得了成就。"① 后来，这一正确观点却遭到了指责。理由是："唯心主义"和"客观精神"是不能并存的，肯定王国维的学术成就，就"是把观点和方法割裂开来，这是与马克思主义的文学批评原则不相合的"。

但是，马克思主义创始人对待唯心主义的黑格尔哲学的合理内核的态度是尽人皆知的；至于王国维，虽然具有唯心主义的世界观和美学观，却也从西方资产阶级那里接受了近代的科学方法。凡是认真读过他的《宋元戏曲史》的人，只要他不带偏见，都会承认这是一部中国戏曲史研究上的划时代的著作。郭沫若曾经给予它这样的评价：

> 王国维的《宋元戏曲史》和鲁迅的《中国小说史略》，毫无疑问，是中国文艺史研究上的双璧。不仅是拓荒的工作，前无古人，而且是权威性的成就，一直领导着百万的后学。②

尽管王国维的唯心主义世界观给他的戏曲研究带来了不少思想局限，他的美学思想中的消极的东西在他的戏曲研究中也有所流露，但他的戏曲研究从扎实的资料工作做起，并在资料的辑录和专题分析的基础上，最后完成了《宋元戏曲史》，对我国戏曲的起源和发展进行了纵横两方面的分析、比较和综合的研究，论述了我国戏剧发展的径路。迄今为止的戏剧史论著仍然基本上沿用了他所指出的发展线索，堪称前无古人，启迪后学，郭沫若的评价是并不算过分。

---

① 赵夯：《读〈宋元戏曲史〉》，见1956年9月23日《光明日报》。

② 《沫若文集》第12卷，第536页。

有人指责王氏“夸大了外来艺术对于我国戏曲的影响”，“为当时的清朝统治及帝国主义的文化侵略在学术领域内作了鼓吹”。事实恰恰相反。正是王国维对当时流行的所谓戏曲“异域说”提出了怀疑：“……独戏曲一体，崛起于金、元之间，于是有疑其出自异域，而与前此之文学无关者，此又不然。尝考其变迁之迹，皆在有宋一代；不过因金元人音乐上之嗜好，而日益发达耳。”① 他以丰富的史料论证了我国戏曲是在自己民族的土壤中生长起来的民族艺术形式。正本清源，排除“异域说”，正是王国维的一大贡献。

诚然，在论述我国源远流长的戏曲传统的同时，王国维并不否认外来文化的影响，特别是边疆少数民族地区和邻国对我国戏曲音乐的影响。但这是历史的事实。既然历史上存在各国之间的文化交流，那就势必会发生相互的影响。怎么能把承认这种影响说成是为帝国主义的文化侵略张目呢？

王国维是个唯心主义者，然而他却能以实事求是的精神和严谨的治学态度突破了唯心主义的局限；而我们社会主义时代的王国维研究者，却不免陷入唯心主义的泥坑：这种现象，难道不值得引起我们深思么？

把文学作品的思想意义同作者的政治态度等同起来，在对晚清“谴责小说”的讨论中表现得更为突出。论者常常是这样论述问题的：既然“一切文艺都是属于一定的阶级、路线的”，那么，资产阶级改良主义的文学当然“是为资产阶级改良主义的政治路线服务的”，“他们必然不会从根本上揭露封建统治集团的腐朽反动”，而他们的“这种暴露，也只能是把读者引导到改良主义的道路上去”，于是，一切“谴责小说”便都成了反对和抵制革命的反动作品；“改良主义者主办的刊物，怎么会连载‘鼓吹革命’的小说呢？”于是，罗普写的攻击专制、鼓吹革命的《东欧女豪杰》也因为它发表在改良主义者梁启超主办的《新小说》杂志上而成了“宣传改良主义”、“反对中国革命”的坏作品。

不错，作家的文艺创作和学者的学术研究是要受到世界观的制约的。然而“政治并不等于艺术，一般的宇宙观也不等于艺术创作和艺术批评的方法”②。世界观和创作、研究是不能简单地划上等号的。恩格斯深刻

① 《王国维戏曲论文集》第201页。

② 《毛泽东选集》（一卷本），人民出版社1966年3月第1版，第870—871页。

地指出："我所指的现实主义甚至可以违背作者的见解而表露出来。"① 恩格斯对巴尔扎克作品的精辟分析，以及列宁对托尔斯泰的评价是人所共知的。这种典范的作家论从方法论上给人们以深刻的启示：文学作品的思想意义不能和作家的政治观点等同起来。"谴责小说"讽刺和鞭挞晚清官场的腐朽黑暗是有力的，而像刘鹗在《老残游记》中借黄龙子之口大骂"北拳南革"之类的反动说教则往往苍白无力，或者成为作品的游离部分。小说所展现的广阔的社会生活，很自然地会使读者得出这样的结论：这个社会如此黑暗腐朽，非彻底加以改变不可！怎么能一笔勾销它们在当时的积极作用呢？历史告诉我们：本身不是革命者和先进者的文艺巨匠在中外文学史上是不乏其例的；唯心主义的、落后保守甚至政治上反动的而在科学研究上取得很大成就的社会科学家和自然科学家也不是个别现象。如果我们把二者等同起来，是无法解释这些问题的。

这种倾向的表现之三是：不是从思想和艺术两方面研究文学作品，而是片面地强调思想性，忽视甚至无视艺术性；以对作品的思想内容的分析代替对作品的艺术成就的分析，把文学作品与一般的政治思想宣传读物等同起来，并认为这就是研究工作中的无产阶级党性表现，否则便是资产阶级艺术至上者。其实，这是在文学研究工作中取消文学的特点，从而也就取消了文学研究本身。

这种重政治、轻艺术，只讲思想内容，不管艺术形式的倾向，在近代文学研究中普遍地存在着。"诗界革命"，特别是"小说界革命"取得了很大成就，晚清小说是中国小说史上最繁荣的时代，但三十年来发表的有关近代小说的160多篇文章中，没有一篇综合研究晚清小说艺术成就的论文；最多只是在论及几部"谴责小说"的时候，复述一下鲁迅在《中国小说史略》中说过的意见。关于研究近代诗歌的文章，不仅大都着重在思想内容的分析，而且大量的是离开作品去谈作家的政治思想和阶级倾向。至于散文，虽然近代形成了以梁启超为代表的、在当时和以后都发生过很大影响的"新文体"，但同样找不到一篇认真地研究它的文章。按照这种倾向发展下去，似乎近代文学史不久即将由近代政治思想史所取代，没有什么存在的必要了。

上面，我们谈了三十年来近代文学研究中对于研究工作为政治服务

① 《马克思恩格斯选集》第4卷，第462页。

的狭隘理解及这种倾向的三种表现。这种倾向，在编辑资料、选注作品、编选作家专集及确定研究项目等问题上，也同样存在。例如，在编辑资料、选注作品时，为了表现“革命性”，往往以作家的政治态度和作品的思想内容的进步与否作为取舍的唯一标准。凡是政治上反动的，即使在当时文坛上有着极重要的地位，甚至是领袖人物的作家，也概不人选；相反，有些人并非文学家，但因为他在近代革命史上有突出地位而选入了他的作品。这样，三十年来出版的有关近代文学的资料，除简夷之等编选的《中国近代文论选》等极个别的之外，几乎全成了清一色的。既看不到近代文学史上纷纭复杂的各种文学流派的作家和作品，也看不到近代文学史上进步与落后（或反动）两股文艺思潮的斗争情况。当然，按照自己的文学观点去编选资料，作为一种选本，供阅读参考，本来是无所不可的。但在全国范围内，作为全部科学研究的资料都是这样情况，这就不能不说是一种倾向性的问题了。

只着眼于当前政治需要，不管作家、作品所处的具体历史条件；只强调作家的政治立场、政治态度和世界观，忽视作品的实际情况和客观效果；只讲作品的思想内容，不谈作品的艺术成就；……凡此等等，归结起来，反映出了研究工作者如何认识历史科学的革命性与科学性这样一个带有根本性的问题。

对于历史研究必须把科学性与革命性结合起来，在理论上似乎是不成问题的了，但是对于究竟什么是历史研究的革命性与科学性，却有着不同的理解。长期以来，形成了一种习惯的看法，认为革命性就是现实阶级斗争中的阶级性和政治倾向性，认为它就是为当前政治斗争的某一具体政治目的、某项具体政策服务，一句话，就是为中心工作服务。出于这样的理解，便把历史研究当作一种实用主义的工具，即为了某种政治需要，便从历史的武库中去寻找刀枪；为了证明某种既定观点，甚至可以不惜歪曲和删改历史材料；或者用今天的是非标准去要求和褒贬历史人物、事件；或者把古人打扮成现代的时髦人物，让他们在现实的政治舞台上旋转。这样，中国和世界的历史便成为取之不尽、用之不竭的“百宝箱”，历史材料也成为了一种可以随心所欲、随意赋形的“万应法宝”；而历史科学的革命性的唯一的检验标准，就是当前直接的政治需要。根据马克思主义的教导，历史科学的根本任务在于揭示自然和社会的发展规律，而历史科学的革命性，就是它对人类历史发展所起的推动作用，它必须要接受客观实践的检验，而这就是我们研究工作的出发点和归宿。过去，就是因为对于这一根本问题的错误的理解，把历史研究引上了唯心主义的歧途，造成了历史研究中的种种谬误，给研究工作带来了不应有的损失。这是值得我们认真思考的教训。让我们彻底清算长期以来在近代文学研究中的唯心主义和形而上学流毒的影响，把这方面的研究推向一个新的高峰。

一九七九年七月三十日初稿
一九八〇年一月十五日修改

学术争鸣和科学态度

学术研究，需要争鸣。因为科学的结论，往往在争论中被发现和肯定；因为科学的发展，虽然从微观方面看常常由个别的聪明才智之士的发明创造所推动，但从宏观方面看，它还是一个集众人之思，长期积累，不断完善、深化的过程。如果没有人类广大智慧积累的坚实基础，很难设想个别的才智之士能一下从平地上建筑起高楼大厦！所以，应该大力提倡学术研究中各种不同意见的争论。

但是，这种争论必须是持之有故、言之成理的。科学是老老实实的学问，来不得半点虚假和调皮，靠灵感，耍小聪明，凭推论是不行的。所以科学必须抱老老实实的态度，实事求是的态度。所谓老老实实、实事求是的态度，就是有几分材料说几分话——材料掌握到什么样的程度，结论也下到什么样的程度。有些同志在材料不足的情况下，强要下定这样那样的结论，并坚持己见，纠住对方非争个我是你非不可。其实，在本人虽言之“凿凿”，于他人却听之茫然，收不到好的效果。

近来读了《文学遗产》专刊关于《绣像小说》编者问题争论的几篇文章，觉得这些文章是有意义的。长期以来，李伯元是《绣像小说》的主编似乎已成定论，文学史类著作和新出的《辞海》、《中国近代期刊篇目汇编》等也都是这样说。近年来，有同志对此提出异议；接着，便在本报展开了争论。争论的双方都摆出了自己的看法和根据，读后颇受启发。但是，根据现在双方提出的材料，我认为也不能作出《绣像小说》的编者究竟是谁的结论；因为至今争论的双方都没有提出足以解决这个问题的硬证来，李伯元本人和他的同时代人吴趼人、周桂笙等只提到他编过《游戏报》和《世界繁华报》等，而从未提到他编过在当时价值和影响大大超过那几种小报的《绣像小说》，这确实是一个值得思考的问题。至于说《绣像小说》只署“上海商务印书馆编辑发行”而没有提李伯元，这似不足为据。因为我看到的清末四大小说杂志中，《月月小说》第一、二、三期署“编辑兼发行人：庆祺”，实际上一开始就是吴趼人；《新小说》标“编辑兼发行者：赵毓林”，其实主要是梁启超主持；《小说林》署“编辑者：小说林总编辑所”，大家知道是黄摩西；此外便是《绣像小说》。再说二十世纪三十年代中期毕树棠和阿英肯定李伯元是《绣像小说》主编时“未作任何引证”，也只能凭此提出怀疑，而不足以推翻前论。因为他们当时这样肯定，除了存在“从杂志上李伯元作品连载特多的现象加以‘想当然’的判断”的可能性外，还存在另一种可能，即掌握了确证而仅是在著作中未作引证。我国古代作家的生平事迹（包括他的作品），很多是从后人的著作中了解的，这些后人记述前人的事迹时也常常并不注明其根据，我们不能因此便都不相信这些记载。一般的情况是：要推翻某种定论，必须有十分过硬的材料，社会才能承认。根据目前的情况，为了慎重起见，对于《绣像小说》的编者，似可采取暂时存疑的态度。在未发现和掌握更充分的材料之前，争论可以告一段落。不然，不是重复旧话，便是节外生枝，在一些次要的问题上纠缠不清。争鸣固然为学术研究所需要，但也要视问题的性质和意义的大小而有所选择和分别轻重缓急。

（原载《光明日报》1985 年 1 月 22 日《砚边文谈》，以“木讷”的笔名发表）

可喜的成绩，灿烂的前景

这几年来，中国近代文学研究与整个国家的兴旺发达相一致，获得了很大的发展，取得了显著的成绩。

建国以后，中国近代文学研究虽然取得了一定的成绩，但在整个文学史研究中一直是一个薄弱的环节。

党的十一届三中全会以后，随着国家各项事业的发展，中国近代文学的研究也出现了生气勃勃的景象。

首先是研究专业队伍的建立与扩大。过去，一般都是大专院校的师生，古、现代文学研究工作者，编辑，作家，历史、哲学研究工作者等在研究其他学科之外附带进行一些中国近代文学的研究，研究工作处于分散的、无组织的自发状态。1978 年中国社会科学院文学研究所中国近代文学研究组的成立，标志着这一学科专业队伍的建立。接着，不少大专院校的中文系也加强了中国近代文学的教学和研究工作，有些省社会科学院的文学研究所、室安排了研究中国近代文学的专职人员，北京大学季镇淮教授和河南师大任访秋教授等连续招收了专攻中国近代文学的硕士研究生。中山大学中文系和广东人民出版社编辑出版了《中国近代文学研究》丛刊，这是中国文学研究史上第一份专门发表中国近代文学研究成果的学术性刊物。近代文学研究专业队伍的建立与专门刊物的出版受到了国内外学术界的重视和好评。

1982 年 10 月，由中国社会科学院文学研究所近代文学研究组、《文学遗产》编辑部和河南师大、华南师大、苏州大学中文系联合发起，在开封举行了中国近代文学全国第一次学术讨论会。会议回顾总结了“五四”以来中国近代文学研究的情况，提出了大力加强资料工作、开拓新的领域、多作综合研究、开展多方面的学术讨论的建议。会后，决定由中国社会科学院文学研究所主持，组织全国力量，编辑一套《中国近代文学研究资料丛书》（内分“目录索引”、“文学思潮、运动、流派、社团”、“作家作品”三大类）。目前，已定下第一批60个项目，其中47个项目已落实编者和出版社。第二批项目及其编者和出版单位也即将讨论确定。计划在十年内编辑出版有一百个左右项目的《中国近代文学研究资料丛书》。像这样有组织、有计划、全面、系统地进行中国近代文学研究的资料建设，在过去还没有过。因而是一个十分繁重和艰巨的任务；然而这是一项提高和发展中国近代文学研究、造福于子孙后代的必要的基本建设工程。

从1980年以来不到五年的时间中（统计到1984年9月止），在全国主要报刊发表的有关中国近代文学的文章已经超过了建国后三十年发表的总数，此外还出版了十余部研究中国近代文学的专著，这是建国前后六十年所没有出现过的新气象。这些研究成果的质量一般都有较大的提高。主要表现在：一，研究工作比较扎实，一般都能在较为充分地占有材料的基础上进行研究；二，长期存在于近代文学研究工作中的“左”的倾向，那种狭隘的研究工作为当前政治服务的思想基本已经纠正，研究工作力求遵循历史主义的、实事求是的原则，科学性有所加强；三，论著表现出一定的深度。近年来，那些跨度大、问题复杂、概括性强、需要掌握大量材料的探讨规律性的研究课题日趋增多。如果说，提交1982年全国首次近代文学学术讨论会的论文主要还是作家作品论，那么在即将举行的中国近代文学全国第二次学术讨论会上将更多地表现探讨中国近代文学特点、分期、继承革新（包括接受外来影响）、源流演变等规律性的综论。在中国近代文学的性质、界限等问题上，也将有一些新的突破以往看法的见解。

这几年，重版和整理新出近代作家的全集、文集、小说、诗集笺注和诗文选注等日益增多，特别值得赞扬的是上海书店影印了《新小说》、《月月小说》、《绣像小说》、《小说林》、《新新小说》等重要而现在已很难找到的晚清期刊，这对国内外研究中国近代文化史和文学史的人实在是功德无量的事情。（顺便提一句：美中不足的是这次在影印这些期刊时删掉了原有的许多主要登载广告启示的插页。其实，这些插页对研究工作是颇有用处的，比如可以从中了解现在绝迹而当时曾经出版过的小说的情况等等。最遗憾的是如刊载在红色有光纸（插页）上的《绣像小说·缘起》这样重要的文献，竟也一并被删除了！）

经过这几年的实践，中国近代文学的研究正沿着正常健康的道路发展，并且获得了良好的成绩：资料工作方面，已经出版了《吴趼人研究资料》、《李伯元研究资料》、《孽海花研究资料》、《秋瑾史料》，建国后三十年《中国近代文学论文集》概论卷、戏剧和民间文学卷、小说卷，诗文卷即将问世；建国前三十年《中国近代文学论文集》小说、诗文、戏剧卷已经发稿；上述谈到的《中国近代文学研究资料丛书》，其第一批项目正由全国数十个单位的集体和个人加紧进行搜集材料和编选工作，不用很长时间，便能陆续与读者见面。

中国近代文学在中国文学发展史上的重要性已为越来越多的人所了解，加强中国近代文学的研究，使它成为一门专门学科的必要性也日渐为人们所认识。《中国百科年鉴》和《中国文学研究年鉴》从1982年起，把“中国近代文学研究”从古典文学的附庸地位独立出来，另立一栏，1984年3月全国文学学科规划小组扩大会议也建议“加强近代文学研究”，都说明了这个问题。

在像春天一样万物充满生机的新时期中，中国近代文学研究一定会彻底改变过去落后的面貌，出现繁荣兴盛的局面；研究工作者的辛勤耕耘，会有许多新领域被开拓出来；随着资料工作的进展，研究工作将更加扎实，更加深入；世界科技革命浪潮的冲击，新的方法论的介绍和引进，将会使传统的中国近代文学研究方法得到革新；国家经济改革步伐的前进，将促使人们的思想更加解放，中国近代文学研究会不断出现突破老框框的有创见的著作。中国近代文学研究的发展，中国近代文学在中国文学史上重要性的愈益显现，将吸引更多的人来从事这项工作。要求参加第二次全国近代文学学术讨论会的单位和个人，比首届会议几乎多出一倍；华南师范大学明年要举办中国近代文学的进修班，成批地培养中国近代文学的教学和研究人才，这些都是明显的迹象。今后的十年内，将陆续出现《中国近代文学史》和分体的《中国近代小说史》、“诗歌史”、“散文史”；研究中国近代文学的专著也会空前增多。

中国近代文学研究这几年取得的成绩是可喜的，前景是灿烂的。但是，“欲穷千里目”，还需“更上一层楼”！

（原载《中外文学研究参考》1985年第1期）

问题和设想

一

这几年来，中国近代文学研究获得了前所未有的发展，取得了十分可贵的成绩。但是，它在中国文学史研究中的落后地位仍然没有得到根本改变。这突出地表现在下列几个方面：

一、所发表的有关近代文学的文章，从数量上看，其年发表率虽比建国头三十年增长了五六倍之多，但它既不能与有数千年历史的中国古代文学相比，也不及仅三十年的现代文学的十分之一，甚至只有现代的一个作家——鲁迅和古代的一部作品——《红楼梦》文章的一半。更有一个值得注意的情况是：前三年节节上升（1980 年 130 多篇，1981 年 170 来篇，1982 年 200 余篇），而近两年则明显下降（1983 年和 1984 年都是 110 篇左右）。从质量上看，固然总的来说比过去有了较大提高，但是真正材料扎实、具有一定深度和经过认真研究、提出新见解的论文不多，比较多的是对于作家、作品的介绍和一般化的评述，或变换新词重复前人的观点，还有一些文章，不是“从事实的全部总和、从事实的联系中”抽象出固有的结论，而是片面地挑选个别的实例来证明自己先具的观点；也有缺乏实事求是精神和谨严学风的有意翻“新”之作。

二、对整个近代文学的发展脉络认识还不很清楚。提交全国第二次近代文学学术讨论会的论文中，虽有对近代诗歌、中后期桐城派、早期话剧运动、近代散文、西学输入与中国近代文学的发展等问题的探讨，试图勾勒它们各自发展的面貌，这是一个良好的开端，而近代小说、近代词、近代地方戏等的综合研究则或显落后，或为空白。因之，中国近代文学究竟如何继承（包括借鉴外国文学）革新，从中国古代旧文学过渡到现代新文学这一总的发展线索还不够清楚，需要作认真的研究和清理。

三、关于中国近代文学的性质、特点和分期这样带根本性的问题，虽经多次讨论，至今仍未取得较为一致的意见。

四、对于像曾国藩、林纾、苏曼殊、鸳鸯蝴蝶派等复杂而在中国近代文学史上有重要影响的作家和流派，还缺乏深入的研究和认真的讨论，因而究竟应该怎样全面、正确地评价他们的功过得失，尚没有一个比较明确和统一的认识。

五、文学史研究和编写工作落后。目前，中国古代、现代和当代都已有好几部文学史，唯独近代，长期以来没有一部正式的文学史。这与中国近代文学研究工作的薄弱密切相关。因为文学史的编写是需要在对这门学科的各个方面——至少是主要问题和重要作家、流派及其作品等有了比较深入的研究和讨论的基础上才能进行的。近代文学现状，与我们这样一个十亿人口的大国，特别是当前以高速前进的步伐开展四化建设的形势是极不相称的。它实际上已经给大专院校文科师生的教学和广大社会青年的学习带来了困难和影响。

六、研究队伍的弱小。研究中国古代文学和现、当代文学的人数以千、万计，而研究近代文学的同志不及他们的百、十分之一。造成这种状况的原因当然是多方面的，如这门学科建立未久；全国高等院校的文学专业或不设近代文学课程，或虽设而学时很少，因而不能很快大量地培养出从事近代文学研究的人才；等等。但关键的问题，恐怕还在于人们对近代文学没有引起应有的重视，还在于人们对研究近代文学的重要性认识不够。而这，除了人们受过去“左”倾思潮的影响等外，又和近代文学研究的不兴旺、没有作出突出的成绩有一定的关系。

二

根据以上存在的问题，今后若干年内的工作，主要应抓两项基本建设，即队伍建设和教材建设。

关于队伍建设，一方面建议教育部在文科高等院校增设近代文学课程或增加近代文学学时。同时，通过各种渠道，动员有力量的单位和个人大批地培养近代文学研究生。这是一个多、快、好、省地增加新生力量——扩大近代文学研究队伍的有效办法。此外，还可由几个单位出面组织，运用社会力量，举办短期的近代文学训练班，提高现有从事近代文学研究、教学工作者的研究水平和培养近代文学研究业余爱好者的业务能力。如果这两条能切实做到，则三五年内，中国近代文学的研究队伍将会有较大的发展。

另一方面，把全国研究近代文学的力量组织起来，建立一个经常性的组织，即成立中国近代文学研究学会，以便随时交流学术研究情况和定期举行近代文学学术讨论。同时，由学会办一个专门发表近代文学研究成果的定期刊物，并以此作为阵地，团结和培养近代文学研究工作者，促进近代文学研究工作的发展。

再一方面，尽可能地增加全国性近代文学学术讨论会的与会人数，扩大参加者单位的面。前两次会议参加的人员，集中在北京、广州、上海和江、浙、河南、辽宁诸省市，北京地区又主要集中在中国社会科学院文学研究所近代组（诚然，在开头两次还是需要的）。今后，当多注意那些未参加会议的省、市和单位，把那里研究近代文学的同志（包括少数民族的近代文学研究工作者）吸收到会议中来。此外，还应邀请几位中国古代文学和现代文学等有关学科的研究人员参加，特别像讨论近代文学的性质、特点、分期等与中国古、现代文学有直接关系的问题，不仅可以互通消息，开阔视野，而且能促使双方深入思考问题，有利队伍建设和学术发展。

关于教材建设，当务之急是集中力量编写出一部中国近代文学史。通过这几年的学术活动，对全国各地研究近代文学同志的情况已大体了解，可以组织社会上对近代文学某方面有专门研究的同志共同来编写。这样既能保证文学史的质量，又能在较短的时间内完成。与此同时，各种大、中、小型的中国近代文学作品丛书也会大量问世。在台湾出版三十七大本（收 73 种）《晚清小说大系》后，上海书店也准备影印出一套《晚清小说》；中华书局和上海古籍出版社将不断出版近代作家的集子；中国社会科学出版社已约请苏州大学钱仲联先生和河南师大任访秋先生等编选篇幅较大的《中国近代诗选》和《中国近代散文选》；广西漓江出版社计划印行一套《中国近代小说丛书》；福建人民出版社也已组织力量要出一套包括诗、词、散文、小说、戏曲、文论、民间文学在内的《中国近代文学作品选注》。加上百来个项目的《中国近代文学研究资料丛书》的陆续出版，大专院校文科教学所需近代文学教材和近代文学研究工作者必要的资料，会得到较好的解决。

除了队伍建设和教材建设，关于近代文学研究本身，应该大力提倡百家争鸣，开展学术争论。学术问题，是需要争鸣的。因为科学的结论，往往在争论中获得，因为科学的发展，虽然从微观方面看常常由个别的聪明才智之士的发明创造所推动，但从宏观方面看，它还是一个集众人之思，长期积累，不断完善、深化的过程。如果没有人类广大智慧积累的坚实基础，很难设想个别的才智之士能一下从平地上建筑起高楼大厦。所以，除了每两年召开一次全国性的近代文学学术讨论会外，应尽量发挥地方的积极性，发动各省、市的大专院校、科研单位和文化机关，有目的有准备地举行各种中、小型的近代文学学术讨论会，各抒已见，展开论争。这样，既可以弄清问题（即便不能解决问题，也可促使对问题的进一步思考），推动学术前进，又能从中锻炼和培养人才。如果各省、市真的都能那么做，中国近代文学将会在较短的时间内有很大的改观。

最后，还要谈一下《中国近代文学研究资料丛书》的问题。这套一百来个项目的资料丛书的确很重要，它既是提高和发展中国近代文学研究的一个有力措施和战略部署，又是造福于子孙后代的一项重大基本建设工程。现在虽然已经化了很大的精力落实了编者和出版社，可是到真正出书还需要做许多艰苦、繁细的工作。其中最主要的是保证质量的问题。这里，除了要求编者全面、深入地调查、搜集材料和认真、细致地编选之外，还要选择适当的审稿者。所谓“适当”，即既要对所审项目比较熟悉、了解，又要具认真负责、一丝不苟的工作态度，对稿件进行严格审查。凡不合格者，一定要提出意见，退回编者作补充、修改，决不马虎从事。

以上意见，不尽有当，仅供治中国近代文学研究的同志参考。

1985 年 4 月 20 日

（原载《中国文学研究年鉴·文学研究工作者笔谈》1985 年卷）

中国近代文学作品系列·前言

中国近代是个大动荡、大变革的时代。古老的封建社会已经走完了它的历史的行程而腐朽瓦解，新兴的资本主义步履艰难地为自己开辟道路；国际帝国主义疯狂地向神州大地伸出侵略的魔爪，中国人民为挣脱重轭而喋血奋战；国运危如累卵，志士奔走救亡；欧风美雨的冲击，使中国从闭关自守而走向世界：这是个充满着新与旧、进步与保守、侵略与反抗、革命与反动的激烈斗争的时代。

文学是时代的镜子。它从不同的方面，不同的角度，通过不同的方式，反映了这个新旧更替、剑血交辉、光明与黑暗拼搏、神圣与无耻并存、希望与苦难相伴的风雷激荡的时代。半封建半殖民地社会的阶级关系和人们的思想观念，较之封建社会和资本主义社会更加复杂；因之，反映这一社会的文学也就特别纷纭繁芜，但其基本性质是反帝反封建的。

中国近代的特点是变。经济在变；政治、法律、道德、哲学、宗教、文学、艺术在变；关于政治、法律、道德、美学、文学、艺术等等的观念、观点、概念也在变。

大变动的时代产生大变动的文学；大变动的文学反映大变动的时代，同时也显示大变动的自身。中国近代文学是中国封建时代的旧文学腐朽、衰变、分化、改造——向现代新文学过渡的文学。它的种种变革，都为“五四”以后新文学的萌生作了必要的准备。中国近代文学具有承前启后、继往开来的作用，它是整个中国文学发展链条中不可或缺的一环，在中国文学发展中占有极其重要的地位。从中国近代文学中可以形象地看到中国近代社会以及生活在这个社会中的各种人物的活动和精神面貌；从中国近代文学里可以清晰地窥见中国由旧文学到新文学的演进轨迹。

如此重要的的时代！如此重要的文学！然而，对于中国近代历史的研究早已大踏步前进了，对于中国近代文学的研究却长时期来受到冷落，以至今天连一套比较系统的供大专院校文科师生教学参考的中国近代文学作品选都还没有！

列宁在《青年团的任务》中提到："无产阶级文化应当是人类在资本主义社会、地主社会和官僚社会压迫下创造出来的全部知识合乎规律的发展。""只有确切地了解人类全部发展过程所创造的文化，只有对这种文化加以改造，才能建设无产阶级的文化。""只有用人类创造的全部知识财富来丰富自己的头脑，才能成为共产主义者。"当前，全国各族人民都在加紧进行社会主义现代化的建设。党的十二次全国代表大会强调指出："在建设高度物质文明的同时，一定要努力建设高度的杜会主义精神文明。"这就需要我们批判地继承和借鉴中外文化遗产，以丰富和提高人们的文化素养和精神境界，培育人们高尚的道德情操、生活情趣和健康的审美情怀，激励人们满怀热情地献身四化建设。中国近代文学，在思想上富有反帝反封建、放眼世界、学习外国先进科学技术文化、维新革命等优秀遗产，有利于激发人们的爱国主义感情和求强奋斗精神，对于今天的各项改革和现代文化建设也有启迪作用。有些作品，其文艺观点、艺术风格乃至表现技巧，在当时就颇具特色，很有社会影响，对于今天也有借鉴意义。中国近代文学在理论和创作上，无论内容和形式都充满着新变，可以从中总结文学运动正反两面的经验，探索中国文学发展的规律，借以推动当前文学事业的发展。

为此，我们编选了这部《中国近代文学作品系列》丛书，给高等学校文科师生、文史研究工作者，文艺工作者以及广大文学爱好者提供一套比较系统、全面的中国近代文学教学、研究、借鉴、阅读的参考资料，以填补这方面的空白。

中国近代文学承百代之流，而会于社会空前剧变之际，新旧思潮回环交错，各种流派竞起，作家作品复杂繁多。为了尽可能地反映中国近代文学的全貌，《中国近代文学作品系列》丛书按照中国近代文学发展历史选收各个时期我国（包括兄弟民族）不同流派、不同倾向作家的代表作品，并加以简明扼要的介绍和注释，以使读者对这八十年的文学有个全面的了解。

丛书分诗、词、散文、小说、戏曲、民间文学和文论七种（每种根据具体情况，多寡不等地分若干卷），陆续出版。为适应社会之急需，力争早日出齐。

全书刊载统一的前言。各卷另写后记，对该卷编选校注的过程和问题作必要的交代和说明。

全面、系统地编选中国近代文学作品，尚属一项草创性的工作。限于我们的见闻、学识和水平，本书一定存在不少问题。诚望读者批评指教，俾再版时修改订正。

中国近代文学作品、理论的整理出版，近几年来逐渐得到出版界有识之士的重视和支持，我们感到由衷的喜悦，并对这些同志表示深切的敬意。

《中国近代文学作品系列》丛书
编辑委员会
一九八六年十月一日

（此《前言》由本人撰定，以“丛书”编辑委员会的名义发表，载诗、词、散文、戏曲、文论、小说、民间文学各卷卷首）

一部流产的《中国近代小说研究》（论文集）自序

（按：二十年前，一个来自武汉、自称“竹林书香堂”总经理名叫林宗仁的中年人，上门声言愿无偿为我们穷书生出书。当时，文学研究所几位同志把多年辛苦的书稿给了他（据闻哲学研究所也发生同样的事情）。可是，此人离京之后，竟泥牛入海，杳无消息。虽多方探寻，终不见踪影。有人说，他是个骗子，被公安局抓进监狱了，不知这消息是否可靠。反正书没有出成，稿本丢了！今将《自序》辑录于此，同时附上当年邓绍基先生为这部书所写的“序”。）

不管“东风”、“西风”，无论姓“资”、姓“社”，进行科学研究，必须充分地占有材料，从大量的、客观存在着的事实出发，分析它的各种发展形式，探寻这些形式的内在联系，从中引出固有的结论。科学研究的根本任务，在于发现和揭示研究对象的发展规律，用这些客观规律的知识来武装从事实践活动的人们，从而促进新的事业的发展，加速人类社会的进步。如果研究工作者在从事社会科学的研究时受某种政治气候的影响，或急功近利地要为某种政治服务，那么其结果势将离开科学的轨道而走入歧途（研究工作者可以某种政治信仰为动力进行研究，但不能将这种政治掺和到具体的科学研究工作中去）。我年轻的时候曾经写过一些研究中国近代小说的论文，由于那时政治上的幼稚和学术上的无知，没有严格地遵循科学研究的原则，以致那些论文现在只能扔进历史的垃圾堆。“文化大革命”的空前浩劫，使我惊醒过来；中国共产党十一届三中全会的“改革开放”政策，扩大了我的视野，增长了我的见识，使我从“左”的思想牢笼中解放出来，由蒙昧走向文明，觉悟到“今是而昨非”。诚然，随着时间的推移，只要生命之火不息，我的灵魂的自我完善也还在持续。人的前行是那么艰难，不仅自己要付出昂贵的代价，有时甚至还会伤害到别人。这，似乎不只是我一个人所走过的道路，而是我们这一代人（至少是这一代人中的多数）所走过的道路，虽然，各人所走之路的长短曲直、崎岖程度、行进方式和幸与不幸的遭遇，不尽相同。但是，我们大多数人毕竟都走过来了。这是值得欣慰的事。看来，年轻的一代要比我们幸运得多，他们中的大多数不会再走我们的老路，重蹈覆辙。至于至今尚有一些人（我们的同龄人和后继者）或出于认识不清而“东”倒“西”歪，或出于个人利害得失的考虑而随风摇摆，那是不足怪的；因为历史的发展中从来就没有纯粹的事物。

按理，一个文学史研究工作者应该具备才、学、识的条件；而我，一样也不够格。就“学”而言，从事中国近代小说研究，不仅必须稔知中国近代小说的创作、理论发展和当时的社会历史状况，而且需要了解中国近代翻译小说和诗、文、戏剧等其他文学样式的创作情况，掌握关于中国古代小说、戏剧和现代小说、乃至近代外国小说发展的知识，熟谙研究中国近代小说过去的历程和目前的情势。因为仅仅就一个作家、一部作品指出它的长处和短处，优点和缺点是很不够的。一个作家、一部作品决不是孤立的存在，只有把他（或它）放在特定的文学发展和社会历史进程的广阔背景上，与他（或它）前后、左右的作家作品加以比较分析之后，对他（或它）的发展脉络、长短优劣以及在文学发展史上的作用地位、功过得失才可能有个比较准确的认识。由于我学问的浅薄，在研究中常不免有力不从心之感。虽然我总是尽心去做，竭力想用时间和勤奋来弥补我的不足，但终不能像有的同志那样纵横自如，左右逢源。至于文章中立论的偏颇，认识的肤浅，甚至判断的失误，恐怕更是在所难免了。

前几年，学术界曾经掀起过一阵关于研究方法的争论热潮；现在表面上似已冷却，实际上还是各执己见。其实，研究方法虽然重要，但最根本的还是学问。有了深厚的学问，掌握新方法固然能开广思路，扩大视角，看问题更全面深入，使文章写得锦上添花；运用旧方法，以充分的材料论证新的观点，解决前人未曾解决的问题，又何尝不可以雪中送炭。如果没有学问，不仅沿袭旧方法显得泥古不化，使人生厌；采取新方法也免不了空疏隘陋，令人嗤鄙。所以，我认为方法的论争并无大益，各以己长否定对方更可不必。首要的问题是尽量充实自己，使自己真正成为一个广见博识、旧学邃密、新知深沉的人。这可以说是我多年来作研究工作的深切体会。

我很惭愧，年近“耳顺”，而作出的成绩是那么微末。这倒不是我偷懒，一半是由于天赋不敏，一半是因为处在“阶级斗争”和“知识分子改造”的时代，——当学生的时候，批“白专”，反“右派”，整“右倾”，下农村“接受社会主义教育”；工作以后，搞“四清”，参加“文化大革命”，去干校劳动。（只是在“三年困难”的日子里，大概因为吃不饱，斗不动，才比较清静地读了一些书。）——待到结束那个风雷与灵魂激荡的时代，我早已逾“不惑”之年。真是“感慨系之矣”！

近些年来，虽然仍有这样那样的不快，但毕竟有了一个可以让我们安定地坐下来从事学术研究的环境。君子安贫，达人知命。也许“失之东隅”而“收之桑榆”，在今后的岁月里还能获得更好一些的收成吧！

壬申岁重阳前五日　王俊年
志于北京劲松寓所

附录：邓绍基序

俊年同志把他多年来研究中国近代小说的论文，汇合成集，取名《中国近代小说研究》，交付出版。在我看来，这不仅是一本论文集，实际上也是一本比较系统地论述近代小说的专著。因为第一，这些论文涉及方面比较广，举凡“侠义”、“公案”、“狭邪”、“谴责”和“社会政治”诸门类，都论述到了；第二，这些论文的内容也较广，既论到近代小说的发展情况，又论到作家和作品的思想艺术特点；第三，这些论文中还有专文就“五四”以来近代文学和近代小说的研究作了历史的回顾和评论。以上三点，也反映出作者对近代小说研究的深广程度。我知道作者在这方面还有很多研究积累，我曾向他建议早日实践他原有的计划，早日着手撰写中国近代小说史，他接受了我的建议，现在他决定出版这个专集，或许就是表示一个研究阶段的结束，而他决定动手撰著近代小说史，标志着他的一个新的研究阶段的到来。

这个专集中所收的一部分论文，最初在刊物上发表的时候，我就读过，由于我对近代小说不太熟悉，因而很难具体细微地领会它们的一一佳处，但笼统的总体感受还是有的，借用一句俗话来说，那就是“有分量”。这种感受与我所知道的俊年同志的认真、刻苦和踏实的治学态度是一致的，他的皓首穷经式的“板凳”精神和锲而不舍的“钉子”精神更是我素来钦佩的。

今年八月，在杭州举行的“纪念龚自珍诞生二百周年暨全国第六届近代文学讨论会”期间，俊年同志把论文结集事告诉了我，并嘱写序，我明知我不是为这本专集写序的合适人选，但不自量力，当场应承，这其间有一点缘由，不妨一说。

俊年同志与我在文学研究所共事已有三十余年，我们之间多有机会交谈却只是近十年间的事。八十年代初，他任近代文学研究室主任，我在所内担负一点行政工作，由这种工作关系，不仅我们之间常有研讨，而且还通过他的工作，特别是他与其他一些同志发起举行的全国性的近代文学学术讨论会，使我与近代文学研究界开始有了联系。在这以前，我一度也几乎要跨进近代文学领域的门槛，那是一九六五年冬天，我自安徽参加了“四清”运动后回京，当时文学研究所决定成立近代文学研究组，由我担任筹备小组组长，随后又有三位比较年轻一点的同志来到这个筹备组。但那时我已被卷入关于《海瑞罢官》问题的冤案，开始在一定范围内作检查，不久，那场史无前例的“文化大革命”又如暴风雨般来临，那个筹备组也就不令自散了。由于我的专业爱好和志趣主要不在近代文学方面，我在接受那个筹备小组组长职务时，是带点儿勉强的，以后更没有想到我还会与近代文学研究发生联系。但八十年代以来，终于发生了联系，我想这或许就是通常说的一种机缘吧！我很珍视这种机缘，由此我也很感激俊年同志，因为在很大程度上，正是由于他的鼓励和推动，才使我结识了近代文学研究界的许多朋友，获得很多教益。因此，当俊年同志嘱我写序时，我产生了一种想法，我想借这个机会来述说我与近代文学界发生联系的经过，我觉得这对俊年同志和我来说，或许都有点纪念意义。如果按照严格的序文本义要求，我这种写法未免“跑野马”，那么，就权作序吧！

一九九二年十月于北京

第 二 辑

中国小说观念的嬗变

“小说”是个历史的、发展的概念，它在社会演进的不同时期有着不同的涵义和规定性。今天关于小说的定义，是经过漫长岁月的嬗变而至目前阶段人们的共识。它与中国古代“小说”的语义完全不同或相去甚远。

一、从一个词组到一种文体

“小说”一词最早见于《庄子·外物》：“饰小说以干县令，其于大达亦远矣。”唐人成玄英疏云：干，求也。县，高也。令，令闻（好名声）。意思是说，装点粉饰无关大义的琐屑之谈，以求取高名美誉，那与精通于至道（高深的理论学说）相差得太远了。在这里，“小”是形容词，“说”是名词。“小说”是指与学识渊博、见解深刻的高论宏议相对的浅陋小语，是一个词组而非文体。

经过了大约三百多年，到东汉初年，桓谭在《新论》[1] 中说：“若其小说家，合丛残小语，近取譬论，以作短书，治身理家，有可观之辞。”这段话在中国小说发展史上具有十分重要的意义：第一，它首次立“小说”为一“家”，把小说作为一种独立的文体提了出来；第二，它对小说的涵义作了界定；第三，它说明了小说的功用。

---

① 原书早已散佚。此处引文，出自《文选》卷三十一江文通杂体诗三十首之二《李都尉从军》李善注。

二、中国古典小说观念的确立

继桓谭《新论》之后，班固在《汉书·艺文志》中著录了《伊尹说》等十五家小说。接着他说：

> 小说家者流，盖出于稗官，街谈巷语，道听途说者之所造也。孔子曰："虽小道，必有可观者焉，致远恐泥。是以君子弗为也。"然亦弗灭也。闾里小知者之所及，亦使缀而不忘。如或一言可采，此亦刍荛狂夫之议也。

班固的记述，比桓谭之说更进了一步。一、《汉书·艺文志》著录的诸家小说，今虽已散佚不传，但根据班固之《志》和注①，尚约略可知其书如鲁迅说的"或托古人，或记古事；托人者似子而浅薄，记事者近史而悠缪者也"②。即是一些琐碎浮浅、荒诞无稽的杂记、杂说。这就比桓谭笼统地说"丛残小语"，使人对小说的理解更为具体化了。二、小说家"出

---

① 班固著录之小说如下（圆括号内是班固自注，方括号内是唐人颜师古注）：

《伊尹说》二十七篇。（其语浅薄，似依托也。）

《鬻子说》十九篇。（后世所加。）

《周考》七十六篇。（考周事也。）

《青史子》五十七篇。（古史官记事也。）

《师旷》六篇。（见《春秋》，其言浅薄，本与此同，似因托之。）

《务成子》十一篇。（称"尧问"，非古语。）

《宋子》十八篇。（孙卿道："《宋子》，其言黄、老意。"）

《天乙》三篇。（天乙谓汤，其言非殷时，皆依托也。）

《黄帝说》四十篇。（迂诞依托。）

《封禅方说》十八篇。（武帝时。）

《待诏臣饶心术》二十五篇。（武帝时。）［师古曰："刘向《别录》云：'饶，齐人也，不知其姓，武帝时待诏，作书名曰《心术》也。'"］

《待诏臣安成未央术》一篇。［应劭曰："道家也，好养生事，为未央之术。"］

《臣寿周纪》七篇。（项国圉人，宣帝时。）

《虞初周说》九百四十三篇。（河南人，武帝时以方士侍郎，号黄车使者。）［应劭曰："其说以《周书》为本。"师古曰："《史记》云：'虞初，洛阳人。'即张衡《西京赋》'小说九百，本自虞初'者也。"］

《百家》百三十九卷。

右小说家十五家，千三百八十篇。

② 鲁迅《中国小说史略》第一篇。

于稗官”云云，对小说的概念、范畴、性质、功能作了更明确的规范。桓谭眼中的小说，已经与可以“兴观群怨”、“迩之事父，远之事君”的诗①和“经国之大业，不朽之盛事”的文章②无法比拟（但他毕竟还有“治身理家，有可观之辞”之说），到了班固这里，则“街谈巷语，道听途说”、“闾里小知者之所及”、“刍荛狂夫之议也”。——就更等而下之了。虽然他也引了孔子“必有可观者焉”一语，但那是一句空话。因为第一，在它前面冠以“小道”之词，在它后面紧随“致远恐泥，是以君子弗为”之句，可以清楚地看出文意的重点。第二，《汉书·艺文志》将小说家归属于《诸子略》，班固在小结中说：“诸子十家，其可观者九家而已。”小说家并不在“可观”之列。这就更加说明了问题。

班固对于小说的看法，成了经典性的立论。它世代相承，为正统文士所固守。从汉至清两千年间，虽然小说的样式、格局等发生了巨大变化，小说的实际涵义已经远远越出原来的概念，但是这种传统的小说观念却基本上没有改变。

三、中国小说观念的衍进

说两千年间中国的小说观念基本上没有改变，是就学术界总的状况而言。如果加以具体考察，中国小说观念实则发生了很大变化；不过，这些变化未为多数正统文人接受罢了。

按照现代文艺观念，小说是运用散文语言，摹写虚拟人生，以反映社会生活的一种文学样式。它除了各类文学都需要使用语言文字作为表现工具这一共同性外，还必须同时含有叙事性、形象性、虚拟性和散文性——四种基本要素。而中国古代小说的概念比较含混，范畴比较宽泛，缺乏明确的规定性。根据桓谭、班固的阐述，人们便很自然地认为：一、凡记录异文轶事，缀辑琐语杂言的尺寸短书都称小说；二、小说似子而

① 《论语·阳货》。

② 曹丕：《典论·论文》。

近史，或如胡应麟说的“通于史”[①]，或如刘知几说的“能与正史参行”[②]——是正史的补助。因前者，历代史志和书目将《座右法》、《器准图》、《水饰》[③]、《家范》、《刊误》、《茶经》[④]以及“地理书”、“都邑簿”[⑤]、“辨订”、“箴规”[⑥]等等与小说根本挨不上边的著作，都列在小说类中。由后者，史家和学者便要求小说具备史的品格。史的生命是纪实。它通过具体的历史事实的记录，“垂鉴戒于后世”[⑦]；即是说，使后人从历史的镜子中，明于是非得失之迹，知乎兴衰成败之道，接受经验教训，掌握发展规律。小说的灵魂则是虚构。它通过情景逼真、充分具象的人生世界的创造，给人以美的享受。读者藉以娱乐，藉以休息，并从美的享受中获得启悟，受到教益。因此，中国小说概念、性质、功能等方面的伸缩变迁，便成为中国小说观念衍进的主要内容和标志。

1. 功能：由认识作用到审美效能

中国古代“小说”，在唐朝以前是作为史学的附庸而存在的，给人起认识鉴戒的作用。班固《汉书·艺文志》云：“小说家者流，盖出于稗官……闾里小知者之所及，亦使缀而不忘。如或一言可采，此亦刍荛狂夫之议也。”三国如淳在“稗官”下注曰：“王者欲知闾巷风俗，故立稗官使称说之。”这是说统治者设置小官，使采录乡间街谈巷语，以了解民情。魏晋南北朝时期，道教、佛教大行，神鬼之说尤盛。《搜神记》等志怪小说之作，在于“发明神道之不诬”[⑧]或“藉旧史之所不载者，聊以闻见”[⑨]。“知闾巷风俗”和“明神道之不诬”云云，都是指小说的认识作用。

到唐代，这种观念开始发生了变化。这变化突出表现在作家对作品娱悦作用的注意和追求。唐传奇是中国小说（文学的小说）正式形成的

---

① 《少室山房笔丛·九流绪论（下）》：“小说，子书流也。然……纪述事迹，或通于史。”
② 《史通》卷十《杂述》：“偏记小说，自成一家，而能与正史参行，其所由来尚矣。”
③ 《隋书·经籍志·子》。
④ 《新唐书·艺文志·丙部子录》。
⑤ 刘知几：《史通》卷十《杂述》。
⑥ 胡应麟：《少室山房笔丛·九流绪论（下）》。
⑦ 宋神宗：《资治通鉴·序》。
⑧ 《搜神记·序》。
⑨ 《洞冥记·序》。

标志。它的许多作品产生于士大夫征异话奇的闲谈中；而这闲谈本身，就是一种消遣和娱乐。中唐时期是传奇小说的鼎盛阶段。韩愈对于这类“以文为戏”的传奇小说不仅“拊几呼笑”地加以欣赏，而且积极主动地进行试作。他写了《毛颖传》等寓庄于谐、趣味横生的传奇小说体作品。当时，便有人对这种作品提出非议，韩愈的好友张籍也两次写信劝他不要写这样的作品。张籍《与韩愈书》云：

……比见执事多尚驳杂无实之说，使人陈之于前以为欢，此有以累于令德。……愿执事绝博塞之好，弃无实之谈，弘广以接天下之士，嗣孟轲、扬雄之作，辨杨墨老释之说，使圣人之道复见于唐，岂不尚哉！……

张籍《重与韩退之书》云：

……君子发言举足，不远于理，未尝闻以驳杂无实之说为戏也。执事每见其说，亦拊几呼笑，是挠气害性，不得其正矣。苟止之不得，曷所不至焉。或以为中不失正，将以苟悦于众，是戏人也，是玩人也，非示人以义之道也。

而韩愈则不以为然。他在给张籍的两次复信中为自己作了辩护。其《答张籍书》曰：

……吾子又讥吾与人为无实驳杂之说，此吾所以为戏耳。比之酒色，不有间乎。吾子讥之，似同浴而讥裸裎也。……

又，《重答张籍书》曰：

……驳杂之讥，前书尽之，吾子又复之。昔者夫子犹有所戏，《诗》不云乎：“善戏谑兮，不为虐兮。”《记》曰：“张而不弛，文武不能也。”恶害于道哉！吾子其未之思乎。

这里，争论的焦点是：作文可否为戏？张籍认为，作文应该阐发义理，传圣人之道，而不可“以驳杂无实之说为戏”，随便取悦于众，“使人陈之于前以为欢”。韩愈则理直气壮地回答说，作文为戏，这如同洗澡而裸体一样的正常，毫无可怪之处。他引用《诗经》、《礼记》等经典之言，论证作文为戏并不有害于正道。“张而不弛，文武不能也”。则简直是说不会休息便不会工作了[①]。此后，被贬在永州的柳宗元也特意写了《读韩愈所著〈毛颖传〉后题》，进一步肯定这篇作品，说它“有益于世”。韩愈的《毛颖传》一类作品和作文“为戏”说曾经轰动了当时文坛，不仅被一些保守之士“大笑以为怪”[②]，甚至连裴度这样比较开明的人也发出“不以文立制，而以文为戏。可矣乎？可矣乎？”的诧异[③]。但是，韩愈、柳宗元等人的思想代表了文体发展的潮流。这时的传奇作家也已渐由崇记事之实转向“著文章之美”，志鬼神之异转向“传要妙之情”[④]——也就是说，已经由史学的认识作用转向文学的审美效能了。

中国的通俗小说更是直接起源于娱乐。中国通俗小说来自民间“说话”，这种“说话”即是供人消遣的文化娱乐活动。在唐代，“说话”主要在市民群众参加宗教性集会时的寺庙里进行。到宋代，“说话”成为一种相当兴盛的商业化的娱乐活动。“说话”艺人固定在瓦子勾栏、茶肆酒楼中表演，也流动到露天空地、街道、寺庙和私人府第、宫廷乃至乡村演唱。从“说话”基础上产生话本，其重要原因也是出于消遣娱乐。明人郎瑛《七修类稿》卷二十二云：“小说起仁宗时，盖时太平盛久，国家闲暇，日欲进一奇怪之事以娱之。”这是说每天进一小说供宋仁宗娱乐。

---

① 五代王定保《唐摭言》卷五《切磋》：“韩文公著《毛颖传》，好博塞之戏，张水部以书劝之，凡三书。……”（四库全书本《唐摭言》谓“三书”，但四库全书本《张司业集》中仅有二书）近代马其昶《韩昌黎文集校注·答张籍书》注云：“籍此书乃与公酬答于贞元佐汴时。而《毛颖传》以吕汲公《年谱》考之，则元和十年所作。……《摭言》未可凭也。”韩愈佐汴在贞元十二年至十五年（796—799）；元和十年，即公元815年。据“注”所言，则《毛颖传》后出张、韩之辩十余年；其辩当另有所指。然柳宗元在元和五年（810）十一月《与杨诲之书》中已明言“足下所持韩生《毛颖传》来，仆甚奇其书”云云，可见上“注”谓《毛颖传》是“元和十年所作”之非。又“注”所云张、韩之辩在贞元韩愈佐汴期间，亦无有力证据。贞元十四年（798）张籍离家（和州）北游，十月到达汴州，经孟郊介绍，才认识韩愈；十一月即由韩愈推荐前往长安应举。次年考中进士，便留京为官。在与韩初相识的短短一个月的游汴时间内，似不可能写出这样直言不讳、毫无顾忌的指责信来。既“注”所言二者均不可信，本文乃仍以《唐摭言》为据。

② 见柳宗元《读韩愈所著〈毛颖传〉后题》。

③ 裴度：《寄李翱书》。

④ 见沈既济：《任氏传》。

明嘉靖年间洪楩编刊的《六十家小说》(《清平山堂话本》),是今见我国最早的宋元话本结集。它原分《雨窗集》、《长灯集》、《随航集》、《欹枕集》、《解闷集》、《醒梦集》六集,供人雨时窗下、长夜灯前、旅途船中、临睡枕上……阅读。其娱人消遣之意甚明。

宋、元时期小说创作中文学观念进一步加强而史学观念相对地淡化,还表现在作家、评论家对于作品人物形象塑造、故事情节描写等艺术特性的关注和重视。欧阳修撰《新唐书·艺文志》,将志怪书从前志史部划出,归入小说类,这是观念上的一种进步。赵令畤《元微之崔莺莺商调蝶恋花词》谓观元稹传奇,莺莺“飘飘然仿佛出于人目前,虽丹青摹写其形状,未知能如是工且至否”?很明显,这里已经注意和涉及到小说中人物形象的鲜明、生动性问题。洪迈评唐人小说云:“小小情事,凄惋欲绝,洵有神遇而不自知者”[①];“鬼物假托,莫不宛转有思致,不必颛门名家而后可称也。”[②]——全从作品的故事内容、创作方法、情节构建、人物描写和审美效应等文学角度着眼,这是小说观念上的一大转变。

明代中叶以后,中国小说发展进入繁荣时期,人们也更注重作品的艺术表现和审美感受。李开先《词谑》曰:“崔后渠、熊南沙、唐荆川、王遵岩、陈后冈谓:《水浒传》委曲详尽,血脉贯通,《史记》而下,便是此书。”[③]这是反映了当时社会上一批名流对《水浒传》的共同见解。如果说这种批评还只是停留在一般文章作法的层面,那么汤显祖说传奇小说“读之使人心开神释、骨飞眉舞”[④],《李娃传》“画出动人模样”,《任氏传》“酷肖是时情状”[⑤]等等,便明显地是从艺术表现和审美效应方面评价小说了。到容与堂本李卓吾[⑥]批评《水浒传》,则有了更大的发展:

描画鲁智深,千古若活,真是传神写照妙手。且《水浒传》文字绝妙千古,全在同而不同处有辨。如鲁智深、李逵、武松、阮小

① 清乾隆时陈莲塘辑《唐人说荟·例言》引宋人洪迈语。

② 洪迈:《容斋随笔》卷十五《唐诗人有名不显者》。

③ 李开先:《词谑》二七。

④ 汤显祖:《点校虞初志序》。

⑤ 见《虞初志》中《李娃传》和《任氏传》眉批。

⑥ 今学术界不少人认为容与堂刊本李卓吾的批评是叶昼伪托。

七、石秀、呼延灼、刘唐等众人，都是性急的，渠形容刻画来各有派头，各有光景，各有家数，各有身份，一毫不差，半些不混。读者自有分辨，不必见其姓名，一睹事实就知某人某人也。（第三回）

此回文字逼真，化工肖物。摹写宋江、阎婆惜并阎婆处，不惟能画眼前，且画心上；不惟能画心上，且并画意外。顾虎头、吴道子安得如此。（第二十一回）

说淫妇便像个淫妇，说烈汉便像个烈汉，说呆子便像个呆子，说马泊六便像个马泊六，说小猴子便像个小猴子，但觉读一过，分明淫妇、烈汉、呆子、马泊六、小猴子光景在眼，淫妇、烈汉、呆子、马泊六、小猴子声音在耳。（第二十四回）

这是有史以来第一次这样精辟而具体地论述小说人物形象的塑造，特别是人物个性的刻画。

在此基础上，明末的金圣叹又大大前进了一步。他独具只眼，自觉地以艺术性为标准批评作品。他说：《水浒传》之所以是天下最好的文章，之所以百看不厌，“无非为他把一百八个人性格都写了出来”。各有其“性情”、“气质”、“形状”、“声口”。他具体细致地分析了《水浒》英雄形象，特别是同一类型人物不同的性格特点，以及这性格与其人说话、行动的关系。并指出作品之所以能取得这样辉煌的成就，在于作者长期深入地观察生活，推究事理，即所谓“十年格物而一朝物格”。同时，他对故事情节的组织安排、人物形象的对比烘托、倒叙夹叙等叙述方法、详略擒放等描写技巧，也都作了比较深入的探讨。[①] 金圣叹对《水浒》的批评影响很大。自此之后，文学家多从文学的角度、以文学的要求来品评小说，并且往往把人物形象的是否鲜明生动作为衡量作品优劣的标准。

2. 性质：实录与虚构的消长

实录与虚构是历史和小说区分的界标。虽然古“小说”的具体含义

① 见《第五才子书施耐庵水浒传》序、读法、回评和夹批。

与后世作为一种文学样式的小说概念不同，但也不是没有一点相通之处。如庄子所云“饰小说”（装饰或假托锁屑言谈）和桓谭之言“近取譬论”（取日常生活中的某些事理作形象化的譬喻），其中都免不了要有虚拟的人物、故事和情节；班固所谓的“街谈巷语，道听途说”之中，也必然会有虚夸的成分。只是此后的学者们都着眼在史的纪实的一面，史家和传统目录学家更是严格地要求实录而排斥虚构。但尽管如此，小说随着娱乐因素的产生和增长，虚构成分也从实录的躯壳里发育膨胀。

唐传奇形式上仍以史书的“传”、“记”、“录”或人名为题，取材大抵出于当时真人真事，叙事格局亦如“列传”体例，然它们多从休闲中产生，以消遣娱乐为重要宗旨，遣情造意，增彩益藻，添加了不少虚幻、想象的笔墨。

宋代，“说话”伎艺兴起。据记载，南宋时“说话”分四家[①]，其中讲史者按史书“敷演”，小说家“能讲一朝一代故事，顷刻间捏合”，或“随意据事演说”[②]，虚构的成分越来越大。并且，“说国贼怀奸从佞，遣愚夫等辈生嗔；说忠臣负屈衔冤，铁心肠也须下泪。讲鬼怪，令羽士心寒胆战；论闺怨，遣佳人绿惨红愁。……”[③] 非常重视生动感人的艺术效果。在此基础上，便产生了用接近口语的文字写作的通俗小说，即书面化的“说话”——话本小说。通俗小说的出现，不仅改变了文言小说独居的局面，而且很快发展成为中国文学的主流。

元、明时期，“说话”中的“讲史书”演化成为长篇章回小说，标志着中国小说创作进入了一个崭新的阶段。其间，小说创作中的虚实观念也发生了质的飞跃。明代嘉靖壬午（1522 年）修髯子（张尚德）撰《三国志通俗演义·引》时还要求历史演义“羽翼信史而不违”，三十年后，熊大木在《新刊大宋演义中兴英烈传·序》中便反驳“小说不可紊之以正史”的理论。他说：“稗官野史实记正史之未备，若使的以事迹显然不泯者得录，则是书竟难以成野史之余意矣。”所以，小说与史书不同是没有什么可怪的[④]。继而，汪道昆又表述了小说要在“可喜”，至于“虚

① 耐得翁：《都城纪胜·瓦舍众伎》。
② 吴自牧：《梦粱录》卷二十《小说讲经史》；罗烨《醉翁谈录·舌耕叙引》。
③ 罗烨：《醉翁谈录·小说开辟》。
④ 该《序》作于嘉靖三十一年（1552）十一月望日。

实”则“不必深辨”的观点①。王圻则进一步提出了小说戏曲“惟虚故活”② 的论断。天启四年（1624），冯梦龙在《警世通言·叙》中对这个问题作了更为深入的探讨。他认为，小说所写之人、事，不必“尽真”，不必尽赝”，也不必“去其赝而存其真”。他明确地说：“人不必有其事，事不必丽其人。其真者可以补金匮石室之遗，而赝者亦必有一番激扬劝诱、悲歌感慨之意。事真而理不赝，即事赝而理亦真……”③ 前两句，实际上接触到现实生活典型化的问题；后句的“理真”，主要是指符合生活逻辑的意思。冯梦龙的这些话，已经很接近于现代小说理论了。再，在小说创作的具体实践上，从《三国演义》的七实三虚到《水浒传》、《西游记》的借助历史的影子凭空结撰，这些都说明了中国的小说观念已逐步摆脱史学的束缚而走向科学化。

特别是以描写家庭日常琐事替代过去英雄争战、神魔斗法等重大斗争题材的《金瓶梅》出现以后，更加速了小说观念的变化，促使我国古代小说创作走向成熟的高峰。虽然有时不免还要缀以历史的伪装，但实际上前进的车轮已经离开历史的跑道，插上想象的翅膀，飞向文学的太空。明末清初大批描写青年男女恋爱婚姻故事的才子佳人小说，以及清代《聊斋志异》、《醒世姻缘传》、《儒林外史》、《红楼梦》等巨著的问世，都说明了这个问题。

3. 概念与范畴：从含混、驳杂到明确、纯正

中国中古时期（秦、汉以后，宋之前）关于小说的概念比较含混，范畴也很驳杂。此后，虽然史家和传统目录学家一直固守着古小说的观念不变，但在实际生活中，随着中国小说创作实践的发展，小说的概念和范畴也渐趋明确和纯正。宋代出现了不同于传统目录学概念的小说。据孟元老《东京梦华录·京瓦伎艺》条记载，北宋汴京瓦肆中的说话科目有“讲史”、“小说”、“说浑话”等。其中“讲史”和“小说”颇为发达，各产生了不少著名艺人。到南宋，“说话”伎艺有了更大的发展。

① 天都外臣：《水浒传·叙》。该《叙》写于万历己丑，即1589年。天都外臣即汪道昆。

② 见《稗史汇编》卷一百三《文史门·尺牍类·院本》。该书刻于万历丁未（1607年）。

③ 该《叙》署名无碍居士，即冯梦龙。

耐得翁《都城纪胜·瓦舍众伎》云：

> 说话有四家：一者小说，谓之银字儿，如烟粉、灵怪、传奇、说公案，皆是朴刀杆棒及发迹变泰之事；说铁骑儿，谓士马金鼓之事；说经谓演说佛书，说参请谓宾主参禅悟道等事；讲史书，讲说前代书史文传兴废争战之事。最畏小说人，盖小说者能以一朝一代故事顷刻间提破。

在这里，“小说”是“说话”伎艺中一个影响最大的门类。

“说铁骑儿”很快与“讲史”合流，成为“讲史”的一部分。口头的“说话”逐渐转化为书面的“说话”（话本），“小说”的外延随之扩大——除包含原来的“烟粉、灵怪、传奇、说公案”外，还统摄了“说话”中的“说经”和“讲史”等家，成为接近于现代散文体叙事文学的小说概念。

明代万历己酉（三十七年）酉阳野史《新刻续编三国志后传》卷首《引》曰：

> 夫小说者，乃坊间通俗之说，固非国史正纲，无过消遣于长夜永昼，或解闷于烦剧忧愁，以豁一时之情怀耳。……今是书之编，无过欲泄愤一时，取快千载……不过劝惩来世，戒叱凶顽尔。……客或有言曰：书固可快一时，但事迹欠实，不无虚诳渺茫之议乎？予曰：世不见传奇戏剧乎？人间日演而不厌，内百无一真，何人悦而众艳也？但不过取悦一时，结尾有成，终始有就尔。诚所谓乌有先生之乌有者哉。大抵观是书者，宜作小说而览，毋执正史而观。……

酉阳野史的真实姓名不详。他的《三国志后传·引》十分明确地表述了如下几个小说观念中的重要问题：

（一）小说与史传是两种不同的著作。小说是虚构的，即“乌有先生之乌有者”；从而划清了小说与史籍的界限，说明了两者根本区别之所在。

（二）小说的社会功用主要是消遣、娱乐，同时也可寓劝惩之意。

（三）小说的价值不系于纪实还是虚构，而在于能否收到“人悦而众艳”的艺术效果；如果能，则即使“百无一真”，也是上好的作品。

关于小说的虚实问题和与史传的关系，在此之前的熊大木等已经涉及，与酉阳野史同时的谢肇淛也发表了与《三国志后传·引》类似的意见①，稍后的冯梦龙等又作了进一步的阐发。这些论述，说明了那时的小说概念与今天的小说概念已无多大差别，近代散文体叙事文学的小说观念到明代嘉靖年间已初步形成，至万历时期而趋于成熟。这对中国小说的繁荣发展有着极为重要的意义。

4. 地位：是“小道”！是“古今至文”！是“文学之最上乘”！

对于小说地位的认识，概括起来，大抵可分三个时期：

（一）自先秦两汉至隋为第一时期。在这个时期中，都按班固《汉书·艺文志》引《论语·子张》篇对小说所作定义为标准，视小说为“君子弗为也”的“小道”。

（二）自唐至清为第二时期。在这个时期中，一方面正统文人固守班固的观念，拒小说于文学的大门之外；另一方面，开明有识之士和通俗小说家则渐萌叛逆思想——弃“小道”之说而重小说之作。这后一方面，又可分为明代前和明代后两个阶段：

（1）唐代史学家刘知几谓：“偏记小说，自成一家，而能与正史参行。”李肇《唐国史补》云：“沈既济撰《枕中记》，庄生寓言之类；韩愈撰《毛颖传》，其文尤高，不下史迁。二篇真良史才也。”二人虽都从史学的角度要求、评价小说，然而较前已明显地提高了小说的地位。唐代一批优秀的传奇小说，大都出自高官硕学之手②，这更是打破了“君子弗为也”的传统观念。

北宋初年，李昉等人奉宋太宗之命，采录自汉代至宋初的野史小说，

① 见谢肇淛《五杂俎》卷十五《事部》，中央书店1935年12月初版，第307页。

② 如沈既济，曾任左拾遗、史馆修撰、礼部员外郎等职；许尧佐，曾任太子校书郎、谏议大夫等职；蒋防，曾任翰林学士、中书舍人等职；白行简，曾任司门员外郎、主客郎中等职；元稹，历任中书舍人、承旨学士、工部侍郎同中书门下平章事、节度使等职；陈鸿，史学家，曾任主客郎中等职；薛调，曾任户部员外郎加驾部郎中、翰林学士承旨等职；牛僧儒，历任御史中丞、户部侍郎同中书门下平章事等职；杜光庭，唐僖宗时为内庭供奉，后任前蜀的户部侍郎等职；裴铏，曾任成都节度副使加御史大夫等职；袁郊，曾任祠部郎中、翰林学士、虢州刺史等职；李公佐，曾任钟陵从事、江南西道观察使判官等职。

按类编纂了一部五百卷的“小说家之渊海”——《太平广记》，这说明小说之日益为人所重视。南宋绍兴六年（1136）曾慥在编纂另一部小说总集《类说》的《序》中说：“可以资治体、助名教、供谈笑、广见闻，如嗜常珍，不废异馔，下箸之处，水陆俱陈矣。”对小说多方面社会作用的肯定，意味着小说在文艺的天平上已明显增加了分量。洪迈曰唐人小说“与诗律可称一代之奇”①，赵彦卫称传奇“文备众体，可见史才、诗笔、议论”②，罗烨反复强调通俗小说作家“非庸常浅识之流”，而是“有博览该通之理”和极高的多方面的艺术修养③，这都大大提高了小说的社会地位。

（2）明代中叶是中国小说发展的一个转折时期，人们对于小说的认识也有了长足的进步。李贽从文学随时代发展的观点出发，否定贵古贱今之说，认为诗、文、辞、赋和小说、戏曲都是“古今至文”④。陈继儒无视圣贤小说“小道”之训，而曰“演义固喻俗书”，“义意远矣”，“与经史并传可也”⑤。袁宏道则更大胆地说，读了《水浒传》，便觉得“六经非至文，马迁失组练”⑥。通俗小说的地位被提到了空前的高度。这不能不说是对小说认识上的一次飞跃。

然而，这种认识只是局限于一部分思想家、文学家的范围之内，它并未打破大多数文人学士的传统观念。通俗小说仍被排斥于目录学家的笔下，通俗小说家在正史“文苑传”中依然没有立足之地，小说还是进不了文学的殿堂。

（三）晚清以后为第三时期。光绪戊戌（1898）变法前后，以梁启超为首的一批资产阶级改良派为了利用小说这种群众喜闻乐见的文艺形式宣传他们变法维新的主张，发动了一场颇具声势的“小说界革命”。这场“革命”的最大特点是把文艺的小说政治化，即无限夸大小说治国化民的

① 清人陈莲塘辑《唐人说荟·例言》引宋·洪迈语。
② 见《云麓漫钞》。
③ 详见《醉翁谈录·舌耕叙引·小说开辟》。
④ 见《焚书》卷三《童心说》。
⑤ 见《唐书演义·序》和《叙〈列国传〉》。
⑥ 见《袁中郎全集》卷四《五古·听朱生说〈水浒传〉》。

作用[①]，把小说作为政治斗争的工具，要求小说写著者“所怀抱之政治思想”，翻译“有关切于今日中国时局者”[②]，为当前资产阶级改良政治服务。中国长期的封建君主专制和高度的中央集权统治潜移默化地形成了一种“政治第一”的观念。只要一说“政治”，人们便肃然起敬，觉得威严崇高、非同小可。所以，梁启超“小说界革命”之论一出，立即得到渴望中国进步的知识界的同声响应，数十家报刊此唱彼和，竞相鼓吹小说新国新民的伟大作用。

改良派的“小说界革命”主要是把中国古代的诗教说[③]移至小说，极力夸张其作用，将其原来的为封建政治服务改成为资产阶级政治服务而已，在真正的小说理论上很难说有多大建树。“小说界革命”的最大贡献是，经过这番呐喊，小说借助政治这一神圣的力量，从根本上动摇并摧毁了两千年来鄙视小说的传统观念，奠定了“小说为文学之最上乘”的历史地位，鼓舞、吸引着更多的知识分子去进行小说的创作和研究，从而出现了中国小说史上空前繁荣兴旺的新局面[④]。但是，它同时也产生了严重的后果：它无限夸大了小说的作用，颠倒了小说与社会生活的关系；特别是忽视小说的艺术特性，把小说当作为政治服务的工具，削弱了小说正常功能的发挥，阻碍了小说自身审美品格的提高和发展，出现了小说数量很多、质量普遍不高的局面。尤其是梁启超们提倡的“政治小说”，满篇抽象的政治说教，缺乏具体的形象描写，读之味同嚼蜡。当时，虽有黄人、徐念慈、王国维等有识之士发出不同声音，强调小说的

---

① 梁启超《译印政治小说序》（1898年）谓：“往往每一书出而全国之议论为之一变。彼美、英、德、法、奥、意、日本各国政界之日进，则政治小说为功最高焉。”《论小说与群治之关系》（1902年）曰：“欲新一国之民，不可不先新一国之小说。故欲新道德必新小说，欲新宗教必新小说，欲新政治必新小说，欲新风俗必新小说，欲新学艺必新小说，乃至欲新人心、欲新人格，必新小说。”《告小说家》（1915年）云：“今后社会之命脉，操于小说家之手者泰半。”

② 见《译印政治小说序》、《新中国未来记·绪言》、《中国唯一之文学报〈新小说〉》中“本报宗旨”和“政治小说”条。

③ 《毛诗序》：“故正得失，动天地，感鬼神，莫近于诗。先王以是经夫妇，成孝敬，厚人伦，美教化，移风俗。”

④ 据日本樽本照雄《新编增补清末民初小说目录》，收1902年—1919年小说19156部，剔除一书多种版本的重复，尚有11000余种。其中创作小说约8000种，翻译小说约3000种。而整个中国古代（包括晚清）的通俗小说，据欧阳健、萧相恺编《中国通俗小说总目提要》载，共1160种（书末“附录”《〈中国通俗小说书目〉补编》所载之书目，许多与《总目》相重复）。其中1902年梁启超公开发起“小说界革命”之前的中国古代小说，仅600多种。

审美价值，强调小说“真景”、“真情”和情景交融的“具象”描绘，力图挽回这股狂澜，但大势所趋，影响甚微。直到“五四”新文学运动以后，才有明显改观。然其“流风余韵”，仍绵绵不绝，时时在上空回荡。

1996年9月30日完稿，最后一条注于2012年冬修订。

（本文为因病未竟之《中国近代小说史·源流篇》中的一章）

中西文化的撞击与交融

一

中国近代化的过程，实际上是以儒学为主体的中国传统文化在以个人主义为核心的西方近代文化的冲击和影响下逐步向近代过渡和转变的过程。所以，一部中国近代史，就是广义上的中西文化撞击、交融史，就是学习世界先进文化，改造中国旧文化的历史。沉积了几千年的中国传统文化根深蒂固，面对外来年轻的西方近代资产阶级文化有着特别顽固的抗性和强大的抗力。因“强大的抗力”，这冲突空前的激烈，无论是具体的物质现象，还是抽象的社会现象，如更新器物、改革制度、转换观念、变易风俗……几乎每走一步都是生死搏斗，要付出沉重的代价，以至流血和牺牲；由“顽固的抗性”，这争斗、融合的时间便漫长——一路山高水深，曲折迂回，蜗行牛步，进展极慢。有时形似“胜利”了，实则“挂羊头卖狗肉”，却是更大的倒退。真是“路曼曼其修远兮”，一时望不到尽头！

本来，古代东方的文明程度和发展水平高于西方，但是从欧洲走出中世纪进入近代以后，情况发生了重大变化。十六世纪欧洲地理科学和航海技术的成就，开始把世界联成一片。十八世纪后半叶起，西方工业革命——生产工具全面革新，特别是蒸汽机的发明、交通和通讯业的大发展，使地球“缩小”了，历史逐渐成为世界的历史，文化（广义的文化）也越来越成为全球的文化。如果说，过去主要是世界影响欧洲，那么此后便转而为欧洲影响世界了。

中外文化交流，自非近代开始。在漫长的中世纪里，中国创造了灿烂的文化，对世界文明作出过重大的贡献①；以儒学为核心的汉文化对周边各民族和国家也曾产生深广的影响。诚然，汉文化也有选择地摄取域外文化以丰富充实自己。但是，总的来说，这种相互的交流和影响主要局限于亚洲范围，至于欧洲，终因地理远隔、交通落后而交往甚少，影响至微②。

“与外界完全隔绝曾是保存旧中国的首要条件”③。一八四〇年英国的大炮轰开了中华帝国的大门。随着资本主义的扩张带来的西方近代物质文明和精神文明必然要冲刷以宗法、皇权专制高度发达为主要特征的中国古老社会的污泥浊水；先进的中国知识分子为救亡图存、自强求富，积极向西方世界学习新的科学技术和治国之道，以改造中国。但是，在数千年历史发展过程中形成的系统、完善而封闭、凝固的中国传统文化渗透到政治、经济、文化、生活的各个方面——大自国家的典章制度、组织机构，小到人们的自然、社会观念，思维、生活方式，价值标准，心理素质，性格特点……总之，一切有形和无形、物质和精神的内容和形式，无不沦肌浃髓饱含着中国传统文化的乳汁。中国的传统文化是以天道皇权、纲常伦理为主干的儒家文化。这是一种适应和维护封建宗法、皇权专制社会而产生发展起来的文化。它与近代西方资本主义文化是两种具有明显时代差异和根本性质不同的文化体系。当新兴西方资本主义文化闯入古老中国大门的时候，中国传统文化（与中国传统文化相结合的庞大的统治集团——皇族、官僚和千百万小农经济自发势力，以及广大受中国传统文化哺育成长的蚩蚩之民，联合成巨大的社会力量）进行了顽强的抵抗。

---

① 蒙古的西征，打通了东欧与亚洲的交通道路。十三世纪以后，中国的造纸、印刷、指南针和火药等古代发明陆续传到欧洲，引起了西方社会的巨大变革。马克思说：“火药、罗盘、印刷术——这是预兆资产阶级社会到来的三项伟大发明。火药把骑士阶层炸得粉碎，罗盘针打开了世界市场并建立了殖民地，而印刷术却变成了新教的工具，并且一般地说变成了科学复兴的手段，变成创造精神发展的必要前提的最强大的推动力。”（《马克思恩格斯全集》第 47 卷，人民出版社 1979 年版，第 427 页。）

② 明代后期，意大利人利玛窦等传教士先后来华。他们介绍欧洲的山川、风俗、政教、武卫、物产、技艺，传播数学、天文、地理、宗教等方面的知识。当时如徐光启、李之藻、王征、方以智、黄宗羲、刘献廷等知识分子均受其影响。但终未成气候。有清一代，除康熙时稍开海禁，其他各朝均行闭关自守政策，基本上与西方隔绝。

③ 《马克思恩格斯选集》第 2 卷，人民出版社 1972 年版，第 3 页。

二

鸦片战争使中国人蒙受了亘古未有的奇耻大辱。目睹身受这次战争的林则徐首先觉醒。他痛感中西武器优劣之悬殊，主张熟谙夷情，制造坚船利炮，并主持编译《对华鸦片贸易罪过书》、《华事夷言》、《各国律例》和《四洲志》，介绍世界各国的自然地理和社会历史状况，成为“开眼看世界的第一人”。接着魏源据《四洲志》及中外文献资料，编成《海国图志》，明确提出“师夷长技以制夷”的主张，即学习西方制造战舰、火器的先进技术和选兵、练兵、养兵之法，以达到抵止西方入侵的目的。但天下滔滔，当时多是昏聩顽梗之士。林则徐的筹款制办新器械以防夷之见，被道光帝斥为“一片胡言”；魏源的醒世之作也罕得知音，直到吃过第二次鸦片战争（英法联军之役）的苦头，郭嵩焘、冯桂芬等重新提起此书，已经过去了二十年的宝贵时光。

先行者的呐喊得不到回响，这不仅表现了清王朝统治者的顽固，而且反映了整个社会的觉醒程度。太平天国以拜上帝教为号召，实际上仍是一次改朝换代的农民起义。他们在南京建立的小朝廷，许多方面比北京的清王朝更陈腐落后（等级更森严，专制更严酷，生活更腐化，行为更丑恶）。所以容闳到天京向洪仁玕提出改良政府、军队，变革教育体制，举办洋务等以西方文化改造中国的七项建议，如水投石，毫无效果；洪仁玕所撰《资政新篇》，是当时中国最完整的学习西方发展资本主义的纲领，也只能如黑夜中的一点爝火，转瞬即逝，未能燎原。

具有讽刺意味的，倒是鸦片战争失败后，订立城下之盟，割让给英国的香港和划定的广州、厦门、福州、宁波、上海——“五口通商”之区，虽然忍受着殖民地的屈辱，但却获得了先进文明的改造——西方人在这些“国中之国”搬来了从器物（包括科技及其成果）到管理制度、意识形态的全套资本主义文化，给保守落后的宗法、皇权专制社会树立了一种榜样，让闭目塞听的人们观摩，比较，思考。而容闳、洪仁玕、王韬、康有为等等忧时爱国之士，正是首先从这些窗口获得中国传统之外别一世界的直观印象，从而次第成为中国近代向西方寻求真理的先进知识分子。

第二次鸦片战争，英法联军从广东打到北京，咸丰帝逃往热河，这给清王朝统治集团和士大夫阶层的心灵上带来了比第一次鸦片战争更大的震撼。战后，增开了11个通商口岸，西方资本主义势力因此由沿海而进入长江流域和华北地区，这便导致了更多的中国人与西方人的交往和接触。由震撼而反思，因交往而感悟。于是，中国地主阶级内部开始了具有划时代意义的分化。即官僚、士大夫群中出现了奕䜣、文祥、曾国藩、李鸿章等中国最早的洋务派和冯桂芬等反映初步革新思想的著作。

洋务派主张学习西方工商科技以求富强。他们先仿效西方造船、制炮，筹建近代军事工业；继而开矿筑路、建厂制械，创置近代民用工业。与此同时，设立京师同文馆等培养外语翻译人材并翻译外交、史地、政法、科技等西书，派遣留学生出国学习技术，兴办机械、船政、水师、电报、武备、军工等专攻军事、工艺的专门学堂和以西学为主的自强学堂。虽然，洋务派的宗旨是“中学为体，西学为用”，即在保存中国固有的皇权专制体制和伦常名教道统的前提下，采用西方的科学技术、教育方法等具体措施以救统治危机。但他们毕竟引进了大规模机器生产这种前所未有的新的生产方式，引进了声、光、化、电和史地、政法等西方文化教育设施，在自然经济和传统文化之外打开了一个新的天地，造成了中西两种文化交汇结合的起点。问题在于：即便洋务派奉行不触动清王朝专制统治体制（中体）的原则，他们学习西方工商科技教育的举措，仍然是阻难重重，遭到守旧官僚和传统势力的顽强抵制。可以说，三十年的洋务运动，明枪暗箭，詈责、争论和冲突始终没有停息过。即令一点小小的变革，也会掀起滔天的大浪：

道光帝第六子恭亲王奕䜣因支持曾国藩、左宗棠、李鸿章等倡办洋务企业而被保守派鄙称为“鬼子六”。1866年底，他奏请选用科甲官员入同文馆学习天文、算学，卫道官僚们便群起攻击。掌山东道监察御史张盛藻首先发难。他在同治六年正月二十九日（1867.3.5）的奏折中打着维护道统的大旗，反对说：“我朝颁行宪书，一遵御制，数理精蕴，不爽毫厘，可谓超轶前古矣”，勿需再习洋人之天文、算学。至于造船制枪，乃工匠为之；朝廷命官，科甲正途，“读孔孟之书，学尧舜之道，明体达用，规模宏远也，何必令其学为机巧，专明制造轮船、洋枪之理乎！”①

① 中国近代史资料丛刊《洋务运动》（二），上海人民出版社1961年版，第29页。

紧接着，位尊望高的同治帝师、道学权威、大学士倭仁乘时而起，于二月十五日（3.20）和三月初八日（4.12）先后两次上疏，借题发挥，扬幡招魂，奢谈“立国之道，尚礼义不尚权谋；根本之图，在人心不在技艺。今求之一艺之末，而又奉夷人为师”，即使教者诚教，学者诚学，“所成就者不过术数之士。古今来未闻有恃术数而能起衰振弱者也。……伏望宸衷独断，立罢前议，以维大局，而弭隐患……”直截反对科举士子入同文馆学习天文、算学，断言这样会动摇国本，“变夏为夷”①。五月二十二日（6.23），候选直隶州知州杨廷熙，更以“久旱不雨，屡见阴霾蔽天”——“天象示警，人言浮动”为由，通过都察院左都御史灵桂转呈奏折，罗织十大罪状，污蔑奕䜣等人为“必欲溃夏夷之防，为乱阶之倡”的乱臣贼子，“请旨撤消同文馆，以弭天变而顺人心，杜乱萌而端风教”②。在这些包着虎皮吓人的“大言高论”攻击下，一些本来有意入馆学习的科甲人员因此而畏忌不再报考，奕䜣深为焦虑。③

左宗棠创办马尾造船厂（福建船政局），也是荆棘塞途，阻碍重重。同治五年（1866）五月，左宗棠任闽浙总督期间上疏奏请设局造船获准试行，即于福州马尾择址建厂，派员出国购买机器设备，并创办船政学堂培养造船技术和海军人才。时逢西北事起，清廷于九月初六日（10.14）紧急调任左宗棠为陕甘总督。左行前，三次登门造访在籍守制的原江西巡抚沈葆桢，举荐他为总理船政大臣；又为沈物色安排了周开锡、吴大廷、胡雪岩、叶文澜等一批各具专长的人员作帮手。十一月初十（12.16）左宗棠离闽西行。原对建厂持反对意见的吴棠，接任闽浙总督后即行反攻。他一面散布“船政未必成，虽成亦何益”的流言④；一面用各种手段，使周开锡等一帮干才、将弁，受诬被控，纷纷弃去。吴棠虽很快调离，但继任总督文煜等同样对船政工程多方阻挠。同治十年十二月十四日（1872.1.23），内阁学士兼礼部侍郎衔宋晋上奏，称说闽省连年造船，“糜费太重”，此项轮船，“名为远虑，实同虚耗……殊为无益”。“闻历任督臣吴棠、英桂、文煜，亦多不以为然。江苏、上海制造

① 《清史列传》卷四十六，中华书局1987年版，第3638页。

② 中国近代史资料丛刊《洋务运动》（二），上海人民出版社1961年版，第43页。

③ 《总理各国事务恭亲王奏疏》。见《筹办夷务始末》（同治朝），卷四十八，第12—14页。

④ 见吴元炳辑《沈文肃公（葆桢）政书》第四卷第12页。

轮船局亦同此情形。应请旨饬下闽浙、两江督臣，将两处轮船局暂行停止，其每年额拨之款，即以转解户部，俾充目前紧急之用”①。宋晋的奏折，经上谕批发军机处和各地疆臣酌议奏复，于是洋务派与守旧官僚之间又展开了一场究竟应否停办船政的大论争。同治十一年正月二十六日(1872. 3. 5)，直隶总督兼北洋大臣李鸿章在《复曾相》函中，有“惟中国政体，官与民，内与外，均难合一……前兴之而后毁之，此信之而彼疑之。及今吾师与左公尚存，异议已多，再数年十数年后更当何如”② 之语，表露了当时推进洋务事业之艰难以及自己内心的惆怅和无奈。同年三月二十五日 (5. 2)，左宗棠上奏曰：“窃惟制造轮船，实中国自强要着。臣于闽浙总督任内，请易购雇为制造，实以西洋各国，恃其船炮，横行海上，每以其所有，傲我所无，不得不师其长以制之。”他逐一辩驳了宋晋、文煜等的责难。最后说：“此举为沿海断不容已之举，此事实国家断不可少之事……微臣得于钦承垂询之余，稍申惓惓不尽之意，否则微臣虽矢以身家性命殉之，究于国事奚所裨益？兴念及此，实可寒心。”③说出了一个一心图强救国者的艰苦创业，不被人理解，反不断遭受诋毁攻击时的悲愤、沉痛的心情。

光绪六年十一月二日 (1880. 12. 3)，刘铭传上《筹造铁路以求自强折》，奏请在中国修建铁路。李鸿章早有此心，随即写了一道四千余字的长折上奏，极力赞同、支持刘的建议。创办铁路，这本是一件富国利民、强兵兴商、无可异议的大好事。然而，事情大出所料，刘、李的奏章竟引起了“群相哗骇”④，“若大敌之将至者”⑤。或斥之曰“直欲破坏列祖列宗之成法以乱天下”，要求朝廷“严行申饬，量予议处，以为邪说蠹民者戒”⑥。或以为“国之存亡，在德不在强”，修建铁路会使“山川之神不安”而召“旱潦之灾”，因此，“万万不可听从者也”⑦。有的说开铁路“礼义必至消亡，是有害于风俗”⑧；有的说开铁路“有害无利”，“误国

---

① 《筹办夷务始末》(同治朝)，卷八十四，第 35 页。

② 《李文忠公全集·朋僚函稿》卷十二，页 3。

③ 《筹办夷务始末》(同治朝)，卷八十六，第 3—8 页。

④ 中国近代史资料丛刊《洋务运动》(六)，上海人民出版社 1961 年版，第 149 页。

⑤ 见黄鸿寿编《清史纪事本末》卷六十三，光绪六年冬十一月。

⑥ 《翰林院侍读周德润奏》。见中国近代史资料丛刊《洋务运动》(六) 第 154 页。

⑦ 《通政使司参议刘锡鸿奏折和片》。同上书，第 156 页和第 166 页。

⑧ 《河南道监察御史余联沅奏》。同上书，第 206 页。

殃民，莫大乎是”[①]；有的说这是“急其末而忘其本”[②]，是“开门揖盗”[③]。降调顺天府府丞王家壁云，请开铁路是“为外国谋，非为我朝廷谋”[④]；内阁学士徐致祥曰：“唱导此说与赞成此说者，非奸即谄”，“以之便夷”、“媚夷”，“无非为肥己进身之地……中国有以此说尝试者，罪无赦。”[⑤] 甚至还有人直“诋当事诸人为汉奸者”[⑥]。章疏交奏，争语激烈，反复辩难竟达十余年之久。当时总理海军事务奕譞深有感触地说：

> ……彼时臣即奏云：“外敌之窥伺易防，局外之浮嚣难靖。”盖言路至近年庞杂已极，辩给者深文曲笔、恣意所为，庸暗者随波逐流、联衔沽誉……乃因太和门不戒于火，交章言事，借题发挥，又有倒峡燎原之势……臣每一念及，不禁心为之寒，愤为之填也。
>
> ……戎马倥偬之际，不曰设法抵御，即曰相机因应，空言盈廷，杳无实策。及军事甫定，局内创一事则群相阻挠，制一械则群讥糜费。但阻本国以新法备敌，而不能遏敌以新法图我……驯至动辄聚讼，颠倒是非，疆吏寒心，戎行解体，一朝有事，欲与诪张拘执之辈应变戡乱，不可得也！[⑦]

这里，既勾画了顽固派可鄙、丑陋的面目，也道出了一代洋务派共有的伤感、愁楚和愤慨的心境。

尤有甚者，光绪二年，郭嵩焘出使英国，在《使西纪程》中说了些“西洋立国二千年，正教修明”，决不能再以“夷狄”视之之类的真话[⑧]，激起满朝公愤，唾骂参奏不已，最后被毁书撤职[⑨]；乃至死后九年，还有

---

① 《山东道监察御史文海片》。同上书，第169页和第177页。

② 《掌山西道监察御史屠仁守等奏》。同上书，第208页。

③ 《浙江道监察御史汪正元奏》。同上书，第174页。

④ 中国近代史资料丛刊《洋务运动》（六）第149页。

⑤ 同上书，第167页和第172、173页。

⑥ 见《清史纪事本末》卷六十三，光绪十年冬十一月。

⑦ 《光绪十五年一月十四日总理海军事务奕譞奏》。中国近代史资料丛刊《洋务运动》（六）第231、232页。

⑧ 见钟叔河主编《走向世界丛书·郭嵩焘〈伦敦与巴黎日记〉卷二〈附录〉》第66页。

⑨ 见李慈铭《越缦堂日记》。广陵书社2004年5月版，第6954、7453页。

京官上奏，请求开棺戮尸，“以谢天下”[1] ……凡此种种，均见洋务派实行新政之不易。——愚昧战胜睿智，落后打败进步，邪恶压倒真理，野蛮征服文明，这种荒唐不堪、阻碍历史前进的怪事，在中国近代化过程中竟然成了彼伏此起，反复出现，永远伟大、光荣、正确的“爱国主义”。这是近代中国的耻辱，也是中国近代发展史上的最可悲之处！

洋务派是推动历史前进的力量。他们“中体西用”的思想，是符合于人们认识发展的规律的。只有当改良派兴起，提出不仅“师”西方之“长技”，而且要变革“中体”的时候，它才失去了存在的价值，并且成为时代前进的障碍。

其实，洋务派与改良派并无本质的区别，两者只是表现了认识由浅入深、由表及里的不同阶段。人的认识是逐步发展的：“西用”——“形而下之器”的不断扩展，也必然会徐徐延及“中体”——“形而上之道”。洋务运动由引进西方的“坚船利炮”，到练兵制器、译介声光化电等“格致之学”，到开矿、办厂等发展工商企业，再由科技学问而浸及上层建筑的教育和政治体制[2]，正说明了这个发展规律。

三

中日甲午一战，洋务派苦心经营的北洋水师全军覆没，全国上下震动。一个彻底西学的蕞尔岛国打败了一个不彻底西学的庞然帝国，自然要引起人们的种种反思。甲午前陆续出现的变法议论，终于一下转化为一场轰轰烈烈的社会运动。

康有为、梁启超等改革派高举维新变法的旗帜，一方面向皇帝上书，明确提出欲救中国只有从根本上弃旧图新，实行变法；同时，在北京、天津、上海、湖南、广东等地组织学会，开设学堂，创办报纸，大力进行宣传鼓动，呼吁效法日本，学习西方，改行新政；强调不能“小变”，必须“全变”，改革包括政治、经济、文教、军事等各个方面，重点在于

---

① 见印鸾章《清鉴纲目》卷十五，光绪二十六年五月郎中左绍佐奏。北京市中国书店1985年版，下册第855、856页。

② 洋务派的重要人物如文祥、张树声等，在十九世纪七八十年代都赞扬过西国的议院；郭嵩焘曾认为改革图强之本，不在制造“坚船利炮”，而在学习西洋的“政教”；王韬、郑观应、薛福成等则更极力推崇西方设立上下议院，欣羡西方实行“君民共主”的君主立宪制度。

首先要变国政，即“兴民权”、“开议院”、实行“君民共主”的君主立宪。维新思想，一时风靡海内。光绪帝接受维新派的改革方案，于1898年6月11日下“明定国是”诏，宣布变法维新。嗣后，连续发出数十道除旧布新的命令，全面推行新政。

洋务派主张“中体西用”，是小变，布新而不除旧；改良派的宗旨乃“革故鼎新”，是全变，从基础到上层建筑，全方位的既要立新，又要破旧。布新主要涉及观念形态上的冲突，对统治者的实际利益损害不大，甚至可以说是有益无害；除旧，则会打破旧“饭碗”——直接冲击大大小小统治者、准统治者、社会寄生虫的利益。利益是缺乏理性、不讲情面、无视原则的。利益越多越好，谁也不愿意丧失已经得到的利益。在专制国家里，统治者的权力是最大的利益，因为有了它就有了一切。所以，谁损害到他（他们）的权力（利益），那他一定会竭尽全力以命相搏。亲身经历“戊戌变法”全过程的梁启超记述当时的情形说：“综全国大臣之种类而论之，可分为数种类”：其一、“瞢然不知”的愚民。告以外国之情，则曰：“此汉奸之危言悚听耳！”其二、亦知国势之可忧矣，“然自顾已七八十之老翁矣，风烛残年，但求此一、二年之无事，以后虽天翻地覆，而非吾身之所及见矣”。其三、“以为即使吾及身而遇亡国之事，而小朝廷一日尚在，则吾之富贵一日尚在；今若改革之论一倡，则吾目前已失舞弊之凭藉。且自顾老朽不能任新政，必见退黜，故出死力以争之，终不以他年之大害，易目前之小利也。”“呜呼！全国握持政柄之人无一人能出此三种之外者，而改革党人乃欲奋螳臂而与之争，譬犹孤身入重围之中，四面楚歌，所遇皆敌，而欲其无败衄也得乎！”接着他讲述了一些具体的事例：

> 戊戌三月，梁启超等联合举人百余人，连署上书，请废八股取士之制。书达于都察院，都察院不代奏；达于总理衙门，总理衙门不代奏。当时会试举人，集辇毂下者将及万人，皆与八股性命相依，闻启超等此举，嫉之如不共戴天之仇，遍播谣言，几被殴击。
>
> 二月间，康有为大陈变革之方，大约以革除壅蔽，整定官制为主义……举京师谣言纷纭，不可听闻。皆谓康有为欲尽废京师六部九卿衙门。彼盈廷数千醉生梦死之人，几皆欲得康之肉而食之……办事之难，可以概见矣。

> 皇上于五月间下诏书，将天下淫祠悉改为学堂，于是奸僧恶巫咸怀咨怨。北京及各省之大寺，其僧人最有大力，厚于货贿，能通权贵，于是交通内监，行浸润之谮于西后，谓皇上已从西教。此亦激变之一小原因也。
>
> 至七月间，候补京堂岑春煊上书请大裁冗员，皇上允其所请，特将詹事府、通政司、光禄寺、鸿胪寺、太常寺、太仆寺、大理寺及广东、湖北、云南巡抚，河东总督，各省粮道等官裁撤。此诏一下，于是前者尸位素禄、闒冗无能、妄自尊大之人，多失其所恃，人心皇皇，更有与维新诸臣不两立之势。①

革故，废除祖宗之法，特别是要变更专制政治体制，这对皇权统治者来说无疑是一个灭顶之灾。以慈禧太后为首的顽固派深感到了生死存亡的关头，他们宣称“宁可亡国，不可变法”，决定对改革派采取血腥镇压手段。九月二十一日，顽固派发动政变，幽光绪皇帝于瀛台，杀谭嗣同等六君子于菜市口，通电全国缉拿康有为和梁启超，宣布一切恢复旧制，新政全部作废。一百零三天的变法维新顿成泡影。

慈禧太后的屠刀斩杀了政治上的变法运动，但远不能剿尽思想文化领域的维新运动。戊戌政变以后，流亡国外和留在国内的维新志士继续著书立说、创刊办报，介绍和鼓吹西方资本主义的自然科学和社会政治学说，并以此为理论武器，对皇权专制主义的旧思想、旧文化进行批判。这里，最突出的是严复和梁启超。

严复曾留学英国，对西学有很深的研究。在政治改革运动中，他接连发表了《论世变之亟》、《原强》、《辟韩》及《救亡决论》等著名论文，通过对中西文化的比较②，猛烈批判皇权专制政治③，极力赞扬资产阶级的科学与民主，反复辨明提倡西学、开设议院的必要性。同时，他

---

① 梁启超:《饮冰室专集·戊戌政变记》，中华书局，民国二十六年二月再版，第69—72页。

② 《论世变之亟》曰：“中国最重三纲，而西人首明平等；中国亲亲，而西人尚贤；中国以孝治天下，而西人以公治天下；中国尊主，而西人隆民；中国贵一道而同风，而西人喜党居而州处；中国多忌讳，而西人众讥评。”这是近代中国思想史上最初也是最鲜明的中西文化比较论。

③ 《辟韩》云：“秦以来之为君，正所谓大盗窃国者耳。国谁窃？转相窃之于民而已。既已窃之矣，又惴惴然恐其主之或觉而复之也，于是其法与令蝟毛而起。质而论之，其什八九皆所以坏民之才，散民之力，漓民之德者也。斯民也，固斯天下之真主也，必弱而愚之，使其常不觉、常不足以有为，而后吾可以长保所窃而永世。”这种对皇权专制统治者的批判，真是入木三分。

翻译出版了赫胥黎的《天演论》①。书中间以按语，申述己意。要在说明世界万物是永远变化发展的（决非如董仲舒们所说的“天不变，道亦不变”），而“物竞（生物竞争）天择（自然淘汰）”、优胜劣败、“适者生存”是自然界和人类社会进化的普遍规律；从而呼唤国人为救亡图存而团结一致，奋发自强。这一方面给当时的中国人起了振聋发聩的作用，另方面给了几代中国人特别是知识分子以新的世界观。影响至大。变法失败后，他专心于翻译工作，至1909年，先后出版了亚当·斯密的《原富》（《国富论》）、斯宾塞的《群学肄言》（《社会学研究法》）、约翰·穆勒的《群己权界论》（《自由论》）、甄克思的《社会通诠》（《社会进化简史》）、孟德斯鸠的《法意》、约翰·穆勒的《名学》（《逻辑体系》）和耶方斯的《名学浅说》，宣传资产阶级经济、政治基本理论、自然科学方法和民主政治制度。

梁启超先后在日本创办了《清议报》、高等“大同学校”以及《新民丛报》、《新小说》等。在此期间，他如饥如渴地借学日文了解和吸取西方的思想学说。1899—1902年间，他在自己所办的报刊上发表了一系列文章，除继续鼓吹改革政见，抨击顽固派（包括坚持“中体西用”主张的洋务派）外，极为广泛地宣传了西方资产阶级的人生社会观念和思想理论学说。从柏拉图、亚里士多德到培根、霍布士、笛卡尔、斯宾诺莎、康德、边沁、黑格尔、孔德，自哥白尼至富兰克林、瓦特、达尔文，由孟德斯鸠、卢梭及亚当·斯密、圣西门、伯伦知理……举凡西方哲学、政治、经济、军事、法律、伦理、历史、地理、宗教、实业、文学、科学，都一一作了介绍。这些新鲜的知识——新鲜的理论、观点、标准、尺度，大大打开了只知四书五经、孔孟老庄等古代传统文化的中国人的眼界。由于他的论著一般都结合中国局势，以他特有的通俗流畅、“条理明析、笔锋常带感情”的新文体表达出来，“对于读者别有一种魔力”，所以它的影响就远比严复那些用深奥典雅的古文翻译、撰写的作品大得多。在清廷的严禁下，《新民丛报》仍不胫而走，暗中畅销中国，销量达一万数千册之多，便是一个明证。梁启超在大量介绍西方资产阶级意识

① 该书在1895年翻译，部分译文先刊于天津《国闻汇编》，1898年4月修改稿正式出版。《天演论》非赫胥黎原书《进化论与伦理学》的忠实译本，而是有选择、有取舍、有评论、有改造，根据现实，“取便发挥”的“达旨”（《天演论》译例言）。

形态的同时，又接连提出和发动道德革命、教育革命、史学革命、文界革命、诗界革命和小说界革命，这是一种在思想文化领域内进一步以新的西方资产阶级的意识形态改造中国旧的皇权宗法传统观念的具体实践。其中文学革命取得了很大成就（散文解放、诗歌革新、小说脱出旧轨）。梁启超在中国文化近代化的过程中有着不朽的功绩。他的“新民”、“新国”的思想启蒙工作，对当时和以后几代青年知识分子都有很大的影响，起着重要的作用。

四

庚子（1900 年）义和团、八国联军之变乱，引起了中国社会矛盾的空前激化。列强环逼，革命日蹙。西太后虎尾春冰，出于求生的本能，为了挽救清王朝覆灭的命运，于 1901 年连颁上谕，决定“变法”。随后，便在军制、政体、法制、教育等方面进行一系列的改革。与此同时，欧风美雨也从南到北、无分贵贱地进入上流社会和下层社会，传统的衣、食、住、行等生活方式日起变化，风俗礼教渐离古道，电影、早期话剧（初称“新剧”，后名“文明戏”）等新的艺术形式开始出现，西方资产阶级的哲学、社会、政治思想（如进化论、天赋人权说等等）为更多的知识分子所接受。总之，许多过去人们未见过、不习惯、不顺眼、反感乃至反对的东西，随着时间的推移，渐渐地（经过自觉的学习和被迫的改造）成为了自然之物、自然之事和自然之理。

由于清廷的改革是迫于形势，出于自救的目的，行“新政”而不易旧人，加上既得利益和传统文化的阻力，所以除了教育改革取得较大成绩外，政治方面并未完成向以“三权分立”为核心的近代体制的转化，法制改革也没有发生多少实际的作用。而这时，革命之火已由东南沿海向内地蔓延。

改良派主张的君主立宪和革命派倡导的民主共和，只是政体的不同。在形式上，前者对皇权势力有某些妥协，后者则资产阶级革命更为彻底；但他们都是仿效资本世界被实践证明成功了的模式，在性质上都是推行资产阶级的政治，建立资产阶级社会的秩序。中国究竟采用哪种模式，这本由历史发展特定的形势所决定。西太后先将维新志士推于血泊之中，继而怂恿义和团挑起事端，置北中国人民于八国联军铁蹄之下，后又奢言“变法”而不改政权，群众乃知清朝不足与图治，便选择了革命。

革命派虽也宣传西方的天赋人权说、民主共和制、卢梭、华盛顿、法国革命纲领和美国独立宣言……批判维护皇权专制统治的儒家学说，特别是猛烈抨击皇权专制统治制度，但他们的主要精力放在政治斗争和武装起义上，相对来说，资产阶级启蒙工作，没有梁启超他们那样自觉和重视，也没有改良派所造成的声势和影响。孙中山是近代中国学习西方最有成就的人。他的三民主义学说达到了中西文化结合的最高水平，是当时改造东方中世纪社会、实现中国近代化的最佳纲领。比如民权主义，他明确提出要建立一般平民所共有、非少数人所得而私的民主政治。具体方案是采取“直接民权”，即广大人民有选举、罢免官员和创制、复决法律之权。在政权组织中，提出著名的“五权宪法”，即在接受西方资本主义政治制度的根本原则——立法、行政、司法三权分立的基础上，因鉴于行政权兼操考试权、立法权兼操监察权之弊病，又根据中国古代科举考试和“御史台主持风宪”的制度，提出增设考试、监察两权。五权各自独立平等，以为分权制衡。但是，它同样被几千年的皇权专制统治和亿万小生产者的狭隘意识淹没了。

本来，资产阶级革命是反对中世纪的封建君主专制主义，所以西方的资产阶级革命是为个人的自由、平等、独立、人权而斗争。中国则不然。一、由于中国的近代一直处在世界列强的侵凌、威逼的形势之下，反帝爱国、救亡图存成为压倒一切的头等大事，反宗法皇权主义的任务反而被冲淡和掩盖了。二、由于几千年来形成的传统文化（天道皇权、纲常伦理……）已经渗透到整个社会生活的方方面面，已与这个民族的风俗习惯、生活方式、行为准则等等血肉相连。凡从这个土壤中生长出来的炎黄子孙，无论新、旧，一旦登台执政，便会自觉不自觉地回归“中世纪”，要花招，实行各种改头换面、口是心非的皇权专制统治。所以中国近代每次革命运动，反皇权专制总是一幌而过，有意无意地半途而废（或在野时反皇权专制，当政后便反其道而行之；或当人民反皇权专制的时候，鼓吹民族爱国主义，将矛头引向反对“外国侵略势力”……）。因此，中国的皇权专制主义始终没有得到认真、彻底的清算，以致其长期严重地阻碍着中国近代化的进程。

辛亥革命虽然是资产阶级革命，但革命派宣传的“自由、平等、博爱”等资产阶级民主思想并未在中国生根，真正深入人心起实际作用的还是陈天华等的为救国而革命和以章太炎为代表的反满光复思想。所以一当武昌起义成功、爱新觉罗皇帝下台，革命派中的大多数人便认为革命的目的已经达到，革命的任务已经完成。于是，在“揖美追欧”、割辫改习等等一阵热闹之后，接着而来的便是革命派的让权和皇权势力的复辟——袁世凯当上总统后即解散国会和各省议会，废止《中华民国临时约法》，由大总统而“洪宪”皇帝，恢复独裁专制统治，大肆屠杀宋教仁等革命党人。与此相应，意识形态领域内也掀起了尊孔复古的大回潮。蔡锷等在云南发起的护国战争，结束了袁氏帝制，但缺乏统一全国的力量。从此，中国人民又堕入了大小军阀割据混战的苦难中——民主革命，先后举行了十一次起义，推翻了爱新觉罗清王朝的统治，没有打倒皇权专制主义。袁世凯以后，虽然改换了“总统”、“主席”、“总理”等等新招牌，却依旧是不叫皇帝的皇帝。百姓，在他们你当皇帝还是我当皇帝的争夺战中，则又被愚弄，成为供食的奴隶和打仗的炮灰！

五

为什么“无量头颅无量血”，结果购得一块“共和”假招牌？[①] 为什么改良不成，革命也失败？为什么有些开始反皇权专制的人，最后又回到了皇权专制？陈独秀、李大钊、鲁迅、胡适等一批新知识分子经过深刻反思，认识到没有广大人民的觉悟，不可能实现真正的民主政治，不可能建立真正的民主国家[②]。于是，他们继戊戌前后改良派“开民智”和“新民”的思想启蒙，进一步高擎民主和科学的大旗，掀起了一场更自觉

① 蔡济民《书愤六律》其二云：“风云变幻感沧桑，拒虎谁知又进狼；无量头颅无量血，可怜购得假共和。同仇或被金钱魅，异日谁怜种族亡？回忆满清惭愧死，我从何处学佯狂！”

② 高一涵在1915年10月发表的《共和国家与青年之自觉》一文中已指出，“共和”不在形式而在实质，而“政治实质之变更，在国民多数心理所趋”，即由广大人民的心理——“人人本其独立自由之良心”所决定（《青年杂志》第一卷第二号）。陈独秀在探索中国衰亡的原因时，也提到“国民性”的问题（见《抵抗力》，《青年杂志》第一卷第三号）。接着，他在《吾人最后之觉悟》中更明确地说：“共和、立宪而不出于多数国民之自觉与自动，皆伪共和也，伪立宪也，政治之装饰品也，与欧美各国之共和、立宪绝非一物。”（《青年杂志》第一卷第六号，1916.2.15）鲁迅则更早提出了改造“国民精神”的思想。他在1906年便“觉得”对于“愚弱的国民”，“第一要著，是在改变他们的精神”（《呐喊·自序》）。1907年又说：“国人之自觉至，个性张，沙聚之邦，由是转为人国。人国既建，乃始雄厉无前，屹然独见于天下”（《文化偏至论》）。

的震古铄今的新文化运动，一场由中西文化剧烈撞击引发的观念形态的革命。他们认真对比中西文化的差异①，指出西方文化强调独立自主、自由平等、奋斗进取、民主法制、科学实利，而中国文化崇尚伦理道德、虚文缛礼、因循守旧、忍辱苟安、特权专制。他们认为正由于这种中西文化的差异，造成了西方的进步和富强、中国的落后和贫弱；而中国的此等文化，固然与“老尚雌退”和“佛说空无”有关，但主要的、它的核心却是孔教儒学。所以，他们一方面大力宣传西方的民主和科学，另一方面猛烈攻击儒学维护尊卑贵贱的等级制度，批判纲常伦理对人性的压抑，揭露礼教“吃人”的本质，否定儒学独尊的地位，认为它是窒息人们的聪明才智、摧残创造活力和独立思考精神、阻碍思想文化发展的文化专制主义，指出孔子之道不适合现代生活，它已成为现代社会进步的最大障碍。与此同时，他们提倡独立人格、平等人权、个性解放、思想自由、男女平权、婚姻自主，并开展从形式到内容的文学革命运动。这是一次前无古人的伟大的思想解放运动，它冲击并动摇了传统的是非标准和价值观念，在思想界和青年中兴起了追求新思想、新知识的热潮。自此，由对传统是非观念产生怀疑而提出一个个“问题”，进而讨论；因从西方涌入各色各样的“主义”中选择信仰，发表意见，而形成百家争鸣的局面……

认识是通过实践逐步前进的。鸦片战争以后，从“师夷之长技”开始，引进西方的科学技术（枪炮等器物）；继而维新变法，改良政制；继而共和革命，建立民国；继而新文化运动，高举民主与科学两面大旗，呼喊破坏旧传统，重建近代新文化：在这整个过程中，都表现了新旧思想的激烈斗争——中西文化的剧烈撞击。通过这一次次的撞击和交融，虽然总的趋势是新的成分不断增多，陈腐的物质逐渐减损，但常常是事倍功半，收效甚微，且时有逆流回澜，往还反复。中国历史悠久，源远流长的文化传统深深地扎根于这个古老社会的土壤，浸透到国民的灵魂、民间的风尚习俗，支配着人们日常的认识、思维、感情、态度和社会行

① 陈独秀《敬告青年》中提出的六点，高一涵《共和国家与青年之自觉》中所谈专制国与共和国的不同（均见《青年杂志》第一卷第一号，1915. 9. 15），以及陈独秀《东西民族根本思想之差异》（《青年杂志》第一卷第四号，1915. 12. 15）、李大钊《东西文明根本之异点（《言治》［季刊］第三册），都对中西文化进行了比较。

为、生活方式，成为民族心理和国民性格的血肉之躯，不可能不经过长时期的反复的撞击和痛苦的磨洗就得到彻底的改变。维新变法前后大力宣扬资产阶级经济政治学说、自然科学方法和民主政治制度，猛烈批判皇权专制政治的严复，民国四年与参加过同盟会，曾名噪一时的革命党人孙毓筠、李燮和、胡瑛、刘师培等成为“筹安会”的发起人，请愿复辟帝制，上书劝进袁世凯当皇帝；曾经参加过辛亥革命、二次革命或护国战争的人，如唐继尧等，后来竟变成了割据一方的军阀；甚至到二十一世纪的今天，中国还有众多的平民向往圣君、贤相、清官的时代，而于宪政民主则视同陌路：这些都是最好的说明。

凝结得如同水泥板块一样的传统思想固已不易切割，坚如磐石的利益集团则更难撼动。马克思在《资本论》里曾引用托·约·登宁的话说过：“资本……如果有50%的利润，它就铤而走险；为了100%的利润，它就敢践踏一切人间法律；有300%的利润，它就敢犯任何罪行，甚至冒绞首的危险。”① 在一个统治者不受人民监督约束的国家里，做官的利润何止百分之百和百分之三百！如果有人损害他的利益，他必然会不顾一切，与你作拼死的斗争。中国幅员辽阔，大小新老既得利益者人数众多，遍布上下。他们与传统文化扭结在一起，护旧（专制统治）抗新（民主政治），形成一种更为强大的力量。所以孙中山遗嘱曰：革命尚未成功，同志仍须努力。

有位治史者说：“中国政治社会制度的第一次大转型——从封建制转到郡县制”，实自公元前四世纪中叶秦国“‘商鞅变法’开始，一直到汉武帝与昭帝之间（公元前86年前后）才大致安定下来。前后转了二三百年之久！”“鸦片战争”以后，“我们的传统制度被迫作有史以来第二次政治社会制度大转型”。这第二次大转型，“大致也要历时两百年。自一八四〇年开始，我们能在2040年通过‘三峡’，享受点风平浪静的清福，就算是很幸运的了。如果历史出了偏差，政治军事走火入魔，则这条‘历史三峡’还会无限期地延长下去。那我民族的苦日子就过不尽了。”② 不过，道路尽管曲折和漫长，历史总要前进。“五四”精神的光辉，将永

---

① 见《资本论》第24章《所谓原始积累》第7节《资本主义积累的历史趋势》注(250)。《马克思恩格斯全集》第23卷，人民出版社1972年9月第一版，第829页。

② 唐德刚：《晚清七十年》，岳麓书社1999年9月第一版，第7页。

远照耀着一代又一代优秀的中华儿女奋斗的前程！

一九九五年九月三十日完稿
二〇一三年三月二十日修订

（本文为因病未竟之《中国近代小说史·背景篇》中的一章）

翻译小说之发展对中国小说全面革新的促进

中国近代，随着西学东渐的滚滚波涛，出现了又一次翻译高潮。这是一次比中古中后期的佛经翻译和近古明末清初的科技翻译更大更广泛的翻译高潮①。在众多的自然科学和人文科学著作的翻译中，小说的翻译取得了突出的成就。

一

中国最早的翻译小说是明代天启五年（1625年）西方传教士金尼阁与中国天主教徒张赓合作，从拉丁文本《伊索寓言》中选译二十二则、在西安刊行的《况义》②。但此后绝响，一百六七十年间无人问津。到清乾隆末年，有称“鸿濛陈人”者将日本十一场的古剧《忠臣藏》翻译改

① 据马祖毅《中国翻译简史》引黄心川的最新统计，谓自东汉桓帝建和二年（148年）至北宋徽宗政和元年（1111年）约一千年间，“直接参加翻译的有150余人”，“现有佛经中可以确定属于翻译印度次大陆各国的约1500种”；又云，明末清初耶稣会士来华知名者70余人，译著三百余种。其中除宣扬宗教迷信的书籍外，约近半数是关于天文、数学、物理、采矿冶金等科技方面的著作。

② 金尼阁（1577.3.3—1629.11.14），生于当时属西班牙统治的杜埃城，后因杜埃被法国征服，划入法国版图，而被视为法国人。他1610年秋抵澳门，1611年初经肇庆至南京，开始了传教生涯。他明末两度到中国，在华时间长达十二年之久，为中西文化的交流发展做了许多有益的工作。其中突出的如和利玛窦先后开启了以拉丁文为中文注音的先河；他翻译、增写“利玛窦中国札记”的《基督教远征中国史》，在欧洲一版再版，引起欧洲人了解中国的热潮。明万历三十六年（1608），意大利耶稣会传教士利玛窦在他所著的《畸人十篇》中零星译介了《伊索寓言》中的某些故事内容，估计金尼阁在整理利玛窦的著作时由此受到启发，才有与教徒合作译编《况义》之举。

写成十回章回体的小说《海外奇谈》[1]。又越四十余年，英国商人汤姆·罗伯聃和他的中文老师“蒙昧先生”合作选译“伊索寓言”，题名《意拾秘传》，于1838年分卷印行。据说，此书一出，很受读者欢迎，但因被政府视为影射讽刺官员而遭查禁。继而，罗伯聃和蒙昧先生将《意拾秘传》增补修订，中文、英文（意译、直译）和汉语拼音（官话、方言）对照，以《意拾喻言》之名，于1840年署“the canton press office”出版。当时编译的目的是为“吾大英及诸外国欲习汉文者”之用（见该书《叙》），但很快便有报章连载（如《广东报》）和同名、不同译名（如《意拾蒙引》等）的刊本行世[2]。1851年，英国基督教伦敦会传教士慕维廉在上海出版了一部供学生阅读的十七世纪英国牧师、散文家约翰·班扬撰写的宗教寓言小说《天路历程》的节译本，题名为《行客经历传》[3]。1852年，德国礼贤会传教士叶纳清在香港汉译出版了德国赫尔曼·倍（Hermann Ball）所著的基督教小说《金屋型仪》（也直译为《十

① 《忠臣藏》，原为日本古剧本《假名手本忠臣藏》的简称，由竹田出云、三好松洛、并木千柳合作。写日本元禄十五年（1702）前后赤穗大星由良之助等四十七义士为冤死的盐冶判官报仇的故事。乾隆末年，一位自号“鸿濛陈人”者见之，嫌其文字鄙不可读，乃据其本事，用汉语改写成章回体小说，题名《海外奇谭》。书中有译者乾隆五十九年（1794）自序。日本书坊得之，视为珍本，请人训读（用日语语音读汉字）校订，改名为《日本忠臣库》，于文化十二年（1815）刻印出版，线装三册。后有翻印本行世。国内今存明治八年种玉堂本。

② 汤姆·罗伯聃（1807.8.10—1846.9.14），英国人。1834年2月抵广州，先在怡和洋行就职，后为英国领事馆翻译和宁波英国领事。他虽只活了三十九岁，但著述很多。如将《今古奇观》和《情史》中的一些短篇小说以及《红楼梦》中的某些章节译成英文，向西方介绍；出版了《华英通用杂语》和《华英说部撮要》等。其中影响最大的是英、汉、拼音对照的八十二篇“伊索寓言”选译本《意拾喻言》。

③ 约翰·班扬（1628.11.28—1688.8.31），英国基督教布道家、作家。《天路历程》用比喻和寓言的手法，叙述一个背负沉重包袱的基督徒和他的妻子女基督徒，先后逃离即将遭遇天灾的故乡，一路上以惊人的毅力和勇气战胜种种艰难险阻和诱惑，最后到达天国的故事。上下卷分别于1678年和1684年出版。面世后广受欢迎，被誉为“英国文学中最著名的寓言”和“心路历程的向导”。不到一年，连印三版，至今已被翻译成一百二十多种文字在世界各地流传，中国也已出版了近五十个汉译本。成为世界文学史上的经典名著。

慕维廉（1822—1900），是英国基督教伦敦会在上海时间最长、著作最多的传教士。他1847年8月26日抵达上海，在华首尾五十三年。截至1864年，已出版中文读物三十九种，英文读物三种。其中《地理全书》、《大英国志》都是颇具规模、在中国知识界有广泛影响的学术著作。

字架的魅力》)①。1853年，英国传教士宾为霖翻译出版了《天路历程》的完整中译本；1866年，他又译出了该书的第二部《续天路历程》②。1856年，美国监理会传教士吉士夫人（Caroline P. keith）与她的学生合作，用上海土白翻译出版了一部19世纪英国著名儿童文学作家舍伍德写的福音小说《亨利实录》（1864年，白汉理又用官话重译出版了这部小说)③。

以上是至今所知第一次鸦片战争（1840年6月28日—1842年8月）之前和第二次鸦片战争（1856—1860年）前后的中文翻译小说。数量很少，不成气候。而且除《忠臣藏》外，都是西方传教布道之士或为传播天主教教义的“证道故事”，或为供外国人学习中文之用的教材。既非中国知识界着眼于开扩视野，增长知识，学习先进国家的思想文化之所作；更不是中国文化人有意于借鉴，革新——发展，繁荣中国的小说创作之所为。

二

中国近代翻译小说正式走上历史舞台，是十九世纪七十年代以后的事。

---

① 《金屋型仪》讲述一个名叫咄喳的犹太女孩改信基督教，与她信奉犹太教、保守的父亲索罗门之间产生矛盾，以及这矛盾冲突的发展和最后化解的故事。这是第一部汉译德文基督教小说。译者叶纳清（1823—1864)，1846年8月由巴勉差会（即后之礼贤会）派遣乘船来华。先在香港学习中文，后转广东虎门、东莞、宝安等地传教。一生著作颇丰，除翻译《金屋型仪》外，尚有《大学问答》、《真道衡平》、《新旧约四字经》等行世。

② 宾为霖（1815—1868)，1847年年底到香港，学习中文和粤东方言。1851年赴厦门传教，掌握了潮州、厦门、福州方言和官话。后又到上海、北京等地传教。他用官话和方言翻译出版了多种作品。《天路历程》是直译。他不像其他早期译者那样对原作进行随心所欲的删改，而是客观地保留原作的内容和西方小说的基本特征（包括第一人称和叙事视角)。1853年出版的是宾为霖和一位佚名中国士子合作的用浅近文言表达（书写）的译本；1865年宾为霖在北京又用官话（白话）重译出版了这部小说。宾译《天路历程》问世后，颇受人们欢迎。很快便有“厦门土话”、“苏州土话”、“宁波土话”、“广州土话”、“上海土白”、“四川土白”等等译本出版。

③ 舍伍德（1775—1851)，所著儿童福音小说《小亨利和他的果树》，描写一个在印度出生的英国孤儿亨利，被一位并不关心他的盘浪太太收养。他体弱多病，不认识字，在一位传教士女儿的关爱教育下，成为一个虔敬的基督教徒，在重病中仍时时不忘感化家人，最后，仆人蒲师受洗入教，主人盘浪太太也感悟向善。小说于1814年面世后，深受读者喜爱，在六十多年的时间里曾再版百次。

同治十一年四月十五日至十八日（1872. 5. 21—24）《申报》上刊布《谈瀛小录》；四月二十二日（5. 28）该报登载《一睡七十年》：这可说是真正意义上的中国近代翻译小说的嚆矢。二文刊载时均未署作者、译者和原著之名。前文5000余字，开头谓据一部古书，“今节改录之，以广异闻云尔”；后文近800字，说是听一位朋友讲的故事。实际上，它们是英国斯威夫特《格列佛游记》第一部分《小人国游记》和美国华盛顿·欧文《见闻札记》中最有影响的《瑞普·凡·温克尔》故事的节译和改写①。

1873年1月，《瀛寰琐记》② 第3卷起至第28卷停刊（1875年1月）止，逐卷连载了署名“蠡勺居士”译的英国小说《昕夕闲谈》③ 五十五回。译作虽沿用中国章回小说体制，但已明言“今西国名士，撰成此书……因逐节翻译之，成为华字小说。”（《小叙》）可算是正式的长篇小说翻译了。此后，1882年、1884年和1894年尚有《安乐家》、《闺娜传》和《百年一觉》三种翻译小说出版；1896年8月至1897年6月期间，在梁启超等主编的《时务报》“域外报译”和“英文报译”栏内陆续发表了桐乡张坤德译、英国柯南道尔著的五篇侦探小说④。至于大规模的小说翻译乃在戊戌变法失败以后，改良派大力开展思想文化领域内的维新运动的背景下兴起的。

1873年初在《瀛寰琐记》上发表《昕夕闲谈》的时候，译者还只是

---

① 今译《格列佛游记》第一部分（第一卷）有40000多字，《谈瀛小录》只有原著的八分之一；《一睡七十年》也不及后来林纾翻译（题作《拊掌录·李迫大梦》）的七分之一。而且两文情节较原著改动颇多，其中的人名、地名等都中国化了。只能算是外国小说的改作。

② 《瀛寰琐记》，月刊。申报馆刊行。为我国最早的文学刊物。1872年11月创刊，1875年1月停刊。共出28卷。近年出版的一种两卷本《中国近代文学发展史》谓“最早的是由……译介的英国小说《瀛寰琐记》中的《昕夕闲谈》”，将《瀛寰琐记》说成英国小说，而《昕夕闲谈》则成了《瀛寰琐记》中的一章或一个短篇。这显然是错误的。

③ 据美国哈佛大学韩南考证，认为“蠡勺居士”是浙江钱塘蒋其章，当时申报馆总主编，即《瀛寰琐记》的编撰者之一。《昕夕闲谈》原小说名《夜与晨》，为英国作家利顿所作，于1841年在伦敦刊出。《昕夕闲谈》只译了原作的前半部分，在1875年出版单行本时增译了三节，没有将小说译完。

④ 此五篇侦探小说为：《英国包探访喀迭医生奇案》，《时务报》第一册（1896. 8. 9）；《英包探勘盗密约案》，同上第六册至第九册（1896. 9. 27至10. 27）；《记伛者复仇事》，同上第十册至第十二册（1896. 11. 5至11. 25）；《继父诳女破案》，同上第二十四册至第二十六册（1897. 4. 22至5. 12）；《呵尔唔斯缉案被戕》，同上第二十七册至第三十册（1897. 5. 22至6. 20）。

说“记欧洲之风俗”，“广中土之见闻”和“启发良心，惩创逸志”（《小叙》）。到90年代末改良派的眼中，外国小说的地位和作用就不同了。1897年11月5日，梁启超在《时务报》第四十四册发表《〈蒙学报〉〈演义报〉合叙》中说：“故日本之变法，赖俚歌与小说之力，盖以悦童子以导愚氓，未有善于是者也。”同年，严复、夏曾佑在天津《国闻报》发表《本馆附印说部缘起》时也说：“且闻欧、美、东瀛，其开化之时，往往得小说之助。是以不惮辛勤，广为采辑，附纸分送……宗旨所存，则在乎使民开化。”一年以后，梁启超又进一步强调小说新国新民的重要作用，大张旗鼓地提倡译、著政治小说。他从《清议报》第一册起，连续刊载翻译的政治小说《佳人奇遇》和《经国美谈》[①]。同时，他发表《译印政治小说序》说：“在昔欧洲各国变革之始，其魁儒硕学、仁人志士，往往以其身之所经历，及胸中所怀政治之议论，一寄之于小说……往往每一书出，而全国之议论为之一变。彼美、英、德、法、奥、意、日本各国政界之日进，则政治小说为功最高焉。”梁启超的这些言论，本不无夸大之处，但是在当时的社会情势下，却颇有“登高一呼，应者云集”之势。随着梁启超的号召，以专论、缘起、序、跋、评议、按语、附记、丛话、漫笔等众多形式，抬高小说地位，阐述小说作用，评论小说意义的文章纷纷登台呐喊，标“政治”、“历史”、“冒险”、“科学”、“幻想”、“教育”、“社会”、“家庭”、“写情”、“侦探”等等各种名目的

① 《佳人奇遇》，日本柴四郎著，载《清议报》第一册（1898.12.23）至第三十五册（1900.2.10）；《经国美谈》，日本矢野文雄著，载《清议报》第三十六册（1900.2.20）至第六十九册（1901.1.11）。二作在《清议报》刊出及以后广智书局印合刻本时均未署译者名。1907年商务印书馆出《佳人奇遇》单行本时署“商务印书馆译印”，广智书局刊《经国美谈》单行本时署“周逵译”。大概是由于这两部译作都刊于梁启超办的《清议报》上而又未署译者之名的缘故，后来一般人便认为梁启超是这二书的译者。如近期出版的《中国翻译简史》和《中国近代文学史》（一卷本）等均持此说。其实，梁启超在1898年9月21日慈禧太后发动政变后逃亡日本，至次年农历二月才往箱根学习日文。显然，这时他还不可能翻译日文小说《佳人奇遇》。据熟悉当时情况的冯自由的记载，柴四郎著的《佳人奇遇》应为罗孝高所译（见《革命逸史》第四集第98页）。孝高是罗普的字。他是广东顺德人，戊戌政变后留学日本，参与《清议报》和《新民丛报》的工作。至于《经国美谈》的译者，广智书局曾是上海很有名的书局，梁启超办的《新小说》杂志第二卷起便改由广智书局发行。它所出书的署名，当无可疑。周逵，即周宏业，湖南湘乡人，戊戌政变后流亡日本东京，入梁启超办的大同学校学习。冯自由说：“启超所创之横滨《清议报》于启超行后（按：1899年11月中旬，梁离日赴美游历），改由麦孟华主编，其论文译著由欧榘甲、罗孝高及大同学校诸生……周宏业等分别任之。”（同上）这段话，也可作为罗、周翻译二书的旁证。

翻译小说和创作，如雨后春笋，蓬勃而起。曾经亲历其境的吴趼人说：自从梁启超提倡改良小说，“不数年而吾国之新著新译之小说，几乎汗万牛充万栋，犹复日出不已而未有穷期也。”① 这便是对当时小说译、著真实状况的写照。

这时期的翻译小说，据阿英《晚清小说目·翻译之部》和北京图书馆编《民国时期总书目·外国文学》（1911—1921 年）的著录，加上在近代500多种期刊上所发表的作品，除去重复部分，共刊行长、中、短篇2000余种②。译者不下五六百人。其中著名的便有林纾、周桂笙、包天笑、梁启超、陈冷血、吴梼、陈无我、张毅汉、陈家麟、恽铁樵、周瘦鹃、徐念慈、徐卓呆、曾朴、伍光建、周作人、鲁迅、胡适、刘半农等数十家，翻译两种以上作品者有200人左右。林纾是翻译外国小说最多的一人。他与人合作，自1899年2月出版《巴黎茶花女遗事》起，一生共翻译了170种小说③；此外，至“五四”前后，周瘦鹃也有近百种，包天笑有70多种，陈冷血、陈无我、周桂笙等都在30种以上。在这些翻译小说中，最多的是英国作家的作品，占全部翻译小说的三分之一左右。其他依次为法国、美国、俄国、日本、德国，此外也有意大利、印度、波兰、希腊、西班牙、奥地利、瑞典、丹麦、荷兰、瑞士、南非、匈牙利、挪威、芬兰、比利时等国的作品。——差不多十八、十九世纪世界上许多主要国家的小说，当时中国都有了译本。

三

从戊戌维新至20世纪20年代的三十年中，是中国译介外国小说最兴

① 《月月小说·序》(1906.11.1)。

② 据笔者统计：阿英《晚清小说目·翻译之部》正目608种加补遗20种，共628种，减去重复一种、创作一种、寓言童话等非小说6种，共620种。其中长、中篇599种，短篇结集21种。21种短篇集中包括161个短篇，除去重复一篇，共160篇。599长、中篇加160短篇，共长、中、短篇759种。《民国时期总书目》共著录这时期新版翻译小说216种（另有181种是与阿英《小说目》重复的重版书）。其中长、中篇197种（正、续编按一种计算），短篇结集19种。19种短篇集中包括178个短篇。197长、中篇加178短篇，共长、中、短篇375种。中国近代500多种期刊共发表长、中、短篇翻译小说1000多种。除去重复部分，三者合计2000余种。(又：据日本樽本照雄《增补新编清末民初小说目录》计，此时期约有翻译小说3000种。)

③ 这是从林纾的246种译作中除去论文、历史、剧本、散文、寓言等非小说作品以后的数目。

旺的时期。这期间，各种题材、类型的小说虽互有交叉，但从强调政治意义，到看重小说本身的美学价值；从见什么译什么，到注意选择艺术价值较高的名著；从突出“政治”、“科学”、“教育”小说，到大量“侦探”、“爱情”小说，再转向优质的“社会”小说，并从意译走向直译，由文言变为白话：这可以说是一条大体上的发展轨迹。

中国的小说翻译，同样有着一个由幼稚到成熟的发展过程。在早期，译本的书名常常不循原作而由译者另起；将近半数的译作没有原作者姓名，即使有，译音也大都不准确，有的还标错作者的国籍；不区分文学的体裁，把剧本、散文、童话、为青少年编的读本等都当成小说译；甚至任意简化和改动作品中的人名和地名，更严重的还大量删节和增补原文。

随着翻译工作者外文水平的提高、表达能力的增强，以及翻译经验的积累，以上这些缺点不断得到改正，小说翻译也逐步走上规范化的道路。比如，开始的时候，严复用古文翻译西方学术名著，明确提出“信、达、雅”的翻译标准。林纾等早期小说翻译者遵循严复提出的这三条准则。当遇到“信、达、雅”三者不能兼顾的时候，他们又奉行古文家“与其伤洁，毋宁失真”的原则，把原文中“不雅”的文字（对话和叙事）干脆芟夷不译。还有些人认为，翻译小说只需传达一个大概的故事，不必将所有原文的内容都表述出来。他们把原作的故事，连同其中的人名、地名、社会风尚习俗都按照自己主观的好恶，衍化为中国化的白话章回体小说。这种情况，渐渐引起了人们的不满。因为用文言翻译外国小说，只能供少数知识分子欣赏，不能为更多略能识字的人所接受；而另有一些人又希望能读到忠实于原著的译本①。所以到 1903 年便有人将林纾 1901 年译出的《黑奴吁天录》用白话文改写成《黑奴传》②。同年

---

① 1928 年 3 月 16 日曾朴《答胡适书》中回忆他过去三十多年学习法文、从事翻译的往事时说：他读了林纾翻译的小说觉得不满足，以为他的译作不过是“外国材料的模仿唐宋小说”。所以有一次到北京特地去拜访林纾，建议他用白话文翻译——一方面可以普及于大众；另方面也能“保存原著人的作风，叫人认识外国文学的真面目、真精神。”……但林纾都听不进去（见《胡适文存》三集，第 1133 至 1138 页）。

② 1903 年 3 月上海《启蒙画报》第 8 册刊 3 回（见《中国近代文学大系》第 26 卷）。同年，启蒙画报社出 19 回单行本。均未署改编者之名。

10月，《新小说》上发表了周桂笙用白话“照译”[1]的法国鲍福著长篇侦探小说《毒蛇圈》[2]。此后，徐念慈、吴梼、伍光建等采用白话、基本直译的小说也相继问世。至“五四”文学革命以后，白话、直译遂成基本趋向。

四

尽管中国早期的小说翻译不规范，存在着这样那样的问题，以致后来很少有人再去阅读它们，但是它们在中国现代化的进程中作出了重要的贡献。它们不仅为以后规范化的、高质量的文学翻译开辟了道路，而且直接影响、促进了中国思想文化的发展，特别是中国文学从旧文学向新文学的转变。

迫切希望学习西方、维新改革、奋发进步的时代要求，造成了近代译介西方文化学术著作的高潮；大量的西方学术文化著作的译介，广泛地传播了西方资产阶级民主主义的新思想、新观念，为我国开展文化、政治革命提供了思想武器。在这里，数量最大、读者最多的翻译小说起着十分重要的作用。各种题材、类型的翻译小说开阔了中国知识分子的视野，使他们从这个窗口看到了世界各国的社会、历史和风土人情，看到了西方社会的物质文明和精神文明，增加了许多新知识，了解到资产阶级国家的个性解放、人格独立以及民主、自由、平等、博爱观念（包括男女平权、婚姻自主思想），了解到被压迫弱小民族的反抗与叫喊、下层人民的挣扎和呻吟，从而自然地对中西文化产生比较、选择的思考，逐渐成为加速现代化进程的助力和因素。

大量外国小说的翻译出版，最直接的影响是在文学方面。

首先，它在中国人面前打开了一个文学的新天地，从而改变了中国

---

① 《〈毒蛇圈〉译者识语》：“……此篇为法国小说巨子鲍福所著。……爰照译之，以介绍于吾国小说界中。”

② 该作连载于《新小说》第8号（1903年10月）至24号（1906年1月）。1906年广智书局出单行本。另有一陈匪石译的短篇《最后一课》（法国都德著），也是用白话直译的小说。《中国近代文学大系》选录此作时注明原载《湖南教育杂志》1903年1月出版；郭延礼著《中国近代文学发展史》(3) 第2172页注 (1) 也同上说。据此，则较周桂笙的白话直译时间更早。其实，《湖南教育杂志》创刊于1912年6月，《最后一课》载于该刊第2年第1期，时间是1913年1月，而非“1903年1月”。它比周译《毒蛇圈》要晚十年。

知识分子传统的文学观念。这传统的文学观念包括两个方面：一是对外国文学的看法；一是对中国小说的看法。中国是个文明古国，历代的炎黄子孙都为先祖的文经武纬而自豪。十七世纪以后，西方国家飞速发展，把中国远远抛在了后面。而中国的统治者却闭目塞听，仍以“华夏中心”、“天朝上国”自居，对西方资本主义列强，以古代的夷狄视之。在吃了一连串败仗的苦头之后，中国先进的知识分子才一步步地觉悟。先是学习西方的“坚船利炮”，练兵制器；进而引进西方的声、光、化、电之学，开矿办厂等发展工商企业；以后又效法西方的教育、政治体制，要求维新改革。可是关于文学，中国的知识分子还是以为惟有中国的最好，世界上别的国家谁也比不上我们。自大，从来是无知的表现。但是，当人们看到了古文家林纾在他翻译小说的序、跋中极力赞扬狄更斯、司各特、哈葛德等人的文章可与《左传》、《史记》、《汉书》、韩愈之文媲美，甚至狄更斯的描写比“左、马、班、韩”和《水浒》、《石头记》更为丰富①之后，当人们通过译本，读到了大量既有深刻意义又感人肺腑的欧美小说之后，人们才知道原来西洋也有那样优美迷人的文学。而这种对外国文学的认识，又必然反过来影响对中国小说的看法。

历来，中国的知识分子虽然也看小说，但总认为诗文是正统，小说是不登大雅之堂的“小道”，是贩夫走卒茶余酒后的谈助。所以名人学者一般都不愿作小说，特别是不愿作通俗小说；作小说的人也大多写一个什么“道人”、“山人”、“主人”之类的假名，不肯公开自己的真实姓名。1873 年初，蠡勺居士在《昕夕闲谈・小叙》中第一次公开明确地对传统文学观提出了挑战，为中国小说的地位发出了不平之鸣：

> 且夫圣经贤传，诸子百家之书，国史古鉴之记载，其为训于后世，固深切著明矣，而中材则闻之而辄思卧，或并不欲闻。无他，其文笔简当，无繁缛之观也；其词意严重，无谈谑之趣也。若夫小说，则妆点雕饰，遂成奇观；嘻笑怒骂，无非至文。使人注目视之，

---

① 《斐洲烟水愁城录・序》：“西人文体，何乃甚类我史迁也！”《黑奴吁天录・例言》：“所冀有志西学者，勿遽贬西书，谓其文境不如中国也。”《滑稽外史》评语：“因叹左、马、班、韩能写庄容不能描蠢状，狄更司盖于此四子外，别开生面矣。”另见《块肉余生述・前编序》、《撒克逊劫后英雄略・序》、《洪罕女郎传・跋语》、《孝女耐儿传・序》、《冰雪姻缘・序》等。

倾耳听之，而不觉其津津甚有味，孳孳然而不厌也。则其感人也必易，而其入人也必深矣。谁谓小说为小道哉！

真是说得酣畅淋漓，理直气壮。有意思的是：这个响亮的对传统小说观念叛逆的第一声呼喊，正是出于近代第一个中国人独立具名翻译外国小说者之口。

到十九世纪九十年代末二十世纪初，梁启超等把小说绑上政治的大旗，强调小说移风易俗、觉世新民的社会作用，提倡译著政治小说。适逢其时，以“古文家”自诩的林纾积极翻译介绍外国小说，称颂许多西国名著“处处均得古文家义法”，完全可以与中国最好的《史记》、韩文媲美。于是，翻译小说之风渐成。梁启超则进一步提出“小说界革命”的口号，中国的维新志士和迫切希望国家进步的知识分子立即响应。他们办报刊，发文章，此呼彼应，竞相阐述小说的功能。一时间，“小说为国民之魂”①，小说是“改良社会、演进群治之基础”②，小说“有无量不可思议之大势力”——“膨胀东西剧烈之风潮，握揽古今利害之界线者，唯此小说；影响世界普通之好尚，变迁民族运动之方针者，亦唯此小说”③。真是把小说的作用夸大到了无以复加的程度。可是，就在这一片并不科学的鼓噪声中，却把中国的小说从“小道”抬到了“文学之最上乘”的地位，并从此改变了大家轻视小说的观念。

其次，各种外国小说的翻译出版，给予了中国作家许多创作上（从内容到形式）的借鉴，直接推动并最终促成了正在蜕变中的中国古典小说向现代小说的过渡，开创了中国小说的新局面。这主要表现在下列几个方面：

1. 小说主题思想的重大转变

与民族文化传统密切相关，中国古代小说多写帝王将相的丰功伟绩、才子佳人的艳遇苟合、清官侠士之除暴平冤、神仙鬼怪之比武斗法，书中贯穿着忠奸斗争、善恶果报思想。域外小说的输入，使中国小说的主

---

① 梁启超：《译印政治小说序》（1898 年）。

② 天僇生：《论小说与改良社会之关系》，《月月小说》第一年第九号，1907.10.7。

③ 陶祐曾：《论小说之势力及其影响》，《游戏世界》第十期，1907 年。

题意识起了根本性的变化。揭露官场的黑暗，抨击社会的腐败，追求民主和自由，渴望维新和改良，高扬反帝爱国，强调奋发图强，成为这一时期小说主题思想的主潮。即便是传统形式的“讲史”和“写情”，也突出发抒国家、民族之思和重在描写人性的觉醒与潜在的封建礼教的矛盾。这是一种质的飞跃。

2. 扩大了小说的题材，增加了小说的门类

中国传统小说，不外讲史、写情、说公案、演神怪几类。外国小说则宽广得多，除历史、爱情小说外，还有政治、社会、科学、幻想、教育、侦探等等各种不同内容特点的小说。这些小说一经翻译出版，立即引起中国作家的兴趣。于是，梁启超作“政治小说”《新中国未来记》(1902 年)，吴趼人写“社会小说”《二十年目睹之怪现状》(1903 年)，徐念慈撰“科学幻想小说”《新法螺先生谭》(1905 年)，马江剑客述“中国侦探”《失珠》(1908 年)……其他如“军事”、“心理”、“教育”、“宗教”、“时事”、“伦理”、“技击”、“风俗”等等小说也纷纷登台亮相。至“五四”前后，题前冠以不同种类名目的小说竟多达五六十种。其中固然不无标新立异，以招徕读者之意①，但也确实给人以这时中国的小说界兴旺发达、面目一新之感。

3. 动摇并打破了中国小说的传统体制和写法

宋元以后的中国通俗小说，一般都分回（或分卷）标目，有开篇诗词，有“话说”、“却说”、“欲知后事如何，且听下回分解”等等程式和套语②。没有这些形式的外国小说的翻译出版，动摇了雄踞中国小说五六百年的章回体制。辛亥革命前后，便陆续出现了没有回目、“有诗为证”等传统程式和套语的新型小说。此后，这种新型小说逐渐增多，便取代传统的章回体小说而成为中国小说的主流。

小说章回体制的改变，不仅仅是有没有回目、“楔子”和陈词套语的

---

① 如将写情小说又细分为“苦情”、“惨情”、“忏情”、“怨情”、“奇情”、“哀情”、“艳情”、“侠情”等十余种；而吴趼人的短篇小说《光绪万年》题前竟标了“理想、科学、寓言、讥讽、诙谐小说”五种名目。这些都不免有故出新异、哗众取宠之意。

② 如短篇白话小说篇首有“得胜头回”，长篇小说开头往往（不是所有的）有“楔子”和相当于“楔子”的“引首”和“缘起”等。

细小枝节，而是牵涉到一个带有小说全局性的叙事视角的问题。中国小说从史传和“说话”发展而来，一般都是采用第三人称全知叙事。大批第一人称限制叙事的外国小说的翻译出版，使中国作家得到启发，开始打破第三人称全知叙事一统天下的局面而采用第一人称限制叙事的方法①。先是以中国古代游记、见闻录的方式用“我”贯串全书，写“我”的所见所闻，或记“我”的朋友所讲的故事，或述“我”新得一部书上所叙的事情。前者如吴趼人的《二十年目睹之怪现状》，后者如王濬卿的《冷眼观》。进而再演化为讲“我”自己的故事。如符林的《禽海石》和苏曼殊的《断鸿零雁记》。这是一种历史性的转变。

关于写作技巧的借鉴，最突出的是倒叙法的运用。中国小说，无论是单线式和多线式的结构，通常都是按照故事情节的发展进程，逐年逐月的依次叙述②。外国小说，特别是西方侦探小说则常常把最后的结局或中间某一突出的情节、惊人的场面提到前面先写，然后再回过头来叙述这事发生的前后经过。如林译《巴黎茶花女遗事》，开头先写巴黎恩谈街第九号屋中拍卖死者马克遗物，由此才引出她生前与亚猛的爱情故事。梁启超和罗普译的《十五小豪杰》③ 亦用此法。这种布局的长处是使你看了这个引人而又不明不白的情节（或场面），便产生非继续读下去不可的艺术效果。这种手法，一开始就引起了翻译者和作家的注意。梁启超在《十五小豪杰》第一回的《译后语》中指出：“观其一起之突兀，使人堕五里雾中，茫不知其来由，此亦可见泰西文字气魄雄厚处。”周桂笙在

---

① 第一人称叙事小说，在中国文言小说中不乏其作。如唐传奇李公佐《谢小娥传》、王度《古镜记》、张鷟《游仙窟》和沈亚之《秦梦记》等都是。不过《谢小娥传》中的“余”只与主角谢小娥会两次面，其他叙述谢的家世、谢全家被盗劫杀以及谢为父、夫报仇经过，仍用第三人称全知叙事。《古镜记》记作者见、闻（其弟讲述）古镜降妖伏怪的故事。《游仙窟》和《秦梦记》则写“余”本人之事。但自宋元通俗小说发展以来，一般都是第三人称全知叙事。

② 在中国古代小说中并非绝对没有倒叙的作品。长篇如《女仙外史》一开头便说唐赛儿“是月殿嫦娥降世”，“当燕王兵下南都之日”，她“起兵勤王，遵奉建文皇帝二十余年”，然后再回转来写为什么说唐赛儿是月殿嫦娥降世和她如何起兵勤王、遵奉建文皇帝二十余年。短篇如《二刻拍案惊奇》卷之十五《韩侍郎婢作夫人，顾提控掾居郎署》。篇中写顾提控再次见到江爱娘时，她已由一个没落小商人的女儿成了韩侍郎的夫人；下面再叙经过顾提控私下打听，才知她成为侍郎夫人的前因后果。这些都可以说是倒叙。但是，第一，这种写法在中国古小说中的确很少；第二，即便有，其提前写的情节不突出、场面不惊人，不能给人们留下深刻的印象，因而不大引起人们的注意。

③ 该译作先发表于《新民丛报》第 2 号—第 24 号（1902. 2. 22—1903. 1. 13），1903 年日本横滨新民社出版单行本。

《新小说》第八号（1903.10）发表他翻译的《毒蛇圈》时专门就这个问题写了一则《译者识语》。他说：

> 我国小说体裁，往往先将书中主人翁之姓氏、来历叙述一番，然后详其事迹于后；或亦有用楔子、引子、词章、言论之属以为之冠者。盖非如是则无下手处矣。陈陈相因，几于千篇一律，当为读者所共知。此篇为法国小说巨子鲍福所著，乃其起笔处即就父女问答之辞，凭空落墨，恍如奇峰突兀，从天而降；又如燃放花炮，火星乱起。然细察之，皆有条理，自非能手，不敢出此。虽然，此亦欧西小说家之常态耳。

紧接着，梁启超、吴沃尧等在他们创作的《新中国未来记》、《九命奇冤》[①] 等小说中便都采用了这种写法。

其他如日记体长篇小说和横截面短篇小说的开创、小说情节功能的削弱和非情节成分的增长、人物心理分析和自然景物描写的发展，等等，也都是在域外小说的影响下所取得的突出的成绩和具有革新意义的变化。

另外，以小说为主要内容的翻译文学的兴起，为中国文学语言以至全民族的文化语言输入了新的血液，增添了新的活力。翻译，是一项艰苦的、创造性的劳动。严复曾在《天演论·译例言》中举“导言”一词为例说，他先译“卮言”，夏曾佑“病其滥恶，谓内典原有此种，可名‘悬谈’”；及吴汝纶见之，“又谓‘卮言’既成滥词，‘悬谈’亦沿释氏，均非能自树立者所为，不如用诸子旧例，随篇标目为佳。”斟酌再三，最后“乃依其原目，质译‘导言’。”接着，他深为感慨地说：“此以见定名之难……他如‘物竞’、‘天择’、‘储能’、‘效实’诸名，皆由我始。一名之立，旬月踟蹰。我罪我知，是存明哲。”这真是翻译家的甘苦之谈。

瞿秋白在与鲁迅讨论翻译时明确提出：“翻译——除出能够介绍原本的内容给中国读者之外——还有一个很重要的作用：就是帮助我们创造出新的中国的现代言语。”他说：“现在的文学家、哲学家、政论家，以

---

① 前者发表于《新小说》第1号至第7号（1902.11.14—1903.9.6），后者发表于《新小说》第12号至第24号（1904.12.1—1906.1）。

及一切普通人，要想表现现在中国社会已经有的新的关系，新的现象，新的事物，新的观念，就差不多人人都要做‘仓颉’。这就是说，要天天创造新的字眼，新的句法。实际生活的要求是这样。”鲁迅也说，中国的“话不够用”，所以要“一面尽量的输入，一面尽量的消化、吸收”[①]。1984年12月，上海辞书出版社出版的刘正埮等编的《汉语外来词词典》收录古今汉语外来词一万余条，其中还不包括人名、地名之类的专名和过于冷僻的专科词语。由此可见我国吸收外来词语方面所取得的巨大成就。而这，当然与翻译工作者的辛勤劳动是分不开的。

1996年3月31日完稿，19世纪70年代以前的翻译小说部分，于2012年12月修订。

（本文为因病未竟之《中国近代小说史·背景篇》中的一章）

① 《关于翻译的通信》，《鲁迅全集》第4卷，人民文学出版社1957年版，第296、299页和第308、309页。

政治、生活、艺术修养与创作
——试论晚清小说的特点及其形成的原因

一、晚清小说的特点：政治倾向空前鲜明，艺术成就普遍不高

中国古典小说发展至《红楼梦》达到了顶点，自此以后，便走下坡路——由衰落而渐趋沉寂。中日甲午战争之后，随着资产阶级改良主义运动的高涨，小说出现了一个崭新的局面。其数量之多，是空前的。据不完全的统计，从光绪二十八年（1902）到辛亥革命（1911）的十年中，就有作品五百多部。

这些作品都带有前所未有的时代的特点。这就是：垂死的封建统治阶级和新兴的资产阶级改良派、革命派等都自觉地用它来为自己的政治服务，作品有着鲜明的政治倾向性；小说的题材扩大了，官僚制度的腐败与黑暗、帝国主义的侵略和压迫、华工受外国资本家苛虐的苦难、义和团和反“华工禁约”运动、改良主义君主立宪、资产阶级民主革命、妇女解放、反对迷信……几乎触及到社会政治生活的各个方面；在艺术手法上，除了继承中国古典小说的传统外，也开始接受西方小说的一些影响，显露出某些新的特色。

在这些作品中，揭露社会现实黑暗、痛斥封建统治腐朽、指陈帝国主义横暴的“谴责小说”占绝大部分；批判改良主义道路，抨击封建专制统治，宣传资产阶级革命思想的革命小说也有相当数量。他们虽然普遍地存在着对帝国主义的本质缺乏认识和看不到的人民力量（改良主义小说还反对资产阶级革命）等缺陷，但一般都具有爱国的热忱，表现出比较强烈的忧国忧民和救亡图存的激情。资产阶级革命小说，对资产阶级民主革命直接起了激奋人心、鼓动革命的促进作用；改良主义的谴责

小说，也有引起人们对于腐败不堪的封建制度的憎恶、启发人们要求变革现实的觉悟的积极意义：二者在当时反帝反封建的斗争中，都起过不同程度的进步作用。这是应该肯定的。但是，同时也必须承认，这些作品普遍地存在着一个艺术成就不高的弱点（尽管它们之间也有高低、粗细、文野之分）。它的表现是多方面的，如过去一些论者所指出的“辞气浮露，笔无藏锋”，“描写失之张皇，时或伤于溢恶”，结构不严紧，取材欠剪裁，情节缺少提炼，等等。但是，对于叙事体裁的小说来说，主要的问题还在于对现实生活的典型概括不够，人物缺乏鲜明的个性。常常是数十万言和一百多回的长篇小说，创造不出一个成功的、令人难忘的典型形象。《水浒传》、《三国演义》、《红楼梦》、《西游记》等中国第一流古典小说中所创造的典型形象固不待言，即便如《封神演义》、《杨家将》、《说岳全传》、《说唐》、《三侠五义》等二三流作品中所塑造的某些人物形象，它们也远比不上。读改良主义的谴责小说，犹如到城隍庙里看小鬼，出了庙门，眼前只留下一片龇牙咧嘴、面目狰狞的鬼脸；读资产阶级革命的小说，又如天安门上放烟火，观时五光十色，过后烟消云散，不落痕迹。曾为有些文章和小说史所称引的《二十年目睹之怪现状》中的苟才和《官场现形记》中的佐杂形象，其实也是给人一种模模糊糊的印象。黄小配（即黄世仲）在他的《洪秀全演义》中比较注意了人物性格的刻画，在林凤翔、林启荣等英雄形象的塑造上取得了可贵的成就，但毕竟与中国第一流古典小说中所创造的典型形象相差很远。

中国古代的进步知识分子，创造了千古不朽的李逵、鲁智深、武松、林冲等起义英雄的典型，创造了诸葛亮、曹操、张飞、关羽等等封建社会上升时期统治阶级中帝王将相的各类典型，创造了贾宝玉、林黛玉、薛宝钗、王熙凤、晴雯等封建末世封建阶级的叛逆者、维护者、被压迫者的多种典型。为什么清末创作如此繁荣而没有出现脍炙人口的艺术珍品，作者空前自觉地为政治服务而没有产生超越前人的文学巨著呢?

从政治思想上看，晚清一些著名的改良主义谴责小说家，以锐利的文笔戳穿清朝庄严堂皇的假面，把大大小小的官吏描写成“卑污苟贱”的衣冠禽兽，把从上到下的整个官场斥之为“魑魅魍魉”的鬼蜮世界；资产阶级民主派作家，更是充满革命激情，愤怒呼号，把“几千年来的神皇圣帝”骂作“盗子贼孙”，号召人民团结起来“杀到他们一个不留”，“把从来专制一切打破”：他们对垂死的封建统治者的憎恶不可谓不深，对腐朽的封建统治机构的攻击不可谓不烈。如果说，因为这些作家的世界观还有问题，那么难道罗贯中、施耐庵、吴承恩、曹雪芹等的世界观就没有问题了吗?!

有人说，这是中国资产阶级的软弱性所造成的。这种意见也值得商榷。因为中国资产阶级的发育不全和软弱性，固然决定了他们的作品在思想上存在着反帝反封建不彻底的缺点，也使得他们不能创造出资产阶级的理想人物和英雄人物的典型，但是却不妨碍他们的作家塑造出发育不完全和软弱性的中国资产阶级的典型，也不影响他们塑造出没落的地主阶级和封建统治者的典型。

还有人说，晚清激烈的阶级斗争使作家不能从容地体察、描绘生活，细致地刻画个性，创造典型形象。这种说法，对有些直接参加资产阶级改良主义政治运动（如梁启超）和资产阶级革命斗争（如陈天华、黄世仲）的作家来说，有一定的道理。但对于另外一些作家来说，这理由就不能成立。比如当时一些主要的改良主义“谴责小说”家，大多寄居上海或者混迹官场，并没有参加到激烈的阶级斗争的行列中去，不存在缺少时间去从容地从事文学创作的问题。

这一时期，在文学上没有创造出成功的典型，尽管各个作家有不同的具体情况，但关键在于他们共同地受着一种时代思潮的影响，并在这种思潮的影响下，普遍地存在着某些致命的弱点。

二、改良主义小说理论的片面性和不科学性是造成晚清小说艺术性不高的重要原因

晚清，是一个剧烈动荡的时代。自从一八四〇年鸦片战争失败以后，外国侵略者纷至沓来，不断地对中国发动侵略战争；清王朝腐朽无能，屡打败仗，接二连三地订立各种丧权辱国的不平等条约，无尽无休地割地赔款。民穷财尽，国事日非，亡国之祸迫在眉睫。英勇不屈的中国人民震怒了，高举起反抗帝国主义及其走狗的大旗。做着“巍国”与“盛世”酣梦的士大夫们惊醒了，一部分代表新兴资产阶级的先进知识分子，积极向西方国家寻找救国救民的真理；他们联合另一部分较为开明的地主阶级士绅，倡维新，呼爱国，图自强……展开了一场轰轰烈烈的资产阶级改良主义政治运动。

随着政治上的风云激荡，文学上也发生了重大变化。“诗界革命”、“文体革命”、“小说界革命”、“戏剧革新”相继而起，汇为巨流，冲破了晚清文坛萎靡衰落、万马齐喑的沉闷局面，打碎了传统文学身上（从内容到形式）沉重的锁链，使诗歌、散文、小说、戏剧创作获得了新的生命。在这里，特别是小说，无论其理论研究和创作实践，都呈现出空前的盛况。

任何一种文学革新（改良和革命）运动，都有它深刻的社会根源，都是一定的时代和阶级的要求。晚清随着“诗界革命”和“文体革命”而起的“小说界革命”同样也不例外，它是资产阶级改良主义政治上的需要。资产阶级改良主义运动的兴起和发展，迫切需要强有力的宣传武器。资产阶级改良主义者，一方面看到明清以来逐渐成为文学创作主要形式的通俗小说深为广大群众喜闻乐见的现实①，同时又从外国小说为资产阶级革命服务的经验中得到启示②，于是，便把小说视为宣传改良主义思想最有效的工具。他们企图通过小说，“改良社会，开通民智”，从而达到“救亡图存”、富国强兵的目的。

在这种思想指导下，资产阶级改良主义者便发动了一场声势颇大的“小说界革命”运动，发表了大量的小说理论文章。在这些文章中，最主要的内容是两个方面：

一、着力渲染小说的社会作用。梁启超在《论小说与群治之关系》中大声疾呼：

> 欲新一国之民，不可不先新一国之小说。故欲新道德必新小说，欲新宗教必新小说，欲新政治必新小说，欲新风俗必新小说，欲新学艺必新小说，乃至欲新人心，欲新人格，必新小说。

陶祐曾在《论小说之势力及其影响》中也说：

> 自小说之名词出现，而膨胀东西剧烈之风潮，握揽古今利害之界线者，唯此小说；影响世界普通之好尚，变迁民族运动之方针者，

---

① 见严复、夏曾佑《〈国闻报〉附印说部缘起》（1897 年），梁启超《译印政治小说序》（1898 年）、《告小说家》，夏曾佑《小说原理》（1903 年）等文。

② 见《〈国闻报〉附印说部缘起》和狄平子《论文学上小说之位置》（1903 年）。

> 亦唯此小说。……是以列强进化，多赖稗官，大陆竞争，亦由说部，……学术固赖以进步，社会亦赖以文明，个人固赖以为生，国家亦赖以发达。……

类似这样的说法还很多。他们把小说抬高到“国民之魂”的地位①，认为它是救亡图存、兴国新民的唯一手段，说社会的好坏、国家的命运全由小说决定，都操在小说家的手里②，因此，凡是要救国，要革新政治、振兴实业、提倡教育、组织军事等等，都必须从小说开始。

这种理论，一方面反映了当时新兴的中国资产阶级生气勃勃、蔑视传统、勇于创新的精神；另方面也暴露了他们“意识决定存在”的唯心主义的本质。它的积极意义是：大大提高了小说的社会地位，改变了几千年封建社会形成的鄙视小说的传统观念和态度——过去对于小说的“言不齿于缙绅，名不列于四部”、“斥同鸩毒，悬为厉禁”、阅必受父师呵责、谈则“绳以诲盗诲淫之罪”的情形，一去再不复返；从此之后，小说被视为“文学之最上乘”，作家受到尊敬，作品被作为一门学问来研究。它直接推动了晚清小说的兴盛和发展。它的消极作用是：颠倒了文艺和社会生活的关系，夸大了意识形态的能动作用，助长了作家脱离生活、闭门造车的倾向，给小说创作带来了概念化、公式化的不良后果。

二、极意强调文学为当前政治服务。他们明确提出：凡撰小说，“不可不择事实之能适合于社会之情状者为之，不可不择体裁之能适宜于国民之脑性者为之”③。凡译小说，也必须择“有关切于今日中国时局者”④。他们解释当时大力提倡的所谓“新小说”、“改良小说”，就是指“适于今社会”、“合于今理想”，为改良主义政治服务的小说⑤。为了使人们对于这种小说的含义、性质一目了然，梁启超干脆效法明治初年的日本，打出了“政治小说”的旗号⑥，并且接着就在日本横滨（1902 年）

① 见梁启超《译印政治小说序》。

② 见夏曾佑《小说原理》，王无生《论小说与改良社会之关系》（1907 年），陶佑曾《论小说之势力及其影响》、《〈新世界小说社报〉发刊辞》（1906 年），梁启超《告小说家》等。

③ 王无生：《中国历代小说史论》（1907 年）。

④ 见梁启超《译印政治小说序》。

⑤ 徐念慈：《余之小说观》（1908 年）。

⑥ 见梁启超《清议报·规例》（1898 年）和《译印政治小说序》。又，见日本实藤远著《中国近代文学史》上卷（1960 年出版）第三章第一节《清末政治小说及其时代背景》。

创办了《新小说》杂志来实践自己的理论。更进一步，有人甚至提出：创作和翻译小说，“宜确定宗旨，宜划一程度，宜厘定体裁，宜选择事实之于国事有关者而译之、著之；凡一切……无关宏恉之言黜弗庸：知是数者，然后可以作小说”①。公开明确地要求对创作、翻译小说的目的、旨趣、主题思想、题材格局等等都划定框框，规定非译、著直接有关国家大事的作品不可，这可说强调作品为政治服务发展到了登峰造极的地步。

这种革新小说的理论，梁启超揭橥于前②，严复、夏曾佑和之于后③。此说一倡，应者蜂起，数年之间，创办小说杂志三十多种。他们或宣布借此开化下愚，讥讽时政④；或声明据以揭露社会黑暗，改革国家弊恶⑤；有的表示要坚决反对迷信，鼓吹文明⑥；有的更说是为了“开通智识”“而进国民于立宪资格”⑦。总之，说法和侧重点虽然有所不同，但多是紧密地配合政治，为改良主义政治服务。在这种理论的指导和风气的影响下，小说创作和翻译如雨后春笋，纷纷破土而出，“不数年而吾国之新著新译之小说，几于汗万牛、充万栋，犹复日出不已而未有穷期也”⑧。这些小说从各个方面揭露、谴责了封建统治和晚清社会的腐败黑暗，对摇摇欲坠的清王朝起了巨大的冲击作用。这是改良主义小说理论强调小说为政治服务的重要功绩。

但是，这是事情的一个方面。事情的另一个方面是：它片面地、不科学地强调了小说为政治服务的工具的作用，而忽视了作为文学的本质特征，即小说是社会生活的形象的反映。改良主义的小说理论家们虽然

① 王无生：《论小说与改良社会之关系》。

② 见梁启超《变法通议·论幼学》。按：《变法通议》包括《自序》在内共十四篇文章，陆续发表于1896年8月在上海创刊的《时务报》（旬刊）和1898年12月在日本横滨创办的《清议报》（旬刊）上。其中《论幼学》一篇，分期发表于《时务报》第16册至第19册，时间为1897年1月3日至3月3日。建国后有文章说它发表于1896年的《时务报》上，误。

③ 见《〈国闻报〉附印说部缘起》。

④ 见《编印〈绣像小说〉缘起》（1903年）。

⑤ 蒋智由：《〈月月小说〉题词》（1906年）；瓶庵：《〈中华小说界〉发刊词》（1914年）。

⑥ 《〈新世界小说社报〉发刊词》（1906年）；瓶庵：《〈中华小说界〉发刊词》（1914年）。

⑦ 延陵公子：《〈月月小说〉出版祝词》（1906年）。

⑧ 《月月小说·序》（1906年）；又见报癖《〈扬子江小说报〉发刊辞》（1909年）。在《月月小说·序》里，吴趼人明说他写揭露社会黑暗的小说是受了梁启超《小说与群治之关系》一文的影响。

也看到了小说对人的潜移默化的巨大力量，如陶祐曾《论小说之势力及其影响》一文中所说的，“其感人也易，其入人也深，其化人也神，其及人也广。”① 梁启超《论小说与群治之关系》中所说的小说具有“支配人道”的“熏”、“浸"、“刺”、“提”四种力等，但都只是停留在表面现象上，没有进一步探讨小说为什么会有这样巨大的力量以及怎样才能有这巨大的力量②。他们不是把小说看成生活的图画，而是把小说理解为政治概念的图解、政治见解的形象的演绎。侠人说：“夫人之稍有所思想者，莫不欲以其道移易天下，顾谈理则能明者少，而指事则能解者多。今明著一事焉以为之型，明立一人焉以为之式，则吾之思想可瞬息而普及于最下等之人，是实改良社会之一最妙法门也。”③ 梁启超推崇欧洲魁儒硕学“往往以其身之经历，及胸中所怀政治之议论，一寄之于小说”④。而更有人称赞典型的概念化小说——梁启超的《新中国未来记》和陈天华的《狮子吼》能“明订各项章程，作为国民之标本”⑤。这些都是当时具有代表性的看法。

在这里，这些小说理论家至少犯了以下两个方面认识上的错误：

一、文艺是人类社会生活的反映，而社会生活有着广阔的天地，政治只是社会生活的一个方面。从中外文学史的事实来看，作品所反映的内容，也决不仅仅是政治。因此，把为政治服务作为文艺的唯一任务是片面的，不科学的。诚然，文艺与政治有着密切的关系，它既受当时政治的影响，又由于不同阶级的作家对于社会生活不同的感受、认识、评价而在作品中表现出各自阶级的意识，有着各自宣传的目的。因而，归根到底，都是为着一定阶级的利益服务的。但并不因此文艺就从属于政治或者文艺必然直接地为当前的政治服务。中外文学史上那些伟大、杰出、优秀的作品，并不是因为它们直接“为当前政治服务”，而是由于它

① 见寅半生主编的《游戏世界》第十期。

② 当时虽也有人初步接触到小说的艺术特征的问题，但只是在个别的文章中一言半语地提及，既没有把它作为重要的问题来探讨和阐述，更没有把它作为文学的本质特征来认识。到1907年，徐念慈和黄摩西在《小说林》的《缘起》和《发刊词》中才正式接触到了小说的本质特点。然而，从当时及随后所发表的许多小说理论文章、小说杂志的《发刊词》和小说创作的情况来看，它似乎仍没有引起小说界应有的重视。

③ 见《小说丛话》(《新小说》第十三号)。

④ 见梁启超《译印政治小说序》。

⑤ 燕南尚生：《〈新评水浒传〉三题》(1908年)。

们的作家“总是以一条条有形和无形的线和人民大众联系在一起”（马克思），反映了人民群众的利益。如果说其中有些作品确实也为当时的什么政治服务过，那是因为作品中反映了人民的思想、情绪，要求、愿望和意向——它们代表了历史发展的趋势。文艺的任务是真实地描写——艺术地反映社会生活，以影响读者的思想感情——通过潜移默化的作用，提高人的认识，启发人的觉悟，培养人的高尚的情操和优良的品德。如果认为这就是“为政治服务”，那是从非常广泛的意义上来说的。而晚清的小说理论，对“为政治服务”却是理解得那么简单、机械和狭隘，以至对小说的题材、风格、内容等等都要作严格的限制。这是在解除小说的旧束缚的同时，又给它戴上了新的桎梏。

二、文学艺术区别于其他一切社会意识形态的特点，就在于它不是用抽象的概念而是用具体的形象反映社会生活。“文学使思想充满肉和血，它比哲学或科学更能给予思想以巨大的明确性和巨大的说服力。”（高尔基）作家在创作过程中的思维活动，全以形象的酝酿、孕育、诞生、发展为目标。在作品中，无论社会生活的客观内容，抑或作家对于社会生活的感受、认识和评价，都不是用议论或者说教直接地诉之于读者，而是体现在具体的艺术形象之中，渗透在对生活图景的具体描绘之中，通过人物的具体行动表现出来。恩格斯是最重视文学的倾向性的，但他认为“倾向应当从场面和情节中自然而然地流露出来，而不应当特别把它指点出来”。他十分强调人物的性格描写而反对把“个性”“消融到原则里去”。晚清的小说理论家们却混淆了小说的特性和功能的概念，实际上是把小说的功能当作了小说的本质和特性；而对功能，又仅仅视为思想教育的一个方面，抹煞了文艺的认识、美感、娱乐等作用。这样，实际上取消了文艺的特性，从而也就取消了文艺本身。

晚清小说理论上的这一偏向，给小说创作带来了很大的消极影响。这就是作品的数量虽多，但质量不高，缺乏艺术力量。大量作品，艺术形式粗糙，充满政治说教，成了宣传改良主义和资产阶级革命思想的单纯的传声筒。

“寓教于乐”，文学的教育作用是通过艺术形象的美感作用来实现的。一部文学作品，如果只是平庸地记录一些个别的不幸事件和社会现象，或者刻板地写几个木偶般的“英雄”，发一通抽象、空洞的议论，缺乏激动人、感染人的艺术魅力，它就不可能吸引读者，为广大群众所欣赏，发挥它应有的作用。晚清的许多小说往往只是昙花一现，有的甚至出生之日即其死亡之时，这固然有多方面的原因，但片面地强调为政治服务而忽视形象塑造的理论、思潮带来的严重的概念化、议论化倾向和公式化、一般化的弊病①，不能不说也是一个重要因素。当然，社会现象是十分复杂的，“一切事情都有它个别的情况”（列宁）。文学史上不无这样的情况：为政治服务的作品未必一定艺术性不高，不为政治服务的作品未必一定艺术性就高。以晚清小说而论，光绪末年便有不少对政治毫不关心、专讲“嫖界黑幕”而艺术拙劣的作品。上面所说的只是就晚清这一特定的历史时期内总的情况而言。另外，在实际生活中，往往还有这样的情形：作者的政治倾向并不隐蔽而是十分鲜明地表现在作品里，作者的一些新的或者进步的理论观念，在作品中仅得到一定程度的具象化而没有熔铸到形象中去，这样的作品却也受到广大群众的欢迎。这种情况，大都出现在政治极端腐败或民族空前危急的严重时刻，因为它适合了当时疾视黑暗现实，力图挣脱重轭以及愤怒呼喊、救亡图存的社会心理。但当它们赖以存在的社会条件一旦消失，往往也就结束了自己的艺术生命；人们只是肯定它在历史上曾经起过的积极作用，在研究、学习文学史的时候再和它见面。至于像晚清的《官场现形记》等几部谴责小说，不仅盛行于当时，以后还拥有不少的读者，那是因为：一方面，作品中记述了许多晚清社会丑恶的现实，使人们从中可以认识那个社会的面貌；另一方面，它们所描写的晚清社会的那些“怪现状”，在后来的现实生活中还没有完全绝迹，它还有一定的现实意义。

社会政治和文艺思潮、理论等直接影响文艺创作，并不是晚清独有的事。唐朝政治比较开明，君主重视并提倡诗歌创作，对知识分子的态度比较宽容，这是促成唐诗繁荣的重要因素之一；宋代理学盛行，文学上主张明道致用，片面要求作家为封建教条作宣传，结果使两宋许多诗文枯涩无味，令人憎厌；明代中叶后前后七子发起复古运动，倡言“文必秦汉，诗必盛唐”，一时作家诗文创作句模字拟，佶屈聱牙，文坛上充斥毫无灵魂的假古董。晚清梁启超等发动的“小说界革命”及其倡导的

① 阿英《晚清小说史》说“谴责小说”占整个晚清小说“至少在百分之九十以上”。鲁迅谓这些小说“顾什九学步前数书”（按：指“四大谴责小说”），而甚不逮，徒作谯呵之文，转无感人之力，旋生旋灭，亦多不完”（见《中国小说史略·清末之谴责小说》）。

理论，空前提高了小说的社会地位，充分认识和发挥了小说为政治服务的社会功能的作用，打破了封建社会末期小说沉寂的局面，把中国小说的发展推向了一个新的高潮，但它的幼稚、片面和不科学性，同时给小说创作带来了艺术性不高的消极影响。

文艺为政治服务（无论从广义或狭义上说），必须按照艺术的特点和规律来进行。急功近利，不顾文艺的特性而一味强调为政治服务，简单地把文艺只当作政治宣传的工具，其结果往往是事与愿违，适得其反。这大概是这些小说理论家们所没有料想到的，然而，这是不以任何个人意志为转移的必然规律。

三、作家不从生活出发，不通过深入细致地观察生活去进行创作，这是造成晚清小说艺术成就不高的另一重要原因

社会生活是文学艺术的唯一源泉。不熟悉生活，就不可能写出好的作品。表现社会生活的本质和塑造栩栩如生的艺术形象，都必须以作家丰富的社会生活经验为基础。即使创作可以展开想象的翅膀自由飞翔，那也需要作家有长期积累的广泛的生活感受（亲身经历的体会和所见所闻的感受）作依据，而决不可能凭空捏造。而且越是生活经验丰富、越是见多识广的作家，他的想象力也越加丰富；越是深入生活、熟悉生活的作家，越有可能把他笔下的人物描写得像看得见摸得着的那样。

正因为如此，那些有杰出成就的文学家，艺术家，都十分强调深入观察和体验生活的重要性。契诃夫说："谁要描写人和生活，谁就得经常亲自熟悉生活，而不是从书本上去研究它。"鲁迅说："如要创作，第一须观察"；"作者写出创作来，对于其中的事情，虽然不必亲历过，最好是经历过。"不论中国或外国，文学史上的事实都证明了这点。现代、当代的优秀小说，也无一不是作者直接参加了作品中所写的那些艰苦卓绝、可歌可泣的斗争，亲身经历了那些如火如荼、激动人心的生活，反复观察、研究了周围各种人物的工作、生活、家庭、性格以及内心世界……的产物。

有生活，不一定都能创作；可是创作，一定得有生活。作家永远只能写他熟悉的东西，不熟悉的东西是无论如何写不好的。这可以说是一条规律。

然而，晚清的小说家却恰恰违背了这条规律。

晚清小说家，一般说来，对文艺的性质以及文艺的特点缺乏科学的认识，因此，并不怎么重视生活，而当时那种颠倒文艺与社会生活的关系、取消文艺反映生活的特征的小说理论和文艺思潮，则更助长了创作脱离生活的倾向。写小说不从生活出发，不广泛地从生活中摄取素材，经过比较、选择、集中、概括、创造出既有鲜明个性，又能反映社会某些本质特征的典型形象来表现主题，这是晚清作家普遍的现象。不过，根据作品情况，似可分为两种类型：

一种是：作品不是通过人物本身的行动及其与周围人物的矛盾和斗争，“自然而然地流露出”作者的政治倾向，而是从“为政治服务”的既定目的出发，随便拉上几个人物，借他们之口，发表一通作者的议论。在这方面，梁启超的《新中国未来记》和陈天华的《狮子吼》都堪为代表。前者发表于一九〇二年出版的《新小说》上，是梁启超实践他的小说理论的样板作品，也是资产阶级改良主义者宣传其政治主张的代表作品。题前标明“政治小说”，《绪言》中说明专为“发表政见，商榷国计”而作。全书共五回，未完。其中除第四回写黄克强、李去病游旅顺、大连，见到俄国侵略者欺压中国人民的惨状，抒发国破家亡的感慨一段略有可观外，其他全是演说（大讲立宪党的党纲党章）、辩论（立宪与革命之争）的枯燥文字。后者发表在1906年的《民报》上，是资产阶级革命派宣传革命的代表作品。全书共八回，未完。小说虽然充满了反对异族统治、外国侵略的革命激情和革命不怕流血牺牲的英雄主义精神，但通篇都是叙事说理，没有人物的性格描写。这两篇作品，虽然属于两个不同政治营垒的作者所作，但所不同的仅是内容上的一个写了改良主义君主立宪的理想之国，另一个写了资产阶级民族、民主、民权——自治的理想社会。而在创作上却犯了同样的毛病：以抽象的议论代替了形象的描绘；作品中的主人公不是有血有肉的生动活泼的人物，而是小说作者的传声筒。其他的一些资产阶级革命小说，如《自由结婚》、《洗耻记》、《卢梭魂》等，也都存在着同样的问题。人物没有鲜明的性格，多空洞虚幻的理想而缺乏现实生活的内容，虽有热烈真切的革命激情，但没有熔铸到完美的艺术形象中去：这是资产阶级革命小说的通病。这样的作品，自然缺乏艺术感染的力量，不能打动读者的心弦。

另一种是：虽着重于现实社会的揭露，但缺乏艺术的集中和概括；

虽写了人物的思想和行动，但不是创造典型形象，通过个别来反映一般，而只是平淡地叙述一个个事例，罗列许多社会现象，好比记者联缀了一篇篇较为具体的新闻报道。这样的作品，同样缺乏艺术的魅力。晚清大量的改良主义谴责小说，基本上属于这个类型。

吴趼人虽然出身于父、祖三代为官的家庭，但还在“襁褓”中时就同母亲离开他父亲的官所回广东佛山老家住了。他自己没有做过官，十七八岁到上海，先在江南制造军械局作抄写工作，同时为报纸写些小品谐文。1902 年后，到 1910 年秋（45 岁）病死为止，一直不停地创作小说。他写的小说数量很多，其中最著名的当然要推以揭露官场弊恶为主，旁及商场、洋场等许多社会黑暗的《二十年目睹之怪现状》了。可是，这部小说是怎样创作出来的呢？当时吴趼人的好朋友包天笑有一段记载：

> 我就问他：“《二十年目睹之怪现状》中，先生何从得这许多材料？所谓目睹者，难道都是亲眼目睹吗？”吴先生笑着，给我瞧一本手钞册子，很像日记一般，里面钞写的，都是每次听得友人们所谈的怪怪奇奇的故事。也有从笔记上钞下来的，也有从报纸上剪下来的，杂乱无章地成了一巨册。他笑说：“所谓目睹者，都是从这里来的呀。……”（《钏影楼笔记》）

吴趼人所说的这种记述朋友谈论，抄录前人笔记，剪裁当时报纸新闻，加以“贯串演衍”的创作小说的方法，在晚清小说界是有代表性的。李伯元虽也出身于“上自祖父辈，下及兄弟侄辈俱以科第显”的官宦家庭，且自他三岁丧父之后，还跟着在山东当道员、东昌知府的伯父生活过一段时间，多少能了解和体察一些下层官场的情况，但在山东时伯父对他“督教极严”，他的母亲“亦不稍予姑息”，只是一个劲儿地要他在家里读书，习制艺……因此，很少有机会与官场的人物接触。他二十六岁跟随辞官的伯父回乡之后，不几年就到上海办小报和编小说杂志，一直到四十岁去世①。他自己没有亲历过官场的生活。他作《官场现形记》

① 见李锡奇《李伯元生平事迹大略》（《雨花》1957 年 4 月号）、郑逸梅《清末作家李伯元在上海》（《解放日报》，1961 年 12 月 3 日）、无名氏《缺名笔记》（转引自蒋瑞藻《小说考证》）。

等小说，大都也是间接取材于当时报纸，特别是上海小报上登载的“官场笑柄，社会趣事”以及“歌楼舞榭、妓院娼寮、茶肆酒馆的新闻”，还有一部分是从应酬交际场中听到的“马路消息”。吴趼人和李伯元的这种缺乏切身感受而创作出来的小说，当然不可能细致地刻划人物性格，不可能在读者面前展开生动逼真的现实场景和跃然如生的人物形象。所以，他们所写的即使“大都实有其人，实有其事”，或者“什九为实事”①，但总觉隔了一层，不能给人以神形毕肖的真切具象之感，因而缺乏艺术的感染力量。关于这点，李伯元倒颇有自知之明，他曾向人说过：

> 未作《官场现形记》之先，觉胸中有无限蕴蓄，可以借此发舒；迨一涉笔，又觉描绘世情，不能尽肖，颇自愧阅历未广，倘再阅十年而有所撰述，或可免此病矣。（见《谈瀛室随笔》）

“描绘世情，不能尽肖”的原因是“阅历未深”，这真是一语中的，是他经历了长期创作实践的甘苦之后出自肺腑的经验之谈。

李伯元和吴趼人的情形如此，《孽海花》的作者也不比他们好一点。曾朴曾经混迹官场数十年，对当时京城内外官僚名士、封建文人的思想生活和上层社会的风尚比较熟悉。如果他能利用这个有利条件，根据自己亲身的观察和体验，将所得的生活材料加以集中、概括，进行由表及里的开掘和去芜存菁的提炼，全力描写几个人物，着力刻画他们的性格，创造出几个具有典型意义的人物形象来，那么，他的小说成就一定会大得多。然而他没有这样做。他没有摆脱当时一般小说作家的习气，醉心于“专把些有趣的琐闻逸事”、“把数十年来所见所闻的零星掌故，集中了拉扯着穿在女主人公的一条线上”②。这实际上还是李伯元、吴趼人等所做的把“官场话柄”“贯串演衍”的老套。因此，《孽海花》除了文字和结构较优于《官场现形记》和《二十年目睹之怪现状》外，在形象描写上与这两部作品同样逊色，人物缺乏鲜明的个性，使人读过之后不能

① 见李锡奇《李伯元生平事迹大略》（《雨花》1957年4月号）、郑逸梅《清末作家李伯元在上海》（《解放日报》，1961年12月3日）、无名氏《缺名笔记》（转引自蒋瑞藻《小说考证》）。

② 曾朴：《修改后要说的几句话》，见真美善书店出版的《孽海花》修改本卷首。

留下深刻的印象，包括书中的主要人物金雯青和傅彩云在内。

再看《老残游记》的作者刘鹗。他出身于官僚家庭，经过商，作过河南巡抚吴大澂和山东巡抚张曜的幕宾；黄河在郑州决口，他投效河工，“短衣匹马，与徒役杂作”①；后又任鲁河下游提调，因治河有功，官至知府。因此，对于官场人物和人民疾苦颇有了解②，所以《老残游记》中刻画玉贤、刚弼两个残民以逞和刚愎自用的酷吏形象，较为鲜明突出；描写“不谙世故”的张宫保采用史观察错误的治河方法，致使数十万人的生命财产被黄河吞没的惨状，也凄切动人。但是，作者并没有坚持这种从生活出发的现实主义创作方法，他急于要为他的洋务派的政治服务，除了在第一回里以隐喻的方式直接表示了他的政治见解外，又在书中特意塑造了“爱才若渴”、关心民瘼的张宫保和耿介清廉、明察秋毫的“青天大老爷”白子寿两个好官形象，由于缺乏现实根据，所以形象苍白无力，没有艺术感染力量。至于作者在第八、九、十、十一等回里写的玙姑、黄龙子等几个在桃花山中得道隐居、韬晦自适的人物，更是完全脱离现实生活的主观臆造，他们那些带着神化色彩的预言和攻击“北拳南革”的议论，读来真是味同嚼蜡，使人昏昏欲睡。另外，最后写贾家被害一案及十三人死而复生的两回文字，同样没有生活根据，所以故事虽然离奇，却毫不动人。总之，在《老残游记》中，凡是作者离开了生活的描写，艺术上全是败笔。

这里，需要附带谈一谈《老残游记》的景物描写。关于这个问题，历来为评论《老残游记》的人们所击节赞赏。鲁迅先生说它“叙景状物，时有可观”，胡适则更誉之为“前无古人”之作。诚然，《老残游记》的景物描写是很出色的。如第二回前半写大明湖、千佛山的风景，明丽如画，后半写王小玉唱书，把无形的音乐描绘得那么形象鲜明，如见如闻，这在中国古小说中确实是不多见的。这种出色的景物描写也是基于作者的实地观察，并且是十分精细的观察。其中黄河观冰，也是论者交口称赞的一段描写，作者原评说：

---

① 见罗振玉《刘铁云传》。

② 刘鹗在《老残游记》第16回评语中说，书中写的如玉贤、刚弼之类的酷吏，“吾人亲目所见，不知凡几矣。试观徐桐、李秉衡，其显然者也”。又，在第14回评语中说：“其时作者正奉檄测量东省黄河，目睹尸骸逐流而下，自朝至暮，不知凡几。”

止水结冰是何情状？流水结冰是何情状？小河结冰是何情状？大河结冰是何情状？须知前一卷所写是山东黄河结冰。

从这里，可以看出作者对事物的观察是何等细致入微了。在这个基础上，作者用清新活泼的语言，加以形象化的比喻，把那山光水色和无形的声音，历历如画地描绘出来。可惜的是，他的这种对景物的精细观察和描写，没有运用到人物形象的刻画上去，而小说艺术的特点，最重要的恰恰在于塑造具体、生动的人物形象。另外，小说中的写景，是为刻画人物服务的（或渲染气氛，或烘托个性，或映照心理等等），而决不是为写景而写景。可是《老残游记》的写景，无论是大明湖的风光、桃花山的月夜、黄河的冰雪，乃至白妞的绝唱，玙姑等的弹箜篌、吹角，都与作品中人物的性格相游离。因此，从严格的意义来说，《老残游记》中的景物描写，只能说是很好的游记散文，不能说是小说。

但是，不管小说也好，散文也好，生活是文学艺术的唯一源泉。《老残游记》和其他作品都说明了这样一条真理：凡是作者写了自己熟悉的生活，人物就比较生动，故事也比较感人；反之，凡是作家离开了自己熟悉的生活，硬要去写一些“为政治服务”（不论革命的政治或反动的政治）的作品，或者其他不为自己所熟悉的生活，那一定是内容空泛、人物概念化，没有艺术生命力的东西！如果作家不熟悉自己所要写的人物而硬要在他们身上添枝加叶，那便会出现不真实因而不可信的情形。李伯元、吴趼人、曾朴以及晚清的其他许多谴责小说家，既缺乏生活，对自己笔下的人物认识不深，了解不透，而又想使自己的创作获得成功，招徕更多的观众，于是，一方面便到处搜罗那些“趣闻”、“奇事”，另方面又极力“过甚其辞”，“张大其事”，以迎合小市民的口味，结果是“言违真实”，失之自然，“感人之力顿微”（鲁迅）。

四、作家缺乏艺术素养和创作态度的不认真，是造成晚清小说艺术成就不高的又一原因

文学艺术是生活的反映，但它不是照相式的反映，不是对于生活的机械的描摹。典型的创造，也不是数学加法式地集中；从生活真实到艺术真实是一件相当复杂的事情，好比铁矿石掺合焦炭，须经冶炼才能成

钢。这里，除了生活，还需要有写作技巧。

文学创作中的技巧，除了典型形象的创造，还有主题思想的表现、文学语言的运用、故事情节的组织等等一系列的问题。因此，要使文艺创作获得成就，除了作家应有进步的世界观和丰富的社会生活经验之外，还需要有较深的艺术修养和付出辛勤的劳动。阅读中外优秀作品，从中吸取创作经验，这是提高文学艺术修养的最为切实的办法。只有在批判继承了前人成果的基础上，才有可能创造出超越前人的作品。所以，历来有成就的大作家，都很重视优秀文化遗产的学习。曹雪芹批判了明、清才子佳人小说“千部一腔，千人一面”的“陈腐旧套”，继承了我国从先秦诸子散文、楚辞，到汉魏六朝诗赋、唐宋诗词、元明杂剧传奇、古今小说，乃至民间故事说唱、谜语、笑话等等优秀遗产①，在他丰富的生活经验的基础上，创造了伟大的现实主义巨著——《红楼梦》。

晚清的小说作家则不然，一般讲来，他们都比较地缺乏文学的素养（特别在叙事文学方面）。梁启超是个宣传家，他的主要精力放在政治活动方面，只是纯粹地把小说作为进行政治斗争的一种工具。李伯元、吴趼人小时候虽然也读过不少书，但只是封建社会里一般士子所读的书籍，对小说戏剧等也没有什么特殊的爱好②。二十多岁到上海后，就忙于办报等工作，接着就开始了小说创作。刘鹗虽然“少年时天资绝颖，于书无所不读”③，但他精历算，擅医学，长治河，研究甲骨文学，嗜藏鼎彝、碑帖、字画及善本书籍，本无意于小说，后为了赒济他的朋友连梦青，才草一《老残游记》稿售之④。至于两个主要的资产阶级革命小说作家陈天华和黄小配，前者出生于一个贫苦家庭，小时候连饭都难吃上，在乡里仅读得一些“零篇断简之小说唱词”，后来得到新化县巨绅陈御丞的周济，才在资江书院读了些历史之类的书⑤。二十八岁到日本留学，参加革命，三十岁就去世了。他写的说唱性质的通俗宣传读物《猛回头》和

① 据不完全统计，曹雪芹在《红楼梦》中以赞扬的口吻提到的就有我国著名作家二十多人，著名作品三十来种。

② 李锡奇：《李伯元生平事迹大略》和李葭荣《我佛山人传》。

③ 刘大绅：《关于〈老残游记〉》。

④ 刘大绅：《关于〈老残游记〉》。

⑤ 罗元鲲：《陈天华的少青年时期》；杨源濬、张篁溪：《陈天华殉国记》。

《警世钟》，在当时颇有影响，但作为小说的《狮子吼》，艺术上是不够成熟的。后者“弱冠后”即“渡南洋谋生”，接着就参加了孙中山领导的革命团体，投入了紧张的革命活动①。他写的小说，思想上都是站在时代进步潮流的前列，紧密配合当时政治，为资产阶级革命斗争服务的，但艺术上除了《洪秀全演义》外，其他如《大马扁》、《宦海升沉录》和《廿载繁华梦》等还不如晚清的几部主要谴责小说。

这种情况的出现，一方面固然与晚清小说家所处的那个剧烈动荡的社会有关；另方面，他们本人对文学（尤其是小说）的特性认识不足，也影响了他们加紧提高自己文学修养的努力。

文艺创作是一种创造性的劳动。它需要有艺术的才能。但这“才能”是通过长期的创作实践获得的，而不是天然的产物。列夫·托尔斯泰说：“天才的十分之一是灵感，十分之九是血汗。”而这“灵感”，又不过是我国那些有经验的老作家所说的“长期积累，偶然得之”的东西。所以，凡是有成就的大作家，无不以严肃认真的态度，进行辛勤艰苦的劳动。

伟大、杰出的文学作品的产生，无一不是作者殚思极虑、苦心经营的结果。晚清小说艺术成就之不高，和其作者的创作态度是分不开的。随着上海、天津、广州等沿海大城市的半殖民地化所带来的小说的商品化以及片面的小说“为政治服务”的理论导致的“赶任务”，形成了作家创作上草率乃至粗制滥造的作风。如果说梁启超、陈天华等积极从事政治斗争的作家属于后者，那么李伯元、吴趼人等便更多地属于前者。李伯元从1903年到1905年不到三年的时间里，一面办《绣像小说》杂志，一面同时边写边发表《官场现形记》、《文明小史》、《活地狱》、《中国现在记》、《海天鸿雪记》五部长篇小说。吴趼人十天内就完成了五万字的《恨海》，1903年到1908年的五六年中，同时发表着《痛史》、《电术奇谈》、《二十年目睹之怪现状》、《新石头记》、《九命奇冤》、《两晋演义》等十五六部长篇小说，此外还有不少短篇小说、诗文、笔记等等。《孽海花》的写作，粗一看经过了二十多年，其实，在1905年仅“三个月功夫”就“一气呵成了二十回”②，由小说林社出版，此后作者忙于别的事

① 见冯自由《革命逸史》第二集。
② 曾朴：《修改后要说的几句话》。

情，写作就停止了；1907年写过五回，直到1927年又重新拣起，赓续下去。这里的意思并不是说凡写得快的就一定草率和粗制滥造，两者之间是不能划等号的。事实上，写得既快又好的不乏其人。中国古代既有“援牍如口诵”和“崇朝而赋骚”的机敏骏发之士[①]，外国也有巴尔扎克和莫泊桑等多产作家。但不管中国作家也好，外国作家也好，他们之所以能够如此，也都是长期的生活经验和丰富的写作经验积累的结果，即如鲁迅先生所说的必先是“静观默察，烂热于心”，然后才能“凝神结想，一挥而就”。可是，上面所说的那些晚清作家却并非如此。只要浏览一下当时出的小说杂志，便可知道有多少粗制滥造的东西。晚清“谴责小说”和“狭邪小说”等普遍存在的“过甚其辞，以合时人嗜好”和“故作已甚之辞，冀震耸世间耳目”（鲁迅）的缺点，也与小说商品化的刺激有着密切的关系。至于如吴趼人为了得几百元酬金而应商人之托，撰写《还我魂灵记》、《食品小识》等广告文章，登在上海、汉口等地的报纸上，吹捧上海中法大药房出品的“艾罗补脑汁”和南洋华兴公司出品的“燕窝糖精”[②]，以及许多摘发妓女嫖客阴私的“狭邪小说”往往写数回得赂而中止，乃更是创作态度不严肃和恶劣的突出例子。即如刘鹗《老残游记》之作，“初意在以笔资济其友连梦青”，这当然要比作文卖钱自己花的人品格高出一头。但他写小说的目的毕竟也还在于卖钱，所以“每晚归家，信手写数纸，翌晨即交汪剑农先生录送连寓。不独从未着意经营，亦从未复看修改。”[③] 吴趼人、刘鹗等都是当时最大的作家，但这种创作态度，与上面所说的世界诸名作家的那种苦心孤诣、刻意求工的态度相比，真可谓差之天地。

综上所述，晚清社会文艺思潮、理论强调小说“为政治服务”的作用，而忽略它“用形象反映社会生活”的特性；作家生活圈子狭小，缺乏对生活深入细致的观察和离开自己的生活去创作；作家艺术修养的不足和创作上不认真、刻苦，甚至粗制滥造的作风：造成了晚清小说数量

---

① 刘勰：《文心雕龙·神思》。

② 魏绍昌：《鲁迅之吴沃尧传略笺注》。又，《还我魂灵记》一文刊于《汉口中西报》庚戌六月十六日（1910年7月22日），1493号，见日本樽本照雄编《清末小说研究》第三期。

③ 刘大绅：《关于〈老残游记〉》。

虽多，质量一般不高的畸形状况。这种状况，直到新文学的伟大旗手鲁迅手里才得到真正改变！

一九七九年八月二十日初稿，一九八〇年八月二十日修改。

（原载《文学遗产》1981 年第 1 期）

侠义公案小说的演化及其在晚清繁盛的原因

中国之侠义、公案小说，原分两途。至清代后期，二者合流，出现了大批公案侠义小说。《施公案》、《彭公案》、《三侠五义》、《小五义》、《永庆升平》前后传、《圣朝鼎盛万年清》、《七剑十三侠》、《李公案》等相继涌现；而且一续再续，如《施公案》续至十集，《彭公案》续至十七集，《七侠五义》则续至二十四集：真可谓风靡一时。对于这类小说的演变过程，以及它们在这个时期出现和繁盛的原因，前贤虽有论及，但或则语焉不详，或则言有未尽。笔者不揣浅陋，略陈己见，以就正于大方之家。

一、侠义、公案小说的变迁

班固曰：春秋以降，“大夫世权，陪臣执命”；至于战国，“合从连衡，力政争强”，由是列国公子，竞为游侠。“及至汉兴，禁网疏阔，未之匡改也。是故……外戚大臣魏其、武安之属竞逐于京师；布衣游侠剧孟、郭解之徒驰骛予闾阎，权行州域，力折公侯。众庶荣其名迹，觊而慕之。”于是，游侠之风大盛。[①] 这是讲古代侠士兴起的原因。至于他们的事迹，《史记》和《汉书》中都有记载。

所以，以往论及侠义小说者，往往追溯到春秋战国时代。但是，他们将曹沫、专诸、荆轲等人归入侠士一类，这却是一种误解。在先秦两汉时期，“侠士”和“刺客”是有区别的，他们是两种不同的人物。司马迁《史记·游侠列传》曰：

---

① 《汉书》卷九十二。

> 古布衣之侠，靡得而闻已。近世延陵、孟尝、春申、平原、信陵之徒，皆因王者亲属，借于有土卿相之富厚，招天下贤者，显名诸侯，不可谓不贤者矣。比如顺风而呼，声非加疾，其势激也。至如闾巷之侠，修行砥名，声施于天下，莫不称贤，是为难耳。然儒、墨皆排摈不载。自秦以前，匹夫之侠，湮灭不见，余甚恨之。以余所闻，兴汉有朱家、田仲、王公、剧孟、郭解之徒，……

由此可见，春秋战国时代的曹沫、专诸、豫让、聂政、荆轲等人是并不属于“侠士”之列的。也正因为这样，司马迁把这些人另立名目，写入《刺客列传》。

根据《史记》记载，这两类人具有各自不同的特点。即：侠是“以武犯禁”；“其行虽不轨于正义，然其言必信，其行必果，已诺必诚，不爱其躯，赴士之厄困，既已存亡死生矣，而不矜其能，羞伐其德”；“名不虚立，士不虚附”，“虽时扞当世之文网，然其私义廉洁退让，有足称者”。所以《游侠列传》盛赞朱家之“所藏活豪士以数百，其余庸人不可胜言。然终不伐其能，歆其德，诸所尝施，唯恐见之。振人不赡，先从贫贱始。家无余财，衣不完采，食不重味，乘不过軥牛。专趋人之急，甚己之私。既阴脱季布将军之厄，及布尊贵，终身不见也”。又称美郭解之“折节为俭，以德报怨，厚施而薄望”和“既已振人之命，不矜其功”。——概括起来，便是：济人急难而不矜其功，时犯法禁而廉洁退让。至于刺客的特点，则简单明了一句话：“士为知己者死。”无论曹沫为鲁庄公劫齐桓公，专诸为公子光刺吴王僚，或豫让“漆身为厉，吞炭为哑，使形状不可知”，为智伯报仇，未遂而伏剑自刎，或聂政为严仲子杀侠累，自破面抉眼以死，或荆轲为燕太子丹擿秦王，不中而殉难，都是出于这一信条。《史记》记赵襄子执豫让后问他：为什么你同样侍奉过范、中行氏，范、中行氏被灭以后你不为他们报仇，而单只为智伯报仇呢？豫让回答说：“臣事范、中行氏，范、中行氏皆众人遇我，我故众人报之；至于智伯，国士遇我，我故国士报之。”这是这一类人物思想性格的典型表征。

司马迁在表述侠士和刺客这两种不同人物的行为时都以“义”作为道德评判的标准。如称游侠云：“设取予然诺，千里诵义，……要以功见言信，侠客之义又曷可少哉！”赞刺客曰：“自曹沫至荆轲五人，此其义或成或不成，然其立意较然，不欺其志，名垂后世，岂妄也哉！”

“义”的涵义众多。《中华大字典》释“义”之义有三十四条。宋人洪迈《容斋随笔》卷八曰：“人物以义为名者，其别最多。仗正道曰义，义师、义战是也；众所尊戴者曰义，义帝是也；与众共之曰义，义仓、义社、义田、义学、义役、义井之类是也；至行过人曰义，义士、义侠、义姑、义夫、义妇之类是也；自外入而非正者曰义，义父、义儿、义兄弟、义服之类是也……”词义虽多，但都很抽象。要准确理解侠士和刺客之“义”，必须与这两类人物的特点联系起来。那就是：济穷救急，谦让不伐——侠士之“义”；报知己之恩——刺客之“义”。三国魏人如淳注《汉书·季布传》“任侠”曰：“相与信为任，同是非为侠。”这是说，侠士是以“信”为上，在相同的是非原则下帮助他人的。可是刺客则不然，他不讲是非原则，只要谁对我有恩就报谁的恩。

正因为如此，所以刺客往往为统治者、政治集团和个人野心家利用和收买；而侠士则不受统治阶级的欢迎，以至为统治阶级所镇压。但是，这两种人所行之“义”，在当时和对后人都有很大的影响。大概终因统治阶级不喜欢“以武犯禁”的侠，以及与之相应的史家史学观念的变易，《汉书》以后，游侠之士正史不再立传。而刺客之“义”，则推广衍绎，或与忠、孝、节等结合，大书不绝。《三国志·蜀书·关羽传》：曹操东征，擒羽以归，拜为偏将军，礼之甚厚，令张辽探其去留之意。辽问之，“羽叹曰：‘吾极知曹公待我厚，然吾受刘将军厚恩，誓以共死，不可背之。吾终不留，吾要当立效以报曹公乃去。’辽以羽言报曹公，曹公义之。”裴松之注引《傅子》云：“太祖曰：‘事君不忘其本，天下义士也。’”此即受恩必报之“义”并渐与“忠”相结之表征。嗣后，《晋书》立《忠义传》，《南史》设《孝义传》，《北史》辟《节义传》，……代有专传，表彰那些舍身赴难、尽节君主的忠臣义仆。

正史既不再为侠士立传，而魏晋南北朝时期笔记小说的作者又受当时盛行巫风鬼道、崇尚玄虚清淡的社会风气的影响，其审美情趣重在搜异志怪、记述名人的言行风貌，很少有人去采录和缀辑流传在民间的侠义人物的故事。专门收集自汉至宋初野史小说的《太平广记》中“豪侠”类共二十五篇，唐前的仅一篇。而且是述汉茂陵少年李亭好驰狗放鹰逐雉兔之事①，很有些名不副实——至多只能称其“豪”而不可谓其

① 《太平广记》录自《西京杂记》卷四。

“侠”。此外，晋人干宝《搜神记》，南朝宋人刘义庆《世说新语》里载有舍生忘死，为民除害的李寄斩大蛇和周处刺虎杀蛟的民间传说。不过，这都是写与自然灾害的斗争，已经销蚀了“以武犯禁”的光辉。真正具有侠士风范的是曹丕《列异传·三王冢》记录的巧匠干将莫邪为楚王铸剑被杀，一山中之客助干将子为父报仇，事成自刎的故事①，然而这也只是记述了历史的传说。

我国至唐代，始有意为小说。中唐以后，李朝衰微，内而宦官专政，朋党争柄，外而藩镇割据，互谋吞并，多蓄刺客以仇杀异己②。在此兵连祸结，国家四分五裂，百姓苦难不堪的时代，古游侠之风又应运而起，而人民也唯有希望侠客来解救他们的厄难。这种社会现实反映到当时的文学作品中，便出现了许多描写豪侠故事的小说。③

从这些小说所写的具体内容看，大抵可分三类。一、郭元振之不惜己身，救民之命（牛僧孺《郭元振》）；黄衫客之打抱不平，扶危济困（蒋防《霍小玉传》）；许俊和昆仑奴之不畏强暴，拯救弱女（许尧佐《柳氏传》、裴铏《昆仑奴》）；侯彝之匿贼，受酷刑而不泄，谓“已然诺于人，终死不可得”（李冗《独异志》）：皆可谓侠士之正脉。二、古押衙为报豪门公子王仙客“缯彩宝玉之赠，不可胜纪”之恩，为其从宫中劫取心爱之无双，杀十余人，最后自己亦自刎以殉志（薛调《无双传》）。——此乃古刺客之流亚。三、红线一方面以其非凡的才能和超人的武艺制止了魏博与潞州两藩镇一场血腥争战，保全了两地城池及万人性命，事后则遁迹山林，亡其所在。——这是典型的侠士风范。另一方面，她又说，她做这件大事是出于报主人薛嵩养育她十九年的厚恩（袁郊《红线》）。——报恩，这却是古刺客之“义”的核心。这样，红线便成为中国古典小说中第一位集古刺客之“义”与侠士之“义”于一身的侠义人物。聂隐娘之来去无踪，变化莫测，固入神怪一道；然其铲恶除

---

① 晋人干宝《搜神记. 三王墓》祖述《列异传》而文详，为诸记之最佳者。

② 如大历十年，魏博节度使田承嗣使“盗”杀卫州刺史薛雄，并“屠其家”；淄青、平卢节度使李师道“素养刺客奸人数十人”，元和十年，密遣“贼”杀宰相武元衡，“取其颅骨而去”；开成三年，宦官仇士良两次暗中遣“盗”刺宰相李石，一次“微伤”，二次“断其马尾，仅而得免”，吓得李石“累表称疾辞位”，皇帝竟“深知其故而无如之何”（见宋·袁枢《通鉴纪事本末》卷三十三、三十四、三十五）。

③《太平广记》“豪侠”类收故事二十五篇，其中唐人小说占二十一篇；另在“气义”、“杂传”等类亦多有“豪侠”故事。

奸，终亦退隐，仍归侠士一派。而其“知魏帅之不及刘”，曰“愿舍彼而就此，服公神明也”云云（裴铏《聂隐娘》），则似已启后来绿林豪客“弃暗投明”之渐矣①。至所谓“风尘三侠”之红拂弃“尸居余气”之杨素而奔具“奇特之才”的李靖；李靖舍无道之杨隋而佐“真命天子”之李唐；虬髯客识“英主”李世民而退让，出海自立（杜光庭《虬髯客传》）：实为后世小说写江湖豪杰助官府除盗平叛之先导。

以“唐传奇”中的豪侠与《史记》中的游侠相比，明显地有三个不同处：一是侠士“食客”化。即如果说汉时的游侠都自立门户，“振人不赡，先从贫贱始”，及其尊贵，则“终身不见”——主要活动于“闾巷”“乡曲”，解救庶人平民的困厄，那么唐代的许多豪侠则寄食于富贵之家，奔走于上层统治者之间，为他们的爱情生活和争权夺利而效劳。二是与上述豪侠生活地位的改变相联系，古侠士之“义”已渐与刺客之“义”相结合。三是这些小说中的豪侠，大都被赋予了超凡的本领。这种情况的出现，既是当时社会现实的折射，又是从中下层地主阶级士子走上仕途的作家（他们一方面比较了解一般百姓的生活和思想，另方面也熟悉上层统治阶级内部的情况）头脑中官、民两种意识的凝聚和中国文化传统（上古神话和六朝志怪小说）的积淀的产物。

宋、元时代，随着商品经济的繁荣和市民阶层的壮大，“说话”业大兴。到南宋，“说话”有小说、说经、演史、说诨话四家，而小说又分灵怪、烟粉、传奇、公案、朴刀、杆棒、妖术、神仙八类。

有关侠义的“朴刀”、“杆棒”，在宋末罗烨的《醉翁谈录》中各载十一种名目②，今仅存“朴刀”《十条龙陶铁僧》（即《万秀娘仇报山亭儿》）和“杆棒”《杨温拦路虎传》各一种。后者叙杨妻被盗劫、夺回事，无明显侠义之举。前者演贼盗陶铁僧与十条龙苗忠等杀人越货故事，中有孝子尹宗“路见不平，拔刀相助”，救护弱女，被盗所杀情节。这可说是包含了较多的侠义成分；但它更主要的是在于突出尹宗听从母命的孝行。另有《史弘肇龙虎君臣会》③，亦系宋人话本。作品中也写到郭威

① 唐人皇甫枚《三水小牍》载：豪侠李龟寿为人厚赂，使刺宣宗朝宰相白敏中。李感白公之德而自首。白舍其罪，李乃“以余生事公”。及公薨，李亡去。——意与《聂隐娘》略同。

② 《醉翁谈录》列《十条龙》、《陶铁僧》为两目。今存《万秀娘仇报山亭儿》篇末云：“话名只唤做‘山亭儿’，亦名‘十条龙陶铁僧、孝义尹宗事迹’。”则二目实为一种也。

③ 载《古今小说》卷十五。

打抱不平，杀了“欺压良善”的尚衙内之事，但仅稍一涉及，且其主旨在表现主人公发迹变泰前不同寻常的英雄气概，并非着意于描写侠义行为。总之，今传宋人“朴刀”、“杆棒”的话本很少，不见描写侠义的独特之处。

明代是我国通俗小说的繁盛时期。不少英雄传奇和历史演义中都有豪杰行侠仗义的故事。其中最突出的是元末明初施耐庵在水浒故事长期、广泛流传及有关话本、杂剧的基础上写成的《水浒传》和明末袁于令在有关演述隋唐故事的话本、杂剧、小说等前代成果的基础上改编而成的《隋史遗文》。前者着力描写宋江、鲁达、李逵、武松等一百八人仗义疏财，锄暴安良，劫富济贫，反抗官府的义举，以及最后受朝廷招安，帮助政府征剿方腊农民起义军的事迹。后者极意刻画秦琼、单雄信、程咬金、王伯当等一辈草泽英雄轻财好客，剪恶持颠，藏匿弑官逃犯，释放造反叛逆，肯舍己殉人，宁杀身便友，施恩不望报，受恩则必报，在隋末大乱中驰骋疆场，各为其主的忠肝义胆。这两部作品对后世我国小说、戏曲的创作影响很大。尤其是《水浒传》，其影响更为深远。

从明代的侠义小说中可以看出：一、古侠士之“义”与刺客之“义”已完全融为一体。即古刺客之“有恩必报”、“士为知己者死”的信条已成为拯危扶溺、舍己从人的侠士的不可分离的血肉。二、由单个人的仗义行侠逐渐汇聚为集体的反抗官府。三、朋友之义重于事君之忠。四、“习成文武艺，货与帝王家。”只因奸佞当道，暂时寄迹山林。——江湖豪侠的最终愿望，还是“归真主”，博取“功名富贵”，“封妻荫子”。上述第二点大概与小说创作于元末和明末农民大起义的社会背景有关。其他各点，则主要反映了宋代以来日益壮大但尚远未成为一个独立阶级的市民阶层的思想意识。

隋代以前，已经有一些零简碎篇的公案故事的记载，如东汉应劭《风俗通义》中的“黄霸断案”、晋人干宝《搜神记》中的“东海孝妇”和“侯周杀兄”、北齐颜之推《冤魂志》中的“弘氏被害”等。但这些都只是作为一般的历史故事被记录下来，或者纯粹是“张皇鬼神，称道灵异”，尚不能算有意识的文学创作。

至唐代，随着整个文化和文学艺术的兴盛，公案小说亦呈繁荣之势。如张鷟的《朝野佥载》、牛肃的《纪闻》、康骈的《剧谈录》、高彦休的《阙史》等笔记中，都记载了许多公案故事。这些作品，或为官吏审案案例的缘饰，或为有趣（或奇异）公案传闻的记录。其文字简朴，大抵在渲染能员破案的聪明才智和展示昏官断案之冤狱丛生，也有少数揄扬受害者坚忍不拔的抗争（复仇）精神。这是当时知识分子“济苍生”、“安社稷”心态的一种表现。

宋末罗烨的《醉翁谈录》中载有“私情公案”和“花判公案”的实例。前者仅一件，但记述较详细，有案情，有供状，有判词，且男女两方的供状都是相当长的骈文。后者十五件，因重点在记“花判”①，所以述事由很简单，只寥寥数语；判词每案都录，或诗或词，诙谐跌宕。另外，今存大体可以肯定为宋元“公案”类话本的尚有《错斩崔宁》、《简帖和尚》、《合同文字记》、《三现身包龙图断冤》、《错认尸》、《计押番金鳗产祸》、《宋四公大闹禁魂张》、《曹伯明错勘赃记》等多种。这些小说的共同特点是：一、都属于民间一般的奸淫偷盗、谋财害命案件。二、着重叙诉讼当事人的生活，特别是案犯作案的经过；冤案主要依靠受害者的斗争或知情人的揭发最后得到昭雪，官吏只是根据诉词以律判决而已，不写他们的破案活动②。三、或揭露官吏之昏聩，胡乱折狱，草菅人命；或显示官吏之平庸，不究是非曲直，仅凭诉词断案。极少如《三现身包龙图断冤》那样颂扬地方官断案神明的作品。这反映了南宋和元代政治腐败黑暗、社会不安以及在商品经济刺激下民间犯罪增多的现实，也表现了当时市民阶层的思想和艺术趣味。

明代中叶以后，公案小说进入了一个新的阶段，出现了《包龙图判百家公案》、《龙图公案》、《皇明诸司公案》、《郭青螺六省听讼录新民公案》、《海刚峰先生居官公案传》、《古今律条公案》、《国朝宪台折狱苏冤神明公案》、《国朝名公神断详刑公案》等一系列的公案短篇故事专集。其中“包公案”系杂取民间传说和宋元戏曲、话本而成。它与《郭青螺六省听讼录新民公案》和《海刚峰先生居官公案传》两种，是以包拯、郭青螺、海瑞贯穿全书，审理各种案子的短篇小说集；此外诸书，则为其他一些清正官吏判案异闻的分类汇编，体裁近于笔记小说。书中内容，

---

① 旧时地方官于民刑细事，逞弄才情，以诗、词或骈体文写判词，委婉曲折，诙谐戏谑，称花判。

② 突出例外的是《勘皮靴单证二郎神》。它的破案（侦探）过程写得相当详细，层层深入，颇吸引人。

大抵都是奸淫盗杀、妖魔作祟等民事刑事案件；清官斗争的对象是奸夫淫妇、强盗窃贼、流氓棍骗和狐妖兽怪；破案大多靠神灵显圣、鬼魂告状，也有一些表现能员的智慧和重于调查的方法。故事一般由事由、诉状、判词三部分组成，类似公牍文书。题材冗杂，语言板滞，仅有少数写得比较曲折生动。而且各本互相抄袭，重复颇多。

在这些小说中，比较著名的是《龙图公案》和《海刚峰先生居官公案传》。它们叙述包拯和海瑞正直无私，认真办案，明敏断狱，秉公执法的故事。特别是包拯，小说写他为了公道，替百姓伸冤除害，甚至“宁愿纳还官诰归家”，也不接受皇后和皇帝的“说情”，坚决处斩了恃强凌弱、草菅人命的国舅和皇弟。这种为了人民，不顾个人安危，敢于抗上，与权豪势要作斗争的精神，是其他同类小说所没有的。

综观这一时期的小说，其主旨已由揭露官吏之昏庸转为歌颂清官的公正和廉明。迷信成分增多，受害者自我抗争的情节已趋泯灭。这种转变，自有其社会历史的深刻原因。马克思在《路易·波拿巴的雾月十八日》一文中说：

> 小农人数众多，他们的生活条件相同，但是彼此间并没有发生多种多样的关系。……他们不能以自己的名义来保护自己的阶级利益，……他们不能代表自己，一定要别人来代表他们。他们的代表一定要同时是他们的主宰，是高高站在他们上面的权威，是不受限制的政府权力，这种权力保护他们不受其他阶级侵犯，并从上面赐给他们雨水和阳光。①

明代公案小说中表现出来的把革除社会黑暗的希望寄托在清官身上的思想，正是马克思所说的这种小农本质意识的反映。《龙图公案》等所写的内容，无疑与英宗以后王室勋贵、地主官绅依仗特权，大肆侵夺农民土地财物，以及管理皇庄的宦官、军校等任意奸淫妇女，杀掠佃户的现实有关。而小农本质意识之所以在这个时期被明显地表现出来，这主要由公案小说本身的发展进程所决定，此外当时农业生产空前发展，从单一经济逐渐走向多种经营的经济，并参与全国范围的商品流通——日益显

① 见《马克思恩格斯选集》第1卷，第693页。

示出它在国民经济中的重要地位和作用，以及许多新的手工业市镇的兴起，大量农民流入城镇成为手工业工人——增进了市民（包括小说的作者）对农民生活、思想的了解，恐怕也是造成的原因。

二、公案侠义小说的合流及其内容改变的原因

公案小说始终在老圈子里徘徊，即使在它的“黄金时代”也只是大同小异的模拟抄袭；侠义小说至《水浒传》、《隋史遗文》而极，此后纵有波澜，亦成强弩之末：二者均思变迁。在现实生活中，地方官遇到的已不仅是一般的单个的奸夫淫妇和小偷小盗，而是越来越多的蓄养打手（拳师、保镖）的恶霸、桀骜不驯的绿林好汉和成帮结伙的秘密会社、起义队伍。读者不满足于读、作者也不愿意再写过去公案小说的老套。于是，清官的对手便从一般的、单个的流氓土匪扩大到有武艺的大盗和群体的反抗者。这样，单凭清官的吏役就难以解决问题，而势必需要本领更为高强的英雄的帮助才能制服他们。中国的老百姓最大的希望是生活在一个执法公平的清官世界里；一旦受人欺凌和遇到困厄时又有侠客来解救他们。公案侠义小说正是在上述诸因素的作用下和土壤中产生——合流。

《施公案》问世，是中国公案小说与侠义小说合流的标志。《施公案》今存庚辰（嘉庆二十五年）厦门文德堂刊小本，载嘉庆戊午（三年）序文。清陈康祺《郎潜纪闻二笔》云：

> 少时即闻乡里父老言施世纶为清官。入都后则闻院曲盲词，有演唱其政绩者。盖由小说中刻有《施公案》一书，比公为宋之包孝肃、明之海忠介，故俗口流传，至今不泯也。……公平生得力在“不侮鳏寡，不畏强御”二语。盖二百年茅檐妇孺之口，不尽无凭也。（重点号为笔者所加。下同）

陈生于清道光二十年，同治十年成进士，官至刑部员外郎。从他的这些话，可见施公故事早已在民间流传。《三侠五义》虽于光绪五年出

版，但道光时期的石玉昆已为说唱这部小说而享盛名[1]。《彭公案》较晚出（光绪十八年），但其故事的形成似在《施公案》之前。理由是：《彭公案》中显赫一时的黄三太，在《施公案》里“早已去世”；而《施公案》中的风云人物黄天霸以及他的义兄贺天保、武天虬、濮天雕等在《彭公案》里还是十五六岁的少年。《彭公案》第二十八回谈到金大力时说：“下文在《施公案》里，保施公在扬州拿了无数盗贼，这是后话不提。”从人物和情节的衔接、发展等方面看，《施公案》颇有些像《彭公案》的续集。又，纪昀《阅微草堂笔记》卷八《如是我闻》中载有窦二东（墩）事。纪书写于乾隆五十四年至嘉庆三年之间。这也可作为彭公故事早于《施公案》的旁证。《永庆升平》（前传）与《彭公案》同年刊行。作者郭广瑞《自序》云：

> 余少游四海，在都尝听评词演《永庆升平》一书，……国初以来，有此实事流传。咸丰年间，有姜振名先生，乃评谈今古之人，尝演说此书，未能有人刊刻传流于世。余长听哈辅源先生演说，熟记在心，闲暇之时，录成四卷，……遂增删补改，录实事百数回，……

说明了这部小说的成书过程。

公案侠义小说，所叙不外一个清官（或名臣大僚）统率一群侠客，微服私访，查办各种案件，剪恶锄奸，除盗平叛的事。

在这里，清官和侠客都较前有了很大变化。首先，清官的忠君色彩大大加浓，爱民思想相对淡化。《施公案》第三十回写清官施仕伦劝教黄天霸道：“尽忠岂能顾众！”这便是一个典型的例子。清官的主要任务，渐由为百姓的折狱断案、伸冤雪恨，发展为直接维护王朝的除“盗”平叛——镇压一切反抗官府的力量。其次，侠客的义重于生死的观念被忠高于一切的思想所代替。宋江私放劫官银的晁盖而丢官，花荣救宋江而落草；秦叔宝为全友性命而烧捕批，王伯当因尽友义而与李密同死。《隋史遗义》中一再强调：“以他的死，为我的功，这又是侠夫不为的事。”（第三十一回）“若把朋友的性命博自己的功名，何忍？何忍？”（第四十

[1] 崇彝：《道咸以来朝野杂记》。

二回）这些都是把朋友之义看得高于一切的表现。而《施公案》中的黄天霸投降官府以后却反过来亲手杀死了曾经歃血为盟，誓“同生死”的结义兄弟武天虬和濮天雕等，说“为施公难以顾义”，“既为县主，难顾友情”（第六十五、六十六回）。这便是重忠弃义的例子。他们虽尚存济困扶危之绪余，但总的倾向已不再是“济人急难而不矜其功，时犯法禁而廉洁退让”之士，而成为主动“改邪归正”，为王前驱和故意炫耀自已武艺，以博皇帝重用的名利之徒。

公案侠义小说的内容为什么在这个时期会有这样的变化？它们的思想价值既不高，艺术上除个别作品外又都很粗陋[①]，为什么能长期在民间广泛流传，受到群众的欢迎？仔细考察起来，原因是多方面的。

（1）清代自嘉庆以后国势转衰。统治阶级奢侈腐化，大小官僚贪污成风，农民起义和少数民族反抗斗争不断爆发。如嘉庆元年爆发的川楚白莲教起义，先后参加者达数十万人，转战五省，历时九年。嘉庆十八年，天理教首领李文成在河南起义，林清一支曾潜入北京，一度攻进皇宫。道光十一年底发动的湘西瑶民起义，时断时续，更达二十来年。据不完全统计，鸦片战争后十年间，规模较大的农民起义发生了一百多次，仅一八四七年就有二十六次。咸丰元年，便爆发了席卷全国的太平天国革命和捻军起义。而这时清王朝因承平日久，武备废弛。其正规军——八旗军和绿营军都腐败堕落，缺乏战斗能力。据《清仁宗实录》记载：八旗驻防军久不操练。有一次嘉庆至杭州阅兵，八旗兵箭箭虚发，甚至有人从马上掉下来（卷三八，嘉庆四年正月）。绿营兵的情况更糟：将领们扣克军饷，争置田产；军队则每到一地，大肆抢劫。他们与起义军相遇，常常一触即溃。统治者面对这种情况，便一方面转而重用各州县地主武装的“团练乡勇“；另方面在剿的前提下，更加注意做起义队伍中的策反工作。而且在以上两方面都收到了明显的实效。咸丰、同治皇帝用曾国藩湘军和李鸿章淮军围歼太平军和捻军，又招抚张嘉祥（后改名国梁）、李昭寿等反攻太平军，使革命事业遭受严重损失，这便是最突出的例子。公案侠义小说中的卢方和丁家兄弟，以及黄天霸、贺天保之流，便是这种在封建统治者的策略转变下地主武装和变节分子起而效忠王室

① 除《忠烈侠义传》（《三侠五义》和正续《小五义》）外，其他作品都文词粗率，语多不通；情节交代不清，回目与本文舛错不符的情况层见叠出。人物缺乏个性，故事千篇一律。

的社会现实的反映。这就是说，公案侠义小说这种内容上的改变，是适应清王朝的政治需要而出现的①。

（2）但是“适应清王朝的政治需要”，可以成为公案侠义小说内容改变的动因，却不能成为这类小说兴盛的原因。文艺发展的历史证明：凡统治者提倡而缺乏群众基础的作品是没有生命力的，它们只能像肥皂泡那样一闪而灭。所以，广大群众的喜爱，才是这类作品兴旺的主要原因。

在一定历史发展阶段的封建社会里，农民和地主是对立的统一，即矛盾的双方共处于一个统一体中。它们“因一定的条件，一面互相对立，一面又互相联结、互相贯通、互相渗透、互相依赖”；又“在一定条件之下”，“各向着其相反的方面转化”②。高明的统治者制定和施行给予人民勉强生活下去的法律和政策。但是许多权豪势要则常常不满足于既定的利益，凭借自己的地位（包括关系）和权势，贪得无厌地攫取更多的钱财和女色，享受极度荒淫奢侈的生活；社会上大量抢偷奸淫的盗贼棍骗，也时时侵害着普通百姓的生命财产。而各级衙门中，多数又是贪污受贿的贪官酷吏，只认钱财权势不认理；老百姓含冤受屈，诉苦无门。在这种情况下，清廉公正的官吏为之折狱断案，伸冤雪恨；行侠仗义的侠客出来济困扶危，惩恶除奸：一方面固然可以维护封建统治阶级的长治久安，另方面也给人民带来了直接的好处。小说所表现的这种思想虽然并不高明，然而它在当时的历史条件下（生产力发展水平和生产关系制约的特定情况下）代表了平民百姓的理想和愿望，它是黑暗社会里无数受害无告的人们拯救苦难的心灵的寄托，因而投合了最大多数民众的口味。

那么，群众又如何乐于接受作品中所写的除“盗”（人民起义）平叛的内容呢?

一、每当一个新的王朝建立之后，他们总是极力标榜自己是“膺天命之正统”，鼓吹自己是全体人民的真正代表，宣扬自己的正确、合法性和无上的皇权，指斥别的反抗者为作乱的匪徒而进行坚决的镇压。而“统治阶级的思想在每一个时代都是占统治地位的思想。……支配着物质生产资料的阶级，同时也支配着精神生产的资料；因此，那些没有精神

① 关于这个问题，在刘世德、邓绍基的《清代公案小说的思想倾向》第三节中有较详细的论述（见《文学评论》1964年第2期），这里不再赘述。

② 毛泽东：《矛盾论》第五节《矛盾诸方面的同一性和斗争性》。

生产资料的人的思想，一般地是受统治阶级支配的。”① 老百姓中一些人受统治者的蒙蔽，分不清哪些是真正的强盗，哪些是打倒贪官污吏、推翻腐败王朝的起义队伍，把起义队伍当作一般杀人越货的强盗来痛恨和反对；另一些人则直接受统治阶级思想的影响，认为造反就是大逆不道。因此，中国的平民百姓和民间艺人表现出某种与当时的统治阶级相同的思想意识，是不奇怪的。特别是清代经过康熙至乾隆的兴盛时期，人民更容易接受统治者的观点。

二“中国人向来就没有争到过‘人’的价格，至多不过是奴隶，……然而下于奴隶的时候，却是数见不鲜的。”所以百姓都希望有个安定的“做稳了奴隶的时代”，而不希望出现那种“做奴隶而不得的时代”。明末李自成、张献忠造反，刀飞剑舞，打了十六年；接着清兵入关，“扬州十日”，南京血洗，江阴全戮，“嘉定三屠”：老百姓吃尽了战乱之苦。好不容易过了些“安稳”日子，竟又“盗贼”蜂起——觉悟的人民为图生存揭竿而起，进退攻守，前仆后继，连绵不绝。而中国的普通“百姓是中立的，战时连自己也不知道属于那一面，但又属于无论那一面。强盗来了，就属于官，当然该被杀掠；官兵既到，该是自家人了罢，但仍然要被杀掠，仿佛又属于强盗似的。”② 所以，一但有了既定的主子，便甘心做奴隶，而不愿意别人起来造反，搅乱他“安定”的生活。他们之所以具这种思想和抱这种态度，也并非一定是觉悟不高，而是他们从经验中知道：“强盗”打输了，自己固然仍做旧主子的奴隶；“强盗”打赢了，也不过是做新主子的奴隶。——既然如此，何必折腾活受罪！广大老百姓渴望和平安定的生活，于是适应统治者政治需要的清官率领侠客除奸惩暴灭“寇”平叛的公案侠义小说便乘时而起。这也就不难理解为什么这类小说大批出现在经过“长毛”和“捻匪”之“乱”后的光绪朝了。③

这类小说中有不少清官明敏断案的故事，表现了劳动人民的经验和智慧，饶有趣味。但同时也夹杂了许多荒诞无稽的迷信糟粕。这无疑也

---

① 马克思和恩格斯：《德意志意识形态》。《马克思恩格斯选集》第1卷，人民出版社1972年版，第52页。

② 以上引文均见鲁迅《灯下漫笔》。

③ 也许有人会说以上看法是贬低了群众的觉悟，甚至是对劳动人民的污蔑。笔者的回答是：请不要忘记鲁迅《药》中华老栓买人血馒头给小栓治病以及群众对革命烈士夏瑜被杀前后的反应。那是1919年5月发表的作品。

降低了作品的质量和价值。但这，却似乎并不影响群众阅读和进书场听讲这些故事的兴趣。这是因为：迷信观念既是统治阶级用以麻痹人民反抗、斗争意志，以巩固自己统治的一种工具；同对也是人们无法控制和认识自然力量，特别是被奴役者不能掌握和解释自己命运时的一种虚幻的想象和自我慰藉、自我解脱的心理机制。它在生产力水平低下、处于愚昧和半愚昧状态的人中普遍而大量地存在（即使生产力发展到一定高度，只要还没有达到人们可以完全自我主宰命运的时候，仍然会有它的市场）。中国古代小说中很少没有迷信的描写，不过在公案小说和公案侠义小说的前期作品中显得更为突出罢了。

郑振铎在总结“俗文学”的特质时曾经说过：“她是民间的大多数人的心情所寄托的”，是新鲜的，奔放的；“但也有其种种的坏处。许多民间的习惯与传统的观念，往往是极顽强的黏附于其中。任怎样也洗刮不掉。所以，有的时候，比之正统文学更要封建的，更要表示民众的保守性些”①。公案侠义小说大都是民间文学作品，不是文人小说。它的优点和缺点，正是这种民间文学特质的表现。

（3）清代说书业相当繁荣。以扬州、苏州、上海为中心的评话（说大书）和弹词（说小书），以及从北方农村逐渐流入北京、天津、济南等大城市的鼓书极为兴盛；此外，北方的大鼓、竹板书，子弟书、山东快书、河南坠子和后起的山东、苏北琴书，以及南方的扬州弦词，浙江南词、渔鼓，广东木鱼书，四川竹琴、相书等等也很流行。说书的内容，从历史演义、英雄传奇到公案侠义、烟粉灵怪都有。书场和听众，则上自宫廷府第中的帝王将相、官僚地主，下至勾栏瓦舍、茶肆酒楼里的市镇平民，非常广泛。公案侠义小说，一般都先有故事在民间流传，经过评话家的敷衍、戏曲家的剪裁，不断添枝加叶，充实内容，最后在民间艺人说唱底本的基础上，由书商或文人纂辑，刊印成书。在这里，说书人的敷衍对作品（思想和艺术）起决定性的作用。

清代说书艺人的情况比较复杂。张次溪《人民首都的天桥》第四章第四节论大鼓书曰：

据老年人云：“彼等（按：指鼓书艺人）系于清初从龙过来，初

① 《中国俗文学史》第一章。

为传道，所唱之词除劝善外，暗中兼有劝人服从满清的性质。故彼等在内务府有龙票八张，每到各州县唱劝时，可携龙票前往。……到各县预先报名，则各县堂上旁边特设座位，以便说唱。至一切费用，亦归县中供给。”

可见有专为清王朝统治服务的鼓书艺人。也有特为最高统治者说书的内廷供奉。如擅长说书伎艺的石汉，曾专为皇太极（清太宗）说书六年①。还有人既出入王公贵要之家，又混迹勾栏瓦肆之间。如江南评话家韩圭湖曾为福临（清世祖）的内廷供奉；大说书家柳敬亭虽主要在各地热闹场所献艺，然亦常“周旋于文坛幕府之间”②。道、咸、同、光间王馨远、赵德壁等有名的说唱者无不在“各府第及大员之家”走动③。道光时“游市肆间”，以说书享“盛名者近二十年”的石玉昆④，亦做过“礼王府说书供应人”⑤。当然，更多的是踯躅于城乡群众游艺场所。如张泰然、黄诚志、吴辅庭，哈辅沅等著名说书艺人都集中在北京的天桥说《济公传》、《彭公案》、《永庆升平》之类的评书⑥。他们一方面熟悉广大人民的生活、愿望，另方面也了解统治者的心志、要求。他们既受普通百姓的思想影响，也受统治阶级的意识感染。他们说书时还要注意照顾和迎合各种听众的兴趣、爱好。公案侠义小说所表现出来的思想内容和艺术技巧上的长短优劣，与他们的作者的复杂性和特殊性有着直接的关系。

（4）除以上所述原因外，与侠义小说本身传统的继承和发展也有关系。

中国古代刺客的“士为知己者死”的信条到唐代传奇中已融为一部分豪侠的血肉。《聂隐娘》和《虬髯客传》等作品中所写的侠士已渐现弃暗投明之端倪。《水浒传》更具体地描写了宋江等一百八人接受招安，为朝廷征剿方腊农民起义的故事。

《水浒传》问世以后，在社会上引起很大反响。重刊，翻刻，评点，批改，增删，腰斩，相继不绝；论说更是沸沸扬扬，热闹非凡。其中影

① 陈汝衡：《说书史话》。

② 同上。

③ 崇彝：《道咸以来朝野杂记》。

④ 富察贵庆：《知了义斋诗钞·咏石玉昆·序》。

⑤ 金受申：《老书馆见闻琐记》四。载《曲艺》月刊，1959年11月。

⑥ 张次溪：《人民首都的天桥》第五章《天桥人物考》。

响最大的是两派：一、以李贽为代表，揭橥《水浒传》“忠义”之说，认为宋江“身居水浒之中，心在朝廷之上；一意招安，专图报国；卒至于犯大难，成大功，服毒自缢，同死而不辞，则忠义之烈也”①。明代五湖老人《忠义水浒全传·序》、杨定见《忠义水浒全书·小引》、袁无涯《忠义水浒全书·发凡》、大涤余人《刻〈忠义水浒传〉缘起》、清代陈枚《水浒传·序》、顾苓《跋〈水浒图〉》等都承其说。二、以金人瑞为代表，痛斥“招安”说，力辟“忠义”论，认为对于强盗必须杀绝，不能招安；招安就等于鼓励大家去作强盗②，王仕云、俞万春等都附其说③。连思想比较进步的王夫之也持这种观点④。

尽管这两种说法视同水火，势不两立，但在一个问题上的认识是一致的，即都痛恨权要横行，赃官残民。李贽说：“若不是蔡京那个老贼，缘何引得这班小贼出来？”又说：“童贯、高俅那厮，非不做大官，燕青、李师师都指为奸佞，是又强盗娼妇不如了。官大那里便算得人？”⑤ 金人瑞则直言“乱自上作”，谓“破国亡家，结怨连祸，皆由是辈（指高俅）始也”⑥。俞万春更在《荡寇志》里假林冲之手“惨烹高衙内”⑦。他们共同认为：惩治权奸国贼、贪官污吏，是忠于皇帝的一种表现。所以金人瑞说：“以杀尽赃酷为报答国家，真能报答国家者也。”“斩赃酷首级以献其君，真能献其君矣。”⑧ 他们之间关于“剿”与“抚”的争论，都没有跳出如来佛的手掌——只在统治者的思想的牢笼里翻筋斗，本质上都是为封建统治阶级服务的。

其实，这也并不奇怪，在资产阶级走上历史舞台之前，似乎谁也越不出反贪官不反皇帝的樊篱。袁于令的《隋史遗文》写了许多草泽英雄造反，但它宣扬的还是“好为真人扶社稷，莫依僭窃逞强梁”的思想⑨。陈忱在诸多《水浒传》评论中无疑属于最进步的一员，但他写的《水浒

① 《忠义水浒传.序》。

② 《第五才子书施耐庵水浒传·序二》、《宋史目批语》、第七十回总评等。

③ 见清·顺治十四年醉耕堂刻本《第五才子书》卷首《水浒传·总论》和《荡寇志·引言》。

④ 见《读通鉴论》卷八《顺帝》六。

⑤ 《忠义水浒传》第十四回和第八十一回总评。

⑥ 《第五才子书施耐庵水浒传》第一回总评和夹批。

⑦ 《荡寇志》第九十八回。

⑧ 《第五才子书施耐庵水浒传》第十八回夹批。

⑨ 《隋史遗文》结束语。

后传》[1]，李俊等在海外立国，仍然要受偏安一隅的小朝廷“大宋高宗皇帝”封王赐爵，并“奉宋朝正朔，一切文移俱用绍兴年号”。无名氏的《绿牡丹》[2] 是一部很不错的侠义小说。然它所写的也还是江湖大盗剪恶除奸，迎接庐陵王（唐中宗李显）复位，受封显贵的故事。此后则每况愈下。《儿女英雄传》中的强盗都“只劫脱些客商”，“贪图些金银”，绝不“抗拒官府”，“攻打城池”；在十三妹一片孝心的感化下，都“同心合意”地“跳出绿林”，作“安分守己”的“清白良民”[3]。《荡寇志》乃专写被权奸迫害，暂时“落草”的强盗，勾结官军和地主武装，剿灭人民起义队伍的事。

公案侠义小说写清官带领一批“侠客”——地主武装和投诚的强盗铲恶锄奸，除“盗”平叛，正是我国侠义小说传统的继承和发展。不过，这是继承了消极方面的传统，是朝着更趋封建性方向的发展。因为：一、以往的侠义小说是侠义之士自觉地行侠仗义；而公案侠义小说的侠士却都受朝廷官僚的统率。二、《水浒传》、《隋史遗文》、《绿牡丹》等主要写在野的绿林好汉反对奸佞、恶霸的斗争，为人民除害；而公案侠义小说则主要叙归顺的江湖英雄扫荡叛逆，为统治者弭患。三、《水浒传》虽写宋江等受招安，但他们在征辽、平方腊——立了许多大功之后仍被统治者杀害，给人以投降终无好下场的印象；而公案侠义小说中的变节分子乃无不获优赐厚赏——或升官进爵，恩宠有加；或封妻荫子，衣锦还乡。——这完全是为统治者张目，利诱造反者反戈。

所以，总的来说，公案侠义小说的价值并不高。但是，它确是这一历史时期相当突出的一种文学现象。而造成这种文学现象的原因是多方面的。直到清王朝覆灭，公案、侠义才又分道扬镳，为侦探小说和新武侠小说所替代。

一九九二年三月二十日，北京

（原载《文学评论》1992 年第 4 期）

---

① 《水浒后传》，康熙三年初版。

② 《绿牡丹》，道光十一年初版。

③ 见《儿女英雄传》第二十一回。

第三辑

晚清社会的照妖镜

——重读近代两部谴责小说

近两年来，出版社陆续再版了一些中外古今的文学名著。我国近代的两部谴责小说《官场现形记》和《二十年目睹之怪现状》也重新和读者见面了。

一定时代的文学是一定时代社会生活的反映。中国的封建社会在清代乾隆以后，已经走到一个周期的下坡阶段。一八四〇年，英国资本主义的大炮，打开了妄自尊大的封建帝国的大门，这更是从古未有的大变动。《中英南京条约》之后，英、法、俄、日、德、美等侵略者纷至沓来，进行疯狂掠夺。清政府在军事上每战辄败，外交上事事退让，丧权辱国，割地赔款，接连不断，彻底暴露了这个反动王朝的腐朽无能和封建帝国的空前危机。为救亡图存，人民奋起革命；统治阶级中有些人也翻然思改革，倡维新，图自强。戊戌变法既不成，义和团运动又失败。八国联军直捣北京，大肆抢掠烧杀。进步的和爱国的知识分子，忧国家之危亡，愤朝政之腐败，思挽狂澜于既倒，首先看到和加以掊击的是官场之污浊。在这样的时代背景下，谴责小说大量涌现，一时蔚为大观。

谴责小说之名，是鲁迅先生起的。因为它“虽命意在于匡世，似与讽刺小说同伦，而辞气浮露，笔无藏锋，……其度量技术之相去亦远矣，故别谓之谴责小说。”① 这些小说，可说是一种名副其实的“暴露文学”。其中以李伯元的《官场现形记》和吴沃尧的《二十年目睹之怪现状》为最著名。

《官场现形记》，六十回，连载于一九〇三年至一九〇五年的《繁华

① 《中国小说史略·清末之谴责小说》。

报》上[1]；《二十年目睹之怪现状》，一百零八回，从一九〇三年起，陆续发表在《新小说》上，至第四十五回，因《新小说》停刊而中止。一九〇六年至一九一〇年，先后以单行本出版[2]。前者集中暴露晚清官场的腐败，后者涉及的范围更广，但重点也是官场。

小说所描写的，从军机大臣、朝廷各部院长官到地方各州县衙门佐杂，多是不学无术、昏愦无能之徒。被总督“专折保举”为“留心时务，学贯中西”的观察，要招股开设从煤里提取煤油的股份公司；新上任的江苏巡抚惠福不顾下级再三反对，坚持要把丹阳的河泥运到南京去修马路：便是最好的例子。这些人对国家大事，百不经意；对人民疾苦，漠不关心。他们只是一味地追求升官发财。为了做官得差或升官保位，他们见风使舵，逢迎拍马，到处钻门子，走内线，找朋友，拜老师，买人情，做手脚，以至伪造证件，冒名顶替，出卖故交，严参僚属；等而下之，则更有无耻到把自己的亲生女儿、儿媳、老婆去“孝敬”上司。做官是为了发财，所以一当了官，就拼命地攫取金钱。朝廷公开卖官鬻爵，各级文武官吏贪赃枉法。官场上一片尔虞我诈，明抢暗夺。吹牛皮、说假话、欺上瞒下、虚报冒领成风。有的出卖矿产，吞没赈款；有的克扣军饷，贩卖人口；还有的做圈套，设陷阱，敲诈勒索，谋财害命。官吏得贿受托，任意制造假案、冤案，有罪的可以不办，无罪的屈打成招。钦差查案，送钱的暗中包庇，万事全休；不送钱的撤职开缺，判刑收监。由于钱能买得官做，各省的候补官多如牛毛，地痞、流氓、赌棍、龟头、强盗、骗子，充斥官场。做贼偷了钱捐官，做着官同时又去做贼；在这个省里犯了案，到那个省又升官。为了争钱占财，伯欺侄，兄害弟，孙子虐待祖父，儿子谋杀父亲……种种“怪现状”层出不穷。这些所谓的“民之父母”，畏洋人如鼠，媚洋人若狗，对中国人民似凶狼恶虎。与外国人打仗，未见敌兵先狼狈逃窜；下乡“剿土匪”，把村庄百姓烧杀淫

---

① 建国以后出版的《中国文学史》和《中国小说史》（包括阿英的《晚清小说史》和1978年人民文学出版社出版、北京大学中文系编写的《中国小说史》）等著作，都说《官场现形记》写于一九〇一年至一九〇五年。其实，这种说法是不可靠的。（详见魏绍昌：《〈官场现形记〉的写作时间和刊行问题》，1962年7月11日《文汇报》）。

② 关于《二十年目睹之怪现状》的写作发表时间，见拙作《怎样看待〈二十年目睹之怪现状〉》（1965年4月18日《光明日报·文学遗产》注①②。又：最早的广智书局刊行的单行本，全书凡八册，最后一册（第95回至108回），印于1910年12月，作者已死了三个月。这与他在《近十年之怪现状·自序》中所说的话正相符合。

掠，搞个精光。他们成日夜抽鸦片，吃花酒、玩相公、逛窑子、争风吃醋……整个官场，一片昏天黑地！社会上也是骗子、流氓、烟鬼、赌棍、奸商、掮客、讼师、泼皮、和尚、道士、婊子、狎客、斗方名士、人口贩子等等狼奔豕突，而中国真正的劳动人民却在官僚们荒淫无耻的寻欢作乐声中啼饥号寒，食树皮草根。山西荒年人吃人，太原一府百姓死净逃光，这就是血淋淋的现实！

作者的政治观点和立场，无疑是改良主义的。李伯元写作《官场现形记》，“专门指摘他们做官的坏处”，只是为了“叫他们知过必改”。吴沃尧在《二十年目睹之怪现状》里揭露了晚清社会的种种弊端，但他哀伤中国封建伦理道德的沦亡，认为这些“怪现状”都是由于“人心不古”所造成，解决的办法是提倡“德育”，推行“教化”。总之，他们都主张在不根本动摇封建制度的框子里作些社会改良。所以，他们对义和团、太平天国和资产阶级革命都不无污蔑之词，对帝国主义也缺乏认识（如认为他们的侵略是中国的官吏不好所招致的等等）。改良主义，在晚清历史上曾经起过积极的作用。但是，自戊戌变法失败，特别是义和团运动以后，资产阶级革命派走上政治舞台，革命思想迅速发展起来，改良主义逐渐失去它的进步作用，成为阻碍历史前进的反动势力。在此期间，资产阶级革命派和改良派在思想阵地上进行了激烈的战斗。如果说，这种战斗在1901年到1904年间，资产阶级革命派还只是“初战告捷”，那么在1905年到1907年间就取得了决定性的胜利。虽然改良派并未死心，在1908年到1911年之间又重新活跃起来，全力鼓吹君主立宪，但毕竟已是强弩之末了。在这样一场激烈战斗中，李伯元和吴沃尧无可否认地是站在改良派一边，为宣传改良主义服务的。

但是，从《官场现形记》和《二十年目睹之怪现状》这两部作品的实际来看，这种改良主义说教的分量不多，而且没有艺术力量。为了要证明他们改良社会的必要，小说大量而集中地揭露官场的腐败和上层社会的污秽。另外，他们是爱国的，他们希望自己的国家富强起来，所以他们以强烈的愤慨痛斥那些媚外卖国的奴才，抱着深恶痛绝的心情，鞭挞那些祸国殃民的官僚。他们虽然以“知识阶级”的老爷态度，把人民群众写成任人摆布的愚氓，但在作品中确也以同情的态度，反映了人民的苦难。特别是吴沃尧，在他的《二十年目睹之怪现状》中，写官场上乌烟瘴气，漆黑一团，除蔡侣笙、吴继之外，从朝廷到地方没有一个不是“卑污苟贱”的衣冠禽兽，然而凡是写到一些下层的平民，特别是劳动人民，却都是善良、忠厚、淳朴、知好歹、明是非的。甚至连山东道上的“强盗”，也比官吏好：不仅“不伤人”，而且还能够向他们讨还被抢去的包裹！这应该说是难能可贵的地方。

小说虽有夸大失实的地方，但总的来看，它们真实地反映了晚清社会的现实。它们剥下了晚清官场大小官吏们的“民之父母”的画皮，显出他们卑污凶残的魑魅魍魉的本相。整个封建统治机构是如此之腐败不堪，不可救药；这个社会是那样肮脏黑暗，使人憎恶！作者虽然没有指出正确的出路，但它所暴露出来的晚清官场的这种怵目惊心的“现实”，却能起到震聋发聩的作用。它会使人们读了深深地觉得：这样的社会实在糟糕极了，它必将很快灭亡，用一个新的制度来替代它！

我国的“暴露文学”，来源悠久。在先秦诸子寓言中，已有讽刺暴露的作品。魏晋南北朝的志怪志人小说，唐代传奇和宋代话本中，都有反映官吏欺压人民、揭露统治阶级骄奢淫逸生活的作品。但一般来说，都比较零碎、隐晦曲折，着重于某个侧面。明代以后的一些著名小说，如《三国演义》、《水浒传》、《西游记》、《封神演义》等，或假借历史，或借助神话，对当时的社会黑暗现实有更多的揭露，不过这毕竟还是附带涉及的方面，不是作品重点描写的内容。《金瓶梅》是一部完全的“暴露文学”，《儒林外史》也可以说是一部“暴露文学”，但前者主要是写土豪恶霸西门庆及其家庭的荒淫无耻的生活，后者着重在揭露科举制度的罪恶。《官场现形记》和《二十年目睹之怪现状》继承了前代批判现实的优秀传统，直接地、全面地、集中地暴露了封建统治机构——从朝廷到地方的各级官吏、军队、警察等等的腐朽和堕落，展现了一幅封建制度总崩溃时的图卷。这是“暴露文学”的一个发展。今天我们来读这些作品，既可以认识临死前的封建社会是什么样的，又能够知道什么样的东西是垂死的封建社会的沉滓泛起，我们必须与之作坚决的斗争！这是这两部小说的积极意义之所在。

在艺术创作上，无论描写的内容、表现的手法、作品的结构，都直接受了《儒林外史》的影响。比如《二十年目睹之怪现状》第三十五回写斗方名士的无知，四十二、四十三回写科举考试的作弊等，与《儒林外史》有关这方面的描写大同小异；《官场现形记》第一回写王仁讲科举做官以后的好处，第八回写陶子尧吹牛、第十八回写胡统领正喝酒看戏一团高兴的时候突然戏台上失火等，有的简直和《儒林外史》中的某些章节一样，有的显然是从《儒林外史》中套来。至于这两部小说中所用的讽刺手法，也都从《儒林外史》中学来，但是手段却没有吴敬梓高明。《儒林外史》中的“旨微而语婉”的讽刺，到了《官场现形记》和《二十年目睹之怪现状》里变成了直接的谴责（后者较前者略好一些），词意浅露，使人一览无余，无所回味。此外，还存在着“话柄”连篇，夸大失实，材料缺乏剪裁，有些故事大同小异和往往因追求趣味而使严肃的政治内容化为笑谈等缺点。但最主要的是人物缺乏性格的刻画，“倾向”常常是作者通过小说人物之口直接地“把它指点出来”，而不是“从场面和情节中自然而然地流露出来”。虽然其中有些人物形象如《二十年目睹之怪现状》中的苟才、《官场现形记》里的胡统领和钱典史等佐杂小官都写得还较有声色，但总的来说，人物缺乏个性，形象不够典型化。许多人物，如走马灯似的，走过场也就完了，不能给人留下一个深刻的印象。这不仅是这两部小说的问题，而几乎可以说是所有晚清谴责小说和资产阶级革命小说普遍存在的一个致命的缺点。

一九七九年三月廿八日

（原载《读书》第4期，三联生活读书新知书店1979年7月版）

从《九命奇冤》的表现特色看它在中国小说史上的地位

《九今奇冤》是吴趼人“社会小说”中的名篇，属于中国近代优秀小说之一。

《九命奇冤》的故事发生在清朝雍正年间。广东番禺县大财主凌贵兴因迷信“风水”，受坏人挑唆，对小业主梁天来家多方寻衅，屡加侵扰。梁家为人忠厚，步步退让；凌家恃财逞恶，得寸进尺，竟于一天晚上结盗纵火，烧死梁家八口。梁天来迭向县、府、臬司、抚院告状，均因凌贵兴到处行贿，冤案不得申雪，官府反将仗义作证的乞丐张凤活活打死，造成九命奇冤。梁天来诉苦无门，忧愤成疾几死；凌贵兴及众强徒逍遥法外，终日寻欢作乐。最后，梁天来经无数波折，死里逃生，上京御控成功，遂使沉冤得到昭雪。

关于石屋烧死梁天来家八口的大命案，在历史上是一件真事。据作于乾隆五十九年的欧苏《霭楼逸志》卷五《云开雪恨》记载，此案起于雍正五年丁未（1727 年）九月，至雍正九年辛亥（1731 年）五月始得昭雪。但所谓“七尸八命”、夹死张凤、告御状和孔尚书御前对证等等具体情节，则都是后来小说家的虚构。最早把这件事情写成小说的是安和先生[①]，题名为《警富新书》，现仅存敏斋居士作序的嘉庆己巳（十四年，即 1809 年）本，共四十回，约七万来字。此书写得十分拙劣，不仅故事平板，满纸诉主禀词、官宪批语，读之令人生厌；而且内容芜杂，其中许多与主题根本无关，不少描写违背生活逻辑，不近情理，大量鬼魂显灵、神明佑助之说，荒诞无稽，纯属封建糟粕；更兼结构混乱，语多不通，简直无法卒读。

① 安和先生，据李育中《最初写梁天来的小说家》一文，谓即与书中主角同乡、同时代的钟铁桥。详见《随笔》第 1 辑，广东人民出版社 1979 年出版，第 185 页。

吴趼人的《九命奇冤》是根据《警富新书》改编而成，但只是撷取了它的故事，对它的思想内容和艺术形式则进行了彻底的改造。

在思想内容方面，原作开头用宋代道学家程颢（小说中误为朱熹）的《秋日偶成》诗作为全书的引子，强调“万物静观皆自得”，“富贵不淫贫贱乐”，以说明作者创作这书的主旨。吴趼人则集中描写了晚清官场愈益腐败的现实，把原作这种劝人安分守己、乐天知命的主题改为揭发贪官污吏之横行，暴露清朝统治的黑暗。《九命奇冤》第一回说：

……这件事出在本朝雍正年间。这位雍正皇帝，据故老相传是一位英明神武的皇帝。于国计民生上，十分用心；惩治那暴官污吏，也十分严厉；并且又明见万里，无奸不烛。至今说起来，大家都说雍正朝的吏治是顶好的。然而这个故事，后来闹成一个极大案子。却是贪官污吏布满广东，弄到天日无光，无异黑暗地狱；却不迟不早，恰恰出在那雍正六七年时候，岂不又是一件奇事？

“吏治顶好”的雍正朝竟发生了这样的大命案；出了这样大的命案而从县到府到臬司到巡抚衙门长期得不到申理：这皇帝的“英明神武”岂非虚假？历史上赫赫有名的“清明盛世”尚且如此，其他不清明的时代更将何如？这是作者留给大家思考的画龙点睛之笔！

《九命奇冤》在具体描写中更加突出了官吏的贪鄙残酷和清朝统治的腐败黑暗。如写黄千总“看见了一个铜钱，就笑得眼睛都没缝了”，“只要送上他几两银子，他便叫你做老子都肯的了”。他才得了二十两银子的贿赂，便借口“泻肚子”、“要吃饭”……有意拖延追捕时间，放走了凌贵兴这伙白日抢劫的强徒。而这在《警富新书》里，只“黄公提兵至北沙捕捉”，“而凌贼已远遁矣”，一笔了事。在吴趼人的笔下，清代社会是那样污秽混浊：贫苦人张凤因为“生性戆直，好管人闲事”，致连“佣工”也当不成，只能去要饭；后由于拒绝坏人收买，仗义为梁家冤案作证，竟被官府毒刑夹死。施智伯有才有智，深通刑律，但面对着贪赃枉法的官吏也无可奈何，最后气得吐血身亡。而恶霸凌贵兴因为有钱，从县到省，官衙简直像自己开的一样，为所欲为，如鱼得水。且看第二十九回区爵兴出谋贿嘱南雄关刘千总截杀梁天来一段：

> 爵兴叫喜来道：“……你到了南雄，先取一万，送与刘千总……”贵兴见一一都调拨停当，便问爵兴道：“不知南雄一路，是用甚么法子去处置他？”爵兴道：“我托刘千总到关上去打点，见了天来时，便将他扣住，硬说他私带军火，就近把他送给地方官；再到衙门里打点些，把他问成一个死罪，岂不是干净么？”贵兴道：“他并未带得军火，怎样好诬他呢？”爵兴道：“贤侄好老实！刘千总那汛地上，哪里不弄出几斤火药、几支火枪来？预先装好箱子，贴了梁天来记号，存在关上，他走过时，胡乱栽到他行李旁边，饶他满身是嘴，也辩不来！”

这样的社会，这样的官府，何等的可怕！

吴趼人的这些描写，就使《九命奇冤》的思想性具有了新的高度。

在表现形式方面，《九命奇冤》有着更多的特色。吴趼人一方面继承了中国古典小说的传统，另方面也借鉴了外国小说的手法。它既是中国章回话本小说的体裁，又采取了西方侦探小说的结构，并注意、加强了人物的外貌和内心世界的描写；它用《儒林外史》的讽刺手法写官场而没有晚清“谴责小说”的流弊，效法侠义小说的“平话习气”写强盗无赖而不落生搬模仿的痕迹。

光绪后期，随着资产阶级改良主义运动的蓬勃发展，西方文化源源输入，外国小说也大量传译。它们从思想内容到写作方法，对当时的知识界、文艺界产生很大影响。吴趼人也不例外。他不仅点评过侠心女士译述的写情小说《情中情》和周桂笙翻译的侦探小说《毒蛇圈》等许多作品，而且改写过日本菊池幽芳著的《电术奇谈》。侦探小说的最大特点，除了情节的曲折离奇，便是结构严密。它环环紧扣，起伏跌宕，引人入胜。而人物的心理描写，则是写情小说的重要特色之一。

胡适曾经说过：“《九命奇冤》可算是中国近代的一部全德的小说。”它“受了西洋小说的影响，……最大的影响是在布局的谨严与统一。……故《九命奇冤》在技术一方面要算最完备的一部小说了。”① 所谓“全德的小说”和“技术一方面”“最完备”的小说，未免言之过甚，但这部作品在结构上确有它的特点。它继承了中国章回体小说的体制，同

① 《胡适文存》2集卷2。

时又借鉴了外国小说的布局。作品只保留了《警寓新书》的本事，芟除了书中神鬼迷信的内容和一切与这个大命案无关的、芜杂的旁枝丫叉。第二十五回以后，除最后两回和第二十六回、三十三回的一小部分情节外，其余十多回全部删弃。小说从回目到具体故事情节的发展，都重新整理组织。全书三十六回，自始至终写此一案，其他写贿买乡科、迷信风水、侵扰抢劫、吵嘴殴打、官吏贪污、人情险诈……都紧紧地围绕着这个大命案，成为全书的有机部分。又运用西方小说常用的倒叙手法，把本来应该在第十六回中出现的凌贵兴率盗火攻梁家的事，提前到第一回里，使读者一开头就莫名其妙地看到一个紧张、嘈杂、惊心动魄的放火杀人的场面，然后再从头一幕一幕地揭示出它的前因后果。而冤情的申雪，又时顺时逆，数起数落。如命案发生，黄知县认真勘验，严问地保，狠责栅夫，立即签差捉拿贵兴，读者满以为这下便能审清冤情，惩罚坏人，谁知忽然插进黄太太一场大闹，受了一千两黄金的贿，冤案不了了之；经过府衙、臬司的再挫三挫，梁天来拦舆递呈，萧抚院连夜传人，务要“亲自提审”，天来不胜欢喜，以为此仇必报，贵兴指日便可偿命，不料萧中丞突患“肝病”，“卧床”久久“不起”，冤案石沉大海；又经种种周折，终于遇到了一位严厉清正的孔总督，强徒一网就擒，结案定罪“处决”，大家正为梁家舒一口气，却又横生波澜——孔制台被一道圣旨调走，凌贵兴等又行贿得释：真是结构严密，情节紧张，波澜起伏，曲折动人。

同时，在情节的各个具体环节的安排处理上，作者也着意经营，颇具匠心。如书中每一次控告，写来都不一样，毫无重复呆板之感。这就完全改变了《警富新书》中堆砌数十篇千篇一律的状词和官宪批语的缺点。又如第十六回写众强徒夜袭梁天来家，从区爵兴发令分兵八路出发，到正面火攻石室，到最后各路完成任务向爵兴交令，前后各自照应，穿插一丝不混。三路正面进攻者发令时简单一提，攻击时详细描写；五路侧面堵截官军者正面一笔不写，只在“复命”时叙出各人的执行情况。而“复命”又是先后不一，详略有异；“战事”的发展，有的与事前的预想大体一致，有的略有出入，有的则完全出乎意外。第二十九回“爵兴再点将”——派五路人马去截杀梁天来，写法与前又各不同。这回算无遗策，布置色色周到，真为梁天来捏一把汗；可结果却着着落空，天来竟安全度岭到京城告御状成功，众强徒反落了个死路一条。这种文字，虽不如《水浒传》中时迁火烧翠云楼一节那样波谲云诡，引人入胜，却也摇曳多姿，颇为可观。

《儒林外史》的优点，主要是其文“戚而能谐，婉而多讽”；刻画伪妄，掊击习俗，“则无一贬词，而情伪毕露”。晚清的“谴责小说”虽然都是学《儒林外史》的，但“辞气浮露，笔无藏锋”①；描写社会弊恶，常常张大其词；讽刺官场腐败，又近乎谩骂：所以缺乏感人的力量，降低了文艺的价值。《九命奇冤》却成功地运用了《儒林外史》的讽刺技巧，脱去了“谴责小说”的种种弊病。它隐含不露，藏义深刻奥妙，而用语婉转诙谐。作者对于所讽刺的对象加以典型的概括和客观的描绘，让他们通过自己的行动和说话去表现各人灵魂的丑恶，而不作主观的说明，或借他人之口“谩骂”。仿佛作者只是冷眼旁观，闲闲写去，但读来却真实生动，如在目前。且看第二十回写殷孺人挟制黄知县受贿买放一节：

……殷孺人忙问道：“……老爷！你为甚放着送上门的金子都不要？是甚么道理？难道你穷的还不怕么？”黄知县道：“他这个公行贿赂的，我哪里好胡乱受他？我又没有审过，知道他们谁曲谁直。倘使受了他的，做出那纵盗殃民的事情，便怎样呢？……”殷孺人道：“呸！不说你没福，说甚么纵盗殃民！你既然说没有审过，哪里就知道是纵盗殃民呢？……”殷孺人忽的一下翻了脸，对黄知县道：“……姓梁的所告，既然是个读书人，你怎么就说到纵盗殃民起来？你没有发迹的时候，也是个读书人，难道那时候你也是强盗么？”黄知县跌脚道：“唉！你怎么这样糊涂？……”殷孺人道：“我不糊涂，你才糊涂呢！你也是个读书人，你纠合过强盗么？你可曾认识过一个半个强盗么？我只当你读书明理，惺惺惜惺惺，谁知你倒拿同自己一般的人当做强盗，还说我糊涂呢！……你要疑心到读书人是强盗，你为甚不疑心你自己也是强盗？这件事明明是姓凌的受了冤枉。明天坐堂，先把姓凌的出脱了……这八百两金子，你不受我就受了！夫妻们好也这一遭，不好也这一遭……”

① 以上引文均见鲁迅《中国小说史略》。

黄知县竟是一筹莫展，完全屈从，最后把个八条人命的大案子颠倒黑白地处理了事。在这一回书中，殷孺人的撒泼、搅理，黄知县的惧内、无能，舅老爷的不学无术、放刁耍赖，都现身纸上，声态并作。看着觉得滑稽好笑，但又觉得十分可恶。

在“谴责小说”中（包括《官场现形记》和《二十年目睹之怪现状》等著名之作），官吏都生来就坏；他们的伎俩又小异大同。看了前面，不想再看后面；勉强读下去，也兴味索然。《九命奇冤》则不同，同样的受贿沉冤，情形颇不一样：黄知县“为人颇觉慈祥，办事也还认真”，地保李义失职，当场便打一千板子；收到梁家状子，马上签差提人；凌家托人打点，他说“我不贪那意外之财”。但是在蛮横泼悍的太太的威逼下，终于失教丧心，干下了自己不愿干的事情。广州府刘太守是一任鲍师爷的欺蒙摆布；而鲍师爷呢，只因用了凌家六千银子，不得不“从权做一遭”儿。如果说黄知县是个懦弱无能之徒，刘太守是个昏聩颟顸之辈，那么焦按察却是个贪婪残忍的酷吏。他不落痕迹地收了二万银子贿赂，在堂上把个唯一的见证人张风活活夹死——为凶犯灭口毁证；还口口声声地说：“本司所到之处，政简刑清。”至于巡抚、总督，官做得大了，更少顾忌，且经验丰富，真所谓“老马识途”，“驾轻就熟”，不用费劲就能把事情办妥：官司还没有打到巡抚衙门，凌贵兴“就拿了一挂伽楠朝珠、一座珊瑚顶子，还有两样甚么东西，做了贽见，送过门生帖子”。所以萧中丞收到梁家呈词，便“气得肝气大发，躺在床上”，并且“这肝气病，一时不肯就好”，于是“一切公事，由得各位师爷”以及他的表弟李丰“上下其手”；新任总督杨大人呢，在赴广州的半路上就已受了姓凌的“千金之礼”，所以梁天来在码头拦舆递禀，他瞧都不瞧，便“在轿里掷了下来”！

作者在写这些贪官污吏时，既没有过甚其辞，张大其事，也没有直接插嘴声色俱厉地申斥他们，或者借书中人物之口激昂慷慨地谴责他们；相反，有时似乎倒在为他们“开脱”。如写黄知县受贿是为太太所迫，鲍师爷受贿时踌躇半天等等。但读来却觉得格外真切动人。对于萧中丞的包庇凌贵兴，写得更是隐隐约约，但稍一注意，就能看出他的“肝气大发”是装病沉冤；因此，他刚收到状子时的那种“气得要死，……马上就要行牌府县，亲自提审”云云，也就“情伪毕露”了！

清代的侠义小说，大都写“清官”带领侠客“除暴安良”的事。这些小说中，如《三侠五义》及其续书等较好的作品，在艺术上“绘声状物，甚有平话习气”①。这“平话习气”，主要指语言通俗明快，情节生动引人，风格粗豪脱略，艺术表现不离开故事情节去对人物环境、外貌、心理等作静止、冗长的描绘，而是通过人物的具体行动和他们之间的矛盾冲突来揭示人物的性格，并间或衬以世态，杂以诙谐。《九命奇冤》很受这种小说的影响。它不作静止的描写，也很少平板的叙述，而是从人物的行动中进行形象的描绘，甚至可以说立体的雕刻，所以书中的人物富有凸透感。例如第十五回众强盗“堂前设誓”一节：

> 爵兴……左手捉了一只大雄鸡，右手拿了刀，说道：“我先誓了！众位轮着来，不可退缩！”说罢，把刀子高高举起道：“有不依今夜之誓的，死得同这鸡子一般！——”说声未了，“啪嗒”一声，已把鸡头斩下，顺手把鸡往天井里一掼，只听得“扑嗤扑嗤”的，那没头鸡的翅膀还在那里乱扑呢。
>
> 爵兴方才把鸡掼了出去，林大有便“忽”的一跳，跳在当中，厉声说道：“今夜有那个敢不照样设誓的——”说着，就在身边“飕”的一声，拔出一把二尺长的尖刀来道：“我就把他一刀！”说着，猛的一下，把刀插在桌子上，震的“噔”的一声。……

写得真是有声有色，情景毕现。再如第二十回写殷成与简勒先赌博，殷成搓手，顿足，瞪着眼盯住碗里正在转着的骰子喊叫：“六呀！六，六，六！”一见输了，“翻身就跑”，被抓住后便说：“你剥我的皮！”只寥寥几笔，便把一个赌棍无赖的声口、动作、性情、气质，刻画得惟妙惟肖。其他如第一回写众强徒火攻石室，第八回写易行夫妻登梁门“负荆请罪”，第十回写凌贵兴夜惊何氏尸等等，也无不绘影绘声，如见其人。

《九命奇冤》另一值得注意的地方，是作者加强了对于人物的容貌、衣着、姿态、声调等外形特征的描写和复杂的内心世界的刻画，通过这些描写来突出人物的性格。

---

① 鲁迅：《中国小说史略》。

> 只见屋内摆着一个课坛，上面坐着一人，头戴瓜皮小帽，身穿蓝布长衫，外面罩着一件天青羽毛对襟马褂，颈上还围着一条玉蓝绫子儿硬领，黑黑儿，瘦瘦儿，一张尖脸，嘴唇上留着两撇金黄色的八字胡子，鼻子上架着一个玳瑁边黄铜脚的老花眼镜，左手拿着一枝三尺来长的竹旱烟管，嘴里吸着，鼻子里一阵一阵的烟喷出来。右手拿着一柄白纸面黄竹骨的折叠扇，半开半合，似摇不摇的，身体在那里晃着。隔着那眼镜上的两片水晶，看见他那一双三角眼睛，一闪一闪的，乍开乍闭。贵兴向前拱手道："先生请了!"马半仙听见招呼，连忙呵了一呵腰，左手放下烟管，把鼻子上的眼镜除了一除，嘴里也说：""请了，请了。"一面说着，也向贵兴打量一番，只见他……打量过了，心中早有了主意……贵兴便将生辰八字，一一告之。半仙戴上眼镜，提起笔写了出来，起了四柱，侧着头，看了一会，又轮着指头掐了一会，放下笔来，除下了眼镜，捋了捋胡须，打了一声咳嗽，双眼望着贵兴道："贵造是一个富贵双全的八字……"（第二回）

可谓形神兼备，一个江湖术士的形象跃然纸上。

中国古典小说重在传神写意，对于人物的外貌描写是不大讲究的，几乎可以说是形成了脸谱化和类型化的俗套子。如"脸如锅底，眼若铜铃"，或"面若傅粉，唇若涂脂"，或"沉鱼落雁之容，闭花羞月之貌"等等。且不说《水浒传》里的关胜，因为是关羽的"嫡派子孙"，所以长相完全与《三国演义》中的"云长相似"；便是林冲，竟也与张飞一样——"长得豹头环眼，燕颔虎须"。在《儒林外史》里，两个主要人物周进和范进，也都是"花白胡子"，戴一顶毡帽，所不同的，仅一个是"黑瘦面皮"，一个是"面黄肌瘦"，一个的毡帽是"旧"，一个的毡帽是"破"而已！《红楼梦》的作者也没有着意于人物的外貌描写。他或者省略，或者采用中国画里写意的手法，稍作点染，甚至未脱中国古小说中的陈套，如写贾宝玉"面若中秋之月，色如春晓之花，……越显得面如敷粉，唇若施脂"之类。《九命奇冤》中的这种比较细致的人物外形描写，是中国古典小说向现代小说演变的一种标志。如果说《九命奇冤》中对于像区爵兴、林大有等强盗和殷成等赌棍那样着重显示人物的精神世界的行动描写，主要是继承了中国古典小说的传统，那么对于如马半仙那样比较细致地勾画他的相貌以增加人物形象的鲜明性的表现手法，则更多是接受了外国小说的影响。

我国古典小说的一个显著特征，是通过人物本身的行动来展开故事情节，显示思想性格；它们很少心理描写，有则也很简略，并且大都和情节的发展紧密结合在一起，是为了说明人物行动的内心根据，而不像许多外国小说那样常常有着长篇大段的静止的心理分析。比如《水浒传》中鲁智深三拳打死镇关西后，“寻思道：‘俺只指望痛打这厮一顿，不想三拳真个打死了他。洒家须吃官司，又没人送饭，不如及早撒开。’拔步便走”。这一简单的鲁智深内心活动的描写，是交代他“拔步便走”的原因；而鲁智深一走，才有“大闹五台山”等一系列故事情节的展开。明清才子佳人小说和《红楼梦》中加多了心理描写，近代小说里有了进一步发展。这具体表现在《九命奇冤》里是：心理描写在全书中的比重较古代小说明显增加。它已不只用在主人公或少数几个主要人物身上，而是广泛地用于各种人物身上；人物本身的内心独白与作者概括叙述人物的内心活动并用，而以前者为主，后者为辅；人物的内心独自，既不像中国的古典小说那样简略，也不像许多外国小说那样冗长。例如第四回凌贵兴“盼乡榜焦心似沸”，先写他到了放榜那天如何与族叔商量开列菜单，预备酒席，查看黄历，定庆贺日子；又高兴得连晚饭也吃不下，把新买来的京靴试了又试，叫妻子预备赏报子赏钱……初更以后，正吃酒时，忽然怔了一怔，想到“此刻已经写榜了，不知可曾写到‘凌贵兴’三字”，担心“万一不中，如何是好？……”但当他听了族叔说马半仙算的命“没有不灵的”话以后，又“不觉哈哈大笑起来……”接着写他如何“听得门外一声锣响，人声嘈杂”，以为是报子到了而心中大喜，又随着“那人声锣声”的慢慢去远而“一阵心乱如麻”，想到“头一次下场，就中了，只怕没有这等容易……”但又转念：“不管马半仙算的命灵不灵，一万三千银子的关节，早就买定了，哪有不中之理!”忽又想道：“关节上的几个字”，虽然“已经嵌了上去，但似乎勉强些，万一王大人看不出来，岂不坏了事？……万一别人破题上头，也无意中弄上了这几个字……岂不是误了我的事”！想到这里，“不由的汗流浃背起来，坐不住，走到床上去躺下”，但一会又起来漫不经心地走着，自己安慰自己；肯定“那关节上的几个字”，只有自己知道，别人决不会也恰恰用了它，可是接着又回念：“天下事也难说，万一果然有这等巧事，那就怎么样呢?”他侧耳听到外面已打三更而唉声叹气，想到这次如果“不去下场”，此刻反倒“安安稳稳的睡觉了”。又想到，如果真的中了，“明日穿了衣帽去拜老师，簪花赴鹿鸣宴”那是何等开心的事……待听到人声再起，继而渐又远去，他决心“不等了”，走到内室，“和衣睡下”；可是怎么也睡不着，不到一刻工夫，又站起来，走到外面，“对着那残酒默默的出神”，认为天已五更了，再不会有什么希望。可是当宗孔提起写榜从第六名写起，最后才填前五名时，他又转忧为喜，想入非非，决心再等下去……直到天色发白，门外叫卖“新科解元试录”，他才低头长叹，完全绝望，不由得全身发起抖来……这段描写，把凌贵兴这个纨绔子弟热中功名，盼望乡考捷报的那种百转千回，坐立不安，时喜时忧，时惊时疑，时悔时恨的细微复杂的内心活动，表现得淋漓尽致；从而从一个侧面，有力地揭示了他庸俗、邪僻的性格特点。应该说刻画封建士子醉心科举功名最好的《儒林外史》也没有这样出色的描写；比《儿女英雄传》写士子乡试后等待放榜的心理状态也要细致、深刻得多。这段心理描写，共有两千多字，由于作者不是孤立地、静止地描写，而是通过人物的内心独白与人物的行动紧密结合并穿插在人物的行动中进行描写，所以真实、生动，趣味盎然，毫无冗长乏味之感。又如第十八回：

> ……一席话听得贵兴目定口呆，宗孔摩拳擦掌，爵兴搓手顿足。他三个人，却有三般心事。贵兴为的是白费精神，白耗银钱，未曾杀得他一个，不胜懊恼；宗孔是一不做二不休，道：“他既未死，何妨今夜再去结果了他?”爵兴是想到他家男子未死，闹下这场大事，他一定不肯干休，过两天不知他如何告法，这场讼事，很有得纠缠呢。

短短不到一百五十个字，写出了三个恶棍在听到梁天来未被烧死并已向县里报案的消息后不同的精神面貌和内心活动；而这种内心活动，又进一步表现了他们各自不同的性格。如果说前例是用人物内心独白的形式表现，那么这里纯由作者作概括的叙述。下面再看人物内心独白和作者概括叙述同时并用的例子：

> 当钦差未到以前，李丰就打听得两个钦差，一个是原审这案的

孔制台，一个又是自己叔父。这位叔父是锋芒刺骨的一位风厉先生，京里的权贵见了他也惧怕三分，如何敢去行贿？思量不如赶紧回去，告诉贵兴，叫他出海逃走罢。想定了，便收拾行李，准备动身。忽然又想起："贵兴是可以逃走的，但是我呢？——当日我也曾代他经过几回手，彻底根究起来，恐怕终不能免，难道我也跟他逃走么？若是不走呢，闹到头上来时，少不免要担点处分，并且恼了我叔父，以后要谋一个馆地也难了；若竟跟他走了，我所犯的罪，总不至于死，何苦离乡撇井的走到外国去呢！"想到这里，不觉呆了。忽又回想："贵兴虽说是个读书人，其实他的行径，犹如市井无赖的一般。他闹了这个重案，本来是神人共愤，天地不容的。我莫若拿了他的贿赂，到叔父那里去出首，将来就是问到当初我曾经过手的一节，我此时已经先行出首了，自然可以免罪，也可以讨好叔父。"又想道："这种办法，未免对不住贵兴。"因此又踌躇着，独自一个人，心口商量了半天。到底顾全了贵兴，便误了自己，只好对不住也做一次的了。决定了主意，就仍在客寓守候。等到一天，钦差到了，他便走到行辕求见。……

首尾两头是作者概括叙述，中间是人物内心独白，有详有略，简洁而又具体，把李丰出首前那种隐微激烈的思想斗争过程成功地揭示了出来。这样，不但深刻地表现了这个拉纤要奸、趋炎附势的市侩的性格特征，而且使读者感到这个人物有血有肉，增加了作品的艺术魅力。

由于作者致力于艺术形象的描绘，《九命奇冤》中的不少人物在一定程度上都有自己的性格特点。如梁天来之忠厚懦弱，凌贵兴之浑瞀邪恶，凌氏之善良，张凤之义侠，区爵兴之刁钻诡诈，凌宗孔之卑污贪鄙，都能给读者留下一个较深的印象；至于胡搅蛮缠的泼妇黄太太，也不比《水浒传》中无理取闹的泼皮牛二逊色。

诚然，《九命奇冤》并非是一部完美无缺的小说。在思想上，吴趼人不仅保留了原作告御状成功，冤案得到昭雪，坏人一体治罪的光明结局，而且满怀深情地加强了对孔大鹏、李时枚、陈臬台（化名苏沛之）的描写，更加突出和美化了这三个大清官的形象；另外，他竭力渲染、歌颂易行之妻（郑氏）、贵兴之妹（桂仙）等正面人物，也往往是从封建道德上着眼的。这些，都表现了作者改良主义政治思想和旧的道德观念的局限。在艺术上，人物的个性刻画还不很鲜明，甚至有些人物的性格前后不够一致。如第三十一回写区爵兴向苏沛之谈他到南雄的真实目的，不符合他一贯的性格特点——区爵兴是个老奸臣滑、鉴貌辨色的“军师”，他怎么肯贸然向一个素不相识的人吐露真情？他有着性命交关的大事在身，又哪里能轻易随便醉酒？至于反映生活的深度和广度，以及创造典型形象等艺术上所达到的总的成就，当然更不能与《红楼梦》、《三国演义》、《水浒传》、《儒林外史》等中国第一流的小说相比。

《九命奇冤》最早发表于《新小说》第十二号（光绪三十年十月二十五日，1904 年 12 月 1 日）至二十四号（光绪三十一年十二月，1906 年 1 月），署“岭南将叟重编”。光绪三十二年（1906）上海广智书局出版单行本。以后，主要有世界书局的订正初版本（1925 年 4 月）和魏冰心标点本（1926 年 9 月）；1956 年 1 月上海文化出版社的重新校订本。

这次校订，根据《新小说》本，参校别的版本，作了分段标点。现将有关情况说明如下：

一、原作发表时第七、八、十、三十三回有评语，这里照旧附上。

二、上海文化出版社本，在文字上有些删改。这删改，大概不外乎以下几种情况：（1）从作品的思想内容上考虑，如删掉了第九回（第五十二页第二行）“这部书叫做甚么《水浒》，内中说的都是强盗的事迹”的后一句，第二十五回（第一四八页第二十一——二十二行）“孔大鹏……居官十分清正”句中“十分”二字，把第三十四回末段（倒数第七行）“一众都是村中穷民，见有了银子，自然一个个都点头应允”的后两句改为“向来受他欺压，一个个只得点头应允”；（2）把广东方言改成普通话。如第七回第三十六页第四行“揭到凌宗客银三千两”的“揭到”改为“借到”，同回第四十页第九行“我如何打得他下手”改为“我如何下得手”，第二十四回第一四四页第七行“同他讨主意”的“同”改为“向”，第二十九回第一七三页第二行“怎么好说得煞呢”的“煞”改为“定”等；（3）把不常见的古汉语改为通俗文言。如把第二十一回第一二四页第十八行“外抄梁朝大亲笔揭数一纸呈电”的“电”改成“览”（按：“电”，请人亮察的敬辞，有照明之意）等；（4）估计因所据底本——世界书局本文字排误不通而改。如第二十回第一一六页第十一行“我有的是一条命”，世界本漏“是”而成“我有的一条命”，文化本删“的”而为“我有一条命”，第二十一回第一二五页第一行“是小人……亲在凌贵兴窗外听得”句，最后“听得”二字，世界本误为“打听”，文化本改为“听到的”，第二十六回第一五五页第三行“等他供一句，写一句”，其中“供”字，世界本误为“的”，文化本改成“说”等；（5）沿底本之误。如第二十一回第一二五至一二六页三“栅夫”均因世界本误为“棚夫”而文化本同误，同页第八行“钱裕国”因世界本误为“钱国裕”而文化本亦误，第十一回第六十二页第二十三行“贵兴得便，飞跑”，“得便”二字世界本颠倒为“便得”而文化本照误，第二十回第一一五页的“寒尘”（按：即“寒碜”，也作“寒𩓐”、“寒伧”，此处作丢脸、不体面讲）也因世界本误为“寒酸”而文化本沿误。为便于研究工作者研究和使大家对吴趼人有正确了解，凡上述删改之处，一律恢复本来面貌。

三、出于同样原因，凡原作中有文字欠通和“的”、“地”、“得”，“他”、“她”、“它”等不分的地方，都一仍其旧。

四、显然由于排印和写作上的粗疏所造成的错夺衍倒，如第十七回第九十八页第十四行“你此时要走，岂不是两面相左么”中“左”误为“阻”；第二十回第一一六页第一行“殷成掷了一把”中“殷成”应为“勒先”；以及“丫头”误为“了头”，“死罪”误为“死罢”，“接着道”误为“按着道”等等，凡所发现，都加以订正。

五、对前后不一致的人名、物名等，亦作了大体上的统一。如番禺县黄知县的内弟，前名“殷成”，后称“殷元”，有一个强徒，在第六、七回里都叫“顺海”，至第十四回后又倒为“海顺”，现一律改为“殷成”和“顺海”；根据上下文，第三十六回判处“斩决”者应是十三名，原本漏“黎阿二”谓“十二名”，现也补上。

对本书的标点、校订，一定会有疏漏和错误之处，希望读者予以指正。

一九八六年三月三十日

（本文先发表于《社会科学战线》1982年第2期，后略作修改，作为花城出版社《九命奇冤》校点本〔1986年12月出版〕的前言）

关于《洪秀全演义》

近年来，好几家出版社出版了黄小配（即资产阶级革命小说家黄世仲）著的《洪秀全演义》；据闻，还有好几家出版社在印这部小说。但是，对于这部作品最初发表和后来出版的情况却不清楚。如上海古籍出版社一九八一年八月印行的《洪秀全演义·出版说明》中说："本书是否作者在主编报纸时随写随发表，及初次在何时何地印行，现暂均无从考知。"对于这部作品的思想和艺术进行比较全面的研究、评论的文章，至今也未见过。文学史类的著作大多略而不而论，或语焉不详。笔者近来作了些调查，翻阅了些材料，不揣浅陋，拟就上述两个问题作些探索，谈点看法，以就正于学术界。

一

《洪秀全演义》的作者黄世仲是个资产阶级革命家。他曾任同盟会香港分部交际员、庶务员，联络粤境会党；但主要是在港、穗办报，从事革命的宣传工作。1911 年广东光复后任民团总局局长，次年春被陈炯明诬构"侵吞军饷"罪杀害。他只活了四十岁，但创作的小说很多。除近年来印行的《洪秀全演义》和阿英同志收入《晚清文学丛钞·小说三卷》中的《廿载繁华梦》、《大马扁》外，还有现在已不易见到的《宦海升沉录》、《黄粱梦》、《宦海潮》、《陈开演义》、《五日风声》和《党人碑》[①]等。内容主要暴露清末官场腐败，抨击保皇党人物，鼓吹民族民主革命；

① 在以往的文字记载中，尚无人提到过黄世仲还著有《党人碑》这部作品。此作连载于 1905 年 10 月在广州出版的《时事画报》（旬刊）上。此刊张静庐《中国近代出版史料》、阿英《晚清文艺报刊述略》和新出的上海图书馆编《中国近代期刊篇目汇录》均未收录。

思想激进，艺术上也较当时一般革命派小说为优。黄世仲堪称中国近代小说史上成就卓著的作家之一。

在这些小说中，最重要、当时影响最大的是《洪秀全演义》。据冯自由《革命逸史》和杨世骥《文苑谈往》载，这部作品最初登载在《有所谓报》和《少年报》上。但笔者查到这两种报纸①，从头至尾翻阅数遍都不见此作。不过，在这两种报上发现了几条有关《洪秀全演义》的“广告”：

《有所谓报》丙午年正月初八日（1906 年 2 月 1 日）头条《再改报格广告〉云：

> 本报是年增加纸张，区分庄、谐，似此格式，自问颇善；惟印刷殊费时候，以致派送愆期。兹有初八日起，复改将附张刊小说及中外交涉要事专件等，其正张仍庄、谐各半，而界限判然。谨此布告。（重点号为笔者所加，下同。）

《有所谓报》丙午年正月廿十七日（1906 年 2 月 20 日）头条《请看本报小说之特色》云：

> 本报所刊民族小说《洪秀全演义》，屡荷阅者赞赏，兹复增刻……特此普告。

《少年报》丙午年六月初六日（1906 年 7 月 26 日）《本社要告》云：

> 《洪秀全演义》一书，为本报社员所撰，前应《有所谓报》之请，排刊问世，久为社会欢迎。全书约六十回，乃仅刊至半渡，而《有所谓》竟以无妄歇业。此书为近代民族上最有关系之纪念，且为

---

① 它们的全称是《唯一趣报有所谓》和《香港少年报》。前者创刊于乙巳年五月初二日（1905 年 6 月 4 日），郑贯公任总编辑兼督印人，香港开智社发行，丙午年五月廿一日（1906 年 7 月 12 日）停刊；后者创刊于丙午年闰四月上旬（1906 年 5 月底），黄世仲是总编辑兼承印人，馆藏最后一份为丙午年十一月廿八日（1907 年 1 月 12 日），大概即此停刊。冯自由《革命逸史》谓“《香港少年报》创刊于丁未（1907 年）”，误。

太平天国一朝之历史，故不得不自行续刊，以竟全书。爰自六月初六日（7月26日）由三十回起，逐日随登于附张《学界现形记》之部位。其《学界现形记》一书，暂行抽起，俟他时再续。前经得阅《洪秀全演义》而欲窥全豹者，想当争先快睹也。

这几条“广告”至少说明了如下三个问题：

一，《洪秀全演义》最初确实刊登在《有所谓报》和《少年报》上，但并非登载在两报的正刊上，而是登载在两报的“附张”上。

二，《有所谓报》刊登《洪秀全演义》是丙午年正月初开始，至该报停刊时（五月二十一日）连载至第二十九回。六月六日起《少年报》从第三十回续刊下去。

三，原计划写六十回左右。

遗憾的是，虽经多方查索，至今没有找见这两张报纸的“附张”。

今通行本《洪秀全演义》全书五十四回，至李昭寿在滁州叛变投敌为止，并未完成。但根据作者“黄帝纪元四千六百零六年夏”（1908年7月）所写的《自序》中云：“爰搜集旧闻，并师诸说及流风余韵之犹存者，悉记之，经三年而是书乃成。”似此作是完成了的。

与作者同时代的冯自由和冯秋雪都说，黄世仲的《洪秀全演义》先后登载于《有所谓报》及《少年报》，戊申（1908年）秋复由《中国日报》印成单行本问世[1]。他们所说的出版单行本的时间与小说作者写《自序》的时间相符，可惜都没有提及全书的回数。

1945年4月中华书局出版的杨世骥著《文苑谈往》中记载《洪秀全演义》云：

是书于光绪乙巳（1905年）连续登载香港《有所谓报》及《少年报》，凡五十四回而止。越年，香港《中国日报》社始发行完整的六十四回本。卷前有章炳麟及黄世仲自己的序文，并附《例言》二十二条。……此书开始叙述清廷宫闱的混乱……以后叙述洪秀全金

① 冯自由：《〈洪秀全演义〉作者黄世仲》第2集，载《革命逸史》，商务印书馆1943年2月版，第42页；冯秋雪《辛亥前后同盟会在港穗新闻界活动杂记》，载《广东文史资料·孙中山与辛亥革命史料专辑》，广东人民出版社1981年版，第100页。

> 田起义，定鼎南京，及其历次征战，直至杨秀清被诛，石达开出走，李秀成支持危局，而卒因洪秀全温柔寡断以致覆亡，其线索大抵本诸《太平天国战史》，而效仿《三国演义》的体例，加以穿插组织……

言之凿凿，似乎作者见过全本。并且《自序》中有“□山上人”四字，今所见的石印，铅排本及冯自由《革命逸史》所附此文，“山”前均留一字空白，而杨著引及这段文字时却作“璜山上人”，可见确有别本。但是，这里杨氏所言也有问题，即卷前载有1908年季夏《自序》的本子怎么能出在1906年？华南师大李育中教授认为“所谓六十四回完全本，是作者死后别人给他续的”①。但李先生并未见过六十四回本。笔者曾多方设法向北京、上海、南京、广州以至当时出书的香港诸图书馆寻求，亦均不见此本。

目前北京各大图书馆收藏《洪秀全演义》的多种石印本，都为五十四回，疑即杨世骥所谓《有所谓报》和《少年报》所载“五十四回”之抄录本。其中印行最早的是两种：一为北京图书馆收藏，馆称“清光绪三十四年（1908年）戊申石印”本（书内未标出版时间和出版单位）。此书首载《自序》和《例言》，无章序，正文前书名上冠有“民族小说”字样，下署“嵎世次郎撰”。一为首都图书馆收藏，民国三年上海锦章图书局本，载章序、《例言》而无《自序》。两书各分四集八卷，线装八册，每集前都附有绣像。经比勘，这两种本子的讹舛甚多。其中有许多错谬相同，但亦并非完全沿袭，可见两种石印本抄自同一祖本而出于不同的人。此外的不同版本，都不过是这两种印本的放大或缩小的复印本。后来的一些排印本，也不出这两个本子的系统。至于坊间流行的一百七十四回和一百四十回等石印本或铅排本，自五十四回以后，观点、风格与前迥异，对太平天国革命多污蔑攻击之词，文笔也很拙劣，显系后人伪续，不值一提。

根据以上情况，笔者疑《洪秀全演义》原作并未完成。理由是：一，作者写这部小说的目的在于鼓吹和激励人们进行反清民族革命，但因为

① 见李育中《〈洪秀全演义〉作者黄世仲》，载《随笔》第1集，广东人民出版社1979年6月版，第199页。

它是一部历史小说，在主要情节上必须符合历史真实，小说写到第五十四回李昭寿叛变投敌之后，接着便要进入太平天国败亡的悲剧结局，作者大概觉得这与原来的意图相悖，便因此而辍笔。二，如果《洪秀全演义》写完，只是因为《少年报》停刊而止载，那么，1907 年至 1911 年间，黄世仲继续在广州主编《广东白话报》、《中外小说林〉和参加《南越报》的工作，他在这些报刊上先后发表了《宦海潮〉、《黄粱梦》和《五日风声》等小说，并且有些小说如《黄粱梦》还在《粤东小说林》、《广东白话报》和《中外小说林》等几个刊物上重复登载[①]，五十四回以后的《洪秀全演义》却为何不在这些报刊上发表？三，小说的作者在《自序》中说："……经三年而是书乃成。其中近三十万言，皆洪氏一朝之实录，即以传汉族之光荣。"与黄世仲同过事的冯自由也说"是书系摭拾太平天国遗事轶闻及故老传说，效《三国演义》体编演而成，洋洋三十万言，章太炎为之序"。今五十四回本不计标点、序文和《例言》，共三十万八千来字，正与上说相合。四，晚清作家写小说中途辍笔是屡见不鲜的事。如梁启超的《新中国未来记》、陈天华的《狮子吼》、连梦青的《邻女语》、欧阳巨元的《负曝闲谈》、罗普的《东欧女豪杰》等等都没有写完；吴趼人一人便有《痛史》、《两晋演义》、《剖心记》、《云南野乘》、《最近社会龌龊史》、《情变》等六七部作品没有完成。所以《洪秀全演义》没写完也不是奇怪的事。五，杨世骥所见六十四回本，如果真是标 1906 年出版，则确有很大可能是后人之伪作。发生这一情况，大概是续作者和书坊不了解《自序》所署"黄帝纪元四千六百零六年"即 1908 年。因为"黄帝纪年"是清末革命党人为否定清皇朝纪年所用的一种"权宜之计"，辛亥革命后不久即宣布改从阳历；另外，黄帝生卒，古籍记载不一，

① 《广东白话报》，创刊于 1907 年 5 月 31 日，停刊日期未详。上海图书馆新出的《中国近代期刊篇目汇录》仅收第一期，笔者去年在广州中山图书馆见到第一、二、五、七期，内载有黄世仲所著《黄粱梦》（此作原在《粤东新小说林》发表至第七回，《广东白话报》从第八回刊起，但仍补录以前各回附后）。《中外小说林》约创刊于 1907 年 6 月，停刊时间未详。内载有黄世仲著《广东近事小说宦海潮》和《近事小说黄粱梦》。上海图书馆编《中国近代期刊篇目汇录》收录 16 期。《南越报》初名《南越日报》，创刊于 1909 年 6 月 22 日，曾连载黄世仲记述黄花岗起义经过的《近事小说五日风声》。此报现已不易找到，笔者曾见其 1910 年 6 月、11 月和 1911 年 11 月、12 月的"附张"，内宣统庚戌年五月初七日报载黄世仲《本报开创一周年纪念文》一篇，充满革命激情。

故当时《民报》、《黄帝魂》、《江苏》等报刊所用互相歧异。唯《民报》所用年代为多数革命党人接受，武昌起义便用此纪年发表文告，黄世仲亦采此说。但此非为一般人所知。孙楷第《中国通俗小说书目》中的《洪秀全演义》条就将《自序》的纪年误为“宣统元年”（1909 年）。六，如果当时《中国日报》社真出过六十四回完全本，今天如香港大学冯平山图书馆等单位似应藏有此书，然而却没有。诚然，这些都只是一种推想，要彻底弄清这个问题，尚需掌握更多的材料和作进一步探索。

二

晚清小说很多，但质量一般不高，《洪秀全演义》可谓庸中之佼佼者。

小说从道光后期朝政腐败，洪秀全、冯云山等酝酿发动起义开始，写到咸丰末年李秀成下杭州，破清江南大营而止。它力排古来“成王败寇之谬说”和清朝“发逆洪匪”之诬称，集中描绘了太平天国金田起兵后与清军进行的种种叱咤风云、艰苦卓绝的战斗。通过这些战斗，充分表现了太平天国将士高举义旗、救民水火的革命气概和英勇顽强、百折不回的斗争精神，热情歌颂了天国领导革故鼎新、经天纬地的英雄业绩；同时，有力地揭露了清朝统治者的腐朽、丑恶，谴责了官兵的残暴和曾（国藩）、李（鸿章）等汉奸民贼勾结外国侵略者屠杀同胞的罪恶行径，并反映了人民的苦难，以及他们对清军的切齿痛恨和对太平军的衷心爱戴。在封建统治阶级及其御用文人肆意诋毁、污蔑太平天国起义，资产阶级民主革命方兴之时，写出这样的作品是很有进步意义的。书中强烈的爱国主义思想和革命英雄主义精神，对今天的读者也还有一定的教育作用。

古代讲史演义，或揭露昏君奸臣的暴虐荒淫，歌颂“英主贤相”的建功立业；或宣扬儒家“仁政”，鼓吹王权至上，散布反贪官不反皇帝的思想；或叙述官军镇压农民起义的历史，描绘“草泽英雄”归顺“真命天子”帮打天下的故事；或鞭挞腼颜事敌、卖国求荣的民族败类，表彰忠君卫国、坚贞不屈的抗战将领……《洪秀全演义》则极力强调“种族大义”，宣扬“上下平等”、“男女平权”，一切政治“去专制独裁”，行“立宪议会”，把太平天国农民起义描写成一场资产阶级民主革命。这些，都表现了时代的特点。

在艺术上，文字尚简朴流畅，结构也比较严密紧凑。头绪虽多，脉络分明；战事纷繁，前后贯串。它既不像其他许多资产阶级革命小说那样抽象的说教多于具体的描绘，缺乏情节的生动性和丰富性；也不像《官场现形记》等谴责小说那样写“官场伎俩”“千篇一律”[①]，使人读了前面不想再读后面。《洪秀全演义》的主要篇幅是描写战争。这些战争，在作者的笔下，虽是粗笔勾勒，但各有特色；全书八十余战，绝少雷同。在具体描写中，不是平均使用力量，而是采取虚实结合的手法，有详有略，疏密相间。如同时攻宿松、太湖，前者详叙，后者一笔带过；争武昌主要是正面描写，定金陵多侧面叙述；下芜湖从敌人口里说出，占九江、取岳州又先写进军，后作交代：使作品不显得呆板、累赘和沉闷。这都表现了作者的艺术匠心。

黄小配固然没有像《三国演义》的作者那种如椽巨笔，把战争描写得那样波澜壮阔，惊心动魄，那样绚烂多彩，引人入胜；但他在《洪秀全演义》中用充满爱憎感情的笔触描写的一场接着一场的紧张战斗，却也如雷震霆击，扣人心弦。如洪秀全金田起义首战大捷，清副都统乌兰泰轻敌冒进，全军覆没。——读者正为洪军的胜利欣喜雀跃，却不料闯出个卤莽任性的洪仁发把个已为瓮中之鳖的张嘉祥活活放走，致造成以后天国的“心腹之患”，顿觉大煞风景！紧接着，萧朝贵出敌不意，劫梧州枪械成功，读者又回嗔作喜，精神为之一振。全州一役，洪军虽胜，但主帅冯云山中弹身亡，实又令人懊丧！此后钱东平运筹帷幄，洪军节节胜利，读者欢欣鼓舞。直至战衡州萧朝贵中伏牺牲，人心遂又为之一沉：既哀其不幸而又惜其不听李秀成之谏！太平天国定都金陵之后，林凤翔北伐和林启荣九江保卫战更加激动人心。特别是他们最后尽忠天国、壮烈牺牲时的战斗场面，写的悲壮激烈，感天动地。它像磁石一般吸住了读者的心，使读者仿佛身历其境，为他们的胜利而喜，为他们的失败而忧，为他们的牺牲而浩叹不息！

另外，书中有些重大的战斗，也写得曲折引人。如第二十四回写洪秀全军一路势如破竹，向金陵胜利进军之时，军师钱江却下了一道“退兵”的命令。这时，洪军中纷纷议论，提出疑问；读者也丈二和尚摸不

① 鲁迅：《中国小说史略·清末之谴责小说》。

着头脑，不知钱江的葫芦里卖什么药。待读到后面，始知那是诱敌之计。而清军的“中计”，也写得一波三折，摇曳多姿：钱江针对向荣“久经沙场”的特点，一“退”再“退”三“退”；“老成持重”的向荣唯恐中计，一再迟疑，想追而又不追，不追而又“分兵两停”，一守一追，真可谓谨慎极矣，然而最终还是陷入了洪军的包围。后面又写向荣被困又得救，得救又被困，四次濒于绝境，四次绝处逢生。这场战斗，全文不过一千五百来字，写得三回六转，波澜起伏。其他如陈玉成血战二郎河、李秀成大败曾国藩等，也都写得龙腾虎跃，有声有色；“李秀成义葬王巡抚”、“李秀成义释赵景贤”等，则写得不落窠臼，别有情致。除对清战争之外，写太平天国内讧几回，如“钱东平挥泪送翼王”、“韦昌辉刎颈答钱江”，更是愁云泣雨，沉痛悲凉，令人心酸落泪，不能卒读。

晚清小说中很少英雄形象，尤其少成功的人民英雄形象。侠义公案小说中的英雄，虽有锄暴安良的一面，但主要是封建统治阶级的走卒。狭邪小说写优伶、妓女和狎客，其中固不无揭露社会丑恶和同情伶人、妓女的悲苦命运之作，更多的却是对剥削阶级荒淫腐朽生活的欣赏和赞美。大量的谴责小说，旨在暴露清末社会的黑暗，抨击封建统治机构的腐败，所写多是“卑污苟贱”的牛鬼蛇神，缺乏代表时代精神的正面人物。资产阶级革命小说，激切的爱国热忱和强烈的革命激情感人至深，但个性消融到原则里，书中的英雄常常成为革命思想的单纯号筒，不是有血有肉、性格鲜明的人物。《洪秀全演义》则塑造了一批光辉动人的英雄形象。

林启荣胆大心细，英勇机警，处事不苟，临危不惧，是个战无不胜、攻无不克的常胜将军。他平时敬老爱幼，抚孤恤寡，和人民相处如同一家；有了功劳归部下，凡是奖赐尽赏战士，遇有死伤必亲莅吊问，所以深得兵民爱戴。自镇守九江以后，五六年中，清军发动了大小数十次攻战，损失了七八万士兵和数百员将校，而九江巍然屹立。最后以孤城与曾国藩水陆五路十余万众浴血奋战，百计破敌，矫然不移。城破之后，军民犹抵死巷战，奋勇与清军格斗，“极至手无寸铁者，犹以石掷”，从午至夜，军民两万余人全部战死，无一降者。林启荣被炸身亡，“双目犹闪闪如生”。这一仗打得惊天地，泣鬼神，气贯长虹，而林启荣忠贞不二的品质，排除万难的精神，坚韧不拔的毅力也得到了充分的表现。

林凤翔的性格更加鲜明突出，形象塑造得也很丰满。他年近六旬，投杨秀清参加金田起义。洪秀全定鼎金陵后，拜他为大将，统兵十万，兴师北伐。那时，他已六十三岁，但还是“精神矍铄，志气恢宏”，凛然使人望而敬畏。他久经沙场，富有作战经验，善于因人制宜，因势利导。大军刚到扬州，便以“败”骄敌，然后周密部署，一鼓尽歼胜保、杨殿邦部，夜毁清军营垒六十九座，斩清将二十余名，从此声威大震，清兵望风披靡。他英爽奋发，威武雄健。扬州守敌数万，他只带精壮军士百人，乘夜缘绳抢上城头，砍开城门，夺取全城。继以排山倒海之势，平清河，拔淮安，唾手得兴化，传檄定盐城，西向袭凤阳，北进降南平……俯仰之倾，纵横五六省，连下十余郡，“各州县听到林凤翔名字，小儿不敢夜啼”。老将的神威，渲染得可谓淋漓尽致。

识大体，顾大局，不以私恩废公义，这一优秀品质，使得林凤翔的英雄形象更加光彩照人。天朝内讧，东王及其党羽被杀，消息传到林凤翔军中，将士汹汹。杨辅清致书密约举兵反攻金陵，林凤翔严辞拒之曰：“在士为知己者用，某岂不为之伤感。但东王知遇，只私恩耳；国家大计，乃公事也。某岂能以私废公?”“若以同室互斗，万一清军乘之，恐举天国之君臣无葬身地矣。辅清竖子，不知大义，天下岂可以私愤而为乱者乎?”接着，他便分别派人函达原为杨党的北伐大将李开芳和吉文元，勉以“顾全公义”，自己也从扬州起程，挥师北进。一场更大的内乱，就此消弭于未萌，林凤翔的形象也显得更为高大。

但作者并没有使这个人物的性格简单化。作品也写他十战十捷，取得了北伐战争的辉煌胜利以后，滋长了严重的骄傲自满情绪，以致谁的话都听不进去。结果，孤军深入，在天津一带被清军僧格林沁、胜保等部四面包围，全军覆没，给太平天国事业造成了极为严重的损失。

然而，林凤翔终究不失为一位顶天立地的英雄。当他在静海地区面对数十万清军、四面受敌的严重时刻，他还是充满豪情壮志，身先士卒，冒着枪林弹雨，勇往直前。中弹受伤以后，由于众寡悬殊，亦恐被俘受辱，拔剑自刎而亡。真是生得光明磊落，死得壮烈英勇！

艺术形象是现实生活的集中和概括，现实生活中的英雄是充满血和肉的活人，他既生活在受一定生产力制约、一定阶级意识支配和旧的传统思想影响的现实社会中，就不可能是纯而又纯、完美无缺的“圣人”。《洪秀全演义》的作者，在这里不仅写了林凤翔跃马横刀、冲锋陷阵的英勇行为和忠贞不渝、明达无私的高风亮节，而且写了他喜功好胜，由胜生骄、因骄致败的严重缺点和错误，以及最后身陷重围，深悔前愆，仍坚强不屈的可贵品质。这就使得林凤翔那沉毅勇决的英雄性格分外真实可信，富有艺术魅力。

李秀成是作者着力描写的形象。在他出场以前，通过石达开的谈论与推荐，便已在读者心目中造成了“此人不同寻常”的印象。他原名守成，十三岁时要求父亲另改别名，理由是“儿愿为开创英雄．不愿为守成人物”。及长，其父每欲为之婚娶，他答道：“匈奴未灭，何以家为?”终不娶。这些，都表现了他自幼胸怀大志、抱负不凡的特点。金田起义不久，他和石达开纵谈国事，一方面认定洪秀全是当今第一位英杰，同时又指出他易于“苟安”的致命弱点（而这，正是后来导致太平天国失败的主要原因），充分表现了他超凡的识见。他一到太平军，便看出洪秀全“多疑”的特点，坚决不“骤居参谋一席”，而愿“在行伍间”，“先立功勋”，以“动彼而坚后来之信任”，这进一步表现了他的知人之明和自信。他出奇制胜取柳州，初露头角。衡州一战，大败曾国藩军；谏阻萧朝贵追敌，萧不听而遇伏殒命，显示了他出众的军事才能。汉阳激战，亲自擂鼓催进，子弹洞穿左臂，“忍痛擂鼓愈猛”，表现了他无比的坚强与勇敢。定都金陵后，力主乘胜前进，以“倾国之众”，“会攻北京”——断清妖之首而定天下，表现了他的雄才大略。坚决反对“同室操戈”，杨秀清屡用爵禄笼络，他不阿附；石达开对他有知遇之恩，他不跟随出走：表现了正直无私的可贵品质。他知人善任，治军严明；凡攻城，先“与诸将透商”；每得地，必赈济灾民；优待降将，礼葬亡敌；所过之处，百姓“多具香花迎接”。天京事变，东、北二王被杀，翼王带兵西走，天朝元气大伤，他受命予危难之际，奔走于京城内外，一柱擎天，力挽颓势。虽遭安、福二王妒忌排斥，仍负重致远，委屈求全；屡受天王无理切责，始终忠心不贰，鞠躬尽瘁。这是集古来将相之长于一身的人物。

小说中的韦昌辉与历史的真实出入很大，但作为文艺作品，这个毁家赴义、舍身殉国的豪侠之士的形象，写得鲜明突出，跃然纸上；特别是他最后为国自处一段，情词悱恻，相当感人。其他如足智多谋的钱江，见义勇为的冯云山，骄桀忌刻的洪仁达等形象，都给人以深刻印象。作者写洪宣娇的笔墨不多，但她那跃马登城、搴旗斩将的飒爽英姿，也使人不能忘怀。比较起来，石达开的形象稍显逊色。历史上的石达开，在太平天国的领导集团中是个出类拔萃的人物。他文武兼备，多谋善断，太平军自永安至金陵，“与清军大小数百战，独达开所部未尝挫”。九江之战，以艑船桔炮胜强敌，覆湘军水师，几擒国贼曾国藩，威震全中国。出巡安庆，问民疾苦，百姓安之。军入江西，沿途伐罪吊民，四方望风归附。天京事变，杨韦构祸，自残手足，诛戮无辜，他起兵靖难，合朝欢腾，同举辅政。然竭忠见疑，被迫出走，孤军奋战，势穷力屈，卒为“舍一身以全三军”而自投清营，受审时痛斥清廷无道，敷陈革命宗旨，“临刑之际，神色怡然”（见罗尔纲《太平天国史稿》等）。小说虽然也说他“识略盖世”，“文能安邦，武能定国”等等，但内容不够充实，缺乏生动具体的描绘，他的英雄才略也没有得到充分表现。这可能和作者着重在刻划李秀成的形象有关。不过第三十回写他在刀光剑影中诗章却敌，却颇显其卓荦不群的英风豪气和雍容儒雅的儒将风度。

洪秀全的形象虽不比实际生活中的洪秀全更高更典型，但也有他的特点。在中国古来许多演义小说中，人物性格是缺少发展的。而这部作品中洪秀全的思想性格却随着他的地位的变化而变化。起义之初，他深痛政治之黑暗，怒斥朝廷之无道，高举义旗，吊民伐罪，确是中国亿万被压迫劳动人民的代表。“英雄一恸气将绝，何时剑溅匈奴血”的慷慨悲歌，表现了他的英雄怀抱和气概。假传道之名，号召群众，联络同志，创建义师，表现了他的宣传和组织才能。“计赚杨秀清”，“义说黄文金”，表现了他过人的聪明才智。师奉钱江，兄事云山，识罗大纲于绿林之中，拔石达开于江湖之上，折节下士，爱才若渴，表现了他领袖的器度和识略。金田发难，首战大捷，表现了他的指挥才能。身入囹圄，傲然不屈；攻城克敌，亲冒矢石：表现了他无私无畏的英雄本色。总之，洪秀全在前期不愧是一位农民起义的出色领袖。可是，很快，随着战争的胜利，太平天国的建立，洪秀全当上天王之后，他的思想性格的消极面突出起来，表现为政治上缺乏远见和进取心，苟安保位的思想日益严重，过去许多优秀的思想作风急遽消失，礼贤下士代之以宠信洪家兄弟，从善如流变为拒谏饰非。他坚持封王定爵，种下后来诸王争权内讧的祸根；不及时全力北伐，致使清廷重振旗鼓，合围金陵；断事不明，酿成“天京事变”；为保金陵小朝廷的帝王生活，他又叠诏召回李秀成皖赣之师，致中曾国藩“声东击西”之计，九江陷落，武昌、安庆相继失守；听信两兄谗言，一任其对深孚众望的翼、忠二王诬陷迫害，使达开远奔，秀成不能尽其用心……小说虽然没有写完，但太平天国之失败已成必然之势。

在这个时期产生这样一个人物，是有其历史的必然性的。当时，中国社会虽然已经进入近代，但中国的资本主义经济还很幼弱，中国的资产阶级还没有登上政治舞台。洪秀全还只是一个农民阶级的代表，他身上的优点和缺点、太平天国事业的成功和失败，归根到底与这个阶级的历史局限是紧密地联系在一起的。伟大的人物固然“可以导演出许多有声有色威武雄壮的活剧来”，但他决跳不出历史为他建造的舞台！小说的作者在描写中虽然有不少具体情节不符合历史的真实，但总的来看，还是反映了这个历史人物的面貌的。

本书另一特点是写敌人——清朝官吏也不简单化。一是他们并非铁板一块，常常为了个人利害发生矛盾，或争权夺利，不相统属；或以邻为壑，顿兵观望……二是他们各有其反动的特色，如陆建瀛昏愦无能，温绍原“善于守御”，胡林翼“精干”而自负，张亮基平庸而“谦抑”，鲍超勇鸷凶残，塔齐布强悍健斗，王有龄“机警”且“治军有恩”，向荣“短于机谋”但“勇于争战”，左宗棠专权好胜而“颇有决断”，曾国藩虚伪而很有一套笼络人才的本领。这就摆脱了敌人都是青面獠牙的鬼怪那种模式化的写法，也避免了鲁迅先生不止一次地提到的中国古小说中“叙好人完全是好，坏人完全是坏”的缺点，从而增强了作品的真实感。

《洪秀全演义》是一部以太平天国起义为题材的历史小说。由于作者有意识地把它看作宣传资产阶级民主革命的工具并主要是根据民间传说创作而成，书中不少具体情节不符合历史真实。如关于清廷宫闱秘事、天朝政治设施以及杨秀清、钱江等的许多描写，就与实际事实的距离较大。即便所引的诗、文、诏、檄，虽有根据，也未必可靠。比如第三十回写的石达开《答曾国藩五首》，虽然自梁启超的《饮冰室诗话》发端后一些诗话、野史、诗文钞等竞相转载，其实这是高天梅的伪托。当然，小说不同于史书，自不必事事属实，《三国演义》并不因为它“七实三虚”而有损它的光辉。

小说的主要缺点是太平天国起义反封建统治的思想为狭隘的种族主义掩盖。强调反满而忽视反封建，这可以说是清末许多资产阶级革命派作家作品的通病，《洪秀全演义》也不例外。在艺术上，粗线条的叙述多于具体的描写，有些地方模拟《三国演义》、《水浒传》的痕迹太显。如写洪仁发前期性格与李逵相仿，甚至如第六回写洪仁发执意要跟胡以晃去桂平县牢里救洪秀全的一段对话，与《水浒传》第六十一回李逵坚决要跟吴用去北京说卢俊义上山的描写，几乎如出一辙。

《洪秀全演义》是中国近代小说史上一部很重要的作品。它在当时的影响很大，曾经亲身经历了辛亥革命前后这段历史的冯自由说，这书“出版后风行海内外，南洋美洲各地华侨几于家喻户晓，且有编作戏剧者，其发挥种族观念之影响，可谓至深且巨”[①]。冯秋雪在《辛亥前后同盟会在港穗新闻界活动杂忆》中谈到《洪秀全演义》时说了冯自由差不多同样的话。可见它对资产阶级革命所起的作用。书中的英雄形象，对后来反对侵略和革命的人民也有一定的启迪、激励、鼓舞和警戒作用。抗日战争时期，这部小说还在新四军中流传。因此，现在印行这部小说，也还是有意义的。

一九八二年八月一日

（原载《文学遗产》1983 年第 3 期）

① 冯自由：《革命逸史》第 2 集，第 42 页。

吴趼人究竟何时到上海谋生？

吴趼人赴沪谋事，是他一生的转折点。但是，关于他到上海的时间，却历来众说纷纭。鲁迅《中国小说史略》云："年二十余至上海，常为日报撰文"，阿英《晚清小说史》、刘大杰《中国文学发展史》、北京大学中文系编《中国文学史》和《中国小说史稿》、游国恩等主编的《中国文学史》、十三所高等院校编《中国文学史》等均同此说；简夷之于《二十年目睹之怪现状·前言》中谓"三十几岁时到上海"；卢叔度在《关于我佛山人二三事》中提出"二十岁左右已经到上海了"（《中山大学学报》1980 年第 3 期）；李育中《"我佛山人"吴趼人》曰"1884 年"（十九岁）到上海（《随笔》1979 年第 1 期）；魏绍昌《吴趼人研究资料·鲁迅之吴沃尧传略笺注》说"到上海应在二十岁以前，约十七八岁之时"。究竟什么时候到上海，至今未有定论。其实，从吴趼人的著作和其他有关材料中，是可以得出一个明确结论的。

一，吴趼人《趼廛笔记·神签》云：

> 光绪壬午八月，得先君书，诏赴宁波省疾。时余年甫十七。家母恐年稚不习风涛，使卜于神。……以十九日（9 月 30 日）登舟展轮……至二十九日（10 月 10 日）乃抵吴淞……"

这里可以说明两个问题：第一，吴趼人自幼时随父母从北京回广东佛山以后，到十七岁还没有单独出过远门（至少是没有单独到过上海）；第二，"壬午八月"即 1882 年 9 月，吴趼人得父书诏赴宁波省疾，30 日动身，途径半月，至时父已亡故。随即料理丧事，并由水道运柩回粤（这事颇费时日）；到家后再发丧举哀，设灵奠祭（清制：士庶人丧礼"一月殡，三月葬”），事罢必将逾年。并且，根据中国的传统习惯，那个时候，没有特殊事故，一般接近旧历年底都不再出远门（能很快回家过年的短期出门例外）；出远门，常常要过了新年正月十五上元节（近八月者则过八月十五日团圆节）。因而，吴趼人 1882 年办完父丧之后再去上海当不可能。如此。吴趼人十七岁和十七岁以前是否赴沪谋生的疑问似可排除不论。

二，吴趼人《还我魂灵记》云：

> 吾生而精神壮足，未弱冠，即出与海内士大夫周旋。历壮，处境艰窘，仅以笔墨谋生活。（《汉口中西报》庚戌六月十六日）

这里说明他未满二十岁就已离家到社会上与各界人士应酬。据记载，吴趼人二十岁以前离家，一是去宁波料理父丧，一是至上海江南制造局工作。从这里的行文看，当指后者而非前者。谓予不信，再看吴趼人《二十年目睹之怪现状》第二十二回自评①：

> ……回想甲申、乙酉间之上海社会，如在目前。（见《新小说》杂志第 17 号）

甲申、乙酉即 1884 年和 1885 年，吴趼人十九岁和二十岁，说明他此时已在上海了。那么，吴趼人是不是十九岁那年到上海的呢？不然。吴趼人《趼廛笔记·星命》述其叔母在上海寓所病逝经过云：

> ……至光绪九年癸未，叔母年二十七岁。既除夕，辞岁喧笑，殊无病状。迩时且较往岁丰腴，举家窃喜，谓术士之言妄矣。至新岁初六夕，陡得暴病，初七辰刻卒。检历书，则初八日立春也。可

① 《二十年目睹之怪现状》每回后附载的评语，原未署名。丙辰（民国五年）正月新小说书社石印本伪署“李伯元评点”。细读评语，实为吴趼人自作。理由是：一，评语多为作者自述经历之言，如第二十六回“壬寅癸卯间，游武昌”，第一〇八回“曾倩画师为作《赤屯得弟图》”和“当时返棹，道出荆门，曾纪以一律云……”等均是；二，在《二十年目睹之怪现状》第一回《楔子》中，作者明确交代，这部书的评语是死里逃生写的；而死里逃生则与九死一生一样是作者的影子。

不谓神验乎……

“光绪九年癸未”即1883年，吴趼人十八岁。这里说明，这年的年底，吴趼人已在上海。

三，但是，上面这条记载，并不排除这样的可能性，即不是吴趼人亲见，而是听亲友的传说所记。因此，说吴趼人十八岁到上海，还须有更加有力的材料来证明。

吴趼人《文鹿季父春闱报罢南旋过申，赋此送归岭南，并寄介叔王季父京都》诗云：

……几人下第感刘蕡[①]，且喜英风侍海滨。惭愧阿咸[②]游沪渎，十年驰逐亦风尘。季父赐楹帖，撰句云：沪海风流怀小阮，京华驰逐怅刘蕡。……（《趼廛诗删賸》，见《月月小说》第5号）

文鹿即吴荃选。其叔吴尚廉于光绪辛丑之腊撰《吴氏四画传》云：“名荃选，字颂明，号文鹿……光绪己丑恩科[③]，与余同榜举人，拣选知县。”光绪己丑，即光绪十五年，公元1889年。清朝科举制度规定：子、午、卯、酉年秋试诸生于各省省城，曰乡试，考中者称举人；辰、戌、丑、未年春试举人于京师，曰会试，考中者称贡士。若乡试有恩科，则次年亦举行会试，称会试恩科。据此，吴文鹿在庚寅（光绪十六年，即1890年）便可参加会试恩科（吴尚廉就在这年考中进士）。但上诗所谓春闱不第，显然不是指这一次。因为若是这一次，则据“惭愧阿咸游沪渎，十年驰逐亦风尘”推算，吴趼人当在1880年（十五岁）便已到了上海；而这，前面已经说过，是不可能的。下一次会试，是光绪十八年即1892年的壬辰正科。这次吴文鹿仍然没有考中，所以他在给吴趼人的楹帖中有“京华驰逐怅刘蕡”的感慨。而吴趼人从1883年到此时，则正是在上海

---

① 刘蕡，唐代昌平人，字去华。文宗大和二年，应贤良对策，极言宦官祸国，考官嗟服，而畏中官，不敢录取。物论喧然不平之。登科人李郃曰：“刘蕡不第，我辈登科，实厚颜矣！”令狐楚、牛僧儒表授秘书郎，为宦官所巫，贬死。

② 阿咸，晋代名士阮籍之侄阮咸，有才名，世称小阮，又因而称侄曰阿咸。

③ 科举时代举行考试，本有一定年期，如遇朝廷庆典，不论考试年期特恩开科取士，谓之恩科。

生活了前后搭十个年头。至于再下一次乙未科，那已是1895年，前推十年是1885年——而吴趼人二十岁到上海之说，前面也已证明是不能成立的；且此次吴文鹿入京会试，参加康有为发起的《公车上书》，此时全国震动，群情汹汹，与所撰楹联“沪海风流怀小阮，京华驰逐怅刘蕡”的情怀也大不相合。

说吴趼人1883年到上海，还有一条材料可以证明。吴沃尧《新庵谐译初编·序》云：

> 余旅沪二十年，得友人一焉，则周子是也。(见周桂笙《新庵谐译初编》，光绪二十九年孟夏上海清华书局印行)

此《序》末署“光绪癸卯暮春之初”，即1903年4月初撰。盖由此前推二十年，正是1883年。

此外，《二十年目睹之怪现状》是吴趼人的一部带有自传性质的小说，书中的九死一生是作者的影子①，写他经历的事情有一定的真实性，因而也可以作参考。现将其中第二回的一段文字摘录于下：

> ……收拾好行李，别过了母亲，上了轮船，先到上海。那时还没有内河小火轮呢，就趁了航船，足足走了三天……一路问到我父亲的店里，那知我父亲已经先一个时辰咽了气了。……一面张罗开吊，过了一个多月，事情都停妥了，便扶了灵柩，来到上海。足足耽搁了四个月。到了年底，方才扶着灵柩，趁了轮船回家乡去，即日择日安葬。过了残冬，新年初四、五日，我伯父便动身回南京去了。我母子二人，在家中过了半年……我母亲道：“别的事情且不必说，只是此刻没有钱用……我想你已经出过一回门，今年又长了一岁了。好歹……你在外面，也觑个机会，谋个事，终不能一辈子在家里坐着吃呀。”我听了母亲的话，便凑了些盘缠，附了轮船，先到了上海。

---

① 吴趼人《近十年之怪现状》第一回云：“那九死一生，姓佘，名嗣偁，表字有声。”这“佘嗣偁”即“佘自称”之谐音；说明“九死一生”即是作者自己也。

这里当然不免有小说家言，如把父亲的官所写成商店，宁波改为杭州，叔父换作伯父等等；但其由省疾而料理丧事的经过，与在《趼廛笔记》等书中的记载大体上是一致的。如果按照这段文字所写的时间推算，那么，吴趼人应该是在1883年的秋季到上海谋生。

一九八三年四月二十日于北京
中国社会科学院文学研究所

（本文原载日本《清末小说研究》，1983年12月1日发行；日本《野草》第33期〔1984年2月〕转载）

豺虺满目实可哀，忧时愤世情更激

——赞社会小说家吴趼人及其作品

一、吴趼人的家世和生平

吴趼人，近代著名小说家。原名宝震，又名沃尧，从其父名允吉取字小允，初号茧人，后改趼人，因祖居广东佛山而又号我佛山人，别署趼、偈、佛、茧叟、趼廛、茧闇、趼人氏、检尘子、野史氏、老上海、老少年、趼廛主人、抽丝主人、岭南将叟等。清同治五年四月十六日（1866 年 5 月 29 日）生于北京祖父寓所，清宣统二年九月十九日（1910 年 10 月 21 日）卒于沪寓，享年四十有五。

吴氏系出延陵（今江苏省常州市）吴季札之后，自宋由福建至广东，居新会县之棠美乡，明崇祯间迁广东佛山镇。吴趼人的曾祖名荣光，字伯荣，号荷屋，嘉庆己未进士，官至湖南巡抚，兼署湖广总督。好文章书画及金石考证之学，著有《吾学录》、《辛丑销夏录》、《历代名人年表》、《筠清馆金石录》、《帖镜》等，又主修《道光佛山忠义乡志》，辑诸弟诗《吹篪诗略》。同怀弟弥光编刊其诗文诸作为《石云山人集》。一门之内，甲第联翩，群从弟兄，几于人人有集，号称“簪缨之族，诗礼之家”。祖父吴尚志，监生，任工部员外郎，卒于官。家道自此中落。尚志生四子：长同福，殇；次升福，即趼人之父；次炽福，直隶巡检；又次保福，江苏候补通判，后仕湖北宜昌。升福字允祺，又字允吉，浙江候补巡检。先，侍亲于京师；父卒，举家奉丧南归，居佛山故宅。服满，仕浙江宁波。这兄弟几人都是小官吏，生活并不富裕；死时升福余资无几，炽福、保福则空无所遗。

吴趼人出生两年后随父南归，跟着母亲在佛山长大。先从塾师受业，后入佛山书院读书。佛山在鸦片战争前就是我国工商业繁荣的四大镇之一，佛山书院也是个“人才最盛”，多出“显达之士”的书院（《佛山忠义乡志·教育志》），这样的环境对吴趼人的思想无疑有着重要的影响。他“早岁食贫，岸然自异，无寒酸卑琐之气”（李葭荣《我佛山人传》）。十七岁丧父，遗数千金为季父侵吞，家境益窘。因生活所迫，十八岁离家赴沪谋事，先投靠同乡江裕昌茶庄，不久进江南制造局作抄写工作，月得值八金，“时有怀才不遇之叹”（张乙庐《吴趼人逸事》）。“偶从旧书坊买得归熙甫文集半部，读之爱不忍释，遂肆力于古文。寝馈三年，而业大进”（杜阶平《书吴趼人》，《小说月报·谈屑》第8卷第1号）。此十余年间，仅作些一般的记事抒情、亲友赠答之诗。

从光绪二十三年（1897）三十二岁起，吴趼人进入办小报生涯。五、六年中，他先后主《字林沪报》、《采风报》、《奇新报》、《寓言报》诸小报笔政。这个时期，据他自己说，主要写一些“自侪于谲谏之列”的“嬉笑怒骂之文”（《最近社会龌龊史》自序），分载当时上海“以谐谑为宗旨者”各报，后经辑集修订，又发表于《月月小说》杂志。光绪二十八年，辞《寓言报》主人，赴湖北编《汉口日报》。同年出版小品文《吴趼人哭》五十七则，以诙诡之言，表现了作者对社会现实的不满。

光绪二十九年（1903），吴趼人三十八岁，湘乡曾慕陶侍郎疏荐吴趼人应经济特科①，“知交咸就君称幸。君夷然不屑曰：‘与物亡竞，将焉用是？吾生有涯，姑舍之以图自适。’遂不就征”（李葭荣《我佛山人传》）。表现了吴趼人对清朝统治者的蔑视态度。从此以后，他便致力于小说创作②。大概为了替上海广智书局与横滨《新小说》社联系出版发行事宜，吴趼人在这年冬天去过一次日本③。一九〇四年秋“得虚怯之症”（吴趼人《趼廛笔记·红痧》）；冬，游山东。次年春，受聘去汉口任美商英文《楚报》中文版编辑；七月，辞《楚报》之职归沪，参加反美华工

---

① 《清史稿》卷一百九《选举》四：“（光绪）二十七年，皇太后诏举经济特科，命各部、院堂官及各省督、抚、学政保荐，有志虑忠纯、规模闳远、学问淹通、洞达中外时务者，悉心延揽……二十九年，政务处议定考试之制……取一等袁家穀……等九人，二等冯善徵……等十八人。”

② 吴趼人《近十年之怪现状·序》：“……学为章回小说，计自癸卯始业。”（按：“癸卯”即1903年。）

③ 魏绍昌编《吴趼人研究资料·鲁迅之吴沃尧传略笺注》注九云：“……吴趼人赴日究竟所营何事，未见记载。据其堂弟吴植三在一九六二年说，趼人在沪曾助理广智书局业务，此去与《新小说》社联系出版发行事项有关。”

禁约运动。一九〇六年十一月一日《月月小说》杂志在上海创刊，吴趼人任总撰述。越年冬，办居沪粤人广志小学，此后到他去世，主要忙于学务。在这七八年间，吴趼人先后发表了《二十年目睹之怪现状》、《痛史》（未完）、《电术奇谈》、《九命奇冤》、《瞎骗奇闻》、《新石头记》、《糊涂世界》、《恨海》、《两晋演义》（未完）、《上海游骖录》、《剖心记》（仅刊二回）、《劫余灰》、《发财秘诀》、《云南野乘》（未完）、《最近社会龌龊史》（未完）、《情变》（未完）、《活地狱》（补李伯元未完之作三回）等长篇，以及《黑籍冤魂》等十二种短篇；此外还有《中国侦探案》、《我佛山人札记小说》等五六种笔记，《新笑史》、《新笑林广记》、《俏皮话》、《滑稽谈》等笑话、寓言，以及改良戏曲《曾芳四传奇》、《邬烈士殉路》和序跋、传记、评点等类的著作。

吴趼人生平喜为诡诙之言，“一言既出，四座倾倒”，“登坛演说，庄谐并陈”，闻者时歌时泣，“不自知其然”（胡寄尘《黛痕剑影录·我佛山人遗事》）；然“性强毅，平生不欲下人”（周桂笙《新庵笔记·吴趼人》），与世不能苟合，每言“必超然自成识解，于其所不知者，则默尔退听，不为饰辞矫说，以耸动人群”。他“恶宋氏之学”，对“朱氏熹尤多所诟病”，“于学问门径，亡所不窥，独不治经生家言”，常慨然曰：“愚黔首者，必此物也。”他“夙志廉退，不竞荣利”，当时“天下之士，靡然赴制科，君不治功令文如故”（李葭荣《我佛山人传》）。他尚气谊，重然诺，能急人之急，鬻文所入，到手立尽。据杜阶平《书吴趼人》记载：“曾有友夙负二百金，迨疾革，邀先生至，告以无力偿款，流涕道歉。先生慨然曰：‘我负人者，我尚未能偿之，乃忍责偿于垂死之友耶?我非惜财如命者，君毋以是戚戚也。’立就榻前焚借券，更倾囊出二十金，助药费焉。比归，而妻适以粮绝告，先生夷然也。”可见其为人。他磊落不羁，纵酒自放，“每于酒后论天下事，慷慨激昂，不可一世”（孙玉声《退醒庐笔记·吴趼人》）。或“独酌大醉，则引吭高诵腐迁《游侠传》，邻舍妇孺，恒窃窥而笑之”（杜阶平《书吴趼人》）。吴趼人后期完全靠卖文度日，生计相当艰难。他在一九〇五年写的《新笑林广记·咬文嚼字》中说：“我佛山人，终日营营，以卖文为业。或劝‘稍节劳’，时方饭，乃指案上曰：‘吾亦欲节劳，无奈为了这个!’”由于过度劳累，体力日益不支，医生反复要其节劳，他说：“顾劳者吾衣食之资本也，曰节劳，是犹节吾衣食耳！劳不可节，而困顿愈甚；困顿愈甚，而精神愈短少，是精神将离吾躯壳以去矣！”（《还我魂灵记》，《汉口中西报》，1910 年 7 月 22 日）说这话后仅三个月，他真的便离开了人世！

吴趼人有子早殇，得一女。卒时仅余小洋四角，朋友为其治丧。陈伯熙《上海轶事大观》载吴县沈悦庵挽趼人诗云：“语不惊人死不辞，卖文海上病难支。李南亭后吴南海，容易伤生笔一枝。伯道无儿志未舒，衔悲寡鹄复何如。佛山晴翠浓如昔，谁访筠清馆[①]里书。”吴趼人的一生，表现了那个社会中正直知识分子共同的可悲命运。

二、吴趼人的政治思想和文学主张

吴趼人生活在中国社会大动荡、大变革的历史转折时期。他出生之前，西方资本主义的大炮已经打开了中国封建帝国的大门，清王朝与外国侵略势力相勾结，血腥镇压了太平天国革命；洋务派在“富国”、“强兵”的口号下积极开展训练军队、筹设海防和兴办近代军事工业。他经历了中法战争、中日之战、戊戌变法、义和团运动和八国联军等重大事变。中法战争胜而反订屈辱之盟，中日之战使几十年苦心经营的北洋舰队毁于一旦，维新变法百三日以六君子倒在血泊之中而告终，义和团运动千百万人民惨遭国内外反动派的淫掠烧杀。这个时期，中国封建社会已土崩瓦解，走到末路；统治阶级腐败不堪，不足图治。帝国主义虎视狼贪，得陇望蜀；清朝政府步步退让，无休止地割地赔款。民穷财尽，哀鸿遍野，国运危如累卵。先觉之士，竞向西方寻找救国救民的真理，倡维新，呼变法，闹革命。为了达到改革政治的目的，梁启超等发动了一场规模颇大的资产阶级启蒙运动，在文艺上提出“诗界革命”、“文界革命”、“小说界革命”和“戏剧革新”，从而产生了以“改良社会，开通民智”为主旨的资产阶级启蒙主义文学。这种启蒙主义文学，对当时的封建制度起着破坏和加速其死亡的作用，并给予“五四”新文学运动以重大影响。

新事物顺应时代潮流蓬勃而生，旧事物虽没落而不甘心退出历史舞台。这是个充满着新与旧、进步与保守、革命与反动的激烈斗争的时代，新旧交替是这个时代的特色。

① “筠清馆”为吴趼人曾祖吴荣光书斋名。

任何一种意识形态，无不打上阶级和时代的烙印，吴趼人的政治、文艺思想和道德观念当然也不能例外。

吴趼人的家庭出身，给了他深刻的儒家思想的影响。他推崇古之“王道”、“恕道”，希望当时的“皇太后、皇上”真正能做到“以天下一家，中国一人为心”，用人“但论贤否，不论亲疏”（剖心记》）。他阐发孟子的“民贵君轻”之说，肯定“民权”（《吴趼人哭》），反对专制，说“中古贱儒，附会圣经，著书立说，偏重臣子之节，而专制之毒愈结而愈深”（《自由结婚》评语）。他由衷钦羡正直贤良、廉洁秉公、关心民瘼、有真才实学的清官，切齿痛恨贪财受贿、钻营无耻的赃官污吏（《二十年目睹之怪现状》）。他尊尚封建道德和封建礼教，尤重孝道和报知己之恩（《二十年目睹之怪现状》、《剖心记》等）。

吴趼人所处的时代，又给他增添了新的血液。他相信“进化论”，讽刺别人嗤笑“进化之理”；又接受资产阶级自由平等之说，嘲笑“某使臣致外务部书，以平等自由为邪说”。他主张奋发图强，要求进步、改革，反对因循守旧和闭塞顽固，认为“欲强国者必当开民智”，“无开化，无进步”便“不能维新”（均见《吴趼人哭》）。他反对妇女缠足①，主张兴办女学，宣称“女学不明，神权迷信”（《发财秘诀》评语），“女学不兴，女子无德”（《吴趼人哭》）。他掊击烧香拜佛、相面算命等迷信活动（《瞎编奇闻》、《九命奇冤》等），诅咒鸦片吸食者，说“此辈生存于国中，不过虚縻禄食，且又有传染痼疾之患，故不如早死为佳也”（《黑籍冤魂》、《新笑林广记·绝鸦片妙法》）。

中华民族的优秀文化传统和帝国主义侵略的严酷现实，哺育和激发了吴趼人强烈的爱国主义思想。他忧虑中国“积弱不振”，“今日赔款，明日割地”，说照这样“日蹙百里，不上几年，只恐就要蹙完了！”（《云南野乘》）他呼号：“只要全国人都有志气”，存了个誓死战斗的决心，中国就一定亡不了（《痛史》）。他愤怒谴责文武官吏的种种卖国丑行，说“恨不手刃此贼，方消胸中之恨”（《邬烈士殉路》和《二十年目睹之怪

① 据吴趼人的外孙女卢锦云说，她小时候常听她母亲吴铮铮讲，按照中国封建社会的传统习惯，她母亲五岁时（1909年）便要缠足，但是她的外祖父坚决禁止这种野蛮行为，说宁愿自己的女儿不出嫁（因为那时女子不缠足是被认为“大逆不道”的事，且无人愿娶），也不缠足！不久，他便让他的女儿加入了天足会，保全了她的天足。见卢锦云致笔者的信。

现状》等)。

一九〇五年反美华工禁约运动起,他毅然辞美《楚报》之职,返沪参加抵制美约义举。他登台演说,鼓舞士气;又多次写信给运动的发起人曾涛,要求“始终不懈”,“坚持不变”,一定要达到“使美政府竟废禁工之约”的目的。

吴趼人关心社会,渴望自己的国家振兴、富强。他满怀热情,“赞翊更革”(李葭荣《我佛山人传》);但是,吏治益坏,国事日非,外患不绝,内乱四起,他愤世嫉俗,进而走向悲观厌世。吴趼人思想上的这一重大变化是从一九〇七年开始的。他在这年三月写的《贾凫西鼓词·序》中说:“……国家、社会、政治、教育、程度、思想,历数年、十数年而终于如是——呜呼,其不可为也已!……此吾年来厌世之心所由生也。”又同年5月在《上海游骖录》第一回中说:“……况且我近来抱了一个厌世主义,也不暇辨其谁是谁非。”不过,他的这种悲观厌世,并非消极避世。正如他自己所说,他的“厌世主义”是“热极”而生,是“极热心的人,他嘴里说的是厌世话,一举一动行的是厌世派,须知他那一副热泪,没有地方去洒,都阁落落阁落落流到自家肚子里去呢”(同上)。他实际上还是十分关心社会、关心国家,多方探索救国救民的办法的。只是他走错了道路——企图用恢复旧道德来挽救中国的危亡。他说:“以仆之眼,观于今日之社会,诚岌岌可危,固非急图恢复我固有之道德,不足以维持之,非徒言输入文明,即可以改良革新者也。”(《〈上海游骖录〉著者附识》,又见《新庵译屑·自由结婚》评语)他认为只要提倡先王之礼、孔孟之道,“使道德普及,人人有了个道德心,则社会不改自良”。所以他既反对革命,又反对以西方资产阶级社会的模式来改革中国社会(见《上海游骖录》)。

综上所述,吴趼人的思想虽然属于新时代的资产阶级改良主义的范畴,但中国传统的儒家思想却占有相当大的成分。他虽然痛恶晚清社会的激情较当时一般的“谴责小说”家更甚,而在政治思想上却要比梁启超、李伯元等改良主义作家逊色。

吴趼人的文学主张,与他的政治思想紧密联系,当时的文艺思潮对他也有很大影响,但主要的还是传统的儒家文学观。

他公开表示赞同梁启超《小说与群治之关系》一文的观点[①]（《月月小说·序》），反复申述：撰译小说、编辑报刊是为了改良社会，开发民智。他说："余……从事小说，盖改良社会之心，无一息敢自已焉。"（《两晋演义》自序）他的好友周桂笙也说他"历主海上各日报笔政，慨然以启发民智为己任"（《新庵谐译初编》自序）。他明确反对那些名为"改良社会"、"佐群治之进化"而实际上于"群治之关系，杳乎其不相涉也"的"怪诞支离之著作，诘曲聱牙之译本"（《月月小说·序》）。

但是，吴趼人对于小说的社会功能的重视，主要是继承了《诗·大序》以来"经夫妇，成孝敬，厚人伦，美教化，移风俗"的教化说和在"王道衰，礼义废，政教失，国异政，家殊俗"的情况下"吟咏情性，以风其上"的美刺说的观点；同时也接受了屈原、司马迁以来"发愤以抒情"和"发愤著书"说的思想。他说《金瓶梅》、《肉蒲团》"其实皆惩淫之作"，《水浒传》"为今日官吏之龟鉴也亦宜"（《说小说·杂说》）。又说："惟吾粤儿不知有淫风二字"，是因其"弹词曲本之类"，"无一非陈说忠孝节义者"，"妇人女子，习看此等书，遂暗受其教育，风俗亦因之以良也"（《小说丛话》）。出于这种思想，他认为著文译书都必须"与我国政教风俗""相关"，"或于吾国之前途，有所希望"（《中国侦探案·弁言》），甚至提出要把撰、译小说作为恢复旧道德的"教科之助"，"以分教员之一席"。他说："吾人于此道德沦亡之时会，亦思所以挽此浇风耶，则当自小说始。"并宣称无论历史小说、社会小说、家庭小说和科学冒险小说等，"或奇言之，或正言之，务使导之以入于道德范围之内。即艳情小说一种，亦必轨于正道乃入选焉（后之投稿本社者其注意之）"（均见《月月小说·序》）。他说他自己的创作是"愤世嫉俗之念积而愈深，即砭愚订顽之心久而弥切，始学为嬉笑怒骂之文，窃自侪于谲谏之列……于是始学为章回小说"（《最近社会龌龊史》自序）。

在这一总的思想指导下，吴趼人还分别对当时主要的几类小说创作提出了具体意见：

---

① 此文的主要观点是：一，"欲新一国之民，不可不先新一国之小说。故欲新道德必新小说，欲新宗教必新小说，欲新政治必新小说，欲新风俗必新小说，欲新学艺必新小说，乃至欲新人心、欲新人格，必新小说"。二，小说分"理想派小说"和"写实派小说"。三，小说之所以"有不可思议之力支配人道"，那是因为它具有"熏"、"浸"、"刺"、"提"四种"力"。四，"中国群治腐败之总根源"在于旧小说。

首先，他认为写历史小说的目的，一是“借古鉴今”，“寓教育于闲谈”；一是普及历史知识，即所谓“正史籍小说为先导”，“为小学历史教科书之臂助焉可”，“为失学者补习历史之南针焉亦无不可”。在具体写作上，反对“以附会为能”，要求“不失历史之真相”，在“不得已”的情况下叙事可以“稍有参差先后”或“略加附会，以为点染”。他说他的朋友蒋紫侪曾对他说，“撰历史小说者，当以发明正史事实为宗旨，以借古鉴今为诱导，不可过涉虚诞，与正史相刺谬，尤不可张冠李戴，以别朝之事实，牵率羼入，遗误阅者”。他很“服膺斯言”（《痛史》第一回，《历史小说总序》，《两晋演义·序》及第一回评语）。

其次，关于写情小说，他反对“导淫”之作，也不主张写一般的儿女私情。他认为“情”字的含义很广：“人之有情，系与生俱来……对于君国施展起来便是忠，对于父母施展起来便是孝，对于子女施展起来便是慈，对于朋友施展起来便是义。”“大而至于古圣人民胞物与己饥己溺之心，小至于一事一物之嗜好，无非在一个情字范围之内”。而且非独人然，物亦如此。如“犬马报主”，“鸟鸣春，虫鸣秋，亦莫不是情感而然”。总之，天地间一切“有生机之物，莫不有情”。因此他说：“至于那儿女之情，只可叫做痴。更有那不必用情，不应用情，他却浪用其情的，那个只可叫做魔。”“俗人但知儿女之情是情，未免把这个情字看的太轻了”。进而他批评当时的创作：“近来小说家所言，艳情、爱情、衷情、侠情之类，也不一而足，据我看去，却是痴情最多”；“许多写情小说，竟然不是写情，是在那里写魔。写了魔，还要说是写情，真是笔端罪过。”（《恨海》第一回和《劫余灰》第一回）

第三，对于社会小说，他强调以忧时愤世之心、诙诡之词，写社会种种怪状，以警醒读者，从而达到改良社会的目的。他说李伯元是“以痛哭流涕之笔，写嬉笑怒骂之文……肆力于小说，而一以开智谲谏为宗旨。忧夫妇孺之梦梦不知时事也，撰为《庚子国变弹词》；恶夫仕途之鬼蜮百出也，撰为《官场现形记》；慨夫社会之同流合污，不知进化也，撰为《中国现在记》及《文明小史》、《活地狱》等书”。（《李伯元传》）这是写李伯元，也是写他自己。

吴趼人对于小说创作，除强调思想内容外，还注重“趣味”。他说：小说之“所以能改良社会者，以其能动人感情也”（《中国侦探案·弁言》）；而要动人感情，就得“沃以意味”（《两晋演义·序》）。他又说：

小说与“群治之关系”之外，还有“补助记忆力”和“输入知识”两种“特别之能力”；但这种“能力”完全靠“趣味”而行，甚至思想道德的教育也是“借小说之趣味，之感情”的帮助才能发挥作用（《月月小说·序》）。所以他提出：小说必须写得有“趣味”；如果写得“无味”或“乏味”，便不是“良小说”（同上）。

吴趼人的这种文学思想和主张，在当时具有相当的代表性。它反映了中国从旧文学到新文学这一过渡时期的特点。

三、吴趼人的小说创作

吴趼人的文学创作，是他文学主张的实践。他的作品很丰富：小说、戏曲、笔记、小品、笑话、诗、文、评点等各种体裁都有。其中以小说所取得的成就最大。

吴趼人是著名的“清末四大小说家”之一。他一生写过十八部章回小说[①]和十二种短篇小说，此外还有多种笔记小说和笑话，可说是晚清创作最多的一位作家。他的这些作品，从多方面广泛地反映了腐朽没落的封建社会的现实，在当时有很大影响，起过积极的作用。

吴趼人的小说，他自己分作“社会”、“历史”、“写情”、“醒世”、“法律”和“兼理想科学社会政治而有之者”六类。主要的是前面三类，后面三类按其所写内容可以归入“社会小说“一类。

第一类，“社会小说”。这一类小说在吴趼人的作品中数量最多，可以《二十年目睹之怪现状》和《九命奇冤》为代表。

《二十年目睹之怪现状》，一百零八回。一九〇三年十月起陆续发表于《新小说》杂志，至第四十五回因《新小说》停刊而中止，由广智书局先后以单行本行世[②]。

小说通过九死一生在二十年中耳闻目见的种种怪现状，揭示了封建社会总崩溃时期整个统治阶级的腐败、堕落，不可救药，以及这个社会的黑暗、丑恶和必然灭亡的命运。

封建官僚机构是维系封建统治的核心；然而，它已经腐败到如一堆

① 《白话西厢记》一种（12 回），疑后人伪托，此暂不论。

② 全书分甲、乙、丙、丁、戊、己、庚、辛八册，1910 年 12 月出版最后一册。

朽木粪土。商品经济的发展刺激了统治者对金钱的无厌的追求，贪污盗窃的毒菌侵入了统治机构的每一个毛孔。知县做贼，按察使盗银，郎中行骗，学政大人贩卖人口；被参的布政使用了一百零八颗朝珠反而升做巡抚；总督将全省各县列名标价，具折到处兜揽，公开卖缺；钦差查案，送钱的万事全休，不送钱的撤差参办……官场上一片尔虞我诈，明争暗夺。到处是见风使舵，逢迎拍马，欺瞒哄骗；到处是钻门子，走内线，拜老师，买人情……这些人畏洋人如鼠，媚洋人若狗，与外国人打仗未见敌兵先狼狈逃窜，或尚未开战便通敌乞怜。为了升官发财，他们不惜伪造证件，冒名顶替，出卖故交，严参僚属，罗织罪名，窜改供词，甚至把自己的女儿、媳妇、老婆去“孝敬”上司。总之，上自慈禧太后、王爷、中堂、尚书、侍郎、总督、巡抚，下至未入流的佐杂小官，宫里的大小太监，官僚的幕客、家丁、差役、马弁、姨太太、小姐、丫环、仆妇，全都置垂危的国家和人民于不顾，为了取得更好的地位去弄到更多的金钱，各各撕下了“仁义道德”的假面具，赤裸裸地当强盗、骗子、小偷、乌龟王八、娈童娼妇。在王朝统治下的整个上流社会，也是流氓、骗子、烟鬼、赌棍、奸商、掮客、讼师、泼皮、和尚、道士、婊子、狎客、斗方名士、星相卜筮之徒……狼奔豕突。九死一生的伯父平时道貌岸然，对子侄时加训斥，可是他竟乘料理丧事之机吞没了亡弟家产；吏部主事符弥轩满口“孝悌忠信”，却自己天天酒醉饭饱而让祖父到处行乞。至于侄子陷害叔父，儿子谋杀父亲，婊子建立牌坊，纵欲而死者入《孝子传》等等怪现状，更是层出不穷。作品真实地反映了封建社会腐朽没落的垂死面貌。

作者抱着爱国的感情，同情人民的态度，对封建统治者“恨铁不成钢”的愤慨，以及维护封建道德的立场，对晚清官场和社会作了淋漓尽致的揭发和批判。小说最后描写蔡侣笙、吴继之、九死一生等正直、贤良而又恪守封建道德的正面人物或“奉旨革职”，或被撤差，所经营的商业也全部破产，表现了作者改良主义理想的幻灭。整个作品的意义在于：它抹去了封建制度“天意”“永恒”的神圣灵光，暴露了它腐败不堪的丑恶面貌；它“亵渎”了宗法制度和伦常关系“天理”不可侵犯的巍巍尊严，展现了它堕落、崩溃的真实图景。它告诉了人们：这个社会已经腐朽、肮脏到了极点，再也无法挽救，唯有把它彻底摧毁，重建一个新的社会！——虽然，作者主观上并没有自觉地意识到这点。

《二十年目睹之怪现状》在结构上优于李伯元的《官场现形记》。全篇以“我”为线索，把二十年“亲见亲闻”之事串连一起；吴继之、文述农和苟才、九死一生的伯父等几个主要的正面和反面人物的活动在书中时断而又时续，起伏照应，前后贯穿，因而全局不显得涣散零乱。其缺点主要是题材缺少剪裁，情节缺少提炼，人物形象缺少集中概括的典型化创造，因而终于成为连篇“话柄”——许多表面现象的罗列，而非富有艺术魅力的形象的图画。但它毕竟全面地反映了晚清这一重要历史时期上层社会的真实面貌，在思想和艺术上都有相当的成就，是中国小说史上一部较好的作品。

《九命奇冤》，三十六回，最早发表在一九〇四年底至一九〇六年初出版的《新小说》上。此书根据安和先生的《警富新书》改编而成。原书写得很拙劣，《九命奇冤》只是撷取了它的故事，在思想内容和艺术形式方面都进行了再创造。

这是一部在艺术上比《二十年目睹之怪现状》更为成熟的作品。小说通过梁、凌两家因“风水”起祸，造成九命冤案，大打官司的故事，暴露了清朝“英明神武”、“吏治顶好”的雍正时代官场的腐败和黑暗。它的最大特点是：不像《官场现形记》、《二十年目睹之怪现状》等“谴责小说”那样细大不捐地堆砌许多“话柄”，而是自始至终写这一件命案，其他贿买乡科、迷信风水、侵扰抢劫、吵嘴殴打、官吏贪污、人情险诈……都紧紧地围绕着这个大命案，成为全书的有机部分；又运用西方侦探小说常用的倒叙手法，把本来应该在第十六回中出现的凌贵兴率盗火攻梁天来家的事提前到第一回里，使读者一开头先莫名其妙地看到一个紧张、嘈杂、惊心动魄的放火杀人的场面，然后再从头一幕一幕地揭示出它的前因后果。故事环环紧扣，结构严密完整。

《九命奇冤》运用《儒林外史》的手法写官场而一洗“谴责小说”“辞气浮露，笔无藏锋”和“官场伎俩”“小异大同”（见鲁迅《中国小说史略》）等流弊。它辞气隐含不露，用语婉转诙谐。作者对于所讽刺的对象加以典型的概括和客观的描写，让他们通过自己的行动和说话去表现各人灵魂的丑恶，而不作主观的说明，或借书中人物之口进行谴责；仿佛作者只是冷眼旁观，闲闲写去，但读来却真实生动，如在目前。例如第二十回写殷孺人挟制黄知县受贿买放一节，作者未插一语，而殷孺人的撒泼、搅理，黄知县的惧内、无能，舅老爷的不学无术、放刁耍赖，都现身纸上，声态并作。看着觉得滑稽可笑，但又觉得十分可恶。作品中每一次控告，写来都不一样，使读者毫无重复呆板之感。写官场受贿沉冤的情形，也各各不同，如黄知县平时为人尚好，办事也还认真清廉，只是在蛮横泼悍的太太的威逼下，才干了自己不愿干的事情。刘太守是个昏聩颟顸之徒，一任鲍师爷的欺蒙摆布；而鲍师爷呢，只因用了凌家六千银子，不得不“从权做一遭”儿。焦按察是个贪婪残忍的酷吏，他不落痕迹地收了二万银子贿赂，在堂上把个唯一的见证人张凤活活夹死，还口口声声地说：“本司所到之处，政简刑清。”萧中丞因事前得了凌家送的伽楠朝珠、珊瑚顶子，所以收到梁家状子时便装病不出，由得他的属员“上下其手”。新任总督杨大人呢，在赴广州的半路上就已受了姓凌的“千金之礼”，所以梁天来在码头拦舆递禀，他瞧都不瞧，便“在轿里掷了下来”！

《九命奇冤》很有中国侠义小说“绘声状物，甚有平话习气”（同上）的特色。它语言通俗明快，情节曲折引人，不作静止的抒写，也很少平板的叙述，而是通过具体描绘人物的行动表现人物的性格，并间或衬以世态，杂以诙谐，所以书中的人物一般都比较生动而有凸透感。如第十五回写众强盗“堂前设誓“一节，那区爵兴在香案前捉鸡斩头和林大有跳到堂中抽刀插桌等情景，都写得有声有色，活灵活现；第一回写众强徒火攻石室，第八回写易行夫妇上梁家请罪，凌氏之受感动，第十回写凌贵兴夜惊何氏尸，第二十回写殷孺人大闹黄知县等等，也都绘影绘声，如见其人。

另外，《九命奇冤》还受外国小说的影响，加强了对人物的内心世界和外形特征的描写。

《九命奇冤》并非是一部完美无缺的作品。在思想上，作者不仅保留了原作告御状成功，冤案得到昭雪，坏人一体治罪的光明结局，而且满怀深情地加强了对孔大鹏、李时枚、陈臬台（化名苏沛之）的描写，更加突出了这三个大清官的形象；另外，他竭力渲染、歌颂易行之妻（郑氏)、贵兴之妹（桂仙）等正面人物，也往往是从封建道德上着眼的：这些，都表现了作者改良主义政治思想和旧的道德观念的局限。在艺术上，人物的个性刻画还不很鲜明，甚至有些人物的性格前后不够一致。

作者明确标“社会小说”的还有《胡宝玉》（1906 年出版〉、《上海游骖录》（1907 年发表)、《发财秘诀》（1907 年底开始发表)、和《近十年之怪现状》（1909年发表）四部。其中《胡宝玉》（八章）实非小说，而是写上海妓院生活的笔记。《上海游骖录》（十回）是一部既同情人民、揭露清末封建统治的残酷与黑暗，又反对资产阶级革命、极力宣扬“恢复我固有之道德”以“改良社会“的小说，它同时表现了作者在浓重的黑暗现实面前悲观苦闷的思想。《发财秘诀》又名《黄奴外史》（十回），痛诋了汉奸买办为着个人发财而不惜为虎作伥，出卖国家民族利益的无耻行径，以及中国官僚的昏聩无能。《近十年之怪现状》后改名《最近社会龌龊史》（二十回，未完），是《二十年目睹之怪现状》的续篇，思想和艺术均无甚特色。

未标类别而实为“社会小说”者有：续李伯元的《活地狱》第四十至四十二回；与《二十年目睹之怪现状》同一类型，揭露晚清官场及社会之“卑污苟贱”的《糊涂世界》（现存十二回）。

标“醒世小说”的《瞎骗奇闻》（八回），通过一个土财主和一个穷人因相信算命的话弄得“一败如灰”和“身败名裂”的故事，揭露封建迷信的危害。称“兼理想科学社会政治而有之者”的《新石头记》（四十回），以宝玉再次入世后的经历为线索，反映清末社会的面影和作者希望在国内实现立宪——德育基础上的“文明专政”，在国际上“消灭强权主义，实行和平主义”的政治理想。另有标“法律小说”的《剖心记》，仅刊出二回而止。

第二类，“历史小说”，有《痛史》、《两晋演义》和《云南野乘》，以《痛史》为最著名。

《痛史》（二十七回，未完），一九〇三年十月起连载于《新小说》杂志。作品写南宋皇室昏庸偏安，权奸欺君误国，异族入侵，奸淫残杀，人民惨遭蹂躏，忠臣志士艰苦奋斗，不惜牺牲，抗敌救国，而终覆亡。作者极力歌颂文天祥等民族英雄，表彰他们誓死战斗、为国捐躯的英雄业绩和被俘后在敌人面前正气凛然、宁死不屈、痛骂国贼的大无畏精神；对贾似道等汉奸人物则恨如切骨，愤怒痛斥他们陷害忠良，卖国求荣，腼颜事敌的无耻行径，诅咒他们是“全无心肝”、“丧尽天良”、“狗彘不如”的“人头畜鸣”。他借书中范天顺之口怒骂投敌者说：“我要生擒你这忘宗背祖的东西，剖你心肝出来，看看是个甚么样儿!”全书充满了爱国主义的激情。小说一开头说：“既有了国度，就有竞争……但是各国之人，苟能各认定其祖国，生为某国之人，即死为某国之鬼。任凭敌人如何强暴，如何笼络，我总不肯昧了良心，忘了根本，去媚外人。如此则虽敌人十二分强盛，总不能灭我之国。”又在第二十五回借赵子固之口道：“天下岂是赵氏私物?”“天下者，天下人之天下。惟有德者居之。”这显然是针对晚清的社会现实而发的，寄托着作者对于清廷腐败统治的愤慨。作品描写了不少历史上无名的抗敌英雄的活动，反映了中国人民反对异族侵略百折不挠的精神。小说的主要缺点是：作者只在尽情地发抒他对于权奸国贼的愤恨，没有致力于人物性格的刻划；“倾向”常常不是“从场面和情节中自然而然地流露出来”（见《恩格斯致敏·考茨基》），而是作者直接插话表示出来，因而削弱了作品的艺术魅力。但它那高度的爱国主义思想，在反对帝国主义侵略和酝酿、进行资产阶级革命之当日，以及后来的抗日战争时期，都起过重要的积极的作用。

《两晋演义》（二十三回，未完），初刊于《月月小说》第一至第十号。这是一部“以《通鉴》为线索，以《晋书》、《十六国春秋》为材料，一归于正，而沃以意味”（见《两晋演义·序》）的作品。它更多地体现了作者“以发明正史事实为宗旨”（同上）的主张。《云南野乘》（载《月月小说》第十一、十二、十四号）述云南史事，拟自庄蹻开辟滇地起，直写至晚清，是作者有感于中国被帝国主义瓜分豆剖，“日蹙百里”的严酷现实而作，目的是要使大家知道“古人开辟的艰难，就不容今人割弃的容易”。惜仅完成三回。

第三类，“写情小说”，有《电术奇谈》、《恨海》、《劫余灰》和《情变》。其中《恨海》的影响最大。

《恨海》十回，1906年上海广智书局出版。小说写两对青年未婚夫妻在庚子事变中离散，他们的爱情、幸福被毁灭的悲剧。作品错综地表现了作者孝道和贞节的封建道德观念。其特色是：大大增加了人物心理活动的描写，且这些心理活动写得细腻真切，篇幅虽长而不觉其烦。另外，叙景写物，文字简炼而又形象。如第四回：“棣华盘膝在旁边守着，愈觉得凄凉。忽听得窗外一阵狂风过处，洒下雨来，打得纸窗淅沥，愈觉得愁肠百转，度夜如年。”又第八回：“棣华不觉抚尸大恸，说得一声：‘母亲，你撇得女儿苦也！’便觉得身体忽然轻如败叶，被风吹起，飘飘荡荡的，好不快活……”真实自然，读着如临其境，如见其情。全书除开头一段申述对于“写情小说”的看法外，正文都用叙述和描写，作者自己不发议论，主题思想随着情节的发展，通过人物的言论、行动和心里活动合乎性格逻辑地表现出来。写张棣华钟情、守节，哀感顽艳，对后来的“鸳鸯蝴蝶派”有较大影响。

《电术奇谈》又名《催眠术》，标“奇情小说”。原作者是日本菊池幽芳，吴趼人根据六回的文言译本改写成二十四回。作品写一对情人悲欢离合的故事，情节曲折引人。这是作者最早的一部“写情小说”，后来写的几部都在不同程度上受到它的影响。《劫余灰》十六回，标“苦情小说”。作品不脱过去才子佳人小说的形骸，唯亦从侧面反映了晚清社会的黑暗和华工生活的悲苦。《情变》仅成八回，也是写一对青年情人的悲剧。其中虽夹杂了不少白莲教“变影幻形”的荒唐描写，但整个作品尚有一定的反封建的意义。

吴趼人的短篇小说共十二种，先后登载在一九〇六年至一九〇八年的《月月小说》上。其中以《查功课》一篇写得最为成功。它运用西洋小说的形式，通过对话和漫画式笔触，写某督署夤夜派出“四位委员”跑到一学堂，以“查功课”为名，到处“翻箱、倒箧、掀被、揭褥、拆帐、开抽屉、撬地板”查抄《民报》的场面。这篇作品真实地反映了当时青年学生要求革命的进步思想和清朝统治者害怕群众接受革命思想的惶恐心理。其他作品，虽成就不高，但也都有一定的意义。如《庆祝立宪》、《预备立宪》、《大改革》、《立宪万岁》、《光绪万年》，对当时以慈禧太后为代表的反动统治集团所搞的假立宪进行了讽刺；《快升官》揭露晚清官吏卖友求升的卑鄙行径；《平步青云》嘲讽清末官吏趋势媚上的丑恶行为；《无理取闹之西游记》影射鞭挞了卖国害民的晚清统治者和贪婪凶残的外国侵略者；《黑籍冤魂》反映了吸食鸦片的祸害；《人境学社鬼哭传》以愤激之情，痛诋了上海绅商谄媚帝国主义分子的无耻丑行；《义盗记》宣扬封建道德、迷信资本主义警察制度等固不足取，但它说当时社会道德沦亡，人们都热中富贵，士大夫还不如强盗之信守仁义道德，尚不无意义。

吴趼人还创作了不少讽刺笑话和寓言，自一九〇四年至一九一〇年分别连载在《新小说》、《月月小说》和《舆论时事报》上。其中《新笑史》《二十二则）主要讽刺晚清统治者的昏庸无知、贪婪残暴，暴露他们贪生怕死、卖国求荣的可耻行为和寡廉鲜耻、苦心钻营的腐臭灵魂。《新笑林广记》（二十二则）着重嘲笑崇洋媚外、残酷敲剥人民、对上逢迎拍马的贪官污吏，谴责科举之士、鸦片吸食者和社会上的某些不良风尚，也表现了作者在帝国主义步步进逼下对祖国命运的忧虑。《俏皮话》（一百二十七则）把清末统治者比作蛆虫蚊蝇、蛇鼠猪狗，揭露他们各种各样的丑恶嘴脸，反映了当时政治、军事、外交等方面的腐败情形，对专横跋扈的后党和懦弱无能的皇帝进行了辛辣的讽刺，对社会上那些蝇营狗苟之夫、趋炎附势之徒、图财害民之辈也作了无情的暴露和鞭笞。《滑稽谈》（一百七十二则》与《俏皮话》同一类型，它把官场比作妓院，官吏拟为强盗、衣冠禽兽和吸人血的臭虫，对他们的贪污受贿、敲诈勒索、崇洋媚外、荒淫无耻生活，以至什么“立宪”、“改革”、“国会”、“议员”和社会上的种种不正之风，都进行了无情的嘲讽。

戏曲方面，有《曾芳四传奇》和“时事新剧”《邬烈士殉路》两种，但一成三出，一成二折，都没有写完。另有笔记多种，对研究吴趼人的思想有一定参考价值。

吴趼人的小说在晚消很具代表性，对当时和后来都产生过较大影响。它们在思想内容和艺术形式、表现手法等方面的继承和革新，表明了它们在中国小说承前启后的历史发展中的重要作用；它们的优点和缺点，也表现了近代小说从中国古代旧小说到现代新小说的中间过渡的特点。阅读和研究吴趼人的小说，对于认识晚清社会和探讨中国小说的发展规律，都有重要的意义。

主要参考书目

［1］魏绍昌编《吴趼人研究资料》，上海古籍出版社 1980 年版。

［2］鲁迅《中国小说史略》第二十篇《清末之谴责小说》吴沃尧部分，人民文学出版社 1973 年版。

［3］胡适《五十年来中国之文学》吴沃尧部分，见《胡适文存》第二集第二卷，上海亚东图书馆 1924 年版。

（原题《吴趼人》，载《中国历代著名文学家评传》第六卷，山东教育出版社 1985 年 5 月初版）

晚清小说中一部艺术上的成功之作

——读吴趼人《恨海》随想

近阅郑逸梅老先生《艺林散叶》，其第2979条曰："吴趼人以《二十年目睹之怪现状》一书负盛名，实则其所撰《恨海》，虽仅十回，却为成功之作。"凑巧，我前几天读过《恨海》，于是便想谈谈对于这部作品的看法，以及由此而引起的一些其他的想法。

《恨海》自光绪三十二年（1906）九月上海广智书局出版以后，即受到许多人的赞扬。如新广谓"是书独出新裁，不落窠臼"，"笔墨之妙，无以复加"。报癖云："吾读《恨海》，觉其缠绵悱恻，咄咄逼人，而万种之感情，爰荟萃一时，辘轳五内：始而目炯炯注，继而心怦怦动，终而泪潸潸堕；时而废书长叹，时而拍案狂呼，瞬息变迁，有不期然而然者"。寅半生曰："区区十回，独能压倒一切情书，允推杰构。……是笔是墨，是泪是血，凝成一片。灯下读此，真觉悲风四起，鬼语啾啾……"《觚庵漫笔》说它"绘声绘影"，"殊为不可多得"。这部作品，清末和建国前曾多次出版，被改编为话剧、地方戏和电影上演，这说明了它影响之大。建国以后，通俗文艺出版社和上海文化出版社等也先后予以重印，并把它改编为通俗话剧和越剧演出。但是，学术界对于小说的评价却颇不一致。如有的出版"前言"中说："《恨海》是一部暴露小说……这样，这本书就有了明显的反帝反封建的色彩。"而《中国小说史》类著作里又说："主题是宣传忠孝大节的封建道德，完全表现了作者思想中反动的一面。"或者说："作者并没有对帝国主义侵略进行任何谴责，……相反却露骨地宣扬了忠孝、贞节等封建道德。"

究竟应该如何评价这部小说呢？

为了更好地理解《恨海》这部作品，首先得全面了解一下作者的创作和思想。吴趼人一生的著作甚多。现在能确定的，他写过十八部章回小说和十二种短篇小说，多种笔记小说和笑话，此外还有一部分诗、文和戏曲。吴趼人的思想，比较典型地反映了近代新旧更替这一时代的特色。一方面，他的家庭出身和教育，给了他深刻的儒家思想的影响；另一方面，西方资产阶级文化思想的传播，又在他旧有的机体内注入了新的血液。由前者，他信奉古之“王道”、“恕道”，推崇孟子的“民贵君轻”之论，想望廉洁奉公、关心民瘼的清官之治，痛恨贪贿枉法、蠹国害民的赃官墨吏；同时，他也尊尚封建道德和封建礼教，有着严重的孝、义观念。因后者，他相信“进化论”，接受资产阶级自由、平等之说，主张开发民智，赞成社会改革，反对妇女缠足和烧香拜佛、相面算命等封建迷信。而中华民族的优秀文化传统和帝国主义疯狂侵略的严酷现实，又哺育和激发了他强烈的爱国主义感情。吴趼人的这些思想，都不同程度地表现在他的作品里。

吴趼人把自己写的小说分作“社会”、“历史”、“写情”、“醒世”、“法律”和“兼理想科学社会政治而有之者”六类。但主要是前三类，后三类按其所写内容可以归入第一类。《恨海》是他“写情小说”类的代表作品。它以庚子事变为背景，写两对青年未婚夫妻在战乱中离散，他们的爱情、幸福被毁灭的悲剧。说它“是一部暴露小说”是并不恰当的。小说的总倾向应该说主要是反映了作者思想中消极的一面，但并不能因此就简单地一笔否定，它表现出来的思想意义是比较复杂的。一方面，它全力塑造一个恪守“发乎情，止乎礼义”的封建古训的典型棣华来宣扬封建礼教；另一方面，对棣华大量心理活动的描写，又表现了“情”和“礼”的矛盾，表现了封建礼教对青年男女爱情的束缚。作者主观上极力描绘和赞扬棣华不“非礼越分”的德行；而实际上她给读者的印象却是一个封建礼教的牺牲品。它既肯定婚姻应有父母之命，媒妁之言；但又认为早订婚约“是干不得的”，危害非浅。作品称颂“割股疗亲”的孝行；可同时指出这是一种愚蠢的行为，是古人的欺人之谈。书中说“《红楼梦》是诲淫导淫之书”等无疑是错误的；但对当时社会上嫖客丑行的揭露和狭邪小说的批判则是完全正确的。它虽然没有正面描写清朝统治者的腐败堕落和深入揭发帝国主义侵略者的凶恶残暴；但也侧面反映了由“王公大臣们招来的”庚子事变给中国人民造成的苦难，并直接展示了洋人到处开枪杀人的罪行。作者对义和团固然仍持一般封建士子的传统观点，没有给予公正的评价；但确也明显地透露出他们所进行的是一场声势浩大的反对帝国主义的拚死斗争。因此，小说对我们尚有一定的认识意义。它可以使人们从一个侧面看到由帝国主义侵略和清朝统治者的昏庸腐败所造成的庚子之役中中国社会的动乱景象，并从中了解清末一般身负封建礼教枷锁的青年女子对待爱情、婚姻的思想、态度及其悲惨命运。

这部作品在艺术上是比较成功的。上面所引建国前那些赞扬它的话，虽不免有些言之过甚，然亦并非全为凿空之论。小说在艺术上确有它的独到之处。这除了文字清婉，结构完整、紧凑，题材注意剪裁等优点之外，最大长处在于描写人物的心理活动细腻真切，叙景状物生动如见，富有艺术魅力。如第二回写棣华母女和伯和主仆一起逃难，伯和与棣毕因碍于未婚之礼，不能同居一室，伯和夜间在客堂打盹，结果受凉生病。棣华一腔爱怜之情，上下翻腾：欲待叫他回来，羞于出口；欲待不叫，又于心不忍。忽然，她站起来，“轻轻把白氏推了一推，叫道‘母亲醒醒！’”可是当白氏醒后问她何事，她却“只是低头不语”。问急了，她才“向外间一指”，而眼边不觉已红成一片……这真是传神笔墨。接着写第二天清晨棣华为伯和盖被一段，欲行不行，行而又羞被母亲看见，亦有异曲同工之妙。自第三回起，写伯和在郎坊散失之后，一路上棣华更是心如辘轳，七上八下，万斛愁思，千回百转，未嫁小儿女情怀，历历如画。其他如写车夫有车夫性情，乡人有乡人声口，败子有败子气质，烟鬼有烟鬼形状；梦境则朦胧恍惚，似真似假；晕厥则虚无缥缈，若存若失：可谓描摹入微，情真理切。中国古典小说的特点主要是通过人物的行动展开故事情节，显示思想性格，很少心理描写。明末清初的才子佳人小说中有了较多的心理描写，到《红楼梦》更为明显，但终未成为小说创作的主要手段。《恨海》就不同了：它对于女主人公张棣华的描写，绝大部分是心理活动。这在中国小说史上是一个很大的发展和变化。小说表现一个封建社会末期的未婚少女的爱情，采用这样的形式是十分合适的。因此，作品在艺术上也有借鉴的作用。

吴趼人自己曾经说过他的《恨海》：“出版后偶取阅之，至悲惨处，辄自堕泪……能为其难，窃用自喜。然其中之言论理想，大都皆陈腐常谈，殊无新趣，良用自歉。所幸全书虽是写情，犹未脱道德范围，或不致为大君子所唾弃耳。”这说法基本上符合作品的实际。撇开这部小说的思想，只着眼于它的艺术，诚然是片面的；无视这部作品艺术上所取得的成就，只谈它的思想，也是不足取的。就思想而论，否定其有意义的成分，说它“完全表现了作者思想中反动的一面”，似乎有失公允；反之，认为它“有了明显的反帝反封建的色彩”，未免也欠客观。之所以会发生这种情况，原因可能是多方面的，受当时“左”的思潮影响，恐怕是其中很重要的因素。

从表面上看，“小说史”和“前言”对《恨海》是两种截然不同的评价，怎么说它们都是受了“左”的思潮影响呢？关于前者，显而易见，毋须赘言。对于后者，似难理解——因为中间绕了一个弯子，所以需要多说几句。经过比勘，发现解放后出版的几种本子对原著都作了不同程度的删改。以一九五七年十一月上海文化出版社出版的《恨海》为例，除眉批外，还删去了：一、多处关于马车夫要求增加车钱的描写；二、仲蔼关于《红楼梦》不良影响的一段议论；三、小说开头作者对于“情”字的一节唯心主义的诠释；四、书中关于义和团有些杀人、劫掠的描写。修改的如：第六回回目“火熊熊大劫天津卫，病恹恹权住济宁州”，改为“火熊熊义民烧教堂，病恹恹母女住济宁”；第七回回目“巧应对安稳出危途，误因循夫妻遭毒手”，改为“逢惊险伯和发横财，遭意外戟临丧残生”；第六回正文“只见那些拳匪，成群结队的横行，幸得此时尚未劫掠”，改为“只见那些义和团，成群结队，并未掠劫”等等。夸大这部作品的进步性，大概和读这种删改以后的本子不无关系。

由此而顺便想说几句题外话，即关于整理出版古典小说的问题。我认为：如果那部书思想、艺术都坏，对读者不起任何好作用，当然就没有印行的必要；不好而在某方面尚有参考价值的，可以内部发行；公开出版者，除了淫秽的描写和明显的错夺衍倒，最好不要删改（普及的选本和节本例外），因为删改者固然是出于好心，但由此却往往改变了作品的本来面貌，并拔高了那个时代的作家的思想。如果研究和评论工作者根据这种本子来研究和评论作家、作品，那便无法得出科学的结论。另外，中国古典文学作品中的落后、反动的内容它们对人们的影响，往往是与时代的发展成反比例的。如上述《恨海》中对于“情”字的唯心主义的解释，对于《红楼梦》的错误看法，以及有些地方称义和团为“拳匪”等，如果说在建国初期删改这些还是需要的话，那么在经过共产党三十多年的教育，人民的觉悟普遍有了很大提高的今天，再作这样的工作似乎便可以不必了。（近年来，人民文学出版社公开出版反动小说《荡寇志》，恐怕也是基于这样的思想吧。）至于如小说中马车夫想方设法要钱等的描写，根据当时的历史情况，未必就一定是对劳动人民的歪曲或污蔑，即使在建国初期，也没有删改的必要。然而，这只是现在的认识，在当时那样做是毫不觉得奇怪的。因此，这决不是哪个个人的问题，而是社会思潮的魔力。

（原载《明清小说研究》第2辑，中国文联出版公司1985年12月第1版）

千秋功罪，如何评说

——论英雄儿女小说家文康及其《儿女英雄传》

一

文康，字铁仙，一字悔庵，姓费莫氏，满洲镶红旗人。约生于乾隆末、嘉庆初，死在同治四年以前。

文康出身于历代显贵的八旗世家。他的五世祖温达，在康熙朝自笔帖式授都察院都事，迁工部尚书，充经筵讲官，授文华殿大学士（《清史稿》卷二六七）。曾祖温福（温达孙），以翻译举人授兵部笔帖式，乾隆朝官至福建巡抚，内迁吏部侍郎、军机处行走，进理藩院尚书，擢武英殿大学士（《清史稿》卷三二六）。祖父勒保，由监生充清字经馆誊录，累迁武选司郎中、兵部右侍郎，历任山西巡抚、陕甘总督、云贵总督、湖广总督、四川总督。因平“贼”有功，晋封公爵。嘉庆四年正月，特授经略大臣，节制川、楚、陕、甘、豫五省军务。后加太子太保、双眼花翎，拜武英殿大学士，授军机大臣，充国史馆总裁官，兼管理藩院事务（蔡冠洛《清代七百名人传·勒保》）。嘉庆帝赏海淀寓园（《清吏列传》）卷二九《勒保》），命皇四子娶其女（《清史稿》卷三四四）。真可谓代有相国①，位极人臣，尊荣、显赫异常。但他们也时获罪谴，甚至不免抄没、入狱之患。如温福，先有办案不善，夺职，戍乌里雅苏台；后起用升擢，又因征战败亡而削夺。勒保一生中更有八次严旨申饬，交部严议，革职，降级，褫花翎，摘顶戴，乃至以玩视军务，论大辟（后改“斩监候”）。即如其历任巡抚、总督、参赞大臣、户部侍郎、都统等职，

① 据崇彝《道咸以来朝野杂记》云，其族中尚有道光朝纳尔经额、咸丰朝文庆、光绪朝文煜为大学士。北京古籍出版社1982年1月版，第47页。

加太子太保的叔祖永保，也曾两度褫职逮京，下狱，籍家，论大辟（后“免罪，予八品领催，自备资斧赴乌里雅苏台办事）（见《清史稿》卷三四五）。惟永保之孙文庆，进士出身，由翰林青云直上，以至入阁拜相，中虽亦遭褫职、降级等谴，然终“眷倚不衰”，仕途上没有经过太大的挫折（《清史稿》卷三八六）。

勒保有子九人，姓名可考者有英惠、英德、英绶、英奎、英秀五人，各授内阁学士、侍郎、总兵、头等侍卫、郎中、知府等职。文康是勒保次孙（马从善《儿女英雄传·序》），但不知他是“英”字辈中哪一房的儿子。据崇彝《道咸以来朝野杂记》载，与文康同辈的费莫氏兄弟行，尚有文庆、文蔚、文俊、文辉、文煜、文硕、文良、文玉八人。其中文庆、文煜均官至武英殿大学士，他则都司、道员、布政使、侍郎、巡抚、驻藏办事大臣不等。

关于文康的生平事迹，迄今知之甚少。惟知其道光三年至五年在理藩院任员外郎，并以“提调官”和“总纂官”的身份参与了《理藩院则例》的续修工作。道光十九年至二十二年再次续修《理藩院则例》时，他又以“郎中上行走”之衔，任“提调官”和“总勘官”（见光绪三十四年刊《钦定理藩院则例》中《原奏》和《官衔》诸节）。道光二十二年至二十三年，任直隶六道之一的“分巡天津河间兵备道”（同治《续天津县志》），“管辖河间天津二府十八州县钱谷刑名，兼管河务”（光绪《天津府志》）。咸丰元年至三年，任安徽凤阳府通判（光绪《安徽通志》《凤阳府志》）。此后，大概便是马从善在《儿女英雄传·序》里所说的“丁忧还里，特起为驻藏大臣，以疾不果行，遂卒于家”。

另外，从当时史梅叔题赠文康的《理藩院文副郎康》等几首诗中（见《史梅叔诗选》），还可以知道他在理藩院任职时的青年时代是个英姿飒爽、俊才风发、豪放不羁的人物。那时，他过着“华轩明烛金错盘”，“锦筵”彻夜动“丝竹”的奢靡生活。可是，后来情况发生了变化。从上面的简略经历中，可以看到他咸丰初任凤阳通判时已比七年前的天津道台降了好几级。曾“馆于先生家最久”的马从善《儿女英雄传·序》说：“先生少席家世余荫，门第之盛，无有伦比。晚年诸子不肖，家道中落，先时遗物斥卖略尽。先生块处一室，笔墨之外无长物，……乃垂白之年，重遭穷饿。”说明了文康晚年生活异常艰难窘迫。

文康居北京安定门内土儿胡同（今交道口南大街北口路东）。有三子①，但失其名。

二

文康所著文字流传下来的，今仅知有《儿女英雄传》和他为《史梅叔诗选》写的序、例言和评语②。

《史梅叔诗选》是文康为他的好友史梅叔编的一部诗集。“选数百首，次十二卷”，道光乙未（1835）刊。一个儒化了的八旗世家，给文康打上了深刻的儒家思想的烙印。“夫诗者，先王厚风化、正人心之大端也。”（见《史梅叔诗选·序》）“兹编所选，有关人心化理之作多，流连光景、吟弄风月者绝少，所以别于后人，上追诗教”。（见《史梅叔诗选·例言》）这是正统的儒家文学观。文康在《儿女英雄传》卷首托名“观鉴我斋”和“东海吾了翁”的二篇自序中，认为“其旨少远、词近微、文可观、事足鉴者”，才是上乘小说；称颂《西游记》、《水浒传》、《金瓶梅》、《红楼梦》“皆托微词伸庄论，假风月寓雷霆”，“有裨世道人心”；反复申明《儿女英雄传》“非无所为而发”，而旨在“唤醒痴人”，“维持名教”：凡此等等，也都和上述思想相一致。不过，文康的文学观，又并非完全纯正的儒家思想。国运之衰微、宦海之艰险、家门荣辱之无常、个人仕途之坎坷，使他自觉不自觉地接受了建安文学和李白等人的影响。他钦慕“慷慨尚奇节”、“好言天下事”、“不为世俗所趋舍”的那种嵚崎磊落之士，推崇“益之以困苦拂乱忧愁感愤之思，至是乃积而发于兴、观、群、怨之旨”的诗（均见《史梅叔诗选·序》）。他重视反映现实的作品，强调文学的讽喻作用，所以在所选的诗中，多感愤忧伤之作，慷慨悲凉之音。但是，由于文康受儒家思想的浸润很深，他在评语中又把这些暴露社会黑暗，表现风衰俗怨的忧世伤时之篇附会为“其原独出于《小雅》”，“而义理无不准诸六经”。一如在《儿女英雄传》中，他既揭露官场之腐败，又宣扬封建伦理道德；把自己极力赞扬的济困扶危、除

---

① 《史梅叔诗选·朔谒太学归，便过文郎中康宅对饮，为短歌留之》中有“娇娇三骥子，殷勤各来厚”之句。

② 有一同治《荣昌县志》，署文康修，似非《儿女英雄传》作者，而为另一同名者。

暴安良的“英雄至性”统归为奉行忠孝节义的“儿女真情”。

文康仕途坎坷，身经盛衰，有着比较丰富的人生阅历。他熟悉经史典籍，爱好传统诗文和通俗小说、戏曲，具备相当的文化素养。在评史梅叔诗时，他溯源流，谈意境，论风格，讲章法，兼及书法、绘画等艺术，表现了广博的学识和多方面的艺术才能。对于文学作品，他不仅强调思想内容，同时也重视艺术表现。他把是否“穷极人情物类之状”和“引人入胜”作为衡量诗文小说优劣的重要标准（见《史梅叔诗选·序》和《儿女英雄传》原序）。并且他还自觉地将这一思想贯彻到《儿女英雄传》的创作中去，使这部小说在人物形象的塑造、特别是人物对话的个性化等方面显示出鲜明的特色，从而成为中国近代文学史上一部著名的作品。

三

《儿女英雄传》原有五十三回，后十三回因“残缺零落，不能缀辑，且笔墨弇陋，疑为夫己氏所续，故竟从刊削”（马从善《儿女英雄传.序》）。今存四十回并《缘起首回》。有光绪四年、六年北京聚珍堂活字本，光绪十四年上海有益堂木刻本和上海蜚英馆石刻本；上海申报馆排印本和上海亚东图书馆排印本等。

小说的具体写作时间不详。书前署“雍正阏逢摄提格上巳后十日观鉴我斋甫拜手谨序”及“乾隆甲寅暮春望前三日东海吾了翁识”两序，显系伪托。因为小说和观鉴我斋序中都谈到《红楼梦》，当然不可能是雍正朝的作品；书中又提到《品花宝鉴》中的人物徐度香和袁宝珠，而《品花宝鉴》是道光二十九年（1849）刊行的作品，乾隆时候的人也无法知道。两篇伪序的支干都是甲寅（阏逢摄提格即甲寅），很可能雍、乾甲寅之后的又一个花甲——咸丰四年甲寅（1854）是作者真正完稿的时间①。

对于文康写这部小说的主旨，马从善说：“先生殆悔其已往之过，而抒其未遂之志欤?”（《儿女英雄传·序》）胡适承继了这一观点，接着说：“文康在最穷愁无聊的时候虚构一个美满的家庭，作为一种精神上的

① 语出柳存仁《伦敦所见中国小说书目提要·绘图评点儿女英雄传》。笔者同意这一看法。

安慰。”（《中国章回小说考证》462 页）建国后的一些著作则多指出它“为封建统治服务”。马、胡之说固然不是没有一点道理，但失于完全着眼在个人的身世之感；后者指出了问题的实质，却又不免言之泛泛。其实，这个问题在伪托“观鉴我斋”的那篇自序中说得很清楚。序文说：《西游记》、《金瓶梅》、《红楼梦》“虽立旨在诚正修齐治平，实托词于怪力乱神。”也就是说，这些书是通过对怪力乱神的描写，使人们从反面受到教育的。比如写《水浒传》之“以横逆而终于草菅”，《金瓶梅》之“以斫丧而终于溃败”，《红楼梦》之“以恣纵而终于困穷”，目的在于“本平治”而“教忠”、“本修身”而“教孝”、“本齐家”而“教之以礼与义”。但是，作者认为，这种“以皮里阳秋为旨趣，其说理也隐而微”的作法，一般人不容易理解。所以他提出：“与其隐教以‘不善降殃’为背面敷粉，曷若显教以‘作善降祥’为当头棒喝乎?”这就是说，他不像《水浒传》等从反面做文章，而是直截了当地作正面文章，用树立正面榜样来教育世人。“有时诙词谐趣，无非借褒弹为鉴影而指点迷津；有时名理清言，何异寓唱叹于铎声而商量正学”。无论谈笑和说理，目的都是一个。而且下定决心，不惜“苦口”、“婆心”要“唤醒痴人”，“维持名教”。这个写作动机，出自文康的“晚年诸子不肖，家道中落”和“垂白之年，重遭穷饿”。书中所写，当然也包括了他本人的生活经验和教训在内。比如他在《儿女英雄传》中对于勤俭持家津津乐道，写正面人物安学海对太太道：“自你我起，都是粗茶淡饭，絮袄布衣，这才是个久远之计。”写安学海选择儿媳妇的标准是“持得家，吃得苦”。……凡此等等，未尝没有一点接受自己早年奢侈生活的教训在内。但是，他的写作目的并非仅仅为了悔他个人的“已往之过”和抒他个人的“未遂之志”来“作为一种精神上的安慰”。而是通过自己的身世之感，通过对人生（自己的和别人的）经验教训的总结，塑造正面的典型——树立正面的榜样，用以教育像自己的“不肖诸子”一样的“不肖世人”。使这些“不肖之人”都清醒过来，改“恶”从“善”，像《儿女英雄传》中的正面人物一样，维持名教，履行忠孝节义。文康的这部作品便是通过这样的途径来为封建统治服务的。

四

《儿女英雄传》中着重描写了安学海父子、十三妹何玉凤和邓九公、张金凤等人物。安学海是作者理想中的官宦世家里长辈的典型。他言必孔、孟，论必《礼记》，行必遵古制、合“经传”，事事都要掉书袋，讲出典。比如祭祖，便要摆上“燧釜”、“土鉶”等等古器，装着山涧里长的绿翳青苔、海岛边生的乌皮海藻，以符合《左传》上说的“涧溪沼沚之毛，苹蘩蕴藻之菜”的典故——是个十足的迂儒。然而，他正直，认真，为官清廉，宁愿被参、坐班房，也不肯营私舞弊、贿赂上级。作者在他身上突出的是一个“忠”字——忠于朝廷，忠于一切儒家经典。安骥是作者理想中年轻一代的榜样。他见到姑娘，未曾说话脸先红；听到父亲叫唤，立即想起“父诏无诺，手执业则投之，食在口则吐之，走而不趋”的这几句《礼记》来，便连忙恭恭敬敬的答应一声“嗻”，扔下筷子，把嘴里嚼的那口饽饽吐在桌上，口也不及漱，站起来，不慌不忙、斯斯文文、行不由径地走到上方去：真是乃子酷如乃公！他为了救父，不畏艰险，跋涉千里，差一点儿丢了性命。他循规蹈矩，恪守父训，奋志苦读，克继书香，乡、会连捷，探花及第，由翰林院编修而一日连升五级，未几又擢升学政兼观风整俗使，“位极人臣”，光耀门庭。在他身上突出的是一个“孝”字。张金凤身陷恶僧魔窟，宁死不屈，确保少女贞操，突出的是一个“节”字。邓九公不计前恶，酒释周三；受恩不忘报，甘担风险，为避难的孤女寡母“遮掩门户”，突出的是一个“义”字。十三妹何玉凤路见不平，拔刀相助，脚踢强汉，弹毙凶僧，怜书生解囊赠金，救弱女深入地穴，表现了她的“侠”；十数年含辛茹苦养老母，矢志母故复父仇，表现了她的“孝”；救男子不授手，焚香告天点“守宫砂”，表现了她的“节”；与张金凤姊妹相亲，共事安骥，既劝夫上进，又善待公婆，治家理财，件件皆能，表现了她“德、言、容、工”兼备的“妇道”。这是作者理想中的“英雄至性”与“儿女真情”结合的典范。

小说表现的这些思想，陈腐迂陋，多封建糟粕，自不足取。然而，文康毕竟和《荡寇志》的作者俞万春不同，他比较能正视现实。作品一开头写安学海三十年辛苦，黄卷青灯，直到须发苍然，才中进士。正自欣慰，忽听分发地方当知县，“登时倒抽了一口气，凉了半截”。由“烦恼忧思”而生了一场大病。原因是他见世上那些州县官儿，“不知爱惜民命”，惟讲“走动声气”，捞攒银钱，“巴结上司，好谋升转”；且“又苦于众人皆醉，不容一人独醒”。后来到了南河工地，所遇整个河工衙门的人，从总督、道台、知府、首县到幕僚、佐杂等等，无不是不顾民命、偷工减料、虚报冒领的贪官污吏。师爷教安学海虚报作弊说：“承东家不弃，请晚生在这衙门帮办公事，可不敢不倾心吐胆的奉告：我们这些河工衙门，这‘据实’两个字是用不着、行不去的哪。即如东家从北京到此，盘费日用，府上衙门，内外上下那一处不是用钱的？况且京中各当道大老，合本省的层层上司，以至同寅相好，都要应酬的到，尤其不容易。……就我们这衙门讲，……这内而门印、跟班、以至厨子、火夫，外而六房、三班，以至散役，那一个不是指望着开个口子弄些工程吃饭的？此犹其小焉者也。再加一个工程出来，府里要费，道里要费，到了院费，更是个大宗；这之后，委员勘工要费，收工要费，以至将来的科费、部费，层层面面，那里不要若干的钱？”从此可见当时官场贪墨之一般。河台谈尔音原是河工佐杂微员，全凭贪污贿赂当道，很快便当上了道员、总督。到工的官儿都要先奉献他一份厚礼；逢他寿辰，各厅、道更各极其巧，送赤金砚台、珍珠手串和百亩地契……安学海由于“爱惜人民的性命”，不肯胡作非为、与之同流合污，结果“衙门内外人人抱怨”，河台心里“着恼”，不多几时，便被参革职拿问。进而，小说又写县衙官役到地方敲诈勒索，鱼肉人民和书办作弊；县令胡涂断案，却因此被“上台见重”，并“还保了卓异”。一个稍为正直的官吏竟至遭到人人厌弃，在官场上无立足之地；贪污者如鱼得水，昏聩者步步高升，清正者反被扣上“贪污”的罪名，坐牢赔银：政治的腐败、现实的黑暗到了何等程度！它敲响了这个社会的丧钟，预示了这个社会的必然灭亡。如果说，小说前几回写十三妹济困扶危、锄恶除奸以及第十一回写平民“不得已而落草”和“强盗”“轻财仗义”还都只是过去一般侠义小说民主思想传统的继承，那么，上面所说的这些就不同了，它是一种带有近代特点的、意义更为重大的对于现实社会的批判。

五

《儿女英雄传》中有许多封建说教，枯燥乏味，令人厌烦；特别自十三回以后，这种情况更为严重。但是不可否认，它在艺术技巧上还有相当的成就。这主要表现在下列几个方面：

（一）绘事状物，细致真切。譬如第三十七回写程老夫子的肮脏相。先写他“那一嘴零落不全的牙”儿，“敢则是一层黄牙板子，按着牙缝儿还渍着许多深蓝浅绿的东西，倒仿佛含着一嘴的镀金点翠。”接着写他的烟袋荷包，“那上头的油泥，假如给了剃头的，便是使熟了的绝好一条杠刀布。”再写他的象牙烟袋嘴儿怎么成了“黄白加黑冰裂纹儿”：

> 象牙性最喜洁，只要着点恶气味，他就裂了；沾点臭汁水儿，他就黄了。怎禁得起师老爷那张嘴不时价的把他叼在嘴里呢！何况遇着赴席，喝着酒还要吃袋烟，嘴里再偶然有些倒不过窨来的东西，渍在牙床子、嘴唇子的两夹间儿，不论鱼肉菜蔬、干鲜乳蜜，都要借重这个象牙烟袋嘴儿去掏他。及至掏出来，放在眼底看看，依然还要放在嘴里嚼嚼咽下去。那个雪白的象牙合他那嘴牙是两个先天，怎的会不弄到半截子焦黄，裂成了十字八道？

后面还写他由于谈得高兴，把一袋烟耽搁灭了。“灭了他竟自不知，还在那里闭着嘴只管从嗓子里使着劲儿紧抽。这个当儿，呼噜呼噜，早灌了一筒子唾沫”等等。像这样真切细致的描写，在中国古典小说中不很多见，而在这部作品里却随处可以读到。这是《儿女英雄传》写作上的一个重要特点。

（二）描写言行，生动传神。这部小说中的许多人物都各有各的声口，富有语言个性化的特点。如邓九公粗率好胜的豪人快语，张姑娘深心周密的宛转流利，安儒人慈惠平和，舅太太淳良爽利、诙谐风趣。甚至同样是庄稼人，张亲家老爷少言寡语，老成朴实，张亲家太太则满嘴怯话而鲁直不慧。同样迂腐，程夫子是诚笃长厚，安老爷是拘执守旧，安公子是单纯率真。十三妹的形象固然因为作者欲使英雄儿女之概备于一身而致性格前后不一，但不能否认其语言之作侠义英雄时的豪爽泼辣和为封建儿女时的严正精到。即便是书中的一些次要人物，如官场小吏、蠢妇村夫乃至能仁寺里的那个王八媳妇，也无不各尽其致，一一传神。

至于行动描写，动态如第六回十三妹弹打能仁寺凶僧一节——弹飞，僧倒，刀扔，铜旋子唏啷哗啷滚下台阶……静态如第二十七回何玉凤临出嫁前那种压抑不住的乐在心里、喜在眉尖的情景，都绘声绘色，如在目前。类似这样的描写还很多，如第十二回写新媳妇张金凤第一次见婆婆，那“安太太口里虽合张太太说话，那一副眼光早注到张姑娘跟前”。第十五回写安老爷说不知你家里有没有绍兴酒，那“邓九公见问，把两只手往桌子上一按，身子往前一探，说‘怎么说，老弟你也善饮?’”也都神形兼备，声态并作。

（三）刻画心理，曲尽其妙。揭示人的内心世界是塑造人物形象、刻画人物性格的重要手段，《儿女英雄传》的作者在描写人的心理活动方面也作了不少努力。他概括叙述人物的内心活动、人物自我内心独白、通过人物行动揭示其内在的精神面貌等多种方式并用，不少地方写得细腻逼真，可谓曲尽其妙。如第三十五回写士子乡试后等待放榜的复杂心情，实是体察入微，描摹尽意。下面写安公子中举以后全家的欣喜反应，更是精彩过人。其中最有趣的是他们家的舅太太：

> 她从西耳房一路叨叨着就来了。口里只嚷道：“那儿这么巧事！这么件大喜的喜信儿来了，偏偏儿的我这个当儿要上茅厕，才撒了泡溺，听见，忙的我事也没完，提上裤子，在那凉水盆里汕了汕手就跑了来了。……”他拿着条布手巾，一头走，一头说，一头擦手，一头进门。及至进了门，才想起姑老爷在家里呢，不算外，还有个张亲家老爷在这里，那样个敞快爽利人，也不会把那个半老秋娘的脸儿臊了个通红！……

这段描写，全文五千余字，淋漓尽致地揭示了安家上下老少歆羡崇拜科举功名的内心世界。在这里，奴才张进宝跑得气喘吁吁高声呼叫、安公子站在墙角落儿里流泪、长姐儿独自在房中坐立不安、舅太太未撒完溺就跑了出来，以及张太太撅着屁股向魁星爷磕头，都符合他们各自的地位、身份和性格；惟平时言必子曰诗云、行必折规周矩的安老爷却失了常态。而妙就妙在正因为他失了常态，才见其想望科举功名之心之尤深和盼子成龙之心之尤切。

六

《儿女英雄传》的突出贡献和重要意义，在于它揭露当时官场的腐败，开晚清“谴责小说”之先河，为中国小说的发展开创了一个新局面。

在此之前的中国小说并非没有对社会现实的揭露、讽刺和批判，而且有些也写得颇为深刻。但是由于时代和作者思想认识的局限，这种揭露不少着眼在贪财恋色、丧伦败德、趋炎附势、忘恩负义等人情世态的表面现象；有些作品写到统治阶级的陷害忠良、贪赃枉法、草菅人命、欺压百姓，一般又归结为个别昏君奸臣、贪官酷吏、劣绅豪奴、刁民恶棍的罪愆。并且它们往往从劝善的目的出发，最后堕入天意宿命、善恶果报的迷津。有些优秀之作则是通过对于家庭罪恶及其兴衰变化的描写，曲折地反映出封建社会的黑暗和政治的腐败，还不是集中地直接掊击封建阶级的统治——指陈该阶级整个官僚统治机构的罪恶与腐朽。另外，那些对于现实社会的抨击，又或寓于讲史，或伪托前朝，或假借灵怪，……就清代而言，《斩鬼传》借幽冥鞭挞人间邪恶，《聊斋志异》写花妖狐魅影射人世，《儒林外史》讽刺科举而托于明代，《红楼梦》批判封建社会而一曰“假语村言”，又曰“毫不干涉时世”，《何典》用鬼话痛斥时弊，《镜花缘》通过“海外世界”的描述讥弹现实，《常言道》嘲骂世风既托于明末，又假于乌有的“小人国”。刊行于嘉庆九年（1804）的《蜃楼志》用比较多的篇幅描写了广东海关税务监督赫广大贪污盗窃、敲诈勒索及其荒淫无耻的劣迹，有些近乎后来“谴责小说”的风格。然而，它还是属于中国古典小说的范畴。这不仅因为它所写之事托之于明代嘉靖年间，而是由于它仍把赫广大作为整个官场上的个别坏人来看待，最后坏人一体受罚，善人均得好报——仍不脱“劝戒”小说的窠臼。《儿女英雄传》则开宗明义第一章便明确宣布：这部书近不说残唐五代，远不讲汉魏六朝，就是我大清朝的一桩公案。它不用任何隐讳曲折的影射，而是面对现实，直陈官场的罪恶。它摒弃了许多古代小说中“劝善”的主题，着眼点由个人道德转向社会政治，揭露从单个人的堕落、家庭的溃败改为整个统治阶级的腐朽。《儿女英雄传》尽管也不时有些“当朝圣人爱民如子”之类歌颂皇帝的话，但具体写到官场，则除了安老爷以外，几乎没有一个好官①。《蜃楼志》最后写朝廷派遣两位钦差查封广东海关，贪官赫广大被革职解任，总督、巡抚、藩司、臬司、知府等全由精明能干、克己奉公的清官担任，给人以从此天下清平之感。《儿女英雄传》却不然。它写河道总督被革职查办之后这个烂透了的河工官僚机构以后怎么样，未有下文，让读者展开想象的翅膀去自由飞翔。但小说到临结束时作者却通过正面人物安学海之口道："你们可晓得，那河上的官儿，自河总以至河兵，那个不是要靠那条河发财的？单单的放我这样一个不会弄钱的官在里头，便不遇着那位谈大人，别个也自容我不得。长远下去，慢讲到官，只怕连我这条性命都有些可虑。"（第三十九回）这就说明了决不是什么个别坏人的问题。如果说这还只是讲河工，那么他在第十五回中说："请问如今那些地方官，又那个真对得住百姓，作得起个民之父母?"这就进一步明确否定了清朝全国的地方统治机构。至于中央政府，小说第二回早就说过，"京中各当道大老，合本省的层层上司"，无不是贪污受贿者。像这样直接、全面地攻击封建统治的中枢神经——否定清朝的整个官僚统治机构，在中国小说史上还是第一次。

在艺术表现上，《儿女英雄传》的人物心理描写、对话和细节描写等都较以往的小说有明显的发展，表现出有异于中国古代小说的特色。

中国古典小说不大重视人物的内心描写。偶或有之，也很简略，是为了交待人物行动的心理动机。明清才子佳人小说中心理描写有了很大发展，有些写得相当真切细腻。它们已不仅用来说明人物行动的内心根据，而且用来揭示人物内心世界的奥秘。《红楼梦》里也有较多的心理描写。其特点是：基本上不作静止的纯心理描绘，而是把人物的内心活动融和在情节的进展中由作者叙述出来。有些地方写得颇为深入、细致，成功地揭示了人物内心深处种种隐微曲折的情感。《儿女英雄传》继承和发扬了这种描写方法。这表现在：心理描写在作品中的比重较前显著增加；这种艺术表现手法不仅用在主人公或几个主要人物身上，而且广泛地用于各种人物身上；人物自我内心独白、通过人物行动揭示其内在思

① 安公子虽然飞黄腾达，但未实写其为官情形。钦差乌克斋惩办了贪官河台谈尔音，昭雪了安学海之冤，似是一位清官。其实，他这样做是出于师生之谊。后来安公子放了乌里雅苏台的参赞大臣，因是边鄙苦差，全家"哭眼抹泪"，求乌克斋"挽回"。这时乌克斋已进了军机，他竟在内里做了手脚，把安公子改放了山东学政。可见他也并不十分清正。

想、作者概括叙述人物的内心活动等多种方法并用；刻画更加细腻，有些描写很出色地揭示了人物的精神面貌和内心世界，从而获得丰满人物形象、深化人物性格的艺术效果。另外，以人物的行动描写为主是中国古典小说的重要特点。对话，往往是由一个行动向另一个行动过渡的中介。不过，这方面在中国古典小说中亦有变化。比如清初才子佳人小说《定情人》中对话的比重就很大，加上心理描写几乎占了全书的一大半。在《红楼梦》中，它更成为表现人物思想和个性特征的重要手段。到《儿女英雄传》，已发展成为人物的对话描写多于行动描写。这种情况，展示了中国近代小说艺术表现上的特点。《儿女英雄传》在中国小说发展史上起着承前（古代）启后（近代）的重要作用。我们应该重视文康在创作上的这种历史功绩。

诚然，就作品的整体看，安家的兴盛和清朝统治阶级的腐败是矛盾的；书中确有许多须要批判的消极成分和应该抛弃的封建糟粕。但是，无论在思想内容和艺术技巧方面，《儿女英雄传》都比它的前辈提供了新的东西，在中国小说发展史上起着承前启后的重要作用。它的这种历史功绩是不能抹煞的。

主要参考书目

［1］《儿女英雄传》，上海亚东图书馆本。

［2］《史梅叔诗选》，文康编，道光乙未刊本。

［3］孙楷第《关于儿女英雄传》，载《国立北平图书馆馆刊》第4卷第6号。

［4］林薇《〈儿女英雄传〉作者文康家世、生平及著述考略》，载《文史》第18辑。

［5］弥松颐《关于〈儿女英雄传〉作者文康的家世、生平及其他》，载《文史》第24辑。

（原题《文康》，载《明清小说研究》1988年第1期；后载《中国历代著名文学家评传》（续编三），山东教育出版社1989年12月第1版）

《痛史》校点前言

《痛史》是我国近代说部讲史中的上乘之作。它首载于《新小说》第八号（1903 年 10 月）至十三号、第十七、十八号和第二十号至二十四号（1906 年 1 月），标“历史小说”，共二十七回，未完。一九一一年上海广智书局出版单行本，一九三八年上海风雨书屋曾列为“海角遗编”之一种校点再版，一九五六年上海文化出版社又据风雨书屋本整理重印，近年来福建人民出版社和山东文艺出版社等的标点、校注本也相继问世。此书颇有影响，在当时和后来的反清革命和反对外国侵略者的斗争中都起过积极作用。对今天的读者，它仍是一部进行爱国主义教育的优秀作品。

吴趼人生活的时代，正是清朝统治阶级腐败不堪、帝国主义疯狂侵略中国、炎黄子孙为挣脱重轭而喋血斗争的时代。吴趼人的祖辈曾参与过反抗侵略的义举（如 1840 年英军进犯广州，晚年致仕在家的吴荣光，即以绅耆的身份积极领导佛山官绅捐资办团练，铸炮筑栅，筹备固守抵抗，以援广州之急），也经受过残暴侵略者的欺凌与损害（如 1860 年英法联军入京，大肆焚掠，其父冒锋镝，扶祖母灵柩出城，途遇洋兵，劈棺露尸，惊痛成痴）。所以，一方面，吴趼人的家庭出身和从小所受的儒家教育，养成了他浓厚的封建道德观念；另方面，时代的急流和严酷的现实又使他要求进步，“赞诩更革”。特别是中华民族的优秀文化传统和国仇家恨的深刻影响，使他较之李伯元等当时著名的小说家有着更为强烈的爱国主义的感情。他忧中国“积弱不振”，国亡无日，对清朝政治的腐败痛心疾首。他或登台演说，或发为文字，带着愤世疾俗的激情狠揭晚清社会的污秽，痛斥文武百官种种“卑污苟贱”的行径，对卖国求荣的贼子进行猛烈的鞭笞，呼号全国人民同仇敌忾，誓死战斗，保卫祖国。

吴趼人的作品很多，诗、文、笔记、小说、戏曲、评点、笑话、寓言等各种体裁都有，其中以小说所取得的成就最大。现在明确可考的，他写过十九部章回小说（有的没有完成）和十二种短篇小说。这些作品，从多方面广泛地反映了腐朽没落的封建社会的现实，产生过很大影响，因而他也成为清末著名的“四大小说家”之一。

吴趼人的文学主张，和他的政治思想紧密联系。与以往封建士大夫们的“消遣”主义不同，他强调文学的社会功利作用，认为著文译书都必须“与我国政教风俗”“相关”，“或于吾国之前途有所希望”，并明确表示赞同梁启超《小说与群治之关系》一文的观点，反复申述：撰译小说、编辑报刊是为了改良社会，开发民智。与此同时，他也重视小说创作的趣味性。他认为小说之所以能改良社会，是因为它能动人之感情；而欲动人之感情，就得“沃以意味”。他说小说与“群治之关系之外”，还有“补助记忆力”和“输入知识”两种“特别之能力”；但这种“能力”完全靠“趣味”而行，甚至思想道德的教育也是“借小说之趣味，之感情”的帮助才能发挥作用。所以他提出：小说必须写得有“趣味”，如果写得“无味”或“乏味”，便不是“良小说”。吴趼人的文学创作，便是他的这种文学主张的实践。

吴趼人把自己写的小说分作“社会”、“历史”、“写情”、“醒世”、法律”和“兼理想科学社会政治而有之者”六类。主要的是前面三类，后面三类按其所写内容可以归入“社会小说”一类。“社会小说”，可以《二十年目睹之怪现状》和《九命奇冤》为代表。它们主要是暴露和谴责晚清社会的黑暗，特别是官场的腐败。“写情小说”描写青年男女恋爱婚姻悲欢离合的故事，以《恨海》的影响为最大。“历史小说”，有《痛史》、《两晋演义》和《云南野乘》，以《痛史》为最著名。

吴趼人写“历史小说”的目的：一是“借古鉴今”，“寓教育于闲谈”；一是普及历史知识，即所谓“正史藉小说为先导”，“为小学历史教科书之臂助”，“为失学者补习历史之南针”。由前者，他多选历史上的爱国题材，为当时反对帝国主义侵略的斗争服务。如他写《云南野乘》，是有感于中国被帝国主义瓜分豆剖，“日蹙百里”的现实，为使大家知道“古人开辟的艰难，就不容今人割弃的容易”。因后者，他在具体写作上反对“以附会为能”，要求“不失历史之真相”，仅是在“不得已”的情况下叙事可以“稍有参差先后”或“略加附会，以为点染”。但是他写《痛史》，却“因别有所感”，未尽实行其“不失历史之真相”的主张。

《痛史》取材于南宋历史，写蒙古南侵，南宋灭亡的故事。全书充满爱国主义激情。通过对侵略反侵略、投降反投降的激烈斗争的描写，极力表彰和歌颂了文天祥等忠臣义士誓死战斗、为国捐躯的英雄业绩和被俘后在异族统治者面前正气凛然、宁死不屈的大无畏精神；尽情揭露和诅咒了贾似道等汉奸国贼欺君弄权、陷害忠良、卖国求荣的无耻行径，充分表现和愤怒鞭挞了张弘范等叛逆者的丑恶嘴脸；同时，反映了异族入侵者奸淫杀掠的残暴统治和广大人民惨遭蹂躏的深重苦难；也尖锐地批判了宋儒在强兵压境、国土沦亡之时空谈“义理”，不讲武备的理学之害。作品一反中国许多古典小说中的正统观念和对皇帝歌功颂德的俗套，敢于直接谴责最高统治者“荒淫酒色，拱手权奸”，以致亡国的罪愆，反复申述中国非一姓之私物，中国是中国人之中国，“有德者皆可为君”的思想；并再三强调抗暴救国必须唤起民众，广泛发动群众，用相当多的篇幅描写宋亡之后草莽英雄和义民坚持不懈、英勇顽强的反抗斗争。这些，都很有进步意义。缺点是对蒙古统治者和人民不加区分，常常表现出一种笼统的民族仇恨；此外，还夹杂着不少表现封建忠孝思想的描写。

在写作上，结构比较严谨。头绪虽多，但条理清楚；起伏穿插，前后都有照应。描写人物，主要是用对话表现思想，同时也注意到性格刻画。如同是高风亮节、舍身殉国的忠义之士，文天祥受任于败军之际，奉命于危难之间，兵败被执，拘燕三年，富贵不能淫，威武不能屈，坚韧不拔，浩气长存。张世杰勇毅刚直，壮怀激烈，一腔爱国热血，与反颜事敌者不共戴天。谢枋得嵚崎磊落，清劲贞白，宋亡而麻衣茹素，奔走草野，开启民智，力图恢复，元朝征辟，坚辞不就，不食而死。陆秀夫又另是一样：宋兵已经败退到南海的厓山，他在这样生死存亡的紧急时刻，居然还坐在船上“只管天天”与八岁的祥兴皇帝“讲《大学》章句”，真是迂腐得可笑；最后，厓山陷落，他不甘受辱，先驱妻子跳海，再负皇帝同溺，却是忠贯日月，名震千古，给读者留下难忘的印象。再如，胡仇、狄琪同为飞檐走壁的侠客，但前者见义勇为，艺高胆大；后者思缜行密，作者虽然对他着墨不多，却颇给人以强中更有强中手之感。金奎、岳忠都是草泽英雄，但一则一介武夫；一则武兼文才，深通韬略，颇有元帅风范。另外，书中写反抗元朝统治，插入胡仇等侠义英雄除暴安良的故事，增加了情节的生动性和丰富性。又掺进了一些时调、曲子等通俗说唱，使作品显得活泼而不呆板。因此，小说虽然存在着某种程度的把书中人物作为作者思想的“单纯号筒”的缺点，但总的看来，还不失为晚清小说中的一部优秀之作。

这次校点，是以最初发表的《新小说》版为底本，参勘了一九五六年上海文化出版社的章苔深注本和一九八一年福建人民出版社的标点本。过去的这些重印本，大都对原作有不同程度的删节。为了保存吴氏作品的原貌，以利于后人正确地认识和科学地评价吴趼人及其作品，这次除了订正原版中个别明显排误的字外，其他都一仍其旧。凡作者自注，均标圆括号以示与正文相区别。

本书的校点，定多疏漏和错误，诚望读者批评指正。

一九八七年四月十日，北京

（原载《痛史》，花城出版社，1988年6月第1版）

《蜃楼志》校点后记

《蜃楼志》，凡二十四回，署“庾岭劳人说”、“禺山老子编”，但本书作者真实姓名及生平事迹未详。不过，由其“说”者、“编”者、“序”者之署名与《序》中所云“劳人生长粤东，熟悉琐事。所撰《蜃楼志》一书，不过本地风光，绝非空中楼阁也”，以及书中所写对于粤东山川形势、风土人情的熟稔程度，均可见其为粤人无疑。又，从书中首末两回与本事无关、可谓作者自道的开篇词《鹧鸪天》和《西江月》，也可略窥其生平之一、二：

捉襟露肘兴阑珊，百折江湖一野鹇。傲骨尚能强健在，弱翎应是倦飞还。　　春事暮，夕阳残，云心漠漠水心闲。凭将落魄生花笔，触破人间名利关。（第一回）

心事一生谁诉，功名半点无缘。欲拈醉笔谱歌弦，怕见周郎腼腆。　　妆点今来古往，驱除利锁名牵。等闲抛掷我青年，别是一般消遣。（第二十四回）

显然，这是一位奔走世途，因孤标傲世，而历尽坎坷，屡遭颠踬，穷困潦倒，乃感慨万千，满腹牢愁，遂涉笔著此书以“自遣”者。

著名作家、文学史家郑振铎给予此书以很高的评价。其《中国文学研究》云：

因所叙多实事，多粤东官场与洋商的故事，所以写来极为真切；无意于讽刺，而官场之鬼蜮毕现，无心于谩骂，而世人之情伪皆显。在这一方面，他是开创了后来《官场现形记》、《二十年目睹之怪现

> 状》诸书之先河。他的文字，是信笔写来，如行云流水之行止无定；他的结构，是“无甚结构而结构特妙”。在这一方面，他又启示了后来《官场现形记》、《二十年目睹之怪现状》诸书之绝无布局，随处可止，随处可引伸而长之的格式。……今乃无意中在巴黎得一读之，真是欣悦无已。

戴不凡《小说见闻录》更谓：

> 就我所看过的小说来说，自乾隆后期历嘉、道、咸、同以至于光绪中叶这一百多年间，的确没有一部能超过它的。如以“九品”评之，在小说中这该是一部“中上”甚或“上下”之作。

以上诸言，诚非凿空之论。《蜃楼志》确可称为中国小说中之一部佳作。它继承了我国古典小说中揭露、批判社会现实的优良传统，而又有新的发展；这里的揭露和批判，既不是寓于讲史或假借灵怪，也不是通过家庭罪恶及其兴衰变化的描写，曲折隐晦地反映社会政治的黑暗与腐败；既非囿于一般忠奸斗争的狭隘范围，也非停留在贪财恋色、丧伦败德、趋炎附势、忘恩负义等人情世态的表面现象；既不是指斥个别劣绅豪奴、刁民恶棍的罪愆，也不是在其他主要故事中附带地、零散地对某些贪官酷吏作鞭挞；并且摒弃了在中国古典小说中根深蒂固的天意宿命观念。作品以和洋人贸易的广州十三行“商总”苏万魁及其子苏吉士的活动为中心，直接地着重描写了由朝廷派遣的粤海关监督赫广大的贪财不法行为和荒淫无耻生活。又通过夹叙河泊所乌必元为升官而把亲生女儿奉献给上司作妾；“做官认真”、“武艺出众”的姚协镇，因“与督抚不甚投契”而被诬为“私通洋匪”处斩；一起赴考、笨如蠢猪的温春才竟掇高魁，而学富五车的卞如玉却名落孙山；粤东地方官的贪赃枉法，草菅人命，无所不为；罪恶累累的赫广大最后只处以令其“看守祖宗坟墓，改过自新”，却将包进才等四家人斩首了案——集中暴露了官场的腐败和黑暗。洋匪猖獗海上，土匪嚣张城乡，海盗、汛兵与破产农民联合抢劫富商；和尚淫乱关部，拐盗姬妾财物，占地称王；良民劫牢逃生，揭竿“造反”，而官军对之莫可奈何：反映了动乱的社会面貌和封建统治阶级的衰朽无力。十三洋行“商总”苏万魁精于盘剥，聚资巨万，赫广大一到海关，便敲掉白银三十万两。他受不了海关监督的淫威，为着“早求自全”，递呈辞职，把巨资不投向工商业而转用于捐纳官职、在城郊大造别墅和广置田产向农民进行地租剥削；其子则尽情挥霍：形象地表现了挖掘中国封建主义墙脚的资本主义“勇士”如何受封建势力的打击而又倒退回去加固封建主义的壁垒。

广州自古为中国南方对外海上交通重要港口。唐以后置市舶司及海关于此，向为外商海舶凑集之地；清代自康熙中期开了海禁，便成为中国最大的海上贸易中心。十三行是一种行会性质的“公行”，并非固定十三家，最多时达二十六家，最少时只四家。它是个垄断性的商业组织。一切外国进口货物，均由其承销；中国内地出口的货物也由其代销，并负责划定进出口货物的价格。这是中国早期的买办资本家。乾隆末年和嘉庆年间，是清朝由盛至衰的转折时期。政治日趋腐败，官吏贪污成风，财政支绌，军备废弛，清王朝从此一蹶不振。《蜃楼志》正是通过对以广州海关衙门和洋行纠葛为中心的一系列活动的描写，从中国南部沿海一个受资本主义触动最敏感的窗口，真实地反映了鸦片战争前四五十年这一重要时期中国社会的面貌。在这里，以赫广大为首的海关衙门实际上是当时清朝官场的缩影。

这部作品的行文、设事乃至人物形象的塑造，都很受中国古典小说的影响。其中摹仿《红楼梦》、《金瓶梅》、《水浒传》等名著的痕迹尤为明显。比如温春才是薛蟠的影子，吕又逵是李逵的化身，苏吉士就他专门在少女中讨生活这方面来说，也颇有些贾宝玉的血脉；竹家兄弟、曲光郎等蔑片以及多处床笫事的猥亵描写，则是从《金瓶梅》等书中“翻”出；至于施小霞惩治乌岱云，更是从《红楼梦》里王熙凤捉弄贾瑞事套来。但是，即便如此，《蜃楼志》仍不失其佳作之光彩。这是因为：吕又逵等不是作品中的重要人物，温春才等虽有摹拟前作之处，更多的则是作者自己的创造；最主要的，就小说的整体而言，并非从老的框框、套子出发，像当时的一些才子佳人小说那样从人物到故事情节全都蹈袭故作，而是从现实生活出发，是鸦片战争前四十年中国岭海城乡社会生活的写照。加之叙事状物很少过去小说中常用的陈词烂调，较多具体刻画；文如行云流水，信笔写来，自然清新，很有生活气息。

小说的最大长处，在于“无意于讽刺，而官场之鬼蜮毕现；无心于谩骂，而世人之情伪皆显。”书中所写各种人物，都在一定的故事情节中，通过各自的言论、行动表现他们自己。作者如炎夏乘凉、腊月围炉，与密友啜茗谈天，心平气和，不动声色，客观道来，不下褒贬，而妍媸自现。比如第二十回写苗庆居、温春才的一席谈话，在他们本人说来句句是真话，在读者看去却笔笔是讽刺。这是很高的技巧。这种笔墨，只在《儒林外史》里见过，后来的谴责小说是不能望其项背的。

谴责小说的最大缺点是对现实生活的典型概括不够，题材欠剪裁，情节少提炼，人物缺乏鲜明的个性。即便如《官场现形记》和《二十年目睹之怪现状》诸类的宏篇巨制，写了许多人物，也都是影影绰绰、面目不清的鬼形。《蜃楼志》则不然。它取材注意选择，不重复写一些大同小异的“话柄”。头绪虽繁，但不散漫。每个人都在总的故事中，由苏家父子这条线索贯串着，随着情节的展开一步步地发展。凡小说中出现的人物，一般都有自己的个性和面貌。如赫广大的贪婪和腐朽，苏万魁的乖巧，乌必元的卑污，摩刺的淫恶，温春才的蠢夯，乌岱云的混沌，杜宠的机灵，吕又逵的粗鲁，竹家兄弟的无赖，素馨的放荡，蕙若的端良，小霞的泼辣，小乔之憨厚，乃至着墨不多的庆督的精明干炼，屈抚的坚僻无能，申观察的清厉文雅，上官知府的廉洁公正，都能给人以比较深刻的印象。至于苏吉士，则更具有封建才子和洋场小开的混血儿的气质和习性。

另外，《蜃楼志》虽然沿袭了古代章回小说的形式，但它已经开始有些突破固有的格局。譬如全书三分之一以上的篇幅，每回的开头、结尾没有“话说”、“却说”和“且听下回分解”等陈套，回首除了开篇诗词，都直叙其事，回末在故事告一段落时便自然中止，并不故卖关子，将情节发展的高潮或矛盾冲突的解决留到下一回去。最后结束，也越出常规，不结之结，令人回味。

诚然，《蜃楼志》并非尽善尽美。书中写姚霍武等被逼上羊蹄岭“造反”，一心等待招安，后因攻灭摩刺而立功受封，实袭《水浒传》等小说之故智，没有多少新意。乌必元、苏万魁等后来变好，缺乏转变过程，难以令人信服。姚霍武抱打不平，却自己束手就擒，反害何家公、媳挨打；何老及其媳被逮去公堂，其孝子何武竟然与吕又逵远走比武，以致父、嫂受辱自尽。这些，或理由牵强，或违背常情，都显得不够真实。

但是，尽管如此，并不影响对于这部作品的总的评价。《蜃楼志》的功绩，主要在于它继承和发展了中国古代小说批判现实的精神，比较真实地反映了清王朝中后期中国南部沿海城乡的生活，特别是着重暴露了当时官场的腐败。至于它的这种暴露还不如后来的谴责小说那样直接（表现在伪托前朝——明代嘉靖年间）和彻底（表现在清官多于贪官，贪官最后都受到惩罚），那是因为作者写作此书时离清王朝的最后崩溃还有一个多世纪，那时封建统治机体的满身脓疮还没有全部暴露出来，“乾嘉盛世”的假象还迷惑着人们的眼睛。应该说，在那时能写出这样的作品，已是难能可贵的了。

1927年郑振铎先生在写《巴黎国家图书馆中之中国小说与戏曲》时曾经感慨：“丁在君先生在上海时，曾和我说起这部书的不坏，但我寻找了许久而未得见。……然而《官场现形记》诸书在世上流行至广，而此书则绝少有人提起。名作之显晦，真是也有幸与不幸之分的！”六十年过去了，这种情况还没有改变。半年前有同志著文，谓前些时台北市广雅出版公司据日本广岛大学中文研究所庋藏的不详刻书年代的二十四卷本（有残缺），校以通记石印本补缀成全帙出版，又一次提出：“希望国内能有本书的初刻影印本或汇校本出现，以供研究者取资。”（《文学遗产》1986年第5期）今不揣浅陋，将该书校点出版。

本书版本，郑振铎《中国文学研究》、柳存仁《伦敦所见中国小说书目提要》谓法国巴黎图书馆和英国皇家亚洲学会藏有清嘉庆九年刊本，孙楷第《中国通俗小说书目》著录有嘉庆十二年丁卯刻八卷本和不详刻书年代之二十四卷本，戴不凡《小说见闻录》云见咸丰八年刻《蜃楼志全传》本，谭正璧藏石印六卷改名《盖世无双情中奇》本，另有上海通记书局石印《绘图蜃楼志》本。后三种未见；今首都图书馆藏有清刻二十四卷本（大概就是孙目所录不详刻书年代之二十四卷本），正文书名下署“庾岭劳人说，禺山老子编”，与嘉庆十二年刻本同，疑即为十二年刊本之翻刻本。

这次标点整理，以国内藏嘉庆九年原刻本为底本。原刻本为六册线装。小本，高16.5厘米，宽10.5厘米。半叶10行，行25字。扉页正中书名，右上方刻“嘉庆九年新镌”，左下方为“本衙藏板”。卷首有《〈蜃楼志〉小说〈序〉》，署“罗浮居士漫题”。正文书名下题“庾岭劳人说，禺山老人编”。卷末题“虞山卫峻天刻”。版心以每回为一卷。无图像。但原本刊刻不精，文字错夺衍倒颇多，又多处字迹漫漶不清，现悉按清刻二十四卷本补缀订正。对书中某些猥亵的描写，作了必要的删节。在校订过程中，曾得到首都图书馆阎中英等书目参考部同志的大力帮助，在此特致谢意。

本书的整理、标点，定多疏误不当之处，诚望读者予以指正。

1987.5，北京

（原载《蜃楼志》，齐鲁书社1988年6月第1版）

“吴趼人著《白话西厢记》”质疑

1980年魏绍昌先生编的《吴趼人研究资料》出版，内吴趼人作品栏下载《白话西厢记》一种，并附目十二回、第一回全文、陈干青《题识》、陈东阜与戚饭牛两《序》及广告一则。当时中山大学卢叔度先生看后对我说，他怀疑“《白话西厢记》是吴氏作品”。1985年我在广州开会，遇见魏绍昌先生，问及此事。魏先生说，他看过小说，肯定是吴趼人的作品。前几个月，卢先生来信又提到这问题，对吴趼人著《白话西厢记》之说仍然表示怀疑。我虽然有些看法，但因没有读到全部作品，不敢妄言。最近，上海师范大学王杏根同志送我一册他校点的《新石头记》，内附沈露霞同志校点的《白话西厢记》全本，颇为高兴。但是，读过作品以后，对于《白话西厢记》为吴趼人作之说，益增疑团。缘由如下：

第一，吴趼人十八岁赴沪谋生，先佣书江南制造局，旋即以卖文为业，一生经济窘迫，生活困顿。所以他的作品，无论长篇短制、诗文杂著，都是随写随刊，而且绝大部分是先发表于报刊，然后再出单行本。今所知吴趼人作十八部章回小说（有些没有完成）、十三种短篇小说，以及所有笔记、小品、笑话、寓言、诗文、戏曲、杂著、评点，无不都在生前刊行（《趼廛笔记》七十三则，其单行本系作者死后三个月出版，然亦先零星在报上发表过）。而唯独这部《白话西厢记》和书内陈东阜《序》及广告中提到的《白话牡丹亭》，却在作者去世十一年之后才初次出版，这对吴趼人这样一个以卖文为生，“终日营营”，不肯“稍节劳”（见《新笑林广记·咬文嚼字》）和死时“仅余小洋四角”（杜阶平《书吴趼人》），朋友为其治丧（李葭荣《我佛山人传》）的人来说，是很难理解的。并且，至今没有人见到他本人和当时人提及这两部作品的记载。

第二，魏绍昌先生在《白话西厢记·新序》中说：“第一回楔子中将

《西厢记》和《红楼梦》并列为不朽的写情之作，……完全符合吴趼人的思想认识。”又举吴趼人《恨海》中对于“情”字的解释为例，说：“我认为吴趼人这个立论是和王实甫、曹雪芹的创作思想不谋而合，正好是一路的。”我的看法却不同。

无疑，吴趼人是近代一位优秀的作家。他正直磊落，嫉恶如仇，具有强烈的爱国主义感情和反对腐败统治的斗争精神。但是，人们由于受家庭出身、文化教养、社会环境等等多方面的影响，其思想是复杂的。吴趼人同时也存在着浓厚的封建道德观念。这不仅仅因为他在《上海游骖录·作者附识》中说了“急图恢复我固有之道德”，或在《新庵译屑·自由结婚》的评语中说了“译者主输入新文明，余则主恢复旧道德也”，而且这也成为他的一种重要的主张和原则，贯彻在他的实际工作中。他在主持《月月小说》编务之时，公开宣布：无论历史小说、社会小说、家庭小说、科学冒险小说，“或奇言之，或正言之，务使导之以入于道德范围之内；即艳情小说一种亦必轨于正道乃入选焉（后之投稿本社者其注意之）”。他的这种思想，还突出地贯穿于他的创作和融铸在他塑造的人物形象中。具体到写情小说，《电术奇谈》衍义他国作品，《情变》没有写完，均姑置勿论。《恨海》是吴趼人的得意之作，他在书中全力塑造了一个恪守“发乎情，止乎礼义”的封建古训的典型张棣华来宣扬封建礼教（当然，它的客观意义大大越出了作者的主观意图），《劫余灰》着意描写和揄扬朱婉贞的“百折千磨完节操”，“三番死难守贞节”。这些表现，和曹雪芹《红楼梦》及王实甫《西厢记》的创作思想似不能说是一致的。

与吴趼人的上述思想相关联，他对写情小说之“情”有自己的解释。他在《恨海》第一回中说：

> 我素常立过一个议论，说人之有情，系与生俱来，未解人事以前，便有了情。大抵婴儿一啼一笑都是情，并不是那俗人说的情窦初开那个情字。要知俗人说的情，单知道儿女私情是情；我说那与生俱来的情，是说先天种在心里，将来长大没有一处用不着这个情字，但看它如何施展罢了——对于君国施展起来便是忠，对于父母施展起来便是孝，对于子女施展起来便是慈，对于朋友施展起来便是义。可见忠孝大节无不是从情字生出来的。至于那儿女之情，只

可叫做痴；更有那不必用情、不应用情，他却浪用其情的，那个只可叫做魔。还有一说，前人说的那守节之妇，心如槁木死灰，如枯井之无澜，绝不动情的了，我说并不然，他那绝不动情之处，正是第一情长之处。俗人但知儿女之情是情，未免把这个情字看得太轻了。并且有许多写情小说，竟然不是写情，是在那里写魔；写了魔还要说是写情，真是笔端罪过。我今叙这一段故事，虽未便先叙明是写哪一种情，却是断不犯这写魔的罪过。

这段话的意思很清楚——吴趼人认为忠孝节义都是情，而那儿女之情只可叫做痴，那不必用情、不应用情、他却浪用其情的只可叫做魔。这种看法，恐怕是与曹雪芹、王实甫的思想不一路的。如果真是“不谋而合”，和“一路”，建国后几次出版的《恨海》，大可不必把这段话删掉了。不仅如此，这段话的末后几句还是批评《红楼梦》等作品的。《恨海》初版本（光绪三十二年九月上海广智书局出版）在“并且有许多写情小说，竟然不是写情，是在那里写魔；写了魔还要说是写情，真是笔端罪过”上有一条眉批：“《红楼》、《西厢》一齐抹尽。”便可证明。如果还嫌证据不足，那么再看吴趼人作为正面人物肯定的陈仲蔼的一段议论，这段话也曾经为建国后几次出版的本子所删掉：

“却笑诸君都是绝顶聪明之辈，无奈被一部《红楼梦》卖了去。”……众人又道：“若必要像宝玉那等才算施得其当，也就难了。”仲蔼道：“宝玉何尝施得其当，不过是个非礼越分罢了。若要施得其当，只除非施之于妻妾之间。所以我常说，幸而世人不善学宝玉，不过用情不当，变了痴魔，若是善学宝玉，那非礼越分之事，便要充塞天地了。后人每每指称《红楼》是诲淫导淫之书，其实，一个淫字何足以尽《红楼》之罪！”（《恨海》第八回）

这实际上是作者借书中人物之口说的话。如果说这是吴趼人与曹雪芹、王实甫走在一条道上，那么他们一定是相向而行，因为我们明明听到了撞车的声音！既然如此，那么魏绍昌先生所谓“肯定它决不是赝品”的理由自然也就不能成立了。

第三，魏绍昌先生所说的“其笔墨之老到干净，真可谓应有尽有，应无尽无，既忠实于原著，又自具风格，如果没有吴趼人的笔力，确实难以写得如此的恰到好处"（见《白话西厢记·新序》)。这话说得太泛泛，很难成为理由。不过既然魏先生谈到了吴趼人作品的风格，我便想较为具体地也来谈谈这个问题。

一、现见吴趼人写过的十八部白话小说，包括采用第一人称"我"的口吻展开叙述的《二十年目睹之怪现状》，乃至改写日本菊池幽芳的《电术奇谈》，无一例外地都保留着我国古代章回小说中"话说"、"却说"、"且说"、"看官"如何如何、"闲话少说，言归正传"、"有话便长，无话即短"、以及"要知后事如何，且听下回分解"等叙述上的陈套，而《白话西厢记》中却没有。

二、与中国"说话"的传统有关，吴趼人常在自己写的小说中直接站出来插话。有些是解释书中所写的事情，有些甚至与小说故事情节的发展毫无关系，是针对现实发表议论。前者如《痛史》第十七回在讲到"龙缠山橘"的时候，作者插话道："唉！此时是讲究文明进化、破除迷信的时候，……我却无端地引入这么一件无稽之谈，不怕被人笑话么?不是这等说。因为此时新会果然有这种山橘，果然是别处地方所无的；故老相传，都如此说。所以我引了出来，正见得我中国人心，不忘故主的意思，并不是迷信的话。"后者如《情变》第三回叙到寇四爷一家三口"存了三条心"时，作者便插话道："在下每每看见世人，今日说团体，明日说机关，至于抉出他的心肝来，那团体两个字，便是他营私利的面具；那机关的布置，更是他欺人自欺的奸谋。……嗳！一个团体如此，个个团体如此；一部机关如此，部部机关如此：你说中国的事情，那里弄得好哪！"类似这样的插话，在这部没有写完的短短八回书中竟有好几处！不仅自己的创作如此，便是改写外国的小说也不能免。如《电术奇谈》第三回写到林凤美在约好的车站没有见到喜仲达心急如焚时，吴趼人又插话道："唉！不要说是凤美当日亲身经历的，就是我译述衍义的人，衍到这里也替他难过呢！"而这种情况，在《白话两厢记》里也找不到。

三、吴趼人写情小说写作上的一个突出特点是真切细腻的心理描写。《恨海》中对于女主人公张棣华的描写，绝大部分是心理活动；其他《劫余灰》、《情变》，包括把原译仅六回文言衍为二十四回白话的《电术奇谈》，都有大量的心理描写。可是《白话西厢记》则相反。《西厢记》里本来就有许多动人的心理描写，到了小说中却不见了；即使有，也是非常简单的几笔带过。譬如原剧本《赖婚》、《琴心》、《哭宴》等折，十之八九是莺莺的心理描写，而在小说里却只“那莺莺在房也是万种愁肠，含泪闷坐，和张生一般。真是两地相思，一般凄绝，而且有口难言，比张生越发难过”和“张生……愁的是明日便要分离，今夜又不能相会，睡在床上，翻来复去，一夜不曾合眼。莺莺在房中，却也是一样的心理”两句了事。并且这种写法，把吴趼人四部写情小说中的任何一部拿来比较，就可以明显地看出它们之间的不同。

综观十二回《白话西厢记》，实是到《惊梦》为止的十六折《西厢记》主要故事情节的叙述。没有作者的插话，缺乏具体的、复杂细腻的人物心理描写，笔墨确实很干净，但正由于此，便有些不像吴趼人作品的风格。

第四、查吴趼人所作小说，凡开头有“引子”者，都直接用第一人称“我”说话。因为作品既然是吴趼人作，署了吴趼人的名字，当然“我”是吴趼人，不必再在文中标明自己的姓名。《白话西厢记》则唯一例外地在第一回中特别假借王实甫掷彩笔的故事，说明吴趼人写了这部作品；并且还要在回目上明白地标出“趼人氏挥毫成白话”。这颇有些像作伪者玩弄的“此地无银三百两”的把戏。

第五、吴趼人的章回小说，虽然都用普通话写，但时常出现一些他（也许是广东人）特有的习惯用语。如“又”字用得特别多：“又夜了”，“又没有水”，“又恐怕他忘了”，“又取出笔砚来”，“又都没有”等等等等。许多按照一般情况不必用“又”的地方，他亦用，甚至连着用。再如“也不知……”用得也不少：“也不知为数多少”，“也不知来了多少人”，“也不知敌兵有多少”等等。其他还有“错愕”、“不是这等说”以及说“消息”为“信息”、“劝解”为“解劝”、“不会好”为“不肯好”、“不肯向我买”为“不肯同我买”等等。而这些吴趼人的习惯用语，在《白话西厢记》中都没有见到。书中第九回有“骨都着嘴”，未见吴趼人用过，据说广东人也不这样说。第十回末有“羞也吒！羞也吒!”的说法，我先怀疑它是广东方言，但一查，却是金批《西厢记》的原文。另外，吴趼人一般都用“叫”字，如“叫做”、“叫醒”“叫道”、“呼叫”、“叫××来”等等，此书却用“唤”字。这也是一种异常的表现。

根据以上各点，魏绍昌先生说《白话西厢记》是吴趼人作的理由似乎还不能说服人。我仍怀疑它是吴趼人死后别人的冒名之作。而这个冒名者，说不定就是那位“酷好趼人之文”，“珍藏”该书手稿（陈东阜《序》），且“亦雄于文者”（戚饭牛《序》）的古瀛陈雪庵哩！

魏绍昌先生是研究吴趼人的专家，无论从年龄上还是学术上讲都是我的前辈。我也曾经从他那里得到过不少教益。以上所说的这些想法，只是提出来向魏先生和学术界的同仁们请教，很可能是完全错误的。

一九八八年四月五日，北京

（原载《明清小说研究》1988 年第 4 期）

一代风流冤魂泣

——挽资产阶级革命小说家黄世仲

秉直笔若董狐，摛雄词如司马。具非种即锄之志，无贰无虞；存有奸必斩之心，不移不屈。

这是宣统庚戌年（1910）五月初七日黄世仲为在广州办的《南越日报》创刊一周年所写的纪念文中勉励报纸的话。其实，这也是黄世仲本人的思想、品格、志节、文风的自我写照。他的一生奔走南疆，联络同志，机智勇敢，以笔代舌，雄词飚发，为推翻封建帝制战斗不息。最后，民国建立，屈死羊城，志士同慨。而因国事倥偬，致七十余年名沉不彰。今为立传，以使其革命和文学之业绩永垂史册而不朽！

一、从改良派到革命派

黄世仲，字小配，号棣荪，别署禺山世次郎、嵎世次郎、世次郎、棣、老棣、黄帝嫡裔等。清同治十一年（1872），出生于广东番禺县。他的祖父和父亲都以理学著称，本为粤中望族。黄世仲自少颖悟好学，不受礼教束缚。旋因家道中落，一度在广州谋食，约于一八九三年秋冬间渡南洋谋业，在马来亚的吉隆坡和新加坡等地充任赌馆书记。当时，“华侨各工界团体以其能文，多礼重之”（冯自由《革命逸史》二集41页）。

南洋各地华侨，在中日甲午之战前，漠视政治，其生长本土之子弟，很少祖国观念。戊戌变法失败，六君子被难，震动中外。康有为、梁启超亡命日本，四出活动，在日本、南洋、美洲等地创办报纸，成立保皇会，大造政治改良舆论，期收君主立宪之功。一八九九年五月十七日，闽籍富商之子、著名文人邱炜萲发刊《天南新报》于新加坡，鼓吹维新学说，风动一时，“英属各埠华侨从之者，大不乏人”（冯自由《革命逸史》，初集171页）。“由是，该埠侨众遂分为维新及顽固二派”（同上，四集139页），黄世仲积极追随改良派，于工作之暇，常投稿《天南新报》，发抒所见，畅论时事，都被采用，不久便当了该报记者。这时，革命党人尚未开始在南洋群岛活动。号称“中国革命提倡者之元祖”的香港《中国日报》（兴中会的第一个机关报），在创刊（1900年1月25日）后的一段时期内也没有以保皇派为敌。它几乎每一期都有有关康、梁等人活动的报导。在有些文章中，还把康有为和洪秀全并举，尊之为当今的“英雄”、“人杰”。对康的学习西方“自由宪法、民主政体”的主张和“痛诋时政之失，高唱议院之妙”的言论，给以很高的评价。对他和梁启超等人遭到清廷通缉后的流亡生活，寄予同情。对他们念念不忘“今上”的忠君保皇思想，只是婉转地进行劝说，要他们丢掉幻想，撇开皇帝，自行变法。此外，还在报上逐期转载何启、胡礼垣合写的带有改良色彩的长篇政论《新政变通》。该报在内地的发行工作，也委托接近改良派的报刊代理。这种情况，直到一年以后，才逐渐有所改变。[①] 所以，黄世仲当时这样紧跟改良派，热心为维新变法呐喊，是他爱国和政治上进步的表现。

一九零零年十月，兴中会惠州举义失败，将领黄福、黄耀廷、邓子瑜等逃亡南洋。接着，孙中山老友、初期革命之中坚尤列也于次年到南洋，向义兴会（三合会）团体及农工二界宣传革命排满，闻者多为感动。继即创设中和堂（兴中会外围组织）于新加坡，分会遍设槟榔屿、吉隆坡、怡保、坝罗各埠，高悬惠州革命所用之青天白日旗，从者日众。黄世仲与其兄伯耀也欣然参加。自此，便倾心革命，致力于革命的实际工作。

二、杰出的革命宣传家和活动家

黄世仲很喜欢读资产阶级革命派在香港办的《中国日报》，报纸常不离手。壬寅冬（1903年1月底），因尤列介绍，归香港任《中国日报》记者。恰好这年除夕洪全福、梁慕光、李纪堂等倡议广州之计划失败，党人梁慕义等十余人殉难。广州《岭海报》主笔胡衍鹗借题大肆攻击革

① 方汉奇：《中国近代报刊史》，第163—164页。

命党，丑诋革命排满为大逆不道。黄世仲坚决地站在革命的立场，一一著论痛斥，擘肌分理，异常透辟。双方笔战月余方休。这是革命派和改良派报刊之间的第一次交锋。

不久，康有为发表鼓吹保皇立宪、反对民主革命的《南海先生最近政见书》①，《中国日报》立即著文反击，文稿大都出于世仲之手。论刺持续了数月之久。直到六月章太炎发表《驳康有为论革命书》（五月撰），当月二十九日（闰五月初五日）上海《苏报》选录此文，以《康有为与觉罗君之关系》为题刊布，次日章氏被捕，震动全国的“苏报案”发生，《中国日报》对康文的驳论犹未停止。当年冬月，黄世仲把自己写的有关这方面的文章编订成册，以《辨康有为政见书》为题，在香港刊印单行本行世。洋洋三万八千余言，援引中外古今史实，对康论严辞批驳。中有“故欧洲各国，皆其民破身家、掷头颅，博此民权，为子孙产业，而未闻以君主予民权于下而可百千年不变者”、“以今日新社会之风潮，而康欲以抔土掩黄河之水，容有当乎”等语，痛快淋漓，气势磅礴。从此，黄世仲声名大振，也因此而与章太炎结下了战斗友谊。

此后，郑贯公先后在香港创办《世界公益报》（1904 年 1 月 27 日出刊）、《广东日报》（1904 年 3 月 31 日出刊）和《有所谓报》（1905 年 6 月 4 日出刊），黄世仲辞去《中国日报》职务，相继协助郑贯公作以上三报的编辑、记者和撰稿工作。

一九零五年十月，黄世仲参加同盟会，被选为香港分部交际员。一九零六年五月，自办《香港少年报》，任总编辑兼承印人。报分庄、谐两部，辟“蜃楼影”、“新舞台”、“粤人声”、“故事丛”、“采风录”、“新笑林”、“新说部”、“发言台”、“强权镜”、“政治谈”、“照妖镜”、“学界潮”、“工商部”、“杂记”、“港志”、“演义”十六栏，开通民智，揭露政府，宣扬革命，活泼多样，引人入胜。

同年十月，同盟会香港分会干事部改组，黄世仲与被选为庶务员，并负联络广东会党之责。一九零七至一九一一年，黄世仲其兄伯耀在广

① 1902 年春，康有为撰《答南北美洲诸华商论中国只可行立宪不可行革命书》和《与同学诸子梁启超等论印度亡国由于各省自立书》。两文合刊为《南海先生最近政见书》（后辑入《不幸而言中，不听则国亡》一书中）行世。其部分刊入 1902 年 9 月 16 日（光绪二十八年八月十五日）出版之《新民丛报》第 16 号“名家谈丛”中，题曰《南海先生辨革命书》。

州主编旬刊《广东白话报》（1907 年 5 月 31 日创刊）和《中外小说林》（1907 年 6 月创刊），担任香港《新汉日报》（1911 年 11 月 9 日创刊）的总司理兼撰述员，并参与《社会公报》（1907 年 12 月 5 日创刊）和《南越报》（1909 年 6 月 22 日创刊）等的编辑、撰稿工作。

黄世仲是位杰出的革命宣传家。他文思敏捷，下笔成章，虚实结合，庄谐并进。文字骈散相杂，通俗跳脱；感情慷慨激越，热情奔放。读来铿锵有声，颇具感人力量。如《本报开创一周年纪念文》：

……惟笔代舌，能展民声；剪纸填词，冀伸公论。此非徒发桑梓之感情，以作草茅之坐论已也。溯岁华在昔，国步仍艰。等半壁之昏黄，暗无生色；认昆池之方黑，劫有余灰。民智昏沉，唤黄魂而未醒；世潮辟易，防白祸以綦难。同人用观祖国之现情，冀造人群之幸福，故报虽名夫“南越”，而志实在夫中原。……所以是舌敝唇焦，警纵容之大吏；口诛笔伐，讨横逆之昏官。卒使冤可伸张，案能平反。……纵于时鲜补，亦反己无慚矣。若夫旷观全国，怅望神京，藉改革为权集中央，原非良策；私预备而考查外国，徒事虚名。故资政称立宪之基，转瞬已门堪罗雀；即刑律树改良之誉，翻手而海满冤鳞。同人观政局之堪忧，惧狂澜之莫挽，拊膺斫地，搔首伤时。欲在沧海之横流，勉作疾风之劲草。或效唐衢之痛哭，或拟樊川之《罪言》。皆准时势以立言，……纪事微言，笔墨之权渐著，革新创制，竹素之道弥彰。秉直笔若董狐，摛雄词如司马。具非种即锄之志，无贰无虞；存有奸必斩之心，不移不屈。……合数百道小丈夫之乳，水必知归；放五千年大漆室之光，日能普照。……岂徒痛怀事势，陈长沙伏阙之书，掇拾残丛，留野史荒亭之稿而已哉！……①

写得真乃情辞剀切，理直势壮，沉痛悲凉，气愤风云。

黄世仲在他从事繁忙的报刊采写编印工作的同时，还兼做着其他许多革命的实际工作。比如，一九零四年，湘人秦力山到香港，日与《中国日报》负责人谋划清朝驻粤湘籍防军的策反工作，黄即参与其事。秦

① 见《越南日报》宣统庚戌年（1910）五月初七日附张。报存广东省中山图书馆。

力山三人广东谋起事。翌年一月（甲辰十二月）事泄，粤提督李准派兵搜捕，力山逃回香港，世仲又函介秦于是年春去新加坡访华侨革命家陈楚楠（秦抵坡后，因病不果，遂赴缅甸仰光）（见冯自由《革命逸史》初集88页、六集164—165页）。一九零五年同盟会香港分部成立后，他与郑少白、陈贯公在其中起核心骨干作用。港、穗两地所办革命报纸的经费，大多也由他们向当地绅商活动而来。黄世仲平时经常和工商学界一般群众联络接近，特别与各地堂会势力和绿林人物结纳，发动他们排满革命。丙午（1906年）、丁未（1907年）间，黄世仲和黄鲁逸等香港报界记者多人到澳门组织“优天影粤剧团”，由新闻记者粉墨登场，现身说法，演时装新剧。表面上以移风易俗，劝戒烟、赌、缠足等为主题，实则宣传革命。当时很受澳门社会人士的欢迎，称之为“志士班”。未几，光复会著名女革命家秋瑾在绍兴被捕，坚贞不屈，英勇就义。消息传出，震动全国。黄世仲即以此事为导线，结合时事，写成《火烧大沙头》一剧，由“优天影”在澳门排演，激发群众革命热情。演出时每场满座，颇得观众好评（见冯秋雪《辛亥前后同盟会在港穗新闻界活动杂忆》）。广东光复前夕，他又积极发动各地民军举义，成绩卓著。这些，都表现了黄世仲出色的活动才能。

三、资产阶级革命派小说的巨子

黄世仲不仅是个杰出的革命宣传家和活动家，而且是个名副其实的资产阶级革命派小说的巨子。据今所知，在他短短的一生中，写过《洪秀全演义》、《陈开演义》、《廿载繁华梦》、《党人碑》、《岑春煊》、《黄粱梦》、《宦海潮》、《镜中影》、《广东世家》、《大马扁》、《宦海升沉录》、《五日风声》、《新汉建国志》等十余部小说。其中以《洪秀全演义》的影响为最大。

《洪秀全演义》“先后登载于《有所谓》及《少年报》。戊申（1908）七月，复由《中国报》以单行本出世”（冯自由《革命逸史》二集42页）。全书五十四回，未完。小说从道光后期朝政腐败，洪秀全、冯云山等酝酿发动起义开始，写到咸丰末年李秀成下杭州，破清江南大营而止。它力排古来“成王败寇之谬说”和清朝“发逆洪匪”之诬称，集中描绘了太平天国金田起兵后与清军进行的种种叱咤风云、艰苦卓绝的战斗。

通过这些战斗，充分表现了太平天国将士高举义旗，救民水火的革命气概和英勇顽强、百折不回的斗争精神，热情歌颂了天国领导革故鼎新、经天纬地的英雄业绩；同时，有力地揭露了清朝统治者的腐朽、丑恶，谴责了官兵的残暴和曾（国藩）、李（鸿章）等汉奸民贼勾结外国侵略者屠杀同胞的罪恶行径，并反映了人民的苦难，以及他们对清军的切齿痛恨和对太平军的衷心爱戴。在封建统治阶级及其御用文人肆意诋毁、污蔑太平天国起义，资产阶级民主革命方兴之时，写出这样的作品是很有进步意义的；书中强烈的爱国主义思想和革命英雄主义精神，对今天的读者也还有一定的教育作用。

在艺术上，文字尚简朴流畅，结构也比较严密紧凑。头绪虽多，脉络分明；战事纷繁，前后贯穿。它既不像其他许多资产阶级革命小说那样抽象的说教多于具体的描绘，缺乏情节的生动性和丰富性；也不像《官场现形记》等谴责小说那样写“官场伎俩”“千篇一律”，使人读了前面不想再读后面。这部作品的主要篇幅是描写战争。这些战争，在作者的笔下，虽是粗笔勾勒，但各有特色；全书八十余战，绝少雷同。在具体描写中，不是平均使用力量，而是采取虚实结合的手法，有详有略，疏密相间。如同时攻宿松、太湖，前者详叙，后者一笔带过；争武昌主要是正面描写，定金陵多侧面叙述；下芜湖从敌人口中说出，占九江、取岳州又先写进军，后作交代，使作品不显得呆板、累赘和沉闷。这都表现了作者的艺术匠心。

《洪秀全演义》描写战争，虽然没有《三国演义》那样波澜壮阔，绚烂多彩，却也跌宕多姿，颇有可观。特别其中有些重大战斗，写得云诡波谲，曲折引人。如第二十四回写洪秀全全军一路势如破竹，向金陵胜利进军之时，军师钱江却下了一道“退兵”的命令。这时，洪军中纷纷议论，提出疑问；读者也丈二和尚摸不着头脑，不知钱江的葫芦里卖什么药。待读到后面，始知那是诱敌之计。而清军的“中计”，也写得一波三折，摇曳多姿：钱江针对向荣“久经沙场”的特点，一“退”再“退”三“退”；“老成持重”的向荣唯恐中计，一再迟疑，想追而又不追，不追而又“分兵两停”，一守一追，真可谓谨慎极矣，然而最后还是陷入了洪军的包围。后面又写向荣被困又得救，得救又被困，四次濒于绝境，四次绝处逢生。这场战斗，全文不过一千五百来字，写得三回六转，波澜起伏。其他如陈玉成血战二郎河、李秀成大败曾国藩等，也都写得龙腾虎跃，有声有色；“李秀成义葬王巡抚”、“李秀成义释赵景贤”等，则写得不落窠臼，别有情致；林风翔北伐和林启荣九江保卫战，特别是他们最后尽忠天国、壮烈牺牲时的战斗场面，写得更加悲壮激烈，感天动地。除对清战争之外，写太平天国内讧几回，如“钱东平挥泪送翼王”、“韦昌辉刎颈答钱江”等，又是愁云泣雨，沉痛悲凉，令人心酸落泪，不能卒读。

晚清小说中很少英雄形象，尤其少成功的人民英雄形象。侠义公案小说中的英雄，虽有锄暴安良的一面，但主要是封建统治阶级的走卒。狭邪小说写优伶、妓女和狎客，其中固不无揭露社会丑恶和同情伶人、妓女悲苦命运之作，更多的却是对剥削阶级荒淫腐朽生活的欣赏和赞美。大量的谴责小说，旨在暴露清末社会的黑暗，抨击封建统治机构的腐败，所写多是“卑污苟贱”的牛鬼蛇神，缺乏代表时代精神的正面人物。资产阶级革命小说，激切的爱国热忱和强烈的革命激情感人至深，但个性消溶到原则里，书中的英雄常常成为革命思想的单纯号筒，不是有血有肉、性格鲜明的人物。《洪秀全演义》则塑造了一批光辉动人的英雄形象。如面对数十万敌人包围，犹充满豪情壮志，冲锋陷阵，最后中弹负伤，恐被俘受辱，拔剑自刎的老将林凤翔；如孤军坚守九江五六年，最后被炸身亡，“双目犹闪闪如生”的林启荣；如受命于危险之际，奔走于京城内外，负重致远，力挽颓势的李秀成；如毁家赴义，舍身殉国的韦昌辉；以及足智多谋的钱江，见义勇为的冯云山，跃马登城、搴旗斩将的洪宣娇，在刀光剑影中雍容儒雅、诗章却敌的石达开等等，都给人以深刻的印象。

另外，小说写敌人——清朝官吏也不简单化。一是他们并非铁板一块，常常为了个人利害发生矛盾，或争权夺利，不相统属；或以邻为壑，顿兵观望……二是他们各有其反动的特色，如陆建瀛昏愦无能，温绍原“善于守御”，胡林翼“精干”而自负，张亮基平庸而“谦抑”，鲍超勇鸷凶残，塔齐布强悍健斗，王有龄“机警”且“治军有恩”，向荣“短于机谋”但“勇于争战”，左宗棠专权好胜而“颇有决断”，曾国藩虚伪而很有一套笼络人才的本领。这就摆脱了敌人都是青面獠牙的鬼怪那种模式化的写法，也避免了鲁迅先生不止一次地提到的中国古小说中“叙好人完全是好，坏人完全是坏”的缺点，从而增强了作品的真实感。

《洪秀全演义》是一部以太平天国起义为题材的历史小说。由于作者有意识地把它看作宣传资产阶级民主革命的工具并主要是根据民间传说创作而成，书中不少具体情节不符合历史真实。如关于清廷宫闱秘事、天朝政治设施以及杨秀清、钱江等的许多描写，就与实际事实的距离较大。所引的诗、文、诏、檄，虽有根据，也未必可靠。比如第三十回写的石达开《答曾国藩五首》，虽然自梁启超的《饮冰室诗话》发端后一些诗话、野史、诗文钞等竞相转载，其实这是高天梅的伪托。当然，小说不同于史书，自不必事事属实，《三国演义》并不因为它“七实三虚”而有损它的光辉。

小说的主要缺点是太平天国起义反封建统治的思想为狭隘的种族主义所掩盖。强调反满而忽视反封建，这是清末许多资产阶级革命派作家作品的通病，《洪秀全演义》也不例外。在艺术上，粗线条的叙述多于具体的描写，有些地方模拟《三国演义》、《水浒传》的痕迹太显。如写洪仁发前期性格与李逵相仿，甚至如第六回写洪仁发执意要跟胡以晃去桂平县牢里救洪秀全的一段对话，与《水浒传》第六十一回李逵坚决要跟吴用上北京说卢俊义上山的描写，几乎如出一辙。

《洪秀全演义》是中国近代小说史上一部很重要的作品。它在当时的影响很大，曾经亲身经历了辛亥革命前后这段历史的冯自由说，这书“出版后风行海内外，南洋美洲各地华侨几于家喻户晓，且有编作戏剧者，其发挥种族观念之影响，可谓至深且巨”（冯自由《革命逸史》二集42页）。可见它受群众欢迎的程度和对资产阶级革命所起的作用。

黄世仲的《五日风声》，连载于1911年在广州出版的《南越报》上。原标“近事小说”，实际上是用浅近文言写的一篇报告文学。全文分十一章，共三万二千余字，真实地记述了辛亥广州起义即黄花岗之役的全部过程。作品写青年志士叱咤风云，与反动军队浴血奋战和临危不惧，在敌人法庭上慷慨陈词，以及视死如归、英勇就义等场面，感人至深，很有马克思说的资产阶级社会“诞生”时的那种“英勇行为、自我牺牲、恐怖、内战和民族战斗的”（《马克思恩格斯选集》一卷604页，人民出版社1972年版）情景。

黄世仲的其他小说，《廿载繁华梦》演买办周庸祐的浮沉，《宦海升沉录》写袁世凯的发迹，《黄粱梦》述和珅之豪奢，《宦海潮》叙张荫桓之升降，《镜中影》记庚子拳变之时事，《大马扁》抨击保皇党人物，《岑春煊》揭露广东官场的黑暗，《陈开演义》反映广东红巾军起义，

《党人碑》描绘晚清政治及党人起伏之情状，《广东世家传》敷陈广东卢、潘等富豪之盛衰，《新汉建国志》衍绎二十年中国革命之历史，……要在暴露清末官场腐败，鼓吹民族民主革命，思想激进，艺术手段亦足以副之，均可在中国近代小说史上占一席地位。

四、屠刀下的冤魂

武昌起义，万民欢腾。十一月九日，广东宣布独立，广东军政府也随之成立，胡汉民被推为都督，陈炯明任副都督。黄世仲被任命为军政府枢密部参议，协助总参议朱执信、廖仲恺处理军政府机要事宜。时各路民军云集省城，部伍混杂。胡汉民以黄世仲素与各地民军领袖有联络，遂决定设置民团总局，委黄为局长，负责处理有关民军整编及给养事务。

一九一二年一月，南京临时政府成立，孙中山就中华民国临时大总统职，胡汉民任总统府秘书长，陈炯明即为代理广东都督。陈任代督后，锐意发展本身势力，排除异己力量。他先以加强民军间之联络协商为名，组织“军团协会”，自任会长，黄世仲为副会长，借以控制民团总局。接着，又拟定裁编民军计划，召开裁军会议，裁撤别人部队。黄世仲和一部分民军领袖极力反对，认为裁减他人部队而扩充自己实力，有欠公允，主张裁弱留强，合理编遣。陈炯明深恨之，决心用武力消灭异己力量。二、三月间，陈炯明一面诱捕枪决曾入都督府闹饷之石锦泉，强行解散其所统率的石字营；一面又派兵包剿光复广州的王和顺部等民军。四月九日，以图谋不轨罪逮捕黄世仲。南北统一告成，胡汉民随孙中山南归，四月二十五日抵穗，陈炯明弃职他适，“濒行署一军令曰：‘黄世仲侵吞军饷，应即枪决，以肃军纪’等语。签后置公案上，留交新任执行”（冯自由《革命逸史》二集 42 页）。胡汉民就新职后，遂于五月初如陈令把黄世仲枪决。闻者多为呼冤不置。

陈炯明叛变败亡后，谢英伯（曾任香港同盟会会长及《中国日报》社长）、高剑父等曾有意请国民党政府为黄世仲昭雪并立碑记念，后因政局多变未果。一九三三年秋，谢英伯宴友于白云山倚云别墅，席间谈及辛亥前尘，对黄世仲被害一事仍感喟不止。酒后曾赋一律寄慨云：

> 三年曾赋乐郊诗，空惹山灵笑我痴。除却骚坛无净士，为搜残

碣访丛祠。贩蛙卖鼠人争羡，煮豆燃萁事可知。一落言诠非佛法，丰干未免太多辞。①

谢英伯的感慨固然带有辛亥革命失败的灰色情绪，但黄世仲的屈死确是令人愤慨和惋惜的事！

主要参考书目

[1] 黄世仲《洪秀全演义》，人民文学出版社本。

[2] 黄世仲《五日风声》，载中国社会科学出版社《近代文学史料》。

[3] 黄世仲《廿载繁华梦》，载中华书局《晚清文学丛钞·小说三卷》。

[4] 冯自由《〈洪秀全演义〉作者黄世仲》，见《革命逸史》第二集。

[5] 杨世骥《黄世仲》，见《文苑谈往》第一集。

[6] 冯秋雪《辛亥前后同盟会在港穗新闻界活动杂忆》，载《广东文史资料·孙中山与辛亥革命史料专辑》，广东人民出版社 1981 年版。

（原载《中国历代著名文学家评传》（续编三），山东教育出版社 1989 年 12 月第 1 版）

① 以上所述，均据冯秋雪《辛亥前后同盟会在港穗新闻界活动杂记》。

立意大煞风景，描写庸中佼佼
——评侠义小说家俞万春及其《荡寇志》

一

俞万春，字仲华，号忽来道人①，又号黄牛道人②。浙江山阴（今绍兴）人。乾隆五十九年（1794）生于京师东长安街寓所③。他出身于官僚家庭，兄弟七人，排行第二。父亲任桂阳县宰等地方官，曾于嘉庆中叶、道光初年和十二年多次血腥镇压由官府、营弁之苛索激起的粤东、楚南等地汉人、瑶民的武装起义，残酷屠杀农民起义的首领。俞万春一生没有正式做官，科举功名也只是个“诸生”（秀才）。但他自幼受封建正统教育和官僚家庭的影响很深；稍长博极群书，常自觉地站在封建统治阶级的立场上，“于古今治乱之本与夫历代兴废之由，罔不穷其源委”，特别对如何利用稗官小说维系风俗人心作精心研究。二十岁后，随父于广东任所，主动“负羽从戎”，亲冒矢石，直接参与对赵金龙领导的湘、粤、桂瑶族人民大起义的围剿，以“功”受到朝廷嘉奖。后归浙江，在杭州行医。道光二十二年（1842），英军犯海疆，他“献策军门，备陈战守器械”，得到巡抚刘韵珂的赏识。晚年皈依道、释。道光二十九年（1849）正月元旦日卒。

俞万春一生著有《骑射论》、《火器考》、《戚南塘纪效新书释》、《医学辨证》、《净土事相》，皆属稿而未镌；惟小说《荡寇志》行于世。

《荡寇志》共七十回，末附“结子”一回。草创于道光六年

---

① 林昌彝：《海天琴思录》。

② 半月老人：《荡寇志·续序》。

③ 忽来道人：《荡寇志·缘起》；俞灥《荡寇志·续序》。

（1826），至道光二十七年（1847），中间凡“三易其稿”，首尾历二十二年，“始竟其绪”，未遑修饰而殁。咸丰元年（1851），其子龙光“不背先君本意”，修润三月而成①。

这书的写作，完全是为镇压人民武装反抗思想，维护摇摇欲坠的封建统治效劳的。

中国封建社会发展到清代，已进入衰落末世，经过“康乾盛世”的回光返照，到嘉庆、道光时期，更是日薄西山，气息奄奄。这时，整个统治阶级奢侈腐化。最高统治者骄矜自大，刑赏失措；王公大臣招权纳贿，游宴淫乐；官府巧立名目，层层敲剥；官吏侵吞冒领，贪赃枉法；贵族、地主疯狂兼并土地，军队将士到处横行抢掠。奸相和珅伏法，被抄家产估银约八亿两左右，相当于当时全国十八九年的总收入；广东巡抚百龄到任不足一年，即占田达五千顷：由此可见当时贪污、占地的严重。国家财政枯竭，大批农民破产流亡，阶级矛盾和民族矛盾日益尖锐，人民反抗斗争在全国各地风起云涌。如俞万春出生后一年，即有贵州石柳邓、湖南石三保等人领导的苗民起义，此伏彼起，前后达十二年之久。翌年，又爆发了刘之协、聂杰人、姚之富、齐王氏等人领导的川楚白莲教起义，先后参加者达数百万人，转战湖北、四川、河南、陕西、甘肃五省，历时九年。嘉庆十八年（1813），天理会首领李文成在河南起义，林清一支曾潜入北京，一度攻进皇宫。道光十一年底（1832年1月）发动的湘西瑶民起义，时断时续，更达二十来年。据不完全统计，鸦片战争后十年间，规模较大的农民起义发生了一百多次，仅1847年就有二十六次。1851年1月便在广西金田村爆发了席卷全国的太平天国革命。这些，除太平天国革命外，都是俞万春生活的那个时代所发生的事。面对这样严重的局势，他惊恐忧虑，一心要挽救这“危险”的“世道人心”。

俞万春的封建统治阶级的立场和偏见，一直把《水浒传》视为“坏人心术，贻害无穷”的淫辞邪说②；当他看到由他父亲亲手镇压的珠厓、桂阳等地的农民起义都是“以《水浒》煽惑于众”以后，便益信天下人民的反抗斗争全由《水浒》所引起，都是“罗贯中之害”③。因此，他认

① 以上均见俞灥：《荡寇志·续序》；俞龙光：《荡寇志·识语》。

② 俞万春：《荡寇志》，人民文学出版社，1981年版，第1页。

③ 俞灥：《荡寇志·续序》。

为要消灭群众的反抗斗争，必须抵制《水浒》的革命影响，消除人民的反抗思想。于是，他秉承父亲之命，伪托梦中“受嘱于真灵”①，竭尽半生精力，殚心积虑，写了《荡寇志》这部剿灭水浒英雄的小说。

二

《水浒传》是一部真实地反映我国封建社会农民起义由发生、发展至失败的全过程的伟大作品。它通过一系列富有个性特征的人物形象的塑造和生活场景的描绘，无情地暴露和鞭挞了封建社会的黑暗和统治阶级的罪恶，深刻地揭示了农民起义“官逼民反”的社会根源，以极大的热情歌颂了起义人民反抗封建统治阶级的英雄主义和斗争精神，生动地描写了起义队伍由涓滴细流汇成滔天洪波的过程，具体表现了义军因他们的领袖带领接受招安而被统治者阴谋消灭的悲惨结局。这部小说，深受人民喜爱，流传极为广泛，对后世产生了巨大的积极影响。几百年来，我国的被压迫人民不断从中汲取反抗封建统治阶级的精神力量和斗争经验。

明朝末年，金圣叹身处朝政极端腐败和李自成农民大起义的暴风雨中，“虽在稗官”，甚“有当世之忧”。他把当时的天下大乱，归罪于写“叛教犯令”的《忠义水浒》，认为它“破道与治”，教民于恶——“已为盗者读之而自豪，未为盗者读之而为盗”②，实是犯上作乱的教科书。但是，“听之则不可，禁之则不能，其又将以何法治之与哉”？他用心良苦，想出了一个评点窜改的办法，认为这一来，“廓清天下之功，为更奇于秦人之火”③。于是，他丑诋水浒义军为“凶物”、“恶兽”、“万死狂贼”，肆意攻击宋江“倡聚群丑，祸连朝廷”，极力抹煞《水浒传》反抗官府的革命锋芒，把它歪曲为憎恶和反对农民起义、“是非皆不谬于圣人”的卫道之书。他腰斩《水浒》，横添卢俊义恶梦，以张叔夜处斩宋江等一百八人“于堂下草里”作结。

虽然金圣叹为此费尽心机，但在他批完《水浒》三年以后，李自

① 忽来道人：《荡寇志·缘起》；俞灥《荡寇志·续序》；俞万春：《荡寇志》，人民文学出版社 1981 年版，第 1 页。

② 金人瑞：《第五才子书施耐庵水浒传·序二》。

③ 金人瑞：《第五才子书施耐庵水浒传·序一》。

成农民起义的洪流就吞没了明王朝的腐朽统治，但天下事却无独有偶——一百八十五年之后，俞万春又继承金圣叹的衣钵，紧接金圣叹腰斩过的七十回本《水浒》，从金圣叹伪造的“梁山泊英雄惊恶梦”写起，杜撰出一大篇宋江等如何“被张叔夜擒拿正法”的故事，自名其书为《荡寇志》。作者死后，此书的初刻本根据古月老人的《序》又更名曰《结水浒》。

小说写高衙内垂涎退职提辖陈希真之女陈丽卿，仗势强娶，陈氏父女被逼逃出京师，暂托猿臂寨“落草”。他们勾结官军和地主武装，专与梁山为敌，把残酷镇压农民起义军作为向封建统治者的进身礼。最后与山东留守使云天彪一起，在经略使张叔夜的统率下，消灭了梁山起义英雄，陈希真位极公爵，陈丽卿被封“一品夫人”。

作品以“尊王灭寇”为主旨。它名为发明施耐庵《水浒》“真义”，实处处与《水浒》相悖。《水浒》写宋江等梁山英雄济困扶危、除暴安良、义军纪律严明，“所过州县，秋毫无犯”，百姓“扶老挈女，香花灯烛，于路拜迎”。此书则对梁山农民起义军极尽污蔑丑化之能事，把他们描绘成奸淫掳掠、杀人放火、人民切齿痛恨的强盗。才智过人，忠于起义事业的吴用成了“心头无主，智乱神昏”、“只是绉眉，一筹莫展”的无能之辈，最后竟做了一名抛撇坚守山寨众将士、索戴宗神行符先自潜行的可耻逃兵。“棍棒天下无对”的卢俊义形同木偶。能征惯战、武艺超群的马军五虎将、八骠骑先锋使和步军头领鲁智深、武松等都成了不遵军令、擅自行动并任敌人愚弄宰割的无知莽汉。至于梁山士兵，则更是一见官军便“心中畏惧”，四散奔逃的乌合之众。在《水浒》中，宋江虽有严重的封建道德观念和妥协思想，以致最后受招安毁灭了梁山起义队伍，但还有另一方面：他急公好义，反抗强暴，反对贪官污吏，并具有爱才若渴、知人善任、关心弟兄、团结同志以及攻城却敌、指挥若定的思想品质和组织、领导才能。而《荡寇志》则通过“忠义堂失火”，宋江不听卢俊义等劝阻，恣意将三十二名无辜的值宿军汉斩首，以及表面上时时盼望招安，暗地里却派吕方、郭盛刺杀招安天使，并虚设醮事，伪造石碣，为了“与卢俊义争位”，密使金大坚把“卢俊义名字镌在第二”等等细节描写，把宋江窜改成为一个口是心非、奸诈残忍、阴险毒辣的野心家。他身为义军领袖，一无所能：临阵御敌，每战必败；常常受骗中计，终日“长吁短叹”，愁得头发变白；凡遇官军围剿，总是束手无策，或气得“面如喷血，手脚冰冷”，或急得“两眼上插，晕厥了去”，或吓得“目瞪口呆”，“尿屁直流”，乃至听到“风声鹤唳，尽作追兵”，望见“疏林败叶”，也“大惊失色”。最后，梁山义军全被剿灭，一百单八将“无一能逃斧钺”。

可是，作者把张叔夜、云天彪、陈希真、徐槐等刽子手却都写成风流儒雅、顶天立地的英雄，在他们头上画上一圈神圣的灵光，身上抹上一层神秘的色彩，说他们是雷神降生，散仙下凡，来辅佐皇帝“荡妖灭寇”、“治国安民”。从他们的出生到长相、心地、才智、武艺，都用了最美好的辞藻着意渲染和赞美。连那普通官兵，也都“旌旗严肃，队伍整齐”，“骇如雷崩，奋如电掣”。

在封建社会中，地主残酷地压迫、剥削农民是一个最普遍、最一般、最基本的事实。《水浒传》通过对在朝的地主阶级当权派高俅、蔡京、童贯等大量搜刮民脂民膏，“任意淫垢他人妻女”和在野的土豪恶霸西门庆、镇关西、毛太公、曾长者、祝朝奉父子等横行乡里、欺压百姓的种种劣迹的描写，真实地反映了封建社会中地主敲剥、残害广大人民的现实。到了《荡寇志》里，这种阶级压迫、剥削的事一概不见了，有的只是如正一村、风云庄、召家村等大庄园主施赈放粮救济灾民和出生入死保护群众生命财产不受“强盗”侵犯的事。仿佛天下地主最关心、体恤农民，根本就不存在什么压迫、剥削的事。这是十足的瞒天过海的欺人之谈。

《荡寇志》虽然沿袭金圣叹批改《水浒传》的思想，但是作者维护封建统治阶级的意识却又大大超过了他的老师。金圣叹批改《水浒传》，一方面极力反对农民起义，同时也愤怒痛斥贪官污吏。他敢于指出“乱自上作”① 的客观现实，并公然大骂“官也，贼也；贼也，老爷也：一而二，二而一者也”。② 而在俞万春的《荡寇志》里，却是国运兴隆、清官如云的世界。对于蔡京、童贯等“奸佞”，竟异想天开地编造出他们与宋江等暗中勾结的情节，以图把人民群众对贪官污吏、权奸国贼的痛恨转移到农民起义者身上去。其“运思之巧妙”，实令人惊叹！

在历史上，宋徽宗是个荒淫腐朽的皇帝。他宠信蔡京、童贯、朱勔

① 金人瑞：《第五才子书施耐庵水浒传》第一回总批。

② 同上，第十八回夹批。

等“六贼”，创“花石纲”，大肆搜刮东南各地“奇花异石”，致使无数人民倾寨荡产，鬻子卖女，激起方腊领导下的南方农民起义；又设“括田所”，大量掠夺私人土地，使大批农民流离失所，冻馁而死，激起宋江领导下的北方人民起义。方、宋起义刚被镇压下去，山东和河朔人民又群起反抗。与此同时，金兵两次南侵。第一次攻占燕京，将这一地区和附近六州的金帛子女、官绅富户席卷一空；第二次攻陷开封，把徽、钦二帝和后妃、皇子、皇女以及宗室贵戚等三千多人掳掠北去。北宋由是而亡。

《水浒传》的作者虽然由于时代的局限不能彻底否定皇帝，但他通过端王踢气毬，徽宗玩妓女和纵容蔡京、童贯、高俅等结党营私、横行不法、陷害忠良等情节的描写，毕竟还是表现了对最高统治者的不满。《荡寇志》的作者则完全不顾历史的事实，把徽宗这个亡国之君美化成为纳谏睿断、诛奸斥佞、任贤授能的圣明天子。小说写他一个个将蔡京、童贯、梁师成、李彦、朱勔、王黼“六贼”“家私尽行抄没”，“绑赴市曹正法”（在历史上，“六贼”被处死是钦宗即位以后的事），然后大唱赞歌，反复称颂“此时奸邪尽去，君子满朝，士民欢呼相庆”，“今陛下圣明，文臣武将尽选贤能，治法精严，教化大行”，从此“盗贼消除”，“四海升平”，“江山永固”，“万年康乐”。像这样肆意篡改历史，肉麻地美化、歌颂腐朽的封建王朝，这是一般稍有正直之心的封建文人都不肯干的！

为了维护封建统治，小说还不厌其烦地进行封建说教，宣扬封建专制主义的“国纪”和“君臣大义”。书中一方面通过云威父子和祝永清等正面人物之口，大肆鼓吹“朝廷之恩必不可负，君臣之节必不可亏，祖宗之名必不可辱，窃据之事必不可为”。表彰陈希真父女纵受奸邪迫害，仍然“乐天安命，毫无怨尤之气”；另一方面又借笋冠仙人之口指斥宋江、吴用等梁山起义首领道：“贪官污吏干你甚事？刑赏黜陟，天子之职也；弹劾奏闻，台臣之职也；廉访纠察，司道之职也。义士现居何职，乃思越俎而谋？”意思很明白：人们都必须严格地按照封建秩序生活。百姓只能俯首贴耳地当统治者的奴隶，任其宰割，纵有莫大不平和冤屈，也不能有所非议和反抗；不然，即是“逆天背理”，便要坚决镇压，彻底剿灭，丝毫不予宽贷。

俞万春用了洋洋六十九回差不多六十七万言的篇幅，写陈希真父女那么执著于人生，热中于世事，不顾生命危险，披坚执锐，奔走于枪林刀海之间，非要帮朝廷剿灭梁山农民起义军而后罢。可是，一当起义军被消灭，刽子手们功成名遂，他却又一反故态，大谈什么“万物无常，人生有尽”，恩仇得失都是假，荣华富贵转眼逝的虚无主义和宣扬“修养丹道，终成正果”的出世思想。显然，这是在对群众耍了一通恐吓手段之后又用的一种欺骗办法。

在我国小说史上，《荡寇志》可说是士大夫极力维护既定封建统治秩序的代表作品。对于人民，它具有反面教材的价值。

首先，通过书中的人物形象和故事情节，人们可以具体地了解到封建统治阶级与农民起义是如何势不两立，顽固地坚持封建专制主义立场的地主豪绅们是如何怀着刻骨的仇恨，对农民起义进行血腥的镇压。《水浒传》所写，由农民、渔翁、猎户、樵夫、艄公、铁匠、裁缝等劳动者，酒家、盐贩、鱼牙子等商贩，教员、秀才、医生、落第举子等知识分子，道士、闲汉、赌徒、小偷等无业游民，孔目、押司、管营、小牢子等衙门吏役，到提辖、都头、统制、都监、知寨、团练等一般武官，乃至农村富户、庄园主、大周皇帝嫡派子孙等剥削阶级人物——他们在昏君、奸臣残酷迫害，逼得走投无路的共同命运下，铤而走险，上梁山共举反抗大旗。这是真实地概括了封建社会的现实。《荡寇志》所写五十七位剿“匪”英雄（所谓三十九“天神”，一十八“散仙”），其中除杨腾蛟铁匠出身并成为死心塌地投靠统治阶级的奴才外，其他都是坚决与人民为敌的朝廷命官、大土豪地主、名门旧族的反动知识分子，加上个别的兵痞、无赖。这也是一种真实的反映。书中写官军打盐山，把抓到的“二百多喽罗分绑各城门，尽行斩首；并那五百余颗首级，都去号令”。攻陷野云渡，将俘获的五千八百名义兵“每人割去耳朵一只，发与有功的官兵为奴”。攻占兖州时，更惨绝人寰地将中计被擒的梁山英雄石秀、孙立、杜兴撬牙割舌，搠洞取血，钩皮切肉，剜心摘肺，并把他们的眷属“尽行杀戮，不留一个”，用以祭奠“宋江三打祝家庄”时被杀死的祝朝奉等恶霸地主。从这些血淋淋的画面中，可以清楚地看到封建统治阶级镇压农民起义及进行阶级报复的残酷性和疯狂性。

其次，在反动统治的黑暗年代里，当被压迫阶级为生存而揭竿起义的时候，统治阶级内部一些在不同程度上同情人民、有正义感和爱国心的人，也往往会因受排挤、诬陷而投靠革命队伍。这是历史的事实，《水浒传》反映了这种事实。但还有另一种事实，而且是更为主要的事实：《荡寇志》写云天彪与高俅存在忠正和奸邪的矛盾，陈希真与高俅为着高衙内强娶陈丽卿事，更结下了深仇大怨。但是，当高俅统率的大军被梁山泊起义军围困于蒙阴时，云天彪立即认为“太尉乃朝廷大臣，蒙阴乃天子疆土，我等现在邻境，理当速赴救援”。陈希真也劝女儿说：“打狗看主。他是官家的大臣，不争你杀了他，如何对付得官家?”当即派她为先锋，亲统大队，并调各路人马，奔赴蒙阴，杀败梁山义军，救出高俅。这说明统治阶级营垒中平时彼此之间存在的矛盾和斗争，到了被压迫阶级起来反抗，危及他们整个阶级的统治的时候，他们就会为了保卫自己阶级的根本利益而联合起来，共同对付起义的人民。

第三，《水浒传》虽然也讲对朝廷的忠，但更突出强调对人民特别是朋友间的义。这种义，甚至可以超越阶级的界限。鲁智深好义，为救金老汉父女，不惜丢掉军官的职位，三拳打死镇关西；又为救林冲，大闹野猪林，连和尚也做不成，宁愿去落草。史家村地主史进，“为义气上”不仅放了被擒的少华山“强盗”陈达，而且与“强盗”的首领们“往来”。“生辰纲”案发，地主出身、身为押司的宋江“仗义”，“担着血海也似的干系”，飞马向晁盖报信，教他们赶快逃走。将门之子、担任清风寨副知寨的花荣重义，竟不顾身家性命率兵营救犯了“大罪”被官府捉了的宋江……这些描写，既有一定的现实的土壤，同时也注入了人民的理想。《荡寇志》不讲朋友间的义，只强调对朝廷的忠；友情、亲戚关系等等在地主阶级的最高利益面前不值半分。小说写吴用、李应对黉宫老宿魏辅梁十分器重，真是“握发”“吐哺”，倾心相待，“连床共语”，抵足而眠；魏“肺病缠绵，起居不便”，李应特为之觅名医治愈。然而魏却仍与官军暗中勾结，谓“也说不得了，欲报朝廷，不得不灭梁山……日后辅梁见李应于地下，辅梁亦有以藉口”。他伪入义军作内奸，致使兖州失陷，石秀、杨雄等九位英雄丧命。官军将领李成被梁山义军活捉，宋江亲解其缚，故交杨志与之叙旧，“诉说别后相念，两人执手洒泪”。李成身留义军，但真心不背朝廷。次日，杨、李为正副先锋，跃马上阵。正当杨志与敌将闻达鏖战之时，李成在杨志背后猛咬牙道：“今日如果徇情，‘臣多一友，君少一臣矣!’”他“骤马上前，一枪直透杨志背心，穿出前胸，大叫：“杨志，我顾不得你了!’”转身大杀梁山义军。颜树德是秦明表兄，但他忠于朝廷，竟亲手杀死了秦明……这些描写，虽包含着封建统治阶级的要求、愿望，但也是一定的现实生活的概括。好心的人们如果对此认识不足，便会像梁山起义军那样遭受灭顶之灾。

三

《荡寇志》经过作者二十余年的惨淡经营，在写作上自有它的一些长处。行文布局，设事遣词，均可见其精心匠意。语言洗炼、生动，许多象声词的运用，更增加了描写的形象性。结构完整谨严，全书浑然一体，不像《水浒传》那样一个个故事可以拆开单独成篇。情节波浪推进，高潮低潮相间；叙事起伏穿插，前后都有呼应。例如第一回写卢俊义梦见“一百单八个好汉都在草地尽数处决”。第六十六回写张叔夜处斩梁山英雄时“宛然是那年”卢俊义“梦中景象”。凡此等等，都表现了作者的研精覃思。

作品在刻画武勇、描绘争战等方面，也有可取之处。如陈丽卿出场，未显其身手，先写她所使的两件不寻常的武器——青錞宝剑和梨花古定枪，叫人看了胆颤心惊，“毛发皆竖”。颇有先声夺人的气势。《希真智斗孙推官，丽卿痛打高衙内》一回，针尖对麦芒，道高一尺，魔高一丈，险象迭生，读者为之吸引；直至陈氏父女安然脱难，读者才如释重负地舒一口气。

把敌人写得软弱无能、不堪一击的作者是平庸的，能写出战胜足智多谋、本领高强之敌的英雄才是高明的作家。《荡寇志》的作者如果一味用贬低《水浒传》中一百零八将的聪明才智和武艺的办法，把他们一个个都写成很容易被打倒的脓包，那么作品诞生之日便是其死亡之时。只有当他写出“强中还有强中手，高才更遇才高人”的时候，这作品才能赢得读者。俞万春意识到这点，他在《荡寇志》里写出了一些比较精彩的武斗场面。如第一百九回和第一百十三回、一百十六回等写斗器械、斗技术，别开生面。双方竭尽智慧，造一器，破一器，再造一器，再破一器……使人目不暇接。第一百三十回写扈三娘夜战陈丽卿，两员女将在月下刀光枪影，“扭成一堆，搅成一块”，狠命相搏。初则胜负不分，存亡难卜；继而安危频替，忧喜参半。看似得手，竟未得手；待要赢时，却又失利……实为动魄惊心。

此外，第九十七回写高衙内任曹州知府时之昏庸及其家人的贪赃枉法，亦真切可读；第一百二十八回写武松之死，第一百三十回写林冲之颓唐，都符合他们本来的性格。小说在前后金戈铁马的紧张气氛之间，插入一些带有神话色彩的捉参仙之类的轻灵描写，更觉跌荡多姿，情趣盎然。

《荡寇志》在具体写作上有许多模拟《水浒传》之处。这不仅表现在人物口吻（如吴用之常言“哥哥岂可轻动”和李逵之动辄大叫）、性格（如秦明、索超之性急）等方面时时明摹《水浒》，便是在故事的设置上也往往暗拟《水浒》。例如《水浒传》写高衙内调戏林冲之妻，《荡寇志》写高衙内调戏陈希真之女；《水浒传》写潘金莲、潘巧云偷汉，《荡寇志》写阴秀兰偷情；《水浒传》写武松景阳冈打虎、李逵沂水县杀虎，《荡寇志》写唐猛高平山擒豹、庞毅青州府捉龙；《水浒传》写杨志与周谨教场比箭，《荡寇志》写陈丽卿与祝永清教场比箭、花荣与陈丽卿望蒙山斗箭……但题目虽然类似，情节却不相同。两书可谓各极其巧，互有千秋。尤其是花、陈斗箭一章，写得更为神奇精妙，令人拍案叫绝。

《荡寇志》中人物的心理描写虽不细腻，但已很频繁，大都是揭示人物行动的内在动机。景物描写主要是点染、烘托人物活动的环境气氛，规模仍不大，但数量已增多，且基本上都是作者自己随事抒写，不再像以往的许多小说那样常常借用古代现成的诗词和沿袭“青山绿水”、“柳暗花明”等一些陈词滥调。

鲁迅评《荡寇志》说：“书中造事行文，有时几欲摩前传之垒，采录景象，亦颇有施、罗所未试者，在纠缠旧作之同类小说中，盖差为佼佼者矣。”① 这可谓确论。

不过，《荡寇志》的艺术性完全是为其反动的政治内容服务的。因此，即便作者在表现技巧和细节真实上下了很大功夫，但对于同情被压迫人民和“水浒”英雄的美好形象已在心目中留下深刻印象的读者来说，其总的艺术效果却觉得乖戾造作，与审美心理相逆。

另外，在艺术上也并非完美无缺。首先，人物缺乏个性特征，性格都不鲜明。其次，双方攻、战中，梁山义军用兵之计，几乎都能被官军

---

① 鲁迅：《中国小说史略》，第十五篇。

“事先想到”；打到不可开交或官军有难时，又常常有神仙出来救护。这些地方，读来兴味索然，失却艺术的魅力。

一九八七年九月十五日

（原题《俞万春评传》，载《晚清民国文学研究集刊》第1辑，漓江出版社1995年12月第1版）

寓深刻于平淡，求创新于自然

——颂狭邪小说家韩邦庆及其《海上花列传》

一

《海上花列传》，六十四回，韩邦庆撰。光绪十七年（1891）秋，拟目六十四回，书则仅成其半。越年完稿。先载于光绪十八年（1892）二月一日创刊之《海上奇书》（初为半月刊，后改月刊），每期两回。至三十回，《海上奇书》停刊而辍。光绪二十年（1894）正月，出六十四回单行石印本，题“云间花也怜侬著”，有自序和跋。接着，便有改题为《青楼宝鉴》、《海上青楼奇缘》、《海上花》、《海上百花趣乐演义》、《海上看花记》、《最新海上繁华梦》（著者改署江陵渔隐）等各种名目的缩印复制本出版。

韩邦庆，原名三庆，及应童子试，即以庆为名，后又改名奇；字子云，号太仙，别署大一山人。咸丰六年（1856），生于江苏松江府之娄县（今属上海市）。父宗文，字六一，咸丰戊午科顺天榜举人，素负文誉，官刑部主事。邦庆自幼随父居北京，资质极聪慧，读书别有神悟。及长南旋，从同邑蔡蔼云先生习举业。据颠公（雷瑨）《懒窝随笔》载：他考秀才时所作试帖诗“微妙清灵，艺林传诵”。又说：“逾年应岁试，文题为《不可以作巫医》，通篇系游戏笔墨，见者惊其用笔之神妙，而深虑不中程式。学使者爱其才，案发，列一等，食饩于庠。”但他屡应乡试，却始终没有考中举人。

他长期旅居上海，与《申报》编辑钱忻伯、何桂笙等人友善，常为《申报》撰稿，并一度主编由申报馆代售的文艺期刊《海上奇书》。后因父执谢某之招，在河南省的官府作了几年幕僚。辛卯（1891 年）秋，由豫入都，应试北闱，不第南归。

韩为人风流蕴藉，落拓不羁。年未弱冠，已染阿芙蓉癖。任职《申报》期间，除偶作论说外，其他琐碎繁冗之编务，则不屑一顾。家境虽贫寒，然不重钱财、弹琴赋诗，怡然自得。又善于弈，偶下一子，必精警出人意表。常与沪上诸名士诗酒唱酬，所得笔墨之资，悉挥霍于花丛。他“与某校书最昵，常日匿居其妆阁中。兴之所至，拾残纸秃笔，一挥万言”，盖小说等著作，即属稿于此时[①]。1894 年，《海上花列传》全书出版不久，他即病逝，年仅三十有九。今存作品，尚有文言短篇小说《太仙漫稿》等。

二

《海上花列传》写上海妓院情状。它以赵朴斋为线索，插进罗子富与黄翠凤，王莲生与张蕙贞、沈小红，陶玉甫与李漱芳、李浣芳，朱淑人与周双玉等等“相好”的故事。

韩邦庆公开宣称：这部小说“为劝戒而作”[②]。说“以过来人现身说法”，使“阅者按迹寻踪，心通其意，见当前之媚于西子，即可知背后之泼于夜叉；见今日之密于糟糠，即可卜他年之毒于蛇蝎”，从而“发人深省”，唤醒痴梦[③]。这显然是从邗上蒙人的《风月梦》套来。《风月梦》自序云；

> 夫《风月梦》一书胡为而作也？盖缘余幼年失恃，长违严训，懒读诗书，性耽游荡，及至成立之时，常恋烟花场中，几陷迷魂阵里。三十余年，所遇之丽色者、丑态者、多情者、薄幸者，指难屈计。荡费若干白镪青蚨，博得许多虚情假意，回思风月如梦，因而戏撰成书，名曰《风月梦》，或可警愚醒世，以冀稍赎前愆，并留戒余后人勿蹈覆辙。……

《风月梦》便是写一位叫过来仁（人）的现身说法：由于沉溺烟花，

① 颠公：《懒窝随笔》。

② 《海上花列传·例言》。

③ 《海上花列传》第一回。

最后落得家败身亡。不过《海上花列传》的劝戒意味不像《风月梦》那样显露，正如它在《例言》中所说的："尚有一半反面文章，藏在字句之间，令人意会。"并且它的艺术成就，也要比《风月梦》高得多。

韩邦庆写小说的最大特点是自觉地致力于艺术上的创造，不落前人窠臼。他主张从深厚、广阔、变化无穷的现实生活中取材进行创作。他的文言短篇小说，"皆于寻常情理中求其奇异，或另立一意，或别执一理，并无神仙妖鬼之事"。[①] 他写《海上花列传》，首先注意人物的形象塑造，要求写得"如见其人，如闻其声"，说话合乎每个人"当时神理"，并且各有个性，即所谓"其性情、言语、面目、行为"不"雷同"，"无矛盾"；同时很重视小说的结构，特意采用"穿插藏闪"之法组织全书的故事[②]。作品的确实现了作者的这种主张和追求："写照传神，属辞比事，点缀渲染，跃跃如生。"[③] 其艺术水平高出于当时一般小说，不仅在近代，即便在整个中国小说发展的长河中，也不愧是一部优秀的作品。

三

《海上花列传》是中国第一部专门写妓女的长篇白话小说。中国小说叙妓家故事，自非《海上花列传》始。唐传奇中有《霍小玉传》、《李娃传》、《扬娼传》等，宋元明话本和拟话本中有《新桥市韩五卖春情》、《杜十娘怒沉百宝箱》、《卖油郎独占花魁》、《玉堂春落难逢夫》等。但或文或白，均为短制，人物单纯，故事集中，表现士子（话本中有部分商人）与妓女的爱情。一般是揭露豪门士族与市井细民间的对立矛盾，反映妇女被侮辱、被损害的悲苦；或歌颂青年男女真挚的爱情，历尽磨难，最后有情人终成眷属。其特点是，除话本《新桥市韩五卖春情》写商人吴山受流娼金奴之骗外，无论男子真情相爱或后来负心薄幸，妓女都是一心专注，深情执著。清代章回体才子佳人小说中，《金云翘传》和《合浦珠传》等也写到妓女，但全书主体是叙才子佳人的恋爱婚姻故事，写妓女只是故事发展总链条中的一环。如王翠翘之被骗堕入妓院受苦，

① 《太仙漫稿·例言》。

② 《海上花列传·例言》。

③ 鲁迅：《中国小说史略》，第二十六篇。

是佳人“遭百折千磨”之“劫”的内容之一，并非专写妓女。稍后问世的《女开科传》，女主人公虽都是妓女，但它主要是通过写“花案”，即因妓女扮演开科而引起之事故，借题发挥，以嬉笑怒骂之笔，尽情攻击科举之弊，揭露和尚、小官之丑行，讼师、驿丞之恶浊，痛诋这些人物的下流和无耻。写“青楼淑女心如石，白面才郎意不回”，三对情人都爱情专一，忠贞不二，既不喜新厌旧，又不三妻四妾，表现了青年男女间纯正真挚的爱情。这实际上还是才子佳人小说的故套。道光元年刊行的《雅观楼》中，也有不少篇幅写狎妓的事。但它完全从劝善的目的出发，叙因果报应：谓钱庄老板吴文与其妻赖氏昧心吞没一西商寄赠其家的十万两银子，西商一气身亡，投生为吴之子；吴子长大后吃喝嫖赌，荡尽家产，最后流落街头成为乞丐。与后来的妓女小说尚非一流。至于道光末期及之后产生的《品花宝鉴》、《花月痕》和《青楼梦》等作品，虽也写妓女，然不过是“求佳人于倡优”、“辟情场于北里”的才子佳人小说的变种而已。唯道光二十八年（1848）出版的《风月梦》，始专写狎妓。但该书虽分三十二回，实仅十余万字，只能算是一个中篇；且小说中几个妓女虽也稍有个性刻画，然其着重点还是在于描写荡子的败家丧身。直到韩子云的《海上花列传》出世，才真正全力描写妓女的生活。

四

《海上花列传》是中国第一部人物对话全用苏白的吴语小说。诚然，苏白之被用于文学创作的时代较早，明代弹词中的唱、白和昆曲中的有些道白都用苏白，小说中人物对话用苏白也非韩邦庆的《海上花列传》始。如清代康熙末、乾隆初刊行的《女开科传》中就有这样的话：

> 那店主人打着乡谈说道：“罗个余秀才事，勿要提起，侬害得介人勿浅哉。个也勿消话渠，又阿是晦气得势，撞着一个往苏州经过个啥个官员，晓得子啥花案个影响，到子京通话个样事。又有那听见个勿知个头路，缠错子话，得价利害，凶险得势，……把个一班儿女娘都惊走子他乡远处去哉，半点勿知下落。真是个书呆弄出啥个把戏，如今连余秀才也勿知走到罗里去哉。”（第十一回）

这是一段相当标准的苏州白话。再如光绪四年（1878）西泠野樵著的《绘芳录》，第三十九回师爷罗喜回答山阳县令的一段话也是吴语：

> 东家，阁点小事干，没甚难办。伊弗过是个兔子，仗着府里个点势头。好在府里也弗得知，弗怕伊飞子天浪去即哇。伊行凶，无故殴辱有职人员，照光棍例办子伊，虽弗杀头，也要充远军个。个个小兔子平时娇养惯的，那里吃得起充军个苦，只怕弗到地头，即要死笑哉！明朝东家坐堂个辰光，只要问个一问骗子，伊个口供落来，即按例科罪当堂起解。古语“兵贵神速”，就是府里晓得个说话，罪也定哉，人也充出去哉，伊只好咬子俄个卵秋去！

与《绘芳录》差不多同时完成的俞达的《青楼梦》中也有类似的情况。如第十六回：“挹香笑道：‘你说是要呈教呈教弟帖子的嘘。’”第三十七回中“挹香道：‘要来的喤！’”这“嘘”和“喤”，都是苏州土白。不过，这些都是偶一为之，未成气候。直到《海上花列传》，叙述用普通话，人物对话全部用苏白，这才真正有了吴语小说。

韩邦庆是十分自觉地运用吴语写《海上花列传》的。海上漱石生（孙玉声）《退醒庐笔记》云：

> ……而余则谓此书通体皆操吴语，恐阅者不甚了了；且吴语中有音无字之字甚多，下笔时殊费研考，不如改易通俗白话为佳。乃韩言：“曹雪芹撰《石头记》皆操京语，我书安见不可以操吴语?”并指稿中有音无字之“勠”、“覅”诸字，谓“虽出自臆造，然当日仓颉造字，度亦以意为之。文人游戏三昧，更何妨自我作古，得以生面别开”。余知其不可谏，斯勿复语。

韩邦庆之所以要这样煞费苦心地乃至不惜自己造字，用吴语来写《海上花列传》，就因为它能更有效地表现小说中所写的上海妓女和嫖客说话时的那种神情口气。试看第六回一段：

> 吴雪香姗姗其来，见了仲英，即大声道：“耐是坐来哚对过勿来哉呀，第歇来做啥?”一面说，一面从榻床上拉起仲英来，要推出门

外去。又道："耐原搭我到对过去哩！耐去坐来哚末哉，啥人要耐来嗄？"

雪香不依，坐在仲英膝盖上，挽着仲英的手，用力揣捏，口里咕噜道："倪勿来，耐要搭我说明白哚。"仲英发躁道："说啥嗄？"雪香道："难下转耐来哚陆里，我教耐来，耐听见仔就要跑得来哚；耐要到陆里去，我说覅去末，定规勿许耐去哉。耐阿听我？"

仲英和他扭不过，没奈何应承了。雪香才喜欢，放手走开。仲英重又笑道："我屋里家主婆从来勿曾说歇啥，耐倒要管起我来哉！"雪香也笑道："耐是我倪子畹，阿是要管耐个嗄。"仲英道："说出来个闲话阿有点陶成，面孔才勿要哉！"雪香道："我倪子养到仔实概大，咿会吃花酒，咿会打茶会，我也蛮体面哚，倒说我覅要面孔。"仲英道："勿搭耐说哉。"

吴雪香的醋意、任性、撒娇和戏谑的声气情态都跃然纸上，充分显示了吴侬软语的形象性及其特有的迷人魅力。

诚然，吴语的妙处——个中滋味，只有熟悉这种语言的人才能体会得到。不是生长在江（江苏东南部）、浙（浙江东北部）一带的人很难读懂。因此，它和其他方言文学一样，不可能像以普通话写的作品那么广泛流传。

五

《海上花列传》是中国第一部通篇采用"穿插藏闪"结构方法的小说。作者在《例言》中说：

全书笔法自谓从《儒林外史》脱化出来，惟穿插藏闪之法，则为从来说部所未有。一波未平，一波又起，或竟接连起十余波，忽东忽西，忽南忽北，随手叙来，并无一事完全，却并无一丝挂漏；阅之觉其背面无文字处尚有许多文字，虽未明明叙出，而可以意会得之：此穿插之法也。劈空而来，使阅者茫然不解其如何缘故，急欲观后文，而后文又舍而叙他事矣；及他事叙毕，再叙明其缘故，

> 而其缘故仍未尽明，直至全体尽露，乃知前文所叙并无半个闲字：此藏闪之法也。

所谓“穿插”之法，即不是叙完一事再叙一事，而是把众多故事交织在一起，让它们穿插着同时进行，同时发展。所谓“藏闪”之法，是指一个故事开了头或一件事情提出后，并不一下写完或说明，而是藏头露尾或露头藏尾，叙述时断（中间插叙别的故事）时续，忽隐忽现；现时又闪烁其词，造成悬念，直至全部故事叙完，才真相大白。前者如赵朴斋兄妹的历史和王莲生与张蕙贞、沈小红的故事，陶玉甫与李漱芳、李浣芳的故事，罗子富与黄翠凤的故事，朱淑人与周双玉的故事，李鹤汀与杨媛媛、李实夫与诸十全的故事……都穿插着同时进行。后者如第十六回写财主李实夫为了省钱，改嫖下等妓女诸十全，题目是“种果毒大户榻便宜”。但文中并没有写李实夫染上了毒，只是说看到诸十全“亮晶晶的一张脸，水汪汪的两只眼”，“两颊涨得绯红，光滑如镜，眼圈儿乌沉沉浮肿起来”。以后便写李鹤汀与杨媛媛的关系、洪善卿与周双珠的交往、双玉与双宝斗气、赵朴斋与流氓相打、李漱芳生病、林素芬吃醋等等事情。到第二十一回，写李实夫再次到诸十全处，还是见她“满面红光，油滑如镜”。并加上一段：诸十全没头没脑地取出一张印着“媒到婚姻遂，医来疾病除”的签诗，请李推详；但当李问她生了什么病要请医生时，她又说没有什么病。事情尚未交代清楚，作者却又掉转笔锋去写姚季莼和卫霞仙、罗子富和黄翠凤、葛仲英和吴雪香、王莲生和张蕙贞、沈小红等的故事。到第二十七回，又写“诸十全虽与实夫同吃，却因忌口，不吃馆菜，另用素馔相陪”。至于诸十全忌口的原因，还是不说。接着写李实夫之事被他侄儿的跟班匡二撞见，回去告诉他的主人李鹤汀，说他见到“诸十全脸晕绯红，眼圈乌黑”，对她“十分疑惑”。李鹤汀不信，便去探望他的叔父，临走时有意拉了一下诸十全的手，“果然觉得手心滚热”。但是其“脸晕绯红，眼圈乌黑”和“手心滚热”的缘故，还是个闷葫芦。第二十八回写洪善卿伺陈小云闲谈，突然提到“实夫为仔做人家也有仔点小毛病”，但究竟患了什么病，“仍未尽明”。直至第三十七回，周少和说李鹤汀的叔父生了杨梅疮，才知以前所写诸十全“脸红”、“睑黑”种种，都是梅毒的病态表现；而第十六回所谓“种果毒大户榻便宜”的题目，也才彻底了然。

这种“穿插藏闪”之法，过去的小说中并非绝然没有，但只是局部地偶一为之。整部小说使用这种写作方法的，《海上花列传》确实是第一部。这与采用苏白写人物对话一样，都表现了韩邦庆的创造精神。诚然，这种结构方法的长短优劣，读者可能会有不同的评价。胡适说：“看惯了西洋那种格局单一的小说的人，也许要嫌这种‘折叠式’的格局有点牵强，有点不自然。反过来说，看惯了《官场现形记》和《九尾龟》那一类毫无格局的小说的人，也许能赏识《海上花》是一部很有组织的书。”[①] 这见解颇有道理。但是不管如何，韩邦庆的这种探索创新精神是应予充分肯定的。

六

《海上花列传》的最大长处，在于它的“平淡而近自然”[②]。以往的小说，即使是第一流的作品，读着总会有作者是在写“小说”的感觉：或有话本、讲史的套子；或有作者直接的议论和说教；或故事离奇，内容虚幻，情节有意曲折，人为制造巧合；或描写夸张，形容过度，文字刻意雕琢，人物言行失常；或揭发伏藏，故作已甚之辞，联缀“话柄”，人、事均违真实。至于那些胡编乱造、模拟套袭之作，当然更不在话下了。《海上花列传》则不然。它除了第一回开头一段“引子”之外，整部作品，记载如实，绝少夸饰，写来栩栩如生，一如生活本来面目，但又不是详细记载生活的流水账和平板直叙一些人连续的动作。所以读着不仅没有繁琐细碎、枯燥乏味之感，相反地却像生活本身一样生气盎然，饶有趣味。并且通过这种描写，相当真实和深刻地反映了清末大城市的一种社会生活。对于文学作品来说，这是一种很不容易达到的境界。

韩邦庆与《青楼梦》的作者俞达一样，都是长期混迹青楼、熟悉妓院生活的人。但俞达却撇开了活生生的现实的人，去写一些理想的什么“天上下凡的仙女”。结果，连篇矫揉造作，满纸陈词滥调，千人一面，千口一腔，令人不齿。韩邦庆则不然。他说：

① 胡适：《海上花列传·序》，见《中国章回小说考证》第499页。

② 鲁迅：《中国小说史略》，第二十六篇。

> 昔人谓画鬼怪易，画人物难，是矣。然鬼怪有难于人物者，何也？画鬼怪初时凭心生像，挥洒自如；迨至千百幅后，则变态穷而思路窘矣。若人物，则有此人斯有此画，非若鬼怪之全须捏造也。①

现实生活中的人各色各样，无论外形和内心没有一个完全相同，它是文艺创作取之不尽、用之不竭的源泉。基于这种思想，韩邦庆既不用心于编造曲折的情节，又不着意在虚构奇异的人物，而是如实地摹绘现实生活中的人和事（当然有所取舍和概括）。他的《海上花列传》就完全是写他熟悉的妓院生活。这里既没有惊险的故事、离奇的情节，也没有神仙鬼怪、英雄豪杰、才子佳人、清官侠士，更没有义夫节妇、孝子贤孙；有的只是妓女、嫖客每天送往迎来、叫局吃酒等最普通、最平淡乃至极无聊和无耻的“日常生活”。可是，这些低贱、无聊的人物和生活，却写得那么真实和自然。就妓女而论，她们既不像《青楼梦》中所写的人人都是纯美的天使，也不是《九尾龟》里所说的个个都“毒如蛇蝎”，而是活泼泼的、有着鲜明个性的人物。如黄翠凤是那样的泼辣和干练，甚至连管她的老鸨“还要三不时去拍拍俚马屁”。沈小红是那样凶悍和狡狯，她一方面与候补官王莲生“相好”，骗取其钱财；同时与戏子小柳儿姘居，供给他挥霍。她夜叉似的当众痛打王莲生的新相好张蕙贞；又在枕头边柔情软语，向王莲生倾诉“真情”，说她一心只爱着他一个，根本没有姘戏子那回事。张蕙贞则是那么庸凡和懦弱，她被沈小红狠打一顿之后，还为她掩盖姘戏子之丑，并劝王莲生替她买价值千元的翡翠头面。李漱芳又是那么的真挚和善良，她全心全意地爱着陶玉甫，因为陶家不同意娶她，她忧郁病亡。在病中，她自己是那么感伤，而对陶玉甫、她的母亲和非亲生的妹妹，又是那么体贴入微，关怀备至，读之令人怆然！其他如吴雪香之娇憨、杨媛媛之诡诈、周双玉之骄盈、陆秀宝之放荡、李浣芳之天真、卫霞仙之老辣、马桂生之机智、赵二宝之忠厚，乃至老鸨如郭孝婆之稔恶、黄二姐之贪横、诸三姐之奸邪、周兰之势利、李秀姐之平和等等，每个人都各有其面目、性情和声口。这里的妓女，大都或因家庭贫困，或因父母双亡，被坏人骗卖落入火坑。她们常常一方面尽其奸谲，骗取嫖客的财物；可是另一方面又时时提心吊胆地谨防着有

① 《太仙漫稿·例言》。

财有势的流氓、无赖的凌辱。这是真实的生活。

小说中的嫖客，或官或商，或地主买办、骚人墨客、仆隶流氓，无所不有。他们有的整天吃花酒，玩长三，抽鸦片，闹赌博，挥霍动辄千万元；有的仗势欺人，到处横行，稍不如意，大打出手；有的连日宴会，猜拳行令，游园观戏，陶情作乐；有的钻狗洞，嫖幺二，打野鸡，争风斗殴；实际上都是社会罪恶的制造者。尽管作者把有些人写得如何风流高雅，总不免于读者投以鄙夷的目光。不过，这也许已是出于韩邦庆主观意图之外的“写实主义的胜利”了。

《海上花列传》的真实，不仅表现在众多人物的不雷同，各有个性，而且表现在每个具体的人物不是事事全好或事事全坏，而往往是优点和缺点共存，长处和短处并兼；甚至两种截然相反的表现，由于条件不同，会在同一个人身上发生。如黄翠凤精明能干，可是有时做事也有失误；周双玉虽然骄溢，但是她向朱淑人的抗争未尝无理；李实夫老于世故，然而对妓女的杨梅毒一窍不通；王莲生极怕沈小红，手臂、大腿上被她掐得都是血，可是他却把张蕙贞打得在地板上乱滚，一片声叫救命！……这些，都平淡、自然，像生活本身一样真实，合乎情理。

七

《海上花列传》是中国小说史上上承《儒林外史》、下启鲁迅小说的重要作品。

韩邦庆自谓《海上花列传》的“笔法”，“从《儒材外史》脱化出来”。《儒林外史》的作者“秉持公心，指摘时弊”，刻画伪妄，尽其形相，其文“戚而能谐，婉而多讽”[1]，虽显士林之鄙恶，实抱悲悯之善心。如极写马纯上崇拜“举业求官”之迂腐可笑，但亦见其诚笃情态之可掬；狠揭王玉辉劝女自杀殉夫之灭绝人性，但读者只觉其受封建礼教毒害之可悲。所谓“从《儒林外史》脱化出来”的“笔法”，当是指“具菩提心，运广长舌”，如实描摹，暴其奸谲，“发人深省”[2] 的写作法。

腐朽社会必然存在着许多不合理的事物，必然孳生着种种畸形的人

① 鲁迅：《中国小说史略》，第二十三篇。

② 《海上花列传》第一回。

物。一旦作家如实地把他们写出来，便往往成为讽刺。洪善卿责外甥不该到堂子里去，而自己却天天在妓院中混。诸十全明明身患梅毒，她的鸨母却说别人见她有了生意吃醋，有意造谣中伤她——说她不干净，其实她是最干净不过的；直到李实夫染上了梅毒，她还说不知他在什么龌龊地方染上了这病，弄不好会染给她母女。方蓬壶无钱请客，便说“碰和吃酒，俗气得势”。不会写诗，却成日“闭目摇头，口中不住的呜呜作声”要代婊子作诗……如此等等，无一贬词，而情伪毕露，都成嘲讽。

这里最具典型意义的是关于赵二宝一家形象的塑造。《海上花列传》虽然写了许多人物和故事，但主脑是赵家兄妹演变的历史。赵氏一家生长农村，小说虽然没有明确交代他们是什么成分，但以第三十一回赵洪氏说这回到上海，连回乡下的路费也没有，回家去大半年的柴米油盐全无着落等话来看，决不是什么大户人家。联系赵朴斋刚到上海时对他舅父说人长大了，在家没事干，想出来寻点生意做，和家里曾经用过一个娘姨，现在开支比从前省多了，以及后来赵洪氏出门时“央对门剃头司务吴小大妻子看守房屋”和其弟在上海见面时问“乡下年来收成丰歉”等情况看，很可能是占有少量生产资料或财产的一般乡镇居民，至多是没落了的小地主或破产了的小商人。总之，是个普通的乡下人。

小说写他们由于偶然的机会到了上海（赵朴斋想找工作，赵二宝是寻哥哥），由于受不住繁华生活的引诱而渐趋堕落，最后赵二宝沦落为娼妓，赵朴斋做了堂子老板，赵洪氏成为老鸨。赵洪氏这老鸨与别的老鸨都不同，她“耳聋眼瞎”，遇事只会哭泣，一切听凭女儿主张，完全是个混沌无能的乡下老太婆。作者对她始终赋予了同情的笔墨。赵朴斋则一到上海便找伴进妓院。先被长三陆秀宝冒充清倌人弄得神魂颠倒，继在花烟间与流氓打架伤了头面送入医院。其舅父多次给他路费叫他回乡，他却宁愿背着舅父当人力车夫也不肯离开这花花世界。其妹要做妓女，他便“自取红笺，亲笔写了‘赵二宝寓’四个大字，粘在门首”。其妹一落堂子，生意兴隆，他“也趾高气扬，安心乐业”。其妹时髦已甚，每晚碰和吃酒，席间撤下的小碗送在洪氏房里，他即“雄啖大嚼，酣畅淋漓，吃到醉醺醺时，便倒下绳床，冥然罔觉，固自以为极乐世界矣”。作者既揭示了他的自甘堕落，也鞭挞了他的冥顽麻木。然而，他被流氓打伤了头面，“却又噜苏疙嗒说不明白”；妹子两次受骗，他不仅事先毫无知觉，甚至事后别人提醒，他还不相信，说某人“勿像是该号人”。赖公子把二宝房间打得精光，他“躲得无影无踪”，“不知如何是好”：这些，又都表现了他的忠厚老实和无能。赵二宝算是最能干的了，但她一踏上上海的土地，就落入了罪恶的陷阱。先是施大少爷请坐马车兜风、游园、看戏、吃大菜，送衣服、香水……使她上当失身，流落为娼妓。继则史三公子“目挑心许”，信誓旦旦，包下她在公馆里歇夏，说一定要娶她做正妻。她见他举止“温厚和平，高华矜贵”，相待“性儿浃洽，意儿温存”，一扫上海把势场中一切轻浮浪荡习气，便倾心相爱。两个月后，公子回宁，言明秋后定然至沪迎娶。临行，交给洪氏一千洋钱的票子。二宝以为“你既视我为妻”，我亦不当以嫖客相待，从洪氏手里抢过票子还给公子，并且“所有局账”“不许开消”。公子一走，便“揭去名条，闭门谢客”，借了三四千洋钱置办嫁妆，专心一意等待三公子到来成就美满姻缘。谁知史三一去不返，早到扬州成亲去了。赵二宝得讯气死还魂，“整整哭了一夜”，决定重贴条子接客。可是不两天又遇上了“癞头鼋”，因接待不周，家里一应什物都被打得粉碎，二宝也吃了一窝心脚，倒在地上打滚。最后，在她“思来想去，上天无路，入地无门”，倒身烟榻偃卧的时候，还迷迷糊糊地做着史三公子娶她的“美梦”！

按理，赵二宝在找到哥哥和第一次上施瑞生的当以后，都应该回家。但是，她艳羡大城市的繁华生活，虽然也曾经有过回乡下的念头，然而终究还是留下来了，即使当妓女也在所不惜。可是，她是一个单纯淳朴的农村少女，她根本没有应付上海这个人吃人的鬼蜮社会的能力：她既没有她舅父洪善卿那样洞彻伪善面貌的眼光，又缺乏女优姚文君和妓女孙素兰那种与流氓周旋的应变本领，更谈不上具妓女杨媛媛串通赌棍局骗嫖客钱财的手段。她非但不会像陆秀宝那样把腿搁到嫖客的身上，滚向嫖客的怀里，甚至连嫖客“偶然搭着”她的“手背”，她都“嗔其轻薄，夺手敛缩”。她实在不是当妓女的这块料！她压根儿不配当妓女！可是她又不愿回农村去过那种平淡、简朴甚至劳苦的生活，她还是宁愿留在上海做妓女；于是，只能是一次又一次地上当受骗，吃窝心脚，整夜哭泣……这里，既写出了环境使她堕落，又暗寓着对她的没有志气、迷恋大城市、贪图享受的思想的批判，同时也突出了她身上朴厚善良的品质。当人们读着这部“赵氏世家”，特别是“赵二宝列传”的时候，不由得会强烈地泛起像读鲁迅的《阿 Q 正传》那样的哀其不幸、怒其不争的感情。作者写《海上花列传》的原意是暴妓家之奸谲，使冶游子弟读了觉醒再不受妓家之骗。但“赵二宝列传”却相反，它暴露了嫖客的奸谲，成为忠厚老实的女青年的一面镜子，使她们不要重蹈赵儿宝的覆辙。这不能不说也是“写实主义的胜利”吧！

鲁迅在《中国小说史略》中对于《儒林外史》和《海上花列传》的评价颇高，一曰“是后亦鲜有以公心讽世之书如《儒林外史》者”，一曰“终未有如《海上花列传》之平淡而近自然者”。事实也确是这样，此后之《官场现形记》等谴责小说及《九尾龟》等狭邪小说，都不免“辞气浮露，笔无藏锋”和“描写失之张皇，时或伤于溢恶”的弊病。真正的“以公心讽世”和“平淡而近自然”的作品，特别是表现上流社会的堕落和下层社会的不幸，更深刻地刻画农民和劳动者的形象，从同情的笔触中鞭挞他们身上的麻木的作品，那是还要经过近三十年的艰苦历程，到鲁迅的笔下才能产生。

一九八八年五月三十日，北京

（原题《韩邦庆评传》，载《晚清民国文学研究集刊》第4辑，漓江出版社，1996年8月第1版）

打倒了皇帝，没有打倒专制独裁统治

——我对黄世仲之死的看法

辛亥革命是一次伟大的革命。之所以伟大，是因为它不同于以往的任何一场革命。已往的革命，自周以后，两三千年中所有的革命，都不过是改朝换代——封建王朝的更迭。而辛亥革命，则是希冀中华民族从愚昧、野蛮、专制、黑暗的中世纪走向建立一个实行多党制、三权分立、平等、自由、民主、文明的共和国的全新的革命。为了实现这个美好的愿望，孙中山领导了十多次武装起义，革命志士们百折不挠，前仆后继。他们的英雄业绩可歌可泣，永垂青史；他们的高风亮节，海内同钦，万古常青！

遗憾的是，辛亥革命只推翻了一个满清王朝，并没有结束中国的封建专制独裁统治。清帝溥仪退位之后，继之而起的仍然是这个那个不叫皇帝的皇帝！他们冠以总统、主席、委员长等等时新的美名，标榜人民享有言论、出版、集会、结社、信仰等等的民主、自由的权利，而实际上实行的仍然是与封建王朝一脉相承的专制独裁统治。这不能归罪于孙中山、黄兴等人对袁世凯的妥协。因为即便孙中山不辞去大总统之职而让位于袁世凯，中国照样不可能实行真正的民主、自由政治，这从以后的实践中可以得到充分的证明。这不是哪一个个人的错误造成的。之所以如此，是因为中国的资本主义经济不发达，是因为中国几千年的封建主义的传统根深蒂固，除极少数的有识之士外，从上到下都存在着严重的封建思想意识，对资产阶级民主自由的那一套政治制度太陌生。唯其如此，上层的统治者自觉不自觉地会走过去的老路，而广大下层人民的这种状态则又成为上层各种野心家得以实行专制独裁统治的基础。

革命志士——中国近代优秀的资产阶级革命宣传家、活动家和中国近代杰出的资产阶级革命小说家黄世仲之屈死，是与这种情况密不可分的。

对于黄世仲之死的看法，据我读到的材料，概括起来，不外“冤死”和“罪有应得”两种。不过，在同一种“冤死”论中又有“是孙中山胡汉民和陈炯明之间的政治较量的一个牺牲品”,[①] 或“是胡汉民与陈炯明权力斗争中的牺牲品”[②]，和“黄世仲与胡氏积怨由来已久”、“胡对黄有成见”[③] 等不同说法。

笔者既与“罪有应得”论者持不同看法，又和“冤死”论者同中有异。

一

“罪有应得”论者，强调研究黄世仲的死因应该根据当时的报刊和历史文献，这是不错的。但是，对于当时的报刊和历史文献必须进行具体分析，分别对待。

首先，要明辨这报纸和文献是官方的还是民间的。一般而论，官方的必为统治者说话，民间的则比较客观公正。其次，应考察这报纸、文献的作者和主持人是坚持真理、秉笔直书者、还是明哲保身、与时俯仰者、抑或甚至是趋炎附势、舐痔得车之徒。如何对待这三种人写的东西，读者自明，毋庸赘言。第三，这是更重要的，分清这报纸、文献资料是在专制统治下还是在民主政治的环境中产生的。如是前者，必然是“舆论一律”，说统治者所说和统治者要说的话；如是后者，也需要在众多意见中作去芜存菁的鉴别。

那么，当时的报刊是在什么样的政治环境中出版的呢？全国各地虽不尽相同，但总的情况是，辛亥革命之后，随着旧的禁锢的废弛，新闻事业一度有了飞跃的发展。然而好景不长，很快又遭到了各种新旧反动势力的压迫和摧残，封报捕人的事接踵而至，《约法》上的言论、出版自由成为一纸具文，万马齐喑的沉闷空气重新笼罩着神州大地。

在广东，则几乎一开始就在军阀官僚的封建专制统治下度日。陈炯

① 颜廷亮：《黄世仲与近代文学》，甘肃人民出版社，2000年版，第215页。

② 姚福申：《黄世仲疑案新探》，《复旦学报》（社会科学版）1998年第2期，第140页。

③ 方志强：《民元广东奇冤——也谈黄世仲之死兼与宋位陈华新先生商榷》，见《小说家黄世仲大传》附录（五）之五十九，夏菲尔国际出版公司，1999年3月版，第747、748页。

明任代理都督期间，仅一九一二年三月下旬，因批评陈炯明横暴专制和陈部新军纪律废弛而以“依附叛军”、“造谣惑众”、“妨害军政”、“扰乱治安”等罪名，将《总商会报》、《公言报》、《佗城独立报》一并查封，逮捕报馆司理人、编辑甘德馨、梁宪廷、冯冕臣、陈听香等，并不经法院审理即将陈听香枪毙[①]。这是极端的专制独裁统治。

陈炯明如此，胡汉民又怎样呢？且看他南回复任广东都督后说的一段话：

> 吾辈之弱点，乃适与其时帝国主义各报所批评者相反。盖当行革命专制之实，而又袭取自由民权之名，此为矛盾相撞之点。余辈以革命书生，经验殊少，反动分子即伺隙为祟，精神稍懈，几于根本动摇。……党人本多浪漫，又侈言平等自由，纪律服从，非所重视……其甚者乃予智自雄，以讦为直。……又光复后，许人民出版一切自由，各报持议惟谨；而党人所办之各报，乃毛举细事，以讽刺党中领袖，谓之“新官儿”。……戒饬之，始稍悛。其荒谬无识至此。[②]

很清楚，胡汉民也是反对给人民（包括党人）以言论、出版自由，而主张实行专制独裁统治的。

给不给予新闻媒体言论、出版自由，这是一个国家政府实行专制还是民主的重要标志。辛亥革命后的中国，真是“招牌虽换，货色照旧”。广东亦不例外。在这样的背景下出笼的报刊，还有多少客观、真实性可言？它们只能是统治者的工具——按照统治者的意旨行事，说一些符合统治者利益的官话、谎话。研究者如果不去进一步弄清事情的真相，而只是盲目地以它们公布的材料为依据，按它们所说的是非为是非，那就很可能会大上其当，得出错误的结论。认为黄世仲之死是“罪有应得”者，大概就是如此。

---

① 见《申报》中华民国元年三月廿七日、四月十六日新闻：《粤都督两日封三报》、《粤都督枪毙报馆发行人》。

② 《胡汉民自传》，第49－50页。

二

说黄世仲是冤死，这没有问题。但说他是孙中山、胡汉民与陈炯明政治较量的一个牺牲品，或胡、陈权力斗争中的牺牲品，似根据不足。据笔者所看到的资料，正相反，孙、胡与陈在这一时期不仅没有权力斗争和政治较量，而且相处得颇为协调一致。广东光复、胡汉民任都督后，即“解饷十万，以济陈军，邀陈到省”。这是各部民军都没有享受到的特殊待遇。接着，各界代表大会举陈为副都督，是胡的主张。胡汉民说，那时反动分子造谣，谓“陈将以重兵攻广州，胡、陈将交哄”，而胡汉民“斯时于陈无丝毫罅隙。翌日，陈至，余与商军政各事，夜深，遂留与共榻，外间谣言尽息。陈请以钟鼎基为师长，王肇基、任鹤年为旅长，余即为发表，以与扩充新军之旨合也”。继而，胡与参督黄仕龙议事发生争执，陈又“力和余议”。广东开第三次各界代表大会时，黄仕龙“欲使大会推己握兵”，“余与陈力斥之”。“或有疑为陈、黄之争者，余曰：‘不然，黄为不利于政府之谋，直叛徒也，……至陈，则为吾人共生死、同患难之老党员，今以其地位足以支撑艰巨，助陈即为政府，此无徘徊之余地。’”① 胡汉民随孙中山赴宁任职，致电广东临时省议会曰：“副都督陈竞存（按：陈炯明字竞存）先生，才大如海，众所共钦。”推荐陈为代理都督②；并“立此书分致竞存、执信、毅生诸人，使竞存代理都督事，并以命令饬各军服从竞存，皆以授仲恺，使返省，与诸人部署一切。”③胡汉民在宁任职期间，陈炯明在广东镇压王和顺、关仁甫等民军，二人观点也相同，胡坚决支援陈的行动④。胡汉民南归，陈炯明不辞而别，胡谓仲元、执信曰：“竞存方惩创不逞之民军，使省政府日就巩固，遽然易帅，尤非所宜。”⑤ 以上这些，都说明胡与陈的关系不错，他们在工作上协调一致，胡是信任和支持陈的。如果说二人之间有什么“不和”，那恐怕是在胡复任广东都督之后发生的事。

---

① 以上引文均见《胡汉民自传》，第46－48页。
② 见：郭孝成《广东光复记》。
③ 见《胡汉民自传》第53页。
④ 事见《胡汉民自传》，第64页。
⑤ 见《胡汉民自传》第67页。

有文章说，“孙中山对陈炯明并不是十分信任的”，或者说“孙中山对陈炯明恐怕并非毫无戒心”。其根据是孙中山“一直未让陈炯明任都督，而只是让他代理都督”，且南归以后“还是让胡汉民任都督，陈炯明则只出任军统”。① 这似乎是一种臆测。因为，陈炯明任副都督是经过广东各界团体代表“再三讨论”决定的；他任代理都督，也是“由临时省议会、军团协会、同盟会等各举代表”② 推举的。广东临时省议会成立后，在一次八十二位代议士出席的会议上又推定汪精卫为正都督。本来，陈炯明代理都督至三月三日止，后因汪精卫不肯任职，“遂议决仍留陈都督矣”③。这不是孙中山要陈炯明当什么不当什么的问题。至于说孙、胡南归后孙还是让胡任都督，那也是正常的事情。因为，胡本来是都督，陈只是代理，今胡既回，毫无疑问，这都督还是胡任。如果说让胡任了就是对陈的不信任和有戒心，那么反过来让陈任了岂非又是对胡的不信任和有戒心了吗？好像事情不能这样简单的推论。再者，如若此说成立，那么一九一七年十二月二日孙中山任命陈炯明为“援闽”粤军总司令，一九二〇年十月廿八日孙中山任命陈炯明为广东省长兼粤军总司令，一九二一年四月孙中山就任非常大总统后又任命陈为陆军部长兼内务部长——陈炯明一人身兼四要职，又如何解释呢？难道这时孙中山又放弃了先前对陈炯明的不信任和戒心了吗？

应该说，孙中山在陈炯明公开叛变以前，至少是在一九一三年六月袁世凯撤销胡汉民广东都督职务、任命陈炯明继任广东都督之前，是信任陈炯明的，或者说对陈是缺乏“戒心”的。按理，孙中山自一八九五年十月廿七日领导发动第一次武装起义失败离开广州之后，直到一九一二年四月廿五日回穗，整整十六年半足迹不涉五羊城（胡汉民在《自传》中说“十七年”是就整数而言），很难说对陈炯明能有多少了解。孙中山之信任陈炯明在很大程度上是受了胡汉民的影响。胡汉民是孙中山最亲信的少数几个人中之尤亲信者。这从一九一二年底孙赴宁就临时大总统职时一定要胡辞去广东都督任总统府秘书长、一九一四年七月孙在东京成立中华革命党胡任政治部长、一九一七年九月孙在广州成立护法军政

① 颜廷亮：《黄世仲研究漫议四题》。

② 郭孝成：《广东光复记》。

③ 同上

府胡为交通部长、一九二一年五月孙在广州就任非常大总统胡任总参议、一九二四年九月孙出师北伐由胡留守广州代行大元帅职权兼广东省长等的任命中都可以得到证明。这就是说，胡汉民信任陈炯明（至少到南归复任广东都督时是这样），而孙中山非常信任胡汉民，因而也就信任陈炯明。姚雨平在一九六五年八月三日完稿的《我追随孙中山先生革命的片断回忆》第十节谈到一九一三年七八月间“二次革命”的情况时有一句话说：“素称最可靠的广东陈炯明部，又竟被袁世凯所分化。”这说明在一九一二年前后一段时间内，革命上层领导人（包括孙中山在内）确实认为陈炯明是最可靠的。既然如此，那么所谓“孙、胡与陈政治较量”或“胡、陈权力斗争”之类的说法，自然也就站不住脚了。

另有文章认为黄世仲之冤死，是出于胡汉民与黄世仲的私怨，即胡、黄“积怨由来已久”，提出的根据是两条：一、胡汉民之兄广州《岭海报》主笔胡衍鹗站在保皇派立场上攻击革命党，黄世仲曾与之“文战月余”；二、黄世仲曾在报告文学《五日风声》中“大力指责”胡汉民之堂弟胡毅生。关于第一点，那个时候兄弟俩站在对立的两个阵营是常有的事。比如廖仲恺兄弟便是这样。他们在南北议和时，一个是革命派的代表，一个是袁世凯派的代表。二人立场不同，双方对峙，在谈判中形成鲜明的对照。胡汉民任《民报》编辑的时候，也曾撰文与保皇派的《新民丛报》进行过论战。兄弟之情与不同政治观点的争论，是两回事。关于第二点，《五日风声》只是客观报道，文中虽有对胡毅生不满之意，但亦谈不上“大力指责”。退一步说，即或于此令胡毅生记恨、胡汉民不悦，也不至于非置黄世仲于死地不可。何况，在发生这些事之后，胡汉民不是还任命黄世仲为民团局长吗？所以“私怨”之说似也不能成立，至少是缺乏说服力的。

三

那么，黄世仲究竟是因为什么原因被杀的呢？笔者认为，黄世仲之死，是一个执着追求民主、自由理想，并带有侠义之气的革命志士，遇上了新的专制独裁统治者，二者形成不可调和的矛盾的结果。

（一）

黄世仲早年投身革命，办报作文，以笔代舌，为推翻封建专制统治，宣扬资产阶级民主政治理想奔走呐喊，战斗不息。他重信义，讲公道，爱憎分明，嫉恶如仇。他在为《南越报》所作《本报开创一周年纪念文》中明确提出创办该报的宗旨是“展民声”，“伸公论”，要求“具非种即锄之志，无贰无虞；存有奸必斩之心，不移不屈”。——可见他对反映人民呼声和伸张正义的重视，以及与奸佞邪恶坚决斗争，不屈不挠，毫不动摇的志气和决心。

一九〇六年十月，黄世仲被选为同盟会香港分会庶务员的时候，即分工负联络广东会党之责，与各地堂会势力和绿林人物结纳，发动他们反清革命。武昌起义成功，同盟会南方支部又派出党人四出联络会党和绿林人物，组织民军起义。旋即数十路十余万民军兵临广州城下，清军被迫反正，广东宣布独立。广东光复后，因黄世仲“与各民军首领向多意气相投”而“被委充民团局长一职”[①]。

陈炯明是个阴险狡诈、心机很深的野心家。他羽翼未丰之时，迎合胡汉民的意旨有加，以博取胡的信任。当胡离粤自任代理都督以后，“即锐意发展本身势力，一面通过军政司支持，加强其所属‘循军’装备，复对各地民军进行拉拢分化；另一方面，则暗中作战略部署，监视其他异己民军”[②]。接着，便召开裁军会议，宣布裁军计划，借编遣民军之名，“更大肆排除异己，裁撤别人的部队，扩充自己的势力”[③]。王和顺等民军领袖本来已对同是粤人而“炯明所部循军，军器皆备；诸军瑟缩如丐，充耳不闻”[④] 的不平待遇很不满意，及见此“编自己而裁他人”的极不公正的裁军计划，乃益发表示坚决反对[⑤]。黄世仲同情为革命而来的民军，也不同意陈炯明这种“有欠公允”的做法，而且“反对甚力”[⑥]。在

---

① 冯自由：《革命逸史》第二集，第42页。

② 冯秋雪：《辛亥前后同盟会在港穗新闻界活动杂忆》。载《广东文史资料·孙中山与辛亥革命史料专辑》，广东人民出版社，1981年版。

③ 胡汉贤：《广东“瀛字敢死军”纪略》，载《广东辛亥革命史料》，广东人民出版社，1981年版。

④ 王和顺：《布告》，载《神州日报》1912年3月23日。

⑤ 冯秋雪：《辛亥前后同盟会在港穗新闻界活动杂忆》。

⑥ 同上。

会上，他仗义执言，提出“裁弱留强，合理编遣，不得裁减他人部队，扩充自己实力”的主张[①]。无疑，黄世仲的意见是正确的，于国家、于广东人民都有利，对民军也说得过去。但是，这却成为陈炯明阴谋扩张势力、实现割据一方、号令诸侯野心的障碍。陈炯明决心扫除这些障碍，使出专制独裁统治者惯用的手段，用武力解决异己之民军。先诱捕桀骜不驯之石字营首领石锦泉及其参谋长张汉兴，不经审讯，即于当晚在都督府前枪毙，同时派兵包围石锦泉部下，迫令其缴械归农。继又迫令仁字营首领关仁甫离穗，解散其所部民军。进而调兵围剿王和顺惠军，攻击三昼夜，民军死伤两千余人，最后王和顺惠军和杨万夫协军被全部缴械遣散。因王和顺已于事前出走，陈炯明乃发出告示，给王加上“包藏祸心，煽兵肇乱，希图推翻政府”的罪名[②]，悬赏五千元捉拿王和顺。

陈炯明镇压当时民军中实力最强的王和顺惠军之后，接着就罗织种种莫须有的罪名捕押黄世仲。为顾忌黄在港、穗新闻界和同盟会员中有较大影响，又因擅杀陈听香事刚被临时省议会弹劾[③]，才不敢遽下毒手。待闻孙、胡南回，即暗设陷阱，玩弄阴谋，假声望比他高的胡汉民之手杀之。

笔者怀疑陈炯明之非要置黄世仲于死地而不可，除了黄世仲同情民军、坚决反对他别有用心的裁军计划外，还与以王和顺名义发出的那张《布告》[④] 有关。黄世仲是个才气横溢的人，他著文常常触景生情，随感而发，下笔千言，滔滔不绝。如为《南越报》写的《本报开创一周年纪念文》，文辞骈四俪六，读来铿锵有声；感情慷慨激越，颇具动人魅力。又如《辨康有为政见书》，援引中外古今史实，层层驳论，洋洋三万八千余言，痛快淋漓。王和顺的这张露布，写得情辞剀切，理直气壮。反驳陈炯明对民军的诬陷、揭露陈炯明专制十大罪状，据事直书，鞭辟入里，字字句句，如锋刀利剑，刺到陈炯明的要害。陈炯明恨之入骨。这一“讨陈炯明檄”，很可能出自黄世仲之手。理由是：一、颇似黄世仲之文风。黄世仲为文，多用畅达浅白的半文言，不说空话，不兜圈子，奋笔

① 胡汉贤：《广东“瀛字敢死军”纪略》。

② 《神州日报》1912年3月19日载陈炯明《告示》。

③ 临时省议会弹劾事，见姚福申：《黄世仲疑案新探》。

④ 《粤省惠军统领王和顺布告》，见1912年3月23日《神州日报》第四版。

直书。文字精炼，常用四字句：语言掷地有声，具强烈的感染力；行文雄放隽快，流利轻疾。这些特点，在《布告》中都具备。二、王和顺乃一介武夫，决写不出这样的好文章，更何况《布告》在三月中旬末发出，而王和顺已于三月上中旬之交离开广州。王和顺部下士卒当然更不可能作此文词。唯有其秘书李蘅皋是个文士，然考其《王和顺惠军与陈炯明循军冲突内幕》一文，全系白话叙述，与《布告》文风相去甚远。三、《布告》中揭露、声讨陈炯明专制十大罪状，其中第六条“炯明发条提款三十万余，省会札询，悍不置答”，第八条“法务局羁留人犯，二百有奇”，第九条“任用私昵，朋比为奸”，第十条“司厅大员……公牍往来，动加呵斥，商榷要政，訑訑（按：音 yi，意自满自足）拒人”等等，均系军政府内部事务，王和顺等民军统领及其秘书不得详悉，唯黄世仲等在省政府内办公的司厅局长才能了解（编按：现查明黄世仲曾任都督府秘书长）。四、黄世仲多年与各地堂会势力和绿林人物结纳，“与各民军首领向多意气相投”[①]，又“颇能操纵关仁甫、王和顺之属”[②]，说明他与王和顺的关系密切。五、黄世仲重信义，嫉恶如仇，又不畏强暴，爱打抱不平。当他看到陈炯明下毒手用武力剿灭民军的野蛮行径，必气愤填膺，用撰此《为王和顺讨陈炯明檄》，以昭炯明之罪，泄民军之愤——这既符合他的个性，又在情理之中。大概事后陈炯明侦知捉刀者真相，或怀疑为黄世仲所撰，遂恨上加恨，非要把他置之死地而后快。

（二）

黄世仲的命运，最后决定在胡汉民的手中，如果胡汉民是个开明贤达君子，黄世仲还不至于死。那末，胡汉民究竟是个什么样的人物呢？

胡汉民在《自传》中说：“余在粤两月，百事草创，惟拚一生之精力赴之，其初，至于寝食俱废。待各机关以次成立，而执信复居中助余规划一切，余乃不至困蹶。”[③] 看来，倒很有些夙兴夜寐、励精图治的味道。王晓吟《胡汉民为什么要杀黄世仲》文中说胡汉民特别重视吏治，“只要有人举报县长违法乱纪，贪污腐化，必定予以撤换，以至于广东九十多

① 冯自由：《革命逸史》第二集，第 42 页。
② 《胡汉民自传》，第 45 页。
③ 《胡汉民自传》，第 49 页。

个县，每县一年平均撤换三个县长之多”。又俨然是一个清官的模样。但是，尽管如此，胡汉民毕竟和陈炯明一样，都是从几千年封建主义的土壤中出生、吸取封建主义的乳汁长大的。他们一旦权力在手，便是“朕即国家”，不叫皇帝的皇帝！

黄世仲的“案子”与民军问题紧紧联系在一起，而胡汉民对民军的看法一直很坏。他认为民军是“赤贫农民与其失业而流为土匪者为基本队伍……仓猝啸聚，其军实固逊，其行列形式亦较防营更差”①。他把王和顺说成是个贪生怕死、不遵守命令、无用的人，黄堂明更是个自己没有什么本领、带人也没有纪律、和部队的小兄弟一起抽大烟、做开堂的把戏赚钱、和打枪的土匪分钱的无赖②。在与同志研究工作中，也强调民军“不中用”，“非运动新军不可”③。并多次曾向孙中山报告他对民军的这种看法④。一九〇八年夏秋间，胡汉民与孙中山总结斗争经验时，又认为“会党系乌合之众，不足为恃，且其首领难以驾驭”，主张“全力运动正式军队”⑤。胡汉民对民军的这种看法显然是极端片面的。民军绝大部分是贫雇农民、小手工业工人等劳苦大众。他们在残酷的封建剥削下极度贫困，有着强烈的革命性。其中许多为生活所迫，铤而走险，变为绿林豪杰，因反清而被满清政府悬红购缉。诚然，这些人同时存在自由散漫、流氓习气、进城后易于腐化等缺点，这需要统治者加以引导、管理和训练。不花力气，拿来就是一支好部队，天下哪有这样的好事！胡汉民基于他这种错误的思想，便对民军采取了一种完全实用主义的政策。即广东光复以前，派同盟会员四出组织民军起义，用五六十路十余万民军兵临城下的浩大声势，威慑驻广州清军反正⑥；待广东一光复，更把民军一脚踢开——予以解散。到南京临时政府任职以后，他也一直支持陈炯明处理民军的做法。多次由南京政府（以孙中山的名义）发出赞扬陈炯明镇压民军有功的电文，完全可以证明这一点。如果没有胡汉民的支持，也未必会发生陈炯明以“绥靖”为名，对广东各地民军进行“惩办”

① 《胡汉民自传》，第45页。
② 冯自由：《革命逸史》第5集，《胡汉民讲述南洋华侨参加革命之经过》。
③ 同上。
④ 同上书，第203页、207页。
⑤ 《孙中山年谱》，第94页。
⑥ 《胡汉民自传》，第45页。

和屠杀，以及出现反正清军围剿“复汉义军”，在汕头惨杀民军首领、同盟会员许雪秋、陈云生、陈涌波等等严重事件。不怪当日港、穗有“革命成功，革命党人死亡”的歌谣流传了①。

胡汉民既对民军抱有极坏的看法，又痛疾官吏贪污腐化的行为，而阴险的陈炯明深知胡汉民的好恶，便硬给黄世仲安上“舞弊营私，串通民军统领冒领军饷”等罪名。——既是串通民军首领，又是贪污腐化，胡汉民最痛恨的两件事都碰在他的手上，黄世仲再想活命也就难乎其难了。

有记载说，胡汉民南回复任广东都督，看到黄世仲中陈炯明圈套在狱中写的“自愿竭力筹措报效军政府壹拾万元”② 的字据后，不问情由，便拍案大怒曰：“一个穷记者，做官仅数月，就可报效十万元，非贪污受贿而何!”③ 于是立即批示道：

> 陆军司案呈据法务局呈称：“案奉前都督陈谕开：‘查黄世仲自任民军总务处总长，遇事欺蒙，辄敢舞弊营私，串通民军统领冒领军饷，私图分肥，本代督早有所闻。然以其尚肯任事，不遽撤办，一面派员密查，一面饬其赶紧列册报销，以凭稽核。诚以本代督爱才念笃，不忍遽以不肖待人。乃黄世仲不至敛迹，竟有私准招兵及私代民军购械二事。查关仁甫私招仁军，为本代督侦知，即饬黄世仲谕令禁止，乃胆敢阳奉阴违，私在民军总务处认给正饷。经本代督迭次面询，尚坚不承认，及调查民军总务处发饷册，仁军饷项，赫然大书。是其违抗命令，私准招兵，实属谬妄已极，此其罪一。各军枪械，非奉命令，不得自行购置，所以统一军政，维持治安。各军俱凛遵无异，乃黄世仲不知是何居心，未经呈明核准，竟代石

① 丁身尊：《陈炯明依附和背叛孙中山的始末》。载《广东文史资料》第31辑，广东人民出版社，1981年版。

② 据黄世仲堂侄黄鉴泉说，他曾听世仲胞兄黄耀恭讲：“黄被捕后，无以入罪，乃迫黄承认有贪污事实，只要退还十万元即可放人。但先伯父（黄世仲）同党、挚友中亦确有人愿为黄承担责任，先伯父（世仲）之换帖兄弟麦伯源（香港富商）亦出面营救，还在广州征得同族麦慕仁（亦作慕人。后来任广州商会会长）出面担保，表示何时释放黄世仲，十万大洋当即兑现。陈并授意世仲如此。黄世仲不知陈诈，表示释放后可奉献军政府十万元。白纸黑字，成为胡汉民杀黄之罪证。”见方志强：《黄世仲大传》，第288页。

③ 宋位：《黄世仲之死》引文。见《羊城晚报》1997年12月12日第17版。

锦泉、王和顺等民军代购枪械数万，幸发觉尚早，一律由政府收回。设此数万枪械，落于王、石等乱徒之手，则祸变如何，诚未可料。黄世仲不顾大局，悍然为祸魁罪首，此其罪二。至其身为政府职官，操守婪劣，藉石楼乡陈仲佳畏罪自溺一案，强押多人，藉词需索，受贿逾万，致被该乡陈姓族人控告。官箴不饬，莫此为尤。综查黄世仲身当军务要衔，受职以后，种种行为，实属有辜委任，诚为民国罪人。本代督受人民重托，此种不肖长官，实难为之曲认。黄世仲应即交法务局押候，质讯明白，严刑惩办，以伸国纪，而儆官邪'等因。当经按照谕开各节，分别研讯，已经指供确凿。应如何惩办，未敢擅拟，请转呈核示前来，理合呈请察核饬遵”等情。据此，本都督查黄世仲所犯各罪，既据讯明，并指供确凿，实属法无可赦，应即枪毙，以昭炯戒。除指饬照办外，合行宣布，俾众咸知。①

这里陈炯明所列黄世仲之四大罪状——侵吞军饷、擅支“仁军”粮饷、代石锦泉与王和顺购买枪械和受陈姓贿赂——全是子虚乌有之罗织诬陷。黄世仲狱中《遗书》云：初“谓仆亏空饷项耳。仆自接任民团局事，查各民军饷项，均据咨议局。时各统领所报军数及都督暨前任刘永福所承发出之饷，系由经理部签字后，往支应局支饷，由三联根存底。实不经仆手。且有全盘数目可核。何从亏空？更何从骗领？更串通何人？”又“谓仆私买枪支与石锦泉、王和顺等，可谓冤极矣！溯买枪之议，初时，因各民军北伐无枪，由各统领公议，每月每兵扣二元为买枪之费。禀由胡前督给护照，命李氏赴洋购买，约共三万支，民团局各统领及乡团占一万二千支，海军各方面占一万八千，先时，陈督亦曾条饬民团局，发给银四千元与兰字营为买枪费，则买枪非仆一人之私见可知矣。何得硬以为石锦泉、王和顺买枪为仆罪乎！”又“谓仆擅发仁军饷项。不知关仁甫自云南回粤，陈督已对仆迭次商量安置之处，故仁军襟章亦先由陈督发给民团局。以陈督既承认仁军，然后发饷也。即遣散仁军时，陈督亦有发给恩饷。岂得至于近日，乃谓仁军不应发饷耶？为此

① 《都督示·一》，《申报》，中华民国元年五月八日第六版。

以仆为擅发军饷，因以为罪，惨矣！”① 关于支饷、购枪等事的前后经过，说得清清楚楚。它摆事实，讲道理，理直事确，令人信服；它一字一泪，怨愤交加，使人感动。《华字日报》所载之《遗书》只一部分，大概黄世仲没有写完就被枪毙了。所以最后一条罪状——所谓“藉石楼乡陈氏案受贿”事，未见申辩。但据黄世仲堂侄黄鉴泉证实，石楼乡陈氏案受贿，纯系世仲之堂兄及胞弟所为，黄世仲根本不知其事②。这便有力地驳斥了陈炯明横加在黄世仲头上的所有罪名，从而也就彻底地暴露了陈炯明的险恶用心和魔鬼嘴脸。

然而，胡汉民竟然在没有获得任何确凿罪证的情况下，对陈炯明给黄世仲所定这些含混不清、不实不尽，似是而非的罪名，毫不推究——既不察核，又不经法院审讯③，仅据一纸输款自赎的字条，便以为得了“铁证”，批曰“指供确凿”，而即令枪决。这种草菅人命的暴行，实在令人发指！黄世仲早年为支持革命，卖去家中田产④；平生关心国家前途，同情人民疾苦，对官场上巧取豪夺、鱼肉百姓、借公肥私、贪污盗窃之辈深恶痛绝⑤；死后一文不名，由涌口村彭景山捐钱买棺埋葬，子女都是同盟会友好抚养⑥。这样一个全心为国家的革命志士，最后竟被假革命者诬以贪污罪而含冤黄泉——它表明了专制独裁政治是多么的黑暗与可怕！

在这里胡汉民处理黄世仲冤案的恶劣行径，不禁使人想到《老残游记》里写“清官”刚弼办案的情形。大意是说：山东齐河县吴二浪子与贾老翁女儿贾探春勾搭，“药死”贾家一十三口，到县诬告贾老儿大儿媳贾魏氏与人通奸谋害。会审专员刚弼一到便对魏老儿父女上酷刑。魏家“愚忠老实”的管家看见主人吃冤枉官司，便四处奔走筹款，给刚弼送上六千五百两银票，恳求“格外成全”。刚弼拿着这六千五百银票说：“假

---

① 原载香港《华字日报》1912年5月3日。转引自叶秀常：《研究黄世仲的一些突破》，见《辛亥革命九十周年纪念暨黄世仲投身革命百周年国际学术研讨会论文集》第一辑。

② 方志强：《黄世仲大传》，第293页。又见该书附录之五十九《民元广东奇冤》，第749页。

③ 冯自由：《〈洪秀全演义〉作者黄世仲》：“未经法院审讯，遽伪胡汉民手杀之。”又引当时在广东军政府任外交司长的陈少白的话说，胡汉民就职时应即移交法院依律审讯，以昭公允。倘情罪确实，亦当记功减罪，未可置诸重典。乃汉民竟甘任陈炯明之刽子手而不辞，殊不可解云云。见《革命逸史》第二集，第43页。

④ 陈华新：《民元广东一大冤案——谈黄世仲之死兼与宋位先生商榷》，《羊城晚报》1998年2月20日。

⑤ 在黄世仲的许多作品和革命实践活动中都表现了他的这种高尚的思想和品格。

⑥ 方志强：《黄世仲大传》，第749页。

若人命不是你谋害的，你家为什么肯拿几千两银子出来打点呢?”再说，“在我这里花的是六千五百两，在别处花的且不知多少哩!”于是把魏老父女定成“铁案”，判决凌迟死罪。胡汉民处理黄世仲一案，与这里写的刚弼办案的情形，可谓难兄难弟。所不同的是，刘鹗所写的是封建满清王朝发生的事，而黄世仲的冤死，则是出现在推翻了满清王朝的辛亥革命以后，真是可悲可叹!

稍后，胡汉民在他写的《自传》中说：黄世仲“至民国元年二月间，乃竟欲使民军拥己而作乱，其咎由余用人不当致之”①。这话表面看来，很像自我批评，其实是荒唐的欺人之谈。首先，他枪毙黄世仲的批示中所列四大罪状，怎么此时一条都不提了?是不是后来胡汉民知道黄世仲确实不存在陈炯明所说的那些犯罪事实，为逃避自己妄杀之责才索性改为“作乱”的呢?第二，说黄世仲“作乱”，根据何在?黄世仲早年参加革命，历经千难万险，革命胜利了，为什么反要作乱?第三，胡汉民说黄世仲“民国元年二月间”“作乱”，可是在“自传”的另一章又谓：“王和顺、关仁甫遂反竞存。以兵击之，……王、关遂溃败……竞存通电辞职，先生慰留之。竞存乃推举执信、仲恺、毅生、少白、世仲诸人，谓皆可使治粤。”② 陈炯明戡平王和顺等之“乱”是三月上中旬的事，怎么黄世仲二月在广东作乱、三月广东代理都督还向南京政府电荐他以自代呢?如果说黄世仲是在陈炯明电荐以后作乱，那么他又为何再“使”被陈炯明缴了械遣散了的“民军拥己而作乱”呢?第四，胡汉民说的是“竟欲使民军拥己而作乱”。“欲”者，想要也，希望也。这就是说，黄世仲的“使民军拥己而作乱”，还不是实际行动，而只是一种思想活动。思想活动也判罪吗?而且是死罪——枪毙!再说，黄世仲头脑里想什么，胡汉民怎么知道呢?——虽然，“欲加之罪，何患无词”，但一手遮不尽天下人的耳目，胡汉民终难逃枉杀无辜、特别是妄杀对革命有功之人的罪责!

好心的学者总要拐弯抹角地给黄世仲之死找一些什么“私怨”、“权力斗争牺牲品”之类的原因。其实，这还是一种书生气。在陈炯明、胡汉民这些专制独裁统治者的心目中，事情很简单：不同意我的意见，便

---

① 《胡汉民自传》，第45页。

② 《胡汉民自传》，第64页。

是反对我；反对我，便是反对政府；反对政府，便是叛变，便是作乱；即是叛变、作乱，那就罪不容诛——没有二话可说，当即枪毙！这是中外一切专制独裁统治者共同特有的逻辑，一切生活在自由民主国家中的人们是很难理解的。

具有讽刺意味的是：被陈炯明、胡汉民“钦定”的“叛军”首领王和顺逃脱陈炯明的魔掌后，在民国四年十二月袁世凯公布帝制、粤中党人起兵声讨时，又“组织义军，以相策应。”民国十一年六月陈炯明公开叛变，孙中山避至上海，“和顺乃赴梧州，与滇军将领张开儒、杨希闵谋回师讨逆”①。——究竟谁是叛徒，谁不是叛徒？谁是真革命，谁是假革命？不是很清楚了吗！不知胡汉民至此作何感想，又如何自圆其说。

（三）

在处理民军、黄世仲“案子”和对待陈炯明问题上，孙中山并不是一点没有责任的，我们不必为贤者讳。首先，孙中山开始时对民军的看法和态度还是正确的。姚雨平在《我追随孙中山先生革命的片断回忆》中说：“孙中山先生搞革命，主要工作是在发展同盟会组织”；同时“对会党活动也特别重视”。一九〇五年冬，王和顺加入同盟会，孙中山命他随往河内，同寓甘必大街61号，解衣推食，礼遇至优。后王和顺因事不满，见诸辞色，“黄克强不能堪，语总理曰：先生以国士待和顺，而和顺不礼，盍稍抑之。总理曰：和顺出身行伍，举止粗豪，自所不免，吾为国纳贤，安可因细故与之计较。和顺闻之，益为感奋。”② 一九〇八年总结斗争经验时，孙中山针对胡汉民完全否定会党作用、强调“全力运动正式军队”的思想，指出“然军队中人辄患持重，故不能不以会党发难。诸役虽无成，然影响已不细”③。这些，都表现了孙中山对民军的重视和容纳民军领袖的宽广胸怀。但是，他后来，特别是到南京就任临时大总统以后，却越来越多地受胡汉民思想的影响，在陈炯明与民军交哄中，处置不公，乃至多次发电，指责王和顺“蓄意破坏”，“公然作乱”，而赞扬陈炯明除“民害”“坚强不挠，办理尤合机宜”。这显然是一种不客观

① 冯自由：《南军都督王和顺》，载《革命逸史》第二集。
② 冯自由：《革命逸史》第二集，第200页。
③ 《孙中山年谱》，第94页。

的、颠倒是非的说法。

其次，黄世仲在港、穗办报，发表过许多反清和抨击改良主义的小说和政论，影响不小，孙中山不可能一点不了解他。黄世仲被关押后，旅港番禺工商所曾从香港向孙中山、胡汉民发出“世仲……殊属冤屈，请速查救”之急电①，黄世仲亲友也“极力运动释放”②，孙中山都置之不问，完全听信胡汉民、陈炯明之言，一任胡汉民为之。而事后竟说黄世仲“多方煽惑，结党营私，冀人售其欺”而“于中取利”③。真不可解！

第三，在对待陈炯明问题上，如果说胡汉民是引狼入室，那么孙中山便是养痈遗患。他既不要民军，自己又不组织训练一支强有力的队伍，只是采用依靠军阀打倒军阀的办法，结果失败得很惨——一九二二年六月16日陈炯明公开叛变，炮轰总统府，孙中山于枪林弹雨中仓促脱险，只能跑到军舰上避难。真是噬脐何及！此后，孙中山沉痛地说：“此次陈炯明叛变，非惟文与诸同志所不及料，亦天下之人所不及料。”④说自己没有料到，这是事实；说“天下之人所不及料”，不完全准确。不是早在十年前，黄世仲和王和顺、关仁甫等民军领袖都看出陈炯明的心术不正而反对他了吗？只是孙中山那时听不进去，以致让黄世仲等老同盟会员首先付出了生命的代价！

黄世仲之冤死，陈（炯明）王（和顺）事件处理之不当，说明了如果没有有效的权力机制的制约，即使是最伟大的人物，也不免犯下这样那样，甚至不可弥补的错误，给国家和人民造成重大的损失。这是值得我们永远记取的教训！

二〇〇一年八月二十日初稿
九月一日改定

---

① 《孙中山藏档选编》第514页，转引自方志强：《黄世仲大传》第290页。

② 钟荣光：《广东人之广东》，转引自王晓吟：《胡汉民为什么要杀黄世仲》。

③ 孙中山：《通告粤中父老昆弟书》。

④ 孙中山：《致海外同志书》。

后记：

此次黄世仲投身革命百周年国际学术研讨会开得相当成功。尤突出者有四大新的发现（叶秀常的《黄世仲遗言》和《南汉演义》，杨国雄的《吴三桂演义》以及张克宏关于黄世仲与《天南新报》诸问题的辩证）。如果说后三者是锦上添花，那么第一种——《遗言》的发现和披露，真可谓雪中送炭了。因为虽然说不管黄世仲如何死的，都不影响他在文学史上的地位，但如果不弄清这个问题，毕竟还是会影响到他在革命史上和文学史上的地位。比如汪精卫很有才华，据说他的诗也写得很不错，因为他是个汉奸，所以至今他的诗歌等作品湮没无闻，也没有人去研究他。我们著文为黄世仲辩诬，也只是根据黄的人品、作品，以及一些间接的材料，分析得出的结论。方志强的《黄世仲大传》披露了黄世仲家属的不少辩诬的材料，甚为可贵；但亲属之言，又多少会在人们心目中打些折扣。这次发表的黄世仲《遗言》，我读了十分感动，觉得特别可贵。因为它不仅使我的论文的立论具有了更加坚实的基础，更重要的是它给彻底洗清陈炯明、胡汉民泼在黄世仲身上的污水、还黄世仲一个清白的人生提供了更为有力的证据。从此，可以进一步搜集、整理黄世仲的各类作品及其革命实践活动，对他在中国民主革命史上和文学史上的地位作真正全面、确切的评价。

附：胡志伟先生讲评

（胡志伟，曾任香港笔会会长、香港艺术发展局委员、艺术发展局第三届文学委员会主席等职，这次“黄世仲与辛亥革命国际学术研讨会”任秘书长）

王俊年教授是研究黄世仲课题的资深学者。他曾任中国社科院文学研究所近代研究组组长、文学研究所学术委员会委员、中国近代文学学会副会长等要职。其选编、选注、评介中国近代文学作品有近百种。早在廿年前，他就精心校点了黄世仲名著《洪秀全演义》与《五日风声》，因其本身博闻强记，经纶满腹，故他为人民文学出版社校点的《洪秀全演义》是海峡两岸近廿十年十一种重印本中最佳的一种；他发表在《文学遗产》上的《关于〈洪秀全演义〉》和辑入《中国历代著名文学家评传》中的《黄世仲》均属鸿篇巨制，近万字的长文丝丝入扣，无懈可击。

这次王教授抱病赶来香港出席第一届《黄世仲与辛亥革命》国际学术研讨会，多次即席发言，深中肯綮，一针见血，使在座听众击节称赏，拍案叫绝。王教授交付本届研讨会的论文《打倒了皇帝，没有打倒专制独裁统治》，从根本上论述了黄世仲被冤死的原因。

从冯自由、杨世骥、冯秋雪、阿英以降，多数学者倾向于“黄世仲之死系胡汉民陈炯明权力斗争的牺牲品”，人云亦云，辗转摘抄，老生常谈，并无新意。然而，王教授以大量事实证明，孙中山、胡汉民与陈炯明在一九一二年不仅没有权力斗争和政治较量，而且相处得颇为融洽，孙中山视陈炯明为得力助手，所以黄世仲被杀是执著追求民主自由理想的革命志士同新上台的专制独裁统治者之间不可调和的矛盾的结果，其深层原因乃是中国几千年封建主义传统根深蒂固，上层专制独裁，下层愚昧无知。陈炯明非要置黄世仲于死地不可，除了黄世仲坚决反对陈私心自用裁撤民军外，还与黄世仲起草、以王和顺名义发布的那张讨陈炯明檄文（《惠军统领王和顺布告》）有关。这一篇鸿文声讨陈炯明专制十大罪状，字字句句如风刀利剑，刺到了陈的要害，使陈恨上加恨。王教授以《布告》中第十条词语涉及军政府内部事务，外人不得详悉，唯黄世仲等在省政府内办公的司厅局长才能了解，故确定黄世仲是《布告》的作者。在研讨会闭幕后，笔者从五十年前香港报纸上玉壶、劳纬孟（民初粤都督府秘书）等人的回忆录得悉，黄世仲非但做过民团局长，还做过粤省都督府秘书长。这就从侧面证明了，王教授的推论是正确的。接着，王教授把胡汉民比作《老残游记》中的酷吏刚弼，说清官断错案乱判乱杀，远比贪官可恶，胡汉民就是刚弼式的挂着清官旗号的酷吏。在陈、胡等独裁者心目中，不同意他俩的意见便是反对他俩，便是反对政府，便是叛变，那就罪不容诛，这是一切独裁者的特有逻辑，点止“权力斗争”。咁简单！

王教授也率直指出，对黄世仲冤案，孙中山先生是有责任的。孙同民军首领能共甘苦不能同安乐，在革命处于低潮时，他百般联络会党，利用其发难；革命成功后却听信胡汉民陈炯明的谗言，过桥抽板，乃至通电指责民军“作乱”。三年后他反袁起兵、十年后欲敉平陈炯明叛乱，又复联络王和顺等民军首领。事隔十年才说“陈炯明叛变，非唯文与诸同志所不及料”，这是事实；但孙又说“亦天下之人所不及料”，乃是文过饰非。倘若十年前他听从黄世仲的逆耳忠言（如王和顺《布告》所说），陈炯明怎会有机会在粤坐大？全文结论是：黄世仲冤案说明了，如果没有有效的权力机制的制约，即使是最伟大的人物，也不免犯下这样那样甚至不可弥补的错误，给国家和人民造成重大的损失。这段金玉良言是值得任何执政者警惕的。

这篇论文还驳斥了广东省社科院署名“宋位”者在九七年十二月十二日《羊城晚报》上撰文所宣扬的“黄世仲罪有应得”论。宋文强调研究黄世仲的死因应据当时报纸和历史文献。然王教授指出，对于当时的报纸和文献必须具体分析、区别对待——官方的报纸文献必然为统治者说话，民间的可能比较客观公正，但民营报纸也有与时俯仰、趋炎附势、舔痔得车之徒在摇唇鼓舌，所以独裁者的喉舌固然缺乏客观、真实性，对在民主政治环境中出版的报纸与文献，也需要在众多意见中去芜存菁作出鉴别。

总而言之，王俊年教授的论文条分缕析，言出有章，是本届研讨会中的优秀论文。

（原载香港《黄世仲与辛亥革命国际学术研讨会论文集》第二辑，纪念黄世仲基金会出版，2002 年 2 月第一版）

第四辑

《中国近代文学作品系列·小说》（选注）1—6卷的作品评介

小说一卷

卷上　才子佳人小说
——没落社会阴影下，封建士大夫们的美梦

梅兰佳话

《梅兰佳话》，四十段。作者曹梧冈，生平不详。书成于鸦片战争前夕，一八四一年刊印问世。

小说写梅雪香与兰漪漪、桂蕊的爱情婚姻故事。先是，梅、兰幼时由双方父母缔结婚约，继则兰家因事远迁，久久不通音问。及长，雪香与名妓桂蕊相爱，绸缪不舍。是时，小人艾炙欲得漪漪为妻，作伪书惑乱于梅、兰间，致使两家各以为对方已婚嫁而思别择配偶。嗣后，雪香奉母命寻访外游不归之父，途见漪漪而倾心。时兰翁已改姓为贾，梅雪香也更名为秦谐晋，故互不相识。翁慕雪香才而留居于家，与女漪漪仅一墙之隔，二人相见倾心。此后便是佳人抚琴，才子和诗，婢女传书；公子染病，小姐探疾；贵族求婚，才女面试……经过种种曲折，最后小人奸谋败露，贵胄情场败北，梅生状元及第，兰、桂及二婢悉归梅生，梅生奏请终养，在家享尽清福。

作品一方面尚清操而鄙俗流，重林下高士而薄在朝权贵；另方面在关于男女爱情的描写中则格调不高，有不少表现了作者低级庸俗的趣味。最后，四美共事一夫，妻妾间不争不妒，又不脱一般才子佳人小说的俗套。在写作上，人物用梅、兰、桂、松、竹、柳等命姓名，并将这些花木的特性演绎为人物的性格。以堆砌大量诗、词、曲、赋代替生活中矛盾冲突的描绘；情节的开展主要靠作者随意构想的误会和巧合。整部作品，诚如当时赵小宋《序》所谓“大抵境由心造，以抒其胸中之学”而已，完全失却了早期优秀才子佳人小说所具有的那种青年男女独立自主追求美好爱情的理想光辉和斗争锋芒。它只是反映了一部分封建士大夫在封建社会没落、时代暴风雨来临之前的思想状态。时代的“阴影”，使敏感的知识分子失去了对封建社会现实关系的传统幻想，动摇了他们对封建统治巍巍尊严的崇拜心理。求取功名示才高，不愿为官而自洁，以嫖妓纳妾为风流、偷香窃玉为雅致，逍遥于与二三知友优游林下，“吟风弄月”，陶然于偕娇妻美妾“敲棋赋诗”，抚琴描画：这便是那时这部分封建士大夫的志趣和理想。

不过，《梅兰佳话》虽然在总体上属于明清才子佳人小说一流，但在具体写作上已显露出某些不同的地方。首先是题材上的变化：才子佳人小说，写文人韵士与佳人才女的恋爱婚姻故事，其佳人一般都是达官显宦之女。而此书，在叙梅雪香与闺阁小姐兰漪漪婚姻故事的同时，却以一半的篇幅写狭邪和梅与妓女桂蕊的“爱情”始末。这是由明清才子佳人小说向近代狭邪小说转化的一种迹象①。其次是形式上的以“段”代“回”。段目仍是上下两联，字数相等，互相对偶，但每段前面无诗、词，段文的开头、结尾和中间也没有“话说”、“却说”、“且说”和“不提”、“不在话下”、“且听下回分解”等章回小说的套语，而是开门见山，直叙故事。每段一千八百字至四千五百字不等。这是自宋元以来逐渐形成的中国长篇通俗小说（包括才子佳人小说在内）体制嬗变的一种表现。三是写作上大大增加了人物对话和心理活动的描写。其中有些段几乎全部是对话和心理活动的描写，这对主要以人物行动展开故事情节的中国传统小说来说，也是一种颇为突出的演化。

玉燕姻缘全传

《玉燕姻缘全传》，共七十七回。题“梅痴生著”，作者生平不详。清光绪乙未（二十一年）上海书局石印本。首有光绪二十年（1894）沪北

① 写妓女的长篇通俗小说，当然不自《梅兰佳话》开始。如清初的《女开科传》，也写乡绅官宦之家秀才余梦白等与妓女的离合婚姻故事，但它主要是通过“花案”，即因妓女扮演开科而引起之事故，借题发挥，以嘻笑怒骂之笔，尽情攻击科举之弊，揭露和尚、小官之丑行和讼师、驿丞之恶浊，痛诋这些人物的下流和无耻。写“青楼淑女心如石，白面才郎意不回”，三对情人都爱情专一，忠贞不二，既不喜新厌旧，又不二妻三妾，表现了青年男女间纯正真挚的爱情，与写嫖妓狎优等不正常的两性关系的狭邪小说不同。道光初年刊行的《雅观楼》中，有不少篇幅写冶游狭邪的事，但那是从劝善的目的出发叙因果报应，与近代“求佳人于倡优”、“辟情场于北里”，用《红楼梦》的笔调去摹绘优伶和妓女之柔情艳迹的狭邪小说，在主题思想和表现手法上还不完全一样。

俗子《序》。

小说叙才子佳人婚姻遇合故事。大意为：已故礼部尚书之子苏州“风月才子”吕昆与名妓柳卿云相爱，女以玉燕，男以金钗相赠，私订终身。后因三边总制侯筌之子侯韬争风闹事，柳北去京都。吕又与兵部尚书安国治女安瑞云之婢临妆私通，并求其友张寅为媒，与安瑞云订婚。而后北上会试，经殿试，得中榜眼。又赘于谈府，与谈翰林之女凤鸾成亲。时安国治被召征西，半途为奸臣陷害，逮捕入狱。安瑞云女扮男装，进京探父，冒表兄张朗之名参加会试，点中状元，任都察院。柳卿云到北京后，仍忠于吕昆，拒不接客，老鸨毒打，为侠士万傲救出，至谈府见吕昆。吕忘义背盟，不肯相认。柳含冤负屈，往告御状。旨发都察院严审。吕被迫认柳，与之行婚礼。安瑞云审明吕、柳之案，乘间向皇太后哭诉其父之冤。安国治得释，统兵西征，胜利而归。奸臣受惩。最后皇太后收瑞云为公主，吕昆奉旨成婚，瑞云、凤鸾、卿云、临妆四妻共事一夫，吕昆告假衣锦回乡。

本书写的虽然是才子佳人婚姻故事，但它与早期才子佳人小说已相去很远。早期才子佳人小说的最基本的积极意义，在于它摆脱婚姻必由父母之命、媒妁之言的封建教条，而提倡婚姻自主；并歌颂青年男女忠贞的爱情，虽历尽波折，其心不变。可是，在这里，才子却视“妻如衣服”，见异思迁，负义背盟；而佳人安瑞云又严守封建闺范，不越雷池一步。小说公然宣扬“天下无不是的父母”，强调与名门闺秀订婚必须通过父母和经由媒人之口。这实与早期才子佳人小说大相径庭。小说值得肯定的是作者对处于受压迫、被侮辱地位的妓女柳卿云寄予同情，把她写成一个忠于爱情、敢于斗争的女性，虽然这样的人物和故事在中国古典小说、戏曲中并非第一次出现。

作品的文字比较流畅，故事情节也还曲折完整，有较多的人物心理描写。但作者缺乏真情实感，有些情节显系套袭故作，或向壁虚构，不合情理。临阵打仗，直如儿戏。小人构乱，佳人落难；女扮男装，状元及第；四美事一夫，“姊妹相称”云云，更属陈词滥调。在写作上，还有些地方失之粗率，如安国治突然被捕，原因不清，令人莫解；张寅与邓氏通奸，造成两条人命；柳太守捉拿杀人凶手，后面未作交代，不了了之等等。

附：人情小说

红楼幻梦

《红楼幻梦》，又名《红楼奇缘》，共二十四回。清道光癸卯（二十三年）疏景斋刊袖珍本。无名氏撰。首载“道光癸卯（1843）秋花月痴人书于梦怡红舫”之《序》一篇。

《序》云：“……彼则曰：子曷不易其梦而使世人破涕为欢、开颜作笑耶？余曰：可。于是幻作宝玉贵，黛玉华，晴雯生，妙玉存，湘莲回，三姐复，鸳鸯尚在，袭人未去，诸般乐事，畅快人心，使读者解颐，喷饭，无少欷歔。”由此可见本书的大旨。

小说自《红楼梦》高续第九十八回林黛玉死后作起。主要写黛玉复生，做了宝玉的元配夫人，与宝钗姊妹相称，共事宝玉。宝玉中进士，点探花，赐状元，升任侍读学士；纳晴雯、五儿、紫娟、鸳鸯、袭人、金钏、玉钏、莺儿、麝月、秋纹、碧痕、慧香十二人为妾；又分得黛玉弟林琼玉千万家财，“温柔乡里，富贵繁华极盛”。贾政官至太常寺卿、吏部尚书、大学士，钦赐数千金为之建造五世一品牌坊和修理坟茔。林如海遗妾舒媚兰经商成巨富，其子林琼玉状元及第，授侍讲学士，效宝玉而聚李纹、喜鸾双妻。薛蝌与宝琴姑爷同点翰林，薛蟠由县丞而升知县。柳湘莲娶妙玉，平苗疆而升都统。王熙风得恶报而遭横死；袭人因妒黛玉、晴雯染“阴腐之症”；宝钗由阴忌黛玉患“中满之症”，王善保家也因害晴雯而被活活烧死。

作品突出两个方面：一是把以上所述诸故事情节都纳入善恶果报的思想范畴，竭力宣扬“广行善事，多积阴功”的迷信观念；二是从根本上改变了原来《红楼梦》中许多主要人物的思想性格。如反对科举，不愿意走“仕途经济”生活道路的贾宝玉，却成为“一心发愤读书”，“时刻研究八股”的禄蠹。封建阶级的叛逆者林黛玉公开忏悔：“我不该语言尖利，有伤厚道”，今后一定要“自新修养”。她成了一个“恩及禽兽，德被四茕”孝尽翁姑，义周宗族，情深琴瑟，惠遍奴侪，理财整家超过王熙凤的贤妇。平时谆谆劝夫：揣摹闱墨，用心制艺，以博取功名，光耀门楣。当听到宝玉钦赐状元的消息，竟然乐得说道：“如此风光，我喜的受不得了!”贾政一去迂陋固执之封建道学习气，变成一个通情达理，十分体恤宝玉、“最喜欢”黛玉，并主动主持其婚事的人。贾赦、贾珍、贾琏都洗心涤虑，贾环等也改过迁善。晴雯本是个高傲不驯的反抗者形象，这里却尊奉“凡事能于克己，自有好处”的信条，与清高脱俗的妙玉同成为热心功名利禄的俗物。

在写作上．林琼玉与喜鸾、柳湘莲与妙玉的爱情故事，近于才子佳人小说格局。其他庆喜事排家宴，凑分子做生日，演戏唱曲，游园题联，结社赋诗，葬花祭雪，刘姥姥进荣国府，贾宝玉造桧碧园，魂游太虚境，家梦破情魔，……都刻意学《红楼梦》，但一如东施效颦，令人却目。至于那些分等品评美女的面貌、小脚，把杯子放在佳人的鞋里喝酒等等的描写，更是庸俗无聊之极，不堪卒读。

诚然，小说并非一无是处。比如借老鬼道：“你可知道，于今世事，全仗鬼道，才行得去。”又借道士之口说“可知近时世途上总是重物轻人”等等，多少表现了对于当时世道的不满。另外，他写黛玉、晴雯死而复生，王熙凤孽劫归泉，袭人、宝钗得“阴腐”、“中满”之症……虽然由于封建士大夫阶级的思想局限，只是从一般为人的道德上着眼，没有认识到《红楼梦》的真正意义之所在，但确也表现了他爱憎分明、旌善惩恶的好心。

在艺术上，有些描写也值得称道，如第七回写贾家听说林琼玉点了状元，贾兰点了传胪，只是没有宝玉的喜报。这时，“王夫人不则声。宝钗、袭人浑身发抖。莺儿道：‘二爷到底——’说到此处又止住了。婉香惊得心里突突的跳，手尖冰冷。独有黛玉脸上或红或白，似喜非喜，若愁非愁，痴痴的也无话说。紫娟紧贴黛玉呆望……”这种参加科举考试后等报时忧喜心理反应的描写，无疑是受了《儒林外史》的影响。但在《儒林外史》里，只是范进本人听到中举的消息后高兴得发疯，这里却写了六个人的不同心理的反应。到十年以后的《儿女英雄传》问世，此处的这种短短八九十字的描写，便发展成为十分精彩的五千余言的妙文。再如第八回写柳湘莲捕盗左腿受伤，叫妙玉敷药一段：“湘莲扑在春台上，叫杏奴点火照着，托妙玉代他上药。妙玉拿了药瓶，两手不住的抖，把些药料抖得满腿，对不着伤口。杏奴只得托妙玉拿着蜡台，自己动手，才将药倾在伤处。”像这样具体、细致、真切的描写，在中国古代小说中并不多见。可以说是表现了中国近代小说在开始阶段已显露出某些不完全相同于古代小说的特色。

红楼梦影

《红楼梦影》，共二十四回。清光绪丁丑（三年）北京聚珍堂活字印本。题“云槎外史新编”，亦署“西湖散人撰”，作者姓名生平不详。卷首有“咸丰十一年（1861）岁在辛酉七月之望西湖散人撰”《序》一篇。

小说接高鹗续书一百二十回后，中心写贾府重兴。谓：中举后迷失之宝玉在毗陵驿遇送贾母等灵柩南葬北归之贾政而得救归家，拐骗宝玉之僧道被武进县处斩。蒋玉函送还袭人与宝玉作妾，平儿扶正生子。宝玉叔侄中进士而入翰林，贾政由工部侍郎升吏部尚书而入阁拜相。贾赦置隐园养老，宝钗、平儿之子芝、苓与湘云、香菱之女掌珠、仙保联姻。最后，贾琏为侍奉双亲而辞差，贾政因亡母冥劝而告老。作品企图将此书写成《红楼梦》的影子，但笔力既差之天壤，思想更大相径庭。作品宣扬“忠孝为本”，泯灭了《红楼梦》批判封建社会、歌颂叛逆精神等的一切进步性。作者经历了两次鸦片战争和太平天国革命，疮痍满目、国事日非的艰难时世，竟远离现实，描写了一个父仁母慈、子孝孙顺、夫唱妇随、兄爱弟敬、亲亲友义，没有矛盾、融洽兴旺的贾府家族和君明臣忠、“国泰民安”的太平盛世。这显然是对《红楼梦》的反动。不过，作者毕竟生活在一个风雷激荡的时代，封建社会的没落，不能不在他的心灵深处投下阴影。小说最后一回，对无数的衣冠之士依靠冰山之类的描写，无疑隐含着对现实社会的讽喻。把为官者称作在“名利场中”“冒暑冲寒”的“禄蠹”，红粉翠袖都是跳着舞的“白骨髑髅”，这不免也表现了他对自己所描写的那种荣华富贵、偎红倚翠生活的否定和理想的幻灭。

卷下　英雄儿女小说

——不脱俗套，略显新意

云钟雁三闹太平庄全传

《云钟雁三闹太平庄全传》，五十四回。清道光己酉（二十九年）瑯环书屋刊小本。无名氏撰。首载“道光二十九年（1849）夏四月珠湖渔隐识于道南书屋”《序》一篇。

小说以忠奸斗争为线索，演才子佳人故事。略谓：明代天启年间，有文华殿大学士云定字天祥者，娶山东赵氏，生女素晖，为不世奇才；无子，以其三房之次子云文为继子。云太师与刑部侍郎兼右都御史钟佩、武官皇城九门提督都统雁翎为至交，时常诗酒往还。钟佩有子山玉，号林云，才貌出众，因父命，与云素晖结秦晋。雁、钟因阻国舅刁发抢民女而结怨。刁伺机报复。适边鄙有事，刁奏令雁征西羌、钟和北番并修长城，又指使边关亲党暗中破坏，致雁翎被羌兵围困，钟佩修长城不成。刁进而构罪诬陷，圣旨逮雁、钟全家处斩。钟妻及子女得讯潜逃，雁子羽因事先寄寓云府得免，其母等亦由云救缓斩。时刁国舅次子刁虎设计强娶云小姐，雁公子一闹刁府太平庄，救出云小姐。云素晖女扮男装，逃往山东母舅家。羽则改名换姓，躲于翰林文正处。文女翠琼慕雁羽文武全才，与之私订终身。刁虎见文翠琼貌美，又设计诱文翰林到庄强求。雁公子二闹太平庄，救出文翰林；接着，西走救父，途中又与董金瓶结丝萝。钟山玉流落江湖，在杭州卖画度日。得员外章曲赏识，将小女紫萝与配。钟夫人逃难杭州，与子山玉相逢。其女钟玉环与章员外子章江联姻。钟山玉改名金重，与章江下南闱、赴北阙，一路科第连捷。山玉钦点状元，章江取中榜眼。云素晖亦同时男装应试，探花及第。雁羽出三关，败羌兵，父子重相见，回兵破三关，斩守将刁国舅长子刁龙。旋休兵归朝。云太师提兵北伐，大胜。钟佩南回。云、钟、雁、文各写本上奏，揭发刁罪。雁公子三闹太平庄，捉拿刁氏父子。最后，刁党定罪正法，云定、钟佩、雁翎、文正等各受封赏，其子女奉旨完婚，富贵异常。

《序》云："今此书尚有钞录旧本，江以南流播尚少。坊友属予阅定，惠付枣梨，庶几广为传见。"据此，则小说似作于1840年以前。故题材和主题均属于旧的范畴。但其所写忠奸斗争及才子佳人恋爱婚姻的内容和表现的思想，都还是健康和进步的。如揭露权贵及其子弟之为非作歹，仗势横行，贪污受贿，卖官买放，结党营私，祸国殃民的罪行，表彰云、钟，雁、文诸臣的正直无私，反对邪恶，不畏强暴，为民除奸，虽遭荼毒，终不屈服的品德；在男女婚姻问题上，不慕势利，专论才貌，"倘若才学平常"，便是皇亲国戚也"断不允亲"。这些，即使在今天，只要封建残余还存在，仍不失其意义。另外，写才子佳人，或文或武，都忠于爱情，历尽艰难而不变初衷，也值得肯定。

作品结构完整，情节曲折，头绪虽多，脉络清楚。有些心理描写，也还真切细致。如第三回写顺天府尹接到雁都统交去强抢民女的犯人——刁国舅家将时，"看了文书、签押，问到弓兵备细，吃了一惊。心中想道：'这桩事非同小可，刁国舅和雁都统，总不是好惹的。且黑夜抢人，有关本府地方的干系。若审实了，刁侯见罪；若审虚了，都统不依。不若含糊收了，连夜通详各宪，会审便了。'遂将来犯收监……"短短不满八十字的心理描写，活画出了一个一事当头，不管是非好歹，只考虑个人得失，而又历练、圆滑的老官僚的丑恶嘴脸。再如第五回写天启皇帝看了云太师和六部法司同审的口供后，既要包庇刁国舅，又怕众大臣不服的一段心理活动，也颇有情趣。它扫除了对皇帝至圣至明的迷信，真实地反映了皇帝也如普通人一样地生活和思想。接着，小说写天启帝用选择问句启发刁国舅把强抢民女的罪责诿之于家丁，这就进一步巧妙地暴露了这位天子不光彩的灵魂和狡狯的手段。

从总体看，此书重在演述故事，描写略嫌不足。有些情节，未脱一般才子佳人小说俗套。所写平羌、征番战争，也无特色。

儿女英雄传

略。作者作品评介，见本书《千秋功罪，如何评说》文。

续儿女英雄传

《续儿女英雄传》，三十二回。清光绪戊戌（二十四年，1898）冬月，北京宏文书局石印本。无名氏撰，首载“不计年月无名氏自序”，谓应书肆主人之请而作。

此书写安公子带领一批“改邪归正”的绿林侠士征剿青云山、羊角岭、天目山、白象岭强盗和承福寺恶僧，同时审案平冤，“除暴安良”的故事，近于侠义公案类小说。

续作较前书思想艺术都差，可取之处不多。惟显扬女子武艺胜于男子，以及揭露小人谋财诬告、县官受贿枉法，尚有意义。如云“只要门子结实”，事情就办得成，真乃道出了腐败社会的通病！在写作上，后半部，略优于前十数回。其中如第二十八回描写牛氏言行，便比较生动，有生活气息。

兰花梦奇传

《兰花梦奇传》，六十八回。有光绪乙巳（三十一年）上海文元阁书庄石印本、光绪三十一年（1905）上海锦章图书局石印本。首载烟波散人《序》，署“光绪御极三十一载乙巳岁元旦日”“题于沪江窗明几净斋”。《序》云：“吟梅山人撰《兰花梦奇传》。”吟梅山人姓名不详。小说当作于咸丰、光绪间。

书叙清内阁学士松晋有一妻一妾。妻生一女宝林，一子松筠；妾生一女宝珠，一子松蕃。宝珠生时，其父梦人送兰花一枝，只道是生男之兆，逢人夸说；及至生下，却是女儿。松公不愿改口，便将错就错，说生了儿子。以后宝珠受业、应试，一直女扮男装。她十五岁中进士，点探花，涉足官场，欲罢不能。十六岁因奏对出色，升为河南道监察御史，旋升左副都御史，位列三品，颇有政声。因被同科状元许文卿识破女子真相，被迫与之订婚。时福建海盗邱廉在台湾“苗王”支持下，攻城掠地，大败官军，省城告急。宝珠上“十不足虑”疏，条陈破敌奇策，于是钦加兵部侍郎、经略大臣，总办海疆军务。十七岁挂帅出征，十八岁平定南疆，班师回朝，授太子太保、协办大学士兼都察院左都御史。出将入相，名扬海内。许家上本请婚，皇帝恩准恢复女妆，并认为义女，封升平公主，赐婚许氏。婚后，宝珠备受丈夫打骂虐待。但她为了做贤妻良母，总是逆来顺受，曲意奉承，以全“妇道”。最后，忍辱负屈，忧郁成病，吐血而死，年仅十九。

小说的意义在于：所写的裙钗女子，如宝珠、宝林、银屏、紫云，乃至许夫人……她们的聪明才智和处理实际事务的能力，都大大超过一切须眉男子。如宝林敢作敢为，有才有智，出言爽快，作事刚方，十四岁管理全家内外总账，比历练老到的人还要精明百倍。自她掌家，百事振足，较她父亲在日，反有头绪。宝珠更是文胜黄崇嘏，武优花木兰。她身为少女，三破宰相公子的奸谋，严惩企图调戏、陷害自己的恶魔；任都宪，三断疑难案，为无辜的妇女平反昭雪，使杀人犯原形毕露；任主帅，将百万兵驰骋疆场，运神机指挥若定，谈笑间渠魁就缚，南疆陆海悉平。而那些男人（包括她们的丈夫、兄弟和亲长），虽高官厚禄，却或不学无术，尸位素餐；或只会背几句死书，毫无实际工作能力；或嬉戏里巷，不求上进；或横行街市，仗势欺人……总之，满朝文武“没个有用的人”，他们都“不过念几句烂时文，作个敲门砖，及至门敲开了，连诗云子曰都忘记了，那个有实在经济?”遇到国家有事，“个个都是纸上谈兵，书生之见”，没有一个“有真实本领”。可是，尽管如此，在这个社会里，只有男人才能当官，作大官；而女子，即使如宝珠这样满腹经纶、文武盖世的人，一旦恢复女妆，便只能解除一切朝廷要职，回家当个被丈夫任意作践的奴仆，以致积愤伤身，青春夭折。作品通过具体描写，强烈地显示出封建社会男女不平等的不合理性，有着明显的反封建的进步倾向。

《兰花梦奇传》的写作，很受《红楼梦》的影响。这除了“女胜于男”的主题思想，还有主人公的悲剧结局。明清才子佳人小说和英雄儿女小说，一般都是大团圆的喜剧告终。这种理想主义的描写，虽然满足了中国广大人民向往美好生活的心理，但也不可否认地起了粉饰现实，麻痹群众的作用。应该说，在剥削阶级统治的社会，从人民的立场看，悲剧更符合生活的真实。所以，挑开光辉灿烂的金字招牌，把血淋淋的严酷现实暴露给大家看的作品，更具震撼人心的力量和教育意义。

小说语言流畅，结构完整，故事不落俗套，情节变幻引人，人物形象也鲜明生动，有个性特点。如许银屏之利口捷给，灵动泼辣；松宝林之爽利刚方，威严燥烈；松宝珠的聪明不露，宠辱无惊，足智多谋，沉着机变，而又失之柔弱……都给读者以深刻印象。最后写她临死遗言，情深意挚，悱恻动人。

作品的主要缺点是：宝珠这样一个破奸计，惩恶棍，折疑狱，雪巨冤，拜大将而拒亲王监军，严军令而怒斩皇亲，勇毅果敢，叱咤风云的人物，竟然会甘心忍受丈夫的恣意虐待；并且，她已被皇帝认为义女，封升平公主，丈夫又如何敢那样肆无无忌惮地骑在她的头上作威作福？这些，都难以使人理解和不能令人相信。而由于这种不合一般生活常理的描写，也就影响了故事结局的悲剧效果。

不过总的来说，在近代说部中，《兰花梦奇传》还是一部比较优秀的作品。

卷末后记

中国近代小说，流派杂出，门类繁多，数量空前。本编按其历史发展，分类各选几种代表作品（或收全篇，或截取长篇中某些章节），以期收由一斑而窥全豹之功，使读者能够大略了解中国近代小说的发展面貌。

《小说一卷》分上下两卷。上卷才子佳人类，选两种，另附人情类两种；下卷英雄儿女类，选四种。

明末清初兴起的才子佳人小说，到近代，早就度过了它花容月貌的青春时期，丧失了它锐气英发的生命活力，拖着龙钟疲惫的身躯，迈着艰难的步履，走向死亡的墓地。这里所选《梅兰佳话》和《玉燕姻缘全传》两种，读者已尽可从中看到这类小说奄奄一息的死相。

《梅兰佳话》，根据清道光辛丑（二十一年）至成堂刊本排印。此本刻印不精，讹舛甚多。用典，如卫夫人误为魏夫人，于祐误为于祜，刘、阮误为刘院，孟德耀误为孟耀德；引诗，如“颜如渥丹”错成“颜如握丹”，“芄兰之支”错成“芝兰之支”（以上《诗经》），“白霓先启途”错成“白霓先起途”（韩愈诗）等等。至如以“歌”为“敧”，谬“梅”为“桂”，“心”与“必”、“干”与“千”相混，“鸣”与“鸣”、“曰”与“白”不分……文字上的舛差，更是不胜枚举。凡所发现订正者，不下二三百处。有些书版漫漶，难以辨认之字，因无别本校对，只得标□示缺。

《玉燕姻缘全传》，光绪乙未本未见，。这里根据1918年沈鹤记书局重印本选录。沈本甚劣，文字错误极多。如第六十一回，全文两千余字，讹夺衍倒便有三四十处。凡所发现，这次选录时都作了改正。

所附《红楼幻梦》和《红楼梦影》，均录自原刊本。此本刻印尚认真，文字错谬虽亦偶有发生，如“炼汞”误为“炼乘”，“悛改”误为

“峻改”，“仙姝”误为“仙妹”，“书室”误为“书宝”，“锦衣府”误为“锦衣服”等，但较前两书要少得多。

英雄儿女小说，略异才子佳人故事。一般是才子多兼文武之才，而佳人亦娴武艺，是“才子佳人”与“侠义”的结合。此种小说，兴于乾、嘉间而盛于道光后，以《儿女英雄传》为突出代表。

这里所选，《云钟雁三闹太平庄全传》依据道光己酉（二十九年）序刊本。该本刊刻尚工整，印刷较清楚，但文字的舛混很严重。如“肆”与“事”、“项”与“向”、“以”与“意”、“道”与“到”等由音近而误和“己”与“已”、“找”与“我”、“薄”与“簿”、“歹”与“反”等形似而误者，所选六回书中竟达二百数十处。《儿女英雄传》据人民文学出版社 1983 年松颐校注本，《兰花梦奇传》用岳麓书社 1985 年李申点校本。前者删去注释，正文用光绪四年北京聚珍堂活字本作了复校，订正了个别排误的字，改动了少数标点；后者改正了一些排误的字，更易了较多的标点。《续儿女英雄传》根据光绪戊戌冬月北京宏文书局石印本。此本文字错误较少，所选六回中仅发现二十余处。

以上所选《梅兰佳话》、《玉燕姻缘全传》、《红楼幻梦》、《红楼梦影》、《云钟雁三闹太平庄全传》、《续儿女英雄传》六种，原无断句，这是第一次分段标点。通俗小说，容易读懂，一般都不作注。惟《梅兰佳话》，因运用诗、词、曲、赋和典故较多，故作了一些简单的注脚。

1986. 11. 15　北京

小说二卷

狭邪小说
——堕落人生中的崇高与卑下（上）

风月梦

《风月梦》，不分卷，共三十二回。作者不详。但从其《自序》题"邗上蒙人"（按：邗，即江苏扬州府江都县），以及书中所写对于扬州风俗民情、地理名胜乃至方言俗语的熟悉程度，均可确定其为扬州人无疑。

小说成于道光戊申（道光二十八年，1848 年）。有清光绪十年甲申上海江左书林校刻小字本，半叶十二行，行二十七字；光绪十二年丙戌刊小本，行款同上；上海申报馆活字本等。

本书写清代后期常熟提牢吏之子陆书与扬州武举之子袁猷、两淮盐务后补少爷魏璧、盐运司清书贾铭、扬关差役吴珍意气相投，迷恋烟花，朝朝摆酒，夜夜笙歌，最后都倾家亡身的故事。

作者开宗明义在第一回声明："此书虽曰风月，不涉淫邪。非比那些稗官野史，皆系假借汉唐宋明，但凡有个忠臣，是必有个奸臣设谋陷害；又是甚么外邦谋叛，美女和番，摆阵破阵，闹妖闹怪。还有各种艳曲淫词，不是公子偷情，就是小姐养汉，丫环勾引，私定终身，为人阻挠，不能成就，男扮女妆，女扮男妆，私自逃走；或是岳丈岳母嫌贫爱富，逼写退婚，买盗栽赃，苦打成招，劫狱劫法场。实在到了危急之时，不是黎山老姥，就是太白金星前来搭救；直到中了状元，点了巡按，钦赐上方宝剑，报恩报怨。千部一腔。……吾此书是吾眼见得几个人做的些真情实事，不增不删，编叙成籍。"小说的确实践了作者的这种诺言。它跳出了中国古代一般演义、传奇和才子佳人小说的窠臼，而全力刻画生活中实有的人和事。诚然，说"不增不删"，那是小说家言；很明显，作品对生活的描写是有所选择的，对生活素材是进行了剪裁、集中和概括等艺术处理的。不过，由于作品植根于生活的土壤，所以读来颇觉如生活本身那么真切自然，除了开头、结尾疯道人指迷和唱“好了歌”的描写（那也是小说家言），其他均不见向壁虚构的痕迹。

书中所写的主要人物——五个嫖客和五个妓女，在他们贪恋烟花和她们哄骗银钱的共同性中又有其各自不同的思想性格和言行举止。陆书是个典型的公子哥儿。他在“家资饶裕”、父母溺爱的环境中长大，一方面任性而好挥霍，另方面又单纯而不知人情世故。他带了数千两银子出外买妾，在扬州结识了几位狎客朋友，迷上了一个名叫月香的妓女。月香和她的鸨母萧妈用赏端阳看龙舟，庆生辰开寿宴，做喜乐收贺分，烧香还愿，做媒索谢，甚至冒充处女“开宝”，假装怀孕“放差”……各种办法和名目哄骗陆书的钱财。陆书的朋友也用以少报多等手段从中赚取陆书的银子。仅三、四个月时间，陆书数千两银子就花得精光，还把自己随身带的首饰和衣服当尽。床头金尽而青楼冷面。可是，陆书上当受骗竟毫不知觉，临离开扬州时还由衷感激朋友的帮助，留恋不舍月香，以为她真心爱着自己。陆书回家不久，即因在月香处染上了梅毒而一命呜呼！

衙门差役，接触三教九流，一般都是“老油子”，往往带几分流气，颇会放刁、撒赖、使狠。吴珍便是这样的人物。他与陆书“义结金兰”，而尽吃陆书白食，并且在帮陆书办事的过程中大赚朋友的钱去嫖妓女、抽大烟。当陆书落魄要借二十余两银子赎衣服、作路费回家的时候，他只拿出两块洋钱敷衍了事。流氓吴耕雨敲他竹杠向他“借钱”，他当面应承，事后拒给。被吴耕雨串通甘泉县差役包光等告发他吸食鸦片，逮捕发配。与吴珍相好的妓女桂林，自从吴珍坐牢，一时找不到客人，断绝了经济来源。县里衙役和东家借端勒索，虽泣血顿首，痛哭哀求，不肯放过。桂林当尽卖光自己的衣服、首饰、床上样被、房中摆设，所得之金仍不足以填其欲壑，最后只得逃回盐城老家——到另一条死亡线上去挣扎！

魏璧是一身少爷脾气，凭着父亲的权势到处摆架子，动不动封船、打人逞威风。可是，他在女人手里却栽了跟头：与他“相爱”的妓女巧云，一味甜言蜜语，满口海誓山盟，定要跟着魏璧从良。结果，骗了魏璧一百块洋钱，席卷房内资财而逃之夭夭。

贾铭的性格比较平和。他对待朋友说不上好，但也不能说坏；与家里父母、妻子不吵不闹，关系还算正常。他与妓女凤林相好，对她一片忠心。凤林对他也是恩爱非常，并且和他的妻子李氏相处得颇为热乎。当贾铭腿患湿热流火症时，她不辞辛劳，亲自为他煮水煎药，洗腿敷擦；贾铭腿疾愈而眼病起，她又不嫌腌臜，整夜整夜用舌尖舔咂他眼胞上的脓血，直到消肿复原为止：真是比结发之妻倍加亲热殷勤。可是当一位宰相的儿子姓卢的员外郎要她跟去从良的时候，她却毫不犹豫地抛弃了贾铭！

袁猷则生性刁猾，不务正业。先因“交结了一班狐群狗党，捉赌挤娼，搭台讹诈，无恶不作”而被江都县访拿收禁。刑满释放之后，依然靠放火债度日，重利盘剥，心狠手辣。可是，他的人性还没有完全泯灭。当吴珍与他商量要多算陆书银子“补贴”自己过节的时候，他听了“心中踌躇：我在常熟多少事件承他父子的情，今陆兄弟在扬州我何能赚他银子?”后来陆书穷困，几十两银子的赎当和盘缠几乎全是他筹措。他和妻子杜氏经常吵架，纳妓女双林为妾，另屋居住。两人情投意合，真心相爱。可惜好景不长，袁猷染病床席，双林到处求神拜佛，延医买药，尽心服侍，而总归无效，不久身亡。双林哀不欲生，服毒自尽，捐躯殉夫。

鲁迅先生当年可能没有看到这部书。他在《中国小说的历史的变迁·清小说之四派及其末流》中例举了《品花宝鉴》、《青楼梦》和《海上花列传》以及《九尾龟》之类的作品后说：“这样，作者对于妓家的写法凡三变，先是溢美，中是近真，临末又溢恶，……”读过《风月梦》之后，可知鲁迅先生这个说法是不很确切的。即狭邪小说对于妓家的写法，起先并不全是溢美，如《风月梦》，就有坏有好，亦很近真。

《风月梦》不只真实地刻画了当时的妓女，还进一步写出了妓女存在的社会背景。中国近代一般的妓女小说，写妓女或人人美若天仙，善良可爱；或个个诡计百出，毒如蛇蝎。她们都好像天生如此，且乐意为之。《风月梦》中的妓女，都是或因父母亡故，孤苦无依，或因家庭穷困，无法生活，被她们的胞叔、母舅、婆婆、父亲弄到妓院里当妓女。她们十三四岁就做这种含垢忍辱的皮肉生意，受尽嫖客的欺凌，妓院老板的残酷剥削，衙门差役的无情勒索，地方把势的无穷敲诈；乡下的亲属还时时向她们要钱：她们的日子好比溺在苦海里一样难过。诚然，她们常出花头骗取嫖客的钱物，但既为妓女，这也是必然的事情。这种罪恶，完全是社会造成的。小说第二十回写有双林的一段心理活动：“想起那初到扬州来的时候，在人家做捆帐，日里关上几个门，晚间还要留镶。不拘那人老少好歹，不能不留。留个好客也罢了，若留下一个坏客，他那里顾你生死？……这些酸甜苦辣，那样没有经历过了？如今……越过越刁，除没有泼浪钱花用，恨不能倒贴他些才好。更可笑扬州风俗：相公身上总要落个把势，这把势之中十人倒有九人不好，又要吃醋，又要放差，一百二十分的恭维。若是一点不如他的意，就凸出凹进做坏事，受不了这些瘟气。若是不落把势，这个也要相好，那个闹着落交，弄得瞎扛瞎吵。目今新来的这一种把势，三个成群，五个结党，耀武扬威，不知他们有甚么狠处，来到这里就想吃白大酒，学鸦片烟吃，……想我父母俱故，又无兄弟姊妹，孑身一人，尽我在这是非场中贪恋，有何益处？”这是对苦难无告的妓女生活的控诉。由此，我们也就更能理解她为什么在真心爱她的袁猷病亡时，立即服毒自尽了！

值得注意的是：小说在写过双林的胞婶、胞兄、母舅，桂林的家婆、丈夫等由于乡下穷苦不堪和常闹水旱灾荒而不断向她们要钱之后，又出现了在观音香市上“许多男女乞丐携男抱女，以及哑、聋、痴、瘫、烂头、破鼻……老弱残废在那里喊着要钱”抢钱的场面，还专门安排了一回盐城王大娘“含着眼泪”，“硬着心肠”将亲生女儿卖给妓院的辛酸故事。从这些点染中，可以看到当时苏北农村破产，一片哀鸿遍野的荒凉凄惨景象。而这，又正是造成扬州等城里众多明妓暗娼的一个十分重要的原因。

此外，小说对于官衙吏胥、地方把势到处钻头觅缝，寻事生风，惯用无中生有、栽赃陷害等卑鄙恶劣手段进行敲诈勒索的黑暗现实，也揭露得淋漓尽致，读了使人不寒而栗。嘉、道以还，国事日非，统治者或颟顸无能，纵情享乐，或乘机营私，疯狂攫钱；上行下效，吏治腐败，贿赂公行，盗窃成风，把全国搞得乌烟瘴气，漆黑一团。《风月梦》虽然还没有如后来的谴责小说那样全面地揭露清朝官场的腐败，但它所描写的扬州这个当时淮盐总汇、商业发达城市中衙门吏役和地痞流氓那种触目惊心的讹诈，很具典型意义。几年以后《儿女英雄传》问世，便有对官场进一步的揭露和批判。

《风月梦》中有许多关于端午节龙舟斗标、观音山香市以及过年、庆寿、做喜乐会等的具体描写，可以帮助读者了解中国古代江南的民俗情况。很有认识价值。

在艺术表现上，中国古代小说多叙述而少描绘，《风月梦》则更多地注意了形象化的刻画。比如第五回：

陆书用右手将水烟袋苗子接在手里，鼓着头来嗅水烟，就斜睨着这妇人，忘记了嗅水烟。那妇人将水烟纸煤吹着，弯着腰，将纸煤靠住水烟袋嘴，见陆书望着他，他见陆书轻年美品，衣服华丽，也就痴呆呆的望着陆书，忘记了点水姻，把个水烟纸煤烧去大半段。贾铭望见他两人这般光景，便喊道："吠！看烧了手！"陆书同那妇人两下才惊觉了，彼此一笑。

浪子和荡妇的丑态逼真如画。再如接下去：

月香拿了一条大红洋绉金夹绣三蓝蝴蝶穿花汗巾在手里，啭动歌喉，唱"小姐小姐多丰采"，唱到"好教我无端春兴倩谁排"。将左手缩在衣襟之内，弯着腰，右手拿耳挖子在头上乱挠，那两只秋波斜睨着陆书。

娼妇勾引人的轻狂之态跃然纸上。其他如第三回写吴珍等抽鸦片烟的具体动作，第四回写袁猷讨私债之泼皮形态，第十一、十二、十八回写虔婆和妓女说假话耍花招哄骗陆书银子的惯家声口等等，也都写得栩栩如生。

《风月梦》在艺术表现上还有一个特点，即对于人物的衣着打扮的描写相当详细，往往多至三四百字。比如写一双鞋子："套玉色缎面、桃红兴儿布里、元色绒倩的松竹梅满帮花、白水绉布包底、跳三针、跌断桥、四块底的鞋子。"用了整整四十个字的附加语；写一件褂子："换了一件蛋青八宝花式洋绉圆领外托肩、周身元缎金夹绣五彩红楼梦人物山水花边、挂黄绿藕色旂带、三镶三牙镀金桂子扣新大褂。"更用了五十四字。这在过去的小说中很少见。一方面，固然是扬州人非常讲究穿着的现实的反映；另方面，也表现了中国近代小说写作上变化的某些迹象。

纵观全书，《风月梦》在中国小说史上是一部较好的作品。作为第一部娼妓小说，它的自然真切的写实主义手法，起了先导作用，给后来《海上花列传》等优秀狭邪小说以良好影响。

品花宝鉴

《品花宝鉴》，六十回。作者陈森，字少逸，号采玉山人，江苏毗陵（今常州）人。约生于乾隆末、嘉庆初年，卒于咸丰、同治时代①。先，作客都中，“馆于同里某比部宅”。道光三年（1823），作《梅花梦》传奇一部，演张若水与妓梅小玉情事。此作虽留意于词藻，而未谐于声律。比部嘱其为说部，然时陈则好学古文诗赋歌行而厌薄稗官。及秋试下第，境穷志悲，胸中郁结不平之气而无以自消，乃“日排遣于歌楼舞榭，曾三月而忘倦；略识声容技艺之妙，与夫性情之贞淫，语言之雅俗，情文之真伪。”间与比部品题梨园，雌黄人物。比部又嘱其以此辈为小说，少逸拟之。始得一卷，仅五千余言；比部以为可。继而复得二、三卷，笔稍畅，两月间得十五卷。后以羁愁潦倒，思窒不通，遂置之不复作。明年，即随粤西太守赴桂，历游青楼戏馆及奇山秀水，岭南胜景。“原稿置之书簏中八年之久。及居停回京，舟行数十日，途中复作十五卷。”是年七月至都，八月再应京兆试，失败。时“年且四十余矣”，贫乏不能自归，仍客居京师。腊底拥炉挑灯，赓续前作，五阅月而得三十卷。又改易旧稿，首尾共六十卷。并为之《序》，谓“旷废十年，而功成半载”，署“石函氏”。《郙罗延室笔记》有“《品花宝鉴》未出版时”，陈森“挟钞本，持京师大老介绍书，遍游江、浙诸大吏间，每至一处，作十日留，阅毕，更之他处。每至一处，至少赠以二十金，因时获资无算”之说。有托名“幻中了幻居士”者，从友人处多方借抄，再三校阅，删订画一，于道光二十八年（1848）十月开雕，道光二十九年（1849）六月工竣②。原刊本半叶八行，行二十二字。后之石印本，有改题《燕京评花录》或《怡情佚史》者。

① 据陈森《梅花梦事说》云，该曲作于“道光癸未（三年）八月”。再按作者署名石函氏的《品花宝鉴》自序所述经历诸事的时间推算，他大概在道光十五年（1835）四十二岁前后完成《品花宝鉴》，三十岁左右写出《梅花梦》传奇。如果这个推算大致不错，则陈森应出生于乾隆末年。又据《郙罗延室笔记》云道光末年，陈森还在江、浙诸大吏间奔走；杨懋建《梦华琐簿》同治七年记《品花宝鉴》时也未提及作者身故，估计此时陈森仍在人世。

② 中国社会科学院文学研究所图书馆藏原刻本。其扉页有“戊申年十月幻中了幻斋开雕，己酉六月工竣”字样。

小说写当时京师朝贵狎优情状。伶人分邪正，狎客别雅俗。雅正者如徐子云等诸公子与袁宝珠等十名旦的情爱，邪俗者如潘三、奚十一等乖谬下流的狎侮。叙事行文，不同于《三国演义》、《水浒传》等主要以构建引人的故事情节取胜，而是继承《金瓶梅》、《红楼梦》的传统，以细腻地描写日常生活见长。它熔《红楼梦》中之柔情与《金瓶梅》中之秽行于一炉，写梅子玉与杜琴言、田春航与苏慧芳之爱，一如才子佳人之相慕相恋，连篇温情蜜意，缠绵悱恻；其情虽"高洁"，但佳人非女，同性相悦，读来总觉有违常态，无病而呻吟，不能动人，反生厌恶之心。写潘、奚等嫖妓狎优之淫邪，虽满纸丑态，龌龊不堪，然却穷形极相地暴露了上层社会那些有财仗势的污官恶吏的卑劣无耻。作品最后写狭邪者俱遭恶报，十名旦都跳出孽海，与诸名士会于九香园，互为画像、题赞，刻石供养在九香楼中，不脱中国古代"警世小说"善恶果报的窠臼。

《品花宝鉴》在艺术上有相当成就。它文字简洁多采，清顺优美。绘景状物，穷形尽致。如第五十回写林春喜画画：

> 那团扇上画着一枝杨柳，有一个螳螂捕蝉。那一翅张开，一翅在螳螂身下压住，很像嘶出那急声来。那螳螂两臂扎住了蝉项，口去咬他，两眼鼓起，头上两须，一横一竖，像动的一样。

真是神形兼备，栩栩如生。

书中主要人物，各有个性。即便是类型相同，性别、年龄、职业、地位、思想相近的人，也性格分明。同是年轻貌美、学富才高的世家公子、风流名士，王恂浑厚和平，刘文泽阔达可亲，颜仲清孤高自洁，史南湘恃才傲物，高品玩世不恭，萧次贤纯静恬淡，梅子玉深沉柔茹，田春航蕴藉洒脱。华光宿和徐子云都是拥有百万家私的阀阅子弟，但前者豪奢任性，后者俊雅高华、宽厚重义。一样是花容月貌、洁身自好的名旦，袁宝珠风雅纯正，苏蕙芳灵慧好胜，陆素兰温文婉娴，王兰保豪爽侠烈，金漱芳恬静安详，林春喜灵利敏悟，王桂保天真娇憨，杜琴言孤峭善感。两个淫邪无耻的恶魔，潘三顽蠢鄙吝，奚十一粗俗暴戾。三个势利场中的篾片，张仲雨干练，魏聘才卑鄙，姬亮轩则一味下流。另外，作者用《儒林外史》手法写不学无术又偏充斯文的孙氏昆仲和混沌蠢拙而专意下作的李元茂等三个宝贝，也跃然纸上，给人以深刻印象。

小说也注意到把人的活动放在特定的环境里，用气氛烘托人物的心情。例如第五十六回写屈道翁奄奄一息之时：

> 时日将暮，琴仙方寸已乱，不知怎样。只听柏树上，那几个老鸦，呀呀呀的叫个不住；又有一个枭鸟，在破楼上鼓唇弄舌。叫得琴仙毛发森竖。……走到中堂，一灯如豆，那盏小玻璃也是昏昏欲灭。窗外新月模糊，见树边有个人影一闪，即不见了。琴仙吓得打颤。

屈道翁已死之后：

> 一日之内，断风零雨，白日乌云，一刻一变，古寺中已见落叶满阶，萧萧瑟瑟，夜间月映纸窗，秋虫乱叫。就是欢乐人到此，也要感慨，况多愁善哭的琴仙，再当此茕茕顾影，前路茫茫，岂不寸心如割。

鸦叫枭号，在中国人民的传统观念中是一种不祥之兆。日暮黄昏，室内一灯如豆，窗外新月模糊，影影绰绰，更显得阴森可怕。而秋风萧瑟，落叶满阶，冷雨敲窗，点点滴滴，琴仙形单影只，尤觉凄清惨切。这种描写，可谓人、境结合，情、景交融，增强了对读者的艺术感染力量。

在结构方面，《品花宝鉴》的特点是：邪正两条线索交错进行，叙了梅子玉、桂琴言等雅人雅事，再叙潘三、奚十一等俗人丑行。各一回两回或三回四回不等，往复更替。一正一邪，行文上有节奏感；时雅时俗，读来也不觉单调。

作品中那些秽亵的描写，无疑是糟粕。此外，过多的行令纠酒、说典评诗，獭祭填写，味同嚼蜡。这些都是本书的重要缺点。

《品花宝鉴》是中国第一部描写优伶生活的小说。明、清时代，禁止士大夫挟妓饮酒，但未禁招优。故达官名士，每呼伶人侑酒。这种风气，清中叶以后，京师特盛，朝贵名公，不相避忌，互成惯俗。《品花宝鉴》便是当时这种生活的反映。书中人物，大抵实有。如侯石翁指袁子才，屈道翁是张船山，史南湘即蒋茗生，田春航与苏蕙芳则影射毕秋帆和李桂官，等等。由于作者较长时间混迹于“歌楼舞榭”和“青楼戏馆”，熟悉那时北京梨园子弟的生活，故能写出这样比较真切细腻的作品。

这部小说，在当时颇受人欢迎。当作者刚写出前十五回时，“借阅者已接踵而至，缮本去不复返，哗然谓警世矣”（石函氏《序》）。主持刊刻者“正订未半而借者踵至，虽欲卒读几不可得”（幻中了幻《序》）。小说问世以后，“士人多爱阅之，以作茶余酒间谈料”（崇彝《道咸以来朝野杂记》）。清杨懋建《梦华琐簿》、无名氏《侧帽余谭》、《郎罗延室笔记》、邱炜爰《菽园赘谈》和近人鲁迅《中国小说史略》、严敦易《元明清戏曲论集》、赵景深《中国小说丛考》、陈汝衡《说苑珍闻》等都论及之。民国二十年，《品花宝鉴》排印出版时，徐哲身《新序》和何醒庵《跋》中，谓此书“描写得活龙活现，只要一翻开书本，却能如闻其声，如见其人”。在中国古典小说中，“除《红楼梦》之外，要算第二部了。”未免推誉过当，是偏爱之词。《品花宝鉴》的意义，在于它通过形象，具体地反映了乾隆后期至嘉庆、道光年间京都士大夫与优伶交往的那种特殊生活，提供了那一历史时期北京梨园生活的资料，对后人具有一定的认识作用；其清顺优美的文字和细腻慰贴的描写，也能给读者以一定的美感享受。

花月痕

《花月痕》，五十二回，清魏秀仁撰，有光绪十四年戊子闽双笏庐原刻本。半叶九行，行二十一字。题《花月痕全书》，分十六卷（一至三卷每卷四回，四至九卷每卷三回，第十卷四回，十一至十六卷每卷三回）。每回有眉批和回后评语，署“眠鹤主人编次”，“栖霞居士评阅”。首载咸丰戊午（八年）暮春之望眠鹤主人《前序》和同年重九前一日眠鹤道人《后序》。后之翻印本有改题为《花月因缘》者。

秀仁乳名汉哥，字子安，一字子敦，又字伯肫，号眠鹤主人、眠鹤道人，又号咄咄道人、不悔道人。福建侯官（今福州市）人。生于清嘉庆二十三年（1818），卒于同治十二年（1873），享年五十六岁。祖魏裕庵，早卒，家无一垅片瓦。父本唐，依从父香士居，勤学而擅文。嘉庆己卯乡试第一，历官教职，有重名，世称魏解元者，著有《读经札记》、《爱卓斋集》。五子，秀仁其长。

秀仁幼承庭训，尽传家学。以文尚高古，久困童子试，到二十八岁方考中秀才。次年，连捷道光丙午乡试，才名四滥，倾其侪辈。然屡试进士不第，郁郁不得志。乃远游陕西、山西、四川作官府幕僚，并主讲渭南象峰书院和成都芙蓉书院。是时太平军起义广西，建都金陵，南中国烽火连天，音问不通。秀仁悬目万里，忧思如焚。既而弟死难，父弃养，秀仁欲归无路，仰天椎胸，彷徨无计。又逢蜀乱，资装俱尽，乃于同治元年（1862）闰八月自重庆挟残书稚妾，寄命一舟、伺东伺西，视隙南返。同年十二月抵福州家中，授徒自给，业余埋头著作，生活十分困顿："米盐琐碎，百忧劳心，叩门请乞，苟求一饱。""晨抄暝写，汲汲顾影若不及。一年数病，头童齿豁。"（谢章铤《赌棋山庄集·文五》）最后在贫病潦倒中死去。

文艺是社会风貌的折光，时代声音的反响，作者情志的闪电。魏秀仁身经两次鸦片战争和太平天国起义，国内干戈撩乱，烽烟遍地，哀鸿满野，民不聊生。他胸怀大志，很想干一番轰轰烈烈的事业，来挽回这既倒的狂澜。但是，子期已死，知音难得，又"性疏直不龌龊"，羞于趋奉攀附，虽浪游四方而终壮志不酬。加之家遭不幸，兄弟零落。一腔悲愤，万斛哀愁，无所发舒，乃溷迹于花天酒地之间，侘傺无聊，遁为稗官小说，托于儿女子之私，一泻其肮脏不平之气①。——此《花月痕》之所以作也。秀仁学有渊源，闻见皆博，一生著作宏富。除《花月痕》外，据《魏子安墓志铭》记载，尚有《陔南石经考》、《陔南山馆诗集》、《陔南山馆文录》等三十三种。其中尤以《咄咄录》和《陔南山馆诗话》为时人所重。谢章铤说："君愤廉耻之不立，刑赏之不平，吏治之坏，而兵食战守之无可恃也，乃出其见闻，指陈利弊，慎择而谨发之，为《咄咄录》。复依准邸报，博考名臣章奏，通人诗文，集为《诗话》，相辅而行。君著书满家，而此二书为尤不朽。盖时务之蓍龟，功罪之金鉴，《春秋》之义，变风、变雅之旨也，后世必有取焉。然而世乃不甚传，独传其《花月痕》。嗟乎！知君固亦不易耶！"此二书今存抄本。

《花月痕》的《前序》、《后序》都署咸丰八年，一在"暮春之望"，一在"重九前一日"。魏秀仁的同乡好友谢章铤说，小说作于"子安旅居山西，就太原知府保眠琴太守馆"时。据《魏子安先生年谱》，秀仁于咸丰七年由四川彭山"复返太原"，咸丰八年在太原知府保龄（眠琴）家坐

① 林家溱：《子安先生别传》。

馆，同年九月又自太原去四川，证明《花月痕》确实写于这年。但是，小说第四十三回写逆倭五月津门之败，考之史实，与咸丰九年僧格林沁败英法军于大沽口事相仿佛。第四十七回写辛酉十月逆倭请和，也与咸丰庚申（十年）九月签订中英、中法等《北京条约》事相类似，不过作者进行了粉饰；同回写“四眼狗”寿州被俘磔死，应是同治元年夏间的事。第四十九回写清军攻破太平天国京城，已是同治三年六月中事。第五十一回还写到“丙寅（同治五年）二月”。这些都是咸丰八年以后的事，无法解释小说完成于咸丰八年之说。可能是原稿完成于咸丰八年，但没有五十二回。作者回福建后，看到时事有了变化（第二次鸦片战争结束，太平天国失败，出现了所谓“同治中兴”局面），便增补了后面篇幅，并对全书作了修改。原刻本书前有署“咸丰戊午重阳日，贵筑栖霞居士”的题词和署“同治五年三月二十三日，弱水渔郎”的题词，疑前者为初稿完成时间，后者即为最后改定时间，而“栖霞居士”和“弱水渔郎”大概都是作者的化名。

小说写两对情人一穷厄、一显达的故事。略谓：有韦痴珠与韩荷生者，皆伟才硕学，且清狂拔俗，潇洒不羁。游幕并州，两成至交。狎饮秦楼，各眷一妓。韦者曰刘秋痕，韩者曰杜采秋。二美皆花容月貌，才艺双绝。韦刘、韩杜均倾心相爱，缱绻异常。但韦怀才不遇，困顿羁旅，无力以娶秋痕。二人终日凄恻，顾影自怜。或诗词寄慨，泪痕满纸；或相对悲泣，断肠销魂。最后痴珠侧身无所，才名画饼，深感情海茫茫，往事如烟，乃百念俱灰而愁恨绵绵，终于一病不起，在败井颓垣之院，西风落叶声中呕血身亡；秋痕哀毁莫解，殉情自缢而死。荷生则志得意满，青云直上：先为达官幕中上客，参预军事机要，旋以平“寇”功，由举人保升兵科给事中；复因战绩，赏加建威将军职衔，挂帅印，带尚方剑，至封侯拜相，入阁办事。采秋归韩，亦得一品夫人封典。继而携采秋、红卿二美荣归故里，与正夫人柳氏团聚，构园告病怡养。

书中主要人物都有生活原型：韦痴珠为作者自况，作者少字痴殊；韩荷生为何梦庐大令鼎，笔名丹林居士；采秋姓水名芙蓉，大同春镜楼校书；娟娘为长安天香院校书沙阿嫩；红卿为何梦庐之侍姬凤仙；明经略禄为满人恒福，宇月川；华严庵老衲蕴空，俗名冯燕娘，为绵竹华严庵女尼来度，俗姓洪，名剑；节度田公为王文勤公庆云；广汉守郭公为作者妻兄葛椒坡（见《魏子安先生年谱》所附《花月痕考证》）。刘秋痕乃太原歌妓刘栩凤（见原刊本卷首附《栖梧花史小传》）。过去或谓韩荷生、韦痴珠皆作者化身，或言韦痴珠影李次青，韩荷生即左宗棠，均系臆测之词。诚然，小说非信史，大都虚实结合，真伪杂揉；说以某某为原型，不必事事处处都真实，完全可以杂取种种人进行艺术的概括。

小说写韩荷生的显达，表现作者的理想；写韦痴珠的穷厄，反映作者实际的生活和思想。在帝国主义的铁蹄步步进逼，失地赔款日甚一日的严酷现实面前，幻想出一个文武全才的韩荷生领兵大败倭夷，逼使洋鬼子“悔罪投诚”，“俯伏”求降，——这种自我慰藉的精神胜利法，不免有些使人觉得滑稽可笑。而且这种完全违反历史事实的描写，也没有任何艺术力量。至于作者站在封建士大夫的立场上，诋毁太平天国等农民起义，并想望借用屠杀起义人民的鲜血来染红自己的顶子——达到升官发财的目的，这不仅思想反动，而且品格卑下，毫不足取。作品敷陈韦痴珠沦落天涯、淹蹇沉屈的一生和刘秋痕身陷绝境、忧苦自废的悲惨命运，给人以比较深刻的印象。叙述韦痴珠对于国事迍邅的感慨，对于虚伪人生的攻击，对于现实政治的不满和牢骚，都具一定的积极意义。某些表现韦、刘青衫落拓，红粉飘零境遇之感的描写，哀感顽艳，有相当的艺术魅力。但是，连篇累牍的诗词歌赋，多半与书中故事相游离，使情节发展受阻隔而全书结构不紧密。秋痕死后八回，实属蛇足；叙韩荷生战绩而杂妖异之事，更是败笔。

总的说来，小说不是以具体细致地塑造形象，刻划性格，描绘环境，组织故事和充分展开情节见长，而以通过书中人物抒发作者自己悲凉哀怨的感情为能。时代的多难，社会的黑暗，人生的不幸，形成了作者孤愤、惨淡、感伤、颓唐的思想性格；作者的抒发，又表现了这多难的时代，黑暗的社会，不幸的人生！“治世之音安以乐，其政和；乱世之音怨以怒，其政乖；亡国之音哀以思，其民困”。（《礼记·乐记》）清初的才子佳人小说，充满了积极、向上、乐观、自信的新兴锐气；这时变相的才子佳人小说，则饱含着颓惰、低沉、凄惋、忧怨的衰败愁思。诚然，文艺作品所表现的思想是复杂的。它除了时代、社会、传统的因素之外，还有作家的个性在内。比如，同处世积乱离、风衰俗怨的汉魏之际，蔡琰的《胡笳十八拍》只诉说自己的不幸遭遇，抒发自己的怨愤感情；而曹氏父子等的诗文，却在伤时悯乱的同时又常常流露出建功立业的雄心和顽强的进取精神。一样在国运衰颓、蒿目时艰的道光、咸丰时期，太平天国领袖们的诗歌中就洋溢着擒妖捉怪、解民倒悬、斩邪留正、一统山河的革命壮志以及冲天射日、扭转乾坤的英雄气概和无畏精神。《花月痕》固然从一个角度点染了时代的阴影，反映了中国进入半殖民地半封建社会以后“政乖”“民困”的现实，但是它“哀”多而“怨”寡，“思”大而“怒”微，反映了一个守旧的士大夫在封建社会没落时那种无可奈何的情绪。

一般小说重在描写客体，此书则重在抒发自我。以写抒情散文和诗、词、歌、赋的方法作小说，是本书的特点。就作品所写韦、刘之遭命不幸而言，它是承《红楼梦》宝、黛爱情悲剧之绪余，并在内容和表现形式两方面开了民初苏曼殊和鸳鸯蝴蝶派哀情小说的先路。这是《花月痕》在中国小说发展史上所起的特殊的作用。

青楼梦

《青楼梦》，又名《绮红小史》，六十四回，不分卷。清俞达撰。有光绪戊子（十四年）文魁堂刊小本，上海申报馆排印本。原题“厘峰慕真山人著，梁溪潇湘馆侍者评”。首载《青楼梦》的《序》和《叙》，一署“光绪四年戊寅古重阳日金湖花隐倚装序于苏台行馆”，一署“光绪四年戊寅重九梁溪钓徒潇湘馆侍者翰飞弟邹弢拜叙于吴门旅次”。每回前有评，文中有夹批。

俞达，一名宗骏，字吟香，江苏长洲（今苏州市）人。世传家学，擅词章。好作冶游，熟悉娼门。“中年沦落苏台，穷愁多故，以疏财好友，家日窘，而境日艰”。积欠累累，“致城中不能一日居”，于是挈老母、诸妹遁居洞庭西山。平生与《海上尘天影》作者邹弢相交最契。光绪九年至十年（1884）春，曾两度致书于弢，言身世可怜，欲出谋温饱。四月，竟以风疾亡。邹弢《哭幕真山人俞吟香》诗有句云：“到底青楼误梦中，淆才耗损总无功。平生只为多情累，长吉中年犯咯红。”可见其死，似与沉湎青楼、纵情声色有关。（邹弢《青楼梦·叙》、《三借庐剩稿》）

俞达所著，有《醉红轩笔话》、《花间棒》、《吴中考古录》、《闲鸥集》、《艳异新编》、《吴门百艳图》和《青楼梦》等。

《青楼梦》成于光绪四年（1878）[1]。书叙：有金挹香者，字企真，苏州府长洲县人，生于小康之家，貌美而工诗文，才高而性风流。然不娶，谓必欲“目睹倩女，得天下有情人”才成眷属。乃遍游吴中娼门，与三十六妓交，终宵惜玉怜香，陶情楚馆，吟诗度曲，戏嬉青楼。“乐园”盛极一时，挹香“享尽艳福”。继则入泮，中举，纳五妓为一妻四妾。为报亲恩，捐职补余杭知县，政绩卓著，迁杭州知府，父母妻妾皆受封典。旋即二老白日飞升——跨鹤仙去；挹香荣归故里，访旧美则或嫁或死或出家为尼，余则亦“花老春深”，容颜悉改。挹香深感“繁华易尽”，颇有“十年一觉”之叹。于是“勘破红尘”，离家出走，赴天台山求仙得道，羽化归月老祠金童之位。已而长子吟梅考中进士，钦赐状元，授职编修；次子亦香、三子幼琴入北闱应试，也都中式；三妾琴音、素玉、秋兰相继亡故。挹香又奉月老之命回家度其妻爱卿和妾小素“复位”。嗣后，三子一女陆续完婚；旧友邹拜林、叶仲英、姚梦仙均辞官退隐，学道成仙；三十六妓亦一一“归班”。——盖金挹香与钮爱卿原为月老祠中金童玉女，三十六妓皆是散花苑主座下的司花仙女，“因为偶触思凡之念，所以谪降红尘；如今尘缘已断，应该重入仙班”也。

此书非写实，乃理想之作，实为才子佳人之故套，只是如鲁迅所谓改求佳人于倡门，别辟情场于北里而已。作者以终日冶游为风流高雅，广狎倡女为“多情”和享“艳福”，心驰神往，津津乐道。邹弢曰：“言当世滔滔，斯人谁与？竟使一介寒儒，怀才不遇！公卿大夫，竟无一识我之人，反不若青楼女子，竟有慧眼，识英雄于未遇时也。”（第一回总评）或至友之饰词，书中描写不见此意。写作仿《红楼梦》，诸如因大观园而设挹翠园，据风月鉴而书古铜镜，由太虚幻境而构清虚中院，以至从书名到金挹香之口吻等等。然仅袭其皮毛，于《红楼梦》之本意，风马牛不相及。作品思想陈腐，如早写二十年之《花月痕》中对缠足已明确表示不满，此则对三寸金莲大加欣赏；又，钮爱卿流落青楼，而定要金挹香取得功名后才订终身，乃较之明清才子佳人小说为愈下。全书写狎妓之长篇白话小说，当不自《青楼梦》始。道光元年（1821）有《雅

① 光绪四年金湖花隐《青楼梦·序》曰：“吴门慕真山人心慨之，顷出其所撰《青楼梦》，来乞为序。其书……”

观楼》，道光二十八年（1848）有《风月梦》。然二书旨在劝戒，叙妓女有优劣，用情有真假，而嫖客却无不败家丧身，为人唾弃者。写众多娼女而皆姣好，并称美揄扬嫖客者，盖首见于《青楼梦》。该书艺术上亦无可取。既没有真挚的感情，又缺乏具体的描写。连篇矫揉造作，满纸陈词滥调。如写形貌，才子则“潘安风雅，宋玉温存”，佳人则“倾国倾城，风流绰约”，或“眉似初春柳叶，脸似三月桃花”，或“冉冉如仙子临凡，袅袅如嫦娥奔月”；写对话，嫖客则“仆慕芳名，如雷贯耳”，妓女则“妾村野陋质，自惭蒲柳”。千人一面，众口一腔。加之獭祭诗词，味同嚼蜡。

作者做官不成，便自堕落。《青楼梦》表现了没落的封建文人的一种生活情趣、理想追求，一种自我欣赏、自我慰藉的美梦！

绘芳录

《绘芳录》，一名《红闺春梦》，八卷八十回。题“西泠野樵著”，作者真实姓名不详。首载“光绪戊寅嘉平月”（光绪四年腊月，1878]）自序，署“始宁竹秋氏自志于邗上梅妍寓楼之南轩”。可知作者号竹秋，浙江上虞人①，著书之时正侨居江苏扬州。书有光绪二十年仲秋月上海书局石印本、申报馆排印本等。

小说主要写金陵俊逸祝伯青等与名妓聂慧珠等的恋爱风流故事，兼及官场浮沉、家庭细故。略谓：苏州有聂姓姊妹名慧珠、洛珠者，因父亡流落金陵为娼，与同行蒋小凤、赵小怜友善。四女色艺并绝，称“金陵四美”，名噪一时。有祝伯青、王兰、江汉槎、陈眉寿者，均官宦巨族，与云从龙、冯宝等为至交。皆“才高北斗，学富西园”，且风流倜傥，豪迈任性。祝、王、江、云与四美相爱。后王、江、云各纳洛珠、小怜、小凤为妾，惟祝因父阻不能如愿。慧珠忧伤成疾，旋即身亡。诸名士为官清廉，政绩卓著，位至尚书、督、抚、学政、道台、知府，相继隐退，在金陵共建一绘芳园。诸名士与其妻妾，朝夕于园中赏花观戏，饮酒行令，吟诗作画，品竹弹丝。最后，都妻妾融洽，年过耄耋，子孙科举成名，位极人臣，簪缨累世，富贵不绝。

① 始宁即今之上虞县。

此书在具体情节的构建和人物形象的塑造等方面，依傍《红楼梦》、《花月痕》、《品花宝鉴》的痕迹颇为明显。如《花月痕》中妓女之才艺双绝、风雅宜人、志趣高尚、情意缠绵，采秋之如愿以偿，荣归荷生，秋痕之哀毁黄泉，遗恨终生；如《品花宝鉴》中优伶之花容月貌，恃才傲物，清高脱俗，洁身自好等等，都为此书所本。至于建造绘芳园、游园题对额、园中戏班、宴饮唱和，乃至兰姑近似李纨、平儿，方夫人身上有王夫人的影子……更显然是摹仿《红楼梦》的。

鲁迅评《品花宝鉴》、《花月痕》和《青楼梦》等狭邪小说曰：“特以谈钗黛而生厌，因改求佳人于倡优，知大观园者已多，则别辟情场于北里而已。”（《中国小说史略·清之狭邪小说》）《绘芳录》乃既改求佳人于倡优，别辟情场于北里，又不废“钗黛”和“大观园”。就整体而言，它仍未脱才子佳人小说的格局。因此，一见钟情、诗词唱酬、小人拨乱、科举成名、妻妾团圆、儿孙绕膝、富贵不绝，而又善恶果报贯穿其间……这些才子佳人小说的特点，在本书中比比皆是。《绘芳录》实是在才子佳人小说的总构架下，混狭邪、人情等诸种小说于一编，并非纯粹的狭邪小说。

据作者自序“越十稔而始成”及《序》末所具年月，知小说写于清同治七年（1868）至光绪四年（1878）之间。这个时期，正是太平天国已经覆亡，其他“内乱”渐次平定[①]，新的大规模的外侮战争尚未开始[②]的所谓“同治中兴”时代。《绘芳录》所写的，大体上即是太平天国灭亡以后十余年间上层社会的情形（官场人物包括乡绅和官宦子弟的活动）。而《绘芳录》的意义，也就在于它真实地反映了这个时代的现实：

当日从京中王爷、首相、亚相、大学士、各部尚书、侍郎、御史、通政使，至地方总督、巡抚、学政、藩司、臬宪、道台、知府、县令、千总、衙门师爷、书办、差役……整个官场，人分两类：一类以刘先达、刘蕴父子，鲁道同与鲁鹍、鲁鹏父子，尤鼐、祝道生翁婿为代表。他们

① 同治三年，太平天国天京为清军攻陷，散据南方各地的太平军余部相继败灭；六年，东捻军覆灭；七年，西捻军被歼；十一年，长达十八年的贵州“苗乱”平定；十二年，延续十八年的云南“回乱”肃清；光绪二年，坚持二十年的云南彝民起义最后失败；光绪四年，左宗棠攻克和阗，新疆尽复。

② 自咸丰六年（1856）——咸丰十年（1860）第二次鸦片战争（英法联军战争）以后，至光绪九年（1883）才暴发大规模的中法战争。接着，便有中日甲午战争和八国联军战争。

争权夺利，结党营私，交通外官，受贿贪污，穿插衙门，徇情舞弊，凌善欺良，横行不法，栽赃诬害，公报私仇，狎优宿娼，无恶不作。另一类如陈眉寿叔侄、父子，以及云从龙、王兰、祝伯青、冯宝、李文俊、江汉槎等等，包括朝廷王爷在内，他们都是清官。但这些所谓的清官，仅是不贪赃、不枉法而已。他们同样请客，送礼，讲人情，拉关系，找靠山，通关节，徇私作弊，甚至说假话欺蒙皇帝。比如王喜“一毫力气未费，连海堤都不知是个什么样子”，王爷却在“海工案内”加上一个名字，保他当了一个漕营千总。鲁道同揭参淮安知府冯宝冒籍为官，冯即托人粉饰弥缝。冯的好友吏部尚书陈眉寿暗中为他“改正”履历，他的好友云从龙的岳父两江总督程尚代他谎奏，甚至为了证明他确系大兴县籍，竟否认曾在宛平做过知县的冯炳是他父亲；于是，天大的事，也就化为乌有！至于吃喝玩乐、挟妓狎优等声色之娱，更是他们人人爱好的“风流韵事”。侍读祝伯青爱上了小生柳五官，身为协办大学士随即升做宰相的李文俊笑道：此“人生少年，皆有之事；而且此等尤物，人所必赏。我辈正羡世弟眼力甚高，不同凡俗，我自信不及世弟远矣！犹忆初入京都，少年心性，尚孜孜寻恋。……”

无论贪官、清官，他们“到了富贵场中”，便“忘掉本来面目”。他们一味趋奉上级：当朝首相寿辰，内外各官，纷纷馈送贺礼，仅大理寺少卿等几位便公送唱戏十日并十天的酒席费用；两江总督回乡，本省官员前往趋迎候送不迭，谁都“想过来讨个好儿，作后日相见地步”。“光州知州得了消息，早饬令固始县将从龙故宅改砌府第，修理得焕然一新。又在府旁造了十数进房屋、一所花园，为从龙游憩之地”。朝廷的御史呢？——“多是通消患的，平日风闻得一件半件事情，即争先奏劾，好在所参不实，没有处分。一遇关系重大的事，便你推我诿，怕先出头；若有一人出了头，这些御史打弱的本领，要算一绝”。

小说通过回籍老相江两谦之口说：“今日出仕的人，耑门一味逢迎，求取功名，那里还记得忠君爱民四字？居高位者，以要结党羽为耳目；在下位者，以阿谀承顺为才能。或中有一、二稍具天良者，即自为不合时宜，必多方排挤，使之自退；再不然，获罪杀身，皆由于此。故当今之世，君子日去，小人日来，朝廷之上，半属衣冠之贼；土地之守，都为贪酷之夫。”这可说是对当时官场的一个总概括。

统治者认为这是个“中兴”的时代，老百姓眼里却是个腐败的社会。

究竟谁是谁非，历史是公正的裁判者——曾几何时，清王朝的统治就垮了台！

从这个方面说，这部小说作者的识力和胆力是应该受到人们尊重的。

海上花列传

略。作者作品评介，见本书《寓深刻于平淡，求创新于自然》文。

卷末后记

“文变染乎世情，兴废系乎时序。”一代有一代的文学。道、咸以还，政乖理悖，官贪吏贿，或疯狂聚敛，或沉于逸乐，上行下效，奔竞成风，诉苦无门，民怨沸腾。于是，表现美好理想的才子佳人小说衰而反映腐朽现实的狭邪小说兴。这类小说，正面或反面、直接或间接地反映了当时上流社会（着重在官僚、士大夫和商人等）的丑恶，以及下层社会（主要是优伶、妓女和一般人民）的苦难；艺术上也有不同程度的成就。

本卷选自道光中后期至光绪初年约四十余年间的六部较有影响的作品。其中《风月梦》以光绪十二年丙戌刊小本（半叶十二行，行二十七字。不分段，无断句）作底本，用台湾《明清善本小说丛刊初编》影印光绪九年上海申报馆仿聚珍版本进行了复校。两本刊印都不精，讹夺衍倒甚夥，且错误基本相同，惟十二年本较九年本错字略多一些。疑两本出自同一祖本，或竟十二年本直接根据九年本刊刻而成。这次整理出版，约共改正错误近两千处，并将全书进行分段、标点，对有些方言俗语等作了简要的注脚。《品花宝鉴》选自台湾广雅出版有限公司《晚清小说大系》，重新分段、标点，并据道光二十九年己酉原刻本订正了许多舛谬。《花月痕》和《海上花列传》用人民文学出版社杜维沫和典耀校点本，改正了个别排错的字。《青楼梦》以三秦出版社李蔚华校注本为底本，用光绪十年上海申报馆仿聚珍版本进行复校，改动了分段和若干标点，订正了一些错字，删去了注释。原本有潇湘馆侍者（邹弢）之批评，照录。《绘芳录》以中国书店影印 1936 年文艺出版社赵苕狂校点本为底本，用光绪二十年上海书局石印本进行复校，改正了少数错字，更动了部分标点。原书不分段，这次作了分段。

编者学识浅陋，校订、标点、注释中疏漏谬误及选录失当、评介偏颇等在所难免，敬祈读者批评指正。在注释《风月梦》中某些扬州方言时，曾得到中国科学院自然科学史室周世德先生的帮助，特在此致谢。

一九八九年四月一日，北京

小说三卷

狭邪小说

——堕落人生中的崇高与卑下（下）

海天鸿雪记

《海天鸿雪记》，二十回，全书故事未完。题二春居士编，南亭亭长评”。首载光绪甲辰（三十年）立夏前三日茂苑惜秋生《序》和《本书释文》。《游戏报》馆于1899年7月曾分期刊印，1904年《世界繁华报》馆出版单行本。线装，共四册，册五回。书高20厘米，宽13厘米。每页12行，行25字。

本书作者，久传为李伯元，但并无确证①。据1899年7月22日《游戏报》第744号所刊《〈海天鸿雪记〉按期出售》的广告云：“是书为浙中二春居士所著。居士曾为沪上寓公，迨中年丝竹哀乐伤神，回首前尘，胜游如梦，于是追忆坠欢，以吴语润色成书。”② 此说除非李伯元故弄玄虚，否则乃作者另有其人，李伯元（南亭亭长）只是在每回书后加评

---

① 李伯元生前好友如吴沃尧、周桂笙、孙玉声等所作之《李伯元传》及其生平事迹之记载，均未提及此书。将《海天鸿雪记》列为李伯元的作品，最早见于1924年6月出版的《小说月报》第15卷第6号《读书杂记》专栏顾颉刚《〈官场现形记〉之作者》一文。据顾氏言，文中所述李之事迹，是李伯元的内侄婿赵君写告他的。（魏绍昌《李伯元研究资料》第17页顾文后注云：“赵君名孟韶，是李伯元的继室庄夫人之内侄婿。赵君此稿即据庄氏的一封书信转述。”）1925年9月鲁迅修订之《中国小说史略》合订本出版，其中第二十八篇《清末之谴责小说》关于李宝嘉传略一节据顾文加补了“所著有《庚子国变弹词》若干卷，《海天鸿雪记》六本，《李莲英》一本，《繁华梦》、《活地狱》各若干本。又……”三十五字。自此以后，便流传开去成为定论。其实，庄夫人及其亲属所谈，亦未必都是事实。即如顾文和1957年4月1日《雨花》月刊第4期发表的李伯元族弟李锡奇《李伯元生平事迹大略》中所提到的《繁华梦》（即《海上繁华梦》），实为孙玉声的作品（署名“警梦痴仙”）；《李莲英》至今未见；《海天鸿雪记》也是四本而非六本。《海天鸿雪记》写人物对话用纯熟吴语，而据庄夫人云，李伯元“说话一直操常州口音，上海话说不大惯”（澄碧：《小说家李伯元》）。居沪十载，上海话尚说不大惯，如此纯熟的吴侬软语恐非李氏之所能为。

② 魏绍昌编：《李伯元研究资料》，上海古籍出版社1980年12月版，第257页。

而已。

小说以妓院为中心，写篾片吃白食，阔少“割靴腰”，嫖客当冤桶，荡妇轧姘头，乡愚进妓院出洋相，流氓藉捉赌敲竹杠，妓女玩花招、耍手段、姘戏子、姘马夫，阔老家里三妻四妾还到处嫖妓女……半封建半资产阶级化的上海滩上的种种丑恶情状。其中以名妓高湘兰串通小报馆主笔金月溪敲诈红候补道陈耀卿及高湘兰设圈套播弄徐君牧又勾引蒋又春二事写得较为出色，是以往此类小说中所未见，惜后者故事未完而作者辍笔。

《海天鸿雪记》是一部人物对话完全用吴语描写的吴语小说。阿英很肯定这部小说。他在《晚清小说史》里说：“这一部小说，虽是未完的稿子，但从文学观点看起来，却是当时比较好的一部。”又说：“他不是要写嫖客妓女相互间的勾引欺骗，使之成为‘嫖界指南’，而是要描写出这一个特殊的悲惨的社会阴影。”他认为这部小说由于运用了方言描写，“更足以增加人物的生动性，而性格，由于语言的关系，也更突出。……好几个女性，在他的笔下，都是极生动的”。这评价是中肯的。

《海天鸿雪记》的写作，颇受《海上花列传》的影响。这具体表现在：

一、除保留分回标目和书首一段小引式的开场白外，其余每回开头、结尾没有诗词，也没有“话说”、“却说”和“且听下回分解”等叙述上的套语，而是每回开头用一“按”，即直叙故事，故事告一段落，便以“毕”（《海上花列传》用“终”）标示一回书的结束。这虽说不上什么重要革新，但不能不承认它是一种企图突破中国通俗小说传统体制，进行新的探索的尝试。

二、重视形象塑造，较以往一般小说有更多的描写。书中许多男女人物，虽着墨不多，但都刻画得各有其性情、面目，互不雷同。其中如高湘兰与花寓抢车等片段，则不仅把当时情景描绘得栩栩如生，而且将主人公的性格表现得淋漓尽致。

三、由传统的从头到尾、平铺直叙的结构方法转为忽然而来，忽然而去，“穿插藏闪”，错综交叉的结构方法。

四、平淡自然。描写不张皇，形容不过度，状人叙事，恰像生活之再现。如第十五回末写徐君牧与高湘兰的一段问答，细腻逼真，把一个转弯抹角、一心想打听沈家小姐隐情的急色儿，一个居心不良、有意播弄膏粱子弟的老妓女的言意心态，描摹入微。又，用笔委婉，不露锋芒，如实写来，绝少作者直接或借书中人物之口进行是非得失的议论和说教，长短优劣都从人物本身的言论行动中表现出来，所谓不落褒贬而善恶自见。如第十六、十七回写汤质斋与高湘兰及金月溪三人的谈话，装模作样，或攻或守，或遮或露，各怀鬼胎，说着许多假话而声色不变，泰然自若。——活画出旧中国上海滩上惯于敲人竹杠的政客、红倌人、小报记者的狡狯和老辣。其他如苏鸣冈之篾片脚色、余钧伯之乡愚情状、凌漱芳之“老斫轮”手段、花寓之“阴柔浸润”本领、王寓之要奸、徐君牧之痴心、沈宝林之窘困、陆小庭之善办“外交”等等，都莫不是从场面和情节中自然流露出来。正因如此，小说不是一览无余，而是初读时觉得平淡无奇，细嚼之则余味不尽。狭邪小说中平淡自然者，可谓至此而后绝响。

五、描写人物，注意到“习俗移人”，即随环境的变化而发展。余钧伯初到上海进妓院，走路“蹑手蹑脚”，说话“嚅嚅呐呐”，坐立不安，见到客人必“从地兜头一揖”，看着钗光鬓影便“心上突突乱跳”，与他说话则不知从何回答，“急得头上青筋直暴”……一付十足的乡下“曲辫子”模样。二次到堂子里，稍不局促，看见妓女沈宝林杏脸桃腮，十分标致，竟“切切记牢”她的名字，并且“摇头晃脑，忘其所以”——已有心猿意马的光景。接着没有多久，他便置瘫痪在床上行将死去的妻子于不顾，终日沉迷于妓院，并且出卖祖上遗下的田地，要另租小房子与沈宝林同住。灯红酒绿的十里洋场是个大染缸，一个淳朴的农村青年就这样堕落了！余钧伯的形象刻划得虽然远不如《海上花列传》里的赵朴斋兄妹的形象深刻，但作者写人物性格的发展这点是应该充分肯定的。因为它在中国古典小说中不很多见，而实际上这是小说创作刻画人物一个十分重要的方面。

六、吴语之运用，较《海上花列传》更为纯熟。

此外，不像其他狭邪小说那样堆砌大量读之令人讨厌的酒令、谜语和诗词曲赋，这也是本书一个突出的长处。

《海天鸿雪记》的主要缺点是故事情节没有充分展开（这也许与作品没有写完有关），以致在广度和深度上均使人有不足之感。

海上繁华梦

《海上繁华梦》，初集三十回，二集三十回，后集四十回，共一百回。题“古沪警梦痴仙戏墨”，乃孙家振撰。书首有作者《自序》、光绪二十八年壬寅（1902）孟秋古皖拜颠生《序》和情天觉梦人、曾经沧海客、歙县周忠鋆病鸳、古瀹狎鸥子等题词。有光绪二十九年癸卯（1903）（初集、二集）、光绪三十二年丙午（1906）（后集）上海笑林报馆排印本和光绪三十四年（1908）上海商务印书馆排印本（上海泰记乐群书局发行）。

孙家振，字玉声，别署海上漱石生。上海人。同治二年癸亥十二月二十四日（1864 年 2 月 1 日）生，民国己卯正月十八日（1939 年 3 月 8 日）卒，享年七十七岁。他少年时代最喜观戏，于梨园掌故，甚为熟悉；又爱山水，时作远游。二十九岁进《新闻报》主持笔政，后又入《申报》和《舆论时事报》，先后共十九年。他曾自办《采风报》、《笑林报》多种，手创《新世报》、《大世界》等报。常混迹于金粉场中，与当时名花如金宝仙、吕巧琳、王宝钗、朱筱仙、金香林、周湘云等相熟识。三十六岁时娶妓天香馆主苏某为妾，情爱甚笃。越四年，苏氏以喉疾下世，家振哀痛万分。时适著《海上繁华梦》说部，乃将其详细采入。书中所云谢幼安、桂天香者，即此实事。后又垂青于花榜状元金菊仙。故深知娼妓、狎客情状。据云，孙著《海上繁华梦》，着笔之先，将书中人物，分列一表，如编剧然，酌定孰为正角，孰为配角；孰系生旦，孰系丑净；若者为主，若者为宾：于是逐幕登场，逮剧毕而全书告成。其著作，小说除《海上繁华梦》正集一百回外，尚有续集一百回，以及《海上新繁华梦》、《如此官场》、《海上燃犀录》、《还魂茶》、《海上十姊妹》、《指迷针》、《孤鸾恨》、《恶魔镜》、《一粒珠》、《破蒲扇》、《怪夫妻》、《机关枪》、《匾中人》、《樟柳人》、《优孟衣冠传》、《飞仙剑侠》、《九仙剑》正续集、《呆侠》、《嵩山拳叟》、《夫妻侠》、《一线天》、《金陵双女侠》、《金钟罩》、《风尘剑侠》、《仙侠五花剑》等。另有记述上海人物、掌故之《退醒庐笔记》、《报海前尘录》、《上海沿革考》、《沪堧话旧录》、《沪堧物产考》、《沪堧古迹考》、《沪堧岁时记》、《上海百业小掌故》等，其中除《退醒庐笔记》外，均未出单行本。

《海上繁华梦》写上海妓院生活。其中着重叙巫楚云、颜如玉、阿珍诸妓狐媚惑人，牢笼嫖客，狠骗财物；杜少牧沉迷花丛，一再受骗，终于觉悟；郑志和、游冶之、屠少霞、夏尔梅等堕妓术中，执迷不悟，以致郑、游流落街头，卖唱乞讨，夏气愤成疾，含恨而终，屠数十万家私荡尽，落魄当人力车夫；邓子通与潘少安吃醋动武，同归于尽；计万全等安设“仙人跳”，讹诈钱守愚；花子龙合伙做“翻戏”，赌穷金子富；周策六骗娶巫楚云，拐财潜逃，又诱卖叶蓁蓁，串通“放鹁鸽”。同时揭露老鸨虐妓之惨酷，如小妹姐逼死花小桃，阿金、黄家姆狠挞花好好。也写桂天香自持定见，择善从良；柳纤纤跳越火坑，求救于济良所等。

此书颇受《风月梦》的影响。如《海上繁华梦》书名之模仿，“醒世”创作主旨之雷同，二集结尾郑志和所唱吴歌与《风月梦》最后疯道人唱“好了歌”意义相似，作品末回“一本戏演出过来人”与《风月梦》首回、“过来人演说风月梦”一致，这些都是明显的表征。

小说反映了鸦片战争后西方资本主义国家开埠通商以来上海洋场的一种荒淫无耻、巧取豪夺而又冠冕堂皇的社会生活。这是腐败社会的一种特有的产物。书中主要人物姓名虽系虚构，情节也经过集中、概括的艺术加工，但正如当时拜颠生《序》所云：“其实当世皆有其人，何尝不皆有其事。读之即可见世事一斑。”本来，中华人民共和国建立以后，小说中写的这种社会臭恶脓疮已被中国共产党所整治，那些蛆虫粪秽已被人民彻底铲除，《海上繁华梦》也只能当作形象的历史来读，从一个侧面了解一八四〇年以来的旧中国是如何的肮脏黑暗。然而，近几年来，竟又泛起历史的沉滓，明妓虽少而暗娼日多，性病流延；吃喝嫖赌、坑蒙拐骗诸类虽尚不似《海上繁华梦》中所写的那么严重，但也已五毒俱全。在这种情况下，小说不仅具认识的价值，而且有现实的意义。也许有些逐臭之夫和图不义之财者会从中学到某些“诀窍”，但广大人民亦能由此了解他们的各种鬼蜮伎俩，从而引起警惕，提高识别能力，增强免疫机体和与之进行斗争的本领。

过去有人将《海上繁华梦》与《九尾龟》并列，称之为“嫖界指南”。其实，二者是不同的。这主要区别在前者从“欲警醒世人痴梦“的目的出发，它“不仅摩写花天酒地，快一时之意，博过眼之欢”，而是“如释氏之现身说法，冀当世阅者，或有所悟”，以“有功于世道人心”（《自序》）。因此，在整部作品中，作者自始至终以同情的态度对待那些善良的、被残酷虐待、可怜无告的妓女，用批判的笔触描写那些“诈伪丛生”的刁娼、毒如蛇蝎的老鸨、专事拐骗的流氓和“迷途而不知返”的荡子。他一方面塑造了谢幼安、李子靖、平戟三、凤鸣岐、杜少甫等正面人物，写他们时时劝导自己的朋友不要失足花场，已经入迷者必须及早回头；另一方面演述了金子富、邓子通等大批“迷途而不知返”的嫖客、赌徒，一个个无不落得荡产倾家乃至伤身害命的结局。同时，又着力描写了杜少牧等几个久迷而终悟，从而尚得善果的浪子，作为迷途知返者的榜样。这些，都表现了作者“警世”用心的良苦。而读者也确能从中获得应有的教育。《九尾龟》则不然。它虽亦标榜“做这部书”是“寓言警世”，“都隐寓着劝惩的意思”，而实际上却以欣赏的态度，津津乐道地去写那些荒淫无耻的生活，把嫖界老手作为“风流才子”和英雄豪杰来肯定、赞扬，在书中大谈“嫖经”。这才真正是鲁迅先生说的写“才子加流氓”的“嫖学教科书”。

《海上繁华梦》在写作上以叙述为主，文字流利。所写人物，虽不如《海上花列传》那么个性鲜明，但亦尚有每个人的特点。如杜少牧之沉酣，谢幼安之稳重，方端人之迂执，温生甫之窝囊，屠少霞之糊涂，邓子通之豪奢，潘少安之卖弄，夏尔梅之颟顸，贾逢辰之贪鄙诡诈，周策六之邪恶卑劣，夏时行之儇薄无行，钱守愚之冥顽不灵，以及巫楚云之狐媚，颜如玉之奸谲，桂天香之沉静善良，花小桃之单纯懦弱，……都能给读者以比较深刻的印象。相对来说，杜少甫、李子靖、平戟三、凤鸣岐、熊聘飞等正面人物的面貌就不很清楚，缺乏各自的个性特征。另外，猜拳、行令、吟诗、唱曲，定花榜等充塞书中，甚为乏味。写方又端等荡子转变缺乏过程，仅靠谢幼安等一席话便即改邪归正，未免太简单化。狂嫖滥赌必然败家丧身，多行不义也必自毙，这固然是事物发展规律，但写所有干坏事的人都得恶报，有些过分理想化。因为，事实上干坏事者未必都得恶报。宣扬因果报应，让并不存在的冥冥中的“上帝”去惩罚他们，反而会起麻痹群众的作用。这些，都是本书的不足之处。

九尾龟

《九尾龟》，标“醒世小说”，每集四卷十六回，共十二集四十八卷，一百九十二回。自清光绪三十二年（1906）十一月至宣统二年（1910）

九月先后由上海集成图书公司印刷，点石斋发行。题“漱六山房著”。

漱六山房即张春帆，江苏常州人。生年不详，一九三五年卒。蒋瑞藻《小说考证续编》引《谈瀛室随笔》云：“张君寓沪久，时为各报馆撰短篇小说，阅者颇欢迎之。后至粤东，任随宦学堂监督，民国光复后，任江北都督府要职，颇著劳勚。自江北都督裁撤，久不得其消息矣。”据芮和师等编《鸳鸯蝴蝶派文学资料》载，春帆所著小说，除《九尾龟》之外，尚有《政海》、《魔海》、《情网球》等十二三种。

《九尾龟》一书，按照第一回引子所说，是画“近来一个富贵达官的小影”，写“这贵官帏薄不修，闹出许多笑话”。而所谓这个达官的“小影”和“帷薄不修”云云，具体在书中便是讲，一个叫康汝楫的暴发乡绅不光彩的官场历史及其被参回籍之后家里翁扒灰，子乱伦，九个女人（五位姨太太、两位住家的堂妹、两位儿媳）到处吊膀子，轧姘头，与家人小子私通的丑行。实际上，小说写这些康家的“新闻”并不多，前后不过十二回，只占全书的十六分之一。小说主要写上海兼及苏州、天津、北京等地妓女骗取嫖客钱财的种种花招，“瘟生”、“曲细”处处上当的可笑情景，旁及流氓“扎火囤”、赌棍，“翻天印”、官场丑态、宦家秽行、乡绅欺民、考试舞弊……。前半部“形容嫖界”，着重写上海烟花中“四大金刚”——林黛玉负债“淴浴”，陆兰芬做圈套捉“瘟生”，金小宝有心敲竹杠，张书玉施毒计假从良，以及其他妓女骗人、流氓讹诈的故事。作者名曰“四大金刚外传”，大体相符。后半部很杂，除了妓女、嫖客的活动，还写到家庭阴私、官场劣迹、社会浊流等等。其中比较集中的是康汝楫的宦海升沉及其家庭淫乱、赛金花的荣辱生涯和北京官场的下流无耻，大量的还是嫖界“话柄”和桃色新闻，真正写官场的篇幅甚少，合起来不足后半部的九分之一。作者称之“叫醒官场”则远不副实。

小说以常熟“名士”章秋谷为贯串全书的中心人物。他“生得白皙丰颐，长身玉立”，具“万斛清才，一身侠骨”。他举止从容，意气豪迈，诗词文章咳吐珠玉，武艺勇力精绝过人，胸抱怀才不遇之感，经常发一些不满官场的牢骚。他老于嫖界，深通嫖经，在花柳丛中如鱼得水，是个最高明的嫖客。他终日无所事事，靠着祖传的产业和对农民的剥削到处猎艳寻芳，凡有姿色者，无论明娼暗妓，官眷民女，都要不择手段占有，一逞其兽欲。他有时也为某些受欺压的良善抱打不平，但更多的是为在妓女那里“吃了亏”或在风月场上遇到麻烦的嫖客出谋划策去进行报复，他并以此而自高于人。作者也誉之为“风流才子”，并目为英雄。其实，章秋谷是个十足的流氓！

鲁迅在《上海文艺之一瞥》中有一段说：“佳人才子的书盛行的好几年，后一辈的才子的心思就渐渐改变了。他们发现了佳人并非因为‘爱才若渴’而做婊子的，佳人只为的是钱。然而佳人要才子的钱，是不应该的，才子于是想了种种制服婊子的妙法，不但不上当，还占了她们的便宜，叙述这各种手段的小说就出现了，社会上也很风行，因为可以做嫖学教科书去读。这些书里面的主人公，不再是才子+（加）呆子，而是在婊子那里得了胜利的英雄豪杰，是才子+流氓。”《九尾龟》可谓“嫖学教科书”的代表作品，而章秋谷更是“才子+流氓”的典型。

说章秋谷为流氓，是从他的总体和本质方面讲的。在现实生活中，流氓也并非所做的每一件事都坏。一般说来，流氓常常都讲“哥们”义气，在他们一辈人中互相帮助，甚至有时也会“路见不平，拔刀相助”。但决不能因此便说他不是流氓。近见马路上书摊公开出售某书社新印标“内部发行”字样的《九尾龟》，其《内容提要》云：“秋谷虽入狭邪，但一身正气不泯，往往以‘道德法官’身份，对恶人丑事进行了惩处和揭露。”似乎不恰当地美化了这位主人公。

作品基本上采用中国古代章回小说的传统体制，以叙述为主。妓女说话用吴语，此外均用普通话。篇幅虽长，而辞意浅露，笔无藏锋。叙事时或张皇，言违真实，如第五集第九、第十回写沈剥皮“拚命死贪财”及其子“瞒天造谎”、第十一集最后几回写卜侍郎的无耻行径等等都是明显的例子。人物描写少具体刻画而多用滥调陈词的四六骈文，书中除章秋谷外，其他的性格都不鲜明，不能给人留下深刻印象。这对民初鸳鸯蝴蝶派小说文体的形成有直接的影响①。诚然，书中偶而也有较好的散文，如第三集第七回写雷雨的景象：始而从“西北角上堆起一片黑云”，渐渐移到中天，“把日光遮没”；继则狂风突起，像“那钱塘江上的潮水一般，有千军万马金戈铁马之声，自远而近”，“直卷过来”，随之门窗

① 以骈体文写小说，先有唐人张鷟的《游仙窟》，后有清代陈球的《燕山外史》。但民初鸳鸯蝴蝶派小说艺术上的直接渊源，就其思想内容和情调格局方面看，主要来自近代魏秀仁的《花月痕》，而四六骈体的运用，恐与张春帆的《九尾龟》也不无关系。乃至“卅六鸳鸯同命鸟，一双蝴蝶可怜虫”那行后人用以讥评鸳鸯蝴蝶派的诗句，也是始见于《花月痕》第三十一回，再见于《九尾龟》第一集第十二回。

“砰訇”撞击，玻璃“豁啷”破碎；霎那间黑云压城，天低如盖，“万道金蛇，四围乱掣”，“电光一闪，霹雳一声，大雨倾盆”，“好似那匡庐瀑布，大海飞湍，白茫茫的一片，平空直泻下来”；半晌，“雷声渐止，檐漏仍淙淙不绝”。遥望上空，“断虹明灭，霞彩满天”，整个儿“就如用水洗过的一般，苍翠欲滴”；旋即“一钩新月，斜挂天中”，“晚风吹袂，凉气袭人”，竟如深秋天气。这一段共九百来字，把江南雷雨前后的景象描写得非常生动真实。

《九尾龟》在写作上的一个显著特点，是继承了《海上花列传》的“穿插”“藏闪”之法，并在许多具体故事的演述中采取倒叙的手法：如第六集第二回写一个少妇在县衙前与两个差役争吵，突然间从衣袖里掣出一把明晃晃的小刀，望着自己喉咙便刺，血花飞溅，到第三回再回转来从头叙述事件的经过。其他如写金月兰假从良、金汉良出洋相、林黛玉“淴浴”、章秋谷倒运、赛金花吃官司、霍春荣风流案、王云生安排“扎火囤”、宋子英纠徒“倒脱靴”等等，无不运用此法。这在中国小说发展史上是个颇值得注意的问题。

九尾狐

《九尾狐》，六集，六十二回。1984年台湾广雅出版公司重印本（编入《晚清小说大系》），一册，署“评花主人著”，首载“戊申（1908）九月灵岩山樵”《序》一篇。据阿英《晚清戏曲小说书目》云，原书光绪三十四年至宣统二年（1908——1910）社会小说社刊，五册装。作者真实姓名不详。

《九尾狐》受《九尾龟》的影响而作。作者在本书开头云：“龟有九尾，狐亦有九尾；九尾龟有书，九尾狐不可无书。他为一个富贵达官写照，因其帷薄不修，闹出许多笑话，故与他题个雅号，叫做《九尾龟》。我为一个淫贱娼妓现形，因其风骚善媚，别有许多魔力，故与他取个美名，叫做《九尾狐》。”又，第五十三回云：“即近今所出之《九尾龟》，本以五集为止，后因辞意未尽，复续数集，畅所欲言，一饱阅书诸公之眼帘，未闻以冗长厌之。《九尾龟》如是，则在下这部《九尾狐》，既仿其体例而作，亦何妨加增数集，与彼并驾齐驱。”是其明证。

《九尾狐》叙上海名妓胡宝玉故事。略谓：上海有一妓，本姓潘氏，十余岁挂牌子做生意取名林黛玉。她出落得风流俊俏，袅娜娉婷，面若夭桃，腰如弱柳，姊妹行中，罕有其匹；而且应酬周到，对答如流，天然有一种媚态。因此，一班富商贵介都争先恐后地前去报效，她也便成了上海滩上一个最红的倌人。很快，就被一位百万家私的姓杨名企尧的富商娶为小星。黛玉到了杨家，百事如意，惟积习难改，不久，便暗中与丹桂戏园武小生黄月山勾搭，闹出杨家，改姓胡，同月山公开筑香巢。继而，又与戏子杨月楼姘居。因钱荒，改名宝玉，复落风尘，重张艳帜。又诱伶人十三旦，肆意挥霍，亏空愈大。乃南下羊城，得大老伍朝芳等青睐，积万余金银，满载归申。她再兴旧业，穷奢极欲。美少年郭绥之因其一味淫缠而患恶疾，富公子张仲玉为彼喜新厌旧而愤离沪渎，吝嫖客朱子青受她巧骗，白丢五百两银子而懊恼不已。又百计勾引洋人，可是恩特不久即被调回国。胡宝玉不耐寂寞，遂北上京都，寻访十三旦续旧。未一载，遭嫌弃，复返歇浦，与名伶汪桂芬结缘。年近四十，色衰而改作老鸨，收买三少女，开设“庆余堂”。故事未完而止。

本书的特点是自始至终集中写胡宝玉一个妓女，写其他人物是为了写胡宝玉，至少也与胡宝玉有关。因此，其他人物基本上都围绕着胡宝玉的活动而展现。他们大多与胡宝玉不是并行的关系，而是主从的关系。这是与《风月梦》、《品花宝鉴》以来半个多世纪的狭邪小说不同的地方。

小说反映了19世纪末半封建半资本主义的中国大城市中一种腐朽的生活，具有一定的认识价值。但作者思想和审美趣味不高，作品的社会意义不大。在写作上，多因袭传统体制，欠新的创造。文字虽尚流畅，结构比较紧凑，情节也还完整；但基本上都是粗线条的叙述故事，缺乏真切细致的具体描绘。并且其中饮酒联吟、平章风月之类，枯燥无味；“同靴团拜”等等，更是把肉麻当有趣，庸俗无聊之极。鲁迅《中国小说史略·清之狭邪小说》末谓：“光绪末至宣统初，……仅欲摘发伎家罪恶之书亦兴起，惟大都巧为罗织，故作已甚之辞，冀震耸世间耳目。”大抵就是指这一类作品。

十尾龟

《十尾龟》，据阿英《晚清戏曲小说目》载，分四编，编十回，共四十回。今见初编十回，二编十回，共二十回。编分上下，四册装，上海新新小说社分别于宣统二年十二月（1911 年 1 月）和宣统三年正月（1911 年 2 月）出版。

作者陆士谔，江苏松江府青浦县（今属上海市）人。一生创作繁富，清末三、四年间，即写出《鬼国史》（一名《新鬼话连篇》）、《官场怪现状》、《新中国》（一名《立宪四十年后之中国》）和《血泪黄花》（一名《鄂州血》）等批判腐败现实、崇尚立宪社会、歌颂资产阶级革命的中、长篇小说十九部；民国以后，又致力于武侠小说的撰著，有《三剑客》、《血滴子》、《雍正游侠传》等二十余部，此外还有《清史演义》、《女皇秘史》等历史、宫闱小说多种。

《十尾龟》开头写浙江金华府永康县富户费春泉因在上海开的祥记火腿栈倒闭，赴上海讨账。一到上海，便迷于花丛，整天在堂子里碰和吃酒，寻欢作乐。祥记火腿栈的掌柜马静斋私自挪用店中资金别做生意，亏空了店里数万银子。管账孙达卿为谋取经理职位，向费告发了马。马则加倍地讨好于费，并将自己的妻子、女儿暗中奉献给费，从而无形中勾消了这笔巨额欠款。继而写柳女士父亲被害，为父报仇，女扮男装，捐任统领，与北方杰士梅心泉相爱成婚的故事。又写孙达卿妻在乡下困苦不堪，带领孩子赴沪寻夫；小职员钱耕心吹牛撒谎，同富家小姐轧姘头，财色双收；袁寿生做圈套，强占弟妇；瞎子算命，被坏人利用谋色害命；周介山父子乱伦败德，母、女、媳设私娼赚钱等等。

小说似为暴露清末社会种种卑污苟贱、厚脸无耻之事而作，在一定程度上反映了当时社会道德的沦丧和廉耻之不存。其中不满和讽刺现实，主张提倡国货保国等思想虽不无可取之处，但所写大都夸张过度，失却真实。周介山父子、妻姨等淫乱事，更是想入非非，不堪入目。且全书内容芜杂，没有中心。关于奇门遁甲、催眠术、扶乩修仙，乃至柳、梅故事的描写，或离主题太远，或竟与主题无关，实为奇闻逸事的笔录，话柄的联缀，算不上什么艺术创作。狭邪小说发展至此，已走到绝路。今择取数回，以使读者略见其一斑。

留东外史

《留东外史》正续集，共一百六十章，分十集，民国五年（1916）五月上海民权出版部初版。除第二集题，“成舍我评，王无为批眉”外，其他各集均题“不肖生著，跛子批点”。首载南康陈荣广白虚、兴化刘韵琴、长沙张冥飞三《序》。

不肖生，姓向，名恺然，湖南平江人，故又名平江不肖生。一八九〇年二月二十六日出生于湖南湘潭油榨巷向泰隆伞店内。祖父向贵柏，开伞厂，很积了些钱财。父亲向碧泉，是个秀才。向恺然五岁开始读书，十一岁时祖父去世，父亲将伞店歇业，全家搬回原籍平江居住，购置了两幢房屋和二百六十石租的地产。十四岁考入长沙高等实业学堂。只读了一年，因闹公葬陈天华的风潮被开除了学籍。一九〇六年，求父亲变卖了一百二十石租的田产，自费去日本留学。到日本后，考入宏文学院，一边读书，一边学习中国武术，并研究日本柔道、射箭、空手道等。一九一二年毕业回国。其时家道已中落，遂出外谋生，在岳州洞庭制革厂当书记。不久，北伐军起，任北伐第一军军法官。一九一三年讨袁军失利，随第一军总司令程子楷再次东渡日本，入东京中央大学政治经济系深造，经常与日本柔术家、剑术家、射箭师在一起探讨武术。一九一四年，因愤慨一般亡命客和公费留学生道德之堕落，开始写《留东外史》，对这些败类进行无情的揭露和批判。因为书中骂的人太多，作者不敢写出自己的真实姓名，故署了“平江不肖生”的笔名。“不肖生”，据作者说，是借用老子《道德经》“天下皆谓道大，夫唯大，故似不肖”[①] 的典故，并非自谦之词。一九一五年归国，参加中华革命党江西支部，继续为反袁世凯奔走。一九一六年六月袁世凯死后，脱离政治生涯，客居上海，以卖文为业。一九二二年春，发表武侠小说《江湖奇侠传》（先在上海《红杂志》连载，后交《红玫瑰》续刊，再由世界书局分集出版），深受群众欢迎，一再重版。明星公司又根据书中情节，拍成电影《火烧红莲寺》放映，风行一时。一九二七年回湖南，受朋友招请，任三十六军军部秘书。一九二九年解职，居北平，任奉天《辽宁新报》特约小说撰述。一九三〇年复南返上海，仍以卖文为生。此时所写，多是提倡国术的短篇文字。一九三二年“一·二八”日寇侵犯上海，应湖南省主席何键之聘，回湘办国术训练所和国术俱乐部，颇有成绩。一九三七年抗战爆发，随二十一集团军总司令廖磊到安徽任总办公厅主任，转战至大

① 此据向一学《回忆父亲一生》（岳麓书社《江湖奇侠传》附录）。老子《道德经》原文是：“天下皆谓我道大，似不肖。夫唯大，故似不肖；若肖，久矣其细也夫。”

别山，兼任安徽学院文学系教授。一九四七年冬，中国人民解放军二野南下，解放立煌，被俘。经审查，无劣迹，释放回乡。时程潜主湘政，乃任省政府参议。一九四九年八月，随程潜起义。先后任长沙市武术研究小组组长、省文史馆员和省政协委员。一九五六年第一届全国武术观摩表演大会，被遴选任评判委员。一九五七年十二月，因心脏病不幸辞世，享年六十七岁。

向恺然生性诙谐，健谈好客。一生热爱武术，常拜师访友，结交当世英雄豪杰、武林高手。他十分熟悉江湖门槛、武林行规，对上海的帮派、洪门（袍哥）、青帮、圈子、教门的帮规、黑话，无不能详述其来龙去脉。他爱国，为人正直、不徇私，办事认真，廉洁奉公。其主要著作，除《留东外史》和《江湖奇侠传》外，小说方面尚有：《留东外史补》、《留东新史》、《留东艳史》、《近代侠义英雄传》、《玉玦金环录》、《江湖大侠传》、《江湖小侠传》、《江湖怪异传》、《江湖异人传》、《铁血英雄传》、《半夜飞头记》、《现代奇人传》、《烟花女侠》、《双雏记》、《艳塔记》等；武术方面的短篇结集有《拳术见闻录》、《拳术传薪录》、《拳师言行录》、《猎人偶记》、《太极拳推手》、《太极劲中劲》等。建国后有《麓山射蟒记》和《丹凤朝阳》等作品发表；另有《革命野史》未出版，《中国武术史话》未成而病卒。①

《留东外史》是向恺然的成名之作。它是写作者在日本留学期间耳闻目睹的事情。小说开头说：民国初年在日本的中国人有一万多，“除了公使馆各职员及各省经理员外，大约可分为四种：第一种是公费或自费在这里实心求学的；第二种是将着资本在这里经商的；第三种是使着国家公费，在这里也不经商，也不求学，专一讲嫖经，谈食谱的；第四种是二次革命失败，亡命来的。……此次的亡命客与前清的亡命客大有区别。前清的亡命客多是穷苦万状，仗着热心毅力，拚的颈血头颅，以纠合同志，唤起国民。今日的亡命客则反其事了。凡来这里的，多半有卷来的款项，……不解日语。又强欲出头，领略各种新鲜滋味，或分赃起诉，或吃醋挥拳，丑事层见报端，恶声时来耳里。……第一种、第二种，与

① 以上所述关于作者的生平事迹，均据近年发表的《平江不肖生小传》（岳麓书社《侠义英雄传》卷首）、向恺然《自传》、成仪则《忆恺然先生》、向一学《回忆父亲一生》（岳麓书社《江湖奇侠传》附录）。

不肖生笔墨无缘，不敢惹他；第三种、第四种，没奈何，要借重他作登场傀儡。远事多不记忆，不敢乱写。从民国元年起，至不肖生离东京之日止。古人重隐恶而扬善，此书却绌善而崇恶。……倘看此书的不以人废言，则不肖生就有三层请愿：一愿后来的莫学书中人，为书中人分过；二愿书中人莫再做书中事，为后来人作榜样；三若后来的竟学了书中人，书中人复做了书中事，就只愿再有不肖生者，宁牺牲个人道德，续著《留东外史》，以与恶党宣战。诸君勉之”。这里说明，本书所反映的是民国初年在日本的一部分留学生和亡命客的生活情形；写这书的目的，是替那些打着留学和亡命的幌子，用着人民的钱财，不顾国家兴亡、学业进退，一意下流无行的流氓、骗子画像，为人们树立反面榜样，藉以警戒后来者不再效尤。并且作者将此视为与恶党作战的一种实际行动。

作品着重描写了周撰、王甫察等浪子整天谈吃喝，讲嫖经，到处吹牛撒谎，吊膀子，坑蒙拐骗，玩女人，放私债，敲竹杠，窝娼聚赌，酗酒闹事，吃醋打架，甚至做奸细暗中告密等等无耻行径。其中包括女革命家胡蕴玉借革命、冲破封建罗网之名，行放荡淫佚、骗人钱财之实；驻日公使、参赞海子舆、朱湘藩卖国肥私，贪污嫖妓；革命党林巨章贿赂公使，投降变节等等的故事。同时也写伏焱等坚持革命操守；林胡子见义勇为；吴大銮冒险行刺卖身求荣的袁世凯走狗蒋四立；特派员冯润林宁撤职丢官，不肯与恶党同流合污；为了替中国人出一口气，萧熙寿只身闯擂台，黄文汉不顾死活，在比试场上顽强拚搏，斗胜日本武师等英雄业绩。中间并夹叙日本的风俗民情，日人之寡廉鲜耻，见利忘义，以及日商界、政界之唯利是图，言而无信，不遵合同，以劣质充上品出卖军用飞机等等。

本书实乃狭邪小说与谴责小说之合流，并掺入了某些武侠的成分。狭邪小说，写娼优狎客，原不涉武侠。《九尾龟》主人公章秋谷擅文长武，常抱打不平，以拳脚败流氓，可谓武侠进狭邪小说之滥觞，惟尚无专叙武侠故事者。《九尾狐》出，则其中第二十七回至第二十九回全演“绿林好汉”马永贞故事。虽写到他勒索妓女胡宝玉银钱的事，但已独立成篇，与本题的联系十分薄弱。至《十尾龟》，其初编后半部讲柳侠女为父报仇、女扮男装、捐任统领，与北方杰士梅心泉共事及恋爱、婚姻故事，更与狭邪毫无关系。《留东外史》也有不少篇幅写武侠，但较前书高明。这表现在：它写柔道、击剑、射箭、拳术、相扑、打擂……不悖主题，成为全书的一个有机组成部分，而且都是为了表现中国人民强烈的爱国主义思想感情。因而读来觉得自然、亲切和愉快。狭邪小说虽亦揭露社会丑恶，但已无后来谴责小说“辞气浮露，笔无藏锋”及“过甚其辞”、“联缀话柄”的诸多瑕疵。《海上花列传》是这类小说发展的顶峰。自此以后，每况愈下。《九尾龟》起，狭邪小说渐与谴责小说汇流，且开揭人阴私风气之先；《九尾狐》则专为摘发妓家罪恶；《十尾龟》连篇话柄，攻讦尤力：渐堕“黑幕小说”一流。《留东外史》虽亦不免沾染以上时习，然描写近实，事尚可信。

总观全书，刻画还生动，揭露颇有力。看周撰、王甫察辈卑鄙龌龊、伤天害理之行，真有狗彘不若之恨；而吴大銮、冯润林等一身正气，置个人利害、安危于不顾，与恶势力斗争，又令人起敬。作品在一定程度上反映了民国初年袁氏窃国、二次革命失败、中国重又坠入黑暗后，人民切望振奋、憎恶堕落的思想情绪。这无疑是有进步意义的。只是有些章节对于如何吊膀子、敲竹杠等为恶的伎俩描写太细，不免因之会产生“嫖界教科书”的副作用。

小说似越往后写得越紧凑些。惟结尾显得仓促，黄文汉之再到东京携圆子归国，尤其是在日湖南同乡会驱逐周撰、陈蒿回湘，颇给人以虎头蛇尾、草草了事之感。

《留东外史》在艺术上也有一定的成就。它固然存在着不少粗略的、话柄武的叙述，但同时也有许多细致的、真切的描写。如第二十九章：

> 张思方……叫下女买了些日本有名的寿带香来，点着，将窗户关上，一点风没有。那香烟，因没有风来荡动他，便一缕一缕的从火星上发出来，凌空直上，足有四尺多高；火力不继，才慢慢的散出来，袅做一团；有时化作两股直烟，到顶上复结作一块。总总变化无穷，捉摸不定。张思方一双眼睛，跟着轻烟上下，觉得十分有趣。须臾，两眼看花了，闭目养神，昏然思睡。

这里，既逼真地写出了在窗户紧闭的室内香烟缭绕的状态，又巧妙地揭示了张思方一个人病在旅馆，自伤孤独，寂寞无聊的心情。再如第四十八章：

> 梅子和圆子，还在院子中寻蟋蟀。见苏仲武走回廊经过，梅子跑过来，悄悄的问道："明日去学校里参观，你同去么?"苏仲武道："你去不去?"梅子偏着头寻思了一会道："我去。"苏仲武道："你去我为甚么不去?"梅子还想说话，圆子在院子中摇手，用嘴努着房子里面。梅子横着眼睛，握着小拳头，向房子里伸了两伸，复跑到圆子跟前去了。

一个拉皮条的圆子摇手、努嘴，唯恐被屋里梅子的妈听到他们的说话；一个处在热恋中的梅子横眼、伸拳，将自己的母亲视为她和苏仲武相好的障碍：短短几十个字，写得神形兼备，外表情态描摹尽致，内心世界暴露无余。

另外，小说所塑造的人物形象，也尚有个性特点，并且不简单化。如书中主要人物黄文汉，他既是个好酒嗜色、喜新厌旧的嫖场老手，又有着爽直、侠义、勇敢和爱国的一面。更值得注意的是：心理描写的广泛运用，环境描写的增多，外形描写的变化，结构的复杂化，倒叙的频繁出现，……从这里可以窥见它借鉴西洋小说创作手法，扬弃中国传统小说模式，由古代小说向现代小说发展的迹象。

《留东外史》是我国第一部写侨居国外的中国留学生生活的长篇小说。在它的影响下，不久便有陈辟邪《海外缤纷录》、陈春随《留西外史》、黎锦晖《留欧外史》等作品问世。不过，这些小说，或入"黑幕"，或近"写情"，离"狭邪"之道愈远了。

附：留东新史

《留东新史》三十六章，平江不肖生著。世界书局印刷，民国十三年（1924）七月初版。小说从民国八年写起，主要揭露对象是直皖战争被赶走的官僚军阀——亡命客。其中着重写了下列几个故事：一、参议院议长汪衡姘居开堂子出身的陈太婆，冷落家里正夫人汪太太；直皖战争后，汪衡携陈潜逃日本当寓公。女"豪杰"胡本蕙打着"女子参政"的招牌，到处招摇撞骗。她教唆汪太太与丈夫厮闹，同时用明借、暗欺等手段骗取汪太太的钱财；她又借"男女平等自由"之说，公开与年轻仆人同居。二、赵继文是游手好闲、爱吃嗜赌的无赖子，被父驱逐出家后投军，由于打仗勇敢而升官，为袁世凯识拔，任湖南督军。又因与南军作战败绩，亡命日本。三、青年学生沈锦堂与宋绮文自由恋爱，遇家庭反对，两人逃往日本。宋带了许多金条和价值数万金的金珠首饰，被沈的朋友陈际良骗去，宋于是与沈反目分离。四、党人王甫察于民国三年在日本骗奸了刘藤子，回上海又诱奸了房东母女，到广州改与周慕兰重婚。再次到日本，不见苦苦为他守节的刘藤子而另去勾引卖淫妇真尾。作品名为“留东新史”，其实只有差不多一半的篇幅写亡命客和留学生在日本的情况，另一半篇幅是写这些人在国内的活动。综观全书，无论思想和艺术，都较《留东外史》逊色。就其所写内容、方法和倾向而言，已不属狭邪小说范围，而是与谴责小说的末流结合，入于专门揭露秘事丑闻的“黑幕小说”一道。

海外缤纷录

《海外缤纷录》，八卷四十回，陈辟邪著。先在一九二七年的上海《商报》副刊《商余》连载，后由上海卿云图书公司出版。作者曾留学柏林。此书写在西欧（主要是巴黎、柏林）的中国留学生的活动。和《留东外史》一样，书中的留学生大都是吃喝玩乐的花花公子，不读书的白相阶级，不过地点由东京变换到更繁华的巴黎、柏林而已。作者已多少受了点新文艺的影响，用笔较为缓和，揭露趋于平实。所写主人公应子固、韩人中虽是《九尾龟》中章秋谷一流人物，但读着已不觉得像章秋谷那么令人厌恶。另外，有些青年恋爱故事的描写，也还美丽动人。小说富有海外异国的风味情调，对于了解当时中国留学生和西方资本主义国家人们的生活，有一定的认识价值。

留西外史

《留西外史》，陈春随著。一九二七年上海新月书店初版。本书是写在欧洲（尤以英、法、德、比等国为多）的中国留学生的情况。小说比《海外缤纷录》用笔更含蓄，更写实，基本上去尽了晚清狭邪小说和谴责小说的内容及写法。体制格局和叙景状物，已都采用现代新小说的手法。

卷末后记

这里共选《海天鸿雪记》、《海上繁华梦》、《九尾龟》、《九尾狐》、《十尾龟》、《留东外史》六种，另附一九一九年以后二十年代的《留东新史》、《海外缤纷录》、《留西外史》三种。中国近代狭邪小说至此已走完它历史的行程。所以我们的选录也到此为止。如果说，从上卷能够看到它发展的脉络，那么，由下卷便可窥见它衰变的轨迹。

《海天鸿雪记》用一九〇四年世界繁华报初版本进行分段，标点。因作品中人物对话全系吴语，不熟悉吴语的广大读者不易读懂，故除附上原书的《本书释文》外，对《释文》中没有涉及的方言土语、名物制度尽可能都作了注释。

《海上繁华梦》以江西人民出版社一九八八年“中国近代小说大系”本为底本，初集用上海笑林报馆甲辰（1904 年）三月再版本，二集用该报馆癸卯（1903 年）七月初版本，后集用该报馆丙午（1906 年）仲春初版本作复校，改正了一些错字，更动了少量标点和个别分段。其中二集，发现多处文字与癸卯本不同。如第二十回，小妹姐向温生甫讲述请看香头的与小桃治病一段（大系本第 574 页第 5、6 行），原文 275 字，大系本删改成 34 字；隔页（第 577 页）又有两处文字有较大出入：今皆按初版本补正，恢复其本来面貌。

《九尾龟》，以荆楚书社一九八九年印本为底本，删去注，用上海集成图书公司初版本进行校勘，订正了大量讹夺衍倒，并重新标点。

《九尾狐》用台湾广雅出版有限公司“晚清小说大系”本，稍改分段，重行标点；《十尾龟》用上海新新小说社一九一一年铅排本，加以分段，标点。都改正了明显排错的字。

《留东外史》以岳麓书社一九八八年重印本为底本。该本校、点都较认真，经与上海民权出版部再版本比勘，只发现些许错字，变易了部分标点。

三种附录，《留东新史》和《留西外史》都是第一次分段，进行标点和重新标点；《海外缤纷录》在原有分段、标点的基础上作了某些修改。均订正了若干文字上的舛误。

本编《海外缤纷录·简介》中的有些情况，是魏绍昌先生提供的。谨在此致谢。

一九八九年五月三十日，北京

小说四卷

侠义公案小说

——官民思想的对立统一

荡寇志

略。作者作品评介，见本书《立意大煞风景，描写庸中佼佼》。

施公案

《施公案》，亦称《施公案传》、《施案奇闻》、《百断奇观》，八卷九十七回。不题撰著人名。今存庚辰（嘉庆二十五年）厦门文德堂刊小本，载嘉庆戊午（三年）序文。另有道光四年、九年、十年和同治五年等刻本。光绪十七年（辛卯）赤城珊梅居士署序、正谊书局仿古聚珍版《三公奇案》本增加一回，成九十八回。光绪十九年印续集，从原书第八十九回施公提升仓厂总督写起——以原书第八十九回至第九十八回为第一回至第十回，另又增九十回，计一百回（至飞贼吴成行刺施公为止）。合原书八十八回（除相重十回），共一百八十八回。有光绪二十年正月刊梓潼会藏版《绣像后施公案全传》（首载光绪十九年癸巳小阳月文光主人《后施公案原序》）、光绪甲午（二十年）春月上海书局石印《绘图后施公案全传》和光绪甲午孟春殄艺书局校印《清烈传》等。此后又有“三续”（五十回）、“四续”（五十回）、“五续”……至光绪二十九年达“十续”（各四十回），共五百二十八回。有上海广益书局石印本《绘图施公案》和民国年间上海锦章书局石印本《绘图施公奇案》等。

小说所写主人公施仕伦，实即清康熙朝之施世纶。施世纶字文贤，汉军镶黄旗人，靖海侯施琅次子。康熙二十四年，以荫生授江南泰州知州。此后，历任扬州及江宁知府、湖南布政使、顺天府尹、户部侍郎、漕运总督等职。康熙六十一年五月病卒。《清史稿》谓其“聪强果决，摧抑豪猾，禁戢胥吏。所至有惠政，民号曰‘青天’。”康熙皇帝也曾充分肯定他的清廉，但说他“遇事偏执：民与诸生讼，彼必袒民；诸生与缙绅讼，彼必袒诸生”。康熙说：“处事惟求得中，岂可偏执？如世纶者，委以钱谷之事，则相宜耳。”① 从这里，很可以看出他的特点。施世纶死后，他的政绩便在民间流传（包括院曲盲词的说唱和平话家的敷衍）。在流传过程中，不断地添枝加叶，随着时间的推移，离开本来的事实愈来愈远，凿空结构的故事愈来愈多。最后，大概在民间艺人说唱底本的基础上，经书坊文人纂辑，刊印成书。从小说正、续集的《序》和戏曲史料来看，施公故事盖起于乾、嘉而赓于咸、同。

《施公案》叙施公任扬州府江都县知县时，莲花院僧九黄与观音庵尼七珠通奸，勾结十二寇，杀人越货，奸淫妇女。施公私服暗访，查明凶犯，设计将九黄、七珠及十二寇缉拿归案。绿林豪客黄天霸为救十二寇，夜入县衙，行刺、劫印，未遂而逸。后醉倒南关酒楼，被公差捕获。施公晓以大义，天霸乃投顺，易名施忠，助施公除奸灭寇，剪剔豪强。

有关升者，号大胆，家豪富，其父曾为当朝监院，已亡故。关升仗势欺民，偕同恶奴阎三片强占硬抢，随意奸人妻女，杀害民命。百姓不堪其害，纷纷衔冤呼屈。施公微服私访关家堡，被执受刑，为施忠及其友贺天保救出。天保原系响马，今亦引众弟兄投顺。施公令其重入关宅，捉拿恶霸；关、阎并获，审明正法。时黄河套渡口水寇银勾大王和刘六、刘七等作乱，州官因替关家说情未遂，乃挟嫌报复，责令施公限期捕获。施公遣李升、施安先往探听敌情。李误上贼船，命丧水中。施安回报施公。乃派施忠和王栋、王梁前往缉捕。施、王到江口，在刘家店擒缚三寇，解送州衙。

在此期间，施公还破获、审理了民间许多偷盗骗奸、谋财害命的真凶实犯，为无辜的人民平冤昭雪，给犯罪者以应有的惩罚。

施公应诏进京，路经恶虎庄。南方大盗濮天雕、武天虬等为替十二寇报仇，将施公劫持入庄，拟以剜心祭奠。原与濮、武歃血为盟、生死结义的黄天霸，为救施公，与二人反目格斗，镖死武天虬，又伤濮天雕。濮自刎而死，濮、武之妻亦各自缢身亡。黄火焚庄院，护送施公入京。

施公至京，夜宿西河沿客店，闻丝弦之声，侦知官家子弟狎妓侑酒，

① 《清史稿》卷二百七十七。

次日面君奏陈，立行禁逐。又奏扬州州官刘元索勒属官银礼之事，旨“将刘元革职为民”，国舅保举刘元到任，“罚俸一年”。施公作官清廉，升授顺天府尹。

一日，施公察访民案，路遇九门提督陶花歧查营，潜越国律，私放对子马，扬威惊众，当即申斥；随乃奏请颁行朝臣出门仪仗条规，以成定例。又智破富仁盗银、陈魁赖金并陶氏母女与陈魁通奸害夫、表弟王兰芝讹表兄洪德之钱等案。旋有关太者向顺天府密告芦沟桥西北桃花寺住持慧海等因奸情败露，谋害施主梅林章京之子巴州布事；又有胡六告妻失踪之案。慧海和尚曾认胡妻为干女，由此施公断定两案相关。遂于次早上奏天子，奉旨派遣关太、王殿臣、郭起凤等会同芦沟桥飞虎厅官兵，擒拿桃花寺凶僧。经激烈战斗，打倒慧海、性本二僧，捆缚回衙。审明慧海等奸拐妇女、摧残人命等情，乃即解送交部斩首。施公以“为国勤劳有功”，升任通州仓厂总督。

施公赴仓厂之任，厘定规则，惩治贪盗，严格入仓粮食质量要求，一扫仓厂积弊。时逢干旱，皇帝为民祈雨。水精“想讨御封”，以“修正果”，化作黑面番僧，召众水怪行雨；江西龙虎山张天师入都与之斗法。正集到此为止。

续书主要写贺天保、黄天霸、关太、计全、朱光祖、何路通、李昆、褚标、李七侯、金大力、贺人杰、张桂兰、郝素玉、殷赛花等投顺官府的江湖英雄，帮助施公铲恶除奸，镇压对抗官府的绿林好汉。如拿办霸王庄皇粮庄头黄隆基，独虎营恶阎王罗似虎，采花大盗谢虎、飞来燕、蔡天化、马如龙，沭阳县强梁郎如豹，水龙窝盗魁费得功，假知县毛如虎，山阳县土豪樊洪，温家寨恶霸温球，关王庙淫僧无量和他的党羽十八罗汉……；剿除大芽山“强人”于六、于七，商家林“响马”侯七，玄坛庙“飞贼”吴成，沧州薛家五虎，茂州谢家庄谢豹，“独脚强盗”方世杰，卧牛山“草寇”东方雄、马英、张宝，江湖武师李天寿及其徒朱镳，落马湖“水寇”李配，摩天岭寨主余成龙，以及大破连环套、齐星楼，歼灭盗藏御马、御用琥珀夜光杯的窦耳墩父子和琅琊山王朗、孙勇、醉菩提蛮和尚等豪杰。施公与黄天霸诸人均因功而不断得到朝廷的升迁封赏。

对于《施公案》等侠义公案小说，历来文学史家和文学评论家评价不高。中华人民共和国建立后，曾给予更多的批判，甚而有斥为鼓吹忠君思想、歌颂叛徒行为、为巩固封建统治服务的反动小说者。现在看来，或有过分之处。

应该说，这种小说的情况比较复杂，对它需要作实事求是的具体分析。诚然，按照正统的文学观念来衡量，《施公案》等侠义公案小说的价值并不高。因为：第一，作为语言艺术的文学作品，它文词粗率，语多不通；不仅情节往往交代不清，乃至回目与本文舛错不符的情况也时有发生。第二，写清官办案，大都靠鬼神托梦显灵决断，荒诞不经，索然无味；叙侠士除暴安良，思想也不深刻，且有许多歌颂帮助政府剿杀绿林“强盗”的描写。——颇有些善恶混淆，崇高与卑下颠倒，违背常人的审美心理。但是，这种作品，曾长期在民间广泛流传。《施公案》续至十集，《彭公案》续至十七集，《七侠五义》续至二十四集[①]。我国传统戏曲中与这些小说有关的剧目也很多，其中仅京剧一种，与以上三书题材有关的剧目就各有数十出之多[②]：由此可见其受群众欢迎的程度。为什么会出现这样的情况，这必须更加细致地从作品所写的内容和艺术表现手法两个方面来考察。

首先，《施公案》主要写为官清廉公正的施公率领一批侠客为民破案，剪恶除奸的故事。其具体内容是：

一、明定章程，改革流弊。如禁止朝臣乱用仪仗，革除仓厂营私积习，取消各帮粮船械斗争先陋规等。

二、尽心竭力地解决民事纠纷。如明断方刚与王贞娘夺家产、屠念祖和曾本厚争坟山等案。

三、不辞辛劳，不避艰险，深入群众，亲临现场，查办各种奸淫偷盗、谋财凶杀案件。这里的案犯有一般的地痞、流氓、土匪、盗贼等社会渣滓，也有与朝内权贵有联系的恶霸、豪猾、皇粮庄头、庄园地主等不法之徒。施公不怕繁难，不畏强暴，清查案情，缉拿凶手，严惩案犯，既为受害者申冤平反，又打击了侵扰百姓的大小刑事犯罪分子。

四、竭忠尽职，镇压对抗封建统治者的草泽英雄。如攻杀偷取施公印信的余成龙，清剿盗匿御马的窦耳墩，围歼窃藏内监琥珀夜光杯的曹勇、王朗，以及屠戮所谓“抢粮”的于六、于七等等。

---

① 鲁迅：《中国小说的历史的变迁》。

② 陶君起：《京剧剧目初探》；北京市戏曲研究所：《京剧剧目辞典》。

以上四项，其中第三类写得最多，第四类次之，第一、二类较少。除第四类外，前三类大体上都应该肯定。因为：一、施公的这些作为，固然是为了维护封建统治阶级的长治久安，但同时也给人民带来直接或间接的好处。作品中这些内容所表现的思想似乎并不高明，然而它在当时的历史条件下（生产力发展水平和生产关系制约的特定情况下）代表了平民百姓的理想和愿望，是黑暗社会里无数受害无告的人们拯救苦难的心灵的寄托，因而投合了最大多数民众的口味。二、小说从另一个侧面反映了“康乾盛世”以后盗贼恶霸到处横行，人民的生命财产得不到保障和地方官大都昏庸贪酷，冤狱遍地的社会现实。三、在写施公破案的过程中，表现出某些人民经验和智慧的光辉。如正集第七十八回写施公将活羊和死羊关一屋同烧，烧死的活羊口含灰土，被烧的死羊嘴里干净，借以推断孟文科之“被烧死”而口中无土是先杀后烧，从而审出陈魁占妻害夫的命案。又如四续第十九回写屠念祖与曾本厚占夺坟地，施公通过观察二人拜别祖墓的不同态度（一个草草了事；一个嚎啕痛哭，晕倒在地），判定坟地的真正主人。这些都饶有趣味。诚然，书中也夹杂了许多荒诞无稽的迷信糟粕，如鬼神托梦、鸟兽鸣冤等等。这是不可取的。它在相当程度上影响了小说的质量，降低了作品的价值。但是不能以偏概全，由此而否定整个作品。至于来自民间的作品会有这样多荒唐的迷信描写，那是不奇怪的。迷信观念既是统治阶级用以麻痹人民反抗、斗争意志以巩固自己统治的一种工具，同时也是人们无法控制和认识自然力量，特别是被奴役者不能掌握和解释自己命运时的一种虚幻的想象和自我慰藉、自我解脱的心理机制。它在生产力水平低下、处于愚昧和半愚昧状态的人中普遍而大量地存在（越是愚昧的人中越有其市场）。中国古代小说中很少没有迷信的描写，不过《施公案》（尤其是前几集中）等显得更为突出罢了。

一个值得注意的现象是：第四类内容在全书（十集）中的分布正与迷信成分的前多后少相反，表现出由寡而众的情势。这可能是阶级对抗日趋激烈的一种反映。以现在的观点来衡量，赞扬投降的强盗帮助封建政府剿杀对抗政府的强盗，无疑是反动的。那么这种小说，既非唯命是从的御用文人所撰，又非阿谀逢迎的无耻文人所编，而是出于生活在底层——勾栏瓦肆和茶馆里的民间艺人之手，怎么会出现这样的内容并受广大群众的欢迎呢？其原因大概有二：一、每当一个新的王朝建立之后，总是极力标榜自己是"膺天命之正统"，宣扬自己的正确、合法性和无上的皇权，指斥别的反抗者为作乱的匪徒而进行坚决的镇压。在镇压反抗者的过程中，又总是剿抚兼施，而且常常是利用投降的一帮去消灭不投降的一帮。清朝自嘉庆以后，"匪乱"遍地[①]，而政府的正规军，从八旗兵到绿营兵，已腐败无战斗力。统治者乃转而重用各地地主武装，并"奖励"起义队伍中的不纯分子和意志薄弱者叛变。咸丰、同治帝用曾国藩湘军和李鸿章淮军围歼太平军和捻军，又招抚张国梁、李昭寿等反攻太平军，使革命事业遭受严重损失。这是最突出的例子。"统治阶级的思想在每一时代都是占统治地位的思想。……支配着物质生产资料的阶级，同时也支配着精神生产的资料；因此，那些没有精神生产资料的人的思想，一般地是受统治阶级支配的。"[②] 中国的平民百姓和民间艺人表现出某种与当时的封建统治阶级相同的思想意识，是并不奇怪的。特别是清代经康熙至乾隆的"兴盛"时期，人民更容易接受统治者的观点。二、"中国人向来就没有争到过'人'的价格，至多不过是奴隶，……然而下于奴隶的时候，却是数见不鲜的。"所以百姓都希望有个安定的"做稳了奴隶的时代"，而不希望出现那种"做奴隶而不得的时代"。明末李自成、张献忠造反，刀飞剑舞，打了十六年；接着清兵入关，"扬州十日"，南京血洗，江阴全戮，"嘉定三屠"：老百姓吃尽了战乱之苦。好不容易过了些"安稳"日子，竟又"盗贼"蜂起——觉悟的人民为图生存揭竿而起，进退攻守，前仆后继，连绵不绝。而中国的普通"百姓是中立的，战时连自己也不知道属于那一面，但又属于无论那一面。强盗来了，就属于官，当然该被杀掠；官兵既到，该是自家人了罢，但仍然要被杀掠，仿佛又属于强盗似的"[③]。所以，一旦有了既定的主子，便甘心做奴隶，

① 乾隆六十年（1795）即有贵州石柳邓、湖南石三保等人领导的苗民起义，此伏彼起，前后达十二年之久。嘉庆元年（1796），又爆发了刘之协、聂杰人、姚之富、齐王氏等人领导的川楚白莲教起义，先后参加者达数百万人，转战湖北、四川、河南、陕西、甘肃五省，历时九年。嘉庆十八年（1813），天理会首领李文成在河南起义，林清一支曾潜入北京，一度攻进皇宫。道光十一年底（1832年1月）发动的湘西瑶民起义，时断时续，更达二十来年。据不完全统计，鸦片战争后十年间．规模较大的农民起义发生了一百多次，仅1847年就有二十六次。咸丰元年（1851）便爆发了席卷全国的太平天国革命和捻军起义。前者历时十四年，攻克十八省；后者纵横十省区，坚持十八年。

② 《马克思恩格斯选集》第1卷第52页。

③ 以上引文均见鲁迅《灯下漫笔》。

而不愿意别人起来造反，搅乱他“安定”的生活。他们之所以具这种思想和抱这种态度，也并非一定是觉悟不高，而是他们从经验中知道：“强盗”打输了自己固然仍做旧主子的奴隶，“强盗”打赢了也不过是做新主子的奴隶。——既然如此，何必折腾活受罪！百姓渴望和平安定的生活；于是清官率领侠客除奸惩暴灭“寇”的作品便在这种思想愿望的土壤中生长起来①。

其次，在写作上，叙事粗略、用笔草率等弊病主要表现在正集中，续集则有比较明显的好转。如《后传》第八十三回写白朱氏之诉状曰：“岂料花看如意，一心爱我丰姿；遂将药下迷魂，遍体任其污辱。玉本无疵，竟作白圭之玷；垢岂可涤，空寻清水之波。常怀羞愧，觉无地可以自容；每念冤仇，知有天不堪共戴。于是暗藏短刀，潜设奇谋，虚情缱绻，假意绸缪。致令红粉容颜，不顾文君之耻；约以黄昏时候，愿偕司马之奔。日依山尽，抛家业而奔程途；夜到更余，同恶徒而投旅店。酒饮合欢，就此杯交而盏换；词同谑浪，见他骨软而筋麻。饮到更阑夜静，听来语悄人稀，因操利器，遂下绝情。摘得心来，解却心头之恨；剜将眼去，拔除眼内之钉。冤仇已报，怨恨悉平。欲将尽节，恐蒙不韪之名；苟且偷生，待诉沉冤之状。”施公看罢，立即判云：“才貌兼优，权谋独裕；闺门秀气，侠义英风。色若桃花，妒招风雨；春争梅艳，节凛冰霜！海棠睡去，潜来戏蝶恣餐；杨柳醒时，恨杀狂莺暗度。桂叶偶因月露，香被人偷；莲花虽着泥途，性原自洁。瑕不掩瑜，无伤于璧白；圆而有缺，何损乎月明？譬玉女之持操，温其可赋；见金夫而不惑，卓尔堪风。待敷奏于上闻，以嘉乃节；睹匪颁之下降，用表厥闾。”四六骈俪，很有些有意为文。同样，续集的叙事也比正集细致得多。如正集写缉拿黄天霸和十二寇，都是乘醉捆住；捕捉九黄、七珠，也是手到擒来：可谓粗陋庸劣，不堪卒读。而续集中如大战李天寿，狠斗方世杰，计破连环套，火烧齐星楼等等，却写得相当热闹，颇有生气。如果说，正集是由粗通文墨的说话艺人或书商纂辑而成，则续书很可能经过文人之手的修改。

此外，这书在艺术表现上还有两个明显的特点。即：

① 也许有人会说这种看法是贬低群众的觉悟，甚至是对劳动人民的污蔑。笔者的回答是：请不要忘记鲁迅《药》中华老栓买人血馒头给小栓治病以及群众对革命烈士夏瑜被杀前后的反映。那是1919年5月发表的作品。

一、叙事状物，常常用一些民间口头文学的语言，生动活泼，通俗易懂。这表现在“三续”以后演述双方的战斗中尤为突出。如写黑夜行刺，乃“唰”地跃过墙，“嗖”地蹿上房，越屋跳脊，勾檐倒挂，纵身入室，刀起头落。写拳斗，则或“毒蛇出洞”，“王母献桃”；或“黄莺卷翅”，“金刚掠地”；或“枯树盘根”，“旋风扫叶”；或“青龙剔鳞”，“白虎探爪”：翻扑腾挪，拳舞脚飞。再看厮杀：

……两人一来一往，又杀了三十余个回合。忽见天霸一刀砍去，窦耳墩将双钩一接，不知不觉这左手的钩已将天霸的刀搭住，趁势向怀里一拉。天霸说声：“不好！”知道自己的刀已被他钩住，因急向怀中来拖，居心将他的钩拉断下来，便可将刀收回。那里知道正在用尽平生之力与窦耳墩夺刀，又见窦耳墩左手钩又到。天霸心中暗道：“此时若欲胜他，断断不能，不如使他上个小当，后再设法。”因将手一松。窦耳墩出其不意，“咕咚”一声，栽倒在地。天霸见他跌倒，便趁着抢进一步，一面取出镖来，准备去打。那知窦耳墩虽然跌倒，并未昏迷，还是刻刻留神，防备天霸暗算。此时已看出破绽，赶将身子扒起，一撒手，早将手中的钩抛过来。天霸不及提防，小腿上早被着了一钩，所幸不曾着肉，系将靴统子钩住。天霸连说：“不好！”急急将小腿望后一缩，那靴统被钩下一段来。黄天霸手无寸铁，不敢恋战，只得撒腿就跑。

（七续第二十一回）

殷赛花见殷龙不能取胜，起手在袖内取出金镖，向着和尚一镖打来。蛮和尚正斗之间，忽见一道白光向命门飞来，知道有人暗算，但将头颅一偏，两指头当中一夹，却巧那支金镖夹在手内。赛花见一镖未中，复又一镖放出，正对咽喉。蛮和尚将头回下，张开大口，随即咬住。此时赛花心中着急，一连发了四支金镖。第三支已到前面，蛮和尚仍然用手接住；接着第四支又到，蛮和尚便将才接的金镖将那支打下。赛花连发四镖，俱未打中，心下正然着急，忽见蛮和尚袖口一起，飞来一物，有酒盆口大小——此便是这和尚的十八菩萨子内铁弹。赛花也眼明手快，弃了利刀，拔出双剑，舞得天花坠地相似，早把个铁弹子打落在地下。……

（全续第十七回）

虽然小说所写的人物缺乏个性，甚至一人的性格前后矛盾，但是这种写法，说书人一边说，一边用扇子、手势表演，有声有色，很能吸引群众，为城乡市民喜闻乐见。

二、结构上采用起伏穿插之法。一案未了，一案又起，新案中夹杂老案，大案中又有小案。如小说开始叙九黄、七珠奸杀案，则先写胡秀才报告父母被杀，头颅不见；施公暗查私访（前三回）。此案未明，中间（第四回起）又插进水獭告状、钱铺昧钱、民妇告夫等事。至第十一回审清这些案件，刚转过来写九黄、七珠事，第十二回又有海潮、李天成告盗物抢女和杀人越货案。案未查清，又接写九黄、七珠事。至第十六回捉住九黄、七珠以及与之勾结的十二寇，满以为可以结案，岂知半途又冒出周顺告武二讹妻、李志诚告土地偷银以及王自臣报夜见地藏庵门上挂着男女两颗人头之事。三个案件，时此时彼，夹杂着写。关于人头问题，经过许多周折，最后终于查清：地藏庵女尼早晨见门口挂有人头，心中害怕，出银叫老道抛去野外；老道怕被人看见，即抛于隔壁广货铺子后院。铺中店伙王公弼之表弟见了人头，向店主刘君配讹诈银钱。刘当即用棍将他打死，其尸连同两颗人头俱埋于后院坑内。而那两颗人头，便是胡秀才父母的头。当初因胡翰林夫妇到观音寺烧香，撞见九黄、七珠淫戏，九黄为灭口，遂夤夜入胡家将其杀死；又思逼奸地藏庵尼姑，故将人头挂于庵门。另外海潮、李天成所告两案，也是十二寇所为。全案至第二十二回审明判决，到第五十五回斩首时又引出企图劫法场的武天虬、濮天雕的故事。这些描写虽然粗陋，但情节颇为曲折。再如白朱氏杀佟德有一案，也不是从头至尾，平铺直叙。而是一开始客店里横生惨案，店婆拦轿喊冤。接着施公多方调查，毫无头绪。后来觅得线索，发现疑窦，又扑朔迷离，不得要领。通过施公“卖卜访案”、朱氏“问卦寻夫”、天霸深夜“装鬼”、施公白日“净宅”等一连串细心侦查，最后抓住贺重五，提审白朱氏，才彻底弄清此案。——原来朱氏表兄贺重五受地主佟德有之贿，合谋杀害朱氏之夫白富全，佟乃奸占朱氏。朱氏为报污己之恨，遂将佟诳至旅店，用酒灌醉，剜眼摘心。这桩命案，写得峰回路转，一波三折，不落窠臼。这种山里套山，案中有案，勾链串环的结构，很有使人知道了前面迫切想了解后面的效果。

郑振铎在总结“俗文学”的特质时曾经说过：“她是大众的。她是出生于民间，为民众所写作，且为民众而生存的。她是民众所嗜好，所喜悦的。”“她是新鲜的，但是粗鄙的。……有的地方甚至不堪入目。”“她的想象力往往是很奔放的……。但也有其种种的坏处，许多民间的习惯与传统的观念，往往是极顽强的黏附于其中，任怎样也洗刮不掉。所以，有的时候，比之正统文学更要封建的，更要表示民众的保守性些。”[①]《施公案》是一部民间文学作品，不是文人小说。它所有的优点和缺点，都是这种民间文学特质的表现。

三侠五义

《忠烈侠义传》，又名《三侠五义》，一百二十回。有清光绪五年己卯（1879）北京聚珍堂活字本，不分卷。半叶十行，行二十二字。题“石玉昆述”，首载光绪五年问竹主人、退思主人、入迷道人三《序》。继有光绪八年壬午（1882）活字本、光绪九年癸未文雅斋复本和亚东图书馆排印本等。光绪十五年（1889），俞樾又“授据史传，订正俗说”，“别撰第一回”，易名为《七侠五义》。有光绪十六年庚寅上海广百宋斋校印本和广益书局石印本、大成书局石印本、商务印书馆排印本等。

一

《三侠五义》由石玉昆的说唱本整理改编而成。关于石玉昆的生平事迹，材料很少，今据崇彝《道咸以来朝野杂记》、道光二十三年至二十五年金梯云抄本“子弟书”中《叹石玉昆》、贵庆《咏石玉昆》诗，可知如下情况：

一、他是道光时期的说唱艺人，说的主要是《包公案》，即后之《三侠五义》[②]；

① 《中国俗文学史》第一章。

② 崇彝《道咸以来朝野杂记》云：“道光朝有石玉昆者。说《三侠五义》最有名，此单弦之祖也。贵月山尚书庆尝以柳敬亭比之。”崇彝，姓巴鲁特，字泉孙，号巽庵，蒙族，清道光、咸丰间大学士柏葰之孙，光绪年间官至吏部文选司郎中。对他的这部著作，已故著名史学家邓之诚先生颇为推重，以为“字字珍秘，皆亲见亲闻，当与《啸亭杂录》并传，非《天咫偶闻》等书所能望其肩背也”。书中所说的话，应该是可信的。

二、他说书的技艺很高，因而在道光时期极享盛名①；

三、他大概出生于嘉庆元年前后②，咸丰、同治年间可能仍然在世；

四、他“性孤僻”，有志气，起先有一段时间可能在王府做“供奉”③，后来因为发生了什么不愉快的事情，便离开王府，“游市肆间”，“王公招之”也“不至”。

二

石玉昆原来说唱的叫《包公案》，后经他人删改，才成今本《三侠五义》。崇彝《道成以来朝野杂记》云：“聚珍堂……所印之《包公案》，即《三侠五义》最有名。因此书本无底本，当年故旧数友，有祥乐亭、文冶庵二公在内，每日听评书，归而彼此互记，因凑成此书。其中人物，各有赞语，今本无，多趣语，谐而雅。此道光间石玉昆所传也。”又，问竹主人《序》曰：“是书本名《龙图公案》，又曰《包公案》。……兹将书翻旧出新，添长补短，删去邪说之事，改出正大之文，极赞忠烈之臣、侠义之事。……集成上一百二十回。……是以藉聚珍版而攒成之，以供同好。”入迷道人《序》曰：“辛未春，由友人问竹主人处得是书而卒读之，爱不释手。……是以草录一部而珍藏之。乙亥司榷淮安，公余时从新校阅，另录成编，……去冬，有世好友人退思主人者，亦癖于斯，因

① 金梯云抄本“子弟书”《叹石玉昆》开篇云：“高抬声价本超群，压倒江湖无业民；惊动公卿夸绝调，流传市井效眉颦。编来宋代《包公案》，成就当时石玉昆。是谁拜赠先生号，直比谈经绛帐人?”接着唱词描绘了当日石玉昆说书时的盛况：在“关闭多年”、破旧不堪的“杂耍场”里，“一望园中车卸满”，“遍观茶座有千人”，无座的听众来去“如蜂拥”，“恨不能进身得受先生宠”；说书开场，“则见他款动了三弦如施号令，满堂中万籁俱静鸦雀无声。但显他指法儿玲珑嗓音儿嘹亮，形容儿潇洒字句儿清新。令诸公一字一夸一句一赞，合心同悦众口同音”。有时甚至“成群咂嘴”，“陪衬书声”；听众中稍有杂音，即遭全场的“惊看”，“瞪目”。贵庆《咏石玉昆》诗序云：“石玉昆，工柳敬亭之技，有盛名者近二十年。而性孤僻，游市肆间，王公招之不至。”诗曰：“攀条轶事吊斜曛，绍技风流又属君。一笑史从何处说，廿年人得几回闻。幺弦切切秋虫语，大笠飘飘野鹤群。为底朱门无履迹，曳裾应怪太纷纷。”这都证明了石玉昆是个说唱技艺很高、在道光时期极享盛名的说书艺人。

② 诗的作者贵庆，字云西，号月山，满族镶白旗人，嘉庆四年进士，官至礼部尚书，道光十七年五月因病免职。他的生卒年月不详，据诗集推断，约生于乾隆四十年左右，卒于道光十七年以后。《咏石玉昆》诗作于晚年寓居西山之时，大概就在道光十七年五月病免以后的几年。“诗序”中云石玉昆“有盛名者近二十年”，则这“近二十年”该是指道光前期二十年。就算石玉昆二十五岁成名，那么从道光初上溯二十五年，他便应生于嘉庆元年前后。

③ 金受申《老书馆见闻琐记》(四)(载《曲艺》月刊，1959年11月号)云：“石玉昆原是‘礼王府’说书供应人。”“供奉”，此指专为皇帝或高官说故事者。

携去。……竟以付刻于珍版矣。”退思主人《序》曰：“戊寅冬，于友人入迷道人处得是书之写本，知为友人问竹主人互相参合删定，汇集而成。”据《道咸以来朝野杂记》记载，文冶庵即文良。他与《儿女英雄传》作者文康都是崇彝祖母的兄弟行。经人考证，入迷道人即文琳[①]，光绪二十四年九月以刑部右侍郎卒[②]。由此可知，今本《三侠五义》成书的过程大体是这样。石玉昆说唱的《包公案》原无底本。文良等数人在听石玉昆说唱时直录其辞，归而互相补充，形成带赞的唱本《龙图公案》（乐善堂、百本堂等抄卖的《龙图公案》其源盖出于此）；以后，又在记录本基础上进一步删去唱词赞语，加工润色，整理出一百二十回的白文《龙图耳录》。同、光之际，再经问竹主人改编、入迷道人（文琳）校阅过录，由退思主人交书商出版。

三

《三侠五义》自回目至内容均与《龙图耳录》同，唯文字上略作疏理。书叙：北宋真宗时，李、刘二妃俱妊娠。刘为争宠，与总管都堂郭槐密谋，用狸猫调换李妃所生之子，并以产妖孽上闻。帝大怒，将李妃贬入冷宫。宫人寇珠和太监陈林冒死救出李子，交八贤王抚养，暂为贤王三世子。刘后生子，立为正宫，见三世子而生疑，刑讯寇珠。寇珠自尽，李妃潜逃陈州。越六年，刘子得病身亡。真宗立贤王三世子为太子。——即后之仁宗。

时包公降生于江南庐州府合肥县包家村包员外家。他自幼聪颖，但沉默寡言。中进士后，授凤阳府定远县知县。先后审理图财害命、通奸杀人等案，正直无私，智机过人。旋升作开封府尹，封龙图阁大学士，命往陈州稽察放赈之事。行前奏准制作龙、虎、狗头三铡，以刑不法。有谋士公孙策、南侠展昭和勇士王朝、马汉、张龙、赵虎等随从扶助。到时将克扣赈粮、抢夺民女的太师庞吉之子安乐侯庞昱及其党羽擒拿归案，立时正法；继而清查户口，秉公放赈，民心大快。包公归途遇李妃，查明冤情，假作母子护送回京，终与仁宗相认。包公严刑拷问郭槐，不招。乃夜扮阎王、鬼卒而审，得“狸猫换太子”阴谋实供。郭槐立剐，

① 《明清小说研究》1988年第2期。

② 《清史稿·部院大臣年表》。

刘后惊亡，李后还宫，加封包公为首相，陈林为都堂，公孙策与四勇士各有升赏。

展昭到处行侠仗义，济困扶危，多次救护包公。包公奏闻天子。仁宗亲试其艺，大悦，赐号“御猫”，封“御前四品带刀护卫”，留“开封府供职”。包公刚正不阿，屡断冤案。威烈侯葛登云仗势欺人，作恶多端，包公审明罪情，即将其铡于虎头刀下。

陷空岛“五鼠”之一锦毛鼠白玉堂，不服“御猫”之称，前往东京寻衅闹事。路遇赴考举子颜查散，结金兰之交。至东京，于包公住所寄柬留刀，又入皇宫杀人，题诗，盗“三宝”，以显其能。其余“四鼠”——卢方、韩彰、徐庆、蒋平先后至东京寻访白玉堂。卢、徐、蒋金殿献艺受封，归附包公。展昭只身赴陷空岛取“三宝”，中机关被囚通天窟。双侠丁兆兰、丁兆蕙设计救出展昭，获“三宝”，与卢、徐、蒋合力擒住白玉堂，解送回京。白玉堂归附受封。蒋平出寻韩彰，路遇北侠欧阳春等，大战邓家堡，活捉花蝴蝶，押往东京斩首。韩彰亦归附受封，“五鼠”团聚。

新任太守倪继祖微服私访，被霸王庄恶棍马强禁锁地牢。欧阳春救回太守，配合官军，生擒马强。马强倚仗其叔马朝贤为朝中总管，反告欧阳春等劫取家中财物。倪继祖解任赴京备质，欧阳春亦被大理寺传讯。为铲除奸佞，智化、丁兆蕙、艾虎合谋，从宫中盗出九龙珍珠冠，置于马强家佛楼内；而后上告马朝贤叔侄暗通襄阳王，盗御冠图谋不轨。经五堂会审，查证核实，马氏叔侄处决，倪继祖官复原职，欧阳春无罪开释。

襄阳王蓄意谋反，与黑狼山金面神蓝骁、军山飞叉太保钟雄成鼎足之势。钦命金辉任襄阳太守，颜查散巡按襄阳，众英雄随行护卫。经过许多曲折，生擒蓝骁，劝化钟雄。白玉堂独闯襄阳王府冲霄楼，陷落铜网阵身亡。众英雄同赴襄阳讨伐奸逆。

四

《三侠五义》前面写包公断案的故事，大都是沿袭古来的传说，略加穿插和描写的工夫。如书中“狸猫换太子”故事，是将元杂剧《李美人御苑拾弹丸，金水桥陈琳抱妆盒》和明代短篇公案小说集《包公案》中《桑林镇》等故事参合一起，加工改造而成。又，“乌盆诉苦”，与元杂剧

《盆儿鬼》和明《包公案》中《乌盆子》大体相同；范仲禹故事，从《包公案·狮儿巷》和明清之际的戏剧《雪香园》、《琼林宴》、《双蝴蝶》演变而来。至于“御猫”、“五鼠”之说，则仅袭《包公案·玉面猫》中之名，其故事构造和内容性质完全不同。《三侠五义》后面写侠义的部分，差不多全是创造的。

这部作品，可说是近代侠义公案小说中最好的一部。它通过刘妃“狸猫换太子”，包海千方百计地谋害包公，庞昱、葛登云、马刚、马强等仗势横行，鱼肉百姓，流氓莠民作奸犯科，衙门吏役贪酷舞弊，皇叔赵爵结党谋反等大小故事的具体描写，显示了上自最神圣的宫廷，下至极普通的家庭，横向芸芸众生的社会，为满足无尽的贪欲，其权力财产之争是何等的激烈和惨酷。小说的这些描写，真实地反映了封建社会的现实。而其中所叙庞昱等皇亲国戚、公子王孙、土豪劣绅依仗特权，无法无天，蹂躏百姓的罪恶行径，更带有典型的意义。因为它是一切不受人民监督的专制统治的国家里普遍的产物。

在封建社会里，比较公正廉明的清官和行侠仗义的侠客是有的。前者一般能秉公执法，为百姓办些好事；但他们只能在躬逢英明君主的前提下发挥作用。后者固然具有见义勇为，扶危济困的品格，但亦往往易于被人利用，去作统治阶级镇压人民反抗的帮凶。出现清官和侠士，为百姓剪恶除奸，伸张正义，这是无权无势、受苦受难的人民最美好的愿望。民间艺人适应广大人民的这种思想，创造了包公这样铁面无私、不畏权贵、认真办案、为民伸冤的清官，以及展昭等锄暴安良、劫富济贫的侠士。

作者塑造的这些形象，都相当鲜明生动。这里最出色的是白玉堂。此人骄傲偏狭，狠毒寡情，争强好胜，率性而行——毛病十分明显。但同时，他又嵚崎磊落，嫉恶如仇，行侠尚义，乐善好施，而且不畏强暴，无视困难——优点也很突出。正因为如此，所以当这位少年英雄落入铜网阵被乱刀扎死之时，读者无不报以婉惜之情。其他如蒋平的深沉勇敢、机智诙谐，艾虎的天真憨直、机灵活泼，智化的机警干练，展昭的英爽大方，卢方的忠厚，徐庆的鲁莽，欧阳春的稳重狷介，乃至小厮雨墨的纯朴可爱，也都各有自己的面貌和个性。包公的形象虽然不如《秦香莲》等民间戏曲中那样有斗争锋芒，但他不因面对当朝权贵而畏葸不前，不因自己与庞吉有“师生之谊”而徇私废公，为了给平民百姓伸冤雪恨，毫不犹豫地在龙虎铡下斩了太师之子庞昱和侯爷葛登云，其凛然之气和刚正的性格仍给人以很深的印象。

本书故事情节错综变幻，曲折动人。如“狸猫换太子”谲奇惊险，扣人心弦。蒋平本为救李平山而与之同行，结果却坐视他被强盗杀死；原是武伯南兄弟保护钟公子、小姐逃生，谁知半途伯北反起不良之心：变化莫测，但又入情入理。蒋平盗簪，诡诈层出，妙趣横生。智化偷冠，机变丛生，衬以世态，杂之戏谑：闲中着彩，分外生色。

小说的语言流利、形象、生动，富有民间口头文学的特点。如第六十六回写花蝶盗珠灯被擒：

> 他此时是手儿扶着，脖儿伸着，嘴儿拱着，身儿探着，腰儿哈着，臀儿蹶着，头上蝴蝶儿颤着，腿儿躬着，脚后跟儿跷着，膝盖儿合着，眼子是撅着，真是福相样儿！

第九十回写船家骗钱——向乘客要了一千二百钱“祭赛”：

> 奶公出船一看，见船头上面放的三个盘子：中间是个少皮无脑的羊脑袋，左边是只折脖缺膀的鸡嫁妆，右边是一尾飞鳞凹目的鲤鱼干，再搭上四零五落的一挂元宝，还配着滴溜达啦的几片千张；更可笑的，是少颜无色的三张黄钱；最可怜的，七长八短的一束高香；还有一高一矮的一对瓦灯台上，插的不红不白的两个蜡头儿。

像这样生动形象、诙谐有趣、口语化大众化的描写，在一般文人创作中是不多见的。

小说的结构紧密完整。叙事绘人，重点突出，前后照应。情节离奇多变而无枝蔓之感；大中小故事穿插而脉络分明，接缝斗榫亦俱巧妙无痕。在具体描写中，又或用“倒叙”手法（如白玉堂之死的惊人消息，先从军山小头目刘立保口中说出，隔一回后才详细叙述他遭害的经过）；或先不言其名而仅叙其所作之事，以引起读者“悬念”（如第四十四回写恶霸严奇强抢民女，突然从外面进来一个“声音洪亮，身材高大，紫微微一张面皮，黑漆漆满部髭须”的军官打抱不平，救了女子，事后才叙出那军官却是卢方）。至于第三十二回至第三十四回写金懋叔与颜查散订交，作了许多行迹诡秘、使人难以捉摸的事，直到第三十七回方才表明这个金懋叔就是白玉堂，这种行文布局的方法，与《儿女英雄传》中十三妹的出场有异曲同工之妙。

中国的正统文人一直视小说为不登大雅之堂的小道，但《三侠五义》却受到了一代经学大师俞樾的格外赞赏。他在《重编〈七侠五义传〉序》里说：

> 其事迹新奇，笔意酣恣，描写既细入毫芒，点染又曲中筋节。正如柳麻子说“武松打店”，初到店内无人，蓦地一吼，店中空缸空甏皆翁翁有声。闲中着色，精神百倍。如此笔墨，方许作平话小说；如此平话小说，方算得天地间另是一种笔墨。

由此也可以看出这部小说之不同一般了。

附：龙图公案

《龙图公案》，一名《龙图神断公案》，又称《包公案》，明无名氏撰。书不题撰人，序署“江左陶烺元乃斌父题于虎丘之悟石轩”。存明刻残本[①]。后通行本有繁简两个系统：一、繁本，一百则。有清初刊大本，四美堂刊本，乾隆丙申（四十一年）重刊本，嘉庆刊本等多种；二、简本，系由繁本删节而成。有乾隆书业堂刊本、嘉庆七年刊本、道光癸卯（二十三年）藜照楼重刊小字本、光绪庚子（二十六年）上海书局石印本等。各本则数多寡不等。

包公名拯，历史上实有其人。《宋史》卷三百十六有传。曰：

> 拯立朝刚毅，贵戚宦官为之敛手，闻者皆惮之。人以“包拯笑比黄河清”。童稚妇女亦知其名，呼曰“包待制”。京师为之语曰：“关节不到，有阎罗包老。”旧制：凡讼诉不得径造庭下。拯开正门，使得至前陈曲直，吏不敢欺。

① 阿英《小说三谈·明刊〈包公传〉内容述略》：“我又看到明万历刊本《龙图公案》，……残存的是不完整的上册。”又，胡士莹《话本小说概论》：“《龙图公案》十卷，……屯溪旧书店书目有明末刻本一种，……残存一至六卷。”

又曰：

> 拯性峭直，恶吏苛刻，务敦厚，虽甚嫉恶，而未尝不推以忠恕也。与人不苟合，不伪辞色悦人，平居无私书，故人、亲党皆绝之。虽贵，衣服、器用、饮食如布衣时。尝曰："后世子孙仕宦，有犯赃者，不得放归本家，死不得葬大茔中。不从吾志，非吾子若孙也。"

由此可见，包拯确实是宋代的一位清官。他曾任天章阁待制和龙图阁直学士，因此人们都称他为包龙图或包待制。

大概就因为他是一位有名的清官，所以关于他的许多折狱故事便在民间广泛流传。今存南宋时期《合同文字记》和《三现身包龙图断冤》话本两种。金人院本有《蝴蝶梦》、《刁包待制》各一本（陶宗仪《辍耕录》著录）。宋元戏文有《包待制陈州粜米》、《包待制判断盆儿鬼》（《永乐大典·戏文十八》等著录）。元杂剧有关汉卿《包待制三勘蝴蝶梦》、《包待制智斩鲁斋郎》，郑庭玉《包待制智勘后庭花》，武汉臣《包待制智赚生金阁》，李潜夫《包待制智勘灰栏记》，无名氏《包待制陈州粜米》，无名氏《王月英元夜留鞋记》①，无名氏《包待制断玎玎珰珰盆儿鬼》，无名氏《金水桥陈琳抱妆盒》，无名氏《神奴儿大闹开封府》，无名氏《包龙图智赚合同文字》（以上见《元曲选》），无名氏《鲠直张千替杀妻》（见《元刊古今杂剧三十种》）——共十二种；此外，还有失传的元曲六种：萧天瑞《包待制三勘蝴蝶梦》，江泽民《糊突包待制》，张择《包待制判断烟花鬼》，无名氏《风雪包待制》，无名氏《包待制双勘丁》，无名氏《包待制智赚三件宝》（《录鬼簿》等著录）。元末明初人罗贯中作的小说《平妖传》中也有包公勘弹子和尚事。1967 年发现明成化七年到十四年北京永顺堂刊印的说唱词话十六种。其中有《包待制出身传》、《包待制陈州粜米传》、《仁宗认母传》、《包龙图断曹国舅公案传》、《包龙图断歪乌盆传》、《包龙图断白龙精传》、《刘都赛上元十五夜看灯传》等有关包公断案的故事。由此可见包公故事兴盛的程度。其实，

① 《元曲选》题曾瑞卿撰，实误。

关于包公的这些传说都不是他的事情，而是后人附会上去的①。

大概到了明代中叶以后，便有专叙包公判案故事的小说出现。今存明万历二十二年朱氏与耕堂《新刊京本通俗演义增像包龙图判百家公案》（又名《包公案》），十卷一百回。题“钱塘散人安遇时编集”，无序跋。此书系杂取民间传说、说唱、戏曲而成。这可能是以后各种《龙图公案》的原始刊本②，也是中国第一部短篇公案小说集。

《龙图公案》叙述包公正直无私，认真办案，秉公执法的故事。他为了公道，替百姓伸冤除害，甚至“宁愿纳还官诰归农”，也不接受皇后和皇帝的“说情”，坚决处斩了恃强凌弱、草菅人命的国舅和皇弟。小说既歌颂了包公为人民不顾个人安危、敢于抗上的精神，又表现了他断案的智慧和重于调查的方法，同时也宣扬了神灵显圣、鬼魂告状等迷信思想。这集中反映了处于中世纪不文明国家的的人民把革除社会黑暗的希望寄托在清官和神灵身上的思想状态。书中故事，一般都由事由、诉状、判词三部分组成。其中有些写得比较曲折生动，但更多的显得题材冗杂，语言板滞。

这里选《乌盆子》、《玉面猫》、《狮儿巷》、《桑林镇》四则。上与《包龙图判百家公案》中第八十七回《瓦盆子叫屈之异》、第五十八回《决戮五鼠闹东京》、第四十九回《当场判放曹国舅》和第七十四回《断斩王御史》、七十五回《仁宗皇帝认母》，下和《三侠五义》中“乌盆诉苦”、“五鼠”“御猫”、“范仲禹夫妻遭变”、“狸猫换太子”故事，加以比较，可以看出《包公案》小说前后发展的脉络。

小五义传

《小五义传》，一名《续忠烈侠义传》，一百二十四回。不题撰人。光绪十六年庚寅（1890）北京文光楼初刊本，首载“光绪庚寅仲夏”文光楼主人、知非子和“光绪十六年岁次庚寅中吕月”庆森宝书氏三《序》

① 后来《包公案》小说中唯一在《宋史·包拯传》中有载者为“割牛舌”一则。然即此一事，在宋郑克所编之《折狱龟鉴》中谓为宋神宗时钱和知秀州嘉兴县事，至元脱脱等撰《宋史》，又将其置包公名下。二者不知孰是。

② 经比较，《龙图公案》的故事内容有一半与此相同，惟篇题、文字、次序等多所改易。

及“光绪十六年岁次庚寅”风迷道人《小五义辨》。另有宝兴堂刊本、善成堂刊本、申报馆排印本、上海书局石印本等。

关于此书的作者，文光楼主人《序》中云：

> 只以采访龙图阁公案底稿，历数年之久，未曾到手。适有友人与石玉昆门徒素相往来，……友人去不多日，即将石先生原稿携来。共三百余回，计七八十本，三千多篇，分上中下三部，总名《忠烈侠义传》。

鲁迅《中国小说史略》谓：“序三云二书皆石玉昆旧本，而较之上部，则中部荒率殊甚，入下又稍细，因疑草创或出一人，润色则由众手。”今传记录石玉昆说《包公案》的《龙图耳录》，结尾并无关于《小五义》的节目预告，仅在卷末有小字注曰：“此书共壹百贰拾回，至此为止。后文大约将襄阳灭将、众英雄以及才子佳人的收原，俱各叙清，也就完了。”这不过是整理者的猜测之词。但到光绪五年（1879）印出《三侠五义》时，末尾却附载了两百多字的《小五义》情节纲要预告。按照我在前文《三侠五义·简介》中的推算，石玉昆应生于清嘉庆元年前后，至此时即使在世，也已是八十余岁的老人，恐不可能再敷演出一部《包公案》的续书。再者，经过十一年出版的正、续《小五义》，其情节、规模又与《三侠五义》篇终的预告大都不合；然而《小五义》正编第八十九回开头作者插话云：“光绪四年二月间，正在王府说《小五义》，有人专要听听《孝顺歌》，余下只可信口开河，自纂一段，添在《小五义》内。”第七十六回，同样提到“只因那年在王府说《小五义》”事。这里至少说明了这样几个问题：一、这个在王府说《小五义》的不可能是石玉昆，理由如前所说，即使石玉昆还活着，年逾八十的老翁一般不可能再登台说书；何况贵庆的《咏石玉昆》诗序中明言他“游市肆间，王公招之不至”。二、既然光绪四年前后确实有人在王府说《小五义》，那么最起码会有一个原始的、很粗略的说《小五义》的提纲；这个原始的提纲，应该是与光绪五年刊行的《三侠五义》文后的预告大体是一致的。至于光绪十六年夏、冬出版的《小五义》正、续集的情节、规模与《三侠五义》书中的预告不符，这是因为在十一年中又经过说唱者的不断丰富扩大、加工改造，特别是编书人作了重大的增删修改工作。《小五义》正集开头将

《三侠五义》后二十回关于颜查散到任及平定军山的一段情节重写扩充为四十回，便是一个明显的事例。那么，这位在王府说《小五义》和修改《小五义》说唱底稿的究竟是谁呢？文光楼主人《序》中说从石玉昆的门徒那里得到了石玉昆的原稿，这似乎是中国古代小说家和评点家惯用的一种假托名人的手法。而实际上是石玉昆的门徒在王府说唱《小五义》的底稿。当然，其中也许融入了一些石玉昆关于《包公案》故事结尾的构想，但这毕竟不是一回事了。又，庆森《序》曰："予友振之石君为文光楼主。……尝阅《忠烈侠义传》，知有《小五义》一书，而未见诸世，……不知几经寒暑，今春竟于无意中得之。因不惜重资，延请名手，择录而剞劂之。稿中凡有忠义者存之，淫邪者汰之，间附己说，不尽原稿也。"说得很明确，主持刊刻和修改者是文光楼主人石振之。孙殿起《琉璃厂小志》中《贩书传薪记》说："文光楼：石铎，字振之，镇弟，良乡县人。"良乡在北京大兴之西、房山之东。自从李家瑞《从石玉昆的〈龙图公案〉说到〈三侠五义〉》根据《非厂笔记》说"石玉昆字振之，天津人。因为他久在北京卖唱，所以有人误为是北京人。咸丰、同治时候曾以唱单弦轰动一时"。以后一般著述都祖此说。其实，这是错误地把两个人混成了一个人。

《小五义》前四十回叙襄阳王谋反，朝廷派按院颜查散前往查办；襄阳王遣邓车盗走颜按院官印，扔于逆水潭内，护卫白玉堂夜闯王府寻印，坠铜网身亡；智化与北侠欧阳春等入君山诈降，乘钟雄庆寿酒醉之机劫持钟雄；经众侠苦劝，钟雄归顺朝廷：情节与《三侠五义》后二十回基本相同。第四十一回以后，主要写卢方之子卢珍、韩彰之子韩天锦、徐庆之子徐良、白玉堂之侄白芸生、欧阳春之义子艾虎——所谓"小五义"者。他们在投奔颜按院的途中，一路剪除地方豪强，扶弱济贫，先后邂逅于客舍，因志同道合而结为兄弟；最后会集襄阳，协助父辈义侠，共破铜网阵。阵未陷而书毕。

《小五义》和它的前集《三侠五义》、后集《续小五义》都是晚清侠义公案小说中的代表作品。当时，整个统治阶级衰朽无能，政治极端腐败，贪官污吏满天下，冤狱丛生，奸宄横行，先进的人民到处起义。一般百姓渴望有公正的清官和武艺高强的侠客出来为他们除恶锄奸，平反冤狱，过安定、劳动的生活；最高统治者亦力图任用勤政清廉的官吏和智勇兼备的武将，替他剿"寇"平"叛"，以维护自己的长治久安。这些侠义公案小说的作者既生活于下层社会《在“杂耍场”里为市井细民说书》，又接近上层社会（出入官府第宅为显贵达官作“供奉”）。因此，他一方面熟知人民的疾苦，同情百姓的遭遇；另方面了解朝廷的要求，受到上层统治者的影响。这两方面的因素在作者身上交叉汇合，便在作品中揭露皇亲国戚的无法无天，贪官污吏的伤天害理，土豪恶霸的为非作歹；歌颂清官侠士不畏艰险、出生入死地为保卫最高统治者和解救受害的人民与各种奸邪暴虐以及造反、敌对、不合作的势力进行战斗。小说的这种表现，既使人民愉悦（因为它表达了一般百姓的愿望，为广大受害者的目前利益服务），又令统治者满意（因为它适应了最高统治者的要求，为维护封建统治阶级的长远利益效劳）。鲁迅说：“《水浒》中人物在反抗政府；而这一类书中的人物，则帮助政府。这是作者思想的大不同处。”① 其实，《水浒》是明末金圣叹的腰斩本，早期的《水浒传》一百回本或稍后的一百二十回本，都有宋江受招安和征剿农民起义的内容；从这方面看，只是“五十步与一百步”之差。如果说有较大的不同处，倒在《水浒传》中的宋江们受“招安”后即使为统治阶级尽犬马之劳，最后还是落了个被统治者毒害身亡的悲惨下场；而清代侠义公案小说中归顺朝廷的江湖好好、绿林豪杰却都一个个飞黄腾达，获得高官厚禄而告终。这大概也是“因为社会背景不同之故吧”。②

《小五义》亦属“正接宋人话本正脉”③ 之列。所以它在每回正话之前，常有一首自撰或引用古人的诗或词作为开头，以及解释篇首诗词，然后引入正话的“入话”；有时，在诗词和“入话”之后，还插进一段叙述和正话相类或相反的故事，叫“头回”或“得胜头回”、“笑耍头回”。《小五义》中的篇首诗、词和“得胜头回”的内容，固然有不少封建说教，但也有些是历史经验和人生经验的总结，更有如第一百一十一回篇首词曰：“世上般般皆盗，何必独怪绿林？盗名盗节盗金银，心比大盗更狠!”第一百一十二回诗曰：“枫叶萧萧芦荻树，绿林豪客夜知闻。相逢何必相回避，世上如今半是君。”④ 乃是公开、直接地对当时的现实表示

---

① 《中国小说的历史的变迁》。

② 同上。

③ 鲁迅：《中国小说史略》。

④ 这是袭用唐代李涉的《井栏砂宿遇夜客》诗，只是将第一句的“暮雨”改成“枫叶”、“江上”改成“芦荻”，第三句“他时不用逃姓名”改为“相逢何必相回避”而已。

强烈的不满和讽刺。这与作者表现在小说正话中的思想在总体上是一致的。

《小五义》及其续书，不仅“值世间方饱于妖异之说，脂粉之谈”时，“以粗豪脱略见长”，而且较之包括《三侠五义》在内的其他侠义公案小说，都少荒诞、怪异的迷信描写。这也是应该肯定的。

《小五义》的影响虽然没有《三侠五义》那么大，但它问世以来，亦一直很受人们的欢迎。其原因，除了具有群众喜闻乐见的内容外，和它所取得的艺术成就也是分不开的。首先，情节紧张曲折，富于变化。书中所写，一般都是杀人擒盗、害命缉奸、破阵遇难，访案受困等扣人心弦的惊险事件，双方的斗争非常尖锐、激烈。观众总是抱着迫切的心情，急于知道它的发展和结局。而这些大小事件，在书中交叉穿插，一波未平，一波又起，令人目不暇接；冲突又时疾时缓，时辍时续，常常引起读者的悬念。有时，出人意外，横生枝节，但在情理之中，合乎生活逻辑，仍然使人感到真切可信。二、人物性格鲜明，形象生动。如徐良热心好事，胆大心细，又诙谐幽默；艾虎天真活泼，勇敢朴实，而略带粗疏；韩天锦鲁莽憨厚，赤胆血性；白芸生温和文雅，刚毅峭拔；卢珍雍容持重，洒脱自然：都写得栩栩如生，有声有色，而且各人有各的性情、气质、形状、声口，毫无雷同之感。其他老一辈的侠义形象，也基本上都保持了前集——《三侠五义》中的性格特点，给人以深刻的印象。三、语言通俗易懂，生动形象。《小五义》的语言口语化、大众化，具有生动、明快、泼辣、粗犷和个性化的特色。表现侠士，声态并作，须眉毕现，叙景状物，跃然纸上，如在目前：使人有身临其境的感觉。不仅如此，并且能使听众（或读者）由人物的对话听（或看）出人来。如第二回《智化夜探铜网阵，玉堂涉险盗盟单》中一段：

……身临切近，原是智兄在此，急忙施礼。智爷搀住言道：“你好大胆量。”五爷勃然大怒：“智兄怎么说小弟好大胆量，你莫非比小弟胆量还大不成?”智爷深知五爷的性情：好高骛远，妄自尊大；只知自己，不知有人，藐视天下的能人。智爷满脸陪笑说：“五弟莫怒，劣兄非是胆大到此，因有王府人泄机，方敢前来。五弟听何人所说此阵?”五爷大笑：“小小的八卦，何足道哉！不是小弟说句大话，我们陷空岛七窟四岛，三峰六岭，三窍二十五孔，各处全都是西洋八宝螺丝转弦的法子，全是小弟所造。这个小小的连环堡，玩艺一般。”

通过这段简短的对话，两个不同性格特点的人——恃才傲物、唯我独尊的白玉堂和鉴貌辨色、随机应变的智化，都活泼泼地展现在听众（或读者）的面前。

“话须通俗方传远，语必关风始动人。”这是说话人谨守的信条。《小五义》及其续书的思想、艺术上的长短优劣，都和说话艺术的这一特点有着紧密的关系。

续小五义

《续小五义》，一名《三续忠烈侠义传》，一百二十四回。不题撰人。有光绪十六年申报馆排印本，首载“光绪十六年岁次庚寅嘉平七日，燕南郑鹤龄松巢氏”《序》，又“光绪庚寅孟冬，伯寅氏”《序》。另有光绪十七年辛卯（1891）北京文光楼刊本、光绪十八年壬辰上海珍艺书局仿聚珍版、重庆善成堂刊本、上海书局石印本、光绪二十四年戊戌上海三槐书屋铅印本等。

此书内容紧接《小五义传》，叙徐良、艾虎、卢珍、白芸生、韩天锦协同智化、蒋平、欧阳春、展昭等老一辈义侠大破铜网阵。襄阳王由地道出走，逃往宁夏国。诸破阵有功之人皆得升赏。唯智化不受，隐遁山林；北侠不愿为官，在大相国寺削发为僧。时有大盗白菊花晏飞盗取皇帝冠袍带履，献与襄阳王叛党魁首东方亮。东方亮将其与至宝“鱼肠剑”同藏于府中后院之“藏珍楼”。该楼机关密布，徐良等数次往探，均不得入。后得机关图，诸侠尽破机关，取回皇帝冠袍带履，并获“鱼肠剑”。东方亮以设擂会武为名，广招绿林豪强，图谋举事。及期，群雄汇集南阳府白沙滩。徐良大败擂官王兴祖；诸侠生擒东方亮，杀死东方清。贼党瓦解。东方玉仙为报兄仇，行刺包公不成，乃盗走包公相印，投朝天岭。襄阳王兴师起事，委朝天岭寨主王纪先为“招讨大元帅”，先行发难。诸侠陆续赶至，联合乡民，攻灭朝天岭，杀王纪先和东方玉仙，夺回开封府相印。正设宴欢庆，忽报白菊花晏飞率贼众攻占陷空岛；卢方与战，身负重伤。诸侠立即南下，复夺陷空岛，追剿白菊花。襄阳王举兵攻潼关。诸侠又西上，与叛军大战，擒襄阳王，押赴开封府。襄阳王气极身亡。一切平叛有功之人皆得升赏。从此国泰民安。

《续小五义》的思想和艺术性，与《小五义传》略同；唯情节之曲折引人、结构之谨严完整，则较《小五义传》更为突出。

彭公案

《彭公案》，二十三卷一百回。有光绪十八年（1892）立本堂刊本；首载“光绪岁次壬辰（十八年）桐月（阴历三月）”张继起、孙寿彭（松坪）和贪梦道人三《序》。又有光绪十九年上海书局石印本、光绪二十年民安堂重刊本等。作者署“贪梦道人”，真实姓名和生平事迹不详，仅知其另有《永庆升平后传》一百回行世。

书叙彭朋任三河县令、绍兴知府、河南巡抚、钦差查办大同事务期间，带领李七侯、张耀宗、高源、刘芳、徐胜等侠义之士，微服私访，除盗平叛的事情。其中着重演述黄三太镖伤窦二墩，向各处绿林借银，为彭公谋复官职的故事；由黄三太打虎救驾、康熙赐以八宝团龙黄马褂引起的杨香武三盗九龙杯的故事；彭公之御赐金牌被寇所劫，刘世昌、张耀宗、高恒、高源诸英雄出生入死，夺取金牌的故事；欧阳德、徐胜等侠士与官兵里应外合，擒拿逆贼宋仕奎父子的故事；高源、武杰、纪逢春等好汉追捕采花大盗尹亮的故事；纪有德、蔡庆、胜奎等众豪杰大破叛臣傅国恩所建画春园的故事。书至彭公回京缴旨，天子论功，诸侠皆受封赏而止。此后一续再续，连篇累牍，竟达十七集之多。所叙亦不外绿林盗宝、窃印、劫官、行刺，侠士擒贼、破阵、平叛、灭寇之类。故事大同小异，无足赘述。

小说所写清官彭朋（当作鹏），字奋斯，福建莆田人。《清史稿》有传。顺治十七年举人。康熙二十三年授三河知县，三十年任工科给事中，三十六年改刑科给事中，三十七年出任贵州按察使，三十八年擢广西巡抚，寻移抚广东。在任拊循惩劝，不畏强御。治狱，摘发如神。视事勤敏，省刑布德，减税轻徭。遇墨吏纠劾无少徇，直声震海内。清苦刻厉，罢官后贫无以自存。四十三年正月卒于官，年六十有八。因其为官清正，受民称颂，小说家即据其部分宦迹敷演成书。

孙寿彭《序》云：“《彭公案》一书，京都抄写殆遍，大街小巷，侈为异谈。皆以脍炙人口，故会庙场中谈是书者，不计其数；一时观者如堵，听者忘倦。……壬辰，馆于京师，友人刘君衡堂持此编以示展……。因不惜重资，付之剞劂。”可知此书在刻印以前，抄本早已在民间广泛流传。至于故事的形成，则更在比它梓行早近百年的《施公案》之前。《彭公案》中显赫一时的黄三太，在《施公案》里“早巳去世”；而《施公案》中的风云人物黄天霸以及他的义兄贺天保、武天虬、濮天雕（《彭公案》作鹏）等在《彭公案》里还是十五六岁的少年。《彭公案》第二十八回谈到金大力时说：“下文在《施公案》里，保施公在扬州拿了无数盗贼，这是后话不提。”从人物和情节的衔接、发展等方面看，《施公案》颇有些像《彭公案》的续集。

《彭公案》叙事较具体，情节尚引人，艺术上略胜于《施公案》（正集），但远逊于三部《忠烈侠义传》（即《三侠五义》、《小五义》、《续小五义》）。它的主要缺点是人物没有个性——所谓“千人一面，千口一声”。看时非常热闹，过后烟消云散，不能给人留下深刻的印象。

由于这类公案侠义故事深受群众的喜爱，所以，在我国传统戏曲中《彭公案》也是一个“热门”的题材。仅京剧而言，据陶君起《京剧剧目初探》的著录，就有十四出之多。另据北京市戏曲研究所编撰的《京剧剧目辞典》，关于《彭公案》的连台本戏，曾有北京的十八大本和上海的三十四大本两个系统；此外还有《佟家坞》十二大本，《欧阳德》七大本，以及一大批折子戏。其涉及的情节，几乎囊括了《彭公案》小说的全部内容。由此可见其影响之大。

永庆升平前传

《永庆升平前传》，二十四卷九十七回。有光绪十八年壬辰北京宝文堂刊本。扉页正面署“打磨厂东口路南宝文堂藏板”，反面题“绣像永庆升平全传”。首载“光绪辛卯孟夏洗心主人”序、“光绪辛卯杏月燕南居士筱亭郭广瑞”序、“都门樊寿岩”序和“光绪壬辰年仲春日燕都居士周泽民”序；又，图并题词二十四幅。正文半叶十行，行二十二字。另有光绪二十一年乙未上海书局石印本等。

洗心主人《序》曰：“原夫《永庆升平》一传，旧有新编，貂续千言，新成其帙。”樊寿岩《序》云：“此系晓亭郭先生所著。”郭广瑞

《序》谓“国初以来，有此实事传流。咸丰年间，有姜振名先生，乃评谈今古之人，尝演说此书，未能有人刊刻传流于世。余长听哈辅源先生演说，熟记在心，闲暇之时录成四卷，……增删补改，录实事百数回”，交宝文堂刊行。据此可知，清代初叶，即有该书故事在民间流传；咸丰年间，由说书艺人姜振名敷陈演说；光绪中期，郭广瑞录哈辅源演说增删纂辑成书。郭广瑞，字晓亭，亦作筱亭，号燕南居士，潞河人（据原书题署）。生平事迹不详。

书叙康熙年间，钦差伊哩布和达摩肃王、穆詹将军在马成龙、马梦太、张广太、顾焕章等江湖英雄的帮助下，镇压全国天地会八卦教的故事。全书竭力称颂皇帝圣明，“侠士”忠贞；大肆宣扬宿命观念，诋毁人民起义。为百姓伸冤雪枉的清官已为赤裸裸地专事镇压人民起义的刽子手所代替；为民剪恶除奸的侠义之士，成了十足的统治阶级的鹰犬；反映人民愿望的侠义公案小说至此已完全堕落成为封建统治者的御用工具。在写作上，叙事粗陋，甚至头绪不明，交代不清。结构松散，常常节外生枝，随意胡编。人物众多，没有个性；有的性情乖戾，不合情理；有的忽而轻率冒失，鲁莽灭裂，忽而文武双全，智勇兼备——性格很不统一。许多回目与正文颠倒错乱，荒率殊甚。描绘英雄，重复外貌，不厌其烦；且一见便“结拜”，到了生死关头定有本领高强的好汉出来救命；双方战斗、黑夜行刺或被擒斩首，总是“手起一刀，只听‘噗哧’一声，红光崩冒，鲜血直流。”接着便是“被杀的没死，杀人者倒下了”。千篇一律，味同嚼蜡。总之，思想和艺术都低劣。这说明侠义公案小说已发展到了没落衰亡的境地。

永庆升平后传

《永庆升平后传》，又名《续永庆升平全传》，一百回。贪梦道人撰。有光绪二十年北京本立堂刊本（孙楷第《中国通俗小说书目》著录，编者未见）。光绪甲午（二十年）孟夏上海书局石印本，首载梅庆氏《续永庆升平叙》、“光绪十有九年岁次癸巳荷月昆明龙友氏”《绘图永庆升平后传序》、“光绪癸巳年冬月都门贪梦道人”《序》，以及梅庆氏画图像三十二幅；书分六卷，小本，六册装。

小说紧接《前传》，叙达摩肃王、穆詹、伊哩布、屠海、蔡荣、汪平六大帅，带领马成龙、马梦太、李庆龙、白胜祖、张广太、欧阳善、诸葛吉、张玉峰等英雄，在顾焕章、王天宠、朱天飞、侯化泰、马杰等江湖“义士”和赵玄真等“世外隐士”的帮助下，镇压河南、四川、云南各地八卦教的故事。最后是邪教全部肃清，大小将弁皆受封赏，万民乐业，永庆升平。

作品总的思想倾向与《前传》大体相同；不过，它对待天地会八卦教的态度似较《前传》平和些，不是那么肆意的诋毁。小说第四回写剪子峪天地会八卦教大会总马凤山被获斩首时说：“我也知道康熙佛爷是一位有道明君；无奈天下各处府州县官不能尽是忠臣哪！我也知道忠臣不少；无奈天下被屈含冤之人真有几千万人，都被贪官污吏他们所害。我等立意要替天行道。”这在一定程度上反映了作者的思想和看法。此外，小说反复通过天地会八卦教大小首领之口强调：“天下者非一人之天下，乃人人之天下也。惟有德者居之，无德者失之。”作者这样写法，未必没有深刻的用意。

本书行文略胜《前传》。上半部故事不落俗套，尚觉新鲜；特别是其中关于“强中更有强中手，能人背后有能人”的几节描写，颇为有趣。中部以后比较平庸，不少情节大同小异，乃至套袭他作。如第三十九回、四十回和第五十三回、五十四回白胜祖冒充祖师爷，与《前传》第四十五回至第四十七回顾焕章假装神仙雷同；第六十回、六十一回和第七十八回邓芸娘擒纵白胜祖、张玉峰要与之成亲，与《续小五义》中路素贞、东方玉仙捉放卢珍，徐良思结“百年之好”相类似。读之深感乏味。至于回前诗词重复（如第七十二回与本书第六十三回同，第七十回与《前传》第三十九回同，第六十六回与《前传》第四十回同，等等），或前面（第三十八回）写追风仙猿与笑面虎张大虎开玩笑，造成张大虎重伤身亡，到后面（第七十八回）追述这段情节时，把侯化泰所作之事安到了红胡子马杰身上，则更可见其粗率之甚。

李公案奇闻

《李公案奇闻》，三十四回，题“惜红居士编纂”，作者姓名及生平事迹不详。清光绪二十八年（1902）春北京书坊文光楼刊。首载“法国劳德氏口授，丹徒张士同笔述”之《序》，和“光绪二十有八年清明后一日恨恨生”之《李公案奇闻·序》；又，插图八幅并惜红主人、痴道人题词。小说第十八回称：“其中有许多情节，与李公毕生事业有关，不但为此书后半部张本，且与二集、三集、四集各案均有关系。”可知尚有多集续书。但至今未见，不知完稿与否。

小说叙李持钧先为石门县知县程公破一无头杀人案，并擒获凶犯小白鲦张顺。后任天津府静海县知县期间，明断陆大荣谋产陷嫂、许国桢通盗抢劫、和尚图财害命、徐二混欺贫赖婚等案，严惩奸邪，安抚良善，深得人民爱戴。

此书盖据李秉衡事迹敷衍而成。《清史稿》卷四六七《李秉衡传》载：“李秉衡，字鉴堂，奉天海城人。初入赀为县丞，迁知县。光绪五年，除知冀州。岁饥，发仓粟，不给。州俗重纺织，布贱，为醵金求远迁，易粮归，而裁其价以招民，民获苏。越二年，擢知永平府。部议追论劫案，贬秩。李鸿章上其理状，请免议，不获。时称‘北直廉吏第一’。”又先后任广西按察使、山东巡抚、巡阅长江水师大臣等职。光绪二十六年（1900）五月，八国联军进攻大沽，秉衡由江苏率兵北上，保卫北京，在杨村溃败，退至通州，吞金自尽。“事闻，优诏赐恤，谥‘忠节’。联军索罪魁，请重治，以先死免议，诏褫职，夺恤典。”法人劳德《序》谓其北上抗敌为“媚民而邀名”云云，实有歪曲之意。作者则崇其清正无私、勤政爱民之德，又悯其死于王事而加罪撤恤之遭遇，乃撰是书以扬其“籍籍颂声载道”之绩。

作品的思想、艺术较之以往同类小说无大长处。但有几点值得注意：一，侠义公案小说，重在描写侠义之士，清官只是牵线的傀儡。而这书没有侠义人物，清官兼具文武之才；无论微服私访、析理折狱、设计画策、擒恶拿奸，都以李公为主干人物。二、小说共写六个案件。而第一个案件——李公为石门知县侦破擒获杀人案犯即占了十七回多（全书的一半强）；就其容量、篇幅和所写人物、生活面以及故事情节的完整性来讲，完全可视为一个独立的中篇。其他五案，或自成段落，如第二十回“欺乡愚刁商受罚”和第二十八回至三十二回“许二混因贪破财”；或穿插藏闪，忽此忽彼，如陆大荣谋产陷嫂案、和尚图财害命案、许国桢通盗抢劫案，不是叙完一件再叙一件，而是一波未平，一波又起，同时发展，交叉进行。这种结构方法，又和《施公案》等侠义公案小说相同。三、小说前半部写一天晚上，一航船行至毛家湾时，有一客人被杀，头颇不知去向，凶手不留踪迹。石门知县反复审讯船家和船客，毫无头绪。李公组织人力，改装私访，经过许多曲折，终于破案，缉获凶犯。小说后半部写李公精密观察，层层推理，十分准确地破获了一件劫财杀人案。这些，都近似后来的侦探小说。

《李公案奇闻》是一部由公案小说向侦探小说嬗变的作品。它对研究中国小说发展史具有重要的意义。

卷末后记

本卷为中国近代侠义公案小说的专集。共选小说九种，附录一种，包罗了近代侠义公案小说的主要作品。从这里，大体可以窥见这类小说发展的脉络和轨迹。《荡寇志》虽非侠义公案小说，但它在中国侠义小说中是一部较有影响的作品，并且其中“侠义”人物帮助政府惩奸除“盗”的精神是与侠义公案小说相一致的。故此一并选录数回，以使读者略见近代侠义小说的一斑，并与这一时期大量出现的侠义公案小说联系起来深入一步地思考问题。

本卷所选作品，基本上按出版时间的先后排列。《荡寇志》用人民文学出版社一九八一年整理本。《三侠五义》用广东人民出版社一九八〇年校点本。其他《施公案》、《小五义传》、《续小五义》、《彭公案》、《永庆升平前传》、《永庆升平后传》和附录《包公案》均用北京宝文堂和中国戏剧出版社校订本。选录部分，一律删去注释，用早期版本进行校勘。对于文字上的舛误和标点、分段的不妥之处，都或多或少的作了修订。其中《施公案》和《小五义传》改正最多。《李公案奇闻》初版后再没有刊印过。今用光绪二十八年北京文光楼刊本，第一次进行分段标点排印。原书刻印极为粗率，错漏衍倒满篇都是。这次整理，凡所发现，一一加以订正。约计全书改错不下千处。又，第二十四回原无回目，今由编者拟补。

一九九一年八月二十日，北京。

小说五卷

卷上　政治小说

——政治宣传的号筒

新中国未来记

《新中国未来记》，共五回，未完。梁启超著。原载《新小说》第一号（光绪二十八年十月十五日［1902.11.14］）、第二号（十一月十五日［1902.12.14］）、第三号（十二月十五日［1903.1.13］和第七号（光绪二十九年七月十五日［1903.9.6］）。题前标“政治小说”，题后志“稿本”。其中第三回署“饮冰室主人著，平等阁主人批”，第四回署“饮冰室主人著，扪虱谈虎客批”。书前有《绪言》六则；除第五回外，均有眉批和夹批；内第三、四回另加总批。《饮冰室文集类编》收四回；阿英编《晚清小说丛钞·小说一卷》录《饮冰室合集》（1936）一至四回，又据《新小说》补入第五回（所收之文删眉批、夹批，改个别文字，加标点，不分段）。

梁启超，字卓如，一字任甫，号任公，又号饮冰室主人，作文用过哀时客、新民子，沧江、社员、少年中国之少年等笔名①。清同治十二年正月二十六日（1873.2.23），出生于广东新会县熊子乡茶坑村一个半耕半读的家庭。他自幼聪慧，才智过人，五岁起即在家由祖父和母亲教读四书五经，八岁学为文，九岁缀千言，十岁即席赋诗，得“神童”之名。十二岁考中秀才，补博士弟子员，后入广州学海堂读书。十七岁应广东乡试，中第八名举人。次年春，入京会试，下第，归粤。谒康有为，执业为弟子，进万木草堂学习，致力于新学之研究。这是梁启超一生的转折点。1895年农历二月，第三次应会试，不第。三月，《中日马关条约》

① 据张静庐等《戊戌变法前后报刊作者字号笔名录》载，梁启超曾用字、号、笔名三十九个。

签订，举国哗然，梁参与其师发起的“公车上书”、创办《中外纪闻》、成立强学会等一系列改良主义政治活动，积极鼓吹变法维新。一八九六年七月，《时务报》出版，任主笔，发表《变法通议》等重要政论。翌年十月，应邀赴湖南长沙主讲于时务学堂。一八九八年四月，光绪帝召见，命以六品衔办京师大学堂、泽书局。同年八月六日（9.21），戊戌变法失败，“六君子”被杀，梁潜逃日本，思想一度激进，曾谋与革命派联合，因康有为之阻未果。十月，在横滨创办《清议报》。一九零一年冬，《清议报》停刊，越年正月，另出《新民丛报》，为主笔政。十月，创办《新小说》杂志。一九零三年，再次应美洲保皇会之邀赴美洲游历。此后，思想转趋保守，一九零六年与革命派就立宪、共和问题展开激烈辩论，一九零七年组织政闻社，出版《政论》，积极进行立宪活动。一九一二年十月，与汤化龙等组织民主党；逾年春，加入共和党；五月，统一、共和、民主三党合并为进步党，当选为理事。同年九月，熊希龄组阁，梁任司法总长。旋袁世凯柄国，梁先后任币制局总裁、参政院参政和政治顾问。一九一五年八月，以杨度等发起筹安会于北京，鼓吹帝制，乃撰《异哉所谓国体问题者》攻之，震动全国。袁以二十万元巨金收买，丝毫不为所动。随即南下，从事倒袁运动。一九一七年七月一日，通电反对张勋拥清帝复辟，并参与“讨逆”行动。段祺瑞内阁成立，任财政总长。是年冬，辞职离开北洋政府，从此结束从政生涯。一九一九年出游欧洲，归国后致力于学术研究和文化教育事业。一九二九年公历一月十九日，病逝于北平协和医院，实享年五十六岁。著述甚富，辑为《饮冰室合集》四十册，集外佚文尚多。

梁启超是中国近代杰出的资产阶级政治家、思想家和为中国近代文化作出了巨大贡献的伟人。他生活在一个复杂多变的时代，时而先进，时而落伍，时而正确，时而错误，度过了他复杂多变的一生。他是一个勤奋好学、才华横溢、怀抱深挚爱国感情的文人学士。他的本质特征是学人搞政治。书生的气质，使他既具改良中国的迫切心情，而又不愿采取激烈破坏的手段。他始终想通过和平立宪的道路来达到改造中国，使祖国富强的目的。以致他前期以“救亡图存”为己任，成为变法维新的健将，后期发表保皇言论，参与立宪活动，以及依附袁世凯又反对袁氏称帝，依附段祺瑞又退出北洋政府，所有这些长短优劣、功过得失，都受他的这一基本思想支配。形势改变了，他仍然坚持原来的那套主张，结果一再碰壁，最后只得息影政坛，仍然回去当他的学者。

梁启超的最大功绩，首先在于他在当时腐朽黑暗的封建专制统治下，大力进行资产阶级启蒙思想的宣传，先后在《清议报》和《新民丛报》上发表了大量文章和专著，广泛地介绍西方资产阶级的伟人杰士和社会政治学说，竭力鼓吹资产阶级的自由、平等、博爱、民权、自治，猛烈抨击中国封建专制制度的罪恶以及清王朝的顽固和反动，全面批判中国数千年的封建伦理道德，热情提倡“开民智”、“新民德”，解放思想，打破传统，呼唤中国人民以崭新的面貌出现于东亚大陆。梁启超的这种启蒙宣传，产生了巨大影响。它在中国人民特别是青年知识分子面前，打开了一个新的天地，使人们知道除了三代之治、孔孟之道之外，世界上还有那么多英雄伟士、先进科学技术和博大精深的学说。从而使他们更感到自己民族的落后而燃起炽烈的救国革命的火焰。当时和此后的许多资产阶级革命家和革命民主主义者，几乎都在不同程度上受过梁启超宣传的启蒙思想的陶冶。

其次，大力倡导以“诗界革命”、“文界革命”和“小说界革命”为中心的文学改良运动，并且身体力行，作出了可贵的成绩，为中国近代文学的发展建立了功勋。诗歌方面，他强调表现新思想和新意境。他的前期作品，热情奔放，直抒胸臆，明白流畅，表现出一种乐观向上、追求理想的精神，一种打破传统形式、自求解放的趋向；后期创作则追求功力，诗风趋于典雅深密，大多失去昔日昂扬奋进的光辉。散文方面，他主张内容上应以“欧西文思”入之，“播文明思想于国民”；形式上则当“雄放隽快”，“条理细备”，“流畅锐达”，而“不必求工”。他的文章，通俗流畅、恣肆淋漓、感情充沛、气势磅礴，具有强烈的鼓动性和感染力。梁启超创造的这种“新文体”行世之后，立即风靡一时，“学者竞效之”，一扫晚清文坛陈腐晦涩之颓势，开启了一代清新活泼、别开生面的新风。它为冲破旧文体的束缚，向现代白话文过渡立下了不朽的功劳。小说方面，自《清议报》出版第一册（1898.12.23）起，便连载由他翻译的日本政治小说《佳人奇遇》，同时发表他提倡政治小说创作的论文《译印政治小说序》，着力阐述创作政治小说对促进国家进步的重要意义。接着，又创办了主要刊载小说的《新小说》杂志（1902.11.14），并在创刊号上发表了堪称“小说界革命”宣言书的《论小说与群治之关系》，极力抬高小说地位，强调小说对改良群治、开通民智的巨大功效。

梁启超还亲自创作了中国第一部政治小说《新中国未来记》（未完），在《新小说》上陆续刊发。此外，另有译作《十五小豪杰》（前九回。载《新民丛报》）及短篇《世界末日记》、《俄皇宫中之人鬼》（均刊《新小说》）。梁启超的小说理论和思想，虽有这样那样的片面性和不科学处，但影响至大，为晚清新小说家奉为圭臬；并由它引起研究小说的热潮，促成晚清小说的繁荣。自此，从根本上改变了以往鄙薄小说的陋见，使小说这一不登大雅之堂的“小道”，真正进入了文学的殿堂，且成为中国文学中最主要的形式。

第三，在学术上取得了卓越的成就，给后人留下了一大批弥足珍贵的研究成果。他的学术著作，中西兼容，古今并包，范围涉及哲学、历史、文学、新闻、政治、经济、法学、宗教等各个领域，方法上择采中国古代学者和西方资产阶级学者之长，从内容到体例都另辟蹊径，独具新见。其中如《清代学术概论》、《先秦政治思想史》、《中国近三百年学术史》和《中国历史研究法》等，都是十分著名的著作，在国内享有很高的声誉。

《新中国未来记》第一、二回叙2062年农历正月初一日，中国人民举行维新五十年大祝典之日，全国教育会长、文学大博士孔觉民演说近世史，谓六十年来取得的伟大成就，源于创立“宪政党”之功，进而历数宪政党的纲领和章程。第三回起，追述黄毅伯建立宪政党的过程：黄毅伯和李去病赴欧洲留学。庚子事变后，二人卒业回国，路经俄国至山海关，沿途见闻中国山河破碎，备受外邦侵凌，而中国当道诸公崇洋媚外，昏愦无能，人民又不觉醒，感慨万千。二人讨论如何救亡图存，兴国安民。黄持和平立宪主张，李主激烈革命手段。彼此往复驳论四十四次，最后李君同意黄君主张。第四回叙黄、李在旅顺客店结识爱国志士陈猛，痛述俄国侵占“关东省”的种种暴行苛政。第五回叙黄、李到上海，先遇见几个满口“革命”而不学无术、品行不端的“革命党人”，十分厌恶；后听了实心革命的郑伯才一篇反帝救国的演说，甚为佩服。旋即乘船抵香港。见一外国人痛打中国人，李大怒，冲上前去，……全书未完，后终未续。

《新中国未来记》是梁启超提倡政治小说所作的样品。他创作这部小说的目的，“专欲发表区区政见”，“商榷国计”。通读五回，正如作者

《绪言》所说，“似说部非说部，似稗史非稗史，似论著非论著，不知成何种文体”。“编中往往多载法律、章程、演说、论文等，连篇累牍，毫无趣味。”其实，这几乎是当时出版的所有“政治小说”的通病。作为一种文学艺术门类的小说，诚然是没有生命力的。但不可否认它是中国小说发展中的一种新的探索。其高度的爱国热情，也是应该肯定的。

女狱花

《女狱花》，十二回。阿英《晚清小说目》云乃“光绪甲辰（1904）刊。”中国社会科学院文学研究所藏道林纸排印本，无出版单位和时间。首作者王妙如像；次《叶女士序》，尾署“光绪甲辰三月既望沧桑寄客识于亦园”，有“叶墨君女史”篆体字钤；又《俞女士序》，尾署“钱塘俞佩兰”。目录后书名下题“西湖女士王妙如遗稿，中国青年罗景仁加批”。正文有眉批和回评。书末载“光绪甲辰仲春泉塘罗景仁”跋。另有光绪间石印本等，书名《红闺泪》和《闺阁豪杰谈》。

王妙如，名保福，泉唐①人，生于1877年左右②。幼聪慧，嗜书史。年二十三，嫁钱塘罗景仁。婚不足四载而卒。生前力倡妇女解放，谓“近日女界黑暗已至极点。自恨弱躯多病，不能如我佛释迦，亲入地狱，普救众生，只得以秃笔残墨为棒喝之具”（见罗跋）。其著作除《女狱花》小说外，尚有《小桃源》传奇和《唱和集》诗词。

书叙东南某地有一女名沙雪梅者，武艺高强，思想激进，挣脱封建夫权锁链，与女友张柳娟等策划革命，不成，自焚而死。又有许平权者，主平和革命，与其夫黄宗祥一起兴办女学，宣传男女平权，十数年后，女学普及，女界振兴，尽去昔日之野蛮。

《女狱花》虽未明标“政治小说”字样，但叶序则谓其“关乎政治者”。从作品体制及其所写内容看，实亦与“政治小说”同列。政治小说多为理想之作。梁启超《新中国未来记》写维新成功五十周年大庆盛况；

① 泉唐即钱塘。泉，通钱。塘，原作唐；唐代以唐为国号，乃加土为塘，后因之。

② 罗景仁跋曰：“王妙如……年二十三匹予为偶，……结褵未足四年而竟溘然长逝矣！”又曰：“而《女狱花》一部，尤为妙如得意之作。……乃杀青未几，人已云亡。披览遗稿，我心惨惨。体其遗志，付之剞劂。”该跋作于1904年夏历二月，以此推断，王氏当生于1877年前后。

王妙如《女狱花》叙许平权兴办女学，开发民智，数十年后把黑暗女界“洗出光明”，从此男女平等，夫妻相敬如宾。这在当时都是一种非现实的社会理想的表达。不过，相对比较起来，梁启超对于革命与改良的涵义颇为明确，议论相当精彩。而王妙如则对于所谓“激烈革命”与“平和革命”的观念实迷蒙不清，因而关于沙雪梅同许平权的辩论也似是而非，不得要领。另外，在表现方法上，《女狱花》既欲摹《新中国未来记》之发表政见，又不脱中国传统小说以情节见长的老路。不新不旧，颇可见这种小说过渡蜕变的痕迹。

女娲石

《女娲石》，二卷十六回，未完。标“闺秀救国小说”，题“海天独啸子著，卧虎浪士批”。友文堂印刷，东亚编辑局发行。第一册（甲卷）八回，印于光绪三十年（1904）六月；第二卷（乙卷）八回，印于光绪三十一年（1905）二月。首载“卧虎浪士”序、凡例。每回回末有批语。

书叙女史钱挹芳在《女学报》上撰文倡言男不如女，女子应负救国重任。一时应者云从，风潮四起，帝国震动。有海城女子改造会领袖金瑶瑟者，改扮日本歌妓，入宫两刺太后，不成，乃偕同学之仆凤葵外逃；遇专为暗杀政府官员之花血党首领秦爱浓，慕其宗旨，自荐入党，任高等小学堂教员之职。凤葵粗鲁，酗酒闹事，被逐出院，投春融党。瑶瑟赴各地考察诸党情况，会白十字会会长汤翠仙，并与其妹琼仙比试神枪。后被差役追捕，为专杀男类之捣命母夜叉三娘子所救。延至家，与从姊妹畅论音乐，抒发爱国之思。小说未完而止。

作者鼓吹“女子强过男子”，女子开智、独立、尚武的思想，在女子进行革命活动的过程中，参插了不少关于声光化电的描写。这可说是一部政治思想兼科学理想的小说。它反映了当时中国妇女强烈的爱国、干政意识，以及痛恨、反抗夫权社会的愤激情绪和热烈想望科学技术进步的心态。

小说的作者已经意识到当时“政治小说”“论议多而事实少”的“缺憾”，宣称要在自己的作品中“力反其弊。凡于议论，务要简当”。从他对于一些人物的刻画中，也可以看出颇有使其个性化的意图。但是，并不成功。如凤葵等人物，摹拟《水浒传》等旧作中形象的痕迹太明显，反给人以不真实之感。这类小说，写革命而不知革命为何物，表现新思想又未找到与之相适应的表现方法。结果，不伦不类，很难说得上有什么文学价值。它只能作为研究中国小说发展史的一种材料，说明中国小说在从古代旧小说走向现代新小说的发展过程中曾经经历过一个摸索的阶段，出现过这样一种“过渡”的作品。

狮子吼

《狮子吼》，八回，未完。陈天华作。载《民报》第二（1905年底）——五和七——九期（1906年11月）。《楔子》署“过庭”，第一、二、五、六回署“星台先生遗稿”，第三、四回署“星台遗稿”，第七、八回未署名，第八回末有“案：星台至此绝笔矣”字样。有眉批和夹注。阿英《晚清文学丛钞·小说三卷〉（中华书局，1960年8月初版）收本文，不分段，删眉批。

陈天华原名显宿，字星台，号思黄，又号过庭，一八七五年生于湖南省新化县下乐村。母早丧，父为落第秀才。家贫。少时以替人放牛和零卖一些日用小商品糊口，十五岁入蒙塾。一八九六年随父迁新化县城，为小贩。后得族绅陈御丞之助，就读资江书院。翌年，被录取为长沙“时务学堂”外课生。旋又考入新化“实业中学堂”，潜心学习西方自然科学和社会政治学说，欣羡资产阶级自由、平等思想，渐生政治改革之心。一九零三年春，由该学堂资送留学日本，入东京弘文学院师范科学习。四月，写血书抗议俄国侵占东三省，积极参与发起拒俄大会，成立“拒俄义勇队”（后改名“学生军”），组织“军革命教育会”，编印《游学译编》、《新湖南》等革命刊物，写作《猛回头》、《警世钟》等通俗书籍，宣传民族民主革命，影响甚大。冬，回国策动武装起义。越年二月，和黄兴、宋教仁等在长沙创立华兴会，分头联络会党和运动军队，规划武装起义。因清政府严加搜捕，乃于次月逃往日本。夏，复渡海归国，周游江西、广东、湖南各地，结纳绿林，演说时事，与华兴会领导人秘密会议，决定起义时间、地点和具体步骤。事泄，潜至上海，与黄兴、杨毓麟等重新集会，在租界创办启明书局，作为策划起义的秘密机关。未几，书局遭破获，陈、黄等十余人被捕。后得保释，再次东渡日本。一〇五年，与宋教仁、田桐等创办《二十世纪之支那》杂志，鼓吹革命；又参加组建中国同盟会，被举为会章起草员，拟定《革命方略》。八月二十日，同盟会成立，被选为书记。十月二十日，《民报》创刊①，任经理、编辑和撰稿人，先后发表《论中国宜改创民主政体》和《中国革命史论》等专文，对保皇派谬论进行尖锐有力的批判。十一月二日，日本文部省颁布《关于清国入学之公私立学校章程》，即《清国留学生取缔规则》。中国留日学生，先乃群情激愤，各校同心，实行总罢课，表示抗议；后则渐生分歧，留日学生总会领导人不愿负责。陈天华见此情形，满腔悲愤，决定以死来激励留学界坚持反对"取缔规则"的斗争，遂于十二月八日在日本大森海湾投海自杀，亡年三十一岁。留下《绝命书》万余言，勉励人们"去绝非行，共讲爱国"；又给留学生总会一信，希望诸干事切实地负起责任，坚持斗争。遗物中尚有小说未完稿《狮子吼》和所译《孙逸仙传》。

《狮子吼》先以第一人称叙有一日好友来信，称入山樵采，获一残书，谓有一"混沌国"，先亦强盛，后为自古传下的忠君邪说所害，竟被东北方的一种野蛮民族侵制；这野蛮民族的末代主子又把混沌国一块块地分割送给新来的蚕食国、鲸吞国和狐媚国，混沌人也因此渐被灭尽。小子（我）读了此信，不觉悲从中来，精神恍惚，乃入梦境。——他看到了革命成功五十年以后"文明进步，几驾欧美而上之"的种种富强繁荣景象；最后，在"共和国图书馆"偷到一本封面上"画一狮子张口大吼之状，题曰《光复纪事本末》"的书。待一觉醒来，书犹在手。此后便入正文，以传统小说的叙述方式，写世界各人种弱肉强食，大中华沉沦异族，民权村始祖垂训，聚英馆老儒讲书，诸学子出国留学，唯狄必攘入内地暗结英豪，筹办工厂、学堂、报馆，开启民智，联络同志……声势日大。小说未完而止。

梁启超的《新中国未来记》和陈天华的《狮子吼》可说是当时中国"政治小说"中最具代表性的作品。《新中国未来记》鼓吹理想的君主立宪，反对资产阶级革命。《狮子吼》则与之相反，极力宣扬资产阶级革命，而反对君主立宪。陈天华在这里热情讴歌为推翻清政府、建立共和国而英勇斗争、不屈牺牲的革命英雄，愤怒诅咒那些整天在妓院、番菜

① 一般均据邹鲁《中国国民党史稿》所记为十一月二十六日创刊，此据《民报》第一号再版本封底所署为"十月二十日印刷"。

馆、大会上空谈“革命”的“鹦鹉志士”。书中所写的“民权村”，实际上是根据西方资产阶级的政治、经济制度为中国绘制的蓝图。他写狄必攘为汉口的会党订立十条新规，第五条曰：“本会之人，严禁‘保皇’字目；有犯之者，处以极刑。”更可见其对于立宪党之深恶痛疾。

在政治主张上，陈天华和梁启超虽然有革命共和和君主立宪之区别，但在小说创作思想上却是颇为一致的。即都把创作政治小说作为直接宣传自己政治观点的工具，且篇中多载规章制度和论文史料，读来兴味索然。不过，陈天华毕竟受中国传统小说的影响较深，《狮子吼》基本上还是采用了以人物行动、冲突推动情节发展的结构方式；而开头的好友入山樵采，从石屏中飞出一卷残书，以及小子（我）入梦从“共和国图书馆”偷得两编《光复纪事本末》等等，更明显地是从中国古代小说中摹拟而来。

卷中　社会小说

——晚清社会的镜子，艺术殿堂的败笔

官场现形记

《官场现形记》六十回，署“南亭亭长著”。《世界繁华报》约在1903年4月至1905年6月间连载①。全书分五编，每编线装六册十二回，共计三十册，由世界繁华报馆在1903年9月至1905年年底前陆续印行。今见全帙早期藏本有宣统元年（1909）二月改订初版《增注绘图官场现形记》，崇文堂石印本。首载“光绪癸卯中秋后五日茂苑惜秋生”《序》，正文内有双行批注，书前扉页题“沪游杂记”四字，全书附插图八十六幅。

作者李宝嘉，又名宝凯，字伯元，别号南亭亭长，笔名游戏主人、讴歌变俗人、芋香、北园等。江苏武进（今常州市）人。清同治六年四月二十九日（1867.6.1）生于山东②。三岁丧父，随堂伯父念仔居山东东昌府、济南府知府任所。念仔爱其敏慧，挈入署中读书。在堂伯的督教下，学业精进，擅制艺、诗赋，能书画，工词曲，长篆刻，于金石、音韵、考据诸学，无不触类旁通。十九岁娶山东雒口批验所盐大使种履祥之女。弱冠后考秀才，得第一名，补廪生。二十六岁随堂伯由山东携眷返故里。光绪二十二年（1896）冬，偕母吴氏、妻锺氏赴沪。初，入《指南报》任编撰。越年五月（1897.6），创《游戏报》；冬，设艺文社。光绪二十五年（1899）三月，辟书画社。翌年春，办海上文社，创《海上文社日报》。光绪二十七年（1901）三月，别办《世界繁华报》。是

① 据魏绍昌考证。见《李伯元研究资料》第113—120页。

② 明末清初，其先祖从安徽休宁迁居常州，入籍武进。后因避太平天国反清战争，全家侨寓山东。

年，朝廷开经济特科，湘乡曾慕涛侍郎荐之，李辞不赴试。光绪二十九年（1903）五月，应商务印书馆之托，主编《绣像小说》杂志。光绪三十二年三月十四日（1906.4.9），以慢性瘵痨症卒于亿鑫里旅邸。年仅四十岁。

李宝嘉政治上痛恨清王朝统治的腐败、黑暗，要求改变现实，基本上属于改良主义范畴。关于文艺创作，他强调“劝惩”、“觉世”的社会作用。《论〈游戏报〉之本意》云：

> 《游戏报》之命名仿自泰西，岂真好为游戏哉？盖有不得已之深意存焉者也。慨夫当今之世，国日贫矣，民日疲矣，士风日下，而商务日亟矣。有心世道者，方且汲汲顾景之不暇，尚何有恒舞酣歌、乐为故事而不自觉乎？然使执途人而告之曰：朝政如是，国事如是。——是犹聚瘖聋跛躄之流，强之为经济文章之务，人必笑其迂而讥其背矣。故不得不假游戏之说，以隐寓劝惩，亦觉世之一道也。……或托诸寓言，或涉诸讽咏，无非欲唤醒痴愚，破除烦恼。

又，《本馆编印绣像小说缘启》云：

> 欧美化民，多由小说。……其从事于此者，率皆名公巨卿，魁儒硕彦。察天下之大势，洞人类之赜理，潜推往古，预揣将来，然后抒一己之见，著而为书，以醒齐民之耳目。

前者基本上是继承了中国传统小说理论的观点，后者则更多地接受了当时文艺思潮的影响。为了使文艺发挥更大的社会作用，达到唤醒人民、改革时弊的目的，他主张文艺形式多样化，并提倡创作“大众易于明白，妇孺一览便知”的通俗作品①。这些思想，都贯彻在他的创作实践之中。

李宝嘉是个多才多艺的作家。他的创作，长篇小说有《官场现形记》、《文明小史》、《活地狱》、《中国现在记》，弹词有《庚子国变弹词》、《醒世缘弹词》，戏曲有《前本经国美谈新戏》，笔记、丛话有《南亭笔记》、《南亭四话》，此外尚有诗歌、谐文、书画、篆刻等作品。

---

① 见《庚子国变弹词》第一回。

《官场现形记》是李宝嘉的代表作。它是著名的晚清“四大谴责小说”之一，并且是谴责小说中最早的一部。作品集中、全面地抨击清末官僚统治机构的腐败。它着力描写了上自军机大臣、各部院长官，下至地方各州县衙门佐杂卖官鬻爵、贪赃枉法、残害人民、出卖祖国以至最后出卖自己灵魂的种种无耻勾当和罪恶行径。江西代理巡抚何藩台，公开要他的亲友“四下里替他招揽买卖”：一千元起码，委个中等差使；二万银子，买个好缺。钦差大臣童子良外出稽查案件，满口“本大臣砥砺廉隅，一介不取”，实际上仅在山东一地，就接受贿赂十五万六千两银子。胡统领下乡“剿匪”，纵兵搜掠抢劫、奸淫烧杀，然后“奏凯”而归。冒得官为了保持官位，竟不惜将自已的亲生女儿“孝敬”上司当小老婆……小说这种广泛有力的揭露，具有帮助人们提高对于无可挽救的清王朝的认识、启发人们迫切要求变革现实的积极意义。

在艺术表现上，《官场现形记》等谴责小说都直接受《儒林外史》的影响。首先，它的结构：全书由许多相对独立的短篇联缀而成，“头绪既繁，脚色复伙，其记事遂率与一人俱起，亦即与其人俱讫，若断若续，与《儒林外史》略同”①。其次，作品所用的讽刺手法，也从《儒林外史》学来，但手段却没有吴敬梓高明。《儒林外史》中的“旨微而语婉”的讽刺，到了《官场现形记》等作品里变成了直接的谴责，词意浅露，使人一览无余，无所回味。但是，《官场现形记》中对于如钱典史、随凤占、申守尧、秦梅士等佐杂小官的描写，却相当出色，真可谓穷形极相，刻划入微。

二十年目睹之怪现状

略。作者作品评介，见本书《豺虺满目实可哀，忧时愤世情更激》文。

老残游记

《老残游记》二十卷；又二集九卷（未完），外编残稿一卷。一九〇

① 鲁迅：《中国小说史略》，第二十八篇。

三年九月二十一日至次年一月三十一日，连载于《绣像小说》半月刊第九号至第十八号。题“洪都百炼生撰”。至第十四卷，因文字删改问题作者与编者发生纠纷，小说中辍。一九〇五年，作者应《天津日日新闻》主持人之请，续写第十五至二十卷，并改作了原卷十后半部分及卷十一全部。一九〇六年又重新由《天津日日新闻》逐日发表①。

《老残游记》最早刊本今存两种：一、阿英所藏《天津日日新闻》剪报本，第一卷至第十卷一册；二、天津图书馆藏天津日日新闻社印单行本，线装二册，上册第一卷至第十二卷，下册第十三卷至第二十卷。活版印刷。

《老残游记二集》自叙及一至九卷，连载于一九〇七年八月十八日至十一月十一日《天津日日新闻》。作者后代存剪报本。《老残游记外编》残稿一卷，共十五页（中缺第三页），约写于一九〇六年秋后至一九〇七年初。生前未公开发表。原稿藏刘鹗孙厚滋、厚泽兄弟处。一九八一年齐鲁书社和一九八二年人民文学出版社《老残游记》新版本均附录二集和外编全文。

洪都百炼生即刘鹗。他原名孟鹏，字云抟，也作云臣，后更名鹗，字铁云，又字公约。清咸丰七年九月初一（1857.9.29）生于江苏六合。父成忠，咸丰壬子进士，曾任翰林院庶吉士、编修、道台等职。刘鹗少时往来于故乡和任所之间。他不喜八股制艺，崇尚经世之学，致力于治河、天算、乐律、词章、方技诸学。光绪二年，移居淮安。光绪六年，赴扬州师事太谷学派传人李光炘。此后，曾营烟草业于淮安，行医于扬州，设石昌书局于上海，均无成就。光绪十四年赴豫，投效河工，先后在河道总督吴大澂、山东巡抚张曜、福润处当幕僚。光绪十九年，因治河有功，为福润章荐，送总理衙门考验，以知府任用。光绪二十一年秋，赴总理衙门报到。在京深怀大志难展之感，乃于次年三月南归。鹗素主借外资兴办实业，以富国利民，乃上书直隶总督王文韶等，言筑路开矿等事；为同乡京官所攻，决定弃官从商。光绪二十三年七月，应外商聘，任福公司华人经理；因维护国权，旋被解聘。光绪二十六年六月，在沪与友人集资办“五层楼商场”，垂成而败。秋，八国联军陷京师，鹗携金北上办赈，尽购为俄军所据之太仓存米，粜诸难民，全活甚众。议和成，

① 因该报早已散佚，小说刊载的准确时间不明。

复南归。先后在上海徐家汇办汽机织布厂，在上海成都北路开手机织布厂，又与友人议办实业钢铁厂于湖南株州、筹建电车公司和自来水厂于北京、合设“海北精盐公司”于天津、创立海运公司于上海，均未成。光绪三十三年，鹗转而从事浦口地产：拟以原购之浦口地产四百余亩捐献国家为建车站、货栈之用，余五百余亩自辟为商埠。事正进行，为仇家陈浏诬告“为洋人购地”，军机大臣袁世凯乘机报宿怨，乃罪以擅散太仓粟及浦口购地事，密电两江总督端方缉捕。光绪三十四年五月被逮，流徙新疆迪化（今乌鲁木齐市）。宣统元年七月初八日（1909.8.23），因脑溢血卒。享年五十有三。刘鹗的著作，除《老残游记》之外，尚有《铁云藏龟》、《历代黄河变迁图考》、《治河七说》、《铁云藏匋》、《铁云泥封》、《铁云藏印》、《铁云藏货》、《铁云诗存》，以及文稿、日记、书信等。

刘鹗一生的思想和行动，主要受太谷学派的影响，同时与当时的社会思潮——洋务运动也有关系。太谷学派要求弟子“立功、立言、立德”，“穷则独善其身，达则兼济天下”，强调“万物皆我胞与，不惟一夫之饥，犹己饥之，一夫之寒，犹己寒之，即一草一木不得其所，亦以为由己所致。”要以救度全人类为指归。刘鹗投效河工，“短衣匹马，与徒役杂作”，以及八国联军陷京之后，自携资北上办赈、掩埋无主尸体等等，都是太谷学派的这种思想的表现。而他的积极提倡筑路、开矿，主张借外资兴办实业，以及自己先后开设书局、商店、布厂、制盐公司等等，则一方面是受洋务派思想的影响，另方面也是太谷学派“兴利养民”主张的实践。刘鹗的这种思想，同样贯穿于他的小说《老残游记》之中。

《老残游记》是晚清“四大谴责小说”之一。它着重描写了玉贤、刚弼等“清官”“杀民如杀贼”的残暴统治，抒发了作者对“冤埋城阙暗”的百姓的深刻同情和对“血染顶珠红”的酷吏的切齿痛恨。小说第十六回原评说：

> 赃官可恨，人人知之；清官尤可恨，人多不知。盖赃官自知有病，不敢公然为非；清官则自以为我不要钱，何所不可？刚愎自用，小则杀人，大则误国。吾人亲目所睹，不知凡几矣。……历来小说，皆揭赃官之恶，有揭清官之恶者，自《老残游记》始。

揭发“清官”比贪官尤为可恨，这是这部小说的特点。书中关于“北拳”（义和团）“南革”（革命党）的议论，则表现了作者洋务派的立场和处于蜕变过程中的一个封建官僚家庭出身的知识分子的保守性和落后性。

《老残游记》在艺术上也颇有特色。这突出地表现在写景状物不用套语烂调，而是通过精细的观察，熔铸新词，如实描绘。如第十二回写黄河打冰，真切如画；第二回写王小玉唱书，把无形的音乐写得仿佛看得见摸得着那样具象而生动，使每个读者都能领略它的美妙。

《老残游记》二集，主要写泰山斗姥宫尼姑逸云讲自己恋爱的心理活动和悟道的经过；同时揭露了清朝州县官吏对人民作威作福和对上司阿谀逢迎的丑恶行径。其思想和艺术均逊于初集。

孽海花

《孽海花》，共三十五回。最初一、二回发表于一九〇四年一月十七日留日学生在东京出版的《江苏》第八期上，作者署名“麒麟”，即金天翮。当时广告标以“政治小说”。此年夏秋间，金与曾朴共同商定了该书六十回之目，并将写就之前六回交曾，由曾修改并续作。三阅月，成二十回。一九〇五年一月，分两集由日本东京翔鸾社印刷，小说林社标“历史小说”发行。题“吴江金一原著，病夫国之病夫续成”。一九〇七年，曾朴又续写五回，仍标“历史小说”，在《小说林》第一、二、四期上“社会小说”栏内发表。署名改为“爱自由者发起，东亚病夫编述”。一九二七年，又重修前二十五回；次年，续写至三十二回。一九三零年，又赓续至三十五回。其中前二十回由真美善书店于一九二八年一月分两集（每集十回）出版；后十五回于《真美善》杂志一九二七年十一月创刊号至一九三零年四月五卷六号上陆续刊登。

金天翮，原名懋基，字松岑，号壮游，后又名天羽，号鹤望，别署天放楼主人，笔名金一、麒麟、爱自由者等，江苏吴江人。一八七四年生，一九四七年卒。一九零三年，在上海参加爱国学社，与章炳麟、邹容、蔡元培交密，发表了不少译著，鼓吹资产阶级民主革命。

曾朴，原名朴华，初字太朴，后改孟朴，又字小本，籀斋，号铭珊，一八七二年三月十三日生于江苏常熟。父之撰，字君表，为时文名手，著有《登瀛社稿》，为一时圭臬。曾朴自幼笃好文艺，每背人窃读名家说部及笔记杂集。十九岁赴县试，得第一，又府试，得第二，旋应院试，获第七名入学。越年，二次入京，与诸名士周旋，潜心研究《元史》、西北地理及金石考古之学。夏，南归，应秋闱，中举人。二十一岁进京会试，因试卷墨污，被剔。其父为之捐内阁中书，在京供职三年，耳闻目睹了许多官场腐败秘事。一八九五年冬，入总理衙门开办的同文馆特班学习法文。翌年七月，拟考章京当外交官未遂，弃官南回。与同邑徐念慈等组织学社，创办小学，研讨法国文学和西欧名著。一九零三年夏经营丝业，逾年败。在上海合资设“小说林”书店，自任经理，徐念慈为编辑主任。至一九零七年，又增办《小说林》月刊。明年十月，小说林歇业。一九零九年重入宦海，充任两江总督端方幕僚。一年余，端方北调，曾朴以候补知府分发浙江，在杭州、宁波任职。辛亥革命后，回江苏当省议员，先后任江苏省官产处长、财政厅长、政务厅长等职。一九二七年，退居上海，与其子虚白开真美善书店，并于十一月发行《真美善》杂志。这期间，除修改和续写《孽海花》外，还创作了自传体小说《鲁男子》，翻译发表了大量法国小说和剧本。一九三一年七月，杂志停刊，迁回常熟，种花养老。一九三五年六月二十三日病逝，享年六十有四。

《孽海花》虽然续至三十五回，但奠定它在近代文学史上地位的，还是作者在晚清写的二十五回。该书以状元金雯青与妓女傅彩云的婚姻故事为线索，纬以清末同治初年至甲午战争三十年间之社会历史及众多人物之遗闻轶事，展现了这个时期政治、军事、外交、文化和社会生活的广阔画面，在一定程度上表达了作者反对封建专制统治、反对帝国主义侵略、渴望祖国革新图强的进步思想。

此书的特点是：除了一般晚清谴责小说所共具的揭露抨击清末统治者的凶顽贪暴、荒淫无耻和昏聩无能、恶浊卑劣之外，着重描写了一批士大夫、官僚、政客、学者，即当时所谓的高级知识分子。通过他们的活动，表现了这个时期知识分子由外患内乱全不管，一心入学、中举、点状元的封建士子，到主张学习西方资本主义科学技术，借以“自强求富”的洋务派，到要求变法维新的改良派，到实行推翻清朝，建立民国的革命派的过程，从而反映了这个时期文化推移和政治变动的情况。

这是一部真实性与讽刺性相结合的作品。作者以真人真事为依据，进行了颇费匠心的艺术加工。小说突出地具有以下几个方面的长处：

一、学习《儒林外史》的讽刺手法较晚清其他的谴责小说为佳。作者对于所写的人物不加断语，即不直接表示自己的看法，而是通过客观、冷静的描述，让人们自己的言行显其是非好恶，做到所谓“无一贬词，而情伪自见”。缺点是往往由于过于隐晦而毁誉难分，有时甚至将贬误成为褒。

二、结构比《儒林外史》和晚清其他谴责小说更为工巧。全书以金、傅的关系作为一条长线，把三十年内的许多人和事像穿珠一样穿在一起。作者对此颇为自许。他说：“……譬如穿珠，《儒林外史》等是直穿的，拿着一根线，穿一颗算一颗，一直穿到底，是一根珠练；我是蟠曲回旋着穿的，时收时放，东西交错，不离中心，是一朵珠花。譬如植物学里说的花序，《儒林外史》等是上升花序或下降花序，从头开去，谢了一朵，再开一朵，开到末一朵为止。我是伞形花序，从中心干部一层一层的推展出各种形象来，互相连结，形成一朵球一般的大花。”① 平心而论，我们既要承认作者在构建这部作品上所费的苦心，但同时也必须指出，由于那些“珠”（琐闻轶事）彼此之间并无紧密的联系，“珠”和“线”（中心人物）之间也无血肉的关系，因此整个结构虽然貌似一体，实际上还是松散的。

三、作者很讲究语言的运用。如文士交谈，一派文腔；俗人说话，都是口语。全书文采斐然，读来通达流畅。

四、描摹当时达官名士模样，淋漓酣畅。因作者熟稔这些人物，故写来大体近实；但亦时有形容过度而失自然者。惟傅彩云其人写得颇为成功。她那有见地，有手腕，既聪明伶俐，温顺可喜，又刚毅果断，泼辣残忍的性格和声音笑貌、言行举止，都跃然纸上。

新官场现形记

《新官场现形记》，上下卷，首《楔子》，正文八回。两册装。标“社会小说”，不题撰人。光绪三十四年（1908）七月改良小说社初版。书前有图八幅。

小说叙参府吉邦基、文案言蕴球、参将秦振邦、知府黎武荣、通判

① 《修改后要说的几句话》，刊载于真美善书店出版之《孽海花》卷首。

潘南屏、司狱邵子丰等采取奉迎拍马、诬告陷害、暗偷明盗、软骗硬诈等种种卑污苟贱的手段，谋官捞钱，左右逢源。翰林出身的颜知府因亢直而失差，穷困潦倒，靠乞讨度日；名士陆知县清廉自守，反被诬革职，其妻女都贫病而死。

卑鄙无耻的贪官如鱼得水，清廉正直的好官无立足之地：说明这个社会已腐败透顶，不可救药，即将崩溃。这是这部小说的意义所在。另外，作品第七回写东越农民连续遭受水旱灾荒的浩劫，粮食颗粒不收，而地主逼租，官府逼粮，弄得卖儿典女，哭声载道。这一回写得生动具体，真切感人，是晚清小说中不多见的篇章。

梼杌萃编

《梼杌萃编》，一名《宦海钟》，一九一六年汉口中亚印书馆印行。标“清代醒世小说”。首载“岁丙辰（1916 年）仲春忏绮词人”《序》和“闻妙香室主人题词”。署“诞叟”著。全书除“缘起”和“结束”外，分“禹”、“铸”、“鼎”、“温”、“燃”、“犀”、“抉”、“隐”、“伏”、“警”、“贪”、“痴”十二编，每编两回，共二十四回。

孙楷弟《中国通俗小说书目》云，诞叟即钱锡宝，字叔楚，浙江杭州人。其生平事迹不详。唯据忏绮词人《序》及闻妙香室主人《题词》中“落魄江湖，致身卿佐”，“驰驱戎马”和“挂冠时犹是中年，脱身尘海”，“阅尽宦场浓淡，世味酸咸”云云，则知其年轻时曾做过级别不高的小官或者幕僚，熟悉“民之情伪”和官场丑态。

忏绮词人《序》曰：“闻是书成于光绪乙巳，正诞叟驰驱戎马之际也。”据此，后之小说书目、辞典、提要、资料和新版《校点记》均谓《梼杌萃编》写成于一九〇五年。其实，忏绮词人之言是不足信的。从书中所写内容看——如第八回说：“这时候正在开办九南铁路”；第二十四回说：“九南铁路告成。”这九南铁路就是从九江到南昌的南浔铁路，在清光绪三十三年（1907）兴筑，至民国四年（1915）通车。——可见其撰于清末民初，约一九〇五年以后，一九一六年之前。

《梼杌萃编》也叙清末官场、士林和工商界卑污苟贱的行径。但它的风格与《官场现形记》、《二十年目睹之怪现状》等一般谴责小说不同。这主要表现在：一般谴责小说代表时代的要求和人民的呼声，从政治的层面，对腐败官场和黑暗社会进行直接全面的掊击；而《梼杌萃编》的作者，则着眼于艺术创造，重在刻画人的品性（包括揭示人的内心世界）。他秉持公心，从历史批判的角度，以冷静、客观的态度，婉曲写来，由点（几个具有代表性的人物）见面（整个清末官场），常常无一贬词，而情伪毕现。这里最突出、最成功的是对于书中主角贾端甫的描写。贾端甫家境清贫，逛妓院受到贵家公子和妓女的奚落，无法忍受而又不敢发作的难堪使他心里落泪。回家后去勾引龙姨太太，待龙姨太前来相就时，他经过一番激烈的思想斗争，竟然“临崖勒马”，夜拒奔女。事后，他便到处宣扬，赢得了“暮夜却金，坐怀不乱”的“正人君子”的美名。中进士后，他更是“举止端严，衣冠古朴，谈论吐属大半本诸《程朱语录》”，因而深得厉尚书的信任而官、财两旺。他的唯一的政绩是维持风化，自己在大庭广众之中，虽妓女满座，玉动珠摇，却正襟危坐，目不邪视，“俨然一代理学名儒”，然回到上房内室，便逼着妻子做那些连“娼妓所做不到”的丑事。……作者通过这一系列的具体描写和心理刻画，塑造了一个极端虚伪卑劣的伪君子的形象。小说着力描写的另一个重要人物是范承吉。他急于立功升官，不遗余力地捕杀革命党人，甚至到了丧心病狂、灭绝人性的地步。第十回写他缉捕善化县的二老爷（知县的胞弟）和自己衙门刑名师爷的儿子，酷刑逼供，随即斩首。二老爷的夫人生产才三四天，“吓得血晕过去”；刑名师爷也成了疯子。大家觉得“惨不忍闻”，而范臬台却认为“办得从宽”，“不足以报效国家，心里还不惬意”。小说接着写他搜索会党花名册子：

到了衙门，这范臬台下了轿就坐上二堂。公案吩咐把这女的带上来。略问了几句，叫人在她身上搜。这些人就把她抱的那孩子夺了甩在地上，听他去哭，在那孝廉夫人上身奶旁胸口、袖管背后、夹层口袋都搜遍了，回说“没有甚么。”范臬台又吩咐搜下身。就有两个上来，绰着这孝廉夫人的腰，扯着手，一个扯下这孝廉夫人的裤子，伸手在裤裆里乱摸了一阵，也没有甚么，只好把手伸在裤管里去摸，果然在左首裤管里搜出一个布包，呈到公案上。范臬台亲手打开一看，果然是那本册子，心中大喜。这位孝廉夫人见这册子已被搜了出来，晓得丈夫是保不住的了，自己在堂上被这些人伸了手在裤裆里乱摸，自问也是个读书世家的女儿，怎能禁得如此出乖露丑？除死更无别法。就系好裤子，望着阶前石上把那头拼命撞去。只听“扑通”一声，登时血液横流、脑浆迸裂。两旁站堂的皆惨不忍观。范臬台也没有甚么惊骇，只吩咐了一句：“抬下去。”那些人就抬了这孝廉夫人，夹了那地上的小孩子出去。

像贾端甫这样极端卑劣的伪君子和范承吉这样肆意用人民的鲜血染红自己顶子的酷吏，完全是当时清王朝腐朽统治的孳生物。作者在开头《缘起》中指出：这种事体，“推原其本，君相亦不得辞其责”，正是抓到了问题的要害。

小说的另一个特点是结构谨严完整。全书以贾端甫等几个主要人物的活动为线索，围绕主题，推展出各种故事。而人物之间的活动，又互相联结，盘根错节，经纬交织。随着时间的推移和情节的展开，人物时隐时现，故事或起或落；但主次分明，脉络贯通，和谐统一。过去曾有人说，“这部书是谴责小说中最具备长篇小说完美的形式的一部”①，并非全是溢美之词。

① 杨世骥：《文苑谈往》第一集。中华书局，1945年4月发行。

卷下　历史小说

——借他人之酒杯，浇胸中之块磊

痛史

略。作者作品评介，见本书《〈痛史〉校点前言》。

洪秀全演义

略。作者作品评介，见本书《一代风流冤魂泣》和《关于〈洪秀全演义〉》等文。

卷末后记

本卷是“政治小说”和社会（谴责）小说的专集；同时选录了相近的历史小说两种，以示这类小说之一斑。“政治小说”曾为当时的激进分子作为宣传立宪或革命的工具，“红”过一时。大概由于作者对于小说的艺术特性认识不足，重在发表政见和载录规章条文、论说言辞之故，这种小说很快便成为历史的陈迹。但是，那自觉地把小说作为政治宣传工具的思想，却给后来的文艺创作以深远的影响。社会（谴责）小说，可说是这一时期（清朝末年）小说中的主流。它盛行的时间比“政治小说”长，在群众中的影响也远较“政治小说”为大。虽然存在着取材欠剪裁、情节少提炼等缺点，但他们真实地反映了晚清社会的现实，描写了封建末世大大小小的官僚们的丑恶形象，不仅在当时富有引起人们对于腐败不堪的封建制度的憎恶，启发人们要求变革现实的觉悟的作用，而且对后人亦具认识腐朽没落的剥削社会的积极意义。

这次编选，凡建国后多次出版的代表作品，择其特别优秀的章回；建国后尚未印过或少出的，则选其较优的全本。计：“政治小说”四部；社会（谴责）小说六集；历史小说两种：共十二种。《新中国未来记》和《狮子吼》用《新小说》和《民报》首刊本，《女狱花》和《新官场现形记》均以初版本作底本，《女娲石》用《中国近代小说大系》本。以上五种，均录全本，并作了注。其中《女狱花》、《新官场现形记》两部是建国后第一次出版；《新中国未来记》虽在阿英编的《晚清文学丛钞·小说卷》中收录，但未分段。这次选录，都进行了分段，标点，并订正了篇中的错夺衍倒。另外，对《女娲石》也重新作了分段，标点，改正了某些文字上的舛误。《官场现形记》、《二十年目睹之怪现状》、《老残游记》（均删其注）和《洪秀全演义》用人民文学出版社本，《孽海花》用上海古籍出版社本，《梼杌萃编》用百花文艺出版社本，《痛史》用花城出版社校点本。

一九九二年十一月十四日北京

小说六卷

卷上　写情小说

——思想观念的交叉道，表现形式的过渡桥

泪珠缘

《泪珠缘》，四集六十四回。标“写情小说”，署“天虚我生著”。光绪二十六年（1900）四月杭州大观报馆刊巾箱本，二集三十二回，首载何春旭撰弁言二，并有何春茂、赵组章、朱素仙及作者本人的题辞。光绪三十三年（1907）七月杭州萃利公司铅印本，四集六十四回，末有光绪二十六年金振铎跋、华亭一鹤跋、光绪辛丑（二十七年）汪大可跋和作者自跋。

天虚我生，姓陈，原名寿嵩，字昆叔，后改名栩，字栩园，号蝶仙，别署超然、惜红生、天虚我生、大桥式羽、太常仙蝶、樱川三郎。浙江钱塘人。生于一八七九年六月四日。儒医月湖之子。少负才名，主著湣吟社，文士景从。戊戌政变前，曾与何公旦、华痴石于杭州创办《大观报》，鼓吹维新学说，被封禁。后因商业失利，离乡游幕。时周病鸳主编《同文沪报》附刊《消闲录》，栩常为诗文，连载其间。辛亥夏，王钝根为《申报》创编《自由谈》，广征文艺，栩在绍兴幕中，投以诗歌和小说，甚得钝根赏识。自是书信往还不绝。冬，栩至沪，先任《自由谈》特约撰述，继经王钝根推荐，被聘为中华图书馆编辑，主编《女子世界》月刊。出版后声华籍甚，闺阁贻书称女弟子者数百人。旋钝根出营商业，栩乃承乏主《自由谈》笔政，别辟“家庭常识”专栏，大受读者欢迎，《申报》销量，为之激增。民国八年，“五四”运动爆发，国人群起抵制日货，栩于沪寓所组织家庭工业社，制造、发售蝴蝶（谐音“无敌”）牌牙粉，大获市利，几年间扩充资本至二十万。进又生产化妆品，分设酿酒、制汽水及碳酸镁、玻璃瓶诸厂，扩大招股，成立有限公司。栩指挥擘画，日不暇给，遂辍文字生涯，专门从事企业活动，竟为富翁，筑蝶庄于杭州西子湖畔。抗战时，一度入蜀。晚年病胃，一九四零年二月八日卒于沪寓，享年六十有二。栩著译繁富，今知有写情、社会、侦探、历史小说及传奇、弹词、诗、词、乐谱、散文、尺牍等近百种。其妻朱恕、子小蝶、女小翠，皆负文名。

《泪珠缘》是作者二十岁时候所写的一部作品。它主要叙宝珠和婉香相爱恋，中经许多波折，最后结为连理的故事。全书人物的设置，形象的塑造，几乎全是摹拟《红楼梦》：宝珠如宝玉，婉香如黛玉，柳夫人如贾母，秦文如贾政，石漱芳如王熙凤，美云如元春，丽云如探春，绮云如迎春，茜云如惜春，藕香如李纨，秦珍如贾珍，秦琼如贾琏，袁夫人如王夫人，软玉如湘云……甚至贾宝玉喜吃胭脂、林黛玉养的鹦鹉学舌等细节也都被抄袭到这部书里。但是，故事情节和人物的思想个性却与《红楼梦》并不相同。最突出的是：《红楼梦》以它巨大的艺术魅力描写了宝黛的爱情悲剧，并通过对这一爱情悲剧所涉及的社会各个层面的描绘，反映了中国整个封建社会的没落；而《泪珠缘》只是从表面上极肤浅地模仿《红楼梦》，写一些没有意义或意义不大的“琐琐屑屑”的“儿女痴情”和“家常闲话”。其艺术成就，更是与《红楼梦》不可同日而语。

从这里可以看出，中国的写情小说，到1900年时，仍在老圈子里，特别是跟着《红楼梦》的影子打转转，没有什么新的突破。

新聊斋·唐生

《新聊斋·唐生》，短篇文言小说，载《新小说》第七号（1903年7月6日出版），标“写情小说”，署“平等阁著”。

狄葆贤，字楚卿，又字楚青，号平子，别号平等阁主、平情居士、六根清净人、慈石、雅、高平子、狄平等。江苏溧阳人，一八七三年生。早年曾游学日本，民国初年在上海经营时报社及有正书局，晚年专心佛学。著有《平等阁笔记》、《平等阁诗话》、《小说丛话》和《论文学上小说之位置》等。

《新聊斋·唐生》叙一位中国留学生与一位美国少女相爱，情意甚笃。庚子事变起，八国联军破京师，生因爱国故，断然与女割爱。女辟理恳情，生终不许；女乃遗书自尽。小说全文虽不足二千字，然写得情真理挚，很感动人。我国作家专门写中国与域外青年男女相恋，因国事而酿成悲剧的小说，恐怕这是第一篇。诚然，造成这对青年爱情悲剧的原因——主要是唐生的思想和表现，在九十年以后的今人看来，也许难以理解，但在当时却是完全真实的，并且备受赞扬。所以，这实际上是一种由社会和传统观念造成的悲剧；虽然，作者并没有意识到这一点。

恨海

略。作者作品评介，见本书《赞社会小说家吴趼人及其作品》和《读吴趼人〈悔恨〉随想》文。

禽海石

《禽海石》，十回，符林著。光绪三十二年（1906）上海群学社出版。首目录，次弁言，次正文，间有眉批，末回有简短的总评。

作者生平事迹不详。

小说以第一人称作者病中回忆的形式，叙一对青年男女深情相恋，因婚姻不能自主——须由“父母之命，媒妁之言”决定，以致延误了婚期，在接着发生的庚子战乱中酿成生死永别的悲惨结局——女的历尽苦楚，含恨黄泉；男的缠绵病榻，奄奄待亡。

作品有如下特点：一、在思想上，矛头直接指向“男婚女嫁，都要凭着‘父母之命，媒妁之言’”的封建婚姻制度，明确提出男女双方“自主”，父母不得“强来干预”的婚姻主张。这是“五四”时期知识青年对现代性爱觉醒的先声。二、在写作上，除了细腻的心理刻画外，第一次以完全的第一人称叙事（自始至终写“我”自己的情和事，而不是通过“我”的见闻讲他人的故事）替代中国小说传统的全知叙事。这是中国小说发展过程中的又一个重大突破，是中国小说近代化的又一个鲜明标志。从这些特点中可以清楚地看到，《禽海石》在走向现代新小说的道路上，比《恨海》更前进了一步。

由于作品以第一人称作者病中回忆录的形式出现，其情其事，娓娓叙来，使人觉得分外真实可信。特别是作者打开心灵的窗户，讲述“自己”恋爱的温馨、甜蜜、焦虑、烦恼和欢乐，以及与爱人生离死别的惆怅、哀伤、魂牵梦绕的愁思和肠断心碎的苦楚，读来倍感亲切动人。

总之，无论就《禽海石》的艺术成就，思想意义，还是在中国小说发展史上的地位而言，它都是一部优秀的、极其重要的作品。

断鸿零雁记

《断鸿零雁记》，二十七章，苏曼殊作。1911 年暑期，开始发表于爪哇泗水（今印度尼西亚的苏腊巴亚）的《汉文新报》，至该报停刊而辍。次年五月十二日起，重刊并续载于上海《太平洋报》。

苏曼殊，名戬，号子谷，小字三郎，别号曼殊、苏湜、玄瑛、燕子山僧等。1884 年 9 月 28 日，生于日本横滨云绪町一丁目五二番地。父苏杰生，名胜，字仁章，广东省广州府香山县恭常都戎属司白沥港良都四图五甲（今广东省珠海市前山区南溪乡沥溪村苏家巷）人，1862 年赴日本横滨经商，1882 年任横滨英商万隆茶行买办。杰生娶一妻三妾。妻生二子，二妾生五女。曼殊乃杰生与至横滨苏宅助理家务之大妾河合仙（日本人）胞妹河合若私通所生。曼殊出生未及三月，因河合若回乡下逗子樱山本家而转由河合仙抚养。六岁随嫡母黄氏回广东沥溪。越年，入村塾读书。十三岁，赴沪，依其转沪经商之父生活，从西班牙牧师罗弼·庄湘学习中英文。在此期间，曼殊颇受二庶母大陈氏虐待。十五岁，随表兄林紫垣赴日本求学，经济主要由林供给。因受家人、族人歧视，常感叹身世孤零，抑郁不欢。十七岁，潜回广东，至新会县崖山慧龙寺剃度。旋重返日本，住河合仙家，从师学习绘画。十九岁，加入“青年会”，参加兴中会活动。二十岁，改入振武（成城）学校学习初级陆军技术，参加“拒俄义勇队”和由“学生军”改名的“军国民教育会”。后乃辗转于上海、长沙、香港以及暹逻（泰国）、锡兰（斯里兰卡）、爪哇、越南等地任教和开展革命活动，同时进行翻译、绘画和诗歌、小说等文艺创作。1918 年 5 月 2 日，因肠胃病恶化逝世，享年三十五岁。

苏曼殊是一位充满革命热情的爱国主义者，是一位天才的、多情多感的诗人、小说家、画家和翻译家。他的绘画意象精妙，疏淡清雅；诗歌情景交融，轻灵自然。小说有中篇《断鸿零雁记》、《天涯红泪记》（未完）和短篇《绛纱记》、《焚剑记》、《碎簪记》、《非梦记》。这些小说，一般都写两女爱一男，或一男爱数女，由于男女主人公一方家庭贫寒、破产、没落，另方家长反对、阻挠、悔婚，或主人公本身的犹豫动摇，而最终成为悲剧。可说是较为典型的哀情小说。它既表现了开始觉醒的青年知识分子对于新的爱情生活的追求及其与注重财产、门第等封建婚姻观念的冲突，同时又表现了这些在沉重的封建伦理道德枷锁束缚下生活的青年对于旧的传统观念的屈从。这种二重性的矛盾，正是反映了辛亥革命前后那个新旧交替的过渡时代的特征。

苏曼殊的小说是他真情实感的抒写，所以读来真切动人，很有艺术感染力量。另外，他的小说在创作形式上更具现代小说的特点。这主要表现在：一、以“章”代“回”，完全取消了中国古代章回小说的分回标目和“话说”、“却说”、“且听下回分解”等叙述上的陈套；二、更熟练地运用第一人称叙事方式；三、变中国古代以情节丰富曲折见长的情节小说为着重塑造人物形象、揭示内心世界的性格小说。这是苏曼殊在中国小说发展史上的贡献。这种贡献，是苏曼殊熟悉外国文学并自觉吸收其营养的结果。

《断鸿零雁记》是苏曼殊的代表作。它写三郎孤苦飘零的身世、内心的苦恼，写乳媪、生母、姨娘的慈怜和雪梅、静子的情爱，都情真意切，恻恻动人。自问世以来，多为人所称美。

玉梨魂

《玉梨魂》三十章，徐枕亚著，民国元年（1912）连载于《民权报》附刊，登完后即印单行本行世。

徐枕亚，名觉，别署东海三郎，为纪念亡妻蕊珠，又署泣珠生。江苏常熟人。1889 年生。家贫，虞南师范毕业后任小学教师。1912 年，自由党领袖周浩在上海江西路泗泾路口办《民权报》，聘徐任新闻编辑。不久，该报因激烈反对袁世凯帝制而遭摧残停版[①]。徐乃入中华书局为编辑。因主任沈瓶庵乱改其所著《高等学生尺牍》而不快，转任《小说丛

① 《民权报》于 1912 年 3 月 1 日创刊，6 月中旬即遭公共租界当局的严厉指控，主编人戴季陶被捕受审，并被罚款。“二次革命”（“讨袁之役”，1913 年 7 月至 9 月）失败后，各地进步报刊被查封，《民权报》亦遭禁售，被迫停刊。

报》之主编①。继又扩资在交通路办清华书局，编《小说季报》②。他的祖与父都死于酒。他也嗜酒成癖，常常醉后跌倒，衣破骨损，虽亲朋劝止，己亦誓改，但终无成效。他的家庭生活很不幸。母亲性情暴戾，苛虐儿媳。他和长兄天啸都伉俪情笃，但两媳均不容于姑。嫂子刘吟秋不堪凌辱，自缢而死。其母又强逼他和妻子蔡蕊珠离婚。他只好阳为离婚，阴则接蔡至沪同居。未几，蔡产后病故③。他极为伤痛，作了一百首《悼亡词》刊布。时状元刘春霖之女沅颖，在北京读了他的《玉梨魂》和《悼亡词》后，钦慕备至，由通信而见面，几经周折，竟当了续弦夫人。然南下后以贫富悬殊，生活不惯，很快就抑郁病殁。徐连遭凶命，益加颓唐，既不再作小说家言，其所办的清华书局也因营业不振而全部盘给大众书局。此后，每况愈下。他先在沪卖字为生，后回故里，居南乡杨树园，贫困益甚。1937年卒，享年四十有八。

徐枕亚是鸳鸯蝴蝶派的代表人物。他的作品有《玉梨魂》、《雪鸿泪史》、《余之妻》、《兰闺恨》、《双鬟记》、《棒打鸳鸯录》、《刻骨相思记》、《让婿记》、《燕雁离魂记》、《血泪黄浦》、《清宫溅血记》、《秋之魂》、《鸳鸯花》、《蝶花梦》、《碎画》、《枕亚浪墨》（第1—4集）、《情海指南》、《挽联指南》等，另外还编有《锦囊》、《广谐铎》、《谐文大观》、《无名女子诗》。这些作品，大都由民权出版部和清华书局印行。

《玉梨魂》是徐枕亚最主要的代表作品。它以骈散结合的形式，写青年小学教师何梦霞与年轻寡妇白梨影相爱，又受传统的封建礼法观念的束缚而不能成就婚姻。相爱而不能爱，不能爱又刻骨铭心地相爱。在炽热的不能自拔的爱河中和严酷的封建礼法的黑屋子里痛苦地呻吟，哭泣，挣扎着。最后，梨影殉情而死，梦霞参加武昌起义，壮烈牺牲，报命于地下之梨影。小说诗词连篇，韵散错杂，情词悱恻，藻绘华美。发表以后，一版再版，十数年间重印三十二次，发行数十万册，香港、新加坡等地亦翻印出版，上海民兴社改为话剧上演，明星影片公司还拍成电影

① 《小说丛报》，1914年5月在上海创刊，徐枕亚、吴双热任主编。至第4年第9期（1919年5月）后不见。

② 《小说季报》，1918年8月在上海创刊，出第4集（1920年5月15日）后停刊。

③ 严芙孙《全国小说名家专集·徐枕亚》云：“他的夫人蔡蕊珠，去冬病没。”严书1923年8月出版，则蔡当死于1922年。夏志清《〈玉梨魂〉新论》说徐枕亚“1924年丧妻”不知何据。

放映。可见其读者之众和影响之大。

《玉梨魂》之所以如此受人欢迎，主要在于它真实地反映了那个时代中国社会里一种普遍关注的情状，揭示、触动、震撼了许多欲新还旧的知识分子的灵魂。

中国自鸦片战争以后，国事日非，外患不绝，彻底暴露了封建老大帝国的腐朽面貌。先进的中国知识分子向西方寻求救国救民的真理，新兴的中国资产阶级领导的改良和革命运动日盛一日。欧风东渐，由自然科学而社会科学，各种新思潮滚滚而来，冲刷着中华大地的古老文化。男女平等、妇女解放、婚姻自由逐渐成为一部分青年的时髦口号和知识界讨论的热门话题。但是，中国的封建主义源远流长，根深蒂固。辛亥革命，只推翻了一个爱新觉罗王朝，远没有打倒封建主义。即使经过了鲁迅等先进分子呐喊——反对封建旧道德以后二三十年的四十年代，在受资本主义思想影响较大的江南乡镇，青年人的婚姻仍然几乎完全由父母之命、媒妁之言来决定。即便是恋爱婚姻自由已经不成问题的今天，许多人又何尝不在庄严的服饰内掩藏着一条相同或不同形式的、或长或短的封建主义的尾巴。这说明：彻底埋葬封建主义并非易事，这一历史任务，须要经过一个相当长时间的艰苦的战斗才能真正完成。徐枕亚的思想，虽不属于先进行列，但他的《玉梨魂》却反映了当时中国社会的血淋淋的撞击人心的现实。

《玉梨魂》描写了一种当时人们生活中极其尖锐的矛盾。即一般青年男女的自由恋爱婚姻尚不可能，一个青年男子与一个年轻寡妇相爱成就婚姻更是难上加难（虽然早在汉代已有司马相如、卓文君的先例，但经过宋、明理学的禁锢，到清末民初却成了不可想象的事）。徐枕亚选择了这样一个难题，只要是现实主义的描写，似乎除了以悲剧告终，没有其他更好的出路。

以往中国小说中的爱情悲剧，都以一种外来的社会力量所造成：或因男女双方门第不当、贫富悬殊而亲属阻止；或因统治者（包括绅、霸）好色强占而横加迫害；或因社会动乱，彼此离散而遭逢不幸；或因男方遗弃，而使女方沉沦；……《玉梨魂》所写的男女主人公始终相爱，他们的悲剧主要的、起决定因素的不是外来的力量，而是内在的——本身思想的矛盾：既不顾严酷的封建礼法的规范，强烈地想望按照人性的原则，随着爱情的汹涌的波涛前进，又不敢超越旧道德的樊篱，认为冲决它是一种不可饶恕的犯罪的行为。双方均不愿意因道而弃情，又不愿意为情而废道。矛盾无法解决，最后以一死了之。这样，既殉了情，又殉了道；既不辜负情，又未亵渎道：可谓实现了一种灵魂的自我完善。这里，一方面表现了在西方新思潮的冲击下，中国原来神圣不可侵犯的旧礼教的开始动摇；同时又说明了它（旧礼教）对人的灵魂毒害之深，这种无形的势力是多么的强大和何等的可怕！这是《玉梨魂》的新贡献，也是它成功之所在。

徐枕亚曾在无锡西仓镇蔡府任家庭教师，《玉梨魂》女主角梨娘影射该府一年轻寡妇，男主角梦霞乃作者自况。因有生活原型和本人深切感受作基础，所以描写主人公的感情细腻真切；又由于作者具有相当高的文学素养和比较强的表达能力，词藻纷披，意随文见，读来恻恻动心，颇给人以美的享受。但是作者刻意摹仿《红楼梦》、《花月痕》以及唐人张鹭《游仙窟》、清人陈球《燕山外史》那种缠绵悱恻的情致和骈四俪六、诗词寄慨的形式，有些地方又不免使人产生矫揉造作、无病呻吟的感觉。如第一章《葬花》和第二章《夜哭》的前半部分，便是最突出的例子。不过，在写作上，作者也有新的创造。他吸取了西方小说的某些表现手法。比如，中国传统小说一般都是按时间顺序从头至尾平铺直叙故事情节。而《玉梨魂》的开头却劈空写梦霞“葬花”、女郎“夜哭”，到第二章的后半部才反过来从头补叙男女主人公的来历。此后，便用中国传统小说的写法——第三人称（全知者）、按时间顺序叙述故事发展的过程，至第二十八章梦霞吊梨娘之丧止（从宣统元年己酉二月至宣统二年庚戌正月初三）。第二十九、三十——最后两章是结语，它改用第一人称叙事法，“余”（作者——东方仲马——秦石痴校长早年的同窗）成为悲剧发生的见证人。首先，他从一位参加武昌起义的朋友那里得知梦霞曾按梨娘的劝告赴日留学，后举义武汉，为国牺牲。进而，公布了其友从梦霞身上获得由梦霞手抄的他未婚妻筠倩临终前庚戌六月三日至十四日的日记。最后（是年之冬），作者到蓉湖见秦石痴，和石痴一同造访崔府。时崔翁已殁，鹏郎寄养于外戚。院中荒草败柳，悲凉凄清；梨树和辛夷，已枯萎被砍，葬花之香冢，埋没于苔藓之下，梦霞书室，蛛网尘封，空无一物。唯于废纸篓中捡到两阕梦霞所写的悲秋之词。在这里，小说把“葬花”和“夜哭”从时间的序列中抽出放在前面作开头，以后再倒叙，这是西方侦探小说惯用的手法。在吴趼人 1904 至 1906 年发表的

《九命奇冤》中已经十分成功地运用了这种技巧①，《玉梨魂》的作者又将这一手法扩展到了写情小说之中。本书的结尾，是明显地受了林译《巴黎茶花女遗事》② 的影响。《茶花女》最后写作者读马克临死前的日记，并与亚猛同访马克的好友配唐、于舒里以及马克之墓和亚猛之家。《玉梨魂》几乎完全套用了这一格局，只是内容不同和写得更为苍凉而已。

《玉梨魂》既大受欢迎，徐枕亚接着便把同一故事改写成日记形式，以"《雪鸿泪史》(别体小说)"之名，在他和吴双热主编的《小说丛报》上连载③。未等刊完，即印单行本④出售。小说以第一人称叙述，自传性更为明显，唯其影响力已逊于《玉梨魂》。徐枕亚此后诸作，大抵都套用这种悲剧公式，无论其思想和艺术，均不足观矣。

自徐枕亚《玉梨魂》始，标着"哀情"、"苦情"、"怨情"、"忏情"、"孽情"、"惨情"、"艳情"、"爱情"、"侠情"、"奇情"等等哗众的招牌，哀叹才子"丰才啬遇、潦倒终身"，佳人"貌丽如花、命轻若絮"的鸳鸯蝴蝶派小说蜂起潮涌。直至1918年鲁迅《狂人日记》等新小说问世，以及二十年代初新文学阵营对鸳鸯蝴蝶派展开猛烈批判后，其发展旺势才被遏止，并渐趋低落⑤。不过，徐枕亚将日记引进小说，以及《雪鸿泪史》这样完全日记体小说的出现，未尝不会给鲁迅《狂人日记》等新小说的创作一点启迪。

---

① 夏志清《〈玉梨魂〉新论》云："《玉梨魂》是第一本让人提得出证据，说明是受到欧洲作品影响的中国小说。"这是不准确的。

② 该书于光绪二十五年（1899）一月初版。

③ 该小说连载于《小说丛报》第1期（1914年5月）至第18期（1916年1月）。

④ 1915年2月出版。

⑤ 这里指狭义的鸳鸯蝴蝶派——写情小说而言，不包括武侠、侦探等小说。

卷中　武侠、侦探小说

——推陈出新，承前启后

乾隆巡幸江南记

《乾隆巡幸江南记》，八集七十六回，不署撰人。此书原题《圣朝鼎盛万年清》。孙楷第《中国通俗小说书目》云："曾见广州坊刊本，仅四卷七回。书名《万年清奇才新传》。"

光绪十九年至二十二年间，上海英商五彩公司及上海书局先后石印一二集及三四集，四集以下未见。继有坊间石印本八卷八集，改题《乾隆巡幸江南记》。此后续书尤多。清无名氏撰。始作者为广东人。上海书贾续成之。江苏省社会科学院明清小说研究中心编《中国通俗小说总目提要》谓："……光绪间上洋海左书局石印本。共八册：初集二册，二集二册，三集一册，四集一册，五、六集一册，七、八集一册。内封题'绘图万年清×集，广东双门底海左书局批发'。"上海古籍出版社1989年4月据广东双门底海左书局发行的《圣朝鼎盛万年清》绘图本①删除原书的集次、卷次，改名《乾隆巡幸江南记》重行出版。齐裕焜《公案侠义小说简论》注五曰："前二集十三回，刊于光绪十九年（1893），后有人续作，最后竟续至八集七十六回，其刊行时间已在民国初年。"② 笔者见上海共和书局石印本，八集（每集一卷）七十六回：第一集七回，第二集六回，第三集六回，第四集七回，第五集十二回，第六集六回，第七集十六回，第八集十六回。书前有图六幅，未标出版时间。

通读全书，可知前四集四十四回是一人所作，后四集三十二回为另一人所续。最明显的表现在作者对少林寺至善禅师师徒与峨嵋山白眉道

① 未说该书出版年月。

② 见《明清小说研究》1991年第1期。

人、武当山冯道德师徒两派之间斗争的好恶（褒贬）态度的截然相反的变化。另外，从语言文字的运用上看，孙楷第“始作者为广东人，上海书贾续成之”之说，应属可信。后四集续于清末（光绪二十二年以后）民初之际，大概亦不成问题。

这部小说有两条线索。一条写乾隆皇帝下江南，他化名高天赐，微服巡游。所到之处，除了饱览胜山丽水，遍尝风味佳肴，即乃铲奸锄暴，济困扶危，平冤决狱，识拨才豪。集清官、侠士于皇帝一身，此可谓公案侠义小说之夕照。另一条线索写武林门派的斗争，以及他们在斗争中所展现的花样繁多的武林技艺，开辟了武侠小说的新途径。这后者便是这部作品的意义之所在。

古戍寒笳记

《古戍寒笳记》，四十六回，叶小凤撰。先连载于《七襄》（旬刊）第1期（1914.11.7）至第8期（1915.1.17），大受读者欢迎。1917年12月15日，上海小说丛报社出版单行本。卷首有王大觉、范烟桥、凌景坚、吴绮缘序，书后刊姚氏哀跋。

叶小凤，原名宗源，又名叶，姓名重叠为叶叶①；字楚伧，又以父字凤巢，便号小凤；别署卓书、龙公、之子、春风、屑屑等。江苏省吴江县周庄人②。1883年生。师事刘昌熙。他先后参加南社、国学商兑会、鸥社、春音社和同盟会，历主上海《民立报》、汕头《中华新报》、上海《大风报》、上海《太平洋报》等笔政，鼓吹革命甚烈。1916年，与邵力子合办《民国日报》，任总编辑。1926年到广州任国民党中央党部秘书长。国民政府迁至武汉后，任国民政府联席会议秘书长，上海临时政治分会委员。1927年7月，任南京国民党中央党部工人部代理部长。1928年任国民党中央宣传部代理部长，兼江苏省建设厅厅长。1929年被选为国民党第三届中央执行委员，任中央宣传部部长。1930年任国民党江苏

---

① 《辞海》1989年版和《中国近代文学大系·小说卷》均谓叶小凤又名“单叶”，实误，应为“单名叶”。今从范烟桥《中国小说史·最近之十五年》及郑逸梅《南社丛谈·南社社友事略》。

② 所见辞典和传略均云叶小凤为吴县（今苏州市）人，范烟桥《中国小说史》则曰“吴江周庄人”。范系吴江同里人。周庄在同里东南，两地仅数里之隔。当以范说为是。

省政府主席、国民政府委员、中央政治会议委员。旋又代理国民党政府文官长，任国民党中央执行委员会常委兼秘书长。1935 年任国民党政府立法院副院长。1946 年病逝，享年 53 岁。

叶氏擅词章小说，在步入政界以前，曾创作大量武侠等通俗小说，很受读者欢迎，成为当时颇负盛名的小说家之一。《古戍寒笳记》是他的成名之作。此后，又接连发表了《如此京华》、《前辈先生》、《王癸风化梦》、《蒙边鸣筑记》等长篇和《韩生》、《母教》、《雌婿》、《博爱》、《蛮殿仙踪》、《慕容大夫》、《情场奴吁》、《弄堂小史》等等许多短篇。范烟桥《中国小说史》谓其“言词悱恻，文采历落，虽短篇散作，亦戛戛独造。《金阊三月记》，比诸《板桥杂记》，更为茜丽，《秦淮》、《吴门画舫》诸录，瞠乎远矣”。东江王大觉评之曰：“星斗罗于胸中，风雷动于腕底，所撰诸书，辄自抒悲愤，意态至雄杰，有幽并健儿拍手横刀之概。而《金阊三月记》一篇，则又轻蒨婉约，笔致绵缈，不脱吴儿山温水软之习。”① 可见其受当时同行推崇的情况。

《古戍寒笳记》叙清代初年，明末孤臣遗民，哀思宗之殉国，密谋反清复明，与清廷抗争的故事。吴绮缘序曰：“是书所记，皆有所本，兼可补史乘所阙疑，殊非一般空中楼阁可比。且其中杂以孤臣烈士、名将美人，穿插得宜，生气勃勃。”整个作品写得古朴苍凉，意气豪迈。多处用倒叙手法，神出鬼没，引人入胜。确实是一部比较好的武侠小说。

失珠

《失珠》，短篇，通俗文言，共六章。连载于《月月小说》第 15、16、17 号，光绪三十四年三月至五月（1908. 4—1908. 6）出版。题上标“中国侦探”，下署“马江剑客述，天民记（原）”。

本篇自始至终用第一人称，前四章叙朱、王两中表兄弟至蔡家，待蔡母择婿。经考试，王中选。朱怀恨，遂起谋害之心。他夜刺蔡长子，盗其珠，而将凶器与珠囊遗王箧中，以移罪于王。“余”为之侦查破案，王得释，珠还蔡，朱坐充军罪。后两章叙“余”与陈君亚由相恋到结婚后的爱情幸福生活，以及朱充军逃归，买刃报仇刺“余”，君亚护之受伤

① 转引自郑逸梅《南社丛谈·南社社友事略》。

（刃穿左肋贯肺）而亡。临死时之对话，情词悱恻，感人至深。然已离主题“失珠”远矣。盖是时西方侦探小说初传入中国，中国作家对此种小说形式尚未完全掌握，仅在学习试作阶段，故其“侦探”甚显幼稚；而“言情”之作，在中国已具悠久历史，积有丰富经验，故其“爱情”二章颇觉真切动人。今选录于此，以使读者知中国侦探小说草创时之情状。

鬼仇

《鬼仇》①，文言短篇。程小青撰。载中华民国八年八月二十五日（1919. 8. 25）出版之《小说月报》第十卷第八号。

程小青，祖籍安徽省安庆市，1893 年 6 月 21 日出生于上海。原名青心，晚号“茧翁”，寓“作茧自缚”之意。敌伪时期，深自韬晦，化名辉斋。他少小家贫，早年丧父，靠母亲针黹维持生活。仅读几年私塾，即去钟表店当学徒，业余刻苦自学，补习英语，阅读《水浒传》、《礼记·檀弓》等中国古代名著和《福尔摩斯探案》等西方侦探小说。他从中受到启发。特别是《福尔摩斯探案》，他认为既具科学分性，又富推理判断，故深为喜爱。他孜孜不倦，加以研究，并把它译为中文，投稿报刊，向国人介绍。在此基础上，他又别辟蹊径，创作出符合我国国情和风俗习惯的《霍桑探案》。1915 年，举家移居苏州，住葑门望星桥畔，长期任东吴大学附中和景海女师教员。1923 年 6 月任《侦探世界》（半月刊）主编，至 1924 年 5 月止，共编 24 期。抗战时期，曾一度避难安徽黟县，后转上海，兼国华中学英文课。抗战胜利，返回苏州故居，1976 年 10 月 12 日辞世，享年 83 岁。

程小青一生译著很多。翻译有《斐洛凡士探案》、《柯柯探案》、《圣徒奇案》和主持整理重译的《福尔摩斯探案大全集》，创作仅侦探小说就有数十百篇②，因而博得东方柯南道尔的称号，并被誉为“中国侦探说部之鼻祖”。1950 年后，他写过《大树村的血案》、《她为什么被杀》、《生

① 郑逸梅《程小青》和《中国近代文学大系·小说卷》“程小青简介”，均谓《鬼妒》，今据《小说月报》原文订正。

② 见芮和师等编《鸳鸯蝴蝶派文学资料》第 388 页《程小青》。四十年代世界书局出版之《霍桑探案》“袖珍丛书”三十种，收长、短篇共 57 篇。

死关头》、《不断的警报》四种惊险小说。此外，他还嗜国画成癖，又喜书法，亦能吟咏。其女育真曾在美国为他刊印《茧庐诗词遗稿》，分赠予亲朋诸好。

程小青的第一篇侦探小说《灯光人影》，发表在1914年秋《新闻报》副刊《快活林》上。这里选的《鬼仇》，也是他的早期作品。小说叙斯梯芬“心涎巨资，以诡词诱”一少女成婚之后，女觉而服毒自杀，斯梯芬远去。数年后回旧居，见“女鬼”惊死。时隔半载，才查明“女鬼”乃斯梯芬死妻之外甥，为其姨复仇而装扮者也。作品投《小说月报》后，曾为该刊主编恽铁樵所赏识，并函约会面，多加勖勉。《鬼仇》较作者二三十年代的作品尚欠成熟，但可以从此窥见中国侦探小说初期创作的面貌。

卷下　社会小说（短篇）

——现代新小说的曙光

小足捐

《小足捐》，文言短篇。载《月月小说》第6号，1907年3月出版。陶安化撰。

陶安化的生平不详。

小说叙某省某道员向一候补巡检诉说目下财政支绌，急须筹一巨款，方得度过难关。巡检为得优差，苦思冥搜，拟就“小足捐”章程上呈。谓“凡妇女足小二寸余者，每日收捐五十文；按寸以十文递减”。道员阅之大喜，具禀督宪，请即核准。总督批饬各司道会议，诸公多不谓然，“小足捐”之议遂罢，巡检颓丧而归。

统治者一味为着自己升官发财，不顾民命。他们穷思极想，巧立名目，搜刮民财，这是一个社会腐败堕落的标志。这个短篇，不仅具有了解晚清社会的认识意义，而且不失以之审视当今世界的启迪作用。

查功课

《查功课》，白话短篇。吴趼人撰。载《月月小说》第8号，1907年5月出版。

作者的生平事迹，见《赞社会小说家吴趼人及其作品》文。

小说叙某日半夜一点钟，督署突然派员以“查功课”为名，闯入学生宿舍，“翻箱，倒箧，掀被，揭褥，拆帐，开抽屉，撬地板”，……搜查宣传革命的《民报》。而学生，在事前已把它们藏入裤裆里和衣袖内。所以，四十份《民报》一份也没有被搜查到。

吴趼人是一位富有探索和创新精神的作家。在这里，他截取生活中的一个横断面，完全用客观的白描手法——几乎全篇用对话，通过对话，叙述事件。作品全文仅两千余字，但生动、形象地描绘出统治者视《民报》为洪水猛兽，气急败坏地半夜查抄学生宿舍，以及学生追求进步，机智地与之斗争的场面。这个短篇，无论从内容到形式，已经背离了中国古代短篇小说的模式，具备了现代新小说的特点。

穷丐

《穷丐》，文言短篇。李涵秋著。载《小说林》第 10 期（1908 年 4 月在上海出版）。

李涵秋，1874 年生。名应漳，以字行；别署沁香阁主、韵花馆主等。祖籍安徽庐州（今合肥市），太平天国时迁居江苏扬州。七岁丧父，家道中落，十七岁即设帐授徒养家。二十岁中秀才，次年食廪饩。三十一岁受聘武昌，坐馆教读。他对官场的肮脏丑恶有比较清醒的认识，平时悠然自适，无志进取，“以为一入政界，有如素质之衣便染成皂色，虽再掬水洗濯，终不能还我本来面目矣”①。清末回里，执教于两淮高等小学；光复后，又兼省立第三师范教职。他早年即从事小说创作②，课余之暇，孜孜不倦。后以体弱，遂辞去两校教务，专意撰述。1921 年冬，受狄楚青聘，赴沪为《小时报》编辑主任。翌年秋返里，每日除一二小时写作外，以花鸟自娱。1923 年 5 月 13 日夕，忽气闭而卒。

李涵秋曾谓其弟曰：“我辈手无斧柯，虽不能澄清国政，然有一枝笔在，亦可以改良社会，唤醒人民。汝其于撰述上，悉心研究，切勿轻视。”③ 由此可见他的创作思想。李涵秋多才多艺，诗、文、字、画均所擅长，但主要成就则在小说方面。一生计有长篇三十余部、短篇集《沁香阁笔记》等。大都是社会、言情之作，亦有武侠、侦探、滑稽等篇。民国初期，享有盛誉，被称为“第一小说名家”。代表作《广陵潮》长达百万言，先后重版数十次，是一部广为流传的作品。

---

① 严芙孙：《全国小说名家专集》，云轩出版部 1923 年 8 月出版。

② 据严芙孙《全国小说名家专集》云，李涵秋二十至三十岁时期之创作，有《双花记》、《瑶瑟夫人》、《雌蝶影》、《双鹃血》等。

③ 严芙孙：《全国小说名家专集》，云轩出版部 1923 年 8 月出版。

《穷丐》叙一群身患残疾（眇者、跛者、瘫痪者、哑者）之乞丐，闻显宦卖国，异族占地筑路，决心乞讨聚钱，购买股票，赎回路权。然富商唯利是图，官吏欺压成性，穷丐们受尽屈辱，不仅未获分毫，且一生餐风宿露，积得几个小钱，亦被当道侵吞；最后，眇者瘐死狱中，哑者愤亡破庙，跛者跳溺长河——一一遗恨而死。在这里，作者极力歌颂了穷丐的爱国之心和揭露了官、商们不顾亡国灭种，一意攫取肥私的罪恶行径。读之，感慨之余，引人深思。

怀旧

《怀旧》，文言短篇，鲁迅作于 1911 年冬。最初发表于 1913 年 4 月 25 日出版之《小说月报》第 4 卷第 1 号，署名周逴。有焦木夹批和文末评语。

鲁迅（1881——1936），原姓周，幼名樟寿，字豫山，后改豫才。1898 年起，改名树人。鲁迅是他 1918 年发表《狂人日记》时开始用的笔名。他诞生于浙江省绍兴县城一个逐渐没落的封建家庭，是我国伟大的现代文学家、思想家。

作者于 1934 年 5 月 6 日致杨霁云的信中说：“我的最初排了活字的东西，是一篇文言的短篇小说”，“内容是讲私塾里的事情的，后有恽铁樵的批语。还得了几本小说，算是奖品。”这里所说的便是《怀旧》。

《怀旧》用第一人称，以回忆方式，写“余”童年上私塾时的一个生活片断：秃先生教“余”属对、释《论语》字义；谣传“长毛将至”，里人的各种表现，阍人王翁与李妪谈年轻时遇真长毛的故事。所叙者均平淡无奇之日常琐事，无丝毫惊险曲折之情节，然人物形象鲜明，性格突出。天真无邪、向善厌恶、怕读书而好嬉戏之“余”；老于世故、思虑周密、进退得宜之秃先生；富而悭吝、愚鲁而无节操的金耀宗；聪慧多闻、质直无伪之王翁；以及胆小怕事、真率善良之李妪：皆栩栩如生，跃然纸上。而门外高达三丈，叶大如扇之桐树；群儿掷石落桐子；王叟汲水沃地去暑热，傍晚掇破椅、持烟筒与李妪谈故事；乡人闻“盗至”而争奔于道；“余”则扑青蝇诱蚁虫，又舀水灌蚁穴；……则是一幅幅绝妙的江南农村风俗画。小说无头无尾，不叙人物家世，只写人生的一个片断，但人生的全体因之以见。它的重要意义，就在于它跳出了中国传统的情节小说的老圈子，开辟了现代性格小说的新天地。

工人小史

《工人小史》，文言短篇，载《小说月报》第4卷第7号（1913年11月25日，上海出版，商务印书馆总发行）。作者署名“焦木”。

焦木（1878——1935），姓恽，名树珏，字铁樵，别署冷风，江苏武进人。生平多读书，长于古文；偶作白话文，亦简洁苍劲，古趣盎然。其于小说，颇重实质，常谓小说当使有永久之生存性。为文尤郑重斟酌，有一字之微，而推敲之劳，逾于吟断髭须者。民初任商务印书馆《小说月报》主编，每期必自撰一文，辄脍炙人口。取舍文稿，非常谨严；奖掖后进，不遗余力。恽性质直，无城府，交友无新旧，悉以肫诚。人有一善，揄扬不绝于口；有不当于理者，面斥不稍贷假。后因子女多为庸医所杀，愤而攻医，又成名家，遂无暇为文。所著以短篇小说为多，结集行世者有《聊斋志异演义》一种，译品则有《豆蔻艳》、《英伦之女贼》和《黑衣娘》三种。

《工人小史》叙工人韩蘖人的穷困悲惨境遇。韩以破产，父母相继忧亡。蘖人挈妻出外谋生。赴汉口，转南京，到上海，囊空无业，难以为生，投河自尽。后被警察救起，得友人帮助，入某厂做工。自此，他受尽资本家及其走狗的剥削和欺凌。终因一小事故被工头和洋人拳足交下，打晕在地，逐出工场。

中国古代小说，或叙帝王将相之业绩、才子佳人之情爱；或述怨民愤氓之反抗、神仙鬼怪之幽趣。降之近代，益增优伶妓女之辛楚、清官侠士之忠义、官场商界之污秽、先觉之士之奋进，并及出国华工之血泪；然未尝见专状本国工人苦难生活之作品。而《工人小史》，则正在这方面作出了新的贡献。此外，其述事虽因旧式，但中间倒叙，亦是借鉴西方小说表现手法的一种实践。

卷末后记

这是《中国近代文学作品系列·小说》的最后一卷，分上（写情）、中（武侠、侦探）、下（社会［短篇］）三类，共选长、中、短篇小说十五种。其中《泪珠缘》用光绪三十三（1907）七月杭州萃利公司六十四回本，《新聊斋·唐生》用光绪二十九年（1903）七月《新小说》第7号初印本，《恨海》用光绪三十二年（1906）九月上海广智书局初版本，《断鸿零雁记》用1928年12月上海北新书局《苏曼殊全集》本，《玉梨魂》用民国十七年（1928）四月清华书局三十二版本，《失珠》用1908年4月、5月、6月《月月小说》第15、16、17号初印本，《鬼仇》用民国八年（1919）八月《小说月报》第10卷第8号初印本，《小足捐》用光绪三十三年（1907）二月《月月小说》第6号初印本，《查功课》用光绪三十三年（1907）四月《月月小说》第8号初印本，《穷丐》用光绪三十四年（1908）三月《小说林》第10期初印本，《怀旧》用民国二年（1913）四月《小说月报》第4卷第1号初印本，《工人小史》用民国二年（1913）十一月《小说月报》等4卷第7号初印本，都作了分段、标点，修订了原书排印中的舛误。《禽海石》、《古戍寒笳记》用《中国近代文学大系》本，改正了个别错字，更动了某些分段和标字。《乾隆巡幸江南记》以上海古籍出版社1989年整理本为底本，参考民国间上海共和书局石印本，校改了若干错漏，变易了一些标点。

本卷中，《失珠》、《鬼仇》、《穷丐》等自清末民初的小说杂志登载后，八九十年来，这是第一次出版。

所收作品，十一种作了注释。除《断鸿零雁记》外，其他至今均未见过注本。

《中国近代文学作品系列·小说》共六卷（6册），选录作品五十四种，另附录六种，340多万字。中国近代小说各方面的代表作品基本上都已具备。从这里，可以比较清楚地看到中国近代小说从古代小说嬗变到现代小说的过程和脉络。

编者学识浅陋，选录、校点、注释、评介中定有许多不当之处，恳请读者批评指正。

一九九四年三月三十一日，北京

附录：

作者著作目录

一个老瓦工的故事（特写） 署名易川。载华东《解放日报》1954年5月20日二版。

应该实事求是地评价金圣叹 载《新建设》1964年7月号。

《老残游记》是一部什么样的作品? 载《光明日报·文学遗产》1965年2月28日。

怎样看待《二十年目睹之怪现状》 载《光明日报·文学遗产》1965年4月18日。

1964年中国古典文学研究中的几个主要问题的综述 与人合作，署名若松。载《文学评论》1965年第1期。

不要美化改良主义作家和作品 载《光明日报·文学遗产》1965年11月7日。

运用“一分为二”的方法分析古代作品 署名鲁白。载《文学评论》1965年第4期。

吴承恩和《西游记》 北京人民出版社1973年11月第1版。

扫荡“四人帮”的帮八股 与人合作，署名文俊木。载《解放军报》1977年2月8日。

四人帮“架空晁盖”论的反动实质 与人合作，署文学所批判组。载《人民日报》1977年2月26日。

帮八股必须彻底批判 与人合作。载《江西大学学报》1977年第1期。

《水浒传》是一部什么样的作品 与人合作。载《文学评论》1978年第4期。

唐诗选注（集体项目，任组长。本人注释李白等诗歌约25000字。）北京出版社1978年9月第1版，以后多次再版。

春蚕到死丝方尽——回忆何其芳同志（散文） 载《文学评论》1978 年第 5 期。

晚清社会的照妖镜——重读两部谴责小说 载《读书》1979 年第 4 期。

吴敬梓与《儒林外史》 上海古籍出版社 1980 年 2 月第 1 版，后多次重印；台湾万卷楼图书有限公司，1993 年 6 月重版发行。

建国三十年来近代文学研究的回顾 与人合作。载《文学评论》1980 年第 3 期。

《水浒传》在历史上的积极影响不能抹煞 与人合作。载《钟山文艺论集》1980 年 11 月。

中国文学家的故事（通俗读物） 与人合作，本人撰写五篇。中国少年儿童出版社 1980 年 12 月第 1 版。

政治、生活、艺术修养与创作——试论晚清小说的特点及其形成的原因 载《文学遗产》1981 年第 1 期。

吴敬梓和他的《儒林外史》 载《语文教学通讯》1981 年第 5 期。

从《九命奇冤》的表现特色看它在小说史上的地位 载《社会科学战线》1982 年第 2 期。

关于中国近代文学研究的一些问题 载《华南师院学报》1982 年第 3 期。《新华文摘》第 10 期转载。

关于《洪秀全演义》 载《文学遗产》1983 年第 3 期。

“五四”以来中国近代文学研究之回顾和对今后工作的设想 载《中国近代文学研究》1983 年第 1 期。

吴趼人究竟何时到上海谋生？ 载日本《清末小说研究》，1983 年 12 月 1 日发行。又载日本《野草》第 33 期，1984 年 2 月出版。

《洪秀全演义》校点前言 人民文学出版社 1984 年 1 月第 1 版。

中国近代文学论文集（1949—1979） 策划、组织、主持并具体参与中国近代文学研究室集体完成的资料选编项目。中国社会科学出版社分卷出版：概论卷，1981 年 7 月初版。戏剧、民间文学卷，1982 年 7 月初版。小说卷，1983 年 4 月初版。诗文卷，1984 年 9 月第 1 版。该项目获文学研究所 1977—1991 年科研成果表彰奖。

建国前三十年中国近代小说研究巡礼 载《社会科学辑刊》1984 年第 5 期。

学术争鸣和科学态度　署名木讷。载《光明日报》1985 年 1 月 22 日。

可喜的成就，灿烂的前景　载《中外文学研究参考》1985 年第 1 期。

吴趼人评传　载《中国历代著名文学家评传》（第六卷），山东教育出版社 1985 年 5 月第 1 版。

1982 年中国近代文学研究综述　与人合作，署名荒原。载《中国近代文学研究》1985 年第 2 期；又载《中国文学研究年鉴》1983 年号。

吴趼人年谱　先在《中国近代文学研究》1985 年第 2、3 期连载，后刊于《我佛山人文集》第 8 卷，花城出版社 1989 年 5 月第 1 版。

《恨海》校点前言　中州古籍出版社 1985 年 10 月初版。

读《恨海》随想　载《明清小说研究》第 2 辑，中国文联出版公司 1985 年 12 月第 1 版。

《五月风声》校点前言　载《近代文学史料》，中国社会科学出版社 1985 年 12 月第 1 版。

中国近代小说研究论文资料索引（1919—1949）　载《近代文学史料》，中国社会科学出版社 1985 年 12 月第 1 版。

问题和设想　载《中国文学研究年鉴》，1985 年 12 月出版。

《痛史》校点前言和注释　山东文艺出版社 1986 年 6 月初版。

《九命奇冤》校点前言　花城出版社 1986 年 12 月出版。

吴趼人的十七首佚诗和一篇佚文　载日本《清末小说研究》第 10 期。1987 年 12 月出版。

文康评传　载《明清小说研究》1988 年第 1 期；又载《中国历代著名文学家评传》（续编三），山东教育出版社 1989 年 12 月出版。

《血泪黄花》校点后记　漓江出版社 1988 年 1 月第 1 版。

中国近代文学论文集——小说卷（1919—1949）前言　中国社会科学出版社 1988 年 5 月初版。

中国近代文学论文集——小说卷（1919—1949）　本人单独完成的资料选编。中国社会科学出版社 1988 年 5 月第 1 版。

中国近代文学作品系列·前言　本人撰写，以“丛书”编辑委员会的名义发表。刊载于诗、词、散文、戏曲、文论、小说、民间文学各卷卷首。海峡文艺出版社出版。

中国近代文学作品系列·小说卷（选编、校勘、标点、注释、评介、

前言、后记）1—4 集。海峡文艺出版社分别于 1988 年 5 月、1990 年 3 月、1990 年 12 月、1992 年 12 月出版。

中国近代文学作品系列·小说卷（5 集、6 集） 分别于 1992 年 11 月和 1994 年 3 月完成。收入《中国近代文学研究文集》出版。

《蜃楼志》校点后记 齐鲁出版社 1988 年 6 月第 1 版。

《痛史》校点前言（修订） 花城出版社 1988 年 6 月第 1 版。

《恨海》校点前言（修订） 花城出版社 1988 年 8 月第 1 版。

"吴趼人著《白话西厢记》"质疑 载《明清小说研究》1988 年第 4 期。

《滑稽谈》（吴趼人著）注释 编入《我佛山人文集》第 7 卷。花城出版社 1989 年 3 月初版。

中国通俗小说总目提要（四题）：一、《镇海春秋》；二、《五更风》；三、《梅兰佳话》；四、《宪之魂》 中国文联出版公司 1989 年 9 月第 1 版。

黄世仲评传 载《中国历代著名文学家评传》（续编三），山东教育出版社 1989 年 12 月第 1 版。

论《三国演义》的思想和艺术成就 载《河北师院学报》1992 年第 2 期（1992 年 6 月出版）。

《三国演义》校点前言 花城出版社 1992 年 8 月第 1 版。

《三国演义》校勘记 待发。

侠义公案小说的演化及其在晚清繁盛的原因 载《文学评论》1992 年第 4 期。

一部流产的《中国近代小说研究》（论文集）自序 1992 年 9 月 29 日撰。收入《中国近代文学研究文集》出版。

俞万春评传 载《晚清民国文学研究集刊》第 1 辑，漓江出版社 1995 年 12 月第 1 版。

韩邦庆评传 载《晚清民国文学研究集刊》第 4 辑，漓江出版社 1996 年 8 月第 1 版。

打倒了皇帝，没有打倒专制独裁统治——我对黄世仲之死的看法 载《黄世仲与辛亥革命国际学术研讨会论文集》第 2 辑，香港纪念黄世仲基金会 2002 年 2 月出版。

茶花——我的养花经验采撷 中国林业出版社 2003 年 1 月出版。

迟到的悼念——钱锺书先生几件鲜为人知的趣事（散文） 署名王人午。载台湾《传记文学》2005 年 3 月号（第 86 卷第 3 期）。

美利坚日常生活点滴（散记） 载《写作理论与实践》2011 年 7 月第 1 期。

零距离看美国（纪实） 载《悦读》第 35 期，21 世纪出版社 2013 年 12 月第 1 版。

中国小说观念的嬗变 收入《中国近代文学研究文集》。

中西文化的撞击与交融 同上。

翻译小说的发展对中国小说全面革新的促进 同上。

2014 年 5 月 25 日编次

后 记

余也不敏。早期之作，因年轻无知，受“左”的思潮影响，衡人论事，多有偏颇。本集所收，皆选自上世纪七十年代以后之论著。其中近四分之一为未曾发表之作品，主要是因病未竟之《中国近代小说史》中的几章和因原责任编辑退休、出版社换人而停版之小说选注第五、六卷中的作品评介文字。有些原来发表的作家、作品评论，此次结集出版时题目和内容均略有增删改动。集中《建国三十年来近代文学研究的回顾》一文，系本人策划、主持讨论并参加写作，故亦收入；但又因与他人合作，非余一人之功，故仅作“附录”，并按原刊标出署名，以免掠美之嫌。

时光荏苒，岁月如梭。弹指间已年逾八十，来日无多。仰承中国社会科学院离退休干部工作局的资助和文学研究所刘跃进、蒋寅两位先生的推荐，以及中国大百科全书出版社编审许丽君的大力支持和编辑陈光、孙静的辛劳工作，使拙著得以顺利结集出版。在此，一并向他们致以诚挚的谢意。

雪泥鸿爪，良可慨也！知我罪我，悉听世人，不复能顾其后矣。

王俊年

2014 年 5 月 30 日于北京